Angels
Meine Rache währt ewig

Die Autorin

Lisa Jackson zählt zu den amerikanischen Top-Autorinnen, deren Romane regelmäßig die Bestsellerlisten der »New York Times«, der »USA Today« und der »Publishers Weekly« erobern. Ihre Hochspannungsthriller wurden in 25 Länder verkauft. Auch in Deutschland hat sie erfolgreich den Sprung auf die Spiegel-Bestsellerliste geschafft. Lisa Jackson lebt in Oregon.
Mehr Infos über die Autorin und ihre Romane unter: www.lisajackson.com.

Lisa Jackson

Angels

Meine Rache währt ewig

Thriller

Aus dem Amerikanischen von
Kristina Lake-Zapp

Weltbild

Die amerikanische Originalausgabe erschien 2008 unter dem Titel *Lost Souls* bei
Kensington Publishing Corp., New York.

Besuchen Sie uns im Internet:
www.weltbild.de

Genehmigte Lizenzausgabe für Weltbild GmbH & Co. KG,
Steinerne Furt, 86167 Augsburg

Übersetzung: Kristina Lake-Zapp
Umschlaggestaltung: Atelier Seidel – Verlagsgrafik, Teising
Umschlagmotiv: istockphoto/Armand Sciberras
Gesamtherstellung: GGP Media GmbH, Pößneck
Printed in the EU
ISBN 978-3-95569-940-6

2019 2018 2017 2016
Die letzte Jahreszahl gibt die aktuelle Lizenzausgabe an.

Prolog

All Saints College
Baton Rouge in Louisiana
Dezember

Wo bin ich?

Eisige Luft fegte über Rylees nackte Haut.

Sie bekam eine Gänsehaut.

Schaudernd blinzelte sie in die Dunkelheit, in den kalten leeren Raum, und versuchte, etwas zu erkennen. Gedämpftes rotes Licht in aufsteigendem Nebel. Sie lag halb auf einer Art Couch und fror.

O Gott, bin ich nackt?

Konnte das sein?

Auf keinen Fall!

Doch sie fühlte den weichen Samt an ihren Beinen, an den Pobacken und an den Schultern, die gegen die geschwungene Lehne der Ottomane drückten.

Stechende Angst durchzuckte sie.

Rylee gab sich alle Mühe, sich zu bewegen, aber ihre Arme und Beine gehorchten nicht. Sie konnte nicht einmal den Kopf drehen. Sie blickte nach oben an die Decke des merkwürdigen Raums mit seinem unheimlichen roten Licht.

Sie hörte ein leises Husten.

Was war das?

War sie etwa nicht allein?

Sie versuchte, in Richtung des Geräuschs zu blicken.

Vergeblich. Ihr Kopf prallte schwer gegen die Lehne der Ottomane.

Beweg dich, Rylee, steh auf und beweg dich! Noch ein Geräusch. Wie das Scharren eines Schuhs auf Beton. *Raus hier, du musst hier raus! Das ist verdammt noch mal zu unheimlich!*

Sie spitzte die Ohren. Sie glaubte, in der Dunkelheit ein leises Flüstern vernommen zu haben. Was zum Teufel war das?

Vor Angst zogen sich ihre Eingeweide zusammen. Warum konnte sie sich nicht bewegen? Was um alles in der Welt ging hier vor? Sie versuchte zu sprechen, aber sie brachte nicht ein einziges Wort hervor, als wären ihre Stimmbänder gelähmt. Voller Panik sah sie sich um und verdrehte unkontrolliert die Augen, doch ihr Kopf blieb reglos liegen.

Ihr Herz pochte heftig, und trotz der Kälte brach ihr der Schweiß aus.

Das war ein Traum, oder? Ein grauenhafter Albtraum, in dem sie, unfähig sich zu bewegen, auf einer SamtOttomane lag – nackt. Die Ottomane war leicht erhöht positioniert, als stünde sie auf einer Bühne oder einer Art Podest.

Angst schnürte ihr die Kehle zu.

Panik durchflutete sie.

Denk dran: Das ist nur ein Traum. Du kannst nicht sprechen, du kannst dich nicht bewegen – alles typische Anzeichen eines Albtraums. Beruhige dich, komm wieder zu dir. Du wirst morgen früh aufwachen und ...

Aber sie misstraute ihrer eigenen Wahrnehmung. Irgendetwas war hier faul. Noch nie hatte sie sich während eines

Albtraums klarmachen müssen, dass sie offenbar träumte. Das Ganze wirkte so real, so greifbar.

Woran konnte sie sich erinnern ... O Gott, war es letzte Nacht gewesen oder erst vor einigen Stunden? Sie war auf ein paar Drinks mit ihren neuen Freundinnen vom College unterwegs gewesen, dieser Gothic-Clique, diesen Vampir-Fans ... nein ... sie beharrten darauf, *Vampyre* zu sein. Sie wollten sich mit dieser Schreibweise von den der Fantasie entsprungenen Vampiren aus Büchern und Filmen unterscheiden und ihre Echtheit damit unterstreichen. Es hatte Geheimnistuereien gegeben, Mutproben und »blutrote Martinis«, die – darauf hatten die anderen beharrt – mit echtem Menschenblut gemixt worden waren. Es war eine Art Initiationsritus, einen solchen Martini zu trinken.

Rylee hatte sie nicht ernst genommen, aber sie wollte Teil ihrer Clique werden. Deshalb hatte sie die Herausforderung angenommen und einen blutroten Drink bestellt ... und jetzt ... jetzt war sie auf einem Trip. Sie hatten ihr irgendetwas in das Glas gemixt, kein Blut, sondern eine psychedelische Droge, die sie halluzinieren ließ – das war's!

Dieses Aufnahmeritual – das sie für ziemlich lächerlich gehalten hatte – hatte eine unvorhergesehene, gefährliche Wendung genommen. Sie erinnerte sich vage daran, dass sie zugestimmt hatte, Teil der »Show« zu sein. Sie hatte künstliches Blut aus einem Martini-Glas getrunken, und ja, sie hatte diesen ganzen Vampirquatsch, den ihre neuen Freundinnen zelebrierten, cool gefunden. Aber sie hatte nichts von ihrem Gerede wirklich ernst genommen. Sie hatte geglaubt, sie würden ihr etwas vormachen, um zu sehen, wie weit sie ging ...

Doch schon ein paar Minuten, nachdem sie das Glas geleert hatte, bekam sie ein seltsames Gefühl. Als wäre sie nicht nur betrunken, sondern völlig daneben. Zu spät wurde ihr klar, dass der Martini mit einer starken Droge versetzt gewesen war und sie kurz vor einem Zusammenbruch stand.

Sie war weg gewesen. Bis jetzt.

Wie viel Zeit war seitdem verstrichen?

Minuten?

Stunden?

Sie hatte keine Ahnung.

Ein Albtraum?

Ein Horrortrip?

Sie hoffte es. Denn wenn das hier die Realität war, lag sie wirklich auf einer Ottomane auf einem Podest, nackt und bewegungsunfähig. Es kam ihr vor, als spielte sie in einem unheimlichen, verworrenen Drama mit, das mit Sicherheit kein Happyend hatte.

Sie hörte erneut ein erwartungsvolles Flüstern.

Das rote Licht begann langsam und regelmäßig zu blinken, ganz anders als der schnelle Rhythmus ihres Herzschlags. Sie stellte sich Dutzende von Augenpaaren vor, die aus der Dunkelheit zu ihr heraufstarrten.

Sie biss die Zähne zusammen, fest entschlossen, sich zu bewegen – ohne Erfolg. Sie rührte sich kein bisschen.

Sie versuchte zu schreien, sich bemerkbar zu machen und zu verlangen, dass dieser Irrsinn aufhören solle, doch es kam nichts über ihre Lippen als ein Wimmern.

Konnte nicht jemand das Ganze hier beenden? Jemand aus dem Publikum? War es nicht offensichtlich, dass sie

Angst hatte? Offensichtlich, dass dieser Scherz zu weit ging? Stumm flehte sie die unsichtbaren Zuschauer an. Plötzlich wurde die Bühne von ein paar Lichtern erhellt, die einen sanften, schummrigen Schein erzeugten. Er wurde von dem pulsierenden Rotlicht durchbrochen.

Nebelschwaden waberten über den Bühnenboden.

Ein erwartungsvolles Knistern schien durch das Publikum zu gehen. Was stand ihr bevor? War das nur ein Ritus? Oder kam etwas Schlimmeres auf sie zu, etwas unvorstellbar Schreckliches?

Sie war verloren.

Nein! Kämpf, Rylee, kämpf! Gib nicht auf! Gib auf keinen Fall auf!

Erneut bemühte sie sich mit ganzer Kraft, sich zu bewegen, und wieder gehorchten ihre Muskeln nicht. Nichts rührte sich.

Dann hörte sie ihn.

Ein eisiger Schauer durchfuhr sie, ihre Nackenhaare sträubten sich. Sofort wusste sie, dass sie nicht mehr allein auf der Bühne war. Aus dem Augenwinkel nahm sie eine Bewegung wahr. Die dunkle Silhouette eines großen, breitschultrigen Mannes kam durch den Nebel auf sie zu.

Ihr Herz krampfte sich vor Panik zusammen.

Sie starrte ihn an, sah, wie er langsam näher kam, und war vor Angst wie hypnotisiert. Das war er. Der Mann, über den die Vampyr-Fans getuschelt hatten.

Sie erwartete fast, dass er einen schwarzen, blutrot gefütterten Umhang trug und ein leichenblasses Gesicht mit glühenden Augen hatte. Wenn er die Lippen bleckte, kämen gleißende Vampirzähne zum Vorschein.

Aber das war nicht der Fall. Der Mann war zwar zum Teil schwarz gekleidet, aber er hatte keinen Umhang mit rotem Satinfutter und keine glühenden Augen. Er war schlank und wirkte athletisch. Und er war höllisch sexy. Eine Spiegelsonnenbrille, die auch an den Seiten geschlossen war, verdeckte seine Augen. Sein Haar, entweder dunkel oder nass, stieß auf den Kragen einer schwarzen Lederjacke. Seine Jeans war abgewetzt und saß tief auf der Hüfte. Er trug ein T-Shirt, das einmal schwarz gewesen war, und seine Schlangenlederstiefel waren abgetragen. Irgendetwas an ihm kam ihr bekannt vor, aber sie konnte sein Gesicht nicht einordnen.

In der Dunkelheit rings um die Bühne knisterte es vor gespannter Erwartung.

Wieder einmal dachte sie, es müsse sich um einen Albtraum oder eine Halluzination handeln.

Er blieb vor der Ottomane stehen. Das erwartungsvolle Zischen des Publikums übertönte das laute Hämmern ihres Herzens.

Er legte eine große, schwielige Hand über die Lehne, die sie voneinander trennte, und umfasste ihren Nacken, was ihre Nerven zum Beben und ihr Blut zum Kochen brachte. Die Angst wich kurz einer unerklärlichen Erregung. Seine Fingerspitzen drückten sanft gegen ihr Schlüsselbein. Ihr Puls raste.

Das unsichtbare Publikum wurde still.

»Das«, sagte er mit gebieterischer, aber leiser Stimme an die verborgenen Zuschauer gewandt, »ist eure Schwester.«

Ein Raunen ging durchs Publikum.

»Schwester Rylee.«

Das war sie, ja, aber ... wovon sprach er eigentlich? Sie wollte ihn abschütteln, ihm sagen, dass alles anders war, als es aussah, dass ihre Brustwarzen allein von der Kälte aufgerichtet waren und nicht vor Erregung, dass das, was sich tief in ihrem Unterleib regte, *keine* körperliche Lust war.

Aber er wusste es besser.

Er konnte ihre Begierde spüren. Ihre Furcht riechen. Und er genoss es.

Tu das nicht, flehte sie stumm, doch ihr war klar, dass er ihre geweiteten Pupillen, ihren schnellen Atem und ihr Stöhnen eher als Lust und nicht als Angst interpretierte.

Seine starken Hände drückten entschlossener zu und brannten auf ihrer Haut.

»Schwester Rylee ist bereit, sich uns heute Nacht anzuschließen«, sagte er mit Überzeugung. »Sie wird das letzte, höchste Opfer bringen.«

Was für ein Opfer? Das klang gar nicht gut. Abermals versuchte Rylee, Einspruch zu erheben, zu entkommen, aber sie war wie gelähmt. Der einzige Teil ihres Körpers, der nicht völlig blockiert zu sein schien, war ihr Gehirn, und selbst das schien ihr einen Streich zu spielen.

Vertrau ihm, flüsterte es ihr zu. *Du weißt, dass er dich liebt ... Du spürst es ... Wie lange hast du darauf gewartet, geliebt zu werden?*

Nein, das war verrückt. Die Droge.

Dennoch verzehrte sie sich nach dem Druck seiner Hände, die ein wenig tiefer glitten und eine heiße Spur auf ihre Brüste zeichneten, immer näher zu ihren schon schmerzhaft harten Brustwarzen hin.

Ihr Unterleib prickelte. Schmerzte.

Irgendetwas stimmte nicht.

Er beugte sich näher zu ihr, drückte die Nase in ihr Haar. Seine Lippen streiften ihr Ohr, und er murmelte so leise, dass nur sie es hören konnte: »Ich liebe dich.« Sie schmolz dahin. Wollte ihn. Ihr Herz pochte vor Glück und Erregung. Seine Finger strichen fester über ihre Brust. Einen Augenblick lang vergaß sie, dass sie sich auf einer Bühne befand. Sie war allein mit ihm, und er berührte sie, liebte sie. Er wollte sie so, wie kein Mann sie je gewollt hatte. Und er …

Er drückte grob zu.

Ein kräftiger Finger bohrte sich in ihre Rippen.

Ein stechender Schmerz durchfuhr sie.

Ihre Augen weiteten sich.

Angst und Adrenalin jagten durch ihren Körper, ihr Herz machte wilde Sprünge.

Was hatte sie gedacht? Dass er sie verführen würde?

Nein!

Liebe? O nein, er liebte sie nicht! *Rylee, fall nicht darauf rein. Tapp nicht in seine Falle.*

Die verdammte Droge hatte ihr weisgemacht, dass er etwas für sie empfand, doch er – wer auch immer er war – brauchte sie nur für seine freakige Show.

Sie starrte ihn an, und er spürte ihre Wut.

Er lächelte, seine Zähne blitzten weiß.

Sie wusste, dass er ihren hilflosen Zorn genoss. Er spürte ihr rasendes Herz.

»In ihr fließt das reine Blut einer Jungfrau«, sagte er zu dem unsichtbaren Publikum.

Nein!

Ihr habt das falsche Mädchen erwischt! Ich bin keine –

Sie konzentrierte sich mit ganzer Kraft darauf zu sprechen, doch ihre Zunge weigerte sich nach wie vor, genau wie ihre Stimmbänder. Sie versuchte sich zu wehren, aber ihre Glieder blieben schlaff.

»Hab keine Angst«, flüsterte er.

Starr vor Schreck beobachtete sie, wie er sich vorbeugte, näher und näher kam. Sein Atem war heiß, seine Lippen verzogen sich und gaben seine Zähne frei.

Zwei strahlend weiße Vampirzähne blitzten auf, genau wie sie es sich vorgestellt hatte!

Bitte, lieber Gott. Bitte lass mich aufwachen!

Im nächsten Augenblick verspürte sie ein kaltes Stechen wie von einer Nadel. Seine Vampirzähne bohrten sich in ihre Haut und fanden mühelos ihre Venen.

Das Blut begann zu fließen …

1.

So weit, so gut, dachte Kristi Bentz und schleuderte ihr Lieblingskissen auf den Rücksitz des zehn Jahre alten Honda, ihr »neues« Auto mit fast hundertzwanzigtausend Kilometern auf dem Tacho. Das Kissen landete mit einem dumpfen Geräusch auf dem Rucksack, der Lampe, dem iPod, Büchern und anderen lebenswichtigen Dingen, die sie mit nach Baton Rouge nahm. Ihr Vater schaute zu, wie sie ihre Sachen ins Auto packte. Rick Bentz' Ausdruck war frustriert, aber war das was Neues?

Zumindest lebte ihr Vater noch, zum Glück.

Sie warf noch einen raschen Blick zu ihm hinüber.

Seine Gesichtsfarbe wirkte gesund, mit den geröteten Wangen vom Wind, der durch die Zypressen und Kiefern rauschte. Vereinzelte Regentropfen glänzten auf seinem dunklen Haar. Sicher, es waren ein paar graue Strähnen zu sehen, und im letzten Jahr hatte er ein paar Pfund zugelegt, aber im Großen und Ganzen machte er einen vitalen Eindruck.

Es gab Zeiten, in denen das anders war. Zumindest für Kristi. Seit sie vor über anderthalb Jahren aus einem Koma erwacht war, hatte sie Visionen von ihm, erschreckende Bilder, die ihn als gespenstisches Abbild seiner selbst zeigten, die Haut grau, die Augen schwarze, undurchdringliche Löcher, seine Berührung kalt und klamm. Außerdem träumte sie oft von einer finsteren Nacht mit zuckenden Blitzen am dunklen Himmel. Einer der Blitze traf einen Baum, der mit einem lauten Knall zerbarst. Ihr Vater lag tot in einer Blutlache am Boden.

Unglücklicherweise hatte sie die Visionen häufiger als die Albträume, und zwar tagsüber. Sie sah die Farbe aus seinen Wangen weichen, sah seinen Körper bleich und grau werden. Sie wusste, dass er bald sterben würde. Sie hatte seinen Tod oft genug in ihren Albträumen erlebt und hatte die letzten anderthalb Jahre in dem Glauben verbracht, dass ihm genau das entsetzlich blutige Ende bevorstehen würde, das sie aus ihren Träumen kannte.

In den vergangenen achtzehn Monaten, in denen sie sich von ihren eigenen Verletzungen erholt hatte, war sie krank vor Sorge um ihn gewesen, aber heute, einen Tag nach Weihnachten, war Rick Bentz die Gesundheit in Person. Und er war genervt.

Widerwillig hatte er ihr geholfen, das Gepäck zum Wagen zu bringen. Draußen fegte der Wind durch die sumpfige Flusslandschaft, rüttelte an Ästen und Zweigen, wirbelte Blätter auf und brachte den Geruch von Regen und Morast mit sich. Sie war rückwärts in die pfützenübersäte Auffahrt zu dem kleinen Cottage gefahren, in dem ihr Vater mit seiner zweiten Frau lebte.

Olivia Benchet-Bentz tat Rick gut, daran bestand kein Zweifel. Trotzdem kamen Kristi und sie nicht wirklich gut miteinander zurecht. Während Kristi nun unter den missbilligenden Blicken ihres Vaters den Wagen belud, stand Olivia rund sechs Meter entfernt in der Haustür. Ihre glatte Stirn war gekräuselt, und sie sah besorgt aus, doch sie sagte nichts.

Gut.

Eins musste man ihr lassen: Olivia wusste, dass es besser war, sich nicht zwischen Vater und Tochter zu stellen, sie war klug genug, unliebsame Kommentare für sich zu behalten. Trotzdem ging sie diesmal nicht zurück ins Haus.

»Ich halte das einfach nicht für die beste Idee«, sagte ihr Vater. Kristi hatte ihm schon im September mitgeteilt, dass sie sich zum Wintersemester am All Saints College in Baton Rouge eingeschrieben hatte. Es war also keine große Überraschung mehr. »Du könntest bei uns bleiben und –«

»Ich kenne deine Meinung schon seit langem, und es reicht!«, sagte sie.

Warum gingen sie ständig aufeinander los? Selbst nach all dem, was sie durchgemacht hatten? Obwohl sie einander mehrere Male beinahe verloren hatten?

»Ich habe dir schon hundert Mal gesagt, dass ich hier nicht bleiben kann, Dad. Ich bin zu alt, um bei meinem Vater zu wohnen. Ich muss mein eigenes Leben führen.« Wie sollte sie ihm erklären, dass sie seinen Anblick nicht länger ertrug, es nicht länger aushielt, ihn in einer Minute gesund und munter zu sehen und in der nächsten grau und dem Sterben nahe? Sie war davon überzeugt gewesen, dass er sterben würde, und sie war bei ihm geblieben, bis sie sich von ihren eigenen Verletzungen erholt hatte. Aber zu sehen, wie die Farbe aus seinem Gesicht wich, brachte sie langsam, aber sicher zu der Überzeugung, dass sie verrückt war. Bei aller Liebe: Hier zu bleiben würde die Lage allenfalls verschlechtern. Sie hatte diese Vision nun seit einer ganzen Weile nicht mehr gehabt, schon seit über einem Monat nicht, und das war gut. Sie hatte also die Zeichen möglicherweise falsch gedeutet. Trotzdem war es Zeit, ihr eigenes Leben weiterzuleben.

Sie tastete in ihrer Tasche nach dem Autoschlüssel. Kein Grund, sich noch länger mit ihm zu streiten.

»Okay, okay, du verlässt uns. Ich hab's kapiert.« Er zog ein missmutiges Gesicht. Wolken jagten über den Himmel, machten jede Chance, dass die Sonne herauskommen würde, zunichte.

»Du hast es kapiert? Tatsächlich? Nachdem ich es dir etwa eine Million Mal erklärt habe?«, spöttelte Kristi, doch sie lächelte dabei. »Du ziehst ja messerscharfe Schlüsse. Genau wie die Zeitungen behaupten: der heldenhafte Detective Rick Bentz vom New Orleans Police Department.«

»Die Zeitungen wissen einen Dreck.«

»Eine weitere scharfsinnige Beobachtung des hiesigen Spitzenermittlers.«

»Lass mich in Ruhe«, murmelte er, aber einer seiner verkniffenen Mundwinkel verzog sich zu der Andeutung eines Lächelns. Er fuhr sich mit der Hand durchs Haar und blickte in Olivias Richtung, zu der Frau, die sein Fels in der Brandung geworden war. »Mein Gott, Kristi«, sagte er. »Du bist vielleicht ein harter Brocken.«

»Das ist Veranlagung.« Sie fand den Schlüssel.

Seine Augen wurden schmal, sein Kiefer verkrampfte sich. Es war klar, woran er dachte, aber keiner von ihnen erwähnte die Tatsache, dass er nicht ihr biologischer Vater war. »Du musst vor nichts davonlaufen.«

»Ich laufe nicht davon. Vor gar nichts. Aber ich laufe zu etwas hin. Zu dem, was sich ›der Rest meines Lebens‹ nennt.«

»Du könntest –«

»Ich möchte das nicht hören, Daddy«, unterbrach ihn

Kristi und warf ihre Handtasche auf den Beifahrersitz, wo sich schon drei Taschen voller Bücher, DVDs und CDs befanden. »Du wusstest seit Monaten, dass ich wieder aufs College gehe, es gibt also keinen Grund, mir jetzt deswegen eine Szene zu machen. Ich bin erwachsen, und ich gehe nach Baton Rouge, an meine alte Alma Mater. Das All Saints College ist nicht am anderen Ende der Welt, sondern keine zwei Stunden entfernt.«

»Es geht nicht um die Entfernung.«

»Ich *muss* das tun.« Sie blickte jetzt ebenfalls in Olivias Richtung, in deren unbändigem blonden Haar sich die bunten Lichter des Weihnachtsbaums reflektierten. Das kleine Häuschen wirkte warm und gemütlich, aber es war nicht Kristis Zuhause. Es war nie ihr Zuhause gewesen. Olivia war ihre Stiefmutter, und obwohl sie miteinander ausgekommen waren, hatten sie sich einander nie wirklich nahe gefühlt. Hier fand das Leben ihres Vaters statt, und es hatte nicht viel mit Kristi zu tun.

»Es hat am All Saints College Ärger gegeben. Ein paar Studentinnen werden vermisst.«

»Du hast das bereits überprüft?«, fragte sie aufgebracht.

»Ich habe lediglich etwas von vermissten Mädchen gelesen.«

»Du meinst Ausreißerinnen?«

»Ich meine *vermisst.*«

»Keine Sorge«, sagte sie schnippisch. Auch sie hatte gehört, dass ein paar Studentinnen überraschend vom Campus verschwunden waren, aber es schien nichts Verdächtiges dahinterzustecken. »Mädchen pflegen nun mal das College und ihre Eltern zu verlassen.«

»Tatsächlich?«, fragte er.

Ein kalter Windstoß fuhr über die sumpfige Landschaft, ließ nasse Blätter durch die Luft fliegen und drang durch Kristis Kapuzenshirt. Der Regen hatte für einen Moment nachgelassen, aber der Himmel war grau und wolkenverhangen, der rissige Betonboden voller Pfützen.

»Es ist nicht so, dass ich dagegen bin, dass du aufs College zurückgehst«, sagte Rick Bentz und lehnte sich mit der Hüfte gegen den Wagen. »Aber diese Idee, Krimiautorin werden zu wollen ...«

Kristi hob abwehrend die Hand, rückte ein paar Sachen auf dem Rücksitz zurecht und versuchte, sie so flach zu verteilen, dass sie in den Rückspiegel blicken konnte. »Ich weiß, wie du dazu stehst. Du willst nicht, dass ich über irgendwelche Fälle schreibe, die du bearbeitet hast. Keine Sorge. Ich habe nicht die Absicht, deinen heiligen Boden zu betreten.«

»Darum geht es nicht, das weißt du genau«, widersprach ihr Vater. Ein Anflug von Zorn blitzte in seinen tiefliegenden Augen auf.

Na schön. Sollte er ruhig toben. Sie war genauso verärgert. In den letzten Wochen waren sie einander wirklich auf die Nerven gegangen.

»Ich bin nur um deine Sicherheit besorgt.«

»Nun, das ist nicht nötig, okay?«

»Schließlich bist du schon einmal zur Zielscheibe geworden.« Er begegnete ihrem Blick, und sie wusste, dass er jede einzelne schreckliche Sekunde ihrer Entführung erneut durchlebte.

»Es geht mir gut.« Sie entspannte sich ein wenig. Obwohl

er oft genug eine große Nervensäge war, war er doch ein guter Kerl und lediglich um sie besorgt. Wie immer. Aber genau das brauchte sie nicht.

Mit Mühe unterdrückte sie ihre Ungeduld. Hairy S., der kleine Kläffer ihrer Stiefmutter, schoss aus der Haustür und jagte ein Eichhörnchen eine Kiefer hinauf. Wie ein rotgrauer Blitz kletterte das Eichhörnchen den rauhen Stamm hinauf und ließ sich auf einem schaukelnden Ast nieder, von dem aus es höhnisch keckernd den frustrierten Terriermischling beäugte. Hairy S. buddelte winselnd unten am Stamm und umrundete ihn anschließend mehrfach.

»Schsch ... nächstes Mal fängst du es«, sagte Kristi und nahm ihn hoch. Nasse Pfoten fuhren über ihr Sweatshirt, und sie spürte Hairys Zunge auf ihrer Wange. »Ich werde dich vermissen«, sagte sie zu dem Hund, der mit den Beinen ruderte, um wieder auf den Boden zu kommen und seine Jagd fortsetzen zu können. Sie setzte ihn ins Gras und zuckte leicht zusammen, als sie einen Schmerz im Nacken verspürte.

»Hairy! Komm her!«, befahl Olivia, aber der Terrier ignorierte sie.

»Du bist noch nicht völlig wiederhergestellt«, sagte Rick.

Kristi seufzte laut. »Sieh mal, Dad, sämtliche Spezialisten sagen, dass alles in Ordnung ist. Besser als je zuvor, okay? Seltsam, was so ein kurzer Krankenhausaufenthalt, ein bisschen Physiotherapie und ein paar Stunden bei einem Seelenklempner plus ein knappes Jahr intensives Personal Training alles bewirken können.«

Er schnaubte. Eine Krähe flatterte auf sie zu und ließ sich auf den nackten Zweigen einer Magnolie nieder, als wollte sie seine Sorge bestätigen. Sie stieß einen einsamen, höhnischen Schrei aus.

»Du warst ziemlich neben dir, als du im Krankenhaus aufgewacht bist«, erinnerte er sie.

»Das ist Schnee von gestern, verdammt noch mal!« Und das stimmte. Seit ihrem Aufenthalt auf der Intensivstation hatte sich die Welt verändert. Hurrikan Katrina hatte New Orleans auseinandergenommen, war dann die gesamte Golfküste entlanggefegt und hatte eine bleibende Spur der Verwüstung und Verzweiflung hinterlassen. Obwohl Katrina vor über einem Jahr über den Golf hereingebrochen war, waren die Nachwirkungen ihrer Wucht noch überall sichtbar und würden vermutlich noch Jahre, wenn nicht Jahrzehnte zu spüren sein. Es hieß, New Orleans würde nie mehr so werden wie zuvor. Kristi wollte gar nicht darüber nachdenken.

Ihr Vater war überarbeitet. Okay, das hatte sie verstanden. Die gesamte Belegschaft des New Orleans Police Department war bis an die Grenze ihrer Belastbarkeit strapaziert worden, genau wie die Stadt selbst und ihre geplagten Bewohner, von denen einige im Zuge der Evakuierung quer durchs Land geschickt worden und einfach nicht zurückgekehrt waren. Wen wunderte es, wenn sämtliche Krankenhäuser, städtischen Einrichtungen und Transportsysteme ein einziges Chaos waren? Natürlich kam alles wieder in Gang, aber langsam und nicht überall gleichzeitig. Glücklicherweise wagten sich die Touristen inzwischen wieder ins French Quarter, ein Viertel, das für das alte New Orleans stand und das den Hurrikan nahezu unversehrt überstanden hatte.

Kristi hatte die vergangenen sechs Monate damit verbracht, als Ehrenamtliche in einem der Krankenhäuser mitzuarbeiten und ihrem Vater auf der Polizeistation zu helfen. An den Wochenenden hatte sie die Aufräumarbeiten in der Stadt unterstützt, aber jetzt hatte sie das Gefühl – was ihr Psychotherapeut unterstützte –, endlich ihr eigenes Leben weiterführen zu müssen. Langsam, aber sicher fand die Stadt wieder zu sich selbst zurück, und es wurde Zeit, darüber nachzudenken, was sie mit *ihrem* Leben anfangen wollte.

Wie gewöhnlich war Detective Bentz damit nicht einverstanden. Nach dem Hurrikan war er sofort in seine Rolle als Übervater zurückgefallen. Kristi passte das ganz und gar nicht. Schließlich war sie kein Kind und auch kein Teenager mehr. Sie war verdammt noch mal erwachsen!

»Ich muss los.« Sie blickte auf die Uhr. »Ich habe der Vermieterin gesagt, dass ich heute einziehe. Ich rufe an, wenn ich da bin, und erstatte dir einen vollständigen Bericht. Hab dich lieb.«

Rick schien erneut mit ihr streiten zu wollen, doch dann sagte er nur schroff: »Ich dich auch, Kleine.«

Sie umarmte ihn, spürte den Druck seiner Arme und war überrascht darüber, dass sie plötzlich mit den Tränen kämpfte. Sie löste sich von ihm. Wie albern! Sie warf Olivia eine Kusshand zu, dann setzte sie sich hinters Lenkrad und ließ den Motor an. Mit einem Kloß im Hals fuhr Kristi das Auto aus der langen Auffahrt.

Auf der nassen Landstraße wendete sie und warf einen letzten Blick auf ihren Vater, der den Arm zum Abschied erhoben hatte, dann atmete sie tief aus und fühlte sich plötzlich frei. Endlich hatte sie es geschafft. Endlich war sie wieder auf sich gestellt. Doch als sie den Gang einlegte, verdunkelte sich der Himmel, und im Seitenspiegel erschien das Bild ihres Vater.

Wieder einmal war alle Farbe aus seinem Gesicht gewichen, und er sah aus wie ein Geist in Schwarz, Weiß und Grau. Ihr stockte der Atem. Sie konnte noch so weit davonlaufen, der Vision von seinem Tod würde sie nicht entkommen.

Das zumindest stand fest.

Und auch, dass es bald so weit sein würde.

Jay McKnight lauschte einer alten Johnny-Cash-Ballade und starrte durch die Windschutzscheibe seines Pick-up nach draußen in den Nieselregen. Mit rund achtzig Stundenkilometern kurvte er durch den tosenden Sturm, zusammen mit seinem halbblinden Hund, der neben ihm auf dem Beifahrersitz kauerte, und fragte sich, ob er dabei war, den Verstand zu verlieren.

Warum hätte er sonst zugestimmt, ein Abendseminar für die Freundin eines Freundes zu übernehmen, die gerade ein Sabbatical nahm und sich ein Jahr lang ihren Forschungen widmen wollte? Was schuldete er Dr. Althea Monroe? Nichts. Er war der Frau ja kaum begegnet.

Vielleicht machst du das für dein eigenes geistiges Wohlbefinden. Du kannst eine Chance verdammt gut gebrauchen. Und überhaupt: Was soll ein Seminar über Forensik und Kriminologie für wissensdurstige junge Köpfe schon schaden?

Er schaltete einen Gang zurück, lenkte seinen Pick-up von der Hauptstraße in die vertrauten Seitenstraßen, wo der Regen durch die kahlen Zweige der Bäume prasselte und gerade die Straßenlaternen angingen. Wasser spritzte unter seinen Reifen auf, und nur wenige Fußgänger trotzten dem Sturm. Jay hatte das Fenster einen Spalt heruntergekurbelt, und Bruno, eine Mischung aus Pitbull, Labrador und Bloodhound, presste seine große Nase an die schmale Ritze.

Als sie die Stadtgrenze von Baton Rouge passierten, ging Jay vom Gas. Die Stimme von Johnny Cash hallte in der Fahrerkabine des Toyota wider.

»My momma told me, son ...«

Jay bog in die holperige Einfahrt eines Hauses. Es war ein winziger Bungalow mit zwei Zimmern, der einst seiner Tante gehört hatte.

»... don't ever play with guns ...«

Er schaltete das Radio aus und stellte den Motor ab. Der Bungalow, ein Teil von Tante Colleens Nachlass, war von seinen dauernd miteinander streitenden Cousinen Janice und Leah zum Verkauf angeboten worden. Die Schwestern hatten ihm erlaubt, so lange dort abzusteigen. Im Gegenzug sollte er ein paar kleinere Reparaturen durchführen, zu denen Janice' nichtsnutziger Möchtegern-Rockstar-Gatte nicht in der Lage war.

Mit gerunzelter Stirn griff Jay nach dem Matchbeutel und dem Notebook und sprang aus dem Wagen. Dann ließ er den Hund hinaus und wartete. Bruno schnupperte und hob sein Bein an einer der Lebenseichen im Vorgarten. Jay schloss den Toyota ab, klappte den Kragen hoch, um sich vor dem Regen zu schützen, und eilte über das unkrautüberwucherte Pflaster in Richtung Haustür, die in der hereinbrechenden Dunkelheit von einer Außenlampe erleuchtet wurde. Der Hund folgte ihm auf den Fersen, wie immer, seit Jay ihn vor sechs Jahren angeschafft hatte – der einzige Welpe eines Sechserwurfs, den niemand wollte. Die Mutter war die Hündin seines Bruders gewesen, ein reinrassiges Bloodhound-Weibchen, die, als sie heiß war, nicht erst auf ein ebenfalls reinrassiges Bloodhound-Männchen gewartet hatte. Stattdessen hatte sie sich kurzerhand einen Weg aus dem Zwinger gebuddelt und sich mit dem netten Köter einen halben Kilometer die Straße runter zusammengetan. Das Resultat war ein Wurf Welpen, der keinen einzigen Cent wert war. Die Hunde entpuppten sich aber alle als treue Gefährten. Vor allem Bruno mit seiner ausgezeichneten Nase und seinen schlechten Augen. Jay bückte sich und tätschelte den Hund, der seinen Kopf liebevoll gegen Jays Hand drückte. »Na komm, dann lass uns den Schaden mal ansehen.«

»Folsom Prison Blues« hallte in seinem Kopf wider, als er die Haustür aufschloss und mit der Schulter dagegendrückte.

Das Haus roch muffig. Unbewohnt. Die Luft abgestanden. Trotz des starken Regens öffnete er zwei Fenster. Die letzten drei Wochenenden hatte er hier verbracht, die Zimmer gestrichen, die Fliesen in der Küche und dem einzigen Badezimmer neu verfugt und die Terrasse von Schmutz und Schutt befreit. Nun standen Terrakottakübel voller Pflanzen auf den frisch gestrichenen Holzdielen – statt einer verrosteten Waschmaschine, in der er auf ein leeres Hornissennest gestoßen war.

Trotzdem war er noch lange nicht fertig. Es würde Monate dauern, um das Haus in Schuss zu bringen. Jay stellte seine Taschen in dem kleinen Schlafzimmer ab und ging in die Küche. Ein uralter Kühlschrank brummte auf dem brüchigen Linoleum, das er noch ersetzen musste. Im Kühlschrank lag neben etwas vertrocknetem Käse ein Sixpack Lone-Star-Bier, von dem nur noch eine Flasche übrig war. Er zog sie an ihrem langen Hals heraus. Es war seltsam, dachte er, dass ausgerechnet Baton Rouge sein Hafen außerhalb von New Orleans geworden war, die Stadt, in der er aufgewachsen war und gearbeitet hatte.

Waren es die Nachwirkungen von Katrina, die ihm den Lebenssaft entzogen hatten? Das kriminaltechnische Labor in der Tulane Avenue war von dem Sturm zerstört und die Arbeit, die dort geleistet worden war, sowohl auf verschiedene Gemeinden und private Unternehmen als auch auf das kriminaltechnische Labor der Louisiana State Police in Baton Rouge verteilt worden. Mitunter arbeiteten sie in Trailern, die die Federal Emergency Management Agency, die nationale Koordinationsstelle der Vereinigten Staaten für Katastrophenhilfe – kurz FEMA –, zur Verfügung gestellt hatte. Es war ein Albtraum gewesen: die Überstunden, der Frust über die verlorengegangenen Beweismittel. Und erst die Zeit, die er als Freiwilliger damit verbrachte, den Sturmopfern zu helfen und die Aufräumarbeiten nach der Überflutung zu übernehmen! Er bezweifelte, dass es unter den Polizeibeamten jemanden gab, der nicht an Kündigung gedacht hatte. Viele hatten tatsächlich den Dienst quittiert und so für eine Unterbesetzung gesorgt, obwohl eher mehr engagierte Officers gebraucht wurden als weniger.

Jay verurteilte niemanden dafür. Viele Officers mussten

selbst mit dem Verlust ihres Hauses und ihrer Familie fertig werden.

Auch er hatte eine Veränderung gebraucht. Es waren nicht nur die horrenden Überstunden gewesen, die er geschoben hatte. Den Schrecken des Hurrikans mitzuerleben, mit anzusehen, wie die Stadt darum kämpfte, wieder auf die Beine zu kommen, während die FBI-Agenten gegenseitig mit dem Finger aufeinander zeigten, war schlimm genug gewesen. Doch zu wissen, dass so viel mühsam über die Jahre zusammengetragenes Beweismaterial im wahrsten Sinne des Wortes hinweggespült worden war, hatte zentnerschwer auf ihm gelastet. So eine Verschwendung. So ein Aufwand, die Dinge wiederzubeschaffen.

Mit dreißig war er bereits ausgebrannt.

Und irgendetwas hatte ihn zu dieser Reise nach Baton Rouge geführt.

Waren es die Plünderer gewesen, die verzweifelt oder kriminell genug waren, um ihren Vorteil aus der Tragödie zu ziehen?

Die Opfer, die in ihren eigenen Häusern oder in Pflegeheimen in der Falle gesessen hatten?

Die zögerliche Unterstützung durch die Regierung?

Der um ein Haar erfolgte Untergang seiner geliebten Stadt?

Oder lag es daran, dass sein eigenes Zuhause dem tosenden Wind und der hereinbrechenden Flut nicht standgehalten hatte und mitsamt seinem ganzen Besitz vollständig zerstört worden war?

Konnte er die Katastrophe für seine gescheiterte Affäre mit Gayle verantwortlich machen? War er schuld daran, dass ihre Beziehung zerbrochen war?

Jay stellte dem Hund in einem alten Topf frisches Wasser hin, dann öffnete er sein Bier. Er nahm einen kräftigen Schluck aus der Flasche und starrte durch das schmutzige, regennasse Fenster in den Garten. Eine Fledermaus schoss durch die Äste einer Magnolie. Die Dunkelheit senkte sich zusehends herab und erinnerte ihn daran, dass er noch Arbeit zu erledigen hatte.

Er drehte vorsichtig den Kopf hin und her und hörte seine Wirbel knacken. Dann ging er hinüber ins zweite Zimmer, das noch in einem furchtbaren Rosaton gestrichen war. Dort hatte er einen Schreibtisch, eine Lampe und einen kleinen Aktenschrank aufgestellt. Ein Hundekorb stand in der Ecke. Bruno, der einen alten, halb zerkauten Knochen aus Rohleder gefunden hatte, begann heftig mit den Zähnen daran zu arbeiten. Jay nahm noch einen Schluck Bier, dann stellte er die Flasche ab. Er öffnete sein Notebook und drückte den Einschaltknopf. Mit einem Summen startete der PC. Sekunden später rief Jay seine E-Mails ab.

Zwischen Spam und Mails von Kollegen und Freunden entdeckte er eine Nachricht von Gayle. Sein Magen zog sich zusammen, als er sie mit einem Klick öffnete und die knappen, scherzhaft gemeinten Worte überflog. Er konnte nichts Lustiges daran finden, was ihn nicht weiter überraschte. Sie hatten sich darauf geeinigt, Freunde zu bleiben, aber wer führte hier wen an der Nase herum? Es funktionierte nicht. Ihre Beziehung war beendet. War schon lange vor Katrina am Ende gewesen.

Er antwortete nicht auf die E-Mail, denn das war genauso überflüssig wie der Diamantring, der in seiner Büroschublade in New Orleans lag. Bei dem Gedanken daran wurden seine Lippen schmal. Was Ringe betraf, hatte er nicht viel Glück. Vor Jahren hatte er seiner Angebeteten auf der Highschool eine Art Freundschaftsring geschenkt. Doch Kristi Bentz hatte sich gleich nach ihrem Wechsel aufs All Saints College mit einem Teaching Assistant zusammengetan. Was für eine Ironie! Als er Jahre später Gayle einen Ring überreichte, nahm sie ihn an und begann, ihr Leben mit Jay – *sein* Leben – zu planen, bis er schließlich das Gefühl hatte, eine Schlinge um den Hals zu haben, die sich jeden Tag ein bisschen fester zusammenzog, so dass er kaum noch Luft zum Atmen hatte. Seine Haltung hatte Gayle mächtig gewurmt, und sie war immer besitzergreifender geworden. Sie hatte ihn ständig angerufen, war auf seine Freunde eifersüchtig gewesen, auf seine Kollegen, sogar auf seine verdammte Karriere. Und sie hatte ihn nie vergessen lassen, dass er eigentlich einmal Kristi Bentz hatte heiraten wollen. Gayle war der festen Überzeugung gewesen, er habe nie aufgehört, sich nach seiner Highschool-Liebe zu verzehren.

Was einfach unglaublich dämlich war.

Und so hatte er sie also gebeten, ihm den Ring zurückzugeben.

Sie hatte ihm den Diamanten an die Stirn geworfen, wo er seine Haut aufritzte und eine kleine Narbe über seiner linken Augenbraue hinterließ – ein Beweis für Gayles Jähzorn.

Jay war sicher, dass er einem weitaus größeren Geschoss hätte ausweichen müssen, wenn er erst die Hochzeit abgeblasen hätte.

So viel zu wahrer Liebe.

Er griff nach der Fernbedienung für den kleinen Fernseher auf dem Aktenschrank und ging weiter seine E-Mails durch, wobei er mit einem Ohr die Nachrichten verfolgte und auf die Sportnachrichten mit dem jüngsten Tabellenstand der New Orleans Saints wartete.

»... seit der Vorweihnachtszeit vom Campus des All Saints College verschwunden. Die Studentin wurde zuletzt am achtzehnten Dezember gegen sechzehn Uhr dreißig von ihrer Mitbewohnerin hier, in Cramer Hall, gesehen«, vernahm er die Stimme des Nachrichtensprechers.

Jay richtete seine Aufmerksamkeit auf den Fernsehschirm, auf dem eine Reporterin in einem blauen Parka bei Sturm und Regen in die Kamera blickte. Der Beitrag war vor dem Backsteingebäude aufgenommen worden, in dem Kristi Bentz vor Jahren während ihrer ersten Zeit am College gewohnt hatte. Vor seinem inneren Auge erschien ein Bild von Kristi, wie sie damals ausgesehen hatte: lange, kastanienrote Haare, ein durchtrainierter Körper und tiefliegende, intelligente Augen. Er war verrückt nach ihr gewesen und sicher, dass sie die Frau fürs Leben war. Natürlich hatte er längst erkannt, wie falsch er damals damit gelegen hatte. Zum Glück hatte sie ihre Beziehung beendet und ihm eine Ehe erspart, die für sie beide eine Falle gewesen wäre.

»Seit jenem Tag, eine Woche vor Weihnachten«, fuhr die Reporterin fort, »ist Rylee Ames nicht mehr lebend gesehen worden.« Das Foto einer jungen Frau Anfang zwanzig erschien auf dem Bildschirm. Mit ihren blauen Augen, den blonden Strähnchen und dem breiten Lächeln sah Rylee

Ames aus wie eine typische Cheerleaderin aus Kalifornien, obgleich die Reporterin sagte, dass sie die Highschool in Tempe, Arizona, und in Laredo im Bundesstaat Texas besucht hatte.

»Aus Baton Rouge Belinda Del Rey für WMTA.«

Rylee Ames. Der Name kam ihm bekannt vor.

Beunruhigt loggte sich Jay auf der Website des All Saints College ein und rief die Teilnehmerliste seines künftigen Seminars auf. Auf der waren nun auch die Namen jener Studenten vermerkt, die später dazugekommen waren. Der erste Name auf der Liste war Ames, Rylee. Dieser Name hatte auch bei seinem letzten Besuch der Website schon auf der Teilnehmerliste gestanden.

Jays Cop-Radar geriet in höchste Alarmbereitschaft, und er musste erst mal eine Stufe runterschalten, um nicht von einem Horrorszenario zum nächsten zu schwenken. Vergewaltigung, Folter, Mord – er hatte so viele grausame Verbrechen gesehen, aber er versuchte, keine voreiligen Schlüsse zu ziehen. Noch nicht. Es gab keinen Hinweis darauf, dass ihr etwas zugestoßen war, sie war lediglich verschwunden.

Es kam durchaus vor, dass junge Frauen in ihrem Alter das College abbrachen, wechselten oder, ohne ein Wort darüber zu verlieren, in den Skiurlaub oder zu einem Rockkonzert fuhren. Sie konnte also einfach abgehauen sein.

Doch vielleicht auch nicht. Er hatte lange genug am kriminaltechnischen Labor in New Orleans gearbeitet, um ein mulmiges Gefühl wegen dieser Studentin, der er nie begegnet war, zu verspüren. Er nahm einen Schluck Bier und ging die Liste weiter durch.

Arnette, Jordan.

Bailey, Wister.
Braddock, Ira.
Bentz, Kristi.
Calloway, Hiram.
Crenshaw, Geoffrey.

Moment mal. Wie bitte?

Bentz, Kristi?

Mit zusammengekniffenen Augen blickte er auf den Monitor und starrte den vertrauten Namen an, der sein Herz noch immer schneller schlagen ließ.

Das musste ein Irrtum sein!

Kristi Bentz konnte nicht in seinem Seminar sein. Aber da stand ihr Name, groß und deutlich. Was für eine grausame Ironie des Schicksals war das denn? Es war sehr unwahrscheinlich, dass es sich um eine andere Studentin mit demselben Namen handelte. Deshalb blieb ihm nichts anderes übrig, als sich mit der Tatsache abzufinden, dass er sie von nun an jeden Montagabend für drei Stunden wiedersehen würde.

Mist!

Der Regen trommelte gegen die Fensterscheibe, während er noch immer wie gebannt auf die Seminarliste starrte. Bilder von Kristi schwirrten durch seinen Kopf: Kristi, wie sie in einem Wald vor ihm davonlief, ihr langes Haar, das hinter ihr herwehte, das Spiel von Licht und Schatten der belaubten Äste auf ihrem Körper, ihr ansteckendes Lachen ... Kristi, wie sie aus einem Swimmingpool stieg, das Wasser, das von ihrem sanft gebräunten Körper perlte, ihr triumphierendes Lächeln, wenn sie den Wettkampf gewonnen hatte, ihr finsteres Stirnrunzeln, wenn sie verloren hatte ...

Kristi, wie sie neben ihm auf einer Decke auf der Ladefläche seines Pick-up lag und das Mondlicht auf ihrem makellosen Körper schimmerte.

»Hör damit auf!«, sagte er laut, und der stets wachsame Bruno war im selben Augenblick auf den Füßen und bellte grimmig. »Nein, mein Junge, es ist ... nichts.« Jay verbannte die Bilder seiner Jugendliebe aus seinem Kopf. Er hatte Kristi seit über fünf Jahren nicht mehr gesehen und ging davon aus, dass sie sich verändert hatte. Neben all seinen romantischen Erinnerungen gab es auch noch andere, und die waren nicht ganz so nett. Kristi hatte Temperament und eine messerscharfe Zunge.

Er hatte geglaubt, dass er über sie hinweg war, doch in Wahrheit war es ihm nahegegangen, als er von ihrer Begegnung mit dem Tod hörte, als er erfuhr, dass sie Psychopathen in die Hände gefallen war und Ewigkeiten im Krankenhaus verbracht hatte, um sich von den Übergriffen zu erholen. Es war ihm so nahegegangen, dass er sogar einen Floristen angerufen hatte, der ihr Blumen bringen sollte, doch dann hatte er seine Meinung geändert. Kristi war wie eine schlechte Angewohnheit, eine Angewohnheit, die man nicht so schnell abschütteln konnte. Es ging Jay so lange gut, wie er nichts von ihr hörte, nichts über sie las oder ihr nicht begegnete. Sämtliche alten Emotionen waren sorgfältig unter Verschluss. Er hatte sich für andere Frauen interessiert. Er war sogar verlobt gewesen. Trotzdem, sie nun Woche für Woche sehen zu müssen ...

Es würde ihm vielleicht guttun, entschied er plötzlich. »Das dient dazu, deinen Charakter zu bilden«, hatte seine Mutter immer gesagt, wenn er in Schwierigkeiten geraten war und seine Strafe entgegennahm, für gewöhnlich aus den Händen seines Vaters.

»Zur Hölle«, murmelte Jay, als er die wahre Bedeutung dessen, was ihm bevorstand, erfasste. Mit gerunzelter Stirn gab er sich für einen kurzen Moment der Vorstellung hin, wie er Kristi unterrichtete, wie er sie prüfte und benotete, wie sie von ihm abhängig war. O Gott! Was dachte er da nur!

Er spülte sein Bier hinunter und knallte die leere Flasche auf den Schreibtisch. Er hatte doch nicht seinen verdammten Arbeitsplan geändert, damit begonnen, Zehn-Stunden-Schichten zu schieben, und mühsam sein ganzes Leben auf den Kopf gestellt, nur um jede Woche Kristi gegenüberstehen zu müssen! Er presste den Kiefer so fest zusammen, dass es schmerzte.

Vielleicht würde sie das Seminar wieder verlassen. Bestimmt würde Kristi ihren Stundenplan ändern, wenn sie feststellte, dass er für Dr. Monroe einsprang. Zweifelsohne würde sie genauso ungern mit ihm zu tun haben wollen wie er mit ihr. Was für eine Vorstellung, er als ihr Dozent!

Er ging den Rest der Liste mit den fünfunddreißig Studenten durch, die sich für Kriminologie interessierten – jetzt nur noch vierunddreißig. Sein Blick heftete sich wieder auf den obersten Namen: Rylee Adams. Verwirrt kratzte Jay die Bartstoppeln auf seinem Kinn.

Was zum Teufel war mit ihr passiert?

2.

»Keine laute Musik, keine Haustiere, keine Zigaretten – steht alles hier im Mietvertrag«, sagte Irene Calloway, obwohl sie selbst verdächtig nach Zigarettenqualm roch. Irene war Anfang siebzig und in ihrer ausgeblichenen Baggy Jeans und dem XXL-T-Shirt dünn wie ein Streichholz. Ein paar kurze graue Haarsträhnen lugten unter ihrer roten Baskenmütze hervor. Sie blickte Kristi durch dicke Brillengläser an. Sie saßen an einem kleinen alten Tisch in dem möblierten Ein-Zimmer-Apartment im zweiten Stock. Das Apartment mit den Mansardenfenstern, dem alten Kamin, den Holzdielen und den schlierigen Scheiben hatte etwas Besonderes. Es war gemütlich und ruhig, und Kristi konnte ihr Glück kaum fassen, eine solche Unterkunft gefunden zu haben. Irene tippte mit einem knochigen Finger auf das Kleingedruckte des Mietvertrags.

»Ich habe alles zur Kenntnis genommen«, versicherte Kristi, obwohl die Kopie, die sie ihr gefaxt hatte, unleserlich gewesen war. Ohne weitere Zeit zu verschwenden, unterschrieb sie beide Ausführungen des Vertrags und reichte eine davon ihrer neuen Vermieterin.

»Sie sind nicht verheiratet?«

»Nein.«

»Keine Kinder?«

Etwas ungehalten schüttelte Kristi den Kopf. Irenes Fragen waren ihr zu persönlich.

»Kein Freund? Im Mietvertrag ist nur eine Person für das

Apartment vorgesehen.« Sie machte eine ausholende Handbewegung, die den kleinen Raum umfasste, welcher einst ein Dachboden, vielleicht ein Dienstbotenquartier gewesen war.

»Was ist, wenn ich mich dazu entschließe, einen Mitbewohner bei mir aufzunehmen?«, fragte Kristi, obwohl sich dieser Mitbewohner – wer auch immer es sein sollte – mit einem durchgesessenen Zweisitzer oder einer Luftmatratze würde begnügen müssen.

Irenes Lippen wurden schmal. »Dann muss der Mietvertrag neu aufgesetzt werden. Außerdem möchte ich jeden zukünftigen Mieter überprüfen, und es muss eine zusätzliche Kaution hinterlegt werden. Untermiete ist nicht erlaubt. Verstanden?«

»Im Moment werde nur ich hier wohnen«, sagte Kristi, bemüht, ihre Zunge im Zaum zu halten. Sie brauchte dieses Apartment. Es war schwer, während des Semesters eine Unterkunft zu finden, vor allem eine in der Nähe des Campus. Sie war zufällig im Internet darauf gestoßen. Die kleine Wohnung hatte zu den wenigen gehört, die sie sich leisten konnte und die zu Fuß vom College zu erreichen waren. Und was einen Mitbewohner anging: Kristi wohnte lieber allein, aber unter Umständen würde ihr Budget sie dazu zwingen, sich die Miete und die Nebenkosten mit jemandem zu teilen.

»Gut. Ich habe keine Zeit für Geschwätz.«

Kristi erwiderte nichts. Aber die ältere Frau fing an, ihr auf die Nerven zu gehen.

»Keine weiteren Fragen?« Irene faltete ihre Kopie des Mietvertrags geräuschvoll mit dem Fingernagel und schob sie in eine Seitentasche ihrer selbstgehäkelten Tasche.

»Im Augenblick nicht.«

Irenes dunkle Augen verengten sich hinter ihrer Brille, als würde sie Kristi abschätzig mustern.

»Wenn es irgendwelche Probleme geben sollte, können Sie sich auch an meinen Enkel Hiram wenden. Er wohnt in 1a und ist so eine Art Verwalter auf Abruf. Kann es mit der Miete verrechnen, wenn er Reparaturen erledigt oder sich um kleinere Probleme kümmert. Seine Eltern haben sich getrennt und dabei vergessen, dass sie Kinder in die Welt gesetzt haben. Verrückt.« Sie fischte eine Karte mit ihrem Namen und ihrer sowie Hirams Telefonnummer aus der Jeanstasche und schob sie über den Tisch. »Ich habe meinem Sohn gesagt, dass es ein Fehler ist, sich mit dieser Frau einzulassen, aber hat er auf mich gehört? Oh, nein ... Dieser Dummkopf.«

Als hätte sie gemerkt, dass sie zu weit gegangen war, fügte Irene rasch hinzu: »Hiram ist ein guter Junge. Arbeitet hart. Wenn Sie möchten, hilft er Ihnen beim Einzug, bringt alles an und so weiter. Hat er von meinem Mann gelernt, möge er in Frieden ruhn.« Sie stand auf und fuhr fort: »Oh, ich habe Hiram aufgetragen, neue Sicherheitsschlösser an den Türen anzubringen. Und sollten Sie auf irgendwelche Fensterriegel stoßen, die nicht richtig schließen, wird er sich ebenfalls darum kümmern. Haben Sie schon das Neuste gehört?« Ihre grauen Augenbrauen schossen in die Höhe, und sie kratzte sich nervös am Kinn, als wägte sie ab, was sie preisgeben sollte. »Ein paar Studentinnen sind während des Semesters verschwunden. Leichen wurden nicht gefunden, aber die Polizei geht von einem Gewaltverbrechen aus. Wenn Sie mich fragen, sind die alle auf und davon.« Sie blickte zur

Seite und murmelte: »Passiert doch dauernd, aber man kann trotzdem nicht vorsichtig genug sein.« Sie nickte, als wollte sie sich selbst bestätigen, und klemmte sich ihre Tasche unter den Arm. »Zu meiner Zeit war das alles anders. Die meisten Seminare wurden von Priestern und Nonnen gehalten, und das College hatte noch einen guten Ruf, aber jetzt ... ach!« Irene fuhr mit der Hand durch die Luft, als verscheuchte sie eine lästige Mücke. »Wenn Sie mich fragen: Allmählich bekommt man den Eindruck, die heuern alle möglichen ... Spinner an, jeden, der einen Abschluss hat. Sie halten Seminare über Vampire und Dämonen und alles mögliche satanische Zeug ... Weltreligionen, nicht nur Christentum, wohlgemerkt ... und erst diese schlechten Theateraufführungen! Oh, ich will mich gar nicht erst über den Fachbereich Englisch auslassen. Er wird von einer Irren geleitet, lassen Sie sich das gesagt sein. Natalie Croft hat kein Recht darauf, ein Seminar zu leiten, und schon gar nicht einen ganzen Fachbereich!« Sie schnaubte und öffnete die Tür. »Seit Vater Anthony – oh, Verzeihung, ›Vater Tony‹ – Vater Stephen abgelöst hat, ist die Hölle los, vermutlich, weil er so hip ist und gut Freund mit jedem.«

Mit zusammengepressten Lippen schüttelte Irene den Kopf und trat über die Schwelle hinaus auf die Außentreppe. »Wo liegt denn da der Fortschritt? Sie führen Moralitäten auf – ach du Schande! Vampire? Es hat ganz den Anschein, als befände sich das All Saints College auf dem Weg zurück ins finsterste Mittelalter!« Damit umfasste sie das Geländer und eilte die Treppen hinunter.

Offenbar zählte Irene Calloway nicht zu den Menschen, die frei von Vorurteilen waren.

Kristi schloss die Tür hinter ihrer neuen Vermieterin und überprüfte die Fenster.

Sämtliche Fensterriegel in dem kleinen Apartment waren defekt. Gleich nachdem Kristi die Treppe hinuntergegangen war, um ihre Sachen zu holen, wählte sie Hirams Nummer. Irenes Enkel meldete sich nicht, aber Kristi hinterließ ihm eine Nachricht und ihre Telefonnummer auf dem Anrufbeantworter und begann, ihre wenigen Besitztümer in ihr neues Zuhause zu schaffen – ein Krähennest, von dem aus man über das Gelände des All Saints College blicken konnte.

An ihrem Schreibtisch im Baton Rouge Police Department starrte Detective Portia Laurent auf die Fotos der vier vermissten Studentinnen. Keine von ihnen war wieder aufgetaucht. Sie waren wie vom Erdboden verschluckt.

Während um sie herum ihre Kollegen auf den Computertastaturen klapperten, die Drucker summten und eine alte Uhr die letzten Tage des Jahres hinwegtickte, betrachtete Portia die Fotos wohl zum tausendsten Mal. Sie waren alle so jung! Lächelnde junge Frauen mit frischen Gesichtern, Intelligenz und Hoffnung im Blick.

Oder war das nur eine Maske?

Lauerte etwas Finsteres hinter diesem strahlenden Lächeln?

Diese Mädchen waren abgeschrieben. Niemand, weder die Kollegen beim Police Department noch die College-Verwaltung, noch nicht einmal die Angehörigen der vermissten Studentinnen schienen ein Gewaltverbrechen in Erwägung zu ziehen. Keiner. Diese lächelnden Ex-College-

Studentinnen waren einfach abgehauen, eigensinnige ungezähmte Mädchen, die sich aus irgendeinem Grund dazu entschieden hatten zu verschwinden.

Waren sie in Drogengeschichten verwickelt?

In Prostitution?

Oder hatten sie einfach keine Lust mehr zu studieren?

Gab es irgendwelche Freunde, mit denen sie durchgebrannt waren?

Hatten sie sich entschlossen, per Anhalter durchs Land zu trampen?

Oder wollten sie nur eine kleine Auszeit nehmen und waren nicht mehr zurückgekehrt?

Portia schien die einzige Person auf dem Planeten zu sein, die sich Sorgen machte. Sie hatte sich Kopien von den Studentenausweisen der Mädchen an die Pinnwand ihres Arbeitsplatzes geheftet. Die Originale steckten in dem großen Aktenordner mit Fotos sämtlicher in jüngster Zeit vermisster Personen. Aber das hier war etwas anderes: Diese Fotos zeigten junge Frauen, die alle vier das All Saints College besucht hatten und plötzlich spurlos verschwunden waren. Es gab keine Kreditkartenabbuchungen, keine eingelösten Schecks, keine Bargeldabhebungen. Sie hatten weder ihre Handys benutzt, noch waren sie in einem der örtlichen Krankenhäuser aufgetaucht. Keine hatte ein Bus- oder Flugticket gekauft oder war im Internet gewesen.

Portia starrte auf die Fotos und fragte sich, was zum Teufel mit ihnen passiert war. Tief im Innern ging sie davon aus, dass sie tot waren, auch wenn sie gleichzeitig hoffte, dass ihr Cop-Instinkt falsch lag.

Die Studentinnen hatten kein Fahrzeug besessen und

stammten auch ursprünglich nicht aus dem Bundesstaat Louisiana. Die letzten Personen, die sie lebend sahen, hatten nichts Seltsames festgestellt und konnten der Polizei nicht den geringsten Hinweis darauf liefern, was die Mädchen vorgehabt hatten, wohin sie gegangen waren, mit wem sie sich getroffen haben könnten.

Es war einfach frustrierend.

Portia fischte in ihrer Handtasche nach der Packung Zigaretten, dann rief sie sich in Erinnerung, dass sie das Rauchen aufgegeben hatte. Vor drei Monaten, vier Tagen und fünf Stunden. Sie nahm sich einen Nikotinkaugummi und verspürte beim Kauen eine leichte Befriedigung. Dann blickte sie wieder von einem Foto zum anderen.

Das erste Opfer, das nun schon fast seit einem Jahr vermisst wurde, genauer gesagt seit letztem Januar, war eine afroamerikanische Studentin mit hohen Wangenknochen und einem schönen, perlend weißen Lächeln. Dionne Harmon hatte eine Tätowierung mit dem Schriftzug *LOVE*, umrankt von Blumen mit flatternden Kolibris, auf dem Rücken und stammte aus New York City. Ihre Eltern waren nie verheiratet gewesen und mittlerweile beide tot. Ihre Mutter war an Krebs gestorben, ihr Vater bei einem Betriebsunfall. Ihr Bruder Desmond hatte bereits drei Kinder in die Welt gesetzt und drückte sich vor den Unterhaltszahlungen. Als Portia versucht hatte, ihn zu erreichen, hatte er ihr mitgeteilt, es interessiere ihn nicht, was aus der Hure geworden sei.

»Wie nett«, sagte Portia laut, als sie sich das Telefongespräch in Erinnerung rief. Keiner von Dionnes Freunden konnte sich erklären, was mit ihr passiert war, aber die Person, die angab, sie zuletzt gesehen zu haben, war Dr. Grotto, einer ihrer Professoren. Zumindest schien er besorgt zu sein. Grottos Spezialgebiet war der Vampyrismus mit y, was Portia ein wenig merkwürdig vorkam, aber schließlich interessierten sich die Leute manchmal für die seltsamsten Dinge. Mit Mitte dreißig hatte Grotto mehr Sexappeal, als es für einen College-Professor erlaubt sein sollte. Er war mit Sicherheit weitaus interessanter als die verstaubten alten Lehrer, mit denen sie damals in ihren zwei Jahren auf dem All Saints College zu tun gehabt hatte.

Die anderen vermissten Studentinnen stammten auch aus zerrütteten Familien, die sich einen Dreck um sie scherten und sie als verantwortungslose Ausreißerinnen abstempelten, die ständig in Schwierigkeiten steckten.

Wie merkwürdig, dass sie alle auf dem All Saints College gelandet und eine nach der anderen in den letzten achtzehn Monaten verschwunden waren!

Portia glaubte nicht an Zufall.

Die Medien hatten Wind von der Sache bekommen und machten Druck. Die Öffentlichkeit war nervös, im Police Department klingelte ständig das Telefon.

Nach Dionne waren Tara Atwater und Monique DesCartes verschwunden, Monique im Mai, Tara im Oktober. Und jetzt Rylee Ames. Alle vier hatten überwiegend dieselben Kurse besucht, so auch das Vampyr-Seminar von Dr. Dominic Grotto.

Wusch!

Ein Ordner landete auf ihren Fotos.

»Hey!«, sagte Detective Del Vernon und lehnte sich mit der Hüfte an ihren Schreibtisch. »Noch immer mit den vermissten Mädchen beschäftigt?«

Und wieder das gleiche Blabla, dachte Portia mit einem innerlichen Seufzen und stellte sich auf eine Standpauke des Ex-Militärs ein. Vernon, ein gutaussehender Schwarzer mit Glatze, hatte sich seine gestählte Figur bewahrt, obwohl er schon in den Vierzigern war. Er hatte breite Schultern, eine schmale Taille, und laut Stephanie, einer der Sekretärinnen, war sein Hintern genauso stramm wie seine militärische Haltung. Das stimmte. Vernon hatte einen großartigen Körper. Portia versuchte, nicht daran zu denken.

»Was ist das?«, fragte sie, griff nach dem Ordner und schlug den Tatortbericht mit dem Foto einer toten Frau auf.

»Jane Doe ... aufgeschlitzte Kehle, Police Department Memphis. Sieht so aus, als könnte das derselbe Kerl gewesen sein, der die Frau umgebracht hat, die wir letzte Woche in der Nähe der River Road gefunden haben.«

»Beth Staples.«

»Genau. Ich will, dass du das überprüfst.«

»Alles klar«, sagte sie und wartete darauf, dass er sie daran erinnerte, die vermissten Mädchen vom All Saints College seien kein Fall für die Mordkommission und gingen sie daher nichts an.

Doch er sagte nichts. Stattdessen klingelte sein Handy. Der Detective klopfte mit den Fingern auf ihren Tisch und ging dann durch das Labyrinth der Großraumarbeitsplätze. »Vernon«, meldete er sich knapp, schritt durch die Glastür seines Büros und schloss sie mit einem Fußtritt hinter sich.

Portia riss ihre Aufmerksamkeit von den Fotos der vermissten Studentinnen los und wandte sich der Akte Jane

Doe zu. Es bestand schließlich durchaus die Möglichkeit, dass sie falsch lag, die Möglichkeit, dass die Mädchen noch am Leben waren.

Aber sie würde nicht darauf wetten.

Zwei Tage nachdem Kristi ihr Apartment bezogen hatte, hatte sie auch schon einen Job als Kellnerin in einem Diner drei Blocks vom Campus entfernt an Land gezogen. Sie würde dort zwar nicht reich werden, aber sie war mit ihren Schichten flexibel, und genau das wollte sie. Leute zu bedienen war nicht gerade ihr Traumjob, aber alles war besser als die Arbeit für die Gulf Auto and Life Insurance Company, für die sie in den letzten Jahren viel zu viel gearbeitet hatte. Außerdem hatte sie ihren Wunsch, über wahre Kriminalfälle zu schreiben, noch nicht aufgegeben. Sie musste nur auf die richtige Story stoßen, dann würde sie vielleicht die nächste Ann Rule werden.

Es dämmerte, und die ersten Regentropfen fielen, als sie mit eingezogenem Kopf, den Rucksack über eine Schulter geworfen, den Campus überquerte. Es war der Tag vor Silvester. Eine eisige Böe fegte um die Ecken, rüttelte an den Zweigen der Eichen und Kiefern und streifte Kristis Nacken mit einem frostigen Kuss. Sie schauderte. Der Temperatursturz hatte sie überrascht. Sie war müde vom Umzug, und ihre Beine fühlten sich an wie Blei. Kristi bog um die Ecke hinter Cramer Hall, wo sie während ihres ersten College-Jahrs vor beinahe zehn Jahren gewohnt hatte. Das Gebäude hatte sich nicht sonderlich verändert, bestimmt nicht so sehr wie sie selbst ...

Plötzlich glaubte sie, aus dem Augenwinkel eine Bewegung, einen dunklen Schatten in der dichten Hecke unweit der Bibliothek wahrzunehmen. Die Gaslaternen schimmerten bläulich und verbreiteten ein diffuses Licht. Kristi entdeckte niemanden. Offenbar hatte ihr ihre überaktive Fantasie einen Streich gespielt.

Doch konnte man ihr deswegen einen Vorwurf machen? Logisch, dass sie nervös war, wenn man daran dachte, was sie in den Händen dieser unmenschlichen Psychopathen erlebt hatte, an die Warnungen ihres Vaters und an die Bemerkungen ihrer Vermieterin. »Du musst drüber hinwegkommen«, ermahnte sie sich, als sie am Wagner House vorbeikam, einem großen Klinkerbau mit hohen dunklen Fenstern und schwarzen Eisengittern davor. Heute Abend sah das stattliche alte Haus unheilverkündend aus, sogar bedrohlich. *Und du glaubst also, du könntest True Crime schreiben? Tatsachenberichte? Wie wär's mit erfundenen Geschichten? Vielleicht Horror? Oder irgendetwas, das deiner gruseligen Fantasie entspricht. Mein Gott, Kristi, reiß dich zusammen!*

Als sie ihr Tempo wegen des stärker werdenden Regens beschleunigte, hörte sie Schritte auf dem Weg hinter sich. Sie warf einen verstohlenen Blick über die Schulter, sah jedoch abermals niemanden. Nichts. Die Schritte waren nicht mehr zu hören. Es war, als würde ihr jemand folgen, der nicht entdeckt werden wollte.

Ihr Magen zog sich zusammen, und sie dachte an das Pfefferspray in ihrem Rucksack. Wenn sie die Wahl hätte zwischen Pfefferspray und ihren Fähigkeiten in Selbstverteidigung ...

Du lieber Himmel, hör auf damit!

Sie setzte sich wieder in Bewegung. Angespannt lauschte sie auf ein Scharren, auf ein Geräusch wie schweres Atmen, falls Wer-auch-immer-es-sein-mochte die Verfolgung wieder aufnahm, aber alles, was sie hörte, war die lebhafte Straße, das Quietschen von Rädern auf nassem Asphalt, das Dröhnen der Motoren und ein gelegentliches Kreischen von Bremsen oder Getrieben. Nichts Unheimliches. Nichts Bedrohliches. Doch obwohl sie sich innerlich dafür schalt, hörte ihr Herz nicht auf, heftig zu klopfen, und sie öffnete den Reißverschluss ihres Lederrucksacks. Unmittelbar darauf hielt sie das Pfefferspray in der Hand.

Wieder warf sie einen Blick über die Schulter.

Wieder sah sie nichts.

Sie rannte fast, als sie sich dem Campustor näherte, das ihrem Apartment am nächsten lag. Sie hatte soeben die Straße erreicht, als ihr Handy klingelte. Leise fluchend griff sie in die Manteltasche. Auf dem Display blinkte der Name ihres Vaters. Plötzlich dankbar, dass er anrief, ging sie dran. »Hey, arbeitest du nicht?«

»Sogar Cops machen ab und zu eine Pause.«

»Und da hast du dir überlegt, in deiner Pause einen Kontrollanruf bei mir zu machen.«

»Du hast mich angerufen«, erinnerte Rick Bentz seine Tochter.

»O ja, stimmt ...« Das hatte sie ganz vergessen. Ein weiterer kleiner Hinweis darauf, dass sie noch nicht wieder hundertprozentig auf dem Damm war – ihr verdammtes Gedächtnis. Immer wieder kam es vor, dass sie irgendetwas Wichtiges völlig vergaß. »Ich wollte dir meine neue Adresse mitteilen und erzählen, dass ich einen Job im Bard's Board habe. Das ist ein Diner, und alle Gerichte sind nach Charakteren von Shakespeare benannt. Du weißt schon, Jagos eisgekühlte

Latte, Romeos Reuben-Sandwich und Lady Macbeths Finger. Ich glaube, es gehört zwei ehemaligen Englischlehrern. Jedenfalls muss ich die Gerichte bis Montagmorgen auswendig lernen, dann fange ich an. Ich hoffe, es wird meinem Gedächtnis wieder ein wenig auf die Sprünge helfen.«

»Jagos eisgekühlte Latte klingt obszön.«

»Nur in deinen Ohren, Dad. Es ist ein Milchkaffee.«

Inzwischen war sie vor ihrem Haus angekommen. Lächelnd fragte sie: »Und wie geht es dir?«

»Gut. Warum?«

Sie dachte an das Bild, das sie am Vortag von ihm gesehen hatte: Ihr Vater, der langsam immer bleicher geworden war.

»Nur so.«

»Du gibst mir das Gefühl, alt zu sein.«

»Du *bist* alt, Dad.«

»Sei nicht so frech«, sagte er, aber in seiner Stimme schwang ein Lachen mit.

Beinahe hätte sie erwidert: »Ganz der Vater«, aber sie unterdrückte ihre Worte. Rick Bentz war immer noch ein wenig empfindlich, wenn er daran erinnert wurde, dass er nicht ihr leiblicher Vater war. Stattdessen sagte sie: »Hör mal, ich muss mich beeilen. Ich ruf dich später zurück. Hab dich lieb!«

»Ich dich auch.«

Sie machte sich auf den Weg die Außentreppe hinauf und begegnete im ersten Stock einem zierlichen Mädchen. Es kämpfte mit etwas, das wie ein undichter Müllsack aussah. Die dunkelhaarige Asiatin blickte auf und lächelte. »Du musst die neue Nachbarin sein.«

»Ja. Zweiter Stock. Ich bin Kristi Bentz.«

»Mai Kwan. Apartment 202.« Sie machte eine ausholende Handbewegung in Richtung der offenen Tür am Anfang des Flurs. »Bist du Studentin? Hey, gib mir eine Sekunde, ich bring das hier schnell in den Müllcontainer.« Mit einer geschmeidigen Bewegung schlüpfte sie um Kristi herum und eilte die Treppen hinunter. Ihre Flip-Flops klapperten laut.

Kristi sah ihr verwundert nach. Eigentlich hatte sie keine Lust, bei Regen und Kälte hier draußen auf der Treppe zu stehen. Als sie den zweiten Stock erreichte, vernahm sie das Flappen von Mais Flip-Flops, die hinter ihr die Treppe heraufeilte. Kristi hatte gerade ihre Tür aufgeschlossen und das Apartment betreten, als Mai von draußen rief: »Warte, Kristi!«

Worauf?, dachte Kristi, aber sie blieb in der offenen Tür stehen. Der Geruch nach Regen wehte in das Zimmer. In diesem Augenblick erschien Mai und stolzierte ungebeten an ihr vorbei. Ihre Sandalen hinterließen kleine Pfützen auf dem alten Holzboden.

»Oh, wow!«, sagte die Asiatin und ließ den Blick durch Kristis Apartment schweifen. Ihr Haar, das bis zum Kinn gestuft war, schimmerte im Schein der Lampe. »Das sieht ja toll aus!« Sie grinste und entblößte dabei eine Reihe von geraden, weißen Zähnen, die von Lippen mit glänzend korallenrotem Lipgloss umrahmt wurden. Ihre sorgfältig geschminkten dunklen Augen taxierten die Umgebung genau.

An einem Ende des langgezogenen Zimmers mit Blick auf den Campus befand sich eine kleine Küchenzeile, abgetrennt durch eine Falttür. In eine der Dachgauben hatte

Kristi einen kleinen Schreibtisch gestellt, in die andere einen Lesesessel und eine Couch. Sie hatte die Möbel so gut sie konnte gereinigt und ein paar preiswerte Teppiche auf dem Fußboden verteilt. Eine der Lampen, eine Tiffany-Kopie, hatte sie mitgebracht. Die andere, eine moderne Stehlampe mit einem Schirm, der von der Glühbirne bräunlich verfärbt war, gehörte zur Einrichtung. Die Wände waren mit Postern berühmter Schriftsteller und Fotos von Kristis Familie bedeckt, außerdem hatte sie Kerzen gekauft und auf den Fensterbänken und dem zerschrammten Beistelltischchen verteilt. Ein Spiegel, den sie in einem Secondhand-Laden entdeckt hatte, und ein paar wohlplazierte Blumentöpfe verliehen dem Apartment den bestmöglichen Studentenschick.

»Das ist wundervoll! Mein Gott, du hast ja sogar einen Kamin!« Mai ging zu dem üppig verzierten Sims und fuhr mit dem Finger über das alte Holz. »Ich liebe Feuer. Bist du auch Studentin?«, wiederholte sie ihre Frage von vorhin.

»Ja. Erstes Semester. Hauptfach Englisch«, erklärte Kristi.

»Ich war überrascht, als ich hörte, dass das Apartment vermietet ist.« Mai wanderte noch immer durchs Zimmer und betrachtete die Bilder, die Kristi aufgehängt hatte. Sie kniff die Augen zusammen und beugte sich vor, um ein gerahmtes Foto genauer anzusehen. »Hey, das bist ja du mit diesem berühmten Cop aus New Orleans! Warte mal ... Kristi Bentz, bist du die Tochter von –«

»Detective Rick Bentz, ja«, gab Kristi ein wenig unbehaglich zu.

Mai trat noch näher an die Aufnahme und starrte den Schnappschuss von Kristi und ihrem Vater auf einem Boot an, als wollte sie sich jedes Detail einprägen. Das Bild war fünf Jahre alt. Es war eines von Kristis Lieblingsfotos. »Er hat eine Reihe von Serienmorden hier in der Gegend aufgeklärt, stimmt's? Den Fall in der alten Irrenanstalt? Wie hieß die noch gleich?« Mai schnippte mit den Fingern, und noch bevor Kristi antworten konnte, stieß sie hervor: »Our Lady of Virtues, das war's. Oh, wow. Rick Bentz ... er ist so was wie 'ne lebende Legende.«

Nun ja, das war etwas zu viel für Kristi. »Er ist nur mein Vater.«

»Aber dann ...« Mai legte den Kopf schief. »Dann warst du ... du ...« Sie drehte sich um und blickte Kristi an. Ein ehrfürchtiger Ausdruck trat auf ihr Gesicht. »Du warst in die Sache verwickelt, nicht wahr? Wärst beinahe selbst zum Opfer geworden. Mein Gott! Ich interessiere mich irgendwie für Serienmörder. Ich will damit nicht sagen, dass ich sie glorifiziere oder so – sie sind böse –, aber sie faszinieren mich. Was meinst du?«

»Mich nicht«, sagte Kristi entschieden, obwohl sie in Wahrheit darüber nachdachte, ein Buch über wahre Fälle zu schreiben und somit ebenfalls ein überdurchschnittliches Interesse an abartigen Verbrechern zeigte. Doch das wollte sie nicht mit einer Nachbarin diskutieren, die sie erst vor weniger als fünf Minuten kennengelernt hatte. »Warum bist du überrascht, dass ich das Apartment gemietet habe?«

»Dass es überhaupt jemand gemietet hat.« Mai betrachtete wieder das Foto von Kristi und ihrem Vater.

»Tatsächlich? Wieso?«

»Wegen seiner Geschichte.«

»Welcher Geschichte?«

»Oh … du weißt schon.« Als Kristi nichts erwiderte, fügte Mai hinzu: »Wegen der Vormieterin.«

»Das musst du mir bitte erklären.«

»Tara Atwater, *die* Tara Atwater, die im letzten Herbst verschwunden ist!«

»Wie bitte?« Fast hätte Kristis Herz ausgesetzt.

»Tara ist die dritte vermisste Studentin. Bei der zweiten, Monique, hat die Presse angefangen, ein bisschen intensiver herumzuschnüffeln. Letzten Mai. Aber weil es kurz vor Semesterende war, ging man davon aus, sie habe einfach das College geschmissen. Dann hat man nichts mehr gehört, bis zum Herbst, als Tara verschwand. Wo warst du denn?«

»In New Orleans«, antwortete Kristi und täuschte Unwissenheit vor. Sie wollte nicht, dass Mai mitbekam, wie aufgewühlt sie in Wirklichkeit war.

»Du musst doch von den verschwundenen Studentinnen gehört haben.« Mai ließ sich in den überdimensionierten Sessel plumpsen und ihre Füße über die Lehne baumeln. »Es war überall in den Nachrichten … Na ja, zuerst haben die Behörden so getan, als hätten die Mädchen das Studium geschmissen oder wären einfach abgehauen. Es gibt keine Beweise, dass auch nur einer von ihnen tatsächlich etwas passiert ist. Und das Eigenartige an der Sache ist, dass sich noch nicht mal ihre Familien Sorgen machen. Alle gehen davon aus« – sie schnippte wieder mit den Fingern –, »dass sie sich ganz einfach aus dem Staub gemacht haben.«

Nicht alle, dachte Kristi, die sich an die Besorgnis ihres Vaters erinnerte.

»Sie werden vermisst, und es wird ein großer Wirbel darum gemacht. Dann verschwindet die Story von Seite eins, und keiner scheint mehr daran zu denken, bis das nächste Mädchen weg ist.« Mai runzelte frustriert die Stirn.

»Und eine von ihnen hat hier gewohnt?« Kristi dachte an ihr neues Apartment, das »Schnäppchen«, das sie im Internet gefunden hatte. Kein Wunder, dass sie es sich leisten konnte.

»Ja. Tara aus Georgia. Süd-Georgia, glaub ich, irgendein winziges Kaff. Ich weiß nicht viel über sie. *Niemand* wusste viel über sie. Ich hab sie zwar ein paarmal gesehen, aber mich nie mit ihr unterhalten. Und als sie dann verschwunden ist, hat es eine Zeitlang gar keiner bemerkt.«

»Und deshalb hat anschließend niemand das Apartment gemietet?«

»Mrs Calloway hat das Angebot ins Internet gestellt und das ›Zu vermieten‹-Schild rausgehängt, doch dann ist Rylee Ames verschwunden. Jetzt sind die vermissten Mädchen wieder ganz groß in den Medien – ich kann nicht glauben, dass du nichts davon mitbekommen hast! –, aber da hattest du ja schon den Mietvertrag unterschrieben.« Sie zupfte eine winzige Feder von der prall gepolsterten Armlehne und ließ sie zu Boden schweben.

Kristis Nackenhaare sträubten sich bei dem Gedanken an Tara Atwater. Wohnte sie, Kristi, tatsächlich in einem Apartment, in dem noch kurz zuvor eine nun vermisste junge Frau lebte, die möglicherweise Opfer eines Gewaltverbrechens geworden war? »Und die Polizei ist sich sicher, dass sie verschwunden ist … und auch, dass die anderen verschwunden sind? Vielleicht sind sie wirklich nur abgehauen?«

Mai zuckte die Schultern. »Ich weiß nicht, wovon die Polizei ausgeht. Ich glaube nicht, dass sie bisher irgendetwas herausgefunden hat.« Sie stieß einen angewiderten Seufzer aus.

Kristi dachte an die Fensterschlösser, die nicht funktionierten. »Erzähl mir von Hiram.«

»Irenes Enkel?« Mai zuckte die Achseln. »Ein absoluter Technik-Freak.«

»Er soll meine Fensterriegel reparieren und ein neues Sicherheitsschloss anbringen.«

»In welchem Jahrhundert? Er ist wie ein Geist, man sieht ihn nie. Vergiss es also. Übrigens, wenn du Silvester noch nichts vorhast: Ich bin mit ein paar Freunden im Watering Hole verabredet. Du könntest mit uns ins neue Jahr feiern, du weißt schon, ›Auld Lang Syne‹, lustige Hütchen, Konfetti, Champagner und das ganze Drumherum. Kostet nur so viel, dass die Band bezahlt werden kann.«

»Vielleicht«, sagte Kristi, als hätte sie schon andere Pläne. »Mal sehen.«

Die ersten Klänge eines klassischen Musikstücks, das Kristi nicht kannte, ertönten, und Mai fischte ihr Handy aus der Tasche. Sie blickte auf das Display und grinste. »Muss mich beeilen«, sagte sie hastig und sprang auf. »War schön, dich kennenzulernen.«

»Gleichfalls.«

»Im Ernst. Sag mir Bescheid, wenn du Lust hast, mit uns Silvester zu feiern.« Sie drückte eine Taste auf ihrem Handy und öffnete mit der freien Hand die Apartmenttür. »Hi! Ich hab mich schon gefragt, wann ich was von dir höre. Eine SMS? Nö, hab ich nicht gekriegt ...« Und schon war sie draußen und in ein Gespräch mit der Person am anderen Ende der Leitung vertieft.

Kristi schloss die Tür hinter Mai und blieb mit einem beklemmenden Gefühl allein in ihrem Apartment zurück. »Lass dich nicht verunsichern«, ermahnte sie sich selbst. Das Gebäude war uralt. Schon viele Leute könnten hier gestorben oder umgebracht worden sein. Und Tara Atwaters Verschwinden musste nicht zwangsläufig mit einem Verbrechen zusammenhängen. Kristi betrachtete das gemütliche Zimmer und konnte doch ein plötzliches Schaudern nicht unterdrücken. Was war mit dem Mädchen passiert? Hatte ihr Verschwinden tatsächlich etwas mit dem der anderen Studentinnen zu tun? Teilten sie alle ein und dasselbe grauenhafte Schicksal, wie ihr Vater vermutete?

Find es heraus, Kristi. Das ist die Story, nach der du gesucht hast. Du bist mittendrin, in diesem verflixten Apartment, aus dem eines der Mädchen verschwunden ist. Das ist es!

Sie griff nach ihrer Handtasche, holte ihr Handy heraus und wählte Hirams Nummer. Genau wie bei ihren letzten drei Versuchen landete sie direkt bei seinem Anrufbeantworter. »Na großartig«, murmelte sie und umklammerte ihre Tasche. Sie würde nicht auf diesen Kerl warten. Wie schwierig konnte es schon sein, ein verdammtes Sicherheitsschloss anzubringen? Sie würde in ein Eisenwarengeschäft gehen, eins kaufen und es selbst anbringen. Die Ausgaben würde sie von der nächsten Miete abziehen. Sollte Hiram das doch seiner Großmutter erklären.

Sie zog die Tür hinter sich zu und ging zum Auto. Niemand folgte ihr. Keine finstere Gestalt lauerte in der Dunkelheit. Keine unheimlichen Augen, die jede ihrer Bewegungen verfolgten. Zumindest nicht, soweit sie es in dem dichten Gebüsch, das den holperigen Parkplatz umgab, erkennen konnte. Sie stieg in den Honda, stellte Scheinwerfer und Scheibenwischer an und starrte durch die Windschutzscheibe. Wieder sah sie nichts Außergewöhnliches. Vielleicht führte Mai sie auch nur an der Nase herum.

Warum? Früher oder später würde sie es herausfinden. Nein, Mai Kwan sagte die Wahrheit, das wusste sie.

»Na wunderbar«, schimpfte Kristi vor sich hin, setzte zurück und stellte die Automatikschaltung auf Drive. Keiner war zu sehen, nur ein Mann, der seinen Hund in der Nähe der Laterne Gassi führte, und ein Radfahrer, der fest in die Pedale trat. Alles war ruhig. Alles war normal.

Doch als sie auf die Straße bog, konnte sie das Gefühl nicht abschütteln, dass irgendetwas schieflaufen würde.

Sie war also zurückgekehrt.

Wie ein Lachs, der zum Laichen flussaufwärts schwamm. Kristi Bentz studierte wieder am All Saints College.

Irgendwie passte das, dachte er. Er hockte auf seinem Beobachtungsposten hoch oben unter dem Dach. Durch die kahlen Zweige der Bäume in der Nähe der dicken Campusmauer richtete er sein Fernglas auf die Mansardenwohnung, die sie gemietet hatte.

In der vorher eine von den anderen gewohnt hatte.

Ein göttliches Zeichen?

Oder ein Zeichen vom Fürst der Finsternis?

Er grinste, als er sie durchs Fenster dabei beobachtete, wie sie ihre Fensterriegel überprüfte, mit der kleinen Asiatin plauderte und anschließend die Treppen zu ihrem armseligen kleinen Auto hinunterhastete, das sie unter einer Laterne auf dem Parkplatz geparkt hatte. Als sie unten angekommen war, konnte er sie nicht mehr sehen, aber er wusste genau, was sie tat.

Das Motorengeräusch des Honda wurde von dem prasselnden Regen und vom Verkehr verschluckt, aber er konnte es trotzdem hören. Konnte es spüren. Denn sie war die verlorene Tochter. Wie perfekt.

Bei dem Gedanken an sie wurde seine Kehle trocken: langes, dunkles Haar, durchzogen von kastanienroten Strähnchen, eine Stupsnase, intelligente grüne Augen, ein üppiger Mund ... Oh, was konnte sie mit diesen Lippen anstellen! Er stellte sich vor, wie sie über seinen Körper glitten, wie sie mit der Zunge über seinen flachen Bauch fuhr, ihr Atem heiß und begierig, wenn sie seine Jeans öffnete.

Er spürte ein Ziehen in den Leisten. Sein Schwanz wurde hart, und er empfand einen kurzen Moment des Bedauerns. Er würde es sich verkneifen müssen, zumindest im Augenblick. Es gab anderes zu tun ...

Er glitt durch die Dunkelheit über das umfriedete Campusgelände. Ohne Licht zu machen ging er zur Treppe und stieg leise und behutsam wie eine Katze die Stufen hinauf. Seine besondere Gabe war sein Sehvermögen: Seine Augen konnten die Dunkelheit durchdringen. Er war mit dieser Fähigkeit zur Welt gekommen, und selbst in den undurchdringlichen Nächten von Louisiana, in denen dichter Nebel zwischen den Zypressen und über den Flussarmen hing, vermochte er etwas zu erkennen. Und zwar genug, um seine Beute ohne Nachtfernglas oder Taschenlampe ausfindig zu machen.

Seine besondere Gabe war ihm sehr nützlich gewesen, dachte er, während er wieder nach draußen schlüpfte und den frischen Geruch des Regens tief einatmete … und mehr.

Er stellte sich vor, er atmete den salzigen Duft von Kristi Bentz' Haut ein. Doch ihm war klar, dass es sich dabei nur um eine Fantasie handelte. Die erste von vielen.

Er lief leichtfüßig und geräuschlos durch die Nacht. Sein Körper war in Bestform. Voller Verlangen. Bereit.

Für das höchste Opfer.

Sie würde nicht leicht zu fassen sein.

Aber er würde sie kriegen.

Und sie würde ihm, zumindest am Anfang, entgegenkommen.

Er musste lediglich ihre Neugier wecken.

Und dann würde sie nicht mehr in der Lage sein, sich zu beherrschen.

3.

»Hier spricht Hiram Calloway«, sagte eine dünne, näselnde Stimme, begleitet vom statischen Rauschen einer schlechten Handy-Verbindung. »Ich hab deine Nachricht wegen der Schlösser gehört. Ich könnte bei dir vorbeischauen und sie montieren.«

»Zu spät«, sagte Kristi irritiert. Erst heute, um zwei Uhr am Silvesternachmittag, hatte er sich dazu entschlossen, ihre Anrufe zu beantworten. »Ich habe bereits neue Türschlösser und Fensterriegel angebracht, weil ich nicht länger warten wollte. Die Kosten stelle ich dir in Rechnung.«

»Was?«, kreischte er. Seine näselnde Stimme ging eine Oktave höher. »Du kannst doch nicht –«

»Ich kann und ich werde.«

»So etwas erfordert eine Zustimmung. Das ... das steht im Mietvertrag, Paragraph sieben –«

»Ich sage nur, das Apartment war nicht sicher, und ich glaube, darüber stand auch etwas im Mietvertrag. Überprüf's. Ich weiß zwar nicht, welcher Paragraph das ist, aber ich habe mich bereits um das Problem gekümmert.«

»Aber –«

»Ich muss wieder an die Arbeit«, sagte Kristi und klappte das Handy zu. Sie schob es in die Tasche ihrer Kellnerinnenschürze und ging an zwei Köchen vorbei, die in fettbeschmierten Kochjacken auf der Veranda standen und rauchten. Die Tür mit dem Sichtglasfenster schlug hinter ihr zu. Der Bungalow aus den Dreißigerjahren war vor langer Zeit in ein Restaurant umgewandelt worden. Zwischen den Toilettenräumen mit der Aufschrift LORDS und LADIES – als wäre auch nur einer der Gäste hier von blauem Blut – hing in einem Rahmen ein vergilbter, zehn Jahre alter Zeitungsartikel über die Geschichte des Gebäudes.

Kristi zupfte die Schürze zurecht und ging durch die Schwingtüren, die die Küche vom Servicebereich trennten. Ihre Wut auf Hiram verrauchte. Zumindest hatte er zurückgerufen, doch langsam glaubte sie, dass es nur eine Wunschvorstellung von Irene war, ihr Enkel würde den zuverlässigen Verwalter spielen.

Seit dem Vormittag bis zum frühen Nachmittag war viel zu tun gewesen, aber jetzt wurde es langsam ruhiger. Zum Glück. Kristis Füße schmerzten, ihre Klamotten fühlten sich schmutzig an von dem Fett und dem Rauch, die in der Luft hingen und sich auch in den Haaren festsetzten. Nachdem sie sich ein paar Stunden hektisch durch ihren Servicebereich gekämpft hatte, fragte sie sich, warum sie nicht auf ihren Vater gehört und wieder einen Schreibtischjob bei einer Versicherungsgesellschaft angenommen hatte. Es war schließlich nicht so, dass sie hier vom Trinkgeld reich wurde. Trotzdem hatte allein die Erinnerung an die ewigen Stunden, die sie mit den Kunden der Gulf Auto and Life Insurance Company am Telefon verbringen musste, sie gemahnt, ihr Ziel zu verfolgen und True-Crime-Autorin zu werden.

Kristis Magen knurrte. Seit einem Muffin am frühen Morgen hatte sie noch nichts gegessen. Nach ihrer Schicht würde sie sich einen mit Käse überbackenen Mercutio-Burger und ein Stück von König Lears Limettenkuchen gönnen.

Frohes neues Jahr, dachte sie sarkastisch, als sie nach einer Kaffeekanne griff und die halbleeren Tassen auf den Tischen wiederauffüllte.

Eine Gruppe von Frauen kam hereingeschlendert und quetschte sich auf die abgewetzte Bank einer Sitznische.

Kristi schnappte sich vier Plastikspeisekarten und ging zu ihnen. Die Frauen bemerkten sie kaum, so waren sie in ihr Gespräch vertieft. Eine der Stimmen kam ihr bekannt vor. Kristi konnte es kaum glauben, aber als sie den lockigen Hinterkopf betrachtete, wurde ihr klar, dass sie im Begriff stand, Lucretia Stevens zu bedienen, ihre ehemalige Zimmergenossin aus der Zeit als Erstsemester in den engen Räumlichkeiten von Cramer Hall. Kristi erschauderte innerlich. Lucretia und sie waren nie gut miteinander ausgekommen, waren so unterschiedlich gewesen wie Tag und Nacht. Damals war Kristi gern auf Partys gegangen, während Lucretia eher zurückgezogen lebte. Wenn sie nicht gerade lernte, verbrachte sie Stunden damit, durch Brautmagazine zu blättern und Cheetos, ihr Lieblingskäsegebäck, in sich reinzustopfen. Am gesellschaftlichen Leben hatte sie nicht teilgenommen und war auch in ihren Äußerungen über ihren Freund, der auf ein anderes College ging, sehr zurückhaltend gewesen. Kristi hatte den Typ nie gesehen und sich oft gefragt, ob er wohl nur in Lucretias Fantasie existierte.

Die Welt ist klein, dachte sie, als sie die Speisekarten vor die Frauen legte und sie fragte, was sie trinken wollten.

»Kristi?«, sagte Lucretia, noch bevor jemand antworten konnte.

»Hi, Lucretia.« Mein Gott, das wurde jetzt sicher unangenehm.

»Was machst du hier?« Lucretia hatte die Augen weit aufgerissen, vielleicht wegen ihrer Kontaktlinsen, die ihr schon immer ein etwas eulenhaftes Aussehen verliehen hatten.

»Ich möchte eure Bestellung aufnehmen«, sagte Kristi mit einem Lächeln.

»Hey, Leute, das ist Kristi Bentz, meine alte Zimmergenossin aus dem ersten Semester. Ach du meine Güte, das ist ja schon eine Million Jahre her!« Sie lachte. Dann deutete sie auf eine Frau Mitte zwanzig mit einer schmalen Brille und dunkelbraunem Haar, das ihr bis auf die Schultern fiel.

»Kristi, das ist Ariel.«

»Hi«, sagte Kristi und trat ungeduldig von einem Fuß auf den anderen.

»Oh, hallo.« Ariel nickte und blickte an Kristi vorbei zur Tür, als hielte sie nach jemandem Ausschau, jemandem, der interessanter war als Kristi.

»Und das hier ist Grace«, stellte Lucretia ihre magere Freundin mit der Zahnspange und der rötlichen Igelfrisur vor. Sie wog garantiert keine fünfzig Kilo. »Das ist Trudie.« Die letzte der jungen Frauen, die neben Lucretia in der Nische saß, war kräftiger gebaut, hatte volles schwarzes Haar, das zu einem langen Pferdeschwanz zusammengefasst war, eine glatte Olivenhaut und weiße Zähne mit einer kleinen Zahnlücke. Alle drei verzogen die Lippen zu einem Lächeln, als Lucretia scheinbar überrascht feststellte: »Du siehst großartig aus, Kristi.«

»Danke.«

»Bentz?«, wiederholte Trudie. »Wart mal ’ne Sekunde. Habe ich nicht was über dich gelesen?«

Da wären wir ja wieder beim Thema, dachte Kristi. »Vielleicht über meinen Vater. *Er* sorgt für die Schlagzeilen.«

»Hm. Er ist bei der Polizei, stimmt's?«, fragte Ariel. Sie legte den Kopf schief und sah zu Kristi auf. Plötzlich zeigte sie Interesse. »Hat er nicht den Fall in der Our-Lady-of-Virtues-Anstalt gelöst? Vor etwa einem Jahr?« Sie schauderte. »Das war sooo unheimlich!«

Amen, dachte Kristi, die nichts lieber wollte, als dieses persönliche Gespräch über eine Zeit, die sie eigentlich vergessen wollte, zu beenden.

»Warst du nicht darin verwickelt?« Lucretia klang nun ernst. »Ich meine, habe ich nicht gelesen, dass du dabei verletzt wurdest?« Sie zog ihre Stirn kraus. »In dem Artikel stand, du wärst fast ums Leben gekommen! Wie schon einmal.«

Kristi wollte nicht an ihre Begegnungen mit geisteskranken Perversen erinnert werden. Schon zweimal wäre sie beinahe einem Psychopathen zum Opfer gefallen, und die Bruchstücke der Ereignisse, die ihr in Erinnerung geblieben waren, reichten aus, um ihr das Blut in den Adern gefrieren zu lassen. Sie musste die Unterhaltung sofort auf ein anderes Thema lenken.

»Das ist schon eine Weile her. Ich bin darüber hinweg. Also: Als Tagesgericht gibt es Rote Bohnen mit Reis, ich meine, Gehackten Hamlet.«

Aber Lucretia ließ so schnell nicht locker. »Ich habe gelesen oder gehört, du wärst *gestorben* und wieder zurückgekommen oder so ähnlich.«

»Oder so ähnlich«, sagte Kristi. Die Frauen am Tisch, Lucretias Freundinnen, die ein paar Minuten zuvor noch so lebhaft gewesen waren, verstummten. Über das Summen der

Gespräche und das Zischen der alten Heizung hinweg waren die Klänge eines alten Elvis-Songs zu vernehmen. Kristi zuckte die Achseln, was so viel wie »Wen kümmert's?« heißen sollte.

»Kristi ist das gewohnt«, sagte Lucretia. »Nimmt das Leben, wie es kommt.«

»Wie ist es denn so, einen berühmten Vater zu haben?«, erkundigte sich Ariel.

Kristi ignorierte den Knoten in ihrem Magen und hielt den gezückten Stift über ihren Bestellblock. »Na ja, er ist schließlich nicht Brad Pitt oder Tom Cruise –«

»Wir reden hier nicht von Filmstars«, unterbrach Lucretia sie. »Nur über lokale Berühmtheiten.«

»Lokale Berühmtheiten wie Truman Capote oder Louis Armstrong?«, frotzelte Kristi.

»Die sind tot«, sagte Trudie.

»Mein Vater ist bloß ein Cop.«

Lucretia starrte sie an, als hätte sie soeben verkündet, eine Teufelsanbeterin geworden zu sein. »Er ist nicht *bloß* irgendetwas.«

Kristi bemühte sich, nicht die Geduld zu verlieren. Das hatte sie nicht gemeint, aber Lucretia hatte schon immer eine Art an sich gehabt, die Wahrheit zu verdrehen. Vielleicht lag das daran, dass ihre geschiedenen Eltern kaum Zeit für sie gehabt hatten und nur mit ihren eigenen Problemen beschäftigt gewesen waren. Vielleicht steckte auch etwas anderes dahinter. Egal was, es war ihr schon immer auf die Nerven gegangen.

»Du hast recht«, gelang es ihr zu sagen. »Er ist großartig, aber er würde behaupten, er tut nur seinen Job.«

»Ist das nicht cool?«, fragte Trudie.

Zeit, das Gespräch zu beenden. »Also, was wollt ihr trinken?«, fragte Kristi. »Kaffee?«

Lucretia und ihre Freundinnen griffen nach den Speisekarten und ratterten ihre Bestellungen herunter.

»Zwei Eistee, eine Cola light und einen Kaffee. Hab ich«, sagte Kristi, die froh war, in die Küche eilen zu können. Wer hätte gedacht, dass Lucretia über sie auf dem Laufenden geblieben war – und auch noch über ihren Vater? Kristi und Lucretia waren nicht in Verbindung geblieben, im Grunde hatten sie schon während ihrer Zeit als Zimmergenossinnen kaum miteinander gesprochen. Sie hatten einfach nichts gemeinsam gehabt.

»Alte Freundinnen?«, fragte Ezma, eine Kellnerin mit dunkler Haut und unglaublich weißen Zähnen, während sie die Plastikgläser unter die rumpelnde Eismaschine hielt. Ezma, die kaum größer als eins fünfzig war und weniger als fünfzig Kilo wog, arbeitete Vollzeit und studierte nebenbei. Außerdem war sie noch Ehefrau und Mutter eines altklugen Zweijährigen.

»So ungefähr.« Kristi ergriff drei Gläser, füllte zwei davon aus einer Karaffe mit Eistee und das dritte mit Cola light, wobei sie den Knopf der Maschine eine Sekunde zu lange gedrückt hielt. Die Cola light schäumte über den Rand. Kristi nahm ein Trockentuch vom Haken, wischte den Tresen ab und füllte das Glas auf. »Eine der Frauen« – sie deutete mit dem Kinn auf den Tisch, an dem Lucretia Hof hielt –, »war mal meine Zimmergenossin am All Saints, noch vor der Jahrtausendwende.«

»Lass mich raten – Lucretia Stevens«, sagte Ezma und warf ebenfalls einen Blick in Richtung des Tisches.

»Woher weißt du das?«

»Nun, ich bin einfach allwissend.«

»Ja, klar.« Kristi lächelte schwach.

»Außerdem habe ich gelauscht.«

»Das klingt schon besser.«

Ezma grinste. »Genau genommen habe ich eins ihrer Seminare besucht.«

»Sie ist Professorin?«

»Assistentin.«

Kristi war erstaunt. Sie hatte zwar gewusst, dass Lucretia gern Studentin gewesen war, aber sie hätte nie gedacht, dass sie tatsächlich am All Saints College bleiben würde, um zu unterrichten.

»Ich glaube, sie ist mit jemandem von der Uni zusammen. Einem Professor.«

»Tatsächlich?«

»Nun, ich muss zugeben, wäre ich nicht verheiratet, hätte ich durchaus Interesse. Ein paar der Professoren sind echt heiß!«

Kristi dachte an ihre Lehrer von damals, an den verschrobenen Dr. Northrup, den schrägen Dr. Sutter und den mürrisch-arroganten Dr. Zaroster. Sie waren altmodische, ein wenig schrullige Akademiker gewesen, die sich für etwas Besseres hielten. Ganz bestimmt nicht »heiß«. Nicht mal lauwarm. Zumindest nicht in Kristis Vorstellung. »Du nimmst mich auf den Arm, oder?«

»Nö. Ich sage dir, das All-Saints-Personal hat was. Zumindest am English Department. Hat fast den Anschein, als hätte man nach Hollywood-Kriterien eingestellt.«

»Jetzt redest du wirklich Blödsinn.«

»Nun, du wirst schon sehen. Die Seminare beginnen nächste Woche. Ich wette, du wirst mir zustimmen.«

Kristi belud ihr Tablett. »Und du glaubst also, Lucretia trifft sich mit einem dieser heißen Typen?«

»Zumindest geht das Gerücht. Ich weiß aber nicht, mit welchem. Sie macht dicht, als hätte sie irgendetwas zu verbergen.«

»Was denn?«

Ezma schüttelte den Kopf. »Keine Ahnung. Vielleicht ist er verheiratet oder verlobt, oder es gibt irgendeine Regel, die Beziehungen zwischen dem Lehrpersonal untersagt. Oder vielleicht handelt es sich um Dr. Preston.« Ihre Lippen verzogen sich. »Er unterrichtet Kreatives Schreiben und ist ein echter Scheißkerl.«

»Ich glaube, ich habe bei ihm ein Seminar belegt.«

»Oh, tatsächlich? Meine Freundin Dionne hat sein Seminar besucht und war ganz begeistert von ihm, und dann kommt er hier rein und ist einfach nur unverschämt. Kurz danach ist Dionne verschwunden.«

»Deine Freundin ist eine von den vermissten Studentinnen?«, fragte Kristi. »Und du denkst, Preston hat was damit zu tun?«

Ezma schien zunächst nichts erwidern zu wollen, aber dann änderte sie ihre Meinung. »Nein, das denke ich nicht, aber ich würde es dem Kerl glatt zutrauen. Das Ärgerliche ist nur, dass niemand wirklich glaubt, dass Dionne etwas Schlimmes zugestoßen ist. Alle meinen, sie sei einfach nur verschwunden, vielleicht mit ihrem Freund durchgebrannt.« Ezma schüttelte den Kopf.

»Aber warum hat dann niemand mehr etwas von ihr gehört?«

»Genau das meine ich! Alle nehmen an, dass sie bei Tyshawn ist und dass beide eine neue Identität angenommen haben. Tyshawn Jones ist ebenfalls nicht der Tollste. Hat was mit Drogen zu tun gehabt und wegen Raub gesessen, als er noch minderjährig war. Ich persönlich habe nie verstanden, was sie an ihm findet. Vor Tyshawn war sie mit einem richtig tollen Typen zusammen, mit Elijah Richards. Er ging auf ein Junior College und wollte Steuerberater werden, aber Dionne fing an, sich mit Tyshawn zu treffen, was das Ende ihrer Beziehung mit Elijah bedeutete. Jammerschade.«

»Was ist mit Tyshawn? Wird er ebenfalls vermisst?«

»Das ist nie erwähnt worden, oder?«

Kristi machte einen Bogen um einen der Köche, der eine Handvoll Kartoffelscheiben in die Fritteuse warf. Das heiße Öl zischte und brutzelte. Sie drehte sich um und drückte mit dem Rücken die Schwingtüren auf. Dann brachte sie die Getränke an den Tisch zu den Frauen. Lucretias Stimme übertönte die Hintergrundmusik.

»Ich sage euch, er ist ein *Wahnsinnstyp*. Absolut *wahnsinnig*. Ich bin noch nie ... noch nie jemandem begegnet wie ihm.«

Kristi konnte sich nur mühsam beherrschen, nicht die Augen zu verdrehen. Schon als Erstsemesterin war Lucretia hoffnungslos romantisch gewesen, und scheinbar hatte sich nichts daran geändert. Lucretia war gerade im Begriff, noch etwas hinzuzufügen, als sie Kristi sah. Sie unterbrach ihre Schilderung, warf den Frauen einen Blick zu, und alle am Tisch verstummten.

Kristi verstand: Lucretia wollte nicht, dass ihre alte Zimmergenossin etwas über ihr Liebesleben erfuhr. Als hätte es sie interessiert!

Während sie die kalten Getränke verteilte und Kaffee einschenkte, betrachtete Lucretia sie. »Du hast dich also am All Saints eingeschrieben?«

»Hmhm.« Es gab keinen Grund, das zu leugnen.

»Hast du keinen Abschluss gemacht?«

Kristi biss den Köder nicht an. »Nur ein paar Scheine.« Was ging Lucretia das an?

»Ich dachte, du hättest ein Faible fürs Schreiben?«

»Mhm. Sahne?«, fragte sie die Frau, die Kaffee bestellt hatte, und ignorierte Lucretias Frage.

»Habt ihr fettarme Milch?«

»Sicher. Eine Sekunde.«

»Ich unterrichte jetzt«, sagte Lucretia stolz.

»Das ist großartig«, zwang sich Kristi zu sagen, während sie sich bereits umdrehte, um die halbleeren Kaffeetassen auf einem der Nachbartische nachzufüllen. Dann eilte sie zurück in die Küche, wo sie fettarme Milch in ein kleines Kännchen goss und es mit Zuckertütchen und Süßstoff auf ein kleines Tablett stellte. Sie unterdrückte ihren Ärger über Lucretia und kehrte zum Tisch zurück. »Da bin ich wieder.«

Kurz darauf nahm sie mit einem gezwungenen Lächeln die Bestellungen auf und notierte sorgfältig alle Extrawünsche. Eine Frau verlangte Diät-Dressing für ihren Julius-Caesar-Salat, eine andere wollte ihren King-Lear-Burger ungewürzt, die Dritte bestellte die Kleopatra-Muschelsuppe mit Obst statt mit Krautsalat. Lucretia, bei der in letzter Zeit offenbar eine Allergie gegen jede Art von Meeresfrüchten aufgetreten war, versicherte sich, dass Tybalts Thunfischsalat ohne Ophelias Austern oder Scarus' Scampi zubereitet wurde.

Die Hände tief in den Taschen ihres Regenmantels vergraben, marschierte Portia Laurent die Fußwege entlang, die kreuz und quer über den Campus des All Saints College verliefen. Es war der Silvesterabend, und sie hatte gerade Pause. Die Nacht brach bereits herein, und die Vorfreude auf die ausgelassenen Festlichkeiten war den Gruppen von Studenten anzumerken, die lachend und plaudernd in die Restaurants und Bars von Baton Rouge eilten.

Vier Studentinnen würden nicht mit dabei sein: Dionne Harmon, Monique DesCartes, Tara Atwater und auch nicht Rylee Ames, die, so glaubte Portia, alle ein und dasselbe schreckliche Ende genommen hatten. Vielleicht waren es noch mehr Mädchen, wenn auch nicht vom All Saints.

»Keine Leichen, keine Morde«, darauf hatte Vernon in ihrer letzten Unterhaltung beharrt, aber Portia glaubte das nicht. Es stimmte, es gab keinen Beweis dafür, dass den Mädchen etwas zugestoßen war. Außerdem war Dionne schwarz, und die anderen drei Mädchen waren weiß. Serienmörder wichen für gewöhnlich nicht vom Muster ab, aber das traf auch nicht immer zu.

Portia dachte an Monique DesCartes aus South Dakota. Als Monique vierzehn war, wurde bei ihrem Vater Alzheimer diagnostiziert, und Portia wusste aus eigener Erfahrung, dass diese Krankheit eine Familie zerstören konnte. Moniques Mutter war außer sich gewesen, als sich Monique um ein Stipendium bewarb und ihre Mutter mit dem Kranken und ihren beiden Schwestern, von denen eine noch die Grundschule besuchte, allein ließ. Monique, die immer schon eine Rebellin gewesen war, war in der Highschool zweimal abgehauen und dafür bekannt, dass sie schnell alles hinschmiss und sich aus dem Staub machte. Sie war außerdem dafür bekannt, dass sie trank und Dope rauchte, und sie hatte sich ein paar Wochen vor ihrem Verschwinden von ihrem Freund getrennt. Dem jungen Mann, der bereits eine enge Beziehung mit einer anderen eingegangen war, war es völlig gleichgültig, was aus Monique geworden war.

So wie allen anderen Menschen scheinbar auch. Außer Portia.

Sie ging an der Bibliothek vorbei. Die Notlichter des zweistöckigen Gebäudes minderten die Dunkelheit. Der Regen hatte nachgelassen, aber die Luft war schwer und feucht, und von den Blättern der Büsche tropfte es. Die Außenbeleuchtung, die den Campus erhellte, war alten Gaslaternen nachgebildet, was an die Epoche erinnern sollte, in der das College gegründet worden war.

Während Portia Richtung Cramer Hall ging, wo sie vor Jahren als Studienanfängerin untergebracht gewesen war, grübelte sie weiter über die vermissten Mädchen nach. Alle hatten Englisch als Hauptfach gehabt. Alle waren für dieselben Grundkurse eingeschrieben gewesen und hatten außerdem ein Seminar des neuen, umstrittenen Lehrplans belegt: Romaneschreiben, Shakespeare, Der Einfluss des Vampyrismus auf die moderne Kultur und Literatur. Es gab keinen Hinweis darauf, dass sich die Mädchen gekannt hatten, und sie hatten die Seminare auch nicht während desselben Semesters besucht, aber jede von ihnen hatte sich dafür eingeschrieben. Vielleicht hatte das nichts zu bedeuten. Aber ... Plötzlich stand Portia direkt vor dem Wohnheim. Das Backsteingebäude sah noch genauso aus wie früher, und sie blickte zu dem Zimmer im ersten Stock hinauf, in dem Rylee Ames gewohnt hatte. Wie viele andere Mädchen auch, hatte sich Rylee ihrer Familie entfremdet, aber die Äußerungen ihrer Mutter hatten nicht aufrichtig geklungen. Nadine Olsen hatte mit ihrem schleppenden West-Texas-Akzent gesagt: »Sie wissen doch, wie manche Mädchen sind, wenn es hart auf hart kommt: Sie trampen nach Chicago und lassen sich ein Kind andrehen.« Portia hatte keinen Hinweis darauf gefunden, dass Rylee ein Kind zur Welt gebracht hatte, aber sie hatte mit Drogen herumexperimentiert – Ecstasy, Marihuana und Kokain – und war als Teenager mehrere Male von zu Hause weggelaufen, während Nadine versuchte, die Familie, zu der noch drei Söhne gehörten, mit dem Gehalt einer Fabrikarbeiterin über Wasser zu halten. Rylees Vater, der Erste von Nadines fünf Ehemännern, hatte nur gesagt: »Hab immer schon gewusst, dass aus dem Mädchen nichts wird. Kommt nach seiner Mutter.«

Großartig, hatte Portia voller Grimm gedacht. Niemand schien es zu kümmern, was aus Rylee Ames geworden war.

Dieselbe Teilnahmslosigkeit wie bei den anderen Opfern.

»Sie sind keine Opfer, solange wir nicht den Beweis dafür haben, dass ein Verbrechen vorliegt«, hatte Del Vernon insistiert, aber Portia wusste es besser. Diese Mädchen waren vom Tag ihrer Geburt an Opfer gewesen. So viel hatten sie gemeinsam. Das und die Tatsache, dass sie Englisch als

Hauptfach am All Saints College mit denselben Pflicht- und Wahlkursen belegt hatten.

Zufall?

Portia bezweifelte das.

Ein kalter Wind blies über das Gelände, rüttelte an den Zweigen der Kiefern und wirbelte das Lousianamoos, das von den Lebenseichen hing, durcheinander, so dass es im Licht der Gaslaternen an tanzende Gespenster erinnerte.

Wäre Portia abergläubisch gewesen, hätte sie ein Frösteln in ihrer Seele oder gar Furcht verspürt, als sie die schwarze Katze erblickte, die ihren Weg kreuzte. Doch sie glaubte nicht an Geister, Dämonen oder Vampire. Sie war noch nicht mal sicher, was ihren Glauben an Gott betraf, wenngleich sie regelmäßig betete. Aber sie glaubte an das Böse. An das Dunkle, Verkommene der Seele, wo sich Schlechtes und Grausames im Menschen manifestierte.

Und sie befürchtete zutiefst, dass die vier verschwundenen Studentinnen einem wahnsinnigen Mörder der allerschlimmsten Sorte in die Hände gefallen waren.

Kristi war nicht nach Feiern zumute. Auch wenn Silvester war. Auch wenn jeder, den sie kannte, irgendwo feierte. Sie war natürlich eingeladen worden, von Mai erst gestern, doch da würde sie nicht hingehen, außerdem von Freunden aus New Orleans, Freunden, mit denen sie aufgewachsen war, mit denen sie gearbeitet hatte. Sie hatte alle Einladungen abgelehnt – besonders vehement die von Eve. Sie wollte Fuß fassen, hier in Baton Rouge, und alles, was mit der Frau zu tun hatte, die ihre Halbschwester war, war einfach zu verdreht, als dass es sich lohnte, darüber nachzudenken.

Fast siebenundzwanzig Jahre hatte sie angenommen, sie wäre das einzige Kind, und dann ... dann war aus dem Nichts Eve Renner aufgetaucht. Es war einfach zu bizarr.

Sie zündete ein paar Kerzen an und schaltete ihr Notebook ein. Sie war beschäftigt. Sie hatte nicht vor, sich auf ewig im Bard's Board von Tisch zu Tisch zu schleppen, und dass sie ihr Studium wiederaufnahm, hatte nur einen Grund: ihre schriftstellerischen Fertigkeiten zu verbessern.

Sie war mit ihren Veröffentlichungen im *Factual-Crime*-Magazin auf positive Resonanz gestoßen und hatte ein paar Artikel für ein ähnliches Online-Magazin verfasst, aber sie wollte ein ganzes Buch schreiben. Da sich ihr Vater weigerte, ihr Einsicht in seine Fälle zu gewähren, musste sie selbst ermitteln.

Der PC erwachte summend zum Leben, und nach anfänglichen Schwierigkeiten hatte Kristi ausreichend Empfang, um von ihrer kleinen Schreibnische aus im Internet zu surfen. Kristi durchsuchte das Netz nach Informationen über Tara Atwater, dem Mädchen, das dieses Apartment bis zu seinem Verschwinden bewohnt hatte. Kristi war eine wahre Meisterin im Recherchieren geworden, aber diesmal förderte sie nur sehr wenig zutage, lediglich ein paar Artikel, in denen Tara Atwater erwähnt wurde. Auch über die anderen vermissten Mädchen gab es nicht viel, stellte sie fest, als sie die Online-Ausgaben der Lokalzeitungen durchging. Das fühlte sich nach einer Story an. Vielleicht war es genau die Story, nach der sie gesucht hatte. Vielleicht war sie in diesem Apartment gelandet, weil das exakt die Kriminalgeschichte war, die sie recherchieren und zu Papier bringen sollte.

Irgendetwas hatte die Studentinnen fortgelockt.

Mädchen verschwanden nicht ohne Grund. Nicht vier Studentinnen von ein und demselben kleinen College innerhalb von achtzehn Monaten. Nicht vier Studentinnen, die dieselben Kurse belegt hatten.

Sie hörte Schritte auf der Treppe und markierte die Seite, die sie gerade las. Eine Sekunde später klopfte es an der Tür. Sie stieß sich mit ihrem Drehstuhl vom Schreibtisch ab und durchquerte das kleine Zimmer, um durch den Türspion zu blicken. Auf dem Treppenabsatz, der ihre Veranda darstellen sollte, stand ein ungepflegter Mann Anfang zwanzig, vielleicht jünger. Sein blondes Haar klebte feucht und fettig an seinem Kopf. Er hielt einen Werkzeugkoffer in der Hand und machte ein äußerst genervtes Gesicht, was wohl Autorität ausdrücken sollte.

Ohne Zweifel der verschollene Hiram.

»Wer ist da?«, fragte sie, nur um sicherzugehen.

»Der Verwalter. Hiram Calloway. Ich muss deine Schlösser überprüfen.«

Er sah so erbärmlich aus, wie sie sich ihn vorgestellt hatte, mit seinem dünnen Bart, einem alten Böser-Bube-T-Shirt von einem Metallica-Konzert, einer schäbigen Camouflage-Hose und einem missmutigen Es-interessiert-mich-einen-Scheißdreck-Gesichtsausdruck.

Kristi öffnete die Tür einen Spaltbreit und ließ die Kette vorgelegt. »Ich habe mich bereits um die Schlösser gekümmert.«

»Du kannst das nicht einfach selbst machen. Das Apartment gehört dir nicht. Es ist meine Aufgabe, mich darum zu kümmern.«

»Nun, du warst nicht aufzuspüren, also habe ich die Sache in die Hand genommen«, sagte Kristi mit Nachdruck.

Er runzelte die Stirn. Seine Lippen verzogen sich verdrießlich über leicht vorstehenden Zähnen. »Dann muss ich einen Schlüssel haben. Ich meine, einen Nachschlüssel. Meiner ... Mrs Calloway gehört das Gebäude. Sie muss Zugang haben. So steht es im Mietvertrag.«

»Ich werde dafür sorgen, dass sie einen bekommt.«

»Das verzögert das Ganze lediglich. Sie wird mir sowieso einen Nachschlüssel geben. Ich habe von jedem Apartment in diesem Haus einen Schlüssel. Ich muss in die Wohnungen reinkönnen, wenn irgendetwas passiert ist oder wenn du deinen Schlüssel verlierst, oder –«

»Ich werde meinen Schlüssel nicht verlieren.«

»Es ist zu deiner eigenen Sicherheit.«

»Wenn du meinst.« Sie gab nichts darauf.

»Mein Gott, warum bist du nur so eine –« Er verschluckte die Beleidigung im letzten Augenblick.

In Kristi flackerte Zorn auf. »Ich habe dich angerufen, und es hat drei Tage gedauert, bis du dich bei mir gemeldet hast. Sämtliche Schlösser und Riegel in dem Apartment waren kaputt oder lose, und ich habe gehört, dass eine der verschwundenen Studentinnen hier gewohnt hat. Also fand ich, es wäre besser, mich selbst darum zu kümmern.«

Ihm fiel der Kiefer herunter. »Hat dir schon mal jemand gesagt, dass du locker bleiben sollst?«

»Wie du?«, schnappte sie zurück.

Er wurde tatsächlich rot, und sie verspürte einen Anflug von Mitleid. Der Junge wollte offenbar nur seinen Job machen, selbst wenn er vollkommen inkompetent war.

»Sei nicht so gemein«, murmelte er.

Kristi seufzte innerlich. »Okay, noch mal von vorn. Alles ist in Ordnung. Ich habe die Schlösser angebracht. Ich werde deiner Grandma einen Schlüssel geben, und sie kann dir einen zukommen lassen, wenngleich ich sehr darum bitte, dass du hier nicht aufkreuzt, bevor du mich benachrichtigt hast ... Ich denke, das steht ebenfalls im Mietvertrag.« Sie hakte die Kette aus und öffnete die Tür ein Stück. Dann trat sie auf den kleinen Treppenabsatz hinaus. »Ich wollte dir nicht auf dem falschen Fuß begegnen, Hiram. Ich bin nur ein bisschen nervös, seit ich das von dem verschwundenen Mädchen gehört habe. Deine Grandma hat nichts davon erwähnt, und es ist etwas unheimlich.« Er starrte auf die Dielen. Jetzt wirkte er nicht einen Tag älter als siebzehn. »Hast du sie gekannt? Ich meine Tara?«

»Kaum. Wir haben uns mal unterhalten. Ein wenig.« Er hob die Augen, um Kristis fragendem Blick zu begegnen. »Sie war nett. Freundlich.« Er musste nicht hinzufügen »anders als du«, denn die unausgesprochene Anschuldigung lag in seinem finsteren, unergründlichen Blick. Seine Züge verhärteten sich beinahe unmerklich, aber doch so, dass Kristi sah, wie sich sein Kiefer verkrampfte. In diesem Augenblick wusste sie, dass sie sich von seinem kindlichen Aussehen hatte täuschen lassen. Es schwelte etwas Unheimliches in seinen Augen, die dunkel waren wie die Nacht. Er war kein Junge mehr, sondern ein Mann in dem schlaksigen Körper eines Jungen.

Sie hob das Kinn. »Und was denkst du, ist mit ihr passiert?« Er blickte über das Geländer auf den Campus. »Sie sagen, sie sei abgehauen.«

»Aber das weiß niemand mit Bestimmtheit«, widersprach Kristi.

»Sie ist schon einmal abgehauen.«

»Hat sie dir das erzählt?«

Er zögerte, dann schüttelte er den Kopf. »Nein. Das hat sie für sich behalten.«

»Du hast gesagt, sie sei freundlich gewesen. Dass ihr miteinander geredet habt.«

Ein merkwürdiges Lächeln umspielte seine Lippen. »Wer weiß, was ihr zugestoßen ist? An einem Tag war sie noch hier und am nächsten schon verschwunden.«

»Und das ist alles, was du weißt?«

»Ich weiß, dass ihr Alter irgendwo im Knast sitzt und dass sie meine Grandma geprellt hat.« Er suchte bewusst Kristis Blick. »War mit der Miete im Rückstand. Grandma sagt, sie sei genauso ein Ganove wie ihr Vater. Sie ist der Ansicht, Tara habe das gekriegt, was sie verdient hat.«

»Was sie verdient hat«, wiederholte Kristi langsam. Das gefiel ihr gar nicht. Aus weiter Ferne drang Gelächter durch die Nacht.

Hiram runzelte die Stirn. »Ich werde Irene sagen, dass du einen Schlüssel für sie hast.« Und damit war er verschwunden, polterte mit seinem Werkzeugkasten die Treppe hinunter. Kristi ging zurück in ihr Apartment und warf die Tür zu. Sie schloss ab und legte die Kette vor. Ihre Haut kribbelte. Irene Calloways »braver Enkel« jagte Kristi einen Schauder den Rücken hinunter.

4.

BUMM!

Ein Schuss peitschte durch die undurchdringlich finstere Nacht, der Geruch nach Schießpulver überlagerte den erdigen Geruch des nassen Grases, das schreckliche Knallen hallte in Kristis Schädel wider.

Voller Entsetzen sah sie, wie Rick Bentz taumelte, stürzte, stürzte, stürzte … neben die dicke Steinmauer, die das All Saints College umgab.

Blut floss. Sein Blut. Über die ganze Straße. Befleckte den Asphalt. Spritzte auf das Gras. Lief in die Gullys. Lief aus ihm heraus.

»Dad!«, schrie sie stumm. Sie versuchte, zu ihm zu laufen, doch ihre Beine waren aus Blei. »Dad, o mein Gott …«

Blitze zuckten am Himmel und trafen einen Baum. Das schaurige Geräusch von splitterndem Holz durchdrang die Nacht. Mit einem dumpfen Knacken brach ein schwerer Ast ab. Der Boden bebte so stark, dass sie beinahe gestürzt wäre.

BUMM! BUMM! BUMM!

Noch mehr Schüsse! Leute riefen, überschrien den Kugelhagel. Jemand heulte auf, als wäre er getroffen worden.

Ihr Vater lag reglos da, und ihre Wahrnehmung wurde schwarz-weiß.

»Dad!«, schrie sie noch einmal.

BUMM! BUMM! BUMM!

Kristi saß kerzengerade in ihrem Stuhl.

O Gott, sie hatte geträumt, einen absolut echten, schrecklichen Albtraum. Ihr Herz raste, jagte Angst und Adrenalin durch ihre Blutbahn und ließ sie in Schweiß ausbrechen.

Sie fuhr zusammen, blickte auf die Uhr und stellte fest, dass es das Feuerwerk war, das da krachte. Die Leute begrüßten das neue Jahr. Schrilles Gelächter und Schreie drangen zu ihr herauf. Die Kirchenglocken auf dem Campus setzten ein, und über das Läuten hinweg vernahm Kristi ein entsetzliches Heulen, das Geräusch, das sie für den Schrei eines Verletzten gehalten hatte.

»Du liebe Güte«, flüsterte sie. Ihr Herz raste immer noch.

Leicht benommen stand sie auf. Sie hatte über einen Serienkiller gelesen, und die Bilder, die sie sich dabei vorgestellt hatte, spukten durch ihren Kopf. Sie strich sich die Haare aus den Augen und ging hinüber zur Eingangstür. Lediglich die Lampe auf ihrem Schreibtisch war eingeschaltet, außerhalb des kleinen Lichtkegels lag das Zimmer im Schatten. Kristi spähte durch den Türspion und sah nichts. Nur den leeren Treppenabsatz. Die schwache Außenlampe verströmte ein diffuses Licht. Doch das Heulen hielt an. Sie löste die Kette nicht, ließ jedoch den Türriegel zurückschnappen und öffnete die Tür einen Spaltbreit.

Eine dünne schwarze Katze kam hereingeschossen.

»Huch!« Kristi beobachtete, wie die verhungert aussehende Kreatur unter die ausziehbare Bettcouch huschte. »Oh, na komm, Kätzchen, Kätzchen ... nein ...« Kristi ging vor dem bis auf den Boden hängenden Überwurf auf die Knie, dann hob sie den Stoff und blickte unter die Couch. Zwei gelbe Augen, kreisrund vor Angst, starrten sie an. Irgendwie hatte sich die Katze in den engen Hohlraum zwischen oberer und Ausziehmatratze gequetscht, der kaum breit genug für Kristis Hand war. »Komm schon, Kätzchen, du darfst hier nicht sein.« Sie versuchte, das Tier zu fassen, aber es fauchte und zwängte sich noch tiefer in den Spalt. »Ich meine es ernst. Komm raus!« Wieder zeigte ihr das Kätzchen fauchend seine rosafarbene Zunge und streckte ihr messerscharfe Krallen entgegen. »Na gut. Großartig.«

Kristi zog die untere Matratze hervor, und die Katze plumpste in den Spalt zwischen Matratze und Wand. Kristi hoffte, sie würde an einer Seite rausspringen, wenn sie die Bettcouch wieder zusammenschob, aber offensichtlich hatte sie ein Versteck gefunden. Wie sie die Matratzen auch schob und rückte, nichts konnte das Tier hinaustreiben, und Kristi hatte nicht vor, die Hand in den schmalen Spalt zu schieben, in dem eine in Panik geratene Katze mit ausgefahrenen Krallen saß.

»Bitte, Kätzchen …«, seufzte Kristi. Diesen Besuch konnte sie jetzt gar nicht gebrauchen. Nicht heute Nacht. Außerdem gab es im Mietvertrag die verdammte Klausel fünfhundertsechsundsiebzig oder so ähnlich, die das Halten von Haustieren untersagte. Hiram würde sie sicher herunterbeten können. »Komm schon«, sagte sie noch einmal und versuchte, beruhigend auf die verängstigte Katze einzuwirken – vergeblich.

Das Tier rührte sich nicht.

»Na gut. Wie wär's hiermit?« Kristi kramte im Küchenschrank, förderte eine Dose Thunfisch zutage und öffnete sie. Dann warf sie einen Blick über die Schulter, in der Erwartung, eine kleine Nase und neugierige Augen zu sehen oder zumindest eine schwarze Pfote, die unter der Bettcouch hervorlugte.

Doch sie wurde enttäuscht.

Sie gab eine Portion Thunfisch in eine kleine Schüssel und füllte eine zweite zur Hälfte mit Wasser, dann stellte sie beides an die Bettcouch, nahe genug, um die Katze hervorzulocken, aber doch so weit weg, dass sie sie im Nacken fassen und vor die Tür setzen konnte. Doch zunächst einmal musste sie geduldig sein.

Nicht gerade eine ihrer Stärken.

Die Minuten auf der Digitaluhr an der Mikrowelle verstrichen, als wären es Stunden. Draußen ging das laute Treiben weiter: Leute schrien, Hupen ertönten, Feuerwerkskörper explodierten, Fußschritte polterten auf den Treppenabsätzen unter ihr. Gelächter. Gespräche.

Die Katze blieb in Deckung, vermutlich wie versteinert von all dem Lärm.

Super, dachte Kristi, und kämpfte gegen aufkommende Kopfschmerzen an. Sie war hundemüde. Die Zeit verging, und schließlich gab sie auf.

»Na schön. Wie du willst.« Kristi sperrte ab und überprüfte zweimal die Fenster, dann kroch sie auf die Bettcouch. Diese knackte unter ihrem Gewicht, und einen Moment lang war sie sich sicher, gehört zu haben, wie die Katze davongeschlichen war – oder auch nicht. Draußen ertönte neuer Lärm. Musik und Gelächter drangen zu ihr herauf. Zweifelsohne war Mai Kwans Clique aus dem Watering Hole zurückgekehrt, aber ihr neuer Hausgast streckte nicht mal die Nase unter dem Bett hervor.

Offenbar hatte es sich die schwarze Katze, die Kristi insgeheim Houdini nannte, für die Nacht bequem gemacht.

»Es ist Mitternacht. Lass uns feiern!«, beharrte Olivia und

bot Rick Bentz ein Glas alkoholfreien Champagner an. »Es wird ein besseres Jahr werden.«

»Das wäre nicht schlecht.« Er stieß sich in ihrem Cottage in Cambrai vom Schreibtisch ab. Seitdem die Straßen nach dem Hurrikan Katrina wieder instand gesetzt worden waren, lebten Olivia und er zusammen mit Olivias kleinem Kläffer und einem lärmenden Vogel hier draußen, in dem Cottage, das Olivia von ihrer Großmutter geerbt hatte. Auch Kristi hatte ab und an hier gewohnt, in dem kleinen Zimmer oben, doch seine Tochter war immer rastlos gewesen. Zudem hatte sie sich nie wirklich mit ihm und seiner neuen Frau wohl gefühlt. Jahrelang hatte es nur sie beide gegeben, Kristi und Rick, und obwohl sie behauptete, Olivia zu mögen und die Vorstellung absolut großartig zu finden, dass er nicht länger allein war, dass er endlich über Kristis Mutter hinweg war, dass er sein eigenes Leben lebte, hatte ein Teil von ihr das nicht akzeptiert. Nichts davon war seiner scharfsichtigen Frau entgangen, obwohl Livvie diesbezüglich ihre Zunge hütete. Clevere Frau. Und verdammt hübsch.

Seit sie hier draußen lebten, mussten beide in die Stadt pendeln, aber das war es wert, fand Rick, wenn man sich erst einmal daran gewöhnt hatte, Alligatoren, Reiher und Opossums als Nachbarn zu haben. Der Abstand zur Stadt gab ihm und Olivia ein wenig inneren Frieden, ein kleine Auszeit von dem Chaos, das in New Orleans geherrscht hatte. Olivia besaß noch immer ihren Laden, das Third Eye in unmittelbarer Nähe des Jackson Square, wo sie Modeschmuck, Kunstgegenstände und New-Age-Kram an Touristen verkaufte. Der Laden hatte keinen ernsthaften Schaden genommen, aber der Platz selbst hatte sich verändert, und das Geschäft mit den Touristen lief nur langsam wieder an. Die Tarotkartenleger und die lebenden Statuen, sogar viele der Straßenmusiker waren nach dem Wirbelsturm nicht mehr zurückgekehrt. Etliche von ihnen hatten ihr Zuhause verloren.

»Sei nicht so ein Pessimist, Bentz«, zog Olivia Rick jetzt auf, und er nahm grummelnd das Glas und stieß mit ihr an. »Frohes neues Jahr.« Ihre Augen, die die Farbe von altem Whiskey hatten, glänzten, und unbändige blonde Locken umrahmten ihr Gesicht. Sie war seit ihrer Hochzeit ein wenig gealtert, aber die Falten in den Augenwinkeln minderten ihre Schönheit nicht. Olivia bestand darauf, dass sie ihr Charakter verliehen. Trotzdem ging auch eine gewisse Schwermut von ihr aus. Es war ihnen nie gelungen, ein Kind zu bekommen, und mittlerweile hatte Rick Bentz das Interesse daran verloren. Kristi war Ende zwanzig, und noch einmal ganz von vorn zu beginnen, kam ihm unnötig, sogar töricht vor. Er wäre immerhin über sechzig, wenn das Kind die Highschool beendet hätte!

Nur dass sich Olivia ein Kind wünschte. Und eine verdammt gute Mutter sein würde.

»Ich bin kein Pessimist«, korrigierte er sie. Hairy S., Olivias Terrier, kam hereinspaziert und sprang auf Bentz' La-Z-Boy-Sessel, von wo aus er sie unter seinen buschigen Augenbrauen her betrachtete. »Ich bin ein Realist.«

»Und der ›Das-Glas-ist-halb-leer‹-Typ.«

Er nahm einen Schluck und hielt das Glas dann ins Licht.

»Nun, das stimmt ja auch. Es ist halb leer.«

»Und du bist krank vor Sorge um Kristi.«

»Ich dachte, du hättest es nicht gemerkt.«

»Du bist ein Wrack, seit sie ausgezogen ist.« Olivia setzte sich auf seinen Schoß und legte ihm einen Arm um die Schulter. Dann lehnte sie ihre Stirn an seine. »Es wird ihr schon gutgehen. Sie ist ein großes Mädchen.«

»Sie wäre fast umgebracht worden ... musste zweimal wiederbelebt werden. War beinahe klinisch tot.«

»Beinahe«, betonte Olivia. »Sie hat überlebt. Sie ist stark.«

Er dehnte seinen verspannten Nacken und atmete Olivias Duft ein. Hairy winselte von seinem Sessel aus, als wollte er zu ihnen kommen. »Ich fürchte bloß, sie ist nicht stark genug.«

»Du bist ihr Vater. Sie ist tough genug.« Olivia nahm einen kräftigen Schluck aus ihrem Glas und drehte den Stiel.

»Lust auf ein kleines Spielchen?«

»Jetzt?«

»Ja. Du gibst den großen, starken Detective, und ich bin die –«

»... die Verrückte, die die Gedanken eines Mörders lesen kann?«

»Ich wollte sagen, ich bin eine kleine, schwache Frau.«

Er hatte gerade sein Glas an die Lippen gehoben und verschluckte sich fast. »Den Tag möchte ich erleben.« Aber er küsste seine Frau und spürte die vertraute Wärme ihrer Lippen, die mit seinen verschmolzen. Ein altes Liebespaar, das noch Feuer in den Lenden hatte.

Sein Handy vibrierte laut und schlitterte über den Schreibtisch.

»Verdammt«, flüstere Olivia.

Er griff danach und schaute auf das Display. »Montoya«, sagte er dann. »Keine Zeit für verruchte Spielchen.«

»Ich werde dich daran erinnern, wenn du wieder hier bist«, sagte sie. Er grinste und hielt sich das Handy ans Ohr.

»Bentz.«

»Frohes neues Jahr«, sagte Montoya.

»Dir auch.« Es hörte sich an, als säße Montoya schon im Wagen und raste durch die Straßen der Stadt.

»Wir haben eine Leiche unten am Wasser. Sieht nach einer Party mit bösem Ende aus. Nicht weit vom Kasino. Ich bin in fünfzehn Minuten da.«

»Bin schon unterwegs«, sagte Bentz und verspürte einen Anflug von Bedauern, als er die Enttäuschung in Olivias Augen sah. Er unterbrach die Verbindung und setzte zu einer Erklärung an, aber Olivia legte ihm einen Finger auf die Lippen.

»Ich werde auf dich warten«, sagte sie. »Weck mich.«

»Alles klar.«

Rick suchte seine Jacke, die Schlüssel, die Brieftasche und die Dienstmarke zusammen, sorgte dafür, dass Hairy S. im Haus blieb, und ging nach draußen zu seinem alten Jeep, den er immer wieder in Zahlung zu geben drohte. Bislang hatte er es jedoch nicht übers Herz gebracht und auch nicht die Zeit dazu gehabt. Er kletterte hinters Lenkrad und vernahm das vertraute Knarzen der verschlissenen Ledersitze. Im Rückwärtsgang kurvte er um Olivias Limousine herum, dann legte er den ersten Gang ein. Es gelang ihm, ein Päckchen Kaugummi aufzustöbern und einen Streifen Juicy Fruit auszuwickeln, während er das Fahrzeug den langen Feldweg hinunter und über eine kleine Brücke lenkte. Er steckte sich den Kaugummi in den Mund, drosselte das Tempo, als er auf die zweispurige Straße in Richtung Stadt bog, und trat dann aufs Gaspedal. Olivia hatte vermutlich recht, dachte er, er war tatsächlich ein wenig von der Rolle. Doch dafür gab es Gründe, und sie alle drehten sich um sein Kind.

Eigensinnig und schön wie Jennifer, ihre Mutter. Kristi war sowohl von ihren Lehrern in L. A., wo er mit Jennifer gelebt hatte, als auch von ihren Lehrern hier in New Orleans als schwierig, dickköpfig, frühreif und überschäumend beschrieben worden. Er hatte ihr vermutlich einige graue Haare zu verdanken, aber er war immer der Ansicht gewesen, dass das zum Elternsein dazugehörte und enden würde, wenn sie erwachsen war und eine eigene Familie gegründet hatte. Nur dass das bislang nicht der Fall war.

Er bog zu schnell um eine Kurve, und die Reifen gerieten ins Schleudern. Ein Waschbär, aufgeschreckt von dem Fahrzeug, huschte flink in das Gestrüpp, das den Highway säumte.

Kristi schien so weit von einer Heirat entfernt zu sein wie immer, und wenn sie sich überhaupt mit jemandem traf, behielt sie das wohlweislich für sich. In der Highschool war sie mit Jay McKnight gegangen, hatte sogar einen Freundschaftsring von ihm bekommen, was auch immer das bedeuten mochte – vielleicht eine Art Vorverlobung.

Rick Bentz schnaubte. Kristi hatte behauptet, sie sei über Jay hinausgewachsen, und hatte mit ihm Schluss gemacht, als sie damals aufs All Saints College wechselte. Sie hatte sich mit jemand Älterem zusammengetan, einem wissenschaftlichen Mitarbeiter namens Brian Thomas, der eine absolute Null gewesen war, ein echter Loser, zumindest Bentz' – zugegebenermaßen voreingenommener – Ansicht nach. Nun, daraus war ebenfalls nichts geworden.

Er gab Gas, fuhr zügig auf den Freeway und reihte sich in den spärlichen Verkehr ein. Die meisten Wagen fuhren knapp zwanzig Stundenkilometer schneller als erlaubt Richtung Crescent City.

Mittlerweile hatte Jay McKnight das College beendet und einen Master in der Tasche. Er arbeitete für das kriminaltechnische Labor des Police Department von New Orleans, und Bentz würde seiner Tochter widersprechen, wenn sie immer noch behauptete, Jay sei langweilig oder hausbacken. Außerdem gab Jay einen Abendkurs am All Saints College, und vielleicht würde Kristi ihm dort begegnen.

Und vielleicht würde er sich dazu überreden lassen, ein Auge auf Bentz' Tochter zu haben ...

Rick seufzte innerlich. Es gefiel ihm gar nicht, hinter Kristis Rücken zu handeln, aber es ließ sich nicht ändern, solange es um ihre Sicherheit ging. Er hatte sie in den siebenundzwanzig Jahren, die sie nun auf der Welt war, schon zweimal beinahe verloren – das würde er nicht noch einmal aushalten. Bis die Polizei von Baton Rouge herausgefunden hatte, was mit den verschwundenen Mädchen passiert war, würde Bentz die Sache selbst in die Hand nehmen.

Vorsichtig fuhr er Richtung Waterfront. Im Mondlicht wirkten die verwüsteten Stadtteile gespenstisch und unheilverkündend, stillgelegte Autos, zerstörte Häuser, Straßen, die nach wie vor unpassierbar waren ... Dieser Teil von New Orleans war am stärksten betroffen gewesen, als die Deiche nachgegeben hatten, und Bentz fragte sich, ob er jemals wiederaufgebaut werden konnte. Sogar Montoya, sein Partner, und seine neue Frau Abby hatten ihr Vorhaben, ihr Zuhause in der Stadt wiederherzurichten, aufgeben müssen. Das Haus in seinem für den Süden der USA typischen Baustil mit einer sehr schmalen, langen rechteckigen Form war über zweihundert Jahre alt und fast fertig renoviert gewesen, als der Hurrikan und mit ihm die Flut kamen und alles hinwegspülten. Montoya, mit den Nerven völlig am Ende, pendelte nun von Abbys Cottage außerhalb der Stadt zum Dienst.

Sie waren alle müde. Brauchten eine Pause.

Rick eilte zum Tatort, wo zwei Einheiten bereits eingetroffen und bei der Arbeit waren. Lichter flammten rings um das mit Polizeiband abgesperrte Gebiet auf, Beamte hielten die Schaulustigen in Schach. Montoyas Mustang war halb auf dem Bürgersteig geparkt, Montoya selbst, der seine Lieblingslederjacke trug, unterhielt sich bereits mit dem Officer, der als Erster am Tatort gewesen war.

Die Leiche lag mit dem Gesicht nach oben auf dem Gehsteig. Bentz' Eingeweide verkrampften sich, und der Geschmack nach Galle stieg in seiner Kehle hoch. Die Frau war weiß, Anfang vierzig. Zwei Schusswunden verschandelten ihr kurzes rotes Kleid. Es gab Anzeichen eines Kampfes, zwei abgebrochene Fingernägel an der rechten Hand und einige Schrammen in ihrem Gesicht. Bentz blickte sie lange an. Sie zählte nicht zu den vermissten Studentinnen. Er hatte sich die Gesichter von Dionne Harmon, Tara Atwater, Monique DesCartes und Rylee Ames eingeprägt. So gründlich, dass sie ihn sogar nachts verfolgten. Diese noch nicht identifizierte Frau war keine von ihnen.

Für einen kurzen Augenblick verspürte er Erleichterung, dann einen Anflug von Schuldbewusstsein. Auch dieses Opfer hatte Angehörige – Mutter, Vater, Bruder, Schwester, Freund –, die am Boden zerstört und voller Trauer sein würden.

»... also ich glaube, es handelt sich um Raub mit tödlichem Ausgang. Weder Brieftasche noch Personalausweis sind zu finden«, sagte der Officer.

Jane.

»Sie ist von den Leuten hier drüben gefunden worden.« Er wies mit dem Kinn in Richtung einer ernst dreinblickenden Vierergruppe – zwei Männer und zwei Frauen –, die abseits der Schaulustigen standen. »Sie waren auf dem Rückweg von einer Silvesterparty im Hootin'Owl, einer Bar in der Decatur Street«, fuhr der Officer fort.

Bentz nickte. Er kannte den Ort.

»Sie geben an, weder etwas gesehen noch gehört zu haben, und sind beinahe über die Leiche gestolpert. Aber sie sind auch ziemlich betrunken.«

»Ich werde mit ihnen reden«, sagte Montoya und ging auf die Gruppe zu. Es waren Afroamerikaner. Die jungen Frauen rieben sich die Arme, als fröstelten sie, ihre Augen waren angstvoll aufgerissen. Ihre Begleiter hatten die Lippen zusammengekniffen und machten einen toughen Eindruck.

Bentz' Handy klingelte, gerade als der Van vom kriminaltechnischen Labor mit Bonita Washington am Lenkrad eintraf. Sie parkte in zweiter Reihe hinter einem Streifenwagen. Inez Santiago stieg auf der Beifahrerseite aus und zerrte einen Koffer mit kriminaltechnischer Ausrüstung aus dem Wagen.

Bentz blickte auf das Display. Polizei. Ohne Zweifel ein weiterer Mordfall.

Verdammter Mist.

»Bentz«, meldete er sich und beobachtete, wie Bonita mit ihrem aufbrausenden Temperament wichtigtuerisch die Uniformierten und Gaffer von »ihrem« Tatort fortscheuchte. Sie war eine emotionsgeladene Schwarze mit einer Komm-mir-nicht-in-die-Quere-Einstellung und einem IQ, der sich angeblich irgendwo in ganz hohen Sphären bewegte. Sie liebte ihren Job, machte ihn gut und ließ sich von niemandem etwas sagen.

Santiago machte bereits Fotos von der toten Frau. Wieder drehte sich Bentz der Magen um.

Am Telefon nannte ihm der Beamte, der für die Aufgabenverteilung zuständig war, eine Adresse und setzte ihn rasch über einen vermeintlichen Unfall mit Fahrerflucht im Geschäftsviertel ins Bild.

»Ich fahre hin, sobald ich hier fertig bin«, sagte Rick und legte auf.

»Treten Sie zur Seite!«, fuhr Washington einen der uniformierten Beamten in der Nähe des Absperrbands an und wedelte mit einer Hand. »Wer zum Teufel ist hier rumgetrampelt? Verdammt noch mal – Bentz, holen Sie diese Leute hier weg! Na wird's bald? Und Sie«, sagte sie zu dem Uniformierten, »lassen niemanden, nicht mal Jesus Christus persönlich, hinter diese Absperrung, kapiert?«

»Ja, Madam.«

»Gut. Dann haben wir uns verstanden.« Sie warf ihm ein kaltes Lächeln zu und begann Proben zu nehmen und Beweismittel zu sammeln, Rückstände von Schießpulver, Fuß-

und Fingerabdrücke. Der Van des Gerichtsmediziners traf ein.

»Sag nichts«, sagte Montoya, als sein Handy eine Salsa-Melodie zu spielen begann. »Verdammt.« Er blickte auf die Uhr. »Seit dreiundfünfzig beschissenen Minuten haben wir das neue Jahr und bereits zwei Leichen.«

»Es wird noch mehr geben«, prophezeite Bentz mit einem weiteren Blick auf das Opfer. Vor zwei Stunden hatte diese Frau noch das neue Jahr feiern wollen.

Stattdessen hatte sie den nächsten Tag nicht mehr erlebt. Sein Handy klingelte erneut. Ricks Kiefer verkrampfte sich. Das würde eine wahre Höllennacht werden.

Mitternacht.

Geisterstunde.

Die Zeit des Übergangs vom alten zum neuen Tag, in diesem Fall zu einem neuen Jahr. Er lächelte innerlich, als er durch die vom Regen sauber gewaschenen Straßen der Stadt ging, die Geräusche des Silvesterfeuerwerks hörte und das Knallen der Champagnerkorken, was zusammen klang wie das Rattern von Schnellfeuergeschützen.

Nicht, dass er sich damit auskannte.

Zu unpersönlich.

So weit von einem Opfer entfernt zu sein, in manchen Fällen mehrere hundert Meter, raubte dem Ganzen den Kitzel, das Gefühl der Intimität, das entstand, wenn der Lebenssaft aus dem Körper wich, das Licht in den Augen des Opfers langsam erlosch und das wilde, angstvolle Rasen des Pulses nach und nach verging. *Das* war persönlich. *Das* war perfekt.

Ganz in Schwarz gekleidet, verschmolz er mit dem Schatten der Dunkelheit, als er den Campus überquerte, den süßen Geruch von Marihuana einatmete und ein Pärchen beobachtete, das einander unbeholfen begrapschte, während es Richtung Studentenwohnheim eilte. Dort würden es die zwei in einem schmalen Doppelbett vermutlich die ganze Nacht lang miteinander treiben.

Er verspürte einen Stich der Eifersucht.

Die Freuden des Fleisches ...

Aber er würde warten müssen.

Das wusste er.

Trotz seiner Unruhe.

Seines *Bedürfnisses.*

Tief im Innern flehte er um Erlösung und wusste, dass er sie nur finden konnte, wenn er langsam ein Leben auslöschte ... und nicht irgendein Leben. Nein. Jene, die geopfert wurden, waren sorgfältig auserwählt.

Sein innerer Schmerz pochte, ließ sich nicht länger leugnen, seine Nerven waren bis zum Zerreißen gespannt. Elektrisiert. Voller Begierde.

Er roch die Lust des Pärchens. Das sehnsüchtige Verlangen der beiden. Das Blut, das in ihren Adern pulsierte.

Er ballte die Fäuste und versuchte, seine eigene Lust aus seinem Kopf zu verbannen, sein Verlangen, die Hitze, die in seinem Schädel tobte.

Nicht jetzt.

Nicht heute Nacht.

Nicht diese beiden.

Er warf dem Pärchen einen letzten ärgerlichen Blick

nach, dann riss er sich zusammen und konzentrierte sich auf die elementarsten Triebe.

Das Jagen.

Das Töten.

Sie sind es nicht wert, ermahnte er sich selbst. *Es gibt einen Plan. Du darfst nicht von deinem wahren Auftrag abweichen.*

Lautlos verließ er das Campusgelände, ging im Zickzack durch verschiedene Straßen und Gassen zu dem alten Gebäude, das schon seit langem abbruchreif war, ein ehemaliges Grandhotel, inzwischen verschlossen und mit Brettern vernagelt. Die einzigen Bewohner waren nunmehr Spinnen, Ratten und anderes Ungeziefer. Er ging zur Rückseite des Gebäudes, wo einst der Angestellten- und Lieferanteneingang gewesen war. Er eilte die abbröckelnden Stufen hinunter, holte seinen Schlüssel heraus und öffnete eine Hintertür. Drinnen ignorierte er die tropfenden, verrosteten Rohre, die zerbrochenen Glasscheiben und morschen Bretter, die einstmals Teil eines Renovierungsunterfangens gewesen waren. Stattdessen schritt er durch den vertrauten Korridor zu einer weiteren verschlossenen Tür, hinter der eine Wendeltreppe nach unten führte. Am Fuß der Treppe öffnete er die dritte Tür und betrat einen Bereich, der nach Chlor roch. Er schloss die Tür hinter sich, wartete ein paar Sekunden, dann ging er einen kurzen dunklen Flur entlang, der in einen weitläufigen Raum mündete. Er drückte auf einen Lichtschalter. Trübe Glühbirnen beleuchteten einen großen Swimmingpool, dessen aquamarinfarbene Fliesen gedämpft in dem gespenstischen Licht schimmerten.

Er zog sich lautlos aus und warf seine Kleidung in eine Ecke, dann ging er nackt zum Rand des Pools und tauchte in das ungeheizte Becken. Das eisige Wasser war ein Schock und kribbelte auf seiner Haut, aber er streckte sich und begann, durch den Pool zu pflügen und dabei ruhig ein- und auszuatmen. Am anderen Ende wendete er athletisch und schwamm eine weitere Bahn. Sein Körper, gestählt von stundenlangem Training, durchschnitt das Wasser so leicht, wie ein Jagdmesser Fleisch durchschneidet. Seine Züge wurden schneller und schneller, und er spürte, wie sein Herz pumpte und seine Lungen zu schmerzen begannen. Fünf Bahnen. Zehn. Zwanzig.

Er verließ das Wasser erst, als ihn die erste Welle der Erschöpfung überkam, ihn ruhiger werden ließ, die Lust auf Blut aus seinem Herzen verbannte. Dafür war später noch genug Zeit. Kalte Luft kroch über seine nasse Haut. Seine Brustwarzen wurden hart, sein Schwanz klein, aber er begrüßte die Kälte. Er ging durch einen unbeleuchteten Flur, und als er um zwei Ecken bog und ein Zimmer betrat, in dem seine Trophäen versteckt waren, stellten seine Augen sich auf die Dunkelheit ein.

In dem Zimmer standen ein leerer Schreibtisch und ein niedriger schwarzer Tisch. Ein paar dicke Kissen waren auf dem porösen Betonboden verteilt. Der Bildschirm eines Notebooks verströmte einen diffus-bläulichen Schein, und er zog in Erwägung, sich einzuloggen. Er kommunizierte mit ihnen über das Internet, über illegale drahtlose Zugänge – man kannte ihn unter verschiedenen Nicknames, aber er selbst nannte sich Vlad. Nicht besonders findig, aber es erfüllte seinen Zweck. Wie sagte Shakespeare noch gleich? »Was ist ein Name? Was uns Rose heißt, / Wie es auch hieße, würde lieblich duften.« Nun, Vlad duftete lieblich und schmeckte sogar noch besser und würde bei diesem Unterfangen, bei diesem Auftrag, unter dem Namen Vlad der Pfähler auftreten. Und war er das etwa nicht? Hatte er nicht jede seiner Auserwählten gepfählt?

Was für eine Ironie.

Er zündete eine Kerze an, setzte sich mit gekreuzten Beinen an den kurzbeinigen japanischen Tisch und öffnete eine Schublade, aus der er Fotos hervorholte – Schnappschüsse, aufgenommen für Studentenausweise. Er legte die ersten vier auf die glänzende Tischoberfläche.

Schwestern, dachte er, wenn auch nicht genetisch.

Er berührte jedes Foto mit der Spitze seines Zeigefingers, in der Reihenfolge, in der er sie genommen hatte.

Dionne, süß und geschmeidig, die köstliche dunkle Haut weich wie Seide. Oh, sie war bereit gewesen und so heiß ... so verdammt heiß und feucht ... Sie hatte geschrien, dass sie nicht wollte, aber ihr wundervoller Körper hatte auf ihn reagiert, als er sie sich gefügig machte, hatte ihn gewollt. Seine Kehle schnürte sich zu bei der Erinnerung daran, wie er sie genommen hatte, von hinten, seine Hände hatten sie gerieben und sie kurz vor ihm zum Höhepunkt gebracht.

Er schluckte schwer.

Und Tara, die Schmächtige mit den großartigen Brüsten. Voll und weiß, mit blassrosa Spitzen von der Größe einer Halb-Dollar-Münze. Er spürte, wie sein Schwanz zuckte bei dem Gedanken an diese Prachtexemplare. Er erinnerte sich, wie er daran gesaugt hatte, sie gereizt, gebissen, mit seinen Zähnen bearbeitet hatte, bis sie vor lüsterner Qual aufgeschrien hatte ... Wieder begann sein Blut zu kochen.

Er berührte Taras Foto, dann wendete er sich dem nächsten Mädchen zu.

Monique. Groß und schlank mit dem Körper einer Athletin. Muskeln, die sich angespannt hatten, als er mit den Handflächen ihre Umrisse nachgezogen, mit den Fingern ihre intimen süßen Spalten erkundet hatte. Er leckte sich die Lippen. Sein Schwanz stand in Habachtstellung.

Er blickte auf das nächste Foto. Rylee. Zierlich. Ängstlich. Aber, oh, so köstlich! Ihr blassblondes Haar hatte seine Aufmerksamkeit auf sich gezogen, und als sie nackt war, hatte ihre weiße Haut geleuchtet und die blauen Adern durchscheinen lassen, so dass er ihren furchtsam flatternden Puls in ihrer Halsmulde wahrnehmen konnte.

O Gott, wie feucht sie gewesen war ... wie sie geschmeckt hatte ... Er drehte das Foto um. Auf der Rückseite war noch ein kleiner Blutfleck zu sehen. Er lächelte genießerisch, hob das Bild an seinen Mund und leckte vorsichtig mit der Zungenspitze über den dunkelroten Fleck. Ihr Geschmack füllte seinen Mund, und er sog euphorisch die Luft ein.

Sein Schwanz war jetzt steinhart. Bereit.

Zu pfählen.

Er legte Rylees Bild auf den Tisch zu den restlichen Auserwählten, dann ging er die anderen Fotos durch. Es gab Hunderte davon in seinem Versteck.

Er hatte die hervorgeholt, die als nächste Kandidatinnen in Frage kamen, die Mädchen, die ihn ansprachen. Ein paar Fotos fehlten. Die Neuen. Die Studentinnen, die sich für das zweite Semester neu eingeschrieben hatten. Von ihnen besaß er noch keine.

Aber bald.

Dann würden sie sich zu denen gesellen, die er bereits vorgemerkt hatte, diejenigen, die schon bald ihren Schwestern folgen würden.

Er lächelte und fuhr sich mit der Zunge über die Zähne, schmeckte das Blut der armen, zu Tode verängstigten Rylee Ames.

Unter den nächsten Fotos, überlegte Vlad, würde das von der Cop-Tochter sein, die Taras Apartment gemietet hatte. Als hätte es das Schicksal so gewollt, dachte er, und rief sich ihr Bild vor Augen.

Er hatte sie gesehen. Sie beobachtet. Hatte innerlich bereits von ihr Besitz ergriffen. Sie war eine hinreißende Frau mit genau dem richtigen Maß an Geist und dem perfekten Körper für seine Bedürfnisse, für seine Opfergabe. Sie war nicht als Nächste vorgesehen, aber ihre Zeit würde schon noch kommen. Er konnte warten. Er hatte keine Wahl. Alles, was geschehen würde, war bereits entschieden.

Ihm wurde heiß, als er daran dachte, wie er sie nehmen würde, und er blickte auf die Fotos vor sich auf der Tischplatte.

Obwohl sie nichts davon ahnte, würde sich Kristi Bentz schon bald ihren Schwestern anschließen ...

5.

Das war es also, wovon sie alle sprachen, dachte Kristi, als sie am ersten Semestertag in dem brechend vollen Seminarraum Platz nahm. Es war acht Uhr morgens am ersten Montag des neuen Jahres. Die meisten der Studenten sahen aus, als wären sie gerade eben aus dem Bett gefallen. Stühle scharrten über den Fußboden, Füße schlurften, Stimmen plapperten, während aus hoch oben an den Wänden des hörsaalähnlichen Raums angebrachten Lautsprechern die sanften Klänge von Renaissancemusik ertönten. Die Sitzreihen waren auf abfallenden Ebenen angebracht, die trichterförmig auf ein Podium in der Mitte zuliefen. Darauf standen ein abgenutzter Tisch, ein Stehpult und ein Mikrofon. Ein Stapel Bücher und eine geöffnete Heftmappe mit drei Blättern lagen neben einem Laptop auf dem Tisch.

Ein Mann Mitte bis Ende dreißig, vermutlich Dr. Victor Emmerson, stand bereits über seine Notizen gebeugt da. Er trug Jeans und eine abgewetzte schwarze Lederjacke über einem weißen T-Shirt, in dessen Rundhalsausschnitt eine Spiegelsonnenbrille steckte. Seine dunkelbraunen Haare waren zottelig und sahen aus, als hätte er sie seit dem Vortag nicht gekämmt. Ein mehr als drei Tage alter Bartschatten bedeckte sein kräftiges Kinn. Er wirkte so ganz anders als die spießigen Lehrer, an die sie sich aus ihrer ersten College-Zeit vor ein paar Jahren erinnerte.

Emmerson kratzte die Bartstoppeln an seinem Kinn, während er die Seiten durchblätterte, finster auf sein eigenes Gekritzel blickte und nur aufsah, wenn sich die Tür öffnete und ein weiterer Student eintrat und sich nach einem freien Platz umschaute.

Die verbliebenen Sitzplätze waren rar und lagen weit auseinander.

Dieses Shakespeare-Seminar war überraschend beliebt, und Kristi vermutete, dass die Faszination vielmehr etwas mit dem coolen Professor als mit dem Dichter oder seinem Werk zu tun hatte. Sie stellte ihren Laptop auf das Pult, um sich Notizen machen zu können, und betrachtete prüfend die anderen Studenten, von denen ihr einige bekannt vorkamen. Mai Kwan, ihre Nachbarin, hatte ein paar Reihen vor Kristi an der Vorderseite des Raumes Platz genommen, zwei der jungen Frauen, die zusammen mit Lucretia im Diner gewesen waren, saßen nebeneinander in der Nähe der Fenster. Der Knaller aber war, dass direkt vor Seminarbeginn Hiram Calloway hereingeschlendert kam, Kristis Möchtegern-Apartmentverwalter. Sie wandte sich rasch ab und hoffte, dass er nicht den freien Platz neben ihr bemerkt hatte. Zum Glück fand er ein anderes Pult im hinteren Teil des Raumes.

Gut.

Die Tür schlug hinter Hiram zu, und Emmerson blickte auf die Uhr an der Wand. Dann drückte er einen Knopf hinter dem Stehpult und stellte die Musik ab. Er streckte sich, umfasste sämtliche Seminarteilnehmer mit einem langen Blick und sagte: »Okay, ich bin Professor Emmerson, und das ist das Shakespeare-Seminar für fortgeschrittene Semester.

Wenn Sie sich nicht dafür eingeschrieben haben, gehen Sie bitte wieder und machen Sie Platz für die, die sich noch einschreiben möchten. Diejenigen von Ihnen, die nur teilnehmen, weil sie gehört haben, das Seminar sei leicht und garantiere Ihnen eine gute Note, sollten besser ebenfalls gehen.«

Keiner rührte sich. Die Teilnehmer waren still, nur das Ticken der Uhr war zu vernehmen.

Ein Handy piepste laut, und Emmersons Blick richtete sich auf den Studenten mit der Baseball-Kappe, der hektisch in seiner Tasche herumtastete.

»Das ist der nächste Punkt. Keine Handys im Seminarraum, und damit meine ich nicht nur das Klingeln. Wenn ich mitbekomme, dass irgendwo eins vibriert, oder wenn irgendjemand auf das Display blickt, um eine SMS zu lesen oder auch nur nach der Uhrzeit zu sehen, kann er verschwinden. Automatisch ungenügend. Wenn Ihnen das nicht passt, sollten Sie das Seminar abbrechen. In diesem Seminarraum gibt es keine Demokratie. Ich bin der König, okay? Genau wie die Könige, die wir durchnehmen werden, nur, wie ich hoffe, nicht ganz so eigennützig.« Er machte eine kurze Pause und fuhr dann fort: »Wir werden den guten alten Willi unter die Lupe nehmen, wie Sie es noch nie getan haben. Wir werden nicht nur seine Stücke und Gedichte lesen, wir werden sie *lernen*. In- und auswendig. Wir werden sie so lesen, wie sie gelesen werden sollten, so, wie Mr Shakespeare – oder wer auch immer sie aus unserer heutigen Sicht geschrieben hat – wollte, dass sie gelesen werden. In diesem Seminar gehen wir davon aus, dass sie von William Shakespeare stammen. Wenn Sie zu den Francis-Bacon-Freaks zählen, die der Überzeugung sind, dass er sie verfasst hat, obwohl er nicht besonders viel Zeit dazu gehabt hätte, oder zu den Edward-de-Vere- oder gar

Christopher-Marlowe-Fans, wenngleich Letzter vermutlich schon 1593 das Zeitliche gesegnet hat und demnach die Feder unter Shakespeares Namen in der toten Hand geführt haben müsste, wenn Sie also annehmen, dass nicht Shakespeare der Verfasser ist …« – er deutete auf den rückwärtigen Teil des Raumes – »da ist die Tür. Ich weiß, es gibt den Ansatz, dass der arme, ungebildete Shakespeare unmöglich etwas so Anspruchsvolles, so Fundiertes über die Oberschicht, über Italien und die ganzen Themen geschrieben haben kann. Ich weiß auch, dass manche Akademiker der Annahme sind, seine Werke seien in Wirklichkeit von einer ganzen Gruppe von Leuten verfasst worden. Wir werden jede Menge lebhafte Diskussionen über Shakespeares Werk führen, verstehen Sie mich nicht falsch, aber das ganze ›Hat er das nun geschrieben oder nicht?‹-Theater ist tabu. Es ist mir egal, wer es geschrieben hat. Das ist ein Thema für ein anderes Seminar. Mich interessiert nur, was Sie von dem Werk halten.« Er ging um seinen Schreibtisch herum und lehnte sich mit der Hüfte dagegen. »Ich gehe davon aus, dass Sie alle per E-Mail einen Unterrichtsplan bekommen haben. Wenn nicht, überprüfen Sie bitte sorgfältig Ihren Posteingang oder Ihre Spam-Mails, und wenn wirklich nichts eingegangen ist, rufen Sie mein Büro an und ich schicke Ihnen den Plan noch einmal. Die meisten Aufgaben bekommen Sie übers Internet, und aus diesem Grund haben Sie auch alle eine allsaints.edu-Adresse bekommen. Wenn nicht, wenden Sie sich bitte an das Studentensekretariat. Das ist nicht mein Problem.

Für diejenigen von Ihnen, die ihren Unterrichtsplan noch nicht angeschaut haben: Sie werden sehen, dass wir mit *Macbeth* beginnen. Warum?« Sein Lächeln wirkte ein wenig verschlagen. »Was gibt es Besseres, als das Jahr mit Hexen, Prophezeiungen, Blut, Geistern, Schuld und Mord zu beginnen?«

Er besaß jetzt jedermanns Aufmerksamkeit und wusste es. Er schaute über die sichtlich gefesselten Studenten, ließ den Blick von einem andächtigen Gesicht zum nächsten wandern und nickte. Seine Augen trafen auf Kristi und hielten ihren Blick für den Bruchteil einer Sekunde fest. War es Einbildung, oder hatte er sie ein wenig länger angeschaut als die anderen?

Das konnte nicht sein.

Sicher nur eine Täuschung, die am Licht lag.

Und trotzdem. Sein Grinsen schien sich ein wenig zu verändern, bevor er sich von ihr abwandte, als trüge er ein tiefes Geheimnis in sich. Ein intimes Geheimnis.

»Im Übrigen«, fuhr er mit seiner tiefen Stimme fort, »entscheide ich in diesem Seminarraum, was wir machen. Ich mag *Macbeth*. Also …« Er klatschte in die Hände, und das halbe Seminar zuckte zusammen. Wieder das wissende Lächeln. »Lassen Sie uns anfangen.«

»Kristi!« Sie eilte zielstrebig die Stufen zur Bibliothek hinauf, als sie ihren Namen hörte. Ihr rutschte das Herz in die Hose. Sie kannte die Stimme. Als sie sich umdrehte, erblickte sie ihre ehemalige Zimmergenossin, mittlerweile Assistant Professor Lucretia, die mit wehendem schwarzem Mantel und einem Schirm in der Hand auf sie zueilte. Der Himmel drohte seine Schleusen zu öffnen, der Wind frischte auf, und das Letzte, was Kristi jetzt wollte, war mit Lucretia auf dem Campus ein Schwätzchen zu halten. »Hey, warte!«

Es gab kein Entkommen.

Kristi blieb stehen. Lucretia, ganz außer Atem, rannte fast, um sie einzuholen. »Ich muss mit dir reden«, sagte sie ohne Einleitung.

»Tatsächlich?«

Lucretia ignorierte Kristis Ironie. »Hast du 'ne Minute Zeit?« Andere Studenten, die Köpfe vor dem Wind gebeugt, eilten über die Asphalt- und Pflasterwege, die die Rasenfläche kreuzten. Manche waren mit dem Fahrrad unterwegs, manche zu Fuß, und einer raste mit dem Skateboard an ihnen vorbei. »Wir könnten ins Studentenwerk gehen und einen Kaffee oder Tee oder was auch immer trinken.« Sie wirkte ernst. Besorgt.

»Ich habe um elf ein Seminar am anderen Ende des Campus.« Kristi blickte auf die Uhr. Zehn Uhr sechsunddreißig. Es blieb nicht mehr viel Zeit.

»Es wird nicht lange dauern«, beharrte Lucretia, griff nach Kristis Arm und versuchte, sie zu dem Backsteingebäude zu ziehen, in dem das Studentenwerk, eine Cafeteria und auf der anderen Seite das Studentensekretariat untergebracht waren. Kristi zog ihren Arm zurück, doch sie folgte Lucretia in die Cafeteria, wo sie sich an der Theke hinter drei Studentinnen anstellten. Kristi warf einen Blick auf die Auslage mit Scones, Muffins und Bagels und bestellte einen schwarzen Kaffee. Lucretia bat um einen Karamell-Latte-Macchiato mit extra Milchschaum. Kristi versuchte zu ignorieren, wie die Minuten verstrichen, während sie auf ihre Getränke warteten, aber es wurmte sie, dass sie zu spät zu ihrem nächsten Seminar kommen würde: Der Einfluss des Vampyrismus auf die moderne Kultur und Literatur. Seminarleiter war Dr. Grotto.

Als sie ihren Kaffee endlich in der Hand hielt, ging sie hinter Lucretia her, vorbei an Tischen voller Studenten, die sich miteinander unterhielten, lernten oder Musik von ihren iPods hörten. Sie bemerkte zwei von Lucretias Freundinnen, Grace und Trudie, die an einem Tisch in der Nähe der Hintertür in ein Gespräch vertieft waren, aber Lucretia strebte, wie um ihnen aus dem Weg zu gehen, auf eine Ecknische zu, die schon seit einer Weile nicht abgeräumt worden war. Sie setzte sich mit dem Rücken zu ihren Freundinnen.

Kristi ließ sich auf die gegenüberliegende Bank in der Sitznische gleiten und stellte fest, dass ihr nur noch fünfzehn Minuten bis zum Beginn ihres Elf-Uhr-Seminars blieben. Sie würde zu spät kommen. »Beeilen wir uns. Ich habe nicht viel Zeit«, erinnerte sie Lucretia und blies über ihren dampfenden Becher.

Lucretia stieß den Atem aus, dann blickte sie über ihre Schulter, als erwartete sie, dass sie beobachtet würden. Als sie zufrieden feststellte, dass das nicht der Fall war, beugte sie sich über den Tisch und flüsterte: »Du hast doch von den Studentinnen gehört, die verschwunden sind.«

Kristi tat so, als interessierte sie das nur mäßig. Sie nickte. »Es waren vier, nicht wahr?«

»Ja.« Lucretia biss sich auf einen ihrer Mundwinkel. »Offiziell werden sie ja bloß vermisst …«

»Aber du glaubst, es steckt was anderes dahinter?«

Lucretia rührte ihren Kaffee nicht an, sondern ließ ihn neben aufgerissenen Tütchen mit scharfer Soße und Senf auf der angeschlagenen Tischplatte stehen. »Nun, ich denke nur, dass da irgendetwas läuft. Irgendwas Unheimliches.« Sie senkte ihre Stimme noch mehr. »Ich kannte Rylee.«

»Kannte. In der Vergangenheitsform?«

»Nein«, korrigierte sie sich rasch. »Ich meine, ich *kenne* sie, aber niemand, und das meine ich wörtlich: niemand, hat sie seit der Vorweihnachtszeit gesehen. Vielleicht ... o Gott, das ist einfach zu unheimlich.«

»Was?«

»Ich denke, sie könnte Teil einer Art Kult gewesen sein.«

»Kult?«

Lucretia nickte, ließ ihren Becher kreisen und beobachtete, wie der Milchschaum langsam in dem unberührten Kaffee schmolz.

»Du meinst eine Art religiösen Kult? Eine Sekte?«

»Ich weiß nicht genau ... Es kursieren Gerüchte darüber, dass alle möglichen sonderbaren Dinge vorgehen. Hauptsächlich solche, die mit dem Interesse an Vampiren zu tun haben.«

»Wie in *Buffy – Im Bann der Dämonen* oder in *Dracula*?«

»Ich meine das Interesse an lebendigen Vampiren.«

Kristi warf ihr einen Blick zu. »Vampirfledermäuse ... oder Graf Dracula? Du nimmst mich auf den Arm!«

Aber Lucretia machte keinen Spaß. »Das ist kein Scherz. Manche Studenten laufen mit Vampirzähnen rum und hängen sich Blutampullen um den Hals, und sie nehmen Dr. Grottos Seminar so ernst, dass es beinahe an Besessenheit grenzt.«

»Aber sie glauben doch nicht wirklich, dass sie Vampire sind, die tagsüber in Särgen schlafen und nachts durch die Gegend fliegen und Menschenblut trinken, oder? Vampire von der Sorte, die nur mit Holzpfählen oder Silberkugeln zur Strecke gebracht werden können und die kein Spiegelbild haben?«

»Jetzt sei doch nicht so.«

»Wie?«, hakte Kristi nach.

»So ... spöttisch. Ich weiß nicht, was sie glauben.« Beiläufig spielte Lucretia mit einer Goldkette, die sie um den Hals trug. Zwischen ihren Fingern baumelte ein kleines, diamantenbesetztes Kreuz.

»Rylee war also in diese Vampirgeschichte verwickelt«, sagte Kristi skeptisch.

»Ja.« Das Diamantkreuz glitzerte im Licht der Cafeterialampen.

»Was macht man da? Bei diesem Vampirkult?«

»Keine Ahnung. Rylee hat sehr ... geheimnisvoll getan.«

»Was weißt du über sie?«

»Nun, ich würde sie nicht unbedingt als das gefestigteste Mädchen auf dem Planeten beschreiben«, gab Lucretia zu. »Sie hatte schon einmal das College geschmissen, letzten Winter oder letztes Frühjahr.« Sie räusperte sich. Blickte zur Seite. Das Kreuz blinkte.

»Und?«, bohrte Kristi nach.

»Und, nun ... sie hatte einen Hang zum Dramatischen. Nun ja, nicht nur einen Hang. Sie hat mal versucht sich umzubringen.«

»Sich umzubringen?«

»Schsch!« Lucretia senkte erneut die Stimme und hörte auf, mit ihrer Kette zu spielen. »Ich weiß, dass das ein Hilfeschrei war, und ich bin mir nicht sicher, ob sie diese Hilfe bekommen hat. Ihre Mutter hat sich die ganze Zeit über Sorgen gemacht, dass Rylee schwanger werden könnte, und gar nicht mitbekommen, was ihre Tochter durchmachte.«

»Ihre Mutter hat ihren Selbstmordversuch ignoriert?«, fragte Kristi ungläubig.

»Rylee hat erzählt, sie hätte ihrer Mom als Teenager eine Menge Ärger bereitet: lange ausgehen, Partys, die falschen Freunde, Drogen, Jungs, was auch immer. Also wollte die Mutter nicht länger die Verantwortung übernehmen und hat ihrer Tochter den Rücken gekehrt. Kannst du dir das vorstellen?« Lucretias Frage war voller Bitterkeit, und Kristi erinnerte sich an Lucretias eigene gleichgültige Eltern.

Lucretia räusperte sich. »Soweit ich es verstanden habe, denkt ihre Mutter, Rylees Verschwinden sei bloß ein weiterer ›Trick‹, um Aufmerksamkeit zu bekommen.«

»Aber du glaubst, es ist dieser ... Kult.«

»Ja.«

»Und dass sie sich auf irgendetwas Böses oder mit irgendjemand Bösem innerhalb dieser Sekte eingelassen hat.«

Lucretia schluckte. »Ich hoffe, ich habe unrecht.«

Eine Pause entstand. Offenbar hielt Lucretia etwas zurück, etwas Besorgniserregendes. Hier saßen sie, mitten in der Cafeteria des Studentenwerks, umgeben von lärmenden und scherzenden Jugendlichen und Erwachsenen, die aßen oder Kaffee tranken, und unterhielten sich allen Ernstes über Vampire und Vampirkult. Irgendetwas Grundböses? Kristi betrachtete ihre ehemalige Zimmergenossin und fragte sich, was mit ihr über die Jahre geschehen war. »Und was ist mit dir, Lucretia?«, erkundigte sie sich und achtete auf jede noch so kleine Reaktion. »Wie stehst du zum Vampirismus?«

Lucretia blickte durchs Fenster in den wolkenverhangenen Tag hinaus. »Manchmal weiß ich wirklich nicht, was real ist und was nicht.«

Ein ahnungsvoller Schauder kroch über Kristis Rückgrat. »Im Ernst?«

»Ob ich an Vampire glaube? So wie Hollywood sie uns vorgeführt hat? Nein.« Lucretia schüttelte bedächtig den Kopf. Gedankenversunken. Als ringe sie zum ersten Mal mit der Vorstellung. Unbewusst begann sie, ihre Papierserviette zu zerreißen.

Vielleicht sollten sie das Gespräch einfach beenden. Es war zu bizarr. Zu unwirklich. Aber es fiel Kristi schwer: Ihre Neugier war mit dem Verschwinden der vier Studentinnen geweckt worden, und sie hatte bereits beschlossen, der Sache auf den Grund zu gehen. Vielleicht konnte Lucretia ihr dabei helfen. Und es sah ganz danach aus, als wollte sie das auch.

Lucretia dachte angestrengt nach, dann sagte sie: »Rein theoretisch glaube ich, dass man eine ganz besondere Form von Wahrheit erfahren kann. Leute, die halluzinieren, egal, ob wegen Drogen oder aus Krankheitsgründen, sehen Dinge, die für sie absolut real sind. Es ist ihre Wahrheit, ihr Bezugsrahmen, obwohl er nicht dem der anderen entspricht. Meine Grandma zum Beispiel sah vor ihrem Tod Leute, die gar nicht im Zimmer waren, und sie war sich sicher, dass sie an Orten gewesen war, die sie unmöglich besucht haben konnte, denn sie war an ihr Bett in einem Pflegeheim gefesselt. Sie beschrieb uns ihre ›Ausflüge‹ mit einer beeindruckenden Klarheit. Hatte sie geträumt? Halluziniert?« Lucretia zuckte die Achseln. »Ihre Realität, ihre *Wahrheit* war die, dass sie da gewesen war.«

»Du gehst also davon aus, dass die Studenten, die Anhänger dieses Kults sind, eine Veränderung ihrer Realitätswahrnehmung erfahren haben. Wodurch? Durch psychische Probleme? Drogen?«

»Vielleicht auch durch Sehnsucht.«

Kristi spürte, wie ihr ein eisiger Wind in die Seele fuhr. »Sehnsucht?«

Seufzend strich Lucretia die Serviettenfitzel zusammen und schichtete sie auf die leeren Soßentütchen. »Sie sehnen sich so sehr danach, daran zu glauben, dass es zur Realität wird. Du weißt, was ich meine. Sich etwas in seinem Leben so dringend zu wünschen, dass man es tatsächlich spürt. Etwas so zu wollen, dass man alles tun würde, um es zu bekommen.« Ihre dunklen Augen hefteten sich auf Kristi. Sie griff nach ihrer Hand und hielt sie so fest, dass ihre Knöchel weiß hervortraten. Im nächsten Augenblick ließ sie Kristis Hand wieder los. Kristi stellte fest, dass sich ihr Herzschlag beschleunigt hatte. »Aber diese ganz spezielle Fantasie ... warum sollte jemand glauben wollen, dass es Vampire gibt?«, fragte sie aufrichtig verwirrt.

»Es ist heiß. Sexy.«

»Wirklich? Blut zu trinken? Im Dunkeln zu leben? Jahrhundertelang ein Untoter zu sein? Das ist heiß? Welcher Mensch, der seine Sinne noch halbwegs beieinander hat, würde wollen –«

»Niemand behauptet, dass sie ihre Sinne beieinander haben.« Wieder starrte Lucretia sie an, dann griff sie endlich nach ihrem Kaffeebecher und nahm einen Schluck. »Diese – Anhänger – führen meist ein inhaltsloses, langweiliges oder so grottenschlechtes Leben, dass ihnen jede Art von Magie, Zauberei oder Daseinsalternativen wie gerufen kommt.«

»Das ist ja verrückt. Du behauptest also, es gibt eine ganze Sekte von diesen Leuten, die an eine solche Ausgeburt der Hölle glauben.«

»Für dich klingt das verrückt, aber nicht für sie. Oh, es sind bestimmt welche darunter, die nur wegen des Nervenkitzels mitmachen. Der Vampirismus übt natürlich eine große Anziehungskraft aus. Er ist finster, sexuell. In mancherlei Hinsicht ist er sehr romantisch und emotional. Aber für manche Menschen ist er nicht nur Fantasie – sie glauben aus tiefstem Herzen daran.«

»Sie brauchen Hilfe«, stellte Kristi fest.

Lucretias Augen verdunkelten sich. Vor Sorge? Wie schräg war das eigentlich? Kristi und Lucretia waren nie Freundinnen gewesen, warum also hatte ihre frühere Zimmergenossin ausgerechnet sie für diese Vertraulichkeiten ausgewählt? Warum führten sie diese Diskussion? An einem der Nachbartische zogen zwei sportlich aussehende Typen die Stühle vom Tisch zurück und stellten ein mit Hotdogs und Pommes beladenes Tablett ab. Sie unterhielten sich scherzend und griffen nach ihren Senf- und Ketchup-Tütchen. Alles ganz normal.

Sprach sie tatsächlich mit Lucretia über Vampire?

»Was ist nun mit Dr. Grotto?«, fragte Kristi und rief sich den hochgewachsenen Mann mit dem dunklen Haar und dem intensiven Blick vor Augen. »Denkst du, er unterstützt das Ganze mit seinen Seminaren über Vampyrismus? Ist er der Anführer der Sekte?«

»Wie bitte? Gott, nein!« Lucretia stellte ihren Becher so fest auf den Tisch, dass Kaffee und Milchschaum über den Rand schwappten. Sie griff nach einer Serviette.

»Aber er unterrichtet doch –«

»Doch nicht, ein Vampir *zu sein*, um Himmels willen, er hält Seminare über den Einfluss der Vampir-, Werwolf-, Gestaltwandler- und Monstermythen auf unsere Gesellschaft. Damals und heute. Er ist ein Intellektueller!«

»Das bedeutet doch nicht zwangsläufig, dass er nichts damit zu tun hat –«

»Du erfasst nicht den Kern der Sache. Es geht nicht um Dominic ...« Lucretia schüttelte vehement den Kopf und wurde blass bei dem Gedanken daran. »Er ist ein wundervoller Mann. Gebildet. Lebendig. Hör mal, das war ein Fehler.« Sie stand abrupt auf, das Gesicht aschfahl. Als sie ihre Sachen zusammensuchte, zitterte sie. »Ich dachte, weil du so viel durchgemacht hast, weil dein Dad ein so hervorragender Detective ist, könntest du vielleicht helfen, könntest du deinen Vater vielleicht überreden, herauszufinden, was mit Dionne, Monique, Tara und Rylee passiert ist, aber vergiss es.«

»Deine Freundinnen sind noch immer verschwunden«, stellte Kristi fest und stand ebenfalls vom Tisch auf.

»Sie sind nicht ›meine Freundinnen‹, okay? Nur ein paar Mädchen von der Uni, die ich kannte.«

»Haben sie sich auch untereinander gekannt?«

»Flüchtig, vermute ich. Ich bin mir nicht sicher. Sie hatten Englisch im Hauptfach, und alle waren einsam und in irgendwelche Scherereien verstrickt. Aber ich hätte wissen müssen, dass du alles ins Gegenteil verkehrst.« Sie verdrehte die Augen und warf die kaffeedurchtränkte Serviette in einen Mülleimer.

»Hast du das Ganze auch der Polizei mitgeteilt?«

»Nein – ich – ich arbeite hier als Assistentin, aber ich bin keine ordentliche Professorin, und solange ich das nicht bin, habe ich keinen vollen Zugang zu den Akten, und … verdammt, ist das kompliziert. Ich kann nicht einfach irgendwelche Behauptungen über eine Sekte auf dem Campus vom Stapel lassen! Aber dann bin ich dir in die Arme gelaufen und … und jetzt erzähle ich es dir. Weil ich dachte, dein Vater könnte ein paar unauffällige Nachforschungen anstellen, die mich nicht in Teufels Küche bringen. Vor Rylees Verschwinden war ich mir nicht sicher, ob wirklich irgendetwas Schlimmes dahintersteckt. Dionne und Monique waren ziemlich draufgängerisch und sprachen ständig davon, irgendwohin zu trampen, aber jetzt … Ich weiß nicht. Tara war unglücklich, aber Rylee?« Sie strich sich die Haare aus den Augen, blickte auf die Jungs am Nachbartisch und flüsterte: »Vielleicht spinne ich mir das alles nur zusammen.«

Kristi war noch nie jemandem begegnet, dessen Gefühlsthermometer innerhalb von Sekunden von eiskalt auf glühende Hitze schoss, aber vielleicht hatte sie mit der Erwähnung von Dr. Grotto bei Lucretia einen Nerv getroffen – dem Dr. Grotto, zu dessen Seminar sie jetzt zu spät kommen würde, aber das behielt Kristi im Augenblick lieber für sich. Sie stürzte den letzten Schluck Kaffee hinunter und warf den Becher weg. Als Lucretia nach einer neuen Serviette griff, fiel Kristis Blick auf den Ring an ihrer linken Hand.

»Bist du verlobt?«, fragte sie und erinnerte sich an das Gespräch von Lucretia und ihren Freundinnen im Diner, bei dem sie von einem absoluten *Wahnsinnstypen* geschwärmt hatte. Könnte sie Grotto gemeint haben?

Lucretia hielt inne, blickte auf ihren Ring, und beinahe augenblicklich wurde ihr bleiches Gesicht feuerrot. »Oh … nein …«, stammelte sie. »Das bedeutet … nichts.« Schnell legte sie die Serviette beiseite und fügte hinzu: »Und es ist auch kein ›Freundschaftsring‹ oder wie auch immer man als Erstsemester dazu sagen würde.« Ein kleines Lächeln trat auf ihre Lippen. »Erinnerst du dich?«

»Und ob.«

»Ist das nicht ein Hammer? Dass der Typ, mit dem du damals Schluss gemacht hast, jetzt hier unterrichtet? Was für eine merkwürdige Fügung des Schicksals.«

Kristi starrte Lucretia erstaunt an und versuchte, den Sinn ihrer Worte zu erfassen. »Du meinst Jay?«

»Ja, Jay McKnight.«

Sie fühlte sich, als hätte ihr jemand einen Schlag in die Magengrube verpasst. Die Sache zwischen ihr und Jay war lange vorbei, doch das bedeutete nicht, dass sie ihm wieder über den Weg laufen wollte. Nein, Lucretia musste sich geirrt haben. »Er arbeitet für das New Orleans Police Department«, widersprach Kristi, doch das triumphierende Glitzern in Lucretias Augen, die eben den Riemen ihrer Handtasche über die Schulter schob, rief ein ungutes Gefühl in ihr hervor.

»Aber er unterrichtet auch hier am All Saints. Ein Abendseminar, glaube ich. Springt für eine Professorin mit familiären Problemen ein, die sich vorübergehend freistellen lassen musste.«

»Tatsächlich?« Kristi konnte es nicht glauben, aber ihr stand nicht der Sinn nach einer Auseinandersetzung. Sie würde keinen Deut darauf geben, solange sie Jay McKnight nicht mit eigenen Augen gesehen hatte. Doch dann hatte sie eine weitere schlechte Vorahnung. »Welches Seminar?«

»Ich weiß nicht genau ... irgendwas mit Kriminologie, glaub ich.«

Kristis Magen zog sich zusammen. »Einführung in die Forensik?«

»Könnte sein. Wie gesagt: Ich bin mir nicht sicher.«

O Gott, bitte nicht. Sie konnte sich Jay nicht als ihren Dozenten vorstellen – das war einfach zu viel. Die Erinnerung daran, wie sie eiskalt mit ihm Schluss gemacht hatte, blitzte in ihr auf, und sie zuckte zusammen. Obwohl das nun beinahe zehn Jahre zurücklag, wollte sie sich nicht einmal vorstellen, dass sie Jay auf dem Campus begegnen könnte, und noch weniger, dass er sie möglicherweise unterrichten würde. Das wäre die reinste Folter gewesen.

»Wir sehen uns.« Lucretia war bereits auf dem Weg zur Tür, als Kristi die große Uhr bemerkte, die an der hinteren Wand über den Türen zur Studentischen Zulassungsstelle hing. Es war drei Minuten vor elf.

Keine Chance, dass sie es noch rechtzeitig schaffte. Aber vielleicht war es das wert gewesen. Lucretias Befürchtungen, ihre Theorie über eine Sekte, die hier auf dem Campus ihr Unwesen trieb, waren interessant genug, dass man sich einmal genauer damit befasste. Aber echte Vampire?

»Dass ich nicht lache«, murmelte Kristi vor sich hin, doch dann spürte sie, wie ihr unwillkürlich ein weiterer eiskalter Schauder übers Rückgrat kroch.

6.

Die Doppeltüren des Studentenwerks schlossen sich hinter Lucretia, dann öffneten sie sich wieder und ließen einen Schwung pitschnasser lachender und plaudernder Studenten ein, die zur Theke eilten, um ihre Bestellung aufzugeben.

Ohne Zeit zu verschwenden, schnappte sich Kristi ihr Notebook und ihre Handtasche, dann eilte sie hinaus und die Stufen hinunter. Die Kirchturmuhr schlug elf. »Großartig«, murmelte sie und bemerkte, dass nur noch wenige Leute auf dem Campus unterwegs waren.

Weil jeder schon in seinem Seminarraum ist.

Selbst Lucretia, die nur wenige Augenblicke vor Kristi gegangen war, war nirgendwo mehr zu sehen, als hätte sie sich vor dem wolkenverhangenen Himmel in Luft aufgelöst.

Kristi hetzte einen gepflasterten Fußweg entlang, der um die kleine Kirche und Wagner House herumführte, das zweihundert Jahre alte Gebäude, in dem einst die Familie Wagner gelebt hatte, die das Land für die Errichtung des College gestiftet hatte. Jetzt war das herrschaftliche dreigeschossige Haus mit den hohen Fenstern, den Wasserspeiern an den Dachüberhängen und den Gauben im Satteldach ein Museum, in dem es angeblich spukte.

Kristi eilte an dem schmiedeeisernen Zaun vorbei, der das Haus vom Campus trennte, und nahm eine Abkürzung. Sie bog um die Ecke – und stieß auf einen hochgewachsenen, ganz in Schwarz gekleideten Mann, der mit dem Rücken zu ihr stand. Er hatte eine Hand über die Stirn gelegt, als schirmte er seine Augen vor dem Regen ab. Er war in ein Gespräch mit jemandem vertieft. Als sie schnellen Schrittes vorbeiging, erhaschte sie einen Blick auf den weißen Priesterkragen unter seinem kantigen, grimmig dreinblickenden Gesicht. Er sprach mit einer zierlichen Frau in einem viel zu großen Mantel. Sie hatte ihm ihr Gesicht zugewandt und senkte ihre Stimme, als Kristi vorbeieilte, aber Kristi erkannte Lucretias Freundin Ariel. Ihr Haar war zu einem Pferdeschwanz gebunden, sie trug eine Büchertasche, und ihre Brille war voller Regentropfen, dennoch erkannte Kristi, dass sie kurz davor stand, in Tränen auszubrechen.

»Ich … ich dachte nur, Sie sollten das wissen, Vater Tony«, sagte Ariel und zog sich die Kapuze über den Kopf.

Vater Tony. Der Geistliche, dem Irene Calloway vorgeworfen hatte, »zu hip« zu sein. Kristi hatte seinen Namen im Vorlesungsverzeichnis gefunden, wo er als Vater Anthony Mediera aufgeführt war. Auch in den Informationsbroschüren über das All Saints College war der Geistliche mit seiner Soutane und einem stillen Lächeln abgebildet, wie er mit großen Augen in die Kamera schaute. Nun blickten ebendiese blauen Augen finster und wachsam drein. Sein Kiefer war angespannt, seine schmalen Lippen vor Ärger zusammengepresst.

»Machen Sie sich keine Sorgen«, sagte er mit einem leichten italienischen Akzent und sprach ebenfalls leiser, als er Kristi bemerkte. »Ich werde mich darum kümmern. Versprochen.«

Ariels Lächeln war ängstlich und voller Bewunderung,

doch dann fiel ihr Blick auf Kristi, und sie schien sie zu erkennen. Augenblicklich änderte sich ihr Gesichtsausdruck, und sie eilte davon, als hoffte sie, Kristi hätte sie nicht bemerkt.

Kristi zuckte mit den Schultern. Was immer Ariel Vater Tony anvertraut hatte, es ging sie nichts an.

Endlich erreichte sie Adam's Hall und rannte zwei Stufen auf einmal nehmend zum Eingang hinauf. Dann hetzte sie in den ersten Stock, wo die Türen ihres Seminarraums bereits geschlossen waren.

Verdammt, dachte sie und öffnete die Tür so leise wie möglich.

Die Fenster waren mit dickem schwarzem Samt verhängt, und der rechteckige Seminarraum wurde von ein paar künstlichen Kerzen erleuchtet. Ein großer Mann stand auf dem Podium. Ihr Herz setzte beinahe aus, als er sie mit fast schwarzen Augen anstarrte und dann auf die Uhr über der Tür blickte.

Sie fand einen freien Platz und versuchte, sich davon zu überzeugen, dass er sie nicht mit Augen wie glühende Kohlen angeblickt hatte, dunkel und bedrohlich. Das musste am Licht gelegen haben und an ihrer eigenen blühenden Fantasie. Und daran, dass der Seminarraum in ein Gruselkabinett verwandelt worden war und das Bild, das ein Beamer an die Tafel hinter dem düster wirkenden Mann warf, Bela Lugosi als Dracula zeigte, mit weißem Hemd und schwarzem Umhang.

Belas Foto verschwand und wurde durch ein anderes Bild ersetzt, auf dem eine furchteinflößende, geifernde Kreatur mit nadelspitzen Zähnen und bluttriefenden Lippen abgebildet war.

»Vampire kommen in vielerlei Gestalt und Größen vor und verfügen über unterschiedliche Kräfte«, sagte Dr. Grotto und betrachtete das nächste Bild, das Cover eines alten Comics mit der Zeichnung eines Vampirs, der im Begriff stand, sich auf eine flüchtende, spärlich bekleidete Blondine zu stürzen, deren Figur Barbie vor Neid hätte erblassen lassen.

Kristi versuchte, mit der Masse der restlichen Studenten zu verschmelzen, aber sie hatte damit kein Glück. Dr. Grotto schien sie finster anzufunkeln, als sie ihre Kladde und ihren Laptop öffnete. Dann räusperte er sich und blickte in seine Notizen. »Wir werden mit Bram Stokers *Dracula* beginnen und erörtern, woher er die Inspiration genommen hat. Hat er sie bei dem grausamen Vlad, dem Pfähler, gefunden, wie die Leute annehmen? In Rumänien? In Ungarn oder Transsylvanien?« Er machte eine effektheischende Pause. »Oder hat er sich von anderen historischen Ungeheuern inspirieren lassen, zum Beispiel von Erzsébet Báthory, Elisabeth Bathory, der ungarischen Gräfin, die ihre Dienstmädchen mit eigener Hand zu Tode quälte und in ihrem Blut badete, um ihre verwelkende Schönheit zu bewahren? Mythos? Legende? Oder Tatsache?« Grotto fuhr fort, über das Seminar an sich zu sprechen und über die Anforderungen, die er stellte. Kristi machte sich Notizen, doch sie war mehr an dem Mann interessiert als an seinem Seminar. Er streifte wie eine Katze von einer Seite des Raumes zur anderen, fesselte beinahe hypnotisch die Aufmerksamkeit seiner Studenten. Hochgewachsen und geschmeidig, wirkte er wie das fleischgewordene Thema seines Lehrstoffs.

Die Bilder hinter ihm wechselten weiter, von geschmacklos zu grausam. Als der Vorspann von *Buffy – Im Bann der Dämonen* an der Tafel erschien, drückte Grotto auf einen Knopf an seinem Pult. Die Deckenbeleuchtung flammte auf, die Vorhänge glitten zurück. *Buffy* und ihre Freunde verblassten, und das Gruselkabinett verwandelte sich in einen normalen Seminarraum zurück. »Genug Effekthascherei«, sagte Grotto, und die Seminarteilnehmer seufzten. »Ich weiß, wir alle lieben das Theatralische, aber das hier ist eine normale College-Veranstaltung, ich gehe also davon aus, dass Sie einen Unterrichtsplan per E-Mail bekommen haben und wissen, dass Sie Bram Stokers *Dracula* bis Ende der Woche gelesen haben sollten. Wenn Sie keine Mail erhalten haben, lassen Sie mich das nach dem Seminar wissen.

Nun wollen wir anfangen. Was wissen Sie über Vampire? Gibt es sie wirklich? Handelt es sich um Menschen? Ernähren sie sich tatsächlich von menschlichem Blut? Verwandeln sich in die verschiedensten Kreaturen? Schlafen in Särgen? Wir wollen heute darüber sprechen, was Sie über Vampire wissen, oder vielmehr: was Sie über Vampire zu wissen glauben.« Er lächelte und entblößte dabei glänzende Vampirzähne, die er herausnahm und aufs Pult legte. »Hatte ich nicht gesagt, keine weitere Effekthascherei?«

Von dieser Sekunde an hatte sich Dr. Grotto die Aufmerksamkeit jedes einzelnen Seminarteilnehmers bis zum Ende der Stunde gesichert. Es entstand eine lebhafte Diskussion, und es war offensichtlich, warum dieser Kurs zu den beliebtesten am ganzen College gehörte.

Dominic Grotto konnte sich so schnell verwandeln wie die mythischen Kreaturen, die er studiert hatte. In einer

Minute wirkte er finster und gedankenverloren, in der nächsten lebhaft und originell. Er hatte eine ungezwungene Art und benutzte den gesamten vorderen Bereich des Raumes wie eine Bühne, schritt von einer Seite zur anderen, schrieb etwas an die Tafel, forderte Studenten auf, ihre Meinung zu äußern.

Kristi erkannte ein paar der Teilnehmer wieder, ein paar jüngere Studenten, die schon mit ihr im Shakespeare-Seminar gewesen waren, unter ihnen auch Hiram Calloway – gab es denn keine Möglichkeit, diesem Typen aus dem Weg zu gehen? Wieder erblickte sie Lucretias Freundin Trudie mit ihrem Igelschnitt, außerdem ihre Nachbarin Mai Kwan.

Nun, bei weniger als dreitausend Studenten war es nicht überraschend, dass sie in den Seminaren auf vertraute Gesichter stieß.

Die Tür öffnete sich, und Dr. Grotto beobachtete mit finsterem Gesicht, wie Ariel hereinschlüpfte und sich auf den nächstbesten freien Platz in der Nähe der Tür setzte. Sie sah so aus, als würde sie liebend gern mit ihrem Stuhl verschmelzen, was Kristi gut nachempfinden konnte. Ariel fing Kristis Blick auf, aber sie richtete ihre Aufmerksamkeit sofort wieder auf ihre Kladde.

Eine merkwürdige junge Frau, dachte Kristi. Ariel schien schüchtern zu sein, hilfsbedürftig, das typische Mauerblümchen, das mit dem Hintergrund eins werden möchte. Erneut blickte Kristi zu Ariel hinüber, aber diese hatte ihre Kladde hochgehoben, um ihr Gesicht dahinter zu verstecken.

Weinte sie etwa immer noch?

Warum? Hatte sie Heimweh? Steckte etwas anderes dahinter?

Worum auch immer es sich handelte, Vater Tony hatte versprochen, »sich darum zu kümmern«.

Kristi verfolgte gespannt Dr. Grottos Worte, nahm die Erscheinung des Mannes in sich auf. Er war groß, hatte dichte, ausdrucksstarke Augenbrauen, ein kräftiges Kinn und eine Nase, die aussah, als wäre sie irgendwann mehrere Male gebrochen gewesen. Seine Augen waren dunkelbraun, seine Lippen schmal, sein Körper wirkte gestählt wie von hartem körperlichem Training. Er verströmte eine gewisse Arroganz, machte aber gleichzeitig einen umgänglichen Eindruck. Lucretias Worte schossen ihr durch den Kopf: *Er ist ein wundervoller Mann. Gebildet. Lebendig.*

Im Gegensatz zu tot? Nein ... im Sinne von lebhaft, wies Kristi sich selbst zurecht. Jetzt färbte dieser ganze Vampirkram schon auf sie ab. Lucretia war sehr schnell damit gewesen, Dr. Dominic Grotto in Schutz zu nehmen, trotz ihres Verdachts. Sie hatte getan, als wäre der Mann so etwas wie ein Gott, und dann war da noch die Sache mit dem Ring ...

Kristi besah sich die Hände des Professors. Sie waren groß. Wirkten kräftig. Wenn er an die Tafel schrieb, traten die Adern hervor. Aber seine linke Hand war nackt. Kein Ehering. Was hatte Ezma im Diner noch gesagt? Es ginge das Gerücht, Lucretia hätte was mit einem der Professoren? Ein großes Geheimnis. Hm.

Sie betrachtete Dr. Grotto eingehend und versuchte, sich ihn mit Lucretia vorzustellen. Es wollte ihr einfach nicht gelingen. Grotto war ein smarter Typ, so viel stand fest, aber er strahlte in seiner abgewetzten Jeans und seinem lässigen schwarzen Sweatshirt eine natürliche Sexualität aus. Lucretia war nicht unattraktiv, auf der sozialen Leiter allerdings einen Schritt unter ihm, fast großkotzig in ihrer Pseudointellektualität, aber vielleicht war es genau das – dass sie sich so überlegen aufspielte –, was ihn an ihr anzog.

Es waren schon seltsamere Dinge vorgekommen.

Kristi lehnte sich in ihrem Stuhl zurück.

Grotto war tatsächlich »heiß«, genau wie Ezma behauptet hatte. Hatte er etwas mit dem Verschwinden der Studentinnen zu tun? Der Mann, der möglicherweise die Inspiration zu dem Vampirkult bot, der Rylee fasziniert hatte?

Als Kristi nach Baton Rouge gefahren war, waren ihr die Warnungen ihres Vaters gleichgültig gewesen, aber hier auf dem Campus des All Saints College fing sie langsam an zu glauben, dass Rick Bentz' Befürchtungen begründet waren. Vier Mädchen waren verschwunden. Vielleicht tot. Alle vier hatten an Grottos Seminar über Vampire teilgenommen.

Zufall?

Kristi glaubte nicht daran.

Aber sie würde es herausfinden. Heute noch würde sie damit anfangen, die Familien, Freunde und Nachbarn der Studentinnen anzurufen, wenn es sein musste, auch zwischen den einzelnen Lehrveranstaltungen. Irgendetwas war den vermissten Studentinnen zugestoßen. Irgendetwas Schlimmes.

Und Kristi würde verdammt noch mal herausfinden, was.

Jay trat aus der Dusche und trocknete sich ab. Er hatte das Wochenende mit dem Herausreißen der Holzvertäfelung und dem Reparieren der Risse im Mauerwerk hinter der hölzernen Fassade verbracht. Seine Muskeln schmerzten von stundenlangem Hämmern und Meißeln, aber langsam nahm seine Arbeit Gestalt an. Die Entkernungsarbeiten waren beinahe fertig. Er musste nur noch das Linoleum herausreißen, dann konnte er mit der Renovierung beginnen. Er streifte Boxershorts, eine Khakihose und ein Sweatshirt über, fuhr in Socken und Schuhe und blickte auf seine Armbanduhr. Noch eine knappe Stunde bis zum ersten Seminar. Mit Kristi Bentz. Ihm lagen keinerlei Abmeldungen vor, also ging er davon aus, dass sie teilnehmen würde.

Nimm dich zusammen, ermahnte er sich und warf sich vor, kindisch zu sein. Sie waren mittlerweile beide erwachsen. Als Teenager waren sie miteinander gegangen, na und? Seitdem war viel Zeit verstrichen.

Das Telefon klingelte, und er erkannte Gayles Nummer. Was zum Teufel wollte sie? Und warum sollte er ausgerechnet jetzt, wo er sich auf seine Begegnung mit Kristi vorbereitete, mit ihr reden? Er war drauf und dran, den Anruf nicht anzunehmen, doch dann fürchtete er, sie könnte in Schwierigkeiten stecken, würde seine Hilfe brauchen, und ging dran. Der gute alte zuverlässige Jay. »Hi«, meldete er sich.

»Hi, Jay, wie geht's dir?«, fragte sie mit jener sanften, gedehnten Aussprache, die ihn einst so fasziniert hatte.

Aufgewachsen in Atlanta als einzige Tochter eines Richters und seiner Frau, war Gayle Innenarchitektin geworden und begeisterte sich für Antiquitäten und den Baustil von New Orleans. Jay hatte sie für kultiviert, intelligent, schön und lebenslustig gehalten. Bis es zwischen ihnen ernst geworden war. Da hatte er ihren starken, unbeugsamen Willen erkannt und ihre beinahe krankhafte Detailbesessenheit. Wie oft hatte sie darauf bestanden, dass seine Krawatte nicht zu seinem Hemd und seinem Jackett passte oder dass seine Schuhe aus der Mode waren? Dass seine Jeans »viel zu schäbig war, um als angesagt durchzugehen, nicht wahr, Darling?«. Auch hatte er eine zunehmende Gereiztheit an ihr bemerkt. Was mochte es wohl über seine Persönlichkeit aussagen, dass er immer forsche, eigensinnige Frauen auswählte, die sich stets durchsetzen wollten? Für den Bruchteil einer Sekunde dachte er an Kristi Bentz. Was das Temperament anging, konnte Kristi wahrlich mithalten. Jay beschloss, dass er einfach eine Schwäche für solche Frauen hatte.

»Mir geht's gut, Gayle«, sagte er, als er bemerkte, dass sie auf seine Antwort wartete. Heute Abend hatte er keine Zeit für freundliches Geplänkel. »Und dir?«

»Es geht schon.«

»Gut.« Er suchte Schlüssel und Brieftasche zusammen, versicherte sich, dass er alles Nötige hatte, und blickte sich noch einmal prüfend im Cottage um.

»Um ehrlich zu sein: Manchmal fühle ich mich einsam. Manchmal vermisse ich dich«, sagte Gayle und lenkte damit seine Aufmerksamkeit auf ihr Telefonat zurück.

Er spürte einen Knoten in den Eingeweiden. »Ich dachte, du hättest wieder jemanden gefunden – einen Anwalt, hab ich recht? Manny oder Michael oder so ähnlich?«

Sie zögerte, dann sagte sie: »Martin. Aber es ist nicht dasselbe.«

»Das ist es nie. Es ist immer anders, manchmal besser,

manchmal schlechter.« Warum zum Teufel führte er dieses Gespräch?

Als sei ihr klar, dass sie ihn zu sehr unter Druck gesetzt hatte, sagte sie: »Ich weiß, dass heute Abend dein erstes Seminar stattfindet, und ich wollte dir Glück wünschen.«

»Danke.«

»Du wirst deine Sache großartig machen!«

»Ich hoffe es.«

»Glaub mir, deine Studenten werden fasziniert sein von dem ganzen gruseligen Forensikzeugs.«

»Meinst du?« Er blickte wieder auf die Uhr. Zeit zum Aufbruch. Wo war die verdammte Leine? Er wollte Bruno nicht ohne mitnehmen. Ach ja, vielleicht lag sie im Pick-up.

»Bestimmt, Lieber. Schließlich habe ich dich schon reden hören. Übrigens, ich habe mich gefragt ...«

Jetzt kam der wahre Grund für ihren Anruf.

»Ich weiß, dass du die meisten Wochenenden im Haus deiner Cousinen verbringst, aber wenn du mal wieder in der Stadt bist, ruf mich an. Ich würde liebend gern mit dir auf ein Glas Rotwein oder zum Essen oder was auch immer gehen ... Ohne jede Verpflichtung.«

»Ich glaube nicht, dass ich vor Semesterende Zeit habe«, sagte er. »Bin ziemlich beschäftigt.«

»Ich weiß, Jay. Das bist du doch immer. So mag ich es.«

Was für eine Augenwischerei. Sie wollte einen Mann, den sie herumkommandieren konnte. An dem Punkt hatten die meisten ihrer Probleme begonnen und geendet. »Hör mal, Gayle, ich muss mich beeilen. Pass auf dich auf.«

»Du auch auf dich«, flüsterte sie. Er beendete das Gespräch und pfiff nach dem Hund. Er würde Gayle Hall nicht mehr in die Falle gehen. Nie mehr. Er hatte seine Lektion gelernt, die Narbe über seiner Augenbraue erinnerte ihn daran.

Er überprüfte zweimal, ob die Hintertür verschlossen war, dann griff er nach seinen Unterlagen und stopfte sie in die übervolle Aktentasche, in der auch Fallbeispiele steckten. Beweismittel, die er im Seminar durchnehmen wollte. Seit im Fernsehen Serien wie *CSI – Den Tätern auf der Spur* liefen, hatte die Forensik große Beachtung gefunden, und Jay war der Ansicht, es gehöre zu seinen Aufgaben, auf die Unterschiede zwischen Fiktion und wirklicher Arbeit hinzuweisen. Die Knochenarbeit und die stundenlange Auswertung der Proben im Labor waren etwas anderes als die Vierzig-Minuten-Fassungen im Fernsehen. Selbst die Gerichtsshows waren irreführend, was die Tage, Wochen, Monate oder sogar Jahre dauernde Ermittlungsarbeit betraf, die dort auf maximal eine Stunde zusammengeschnitten wurde. Alles war auf die kurze Aufmerksamkeitsspanne des Fernsehzuschauers ausgerichtet.

Wenn dieser doch nur die Wahrheit über all die schicken, kriminaltechnischen TV-Labore wüsste, in denen eine DNA-Probe beinahe umgehend ausgewertet wurde! Ein bisschen Körperflüssigkeit in ein Reagenzglas gefüllt, ab in die Zentrifuge, und *voilà*, da waren die DNA-Ergebnisse. In Wirklichkeit dauerte das Ganze Wochen, wenn nicht Monate, und dann wurden sämtliche Beweismittel auch noch von einem Hurrikan zerstört. Nicht nur Beweismaterial, mit dessen Hilfe man einen Kriminellen überführen konnte, nein, auch Beweismaterial, das einen Unschuldigen freizusprechen vermochte. Der Gedanke daran machte ihn krank. Er schloss die Haustür hinter sich, pfiff erneut nach Bruno und ging rasch zu seinem Pick-up. Der Regen, der den ganzen Tag über auf Louisiana herabgeprasselt war, hatte aufgehört. Der Boden war aufgeweicht, schwerer Nebel hing in der Luft und schien durch die skelettartigen weißen Zweige der Zypressen zu schweben.

Eine ausgezeichnete Nacht, um über Morde zu sprechen.

Vlad stieg aus dem Swimmingpool und blieb am Rand der schimmernden Oberfläche stehen. Das Wasser rann kalt an ihm hinab. Die Unterwasserbeleuchtung und der Monitor des Computers waren die einzigen Lichtquellen an seinem speziellen Rückzugsort. Er liebte das Gefühl der kalten Luft, die über seine nasse Haut strich, wenngleich er wenig Zeit hatte, es zu genießen.

Es gab so viel zu tun.

Und es gab ein Problem, das an ihm nagte. Er hatte versucht, es zu ignorieren, hatte sich monatelang eingeredet, es würde keine Konsequenzen nach sich ziehen, aber mit jedem Tag, der verstrich, steigerte sich seine Verärgerung, sein Bedürfnis, den dummen Fehler wettzumachen.

Er hatte gehofft, das letzte Mädchen ließe ihn ruhiger werden, aber das war nicht der Fall, zumindest nicht ganz. Obwohl Rylees völlige Unterwerfung und ihr Tod ihm einen gewissen Kick gegeben hatten, zerrte die Tatsache an ihm, dass er sich geirrt hatte. Sogar jetzt ertappte er sich dabei, dass er an den Nägeln kaute, und zwang sich, damit aufzuhören. Er hatte diese abstoßende Angewohnheit seit seiner Kindheit, hatte immer dann an den Nägeln gekaut, wenn er wusste, dass sein Vater zurückkehren und feststellen würde, dass er etwas angestellt hatte, und ihn zur Strafe in das alte Plumpsklo sperrte.

Bei dem Gedanken daran gerieten seine Eingeweide in Aufruhr, und er schob die Bilder aus seiner Kindheit beiseite. Schließlich hatte der alte Herr seine Strafe bekommen, oder nicht?

Vlad lächelte bei der Erinnerung an den sonderbaren Unfall seines Vaters bei der Farmarbeit und an die blutigen Zinken der Heugabel. Stundenlang hatte er berichtet, wie entsetzlich es gewesen war, seinen Vater auf dem Scheunenboden liegend vorzufinden. Der alte Mann war vom Heuboden in die liegengebliebene Heugabel gestürzt. Vlad hatte zugegeben, sie dort vergessen zu haben. Hätte die Heugabel nicht die Oberschenkelarterie getroffen, hätte sein Vater überleben können. Doch er hatte wie eine Schildkröte mit dem Rücken darauf gelegen. Sein Becken war zerschmettert, seine Hilferufe blieben ungehört, bis Vlad vom Nachbarhaus zurückgekehrt war und ihn inmitten einer Blutlache vorgefunden hatte. Unglücklicherweise war der Unfall genau an dem Wochenende passiert, als seine Mutter zu Besuch bei ihrer Schwester war.

Doch der Tod des alten Herrn nutzte ihm in dieser Situation gar nichts.

Vlad war normalerweise stolz auf seine Perfektion, und die Tatsache, dass er diesen einen Fehler begangen hatte, verdross ihn gewaltig.

Er ging zum anderen Ende des Swimmingpools und betrat eine kleine Nische, in der sich eine Reihe von Metallspinden befand. Die Spinde waren leer – mit Ausnahme des einen, den er für seine Schätze reserviert hatte. Flink gab er, beflügelt vom Geruch des Chlors, im Halbdunkel die Zahlenkombination ein und öffnete die verrostete Tür.

Dahinter befanden sich mehrere Reihen kleiner schwarzer Haken. Drei in der oberen Reihe, reserviert für die Elite; die, die er für königlich erachtete, waren mit den Namen ihrer Besitzerinnen versehen. An ihnen hing eine goldene Halskette mit einem kleinen Fläschchen. Behutsam nahm er eins davon von der goldenen Kette und hielt es gegen das Licht, so dass er die tiefrote Farbe hinter dem Glas erkennen konnte. Wie teurer Wein, dachte er. Vorsichtig öffnete er die Ampulle und hielt sie sich unter die Nase. Er atmete den süßen, kupfrigen Duft von Moniques Blut, dann schloss er die Augen und rief sich ins Gedächtnis, wie sehr sie sich gewehrt hatte. Als Athletin hatte sie gegen die Wirkung der Drogen angekämpft und hatte ihm sogar ins Gesicht gespuckt, als er sie sich unterwarf.

Er hatte gelacht und ihren Speichel abgeleckt, und in dem Augenblick hatte er ihre Angst gesehen. Es war nicht seine körperliche Überlegenheit, es war die Freude, die er bei dem Kampf mit ihr verspürte, die sie in Todesangst versetzte.

Er hatte es an der Erweiterung ihrer Pupillen erkannt, daran, wie sich ihre Brust hob und senkte, während er sie niederdrückte, um die Wirkung des Cocktails abzuwarten, den man ihr verabreicht hatte. Er beobachtete ihre Anstrengungen auf der Bühne, bis sie ihm endgültig erlag. Er war davon ausgegangen, dass sie ein schwieriger Fall sein würde, eine Kämpferin, und sie hatte ihn nicht enttäuscht.

Er leckte sich die Lippen. Ihr das Blut auszusaugen war köstlich gewesen, zu beobachten, wie ihr Atem flacher und stockender wurde, ihre Haut immer weißer, zu spüren, wie ihr Herzschlag langsamer wurde und schließlich ganz aussetzte, und ihr dann in die weit aufgerissenen leblosen Augen zu blicken …

Er erschauderte, durchlebte den Moment noch einmal, aber das reichte ihm nicht. Erinnerungen verblassten nur allzu schnell.

Zum Glück würde seine Mordlust bald wieder befriedigt werden.

Er verschloss das kleine Fläschchen und beobachtete einen winzigen Moment lang, wie es funkelnd an seiner Kette baumelte. Dann hängte er es wieder auf.

Die leeren Haken schienen ihn zu verspotten, vor allem der, der für Tara Atwater vorgesehen war. Der vertraute Zorn stieg erneut in ihm auf, als er daran dachte, wie dieses kleine Miststück versucht hatte, ihm ein Schnippchen zu schlagen, ihm den Schatz vorenthalten hatte, der für ihn bestimmt gewesen war. Kein Drängen, kein Zwingen hatte ihre Zunge lösen können, und sie war schnell, beinahe bereitwillig gestorben, fast ohne sich zu wehren.

Es war ihr gelungen, ein winziges Lächeln aufzusetzen, als das Blut aus ihr herausströmte und die Seele aus ihr wich, als hätte sie den Kampf dennoch gewonnen.

Er biss sich auf die Zähne bei dem Gedanken an diese Unvollkommenheit.

Die Ampulle war irgendwo da draußen. Er musste sie nur finden.

Er hatte es versucht, natürlich, aber ohne Erfolg.

Doch er würde nicht aufgeben.

Er knallte die Tür des Metallspinds zu. Das Geräusch hallte von den Wänden wider.

Die Ampulle musste irgendwo in Taras Apartment versteckt sein. Bisher war er so vorsichtig gewesen, sich von der leerstehenden Wohnung und der alten Wichtigtuerin von Vermieterin fernzuhalten, doch jetzt hatte er mehr als nur einen Grund, dorthin zurückzukehren. Nicht nur, dass das kostbare Fläschchen mit Taras Blut irgendwo versteckt war, jetzt wohnte auch noch Kristi Bentz in ebendiesem Apartment.

Einfach perfekt.

7.

»War Grottos Seminar nicht super?«, schwärmte Mai, als Kristi die Treppen zu ihrem Apartment hinaufstieg. Mit einem überquellenden Wäschekorb stand Mai auf dem Absatz zum ersten Stock, beinahe als hätte sie hinter der Wohnzimmergardine auf Kristis Rückkehr gewartet. »Ich habe bemerkt, dass du dich ein bisschen verspätet hast.«

»Da warst du ja wohl nicht die Einzige«, sagte Kristi, innerlich stöhnend. Sie hatte nach dem Seminar mit dem Professor sprechen wollen, doch es war ihr nicht gelungen. Dennoch war sie fest entschlossen, ihn aufzusuchen und zu sehen, was er zu der Sekte auf dem Campus zu sagen hatte.

»War das nicht cool? Der dunkle Seminarraum, die zugezogenen Vorhänge, die Kerzen? Die ganzen Bilder von Vampiren? Manche waren so grauenerregend, dass ich eine Gänsehaut bekommen habe, und andere waren einfach lächerlich, du weißt schon, Bela Lugosi ... Aber ich muss sagen, ich bin fast ausgeflippt, als Grotto seine falschen Vampirzähne gebleckt hat!«

»Findest du nicht, dass das alles ein bisschen übertrieben war?« Kristi stieg die Treppe zum zweiten Stock hinauf. Sie hatte nicht viel Zeit, weil sie Ezmas Schicht von eins bis sechs im Bard's Board übernommen hatte und in einer knappen Dreiviertelstunde in ihrem Abendseminar sein musste.

»Ich denke, es war fantasievoll und interessant und sehr viel cooler, als bei einem verstaubten alten Professor in

Tweedjackett mit Lederflicken an den Ellbogen zu hocken, der hinter seinem Pult steht und uns etwas vorträgt, während wir, zu Tode gelangweilt, durch die Seiten eines in den Achtzigern verfassten Lehrbuchs blättern.«

»Das war ja auch seine Absicht.«

»Hey, ich bewundere den Typ lediglich deswegen, weil er ein wenig Leben, oder sollte ich besser sagen: Tod, ins Seminar bringt!« Schwungvoll folgte Mai Kristi die Stufen hinauf in die Wohnung. Sie stellte den Wäschekorb auf einen Tisch in der Nähe der Küchenzeile, als wären sie und Kristi beste Freundinnen.

Houdini, der sich nur aus seinem Lieblingsversteck herauswagte, sobald er sich von Kristi unbeobachtet fühlte, sprang von der Fensterbank auf die Bettcouch und verschwand blitzschnell in dem kleinen Spalt, den er zu seinem Zuhause erklärt hatte.

»Sehr freundlich«, stellte Mai trocken fest. »Was soll das mit der Katze? Ich dachte, Haustiere wären absolut verboten.«

»Er ist kein Haustier. Nur ein Streuner, den ich offenbar nicht loswerde.«

Mai blickte zu der kleine Küchenzeile, vor deren Falttür ein Ständer für Futter- und Wasserschüsseln stand. Kristi hatte ihn zusammen mit Kaffee, Milch, Erdnussbutter, Brot und einem halben Dutzend Dosen mit Katzenfutter gekauft.

»Du fütterst ihn. Mrs Calloway wird ausflippen.«

»Sie kann ja versuchen, ihn einzufangen. Ich habe noch nicht mal ein Katzenklo.«

Mai rümpfte ihre kleine Stupsnase. »Dann ... wie ... und wo?«

»Er benutzt die Toilette.«

»Wie bitte?« Mais Kopf fuhr herum zu der Tür, die zu dem winzigen Badezimmer führte. Es entstand eine kurze Pause, in der Kristi ihren Mantel auszog. Mai bemerkte ihr leises Lächeln. »Oh, du machst Witze.«

»Ich öffne das Fenster einen Spaltbreit, und er schlüpft raus aufs Dach. Es ist verblüffend, durch welch schmalen Spalt er sich quetschen kann.«

»Du gibst dir ja nicht gerade große Mühe, ihn loszuwerden«, sagte Mai, und Kristi zuckte die Achseln. »Also geht er aufs Dach?«

»Ich glaube, er klettert an der Magnolie runter.«

»Ich werde nichts verraten ... aber wenn Mrs Calloway ihn sieht, ist die Hölle los.« Mais mandelförmige Augen schweiften durchs Zimmer, genau wie bei ihrem letzten Besuch. Es hatte beinahe den Anschein, als suche sie etwas oder gebe sich Mühe, sich jeden Winkel von Kristis Apartment einzuprägen.

»Damit befasse ich mich erst, wenn sie Houdini entdeckt hat«, sagte Kristi.

»Houdini?«, wiederholte Mai. »Du hast ihm einen *Namen* gegeben?«

»Er muss doch einen Namen haben.«

»Bist du sicher, dass es ein ›er‹ ist?«

»So weit bin ich noch nicht gekommen.«

Mai blickte sie an, als hätte sie den Verstand verloren. Sie ging zu dem Tisch, den Kristi als Schreibtisch benutzte und auf dem ihre Notizen zu den verschwundenen Mädchen lagen.

Plötzlich fühlte sich Kristi unbehaglich unter Mais neugierigem Blick. »Du bist seit letztem Jahr hier, nicht wahr?«, fragte sie, um die Asiatin abzulenken.

»Hm.«

»Dann kennst du ja eine Menge Leute.«

»Denke schon.«

»Hast du schon mal was von einer Sekte gehört? Von einer Sekte, die an Vampire glaubt?«

»Du nimmst mich auf den Arm, oder?«

Einen Augenblick hatte Kristi den Eindruck, Mai verschaffte sich Zeit zum Nachdenken.

»Ist es möglich, dass die vermissten Studentinnen einer Art Geheimbund angehörten?«

»Das ist durchaus denkbar«, erwiderte Mai zögernd.

»Tatsächlich?«

»Weißt du irgendetwas?«, fragte Mai.

»*Du* weißt etwas«, vermutete Kristi. »Erzähl es mir.«

Mai blickte auf die Fotos der vermissten Studentinnen, die auf Kristis Schreibtisch ausgebreitet waren, und biss sich auf die Lippe. Sie schüttelte den Kopf und griff nach dem Foto von Rylee Ames. »Ich will nicht verrückt klingen.«

»Ich möchte es einfach nur wissen.«

Mai legte das Foto zurück. »Weißt du, viele haben sich immer schon für diesen Vampirkram interessiert. Wenn du im Internet nachschaust, findest du alle möglichen Gruppen und Gruppierungen, die behaupten, echte Vampire zu sein. Es ist eine Art Gegenkultur. Manche Leute machen nur wegen des billigen Kicks mit, aber manche vollziehen besondere Rituale, schlafen in Särgen und trinken Blut, sogar Menschenblut, glaube ich.«

»Und so eine Gruppe gibt es hier auf dem Campus?«, fragte Kristi.

Mai zuckte die Schulter. »Ich habe Gerüchte gehört.«

»Glaubst du, Grotto ist darin verwickelt?«

Mai blickte zur Seite. »Grotto? Eher nicht. Ich meine, wenn alles so geheimnisvoll ist, warum sollte er es dann zur Schau stellen? All die Aufmerksamkeit auf sich lenken? Sein Seminar trägt vermutlich zu dem Interesse bei, schafft einen zusätzlichen Anreiz. Ich glaube aber, dass ein paar der Studenten, die seine Seminare besuchen, Mitglieder der Gruppe sind. Aber man kann wohl nicht gleich Sekte dazu sagen, nur weil ein paar Jugendliche Interesse für Vampire zeigen und versuchen, sich mit anderen zusammenzuschließen.«

»Vielleicht gibt es ein paar Extreme«, sagte Kristi, »eine Splittergruppe, die das Ganze noch weiter treibt. Möglicherweise handelt es sich dabei um die Sekte.«

»Wenn es überhaupt eine gibt.« Wieder schweifte Mais Blick zu den Fotos auf dem Schreibtisch. »Was machst du damit?«

»Das weiß ich noch nicht. Ich will nur ein paar Nachforschungen anstellen«, erwiderte Kristi. Das stimmte zwar, und sie hatte auch schon mit zwei Angehörigen der verschwundenen Studentinnen gesprochen. Aber sie hatte keinem erzählt, dass sie daran dachte, ein Buch darüber zu schreiben, denn wenn die Mädchen wirklich einfach abgehauen waren, hätte sie keine Story.

Das alles hatte sie auch Dionnes ach-so-tollem Exfreund Elijah Richards natürlich nicht auf die Nase gebunden. Bei ihrer Unterhaltung hatte sich alles nur um ihn gedreht, und

Elijah war kaum in der Lage gewesen, sich auf die Frau zu konzentrieren, die er angeblich geliebt hatte. Vielleicht war das der Grund dafür, dass Dionne ihn verlassen und sich mit Tyshawn Jones zusammmengetan hatte, trotz Tyshawns Hang zum Kriminellen.

Kristi biss sich auf die Lippe und dachte an Tara Atwaters Mutter. Sie war eine harte Nuss gewesen. Angie Atwater hatte sich die meiste Zeit über ihre »missratene Tochter« ausgelassen, die in die Fußstapfen ihres Vaters trat – und direkt im Staatsgefängnis von Georgia landen würde. Arme Tara.

Mit jedem Gespräch war Kristi überzeugter davon, dass den Mädchen etwas Schlimmes zugestoßen war, doch es bestand immerhin die Möglichkeit, dass sie durch ihre Nachforschungen eine Verbindung zwischen ihnen herstellen, einen Grund für ihr Verschwinden finden und sich damit an die Polizei wenden konnte. Vielleicht hatte die ja Glück und fand die vier lebend. Zumindest aber konnte sie womöglich dazu beitragen, dass nicht noch mehr Mädchen verschwanden.

»Kennst du eine der Vermissten persönlich?«, erkundigte sich Kristi.

»Nein«, antwortete Mai rasch. »Ich hab ja kaum mit Tara gesprochen.« Sie blieb am Tisch stehen und schaute betroffen drein. Sie schien noch mehr sagen zu wollen, überlegte es sich aber anders.

Plötzlich stellte Kristi fest, wie spät es war. »Ich muss mich beeilen. Mein Abendseminar fängt in« – sie warf einen Blick auf die Uhr über dem Kamin – »fünfzehn Minuten an!«

Mai nahm ihren Wäschekorb, riss den Blick von Kristis Schreibtisch los und schüttelte offenbar das beklommene Gefühl ab, das sie überkommen hatte. »Ja, ich muss mich auch ranhalten.« Sie hielt den Korb mit der schmutzigen Wäsche hoch. »Sonst ist es Mitternacht, bis ich damit fertig bin. Der Wäschekeller hier …« Sie schauderte. »Nun, er ist einfach unheimlich. Ich glaube, seit hundert Jahren hat niemand mehr den Keller sauber gemacht. Da unten gibt es tonnenweise Spinnen, von denen einige wahrscheinlich sogar giftig sind, außerdem Ratten und Schlangen … Ich zögere es immer bis zum allerletzten Moment hinaus, meine Sachen zu waschen.«

Kristi widersprach nicht. Der Wäschekeller war dunkel und schmutzig, die Decke niedrig, und es sah aus, als würde Feuchtigkeit durch die Ritzen der Betonwände dringen. Die vorstehenden Balken waren voller Spinnweben. Es roch nach Schimmel und Moder.

»Hab ganz schön Schiss da unten«, sagte Mai. »Übrigens wollte ich dir noch sagen, dass du eine *großartige* Party verpasst hast.«

»Nächstes Mal.«

»Meinst du damit nächstes Jahr?«, fragte Mai und ließ ihren Blick einmal mehr durch das Zimmer zu Kristis Schreibtisch gleiten. »Vielleicht schmeiß ich ja noch ’ne Party, noch vor nächstem Silvester. Aber nur vielleicht. Die Party an sich hat Spaß gemacht, aber das Chaos am nächsten Tag – vergiss es!« Mai ging zur Tür und winkte zum Abschied, dann war sie verschwunden.

Kristi stürzte ins Bad, nahm eine Zwei-Minuten-Dusche, um den schlimmsten Geruch nach Fett, Zwiebeln und Fisch loszuwerden, trocknete sich ab und band das nasse Haar zu einem Pferdeschwanz, den sie locker am Kopf feststeckte. Sie zog saubere Unterwäsche, Jeans und ein T-Shirt an und trug, ohne in den Spiegel zu schauen, etwas Lipgloss auf. An der Eingangstür schlüpfte sie in ihre Stiefel, riss ein Sweatshirt vom Haken und zog es sich über den Kopf. Dann schnappte sie sich ihren Rucksack und rannte los.

Hätte sie doch nur ihr Fahrrad von zu Hause mitgebracht, das mit den fünfzehn Gängen, das sie sich gekauft hatte, nachdem ihr Rennrad während des Hurrikans verlorengegangen war! Sie sprang die Stufen hinunter, nahm eine Abkürzung durch eine finstere Seitengasse und joggte über die Straße, die das Apartmenthaus vom Campus trennte. Sie passierte das gewaltige Tor und eilte Richtung Knauss Hall, ein Gebäude, das in erster Linie von den Biologen benutzt wurde, in dem jetzt jedoch die neue Kriminologie-Abteilung untergebracht war.

Sie betete, dass Jay McKnight nicht der Seminarleiter war. Man hätte ihr doch sicher mitgeteilt, wenn ein Dozentenwechsel stattgefunden hätte.

»Du weißt, dass Baton Rouge nicht in unseren Zuständigkeitsbereich fällt«, sagte Olivia, als sie das Gästezimmer im oberen Stockwerk ihres Cottages betrat.

Bentz hatte seinen Laptop auf das Fernsehtischchen in Kristis ehemaligem Zimmer gestellt. Das war zwar nur ein Provisorium, aber er erledigte ohnehin die meiste Arbeit auf der Polizeidienststelle.

Jetzt warf er einen Blick über die Schulter. Seine Frau stand mit einer Tasse Tee im Türrahmen. Obwohl ihre Lippen zu einem Lächeln verzogen waren, betrachtete sie ihn mit ernsten Augen, die direkt in seine Seele zu blicken schienen.

»Woher weißt du, was ich überprüfe?«

»Ich habe hellseherische Kräfte, schon vergessen?«

Das hatte er keineswegs vergessen. Als er ihr zum ersten Mal begegnet war, hatte er sie für ziemlich durchgeknallt gehalten. Sie war auf der Polizeistation erschienen und hatte behauptet, sie würde Mordfälle voraussehen. Er hatte sie abgewimmelt. Zunächst. Er hatte nicht glauben wollen, dass diese Frau mit dem ungebändigten blonden Haar und den goldenen Augen die Gedanken eines kaltblütigen Killers lesen konnte. Aber sie hatte ihn eines Besseren belehrt.

Er fühlte sich noch immer schlecht bei dem Gedanken, was sie empfunden haben musste, als sie das derart makabere, brutale Verbrechen miterlebt hatte. »Du hattest nur in einem einzigen Fall hellseherische Kräfte«, erinnerte er sie. »Seitdem hast du dich als vollkommen unbrauchbar erwiesen.«

»Oh, das war ein Schlag unter die Gürtellinie, Bentz«, sagte sie, aber sie kicherte leise. »Okay, ich habe geschwindelt, als ich behauptete, ich könnte deine Gedanken lesen, aber ich kenne Sie, Detective, und ich weiß, was Sie denken.« Sie trat ins Zimmer und setzte sich mit ihrem festen kleinen Po auf die Armlehne eines Polstersessels, der in einer Ecke gegenüber des Doppelbetts mit der türkisblauen Tagesdecke stand. »Du machst dir Sorgen um Kristi.«

»Um das zu wissen, brauchst du keine übersinnlichen Kräfte.«

»Es geht um die vermissten Studentinnen, deshalb meine

Warnung, dass Baton Rouge nicht in deinen Zuständigkeitsbereich fällt.«

»Ich weiß. Aber wen kümmern schon Linien auf einer Landkarte, wenn junge Frauen verschwunden sind?«

»Oh, natürlich, du wärst ja schließlich auch begeistert, wenn jemand aus einem anderen Bezirk käme und die Nase in deine Fälle stecken würde. Mach dir doch nichts vor, Bentz, du kannst es gar nicht leiden, wenn das FBI aufkreuzt, und du bist auch nicht gerade verrückt danach, deine Fälle gemeinsam mit einem deiner Männer zu lösen. Ich weiß nicht, wie oft du dich über Brinkman beschwert hast.«

»Er ist eine Nervensäge.«

»Hm. Das bestreite ich nicht«, sagte sie und tauchte ihren Teebeutel in das dampfende Wasser in der Tasse. Der Duft nach Jasmin wehte zu ihm herüber. Er starrte auf die Bilder auf dem Computerschirm – Fotos von den vermissten Studentinnen.

»Brinkman kündigt möglicherweise.«

»Tatsächlich?« Olivia blickte auf.

»Wegen des Sturms.«

»Das ist über zwei Jahre her.«

»Er hat im Lower Ninth Ward gewohnt, hatte zwei Mietshäuser. Verschwunden. Seine Eltern lebten in einem davon. Sie sind noch rausgekommen«, sagte er. Dass die Katzen es nicht geschafft hatten, erwähnte er nicht. Sie hatten sich während des Sturms verkrochen, und als die Rettungskräfte eintrafen, waren sie unauffindbar gewesen. Wochen später, als die Flut zurückgegangen war, war Brinkman zum Haus seiner Familie zurückgekehrt und hatte ein großes X an der Hauswand vorgefunden, das die Suchtrupps anbrachten, wenn sich Leichen darin befanden. Darunter stand nur: »Zwei tote Katzen.« Brinkman hatte veranlasst, dass die Kadaver entfernt wurden, und seine Mutter informiert. Dann hatte er seine Eltern nach Austin verfrachtet, wo sie jetzt lebten, und sprach ständig davon, dass er sich möglichst bald auch aus dem Staub machen wollte.

»Was für ein Jammer.«

»Ja. Und ich werde mich nicht von irgendwelchen von der Regierung gezogenen Grenzlinien davon abhalten lassen, in meiner Freizeit Nachforschungen zu den Vermissten anzustellen. Ich werde mich an das Police Department von Baton Rouge wenden.«

»Weil du ja sonst nichts zu tun hast.« Sie nahm den Teebeutel aus der Tasse und warf ihn in den Papierkorb.

»Wie ich schon sagte: Es ist meine eigene Zeit.«

»Zeit, die du mit deiner Familie verbringen könntest.«

»Kristi *ist* meine Familie.«

»Ich habe von mir gesprochen«, sagte sie.

Er lächelte. »Ich weiß.«

Sie nippte an ihrem Tee. »Ich könnte mein verführerischstes Negligé anziehen, und wir könnten ...«

Er zog eine Augenbraue hoch.

»Interessiert?«

Bentz schob den Stuhl von seinem provisorischen Schreibtisch zurück und brummte: »Immer. Aber du musst kein Negligé anziehen.«

»Nicht?« Sie blickte ihn über den Rand ihrer Tasse hinweg an.

»Zeitverschwendung.« Er nahm ihr die Tasse aus der Hand und stellte sie aufs Fensterbrett. »Sagen Sie, Mrs

Bentz, wollen Sie mich verführen, weil Sie so heiß auf mich sind, dass Sie nicht mehr klar denken können, oder weil Sie Ihre fruchtbaren Tage haben?«

»Vielleicht beides«, gab sie zu, was wie eine kalte Dusche auf ihn wirkte.

»Ich habe dir doch gesagt ... ich glaube nicht, dass ich noch ein Kind haben möchte.«

»Und ich habe dir gesagt, dass ich unbedingt eins möchte.«

Er lehnte seinen Kopf gegen ihren und sah die Verzweiflung in ihren Augen. Er würde ihr alles geben. Aber das ... »Das Kind eines Cops zu sein, ist kein Zuckerschlecken.«

»Die Frau eines Cops zu sein auch nicht. Aber das ist es wert. Bitte, Rick, lass uns darüber keine Sorgen machen. Wenn es passiert, passiert es, wenn nicht, dann sehen wir weiter.«

Er zog sie ein wenig enger an sich, fühlte ihren warmen Körper, der sich an seinen schmiegte. Soweit er wusste, hatte er nie ein Kind gezeugt. Kristis Mutter Jennifer war fremdgegangen. Und sie war schwanger geworden. Es hätte das Aus für ihre Beziehung bedeuten können, als Jennifer ihm im achten Monat ihrer Schwangerschaft eröffnete, dass das Baby in ihrem Bauch nicht von ihm war. Aber als Kristi auf die Welt kam, hatte Bentz nur einen Blick auf sie werfen müssen, um sie als sein eigenes Kind anzunehmen. Sogar jetzt noch, siebenundzwanzig Jahre später, erinnerte er sich an diesen Augenblick, der sein Leben für immer verändert hatte.

In den ganzen Jahren danach war weder Jennifer noch sonst eine Frau von ihm schwanger geworden, sei es durch Zufall oder geschickte Verhütung.

Seine Frau stellte sich auf die Zehenspitzen und küsste ihn. Sie schmeckte nach Jasmin und Verzweiflung, und verdammt noch mal, er würde nachgeben. Wie immer.

Kristi rannte über den Campus.

Die Luft war dick und schwer. Nebelschwaden stiegen von dem feuchten Boden auf. Sie war nicht allein. Hier und da überquerten auch andere Studenten den College-Hof: Grüppchen von Jugendlichen, die sich miteinander unterhielten, einzelne Studenten, die in den verschiedenen alten Backsteingebäuden des All Saints College verschwanden.

Es war ein merkwürdiges Gefühl, wieder da zu sein. Die meisten Studenten waren fast zehn Jahre jünger als sie.

Auf Höhe der Bibliothek verließ sie das Herzstück des Campus in Richtung der am Rande gelegenen Knauss Hall, die sich nicht weit von den großen alten Herrenhäusern entfernt befand, die man für die studentischen Bruder- und Schwesternschaften umgebaut hatte. Kristi schaute die enge, baumbestandene Straße mit den herrschaftlichen Anwesen hinunter. Ihr Blick blieb an einem mit Säulen versehenen weißen Haus im Südstaatenstil hängen, in dem die Delta Gammas untergebracht waren – eine Schwesternschaft, der sie damals auf Drängen ihres Vaters beigetreten war. Aber der ganze Griechenkram hatte ihr nie behagt. Bis heute hatte sie keine Ahnung, wohin es ihre Schwestern aus der Vereinigung verschlagen hatte, und es interessierte sie auch nicht. Sie hatte sich nie als Delta Gamma gefühlt.

Rick Bentz hatte nicht nur darauf bestanden, dass sie der Schwesternschaft beitrat, er hatte ihr auch vorgeschrieben,

Taekwondo-Stunden zu nehmen, und ihr den Umgang mit Feuerwaffen beigebracht. Die Sache mit der Studentinnenvereinigung hatte nicht funktioniert, aber sie war eine Meisterin im Taekwondo, und sie kannte sich mit Schusswaffen aus und wusste damit umzugehen.

Sie bemerkte ein Auto, das langsam die Straße entlangfuhr, als hielte der Fahrer nach etwas oder jemandem Ausschau. Ihre Nackenhaare sträubten sich. Sie blinzelte, konnte den Fahrer jedoch nicht erkennen.

Wahrscheinlich hatte das gar nichts zu bedeuten. Er hatte sich sicher nur verfahren und suchte nach einer Adresse. Das ganze Gerede über die verschwundenen Mädchen und ein mögliches Gewaltverbrechen hatte sie so misstrauisch gemacht!

Die Scheinwerfer des Wagens erfassten Kristi. Der Fahrer bremste noch mehr ab. Der tiefliegende Nebel kroch über die beschlagenen Fensterscheiben und machte es schier unmöglich zu erkennen, wer dahinter saß. Ein Mann? Eine Frau? Befand sich jemand auf dem Beifahrersitz?

Die Kirchturmglocken schlugen die volle Stunde und erinnerten sie an ihr Seminar.

»Verdammt«, flüsterte sie. *Schon wieder zu spät!*

Im Laufschritt eilte sie den Gehweg an dem Gebäude der Naturwissenschaftler entlang, in dem die Labore untergebracht waren.

Sie hörte, wie der Wagen an Fahrt aufnahm und wieder abbremste. Kristi warf einen Blick über die Schulter. Sie wünschte, sie wäre nahe genug dran, um das Nummernschild erkennen zu können, doch alles, was sie sah, war eine dunkle Limousine, vermutlich ein Chevy.

Na und? Ein Auto fährt langsam. Was hat es schon zu bedeuten, ob es ein Ford, ein Chevrolet oder ein verdammter Lamborghini ist?

Mit einem innerlichen Stöhnen sprang Kristi die Stufen des weinberankten Gebäudes hinauf und stieß die schwere Glastür auf.

Ein Mitstudent schoss vor ihr durch die Tür, und sie erkannte Hiram Calloway. Beinahe hätte sie etwas gesagt, weil sie sich langsam von ihm verfolgt fühlte. Sie hatte das ungute Gefühl, dass er sich ebenfalls für Dr. Monroes Montagabendkurs eingeschrieben haben könnte. Mein Gott, richteten Jungs ihre Stundenpläne nicht so ein, dass sie Montagabends zu Hause bleiben und Football gucken konnten?

Sollte er zuerst den Seminarraum betreten, konnte sie sich einen Platz weit weg von ihm suchen.

Die Tür schloss sich hinter Kristi. Der Geruch eines Reinigungsmittels mit Kieferndufte vermochte kaum den Formaldehydgestank zu überdecken, der durch die Flure zog. Viele der Bodenplatten waren gesprungen, und die hellgrünen Wände waren mit der Zeit schäbig geworden, genau wie die ausgetretenen Treppenstufen mit dem von Tausenden von Händen blank polierten Geländer.

Die Treppe endete in einem weiten Absatz. Verschiedene Flure gingen von einem breiten Korridor ab, was den Anschein erweckte, man befände sich in einem Kaninchenbau statt in einem Forschungsgebäude.

Kristi folgte den Schildern, die sie um eine Ecke in einen langen Korridor leiteten. An dessen Ende befand sich eine geöffnete Tür, hinter der in einem großen Seminarraum Hiram Calloway und andere Studenten zu sehen waren.

Sie drückte sich die Daumen, dass sie nicht auf Jay treffen würde, und eilte gerade noch rechtzeitig hinter ihren Kommilitonen her.

Doch im Seminarraum bestätigten sich Kristis schlimmste Befürchtungen.

An der Vorderseite des fensterlosen Raums stand Jay McKnight im Licht der Neonröhren. Verschiedene lebensgroße Darstellungen des menschlichen Körpers hingen vor der Wandtafel hinter ihm.

Kristis Mut sank. Was als schlechter Tag begonnen hatte, würde nun ein elender. Sie fing den Blick seiner goldbraunen Augen auf, und obwohl er nicht gerade lächelte, sah er doch nicht zur Seite. Er besaß einen durchtrainierten Körper, sein Kinn war glatt rasiert, seine Lippen waren schmal. Jay trug sein hellbraunes Haar länger, als sie es in Erinnerung hatte, und war ungekämmt, ob aus Nachlässigkeit oder um hip zu wirken, konnte sie nicht sagen. Am erstaunlichsten aber war, dass es das Schicksal mehr als gut mit ihm gemeint hatte, was das Älterwerden betraf. Sie bemerkte zwar eine kleine Narbe über einer seiner Augenbrauen, doch ansonsten hatte er sich kaum verändert. Er verströmte jedoch ein neues Selbstvertrauen, das ihn nur noch anziehender machte.

Nicht dass sie das interessiert hätte.

Sie war über ihn hinweg, und zwar seit langem.

Sie ließ sich auf einen der wenigen freien Plätze fallen und bemerkte nicht gleich, dass sie sich direkt vor Hiram Calloway gesetzt hatte.

Das wird ja immer besser, dachte sie missmutig, doch dann riss sie sich zusammen. Sie war auf dem College, nicht in der Schule. Außerdem gab es keine feste Sitzordnung.

Es ist doch nur für zehn Wochen. Ungefähr dreißig Stunden. Du wirst es überleben.

Doch während sie Jay McKnight anstarrte, den ersten Mann, den sie geliebt hatte, war sie sich da nicht so sicher.

8.

Jay ließ sich von ihr nicht ablenken.

Natürlich hatte er Kristi sofort bemerkt, als sie den Seminarraum betreten hatte. Wie hätte es auch anders sein können?

Sie war größer als in seiner Erinnerung, vielleicht weil ihre langen Beine von einer engen Jeans und Stiefeln mit mindestens fünf Zentimeter hohen Absätzen betont wurden. Sie hatte einen durchtrainierten Körper mit von jahrelangem Schwimmen gekräftigten Schultern, einem flachen Bauch, kleinen, aber straffen Brüsten und schmalen Hüften.

Selbst in Jeans und Sweatshirt konnte sie einem den Kopf verdrehen. Nicht weil sie eine Laufstegschönheit war, sondern weil sie ein wenig mehr als nur hübsch war und ein natürliches Selbstbewusstsein ausstrahlte.

Sie blickte ihn an, als sie zur Rückseite des Raumes ging, aber irgendwie gelang es ihm, cool und unbeteiligt zu wirken.

Jay war sich sicher, dass sich diese Studenten seinen Job so vorstellten wie bei *CSI*, schick und glamourös, in angesagten Städten wie Las Vegas, New York oder Miami, mit attraktiven, smarten Polizeibeamten und gewitzten, um nicht zu sagen gerissenen Kriminaltechnikern, die gegen durchtriebene Verbrecher kämpften. Vermutlich stellten sie sich Ermittler vor, die stets in der Lage waren, den Täter zu überführen und für immer hinter Gitter zu bringen. Jay sah seine Aufgabe darin, ihnen diesen Glauben zu nehmen und sie mit der nüchternen Realität bekannt zu machen.

»Viele von Ihnen fragen sich vermutlich, wer ich bin«, begann er, trat hinter seinem Schreibtisch hervor und setzte sich auf die Kante, während die letzten Nachzügler ihre Plätze einnahmen.

Der Seminarraum hatte schon bessere Tage gesehen. Der ramponierte Fußboden, die zerschrammten Tische und das flackernde Neonlicht ließen vermuten, dass er seit der Eisenhower-Ära nicht mehr renoviert worden war. »Mein Name ist Jay McKnight, und ich arbeite für das Police Department von New Orleans. Ich habe einen Abschluss in Kriminologie und einen in Klinische Laborwissenschaften, außerdem einen Master in Forensik von der University of Alabama. Ich arbeite für das kriminaltechnische Labor von New Orleans, was, wie Sie vielleicht richtig vermuten, seit dem Hurrikan Katrina ein einziger Kampf ist. Wir haben unser Labor und damit eine mehr als fünf Millionen Dollar teure Ausrüstung verloren, ganz zu schweigen von den Beweismitteln, die unwiederbringlich sind. Wir mussten in Räumlichkeiten arbeiten, die uns von anderen Bezirken zur Verfügung gestellt wurden, oder private Einrichtungen in Anspruch nehmen, was alles ungemein verlangsamte. Wir haben auch Techniker verloren. Sie hatten es satt, dass ihr Leben nur noch aus Katastrophenschutz bestand, hatten es satt, in FEMA-Trailern zu leben, in FEMA-Trailern zu arbeiten und in FEMA-Trailern Beweismittel zu sammeln.«

Die Augen seiner Studenten waren aufmerksam auf ihn geheftet. Keiner sagte etwas oder kaute Kaugummi.

»Aber die Lage wird langsam besser. Wir haben nicht die

Büros und Labore, die in Fernsehserien wie *CSI – Den Tätern auf der Spur* gezeigt werden, aber wir haben jetzt unsere eigene Einrichtung bei der University of New Orleans auf dem Lakefront Campus.«

Er blickte zu Kristi. Wie die anderen hatte sie ihm ihre ganze Aufmerksamkeit geschenkt. Wenn sie ihm irgendein Gefühl entgegenbrachte, verbarg sie es gut.

»Ich weiß, dass die meisten von Ihnen davon ausgegangen sind, das Seminar würde von Dr. Monroe abgehalten, doch aufgrund eines Krankheitsfalls in der Familie war sie gezwungen, sich freistellen zu lassen. Deshalb müssen Sie mit mir vorliebnehmen.

In den kommenden Wochen werden wir in dreistündigen Unterrichtseinheiten über Kriminologie sprechen. Wir werden uns den Hauptgebieten zuwenden, wobei ich darüber nicht dozieren möchte, sondern mich eher als Leiter der Diskussion über forensische Wissenschaft und Beweismittel verstehe. Während der zweiten Seminarhälfte findet eine Lernzielkontrolle statt, an die sich die Möglichkeit anschließt, Fragen zu stellen. Wir werden über Tatorte sprechen und wie man sie sichern kann, wie man Beweismaterial sammelt und was anschließend damit geschieht. Wir werden sämtliche Bereiche abdecken, angefangen von der Blutspritzeranalyse über die Ballistik, die Entomologie bis hin zur forensischen Biologie, darunter auch die Toxikologie tierischer und pflanzlicher Gifte. Außerdem werden wir uns mit Todesursachen und Autopsien befassen.«

Ein junger Typ mit einem Kinnbart wie Frank Zappa und mehreren Ohrringen hob die Hand. »Besteht die Möglichkeit, dass wir an einer Autopsie teilnehmen?«

Die Seminarteilnehmer begannen zu tuscheln, manche aufgeregt, andere angewidert.

»Leider nicht in diesem Semester«, sagte Jay.

»Aber das wäre doch cool!« Kinnbart gab nicht auf.

»Ich bin mir nicht sicher, ob das wirklich cool wäre«, wandte sich Jay an die Seminarteilnehmer, von denen einige kicherten, während andere stöhnten. »Wie ich bereits sagte, es steht nicht im Lehrplan, und es ist ein recht großer Kurs. Es gibt bestimmte Regeln diesbezüglich, Hygienevorschriften, die zeitliche Koordinierung, und so cool Sie sich das Ganze auch vorstellen, der Gerichtsmediziner ist eine vielbeschäftigte Person, wie jeder, der in der Gerichtsmedizin arbeitet.

Ich werde allerdings jede Woche über einen speziellen Fall referieren, den das Department gelöst hat, und Ihnen das dazugehörige Beweismaterial vorführen. Anschließend werden wir das Verbrechen gemeinsam erörtern und mit dem vergleichen, was die Polizei herausgefunden hat.«

Er besaß nach wie vor die Aufmerksamkeit der Studenten, schien mit ihnen auf einer Wellenlänge zu liegen, zumindest im Moment. Wieder blickte er Kristi an und fuhr mit seinen Ausführungen fort. Es fiel ihm leicht, denn er liebte seine Arbeit. Beweismaterial auszuwerten und es mit einem Verbrechen, einem Verdacht zu verknüpfen, war genauso aufregend wie frustrierend. Er sprach lebhaft, obwohl es ihm schwerfiel, nicht daran zu denken, dass Kristi nach wie vor etwas ausstrahlte, das ihn schon vor Jahren zu ihr hingezogen hatte. Als sie noch auf der Highschool war und er bereits studierte, aber nach wie vor für seinen Vater arbeitete. Jay hatte sie für frech, eigensinnig und knallhart gehalten, mitunter auch für tollkühn, aber eins war Kristi Bentz nie gewesen: langweilig. Sie hatte stets eine unbändige Kraft ausgestrahlt, die den meisten Frauen, die es in seinem Leben gegeben hatte, fehlte, Gayle Hall inklusive.

Jetzt saß Kristi ungeschminkt, mit aus dem Gesicht gestrichenen Haaren im hinteren Teil des Seminarraums und starrte ihn aus ihren großen grünen Augen durchdringend an. Sie hatte sich zurückgelehnt und die Arme beinahe dreist vor der Brust verschränkt, als wolle sie ihn herausfordern, ihr etwas beizubringen, was sie noch nicht wusste.

Vielleicht bildete er sich das aber auch nur ein.

Ihre Blicke begegneten sich nur für einen kurzen Moment, dann wandte er sich zur anderen Seite und an einen großen Studenten mit dicker Brille und spärlichem schwarzem Bart, der seine Akne nicht verbergen konnte.

»Ich werde Ihnen per E-Mail einen Unterrichtsplan zukommen lassen, und meine Sprechzeit ist Freitagnachmittag zwischen vier und sechs. Ich weiß, dass das ärgerlich ist für diejenigen von Ihnen, die über das Wochenende wegfahren, aber anders konnte das Department es nicht einrichten. Sie können jederzeit per E-Mail mit mir in Kontakt treten, meine E-Mail-Adresse steht auf dem Unterrichtsplan.

Lassen Sie uns nun beginnen. Heute Abend werden wir uns mit Todesursachen und den Möglichkeiten einer Autopsie befassen und uns anschließend dem Tatort und der Sicherung von Beweismaterial zuwenden. Das mag zwar nicht ganz der Reihenfolge entsprechen, aber ich denke, bei unserem ersten ›Fall‹ sollten wir uns erst mit der Leiche und dann mit dem Tatort beschäftigen. In der nächsten Woche befassen wir uns mit einem weiteren Fall und gehen dabei in der umgekehrten, üblichen Reihenfolge vor, wenngleich es immer zu Abweichungen kommen kann. Kann mir jemand sagen, warum?«

Ein Arm schoss in die Höhe und winkte heftig. Die junge Frau schien keine eins fünfzig groß zu sein und nicht mehr als fünfzig Kilo zu wiegen. Ihr hellblondes Haar wippte, als sie versuchte, Jays Aufmerksamkeit auf sich zu ziehen.

Er nickte ihr zu. »Ja?«

»Manchmal ergeben die Spuren am Tatort keinen Sinn, weil jemand das Opfer bewegt oder an einen anderen Ort gebracht hat. In einem solchen Fall kennt man zwar den Fundort, aber man muss zunächst die Leiche untersuchen, um Hinweise auf den Ort zu finden, an dem der Überfall oder der Mord tatsächlich stattgefunden hat.«

»Das ist richtig«, sagte Jay. Das Mädchen lächelte selbstgefällig.

»Nun lassen Sie uns einen Blick auf das hier werfen –« Jay stieß sich vom Tisch ab und ging zu den Schaubildern des menschlichen Körpers, die er vor die Tafel gehängt hatte. Auf einem war ein Skelett abgebildet, auf einem anderen die Muskelstruktur, ein drittes zeigte die inneren Organe, und das vierte war die Vergrößerung eines menschlichen Umrisses mit den Zeichen und Anmerkungen des Leichenbeschauers von einem aktuellen Fall. Jay erzählte den Seminarteilnehmern, dass es sich um ein zehn Jahre zurückliegendes Verbrechen handelte, als ein Killer, der sich selbst Vater John nannte, die Straßen von New Orleans unsicher gemacht hatte. Die Strangulationsmerkmale waren laut Gerichtsmediziner typisch für Vater John – oder den Rosenkranzmörder, wie er auch genannt wurde –, der jedes seiner Opfer mit einem Rosenkranz, speziell für diesen Zweck entworfen, stranguliert hatte.

Vater John war ein durchgedrehter Serienmörder gewesen, jemand, der die Studenten auf eine makabere Art und Weise faszinieren würde.

Jay hatte nicht nur eine Kopie von der Skizze, sondern auch Fotos vom Opfer, die er später zeigen wollte, um zu demonstrieren, wie die Forensik der Polizei geholfen hatte, den Mörder zu finden. Dieser Fall, so dachte er, würde die Seminarteilnehmer interessieren, denn der Mörder war mit dem Campus des All Saints College vertraut gewesen. Für Kristi Bentz hatte das Ganze sogar einen persönlichen Bezug – schließlich war es ihr Vater gewesen, der geholfen hatte, die Identität des Killers herauszufinden. Er bemerkte, dass sie sich aufsetzte.

»Nehmen wir uns also einen Mord vor. Wir haben ein Foto des Opfers und das Gutachten des Gerichtsmediziners.« Er griff nach einem Stapel mit Unterlagen und begann sie zu verteilen. »Wir gehen bei der Untersuchung der Leiche genauso vor wie der Gerichtsmediziner. Fangen Sie auf Seite eins an, darauf finden Sie eine gekürzte Version von den Aufzeichnungen der Gerichtsmedizin ...«

Heute Abend, dachte Vlad in seinem Ausguck im zweiten Stock. Heute Abend wäre der perfekte Zeitpunkt für die nächste Entführung. Er blickte durch die Baumkronen zu dem verwischten Umriss des Mondes, der hinter den langsam dahinziehenden Wolken kaum zu erkennen war.

Doch so funktionierte das natürlich nicht. Er konnte sich

nicht einfach auf ein beliebiges Opfer stürzen, das sich auf dem Heimweg von der Arbeit, einem Abendseminar oder aus der Bibliothek befand. Er konnte sich nicht einfach auf dem Rücksitz eines Autos verstecken oder jemanden verfolgen. Nein ... er musste warten, das Spiel spielen, sichergehen, dass alles exakt so lief wie geplant. Er könnte heute Nacht ein Leben auslöschen, aber das Opfer würde nicht zur Elite zählen, zu den »Auserwählten«. Zu denen, die er sorgfältig herausgefiltert hatte, die, die er für königlich erachtete. Die Privilegierten, die Gebildeten. Bei ihnen musste er vorsichtig sein. Auf die hatte man ein Auge. Vorsicht war also stets geboten.

Er hörte die Kirchturmuhr schlagen und fühlte, wie sich sein Puls beschleunigte. Es war so weit.

Bomm, bomm, bomm ...

Er zählte die Stunden und spürte eine Woge der Erregung. Studenten strömten aus den Gebäuden, liefen hierhin und dorthin, redeten, lachten, eilten durch den späten Abend, ohne zu bemerken, dass er sie beobachtete, dass er sie, wenn er wollte, von seinem Ausguck aus einen nach dem anderen mit einem Gewehr, Pfeil und Bogen oder sogar mit einer Steinschleuder hätte abknallen können. Sein Sehvermögen und sein Gehör waren so scharf – selbst sein Geruchssinn war stark ausgeprägt –, dass er mit Leichtigkeit das Opfer seiner Wahl töten konnte.

Aber so sollte das nun mal nicht laufen.

Das verstieße gegen die Spielregeln.

Heute Abend war das All Saints College nicht sein Jagdrevier.

Seine Eingeweide verkrampften sich, als er vereinzelte Studentinnen aufs Korn nahm, die er bereits auf dem Campus beobachtet und deren Bilder er in sein Versteck gelegt hatte. Manche von ihnen kannte er beim Namen, und er lächelte, wenn er daran dachte, dass eine von ihnen die Nächste der Auserwählten sein würde. Er rieb die Fingerspitzen gegeneinander und stellte sich vor, wie sie ihm unwissentlich in die Arme liefen, als wollten sie ihr Ableben beschleunigen ... Gebieterinnen des Schicksals, Prophetinnen ihres eigenen Untergangs.

Bald, dachte er. Ein Wolkenschatten verdunkelte erneut den Mond, und die Luft veränderte sich leicht. Er nahm zuerst ihren Geruch wahr, dann drehte er sich um und erblickte sie, Kristi Bentz, die mit ihren langen Beinen eilig den Betonweg vor Knauss Hall entlanglief. Sie folgte jemandem ... nein, rannte jemandem nach, der zu einem Parkplatz am Rand des Campus schlenderte.

Sogar aus dieser Entfernung erkannte er den Mann.

Der neue Professor.

Natürlich. Er verzog die Lippen, als er Jay McKnight ins Auge fasste, den Neuzugang beim Lehrpersonal.

Die Tochter des Polizisten winkte ihm und holte ihn mit wehenden Haaren ein.

Verborgen im Schatten des Turms, spürte er eine innere Hitze in sich hochsteigen. Leidenschaft? Verlangen? Zorn? Die Kühle der Nacht drang ihm bis ins Mark, doch sein Puls raste. Seine Muskeln strafften sich, seine Nerven waren zum Zerreißen gespannt. Er stellte sich vor, wie es wäre, sie zu berühren ... zu spüren, wie sie auf ihn reagierte, sie langsam zu entkleiden, bis sie nackt vor ihm stand. Vor seinem inneren Auge sah er ihre langen Glieder vor sich, muskulös und doch feminin ... ihre biegsamen

Beine, die ihn umschlangen, wenn er sich vorbeugte und seinen heißen Atem über ihre Brüste hauchte, während Zähne und Zunge über ihre Brustspitzen glitten und daran knabberten ...

Er spürte, wie sich seine Muskeln versteiften. Sein Schwanz wurde hart wie Stein.

Nein! Er durfte sich nicht zu sehr in diese Vorstellung hineinsteigern. Noch nicht. Geräuschlos schloss er das Fenster. Langsam, lautlos zog er sich von der Scheibe zurück in Richtung Treppe. Während er die ausgetretenen Stufen hinunterstieg, kämpfte er gegen sein Bedürfnis an.

Er durfte nicht überstürzt handeln.

Er durfte keine voreiligen Entscheidungen fällen.

Er musste den Plan befolgen.

Peinlich genau.

Oder alles wäre verloren.

»Jay! Professor McKnight! Hey, warte!« Kristi lief, so schnell sie konnte, hinter ihm her. Sie hatte sich direkt nach dem Seminar auf den Heimweg gemacht, doch dann hatte sie entschieden, dass sie reinen Tisch machen sollten, und war umgekehrt. Sie hatte ihn aus einem Hinterausgang treten sehen, und als sie endlich in Rufweite war, hatte er bereits den Personalparkplatz erreicht. Sie sah ihn in dem verschwommenen Lichtkreis einer Straßenlaterne Bücher und Aktentasche in der Fahrerkabine eines ramponierten alten Pick-up verstauen.

Er blickte über die Schulter und verzog den Mund. »Kristi Bentz.«

»Hi.« Abrupt blieb sie mit mehr als drei Metern Abstand

vor ihm stehen. »Ich, ähm, ich war überrascht, dass du Dr. Monroes Seminar übernommen hast …«

»Das glaube ich dir gern.«

Sie neigte den Kopf und spürte, wie sie errötete. »Das ist sehr unangenehm. Sieh mal, ich weiß, dass wir – ich – uns nicht gerade im Guten getrennt haben, und ich dachte …«

»Das ist Schnee von gestern, Kris.«

Sie hatte vergessen, dass er sie so genannt hatte. Er war der Einzige in ihrem Leben gewesen, der ihren Namen abgekürzt hatte. »Okay.« Sie nickte. »Aber wer hätte gedacht, dass wir mal im selben Seminarraum landen würden oder dass du mein Professor sein würdest oder – warte mal.« Plötzlich dämmerte ihr die Wahrheit. »Du hast es gewusst. Du musst es gewusst haben.«

»Seit ein paar Tagen, ja.« Er nickte und öffnete die Tür ein Stück weiter.

Ein tiefes »Wuff« drang aus dem dunklen Wageninnern, und ein riesiges Muskelpaket von Hund sprang auf den Boden. Im Licht der Straßenlaterne glänzte sein Fell wie Kupfer.

Kristi trat einen Schritt zurück.

»Das ist Bruno«, sagte Jay.

»Er ist ja riesig!«

»Nein, nur ein kleiner Junge.« Jay beugte sich vor und streichelte Brunos großen Kopf. »Sanft wie ein Lämmchen, solange man ihn nicht wütend macht.«

»Das werde ich ganz bestimmt nicht tun.«

Jay ließ ein Lächeln aufblitzen und kraulte den Hund hinter den Schlappohren. »Beeil dich«, sagte er zu Bruno. »Geh und erledige dein Geschäft.« Jay deutete auf eine

Ecke, wo von Kreppmyrte eingefasste Blumenbeete den Campus vom Parkplatz trennten.

Bruno gehorchte, lief schnuppernd über den feuchten Boden und hob sein Bein an einem Strauch.

»Guter Junge«, sagte Jay, als sich der Hund erleichtert hatte und wieder zu schnüffeln begann. »Komm, rein mit dir.«

Bruno blickte Kristi an, dann sprang er auf den Beifahrersitz.

»Also … warum unterrichtest du hier?«, fragte sie.

»Es war eine Chance auf Veränderung. Die Arbeitsbedingungen beim Police Department sind immer noch hart und längst noch nicht so wie vor Katrina, aber das weißt du vermutlich.«

Sie nickte und dachte an ihren Vater und seine Überstunden, an seine Frustration und den damit verbundenen Unmut. Sie hatte zufällig aufgeschnappt, wie er davon sprach, in Ruhestand zu gehen, von dem er eigentlich noch Jahre entfernt war. Das war merkwürdig, da Rick Bentz der geborene Cop war, der bei der Arbeit zur Hochform auflief. Sein Einsatz und seine »Die Arbeit geht über alles«-Moral hatten ihn seinen Job in L. A. und die Ehe mit ihrer Mutter gekostet. Doch in letzter Zeit, seitdem die Mutter aller Wirbelstürme mit katastrophalen Folgen über New Orleans hereingebrochen war, hatte er überarbeitet gewirkt, überlastet, ernüchtert.

»Die Gelegenheit hat sich ergeben, und ich habe sie ergriffen.«

»Und jetzt bin ich in deinem Seminar.«

»Sieht so aus«, sagte er gedehnt, und zum ersten Mal spürte sie so etwas wie Amüsement hinter seinem Frust aufblitzen. Großartig. Genau das, was sie gebraucht hatte.

»Nun, ich will bloß sichergehen, dass nichts zwischen uns steht.«

Er zuckte die Achseln. »Was soll das schon sein?«

Seine Antwort versetzte ihr einen kleinen Stich, aber sie ließ es dabei bewenden. Wenn sie seinen Worten Glauben schenken konnte, hatten sie kein Problem.

»Kann ich dich mitnehmen?«, fragte er.

»Oh – äh, nein ... ich nehme die Abkürzung über den Campus.« Sie deutete mit dem Daumen in die entgegengesetzte Richtung.

»Es ist schon spät«, sagte er.

»Ist schon in Ordnung. Wirklich.«

»Es sind ein paar Studentinnen verschwunden.«

»Ich weiß, aber ich kann auf mich aufpassen. Taekwondo, erinnerst du dich?«

Das Lächeln wurde breiter. »O ja«, sagte er.

Offenbar dachten sie beide an dasselbe. Sie war damals in der Abschlussklasse der Highschool gewesen, und es war ein ähnlicher Abend wie jetzt. Sie befanden sich allein in der Wohnung ihres Vaters, und Kristi hatte den Fehler gemacht, Jay zu erzählen, dass sie mit ihren Kampfsportfertigkeiten jeden Mann bezwingen konnte, der sie belästigte. »Ich kann auf mich selbst aufpassen«, hatte sie gesagt.

Auf sein Gesicht war ein Lächeln getreten, das so viel bedeutete wie: Hör-auf-mit-diesem-Feministinnenquatsch. »Jaja, ganz bestimmt.«

»Ich *kann* es.«

Sie hatte darauf bestanden, Jay hatte sie eine Angeberin genannt, und die Auseinandersetzung hatte sich immer mehr hochgeschaukelt. Schließlich hatte er sie gepackt und sie zu Boden geworfen, wobei er eine Technik verwendete, die er als Ringer auf der Highschool gelernt hatte. Innerhalb von Sekunden nagelte er sie fest, und sie war unfähig, sich von seinem Gewicht zu befreien.

Kristi erinnerte sich daran, wie sie auf dem Wohnzimmerteppich gelegen und in sein triumphierendes Gesicht geblickt hatte, schwer atmend und so wütend, dass sie ihm am liebsten ins Gesicht gespuckt hätte. Nase an Nase, mit pochenden Herzen, hatten sie zwischen dem Sessel ihres Vaters und dem Fernseher gelegen und mit angespannten Muskeln darauf gewartet, dass sich der andere bewegte. Jay hatte gewusst, dass sie sich unter ihm hervorwinden würde, wenn er sein Gewicht verlagerte, dass sie nur auf diese Gelegenheit lauerte.

»Gibst du auf?«, hatte er gefragt.

»Nein.«

»Sicher nicht?«

»Nein!«

»Ich hab dich außer Gefecht gesetzt.«

»Im Augenblick.«

Er grinste und frotzelte: »Ich muss doch langsam zu schwer für dich werden.«

Sie blickte zu ihm auf und versuchte vergeblich, ihr Herzrasen zu ignorieren. Es stimmte, dass er sie überwältigt hatte, aber da war noch mehr. Sie musste dagegen ankämpfen, auf seine Lippen zu starren, so nahe an ihren ... Das Blut pulsierte in ihren Adern, und sie fragte sich, wie es sein mochte, mit ihm zu schlafen. Genau jetzt. Genau an diesem Ort. Während sie hier lagen und schwitzten und außer Atem waren von ihrem Kampf. Sie sah, wie sich seine Augen verdüsterten, wie sich seine Pupillen weiteten, während er vermutlich dasselbe dachte wie sie. »Komm schon, Kris, ich gewinne ja doch«, sagte er mit tiefer Stimme.

»Nur vorläufig«, sagte sie und fuhr sich mit der Zunge über die Lippen. Sie hörte ihn stöhnen und spürte, wie er hart wurde. Auch sie stöhnte leise auf, und er verlor die Kontrolle und küsste sie. Unnachgiebig und mit einer Begierde, die auf sie übersprang. Es war wundervoll.

Und dann biss sie ihn.

Schmeckte sein Blut.

Vor Schmerz sog er die Luft ein, verlagerte sein Gewicht und fluchte leise. Sie begann, sich unter ihm hinwegzuschlängeln, sie wollte genug Abstand zwischen sie beide bringen, um nach ihm zu treten, so wie sie es in ihrem Taekwondo-Kurs gelernt hatte.

Plötzlich hielt sie abrupt inne, weil sie Schritte auf der Außentreppe hörte.

»Geh runter!«, befahl sie ihm.

»Was ist?«

Schlüssel klimperten auf der anderen Seite der Wohnungstür.

»Dad kommt! Runter!«

Mit einer einzigen geschmeidigen Bewegung rollte Jay von ihr fort und kam auf die Füße. Noch bevor sie ihm irgendwelche Anweisungen erteilen konnte, war er schon über die Couch hinweg in den Flur gesprungen und im Badezimmer verschwunden. Kristi zupfte schnell ihre Klamotten zurecht und warf sich in den Fernsehsessel ihres Vaters. Sie drückte auf die Fernbedienung. Da ging auch schon die Tür auf, und ihr Vater kam herein.

»Hallo Kristi«, sagte Rick Bentz, als er seine Tochter entdeckte. »Oh …« Er ließ Schlüssel, Aktentasche und Dienstmarke auf das Tischchen hinter ihm im Flur fallen und blickte auf den Bildschirm. Ein Sportsender lief. Als hätte sie sich je für Golf interessiert. O Mann!

»Hi«, sagte sie strahlend. Sie wusste, dass ihre Wangen gerötet waren, ihre Haare verschwitzt, und dass ihr das Schuldbewusstsein deutlich ins Gesicht geschrieben stand. Doch sie tat so, als wäre alles ganz normal und als würde ihr Vater, der Superdetective, nichts Ungewöhnliches bemerken können.

»Was geht hier vor?«, fragte Rick Bentz beiläufig.

In diesem Augenblick zog Jay die Toilettenspülung, ließ Wasser ins Waschbecken laufen und kam anschließend aus dem Bad. Auch er war rot im Gesicht, und seine Lippen waren blass. Wo sie ihn gebissen hatte, war eine dunkle Blutspur zu erkennen. Kristi wäre am liebsten im Erdboden versunken.

»Hi, Detective«, sagte Jay und griff nach seiner Jacke, die auf der Couchlehne lag. »Muss los. Arbeiten.«

»Gute Idee«, sagte Rick Bentz und starrte Jay mit zusammengekniffenen Augen an. »Es gibt eine Regel in meinem Haus. Wenn meine Tochter vergessen hat, sie zu erwähnen, tue ich das jetzt. Es ist altmodisch, ich weiß, aber unumstößlich: keine Jungs in der Wohnung, wenn ich nicht da bin.« Er blickte erst Jay an, dann Kristi.

»Es tut mir leid. Ich habe sie bloß nach Hause gebracht.«

»Und das hat zu einer gespaltenen Lippe geführt?«

»Ja. Kristi kann das erklären.« Jay warf ihr einen Blick zu. »Gute Nacht, Kristi, gute Nacht, Detective Bentz.« Und dann überließ er sie ihrem Vater und einer »Unterhaltung«, die dazu führte, dass ihr Vater sich erkundigte, ob er einen Arzttermin für sie ausmachen und ihr die Pille verschreiben lassen oder ob er ihr Kondome besorgen solle. Sie erzählte ihm von dem Ringkampf und wie sie Jay gebissen hatte, um wieder die Oberhand zu gewinnen, und Rick flippte geradezu aus und sagte ihr, sie würde die Jungs provozieren, sie könnten sich nicht kontrollieren, Kristi würde den Ärger geradezu heraufbeschwören.

»Du machst mich wahnsinnig, Dad«, erklärte sie wütend. »Zu deiner Information, und obwohl es dich nichts angeht: Es ist alles in Ordnung, ich brauche keine Pille oder sonst was, und wenn ich etwas brauchen sollte, werde ich mich drum kümmern, das kannst du mir glauben. Ich kann auf mich selbst aufpassen.«

Und sie hatte sich etwas besorgt. Sechs Monate später.

Jetzt stand sie hier, mitten in der Nacht, und lehnte es ab, sich von Jay McKnight, dem Jungen, bei dem sie erst ihre Jungfräulichkeit verloren hatte und den sie später zum Teufel schickte, nach Hause bringen zu lassen. Aber der Junge war jetzt ein Mann und ihr College-Professor.

»Wir sehen uns nächste Woche«, sagte sie und wandte sich ab, um zu gehen.

»Ich würde mich besser fühlen, wenn ich dich nach Hause fahren dürfte.«

Sie schüttelte den Kopf und musste beinahe lächeln. »Ich kann auf mich selbst aufpassen«, sagte sie und wiederholte damit wieder einmal den Satz von damals. Dann machte sie auf dem Absatz kehrt und ging Richtung Greek Row und Wagner House.

»Ruf mich an, wenn du irgendetwas brauchst!«, rief Jay ihr nach und ratterte seine Nummer herunter. Kristi hob einen Arm, aber sie drehte sich nicht um.

Kurz darauf erreichte sie die Bibliothek, von wo aus sie auf direktem Wege zu dem Tor in der Nähe ihres Apartmentgebäudes ging. Sie ertappte sich, dass sie wider besseres Wissen dabei war, sich seine Nummer einzuprägen. Sie brauchte keinen Jay in ihrem Leben.

Dann hörte sie das Geräusch eines Motors, der stotternd ansprang. Gut. Sie hatte reinen Tisch mit Jay gemacht.

Eine Sekunde später vernahm sie, wie der Pick-up aus der Parklücke setzte. Sie eilte über den dunklen Campus. Der Wind zerrte an ihren Haaren.

Es waren nur noch wenige Studenten unterwegs, und die Schatten zwischen den Straßenlaternen waren groß und düster und schienen sich zu bewegen, je nachdem, wie der Wind an den Zweigen der kahlen Bäume rüttelte. Der Regen hatte aufgehört. Der Geruch nach feuchter Erde hing schwer in der Luft, und das nasse Gras schimmerte im Mondlicht.

Kristi näherte sich dem Tor auf der gegenüberliegenden Seite des Campus. Hinter Wagner House nahm sie eine Bewegung wahr ... irgendetwas Ungewöhnliches. Ihre Alarmglocken schrillten, und sie fuhr mit der Hand in ihre Tasche und griff nach dem Pfefferspray.

Sei nicht albern, schalt sie sich, *sicher ist es nur ein Hund.*

Dennoch spürte sie, wie ihr vor Nervosität der Schweiß ausbrach. Sie ging schnell, wachsam, und hielt das Pfefferspray fest umklammert. Sie hasste es, ein Feigling zu sein, und hatte hart daran gearbeitet, sich aufmerksam auf ihre

Umgebung zu konzentrieren, ihren Gefühlen zu vertrauen. Und sie hatte Selbstverteidigung gelernt, damit sie auf niemand anderen angewiesen war als auf sich selbst.

Sie dachte an das unheimliche dunkle Auto, das vor Seminarbeginn durch die Straße gefahren war, und hatte erneut das Gefühl, von unsichtbaren Augen verfolgt zu werden.

Das war sicher das Ergebnis ihrer Recherchen bezüglich der verschwundenen Studentinnen. Die bestürzenden Gespräche, die sie mit deren Angehörigen geführt hatte – Leute, die das alles nicht zu kümmern schien –, machten ihr zu schaffen.

Kristi starrte auf die im Schatten liegenden Büsche, bog um eine Ecke und überquerte den College-Hof. Eine Person mit einer dunklen Kapuzenjacke kam auf sie zu. Kristis Muskeln spannten sich an, all ihre Sinne richteten sich auf die näher kommende Gestalt.

Bis sie feststellte, dass es eine Frau war. Eine zierliche Frau.

Kristi stieß die Luft aus. Es gelang ihr, einen Blick auf das Gesicht unter der dunklen Kapuze zu werfen, und sie erkannte Ariel, die einen Schritt zur Seite wich, als sie Kristi entdeckte.

Kristi wollte schon etwas sagen, als Ariel sie direkt anblickte und aschfahl wurde. Alle Farbe schien aus ihrem Gesicht zu weichen. War das eine Täuschung, hervorgerufen durch das Licht? Vielleicht durch den kalten, silbrigen Mondschein oder die weißliche Straßenbeleuchtung, die im Nebel flackerte?

»Ariel?« Aber die junge Frau war schon über einen Pflasterweg in der Nähe der Mensa davongeeilt und in der Dunkelheit verschwunden.

Wie ihr die Farbe aus dem Gesicht gewichen war ... Beinahe so wie in den Visionen von ihrem Vater. Kristis Herz pochte.

Sie spürte mit einer kalten Gewissheit, dass Ariel dem Tod geweiht war.

9.

»Idiot«, murmelte Jay unterdrückt. Er kurvte durch die leeren Straßen rund um das Campusgelände und hätte sich am liebsten selbst in den Hintern getreten. Bruno hatte die Nase an den Spalt im Beifahrerfenster gedrückt, schnupperte die Gerüche der Nacht und bellte leise.

Jay stellte das Radio an und hoffte, die Dixie Chicks würden seine Gedanken an Kristi vertreiben. Doch der Song, der davon handelte, mit seinem Ex-Lover abzurechnen, ließ ihn das Lenkrad nur noch fester packen. »Du Volltrottel!«

Während des Seminars und auch noch danach, als sie ihm nachgerannt war, um reinen Tisch zu machen, war er ruhig geblieben, doch die Sache war nach hinten losgegangen. Zumindest für ihn. So sturköpfig und leichtfertig sie auch war, er fand sie immer noch faszinierend.

Es war wie eine Krankheit.

Eine selbstzerstörerische Krankheit.

»Idiot, Idiot, Idiot«, murmelte er und stellte einen Lokalsender ein, auf dem Dr. Sam, ein Radiopsychologe, den Liebeskranken oder sonstwie Durchgeknallten in einer speziellen Sendung mit Ratschlägen zur Seite stand. Er vermutete, dass es jetzt, im Winter, von Verrückten nur so wimmelte. Jay machte das Radio aus und stellte die Scheibenwischer an, um den Belag auf der Windschutzscheibe zu entfernen. Es regnete nicht, aber es wurde immer nebliger, und er fragte sich, warum er nicht darauf bestanden hatte, Kristi nach Hause zu fahren.

Wie denn? Mit physischer Gewalt? Du hast es ihr angeboten. Sie hat abgelehnt. Sie möchte nicht mit dir im Auto sitzen. Ende.

»Bis auch sie verschwindet«, sagte er und blickte mit zusammengekniffenen Augen durch die Windschutzscheibe. Vor einer gelben Ampel bremste er ab. Zwei Teenager rasten auf Skateboards die dunkle Straße entlang. Lachend hielten sie auf einen in flackerndes Neonlicht getauchten Minimarkt mit Gittern vor den Schaufenstern zu. Einer wählte unterdessen eine Nummer auf seinem Handy. Ein paar Autos überquerten die Kreuzung, dann sprang die Ampel für Jay auf Grün.

Er gab Gas, nur um gleich darauf auf die Bremse zu treten, weil eine getigerte Katze über die Straße flitzte. »Verflucht!«

Bruno begann zu bellen und kratzte wie ein Verrückter am Armaturenbrett.

»Hör auf!«, befahl Jay dem Hund, während er langsam über die Kreuzung rollte.

Bruno drehte sich um, legte die Pfoten auf die Lehne des Beifahrersitzes und blickte – immer noch jaulend und winselnd – der Katze durch das Rückfenster nach. »Vergiss es«, sagte Jay und beschleunigte auf Tempo fünfzig. »Sie ist weg.«

Doch Bruno war nicht gewillt, so schnell aufzugeben, und erst nachdem Jay ein weiteres Mal »Aus!« gesagt hatte, gab er ein letztes Bellen von sich und rollte sich wieder auf dem Sitz zusammen. »Braver Junge«, sagte Jay. Dann entdeckte er plötzlich etwas im Scheinwerferlicht und stieg erneut auf die Bremse. »Mein Gott!«

Die Reifen quietschten, und Bruno wurde beinahe gegen das Armaturenbrett geschleudert. Um Haaresbreite verfehlte der Kühler den schwarz gekleideten Mann, der zur Seite sprang und einen gehetzten Blick auf den Pick-up warf. Sein Priesterkragen leuchtete weiß, seine Brille reflektierte das Gleißen der Scheinwerfer. Das erschöpfte Gesicht des Mannes war angstverzerrt, als fürchtete er um sein Leben. Mit wehender Soutane eilte er davon. »Sind Sie wahnsinnig?«, schrie Jay. Adrenalin schoss durch seine Blutbahn.

Der Priester verschwand in einem an den Campus angrenzenden Park.

»Der ist ja völlig durchgeknallt!«, murmelte Jay aufgebracht, dann zählte er bis zehn, trat aufs Gas und fuhr weiter.

Was zum Teufel war mit dem Kerl los gewesen? Er hatte ausgesehen, als wäre ihm soeben ein Geist erschienen und als wäre er jetzt auf der Flucht.

Jay stieß die Luft aus, aber er war immer noch verkrampft. Seine Nerven lagen blank, und die Finger umklammerten das Lenkrad. Innerhalb von drei Minuten hätte er beinahe eine Katze und einen Menschen überfahren.

Der Priester war ihm bekannt vorgekommen. Ja, es war dunkel, aber trotzdem meinte Jay, ihm schon einmal begegnet zu sein. Hier in Baton Rouge. Aber nicht etwa in der Kirche. Nein ... es musste hier auf dem Campus oder bei einer Veranstaltung des All Saints College gewesen sein.

Noch einmal stieß Jay zitternd die Luft aus, dann schüttelte er den Kopf und hielt seine Augen auf die stille Straße gerichtet. »Dreimal wäre wie verhext«, sagte er und fragte sich, ob er damit das Unheil heraufbeschwor. Es überholten ihn nur wenige Autos, und niemand folgte ihm, als er auf die kurvige Straße zum Bungalow seiner Cousinen abbog.

Er überlegte noch immer, wer der Geistliche gewesen war. Nicht etwa Vater Anthony Mediera, der Priester, der am College eigentlich das Sagen hatte, sondern jemand anderes, dem er auf dem Campus begegnet war. Doch wer? Und wann?

Mathias Glanzer!

Das war's. Es war Vater Mathias gewesen, da war sich Jay jetzt sicher, und ja, er stand mit dem College tatsächlich in Verbindung. *Was war da los?*

Jay stellte den Pick-up vor dem Haus ab, steckte die Schlüssel in die Tasche und nahm Aktenkoffer und Computer mit. Gefolgt von Bruno marschierte er in die Küche, wo er die unverputzten Rigipsplatten und die fehlenden Arbeitsflächen geflissentlich übersah. Während Bruno aus seiner Wasserschüssel schlabberte, nahm sich Jay ein Bier aus dem Kühlschrank und ging durch den kurzen Flur in sein rosafarbenes Arbeitszimmer. Mit tropfender Schnauze trottete Bruno hinter ihm her.

»Ich muss hier wirklich mal die Wände streichen«, sagte Jay zu ihm. Der Hund rollte sich in seinem Korb in jener Ecke des Zimmers zusammen, in der früher Janice' – oder war es Leahs? – Bett unter den Postern und Plattenhüllen von den Lieblingsrockstars der Schwestern gestanden hatte. Jay erinnerte sich an David Bowie, Bruce Springsteen, Rick Springfield und Michael Jackson.

Er setzte sich an seinen provisorischen Schreibtisch, fuhr den Laptop hoch und wartete auf eine Internetverbindung. Dann loggte er sich auf der Website des All Saints College ein und ging die Liste des Lehrpersonals durch, bis er schließlich auf ein Bild von Vater Mathias Glanzer stieß, Leiter des Drama Department, des Fachbereichs für Angewandte Theaterwissenschaften.

Jay nahm einen kräftigen Schluck Bier. Auf dem Foto sah Vater Mathias beinahe verklärt aus, sein Gesichtsausdruck war gütig, freundlich, friedlich. Er trug ein weißes Messgewand mit einem golddurchwirkten Umhang. Seine Hände waren gefaltet, und die blauen Augen hinter der randlosen Brille blickten direkt in die Kamera. Er hatte ein markantes Kinn, eine ausgeprägte Unterlippe und eine schmale Nase. Das Foto vermittelte dem Betrachter den Eindruck, einen unerschütterlichen, frommen Mann des Glaubens vor sich zu haben – ganz anders als das Bild, das Jay kurz zuvor von ihm gewonnen hatte. Da hatte der Priester völlig aufgelöst gewirkt, als hätte er etwas zu verbergen oder als würde er von Furien gehetzt.

Wieso?

Jay schüttelte den Kopf. Es war ein langer Tag gewesen, und er musste schon bei Tagesanbruch aufstehen und nach New Orleans zurückfahren. Er wollte gerade alle Gedanken an den Geistlichen beiseiteschieben, als er auf die E-Mail-Adressen der Teilnehmer von Vater Mathias' Seminar und auf dessen Unterrichtsplan stieß. Wieder entdeckte er Kristi Bentz' Namen und runzelte die Stirn.

Vielleicht hatte Gayle recht gehabt, als sie ihn beschuldigt hatte, nie ganz über seine Highschool-Liebe hinweggekommen zu sein. Damals hatte das für ihn lächerlich geklungen, wie das Gezeter einer eifersüchtigen Frau.

Dennoch ...

Nachdem er Kristi wiedergesehen hatte, musste er feststellen, dass ihr Anblick ihm noch immer unter die Haut ging. Es war nicht so, dass er wieder mit ihr zusammen sein wollte. Auf gar keinen Fall. Aber er konnte auch nicht leugnen, dass sie irgendetwas an sich hatte, das ihn auf dumme Gedanken brachte und längst vergessene Erinnerungen in ihm wachrief.

Er atmete schwer aus.

Das Klügste – das einzig Kluge – war, ihr so weit wie möglich aus dem Weg zu gehen.

War es denn nicht schlimm genug, dass sie meinte, den Tod ihres Vaters vorhersagen zu können? Musste sie sich nun auch noch mit dem unglückseligen Schicksal anderer Leute belasten?

Kristi sperrte die Tür ihres Apartments auf und betrat Tara Atwaters ehemalige Wohnung. Tara Atwater, die nun als vermisst galt. *Hör auf damit. Das Apartment hat nichts mit Taras Verschwinden zu tun. Hättest du es nicht auch genommen, wenn du gewusst hättest, dass sie darin gewohnt hat?*

»Nein, bestimmt nicht«, murmelte sie und konnte eine Gänsehaut nicht unterdrücken. Sie versicherte sich zweimal, dass das Sicherheitsschloss richtig eingeschnappt war, als Houdini, der auf dem Dach gewartet haben musste, durch den offenen Fensterspalt sprang, über die Küchenzeile flitzte und verschwand.

»Meine Stiefmutter bekäme einen Herzinfarkt, wenn sie dich auf den Schränken sehen würde«, sagte Kristi. Die Katze linste aus ihrem Versteck. Houdini ließ sie immer noch nicht an sich heran, aber er schien mit ihr kommunizieren zu wollen.

Sie füllte die Katzenschüssel und machte für sich selbst in der Mikrowelle Popcorn. Die nächsten anderthalb Stunden verbrachte sie damit, ihren Schreibtisch aufzuräumen, nicht nur für ihr Studium, sondern auch, um ihre Notizen zu dem geplanten Buch zu ordnen, das Buch über die verschwundenen Mädchen.

Kristi blickte sich in dem kleinen Apartment um. Hatte Tara wie sie auf der Bettcouch geschlafen? Hatte sie bemerkt, dass der kleine Kleiderschrank nach Mottenkugeln roch? Hatte sie sich über den geringen Wasserdruck beschwert? Hatte sie sich auch Popcorn gemacht, dieselbe Mikrowelle benutzt, denselben unheimlichen Eindruck gehabt, dass jemand sie beobachtete?

Kristi schloss ihren Laptop an den Drucker an, loggte sich ins Internet ein und begann, jeden Artikel runterzuladen und auszudrucken, den sie über die vermissten jungen Frauen finden konnte. Sie ging auf deren MySpace-Seiten und suchte nach jedem noch so kleinen Hinweis, dass sie einer Sekte angehörten oder sich für Vampire interessierten. Sollte sie auf irgendwelche Verbindungen stoßen, was ihre Vorlieben oder Abneigungen betraf, würde sie dem nachgehen. Doch heute Abend wollte sie zunächst nur Informationen sammeln.

Das Popcorn blieb fast unberührt, während sie nach Seiten mit Sekten und Vampiren suchte, die auf das All Saints College verwiesen. Sie stellte fest, dass eine überraschende Anzahl von Gruppen und Gruppierungen mit den Themen Vampire / Werwölfe / Übersinnliches befasst war. Manche der Websites und Chatrooms dienten offensichtlich nur Besuchern mit einem vorübergehenden Interesse, aber es gab auch andere Seiten, bei denen man den Eindruck gewann, die Urheber dieser Sites wären tatsächlich davon überzeugt, dass Dämonen mitten unter den Lebenden wandelten.

»Unheimlich«, sagte Kristi zu dem Kater, der gerade zu seiner Futterschüssel schlich. Er huschte hastig davon, als er ihre Stimme hörte. »Definitiv unheimlich.« Lucretia wusste bestimmt mehr, als sie zugab. »Ich denke, wir sollten lieber unsere Vorräte an Knoblauch, Kreuzen und Silberkugeln aufstocken«, sagte sie. »Obwohl ... warte mal ... waren die Kugeln gegen Werwölfe?« Houdini legte die Stirn in Falten, sein Schwanz zuckte. Dann rannte er quer durchs Zimmer, sprang auf den KüchenTresen und aus dem Fenster. »Hab ich was Falsches gesagt?«, murmelte Kristi, ging ebenfalls zum KüchenTresen hinüber und streckte sich.

Sie blickte durch das Fenster hinaus in die Nacht, über die Mauer, die das Campusgelände mit den dazugehörigen Gebäuden umschloss. Ein paar Sterne waren trotz der dahinjagenden Wolken und der Lichter der Stadt zu erkennen. Wieder hatte sie das verstörende Gefühl, von unsichtbaren Augen verfolgt zu werden. Sie schloss das Fenster bis auf den Spalt, durch den die Katze hindurchschlüpfen sollte.

Dann kehrte sie an den Computer zurück.

Es war Zeit.

Zeit, die Leichen zu beseitigen.

Vlad blickte auf seine Uhr. Es war ein Uhr früh. Perfekt. Er hatte zwei Stunden lang Kristi Bentz beobachtet und sich gewünscht, sie wäre die Nächste. Er hatte ihre Brüste erkennen können, als sie ihr Sweatshirt auszog und ihren BH aufhakte. Der Spiegel über dem Kamin war so angebracht, dass er einen Blick auf die Duschkabine und das Waschbecken werfen konnte, wenn die Badezimmertür offen stand. Sogar ein Stück der Toilette war zu sehen. Er hatte Tara von demselben Versteck aus beobachtet – wie sie viel Zeit damit verbrachte, sorgfältig ihr Make-up aufzutragen, wie sie den Kopf zurücklegte, um ihre Ohrringe einzustecken, wie sie mit BH-Verschlüssen kämpfte. Er hatte den Atem angehalten, wenn sie die Arme hob und ihm ihre Brüste präsentierte, diese großartigen Kugeln, und ihre Blutampulle, die an einer Kette um ihren Hals hing, geborgen in der Spalte zwischen ihren Brüsten. Wo zum Teufel hatte sie sie versteckt?

Du wirst sie niemals finden, hatte sie gezischt, während er sie pfählte. Ihr schrilles Gelächter schoss ihm durch den Kopf, und er ballte die Fäuste so fest, dass sich die Haut über den Knöcheln spannte.

»Ich werde sie finden«, murmelte er. Ihm wurde klar, dass er seine Worte ins Leere richtete, dass er mit einem Geist, einem Produkt seiner Einbildung sprach.

Genau wie seine Mutter.

Er presste die Kiefer aufeinander und kehrte in die Realität zurück. Er konnte hier nicht endlos stehen und an Tara denken, und er hatte auch keine Zeit, sich auszumalen, wie es wäre, Kristi beim Duschen und Abtrocknen zu beobachten, ihr nasses Haar zu sehen, das sich an ihre weiße Haut schmiegte. Mit zusammengebissenen Zähnen kämpfte er die Begierde nieder. Er wusste, dass seine fleischliche Lust nur einen Teil seines Lebens ausmachte und dass die Mädchen, die er aus Liebe opferte, nur Mittel zum Zweck waren.

Ohne eine Sekunde zu verschwenden, eilte er die Treppen hinunter und schlüpfte aus der Hintertür. Auf leisen Sohlen schlich er durch Straßen und Gassen. Er achtete darauf, immer einen anderen Weg zu wählen, um nicht Gefahr zu laufen, zweimal an derselben Stelle gesehen zu werden.

Geräuschlos schloss er die Tür zu seinem privaten Refugium auf und trat ein. Er war unruhig. Er wusste, dass ihn das kalte Wasser des Swimmingpools beruhigen würde, aber dafür war keine Zeit. Zu lange hatte er am Fenster gestanden und Kristi Bentz beobachtet, um herauszufinden, was sie dort an ihrem Schreibtisch trieb. Sie hatte Stunden im Internet verbracht, und er bezweifelte, dass ihre Recherchen etwas mit ihrem Studium zu tun hatten.

Er brauchte ein paar Minuten, um dunkle Schminke auf sein Gesicht aufzutragen. Dann setzte er eine hellbraune Perücke auf und zog sich – nur für alle Fälle – einen Nylonstrumpf über. Schwarze Kleidung trug er bereits. Seine Schuhe hatten Plateausohlen, so dass er größer wirkte, als er war. Niemand würde ihn erkennen, und er war vorsichtig gewesen im Umgang mit Frauen. Es gab also keinerlei Möglichkeit, ihn mit einer bestimmten in Verbindung zu bringen.

Er ging schnell an dem glitzernden Swimmingpool vorbei und in den Raum unter der alten Hotelküche. Er sperrte eine schwere Tür auf und drückte vorsichtig dagegen. Eine eisige Umarmung umfing ihn, der frostige Hauch des Winters. Er drückte auf einen Lichtschalter. Die einzelne Glühbirne tauchte das Innere des Gefrierraums in ein grelles Licht, das sich in den Eiskristallen an den Wänden spiegelte und die toten Augen der vier Frauen, die dort an Fleischer-Haken hingen, so zum Funkeln brachte, dass es beinahe aussah, als seien sie wieder zum Leben erwacht. Doch ihre Haut war steif vor Frost und bei drei von ihnen weiß wie Schnee. Ihre Gesichter waren in einem Ausdruck unendlichen Grauens erstarrt.

Er hasste den Gedanken daran, sie aufgeben zu müssen.

Er hatte sie so gern nach einer ausgedehnten Runde durch den Pool besucht.

Er war zwischen ihren starren Körpern hindurchspaziert und hatte die eisige Luft auf seinem nackten Fleisch gespürt. Er hatte sich an ihnen gerieben. Das Blut in seinen Adern kochte, die arktische Kälte auf seiner Haut und die harten, eisglatten Muskeln der Frauen trieben ihn in einen erotischen Rausch – und diese vier hier waren erst der Anfang, auf den noch viele folgen sollten.

Er leckte sich die gesprungenen Lippen, dann beugte er sich vor und fuhr mit der Zunge über Dionnes Brust, dunkler als die der anderen, die Brustspitzen steif im ewigen Tod.

»Ich werde dich vermissen«, stieß er hervor, bevor er daran saugte und seine steinharte Erektion an ihren herabbaumelnden Beinen rieb. Mit einer Hand umschloss er ihre Pobacken und erinnerte sich an den Genuss, den er empfunden hatte, als er in sie eingedrungen war …

»Im nächsten Leben, meine Süße«, gelobte er und wandte sich Rylee zu … reizende, reizbare Rylee. Er hatte nicht genug Zeit mit ihr verbracht. Ihr makelloser eisiger Körper verlangte nach ihm, und er überlegte, sie noch aufzubewahren, sich mit ihrem blutlosen Körper zu vergnügen, aber er wusste, dass es das Beste war, sie ebenfalls zu beseitigen.

Er küsste ihre gefrorenen, verzerrten Lippen und blickte ihr in die aufgerissenen Augen. Er lächelte, als er ihren Hals betrachtete, so perfekt in seinem Schwung, dazu die eisigen Haarsträhnen, die zur Seite fielen, um zwei kreisrunde Löcher freizugeben. Er rief sich den Geschmack ihres Blutes ins Gedächtnis. Salzig. Warm. Befriedigend.

Ja, es wäre schwer, sich von ihr zu trennen.

Aber es würde andere geben … viele andere.

Als er sich ihre Gesichter vorstellte, lächelte er in der Dunkelheit.

Kristi konnte nicht einschlafen. Die Uhr auf dem Nachttischchen zeigte fast eins, und die Ereignisse der vergangenen Tage wirbelten ihr durch den Kopf. Immer wieder traten ihr Bilder von den verschwundenen jungen Frauen vor Augen, und sie erinnerte sich an die Telefonate, die sie zwischen Seminaren und Arbeit geführt hatte.

»Ich habe immer gewusst, dass es mit ihr kein gutes Ende nehmen würde … schlechtes Blut, genau wie ihr Vater.« Es waren hauptsächlich die Worte von Taras Mutter, die Kristi den Schlaf raubten. »Er ist im Gefängnis. Bewaffneter Raubüberfall, obwohl Sie das im Grunde nichts angeht. Was ich vermute? Dass sie mit irgendeinem Kerl abgehauen ist und dass ich am Ende das Studentendarlehen zurückzahlen muss. Warten wir's ab. Ich muss noch für zwei andere Kinder aufkommen …«

Moniques Mutter hatte sich auch nicht besser angehört. Sie schien ziemlich sauer darüber zu sein, dass ihre Tochter ein Studium aufgenommen und sie mit ihrem alzheimerkranken Mann alleingelassen hatte. »Sie ist damit nicht klargekommen«, hatte sie am anderen Ende der Leitung irgendwo in South Dakota geschnaubt. »So wie sie mit gar nichts klargekommen ist. Dieses Mädchen!«

Dionnes Bruder war der Ansicht, sie sei eine »billige Nutte«, und über den Verbleib ihres letzten Freundes, Tyshawn Jones, war scheinbar immer noch nichts bekannt. Dionnes Kollegen beim Pizza Parlor hatten steif und fest behauptet, sie nie näher kennengelernt zu haben, da sie lieber für sich blieb.

Mit Rylees Mutter zu reden, war ein Albtraum gewesen. Sie hatte schlussgefolgert, ihre Tochter habe sich »in Schwierigkeiten gebracht« – als sei eine Schwangerschaft das Schlimmste, was einem passieren konnte.

Kristi warf die Decke zur Seite und schreckte Houdini auf, der sich in die Nähe der Bettcouch gewagt hatte. »Entschuldige«, sagte sie, als der Kater in sein Versteck flüchtete. Barfuß tappte sie zur Küchenzeile, drehte den Wasserhahn auf und hielt sich das Haar aus dem Gesicht, während sie einen großen Schluck Leitungswasser nahm.

Wie oft hatte Tara das gemacht?

Kristi stellte das Wasser ab und wischte sich mit ihrem XXL-Shirt, das sie zum Schlafen trug, über die Lippen. Sie lehnte sich mit der Hüfte gegen den Tresen und starrte in den Raum, den sie und Tara Atwaters Geist bewohnten. Der Schreibtischstuhl war schon da gewesen. Tara musste darauf gesessen haben, als sie für die gleichen Seminare lernte, die Kristi jetzt besuchte.

Sie hörte das Ticken des Sekundenzeigers, das Summen

des Kühlschranks und ihren eigenen Herzschlag. Es war beinahe so, als würde sie Taras Leben übernehmen, in ihre Fußstapfen treten, zu dem Mädchen werden, das eines Tages den Unterricht verlassen hatte und nie wieder gesehen worden war.

Das ergab keinen Sinn.

Tara besaß kein Auto, aber sie hatte eine Kreditkarte, einen Computer mit Internetanschluss, eine MySpace-Seite und ein Handy. Nichts davon war seit ihrem Verschwinden benutzt worden. Die letzte Person, die Tara gesehen hatte, war die Leiterin des English Department, Dr. Natalie »Kein Kommentar« Croft. Bis jetzt war Kristi noch nicht zu ihr vorgedrungen.

Kristis Gedanken sprangen zu Rylee. Die letzte Person, der sie begegnet war, war Lucretia Stevens, eine Sache, die zu erwähnen Kristis ehemalige Zimmergenossin vergessen hatte. »Kurios und immer kurioser«, sagte sie zu Houdini, der auf die gegenüberliegende Seite des Zimmers geschlichen war und Kristi mit phosphoreszierenden Augen anblickte. Kristi schloss die Augen, ließ den Kopf kreisen und atmete fünfmal tief ein und aus. Weil sie wusste, dass sie weit davon entfernt war einzuschlafen, zog sie ihren Schreibtischstuhl hervor, setzte sich, stellte den Computer an und loggte sich erneut ins Internet ein. Sie besuchte mehrere Vampirseiten, und ein paar von den Kids chatteten anonym mit ihr.

Vielleicht hatte sie heute Nacht das Glück, sich elektronisch mit Leuten zu unterhalten, die Namen wie »iluvblud«, »fangs077« oder »vampgirl« hatten. Kristi hatte bislang nicht viel über eine Sekte oder Ähnliches in Erfahrung bringen können, genau wie keiner der Blutliebenden, Reißzähne oder Vampirmädels hier im Netz zugab, etwas über die vermissten Studentinnen zu wissen. Entweder hielten sie es geheim, oder sie konnten mit deren richtigen Namen nichts anfangen, weil sie nur ihre Screennames kannten. Oder sie hatten wirklich keinen blassen Schimmer. Kristi tippte auf das Letzte, aber sie chattete noch eine Weile weiter, während sie die MySpace-Seiten von Dionne, Monique, Tara und Rylee durchging und versuchte, irgendeinen Hinweis zu finden, den sie zuvor übersehen hatte.

Sicher würde sie auf irgendetwas stoßen.

Menschen verschwanden nicht einfach von der Bildfläche. Auch nicht, wenn sie an Vampire glaubten ...

Oder?

Der Mississippi zog dunkel und träge stadtauswärts an ihm vorbei. Lousianamoos hing gespenstisch von den Zweigen der Lebenseichen herab, die man entlang dem Flussufer gepflanzt hatte.

Vlad atmete tief ein und roch die feuchte Erde, vermischt mit dem penetranten Geruch des langsam dahinfließenden Wassers.

Er befand sich allein an diesem abgeschiedenen Uferfleck, dennoch empfand er ihn als zu ungeschützt. Wenn die Leichen an die Oberfläche trieben und entdeckt wurden, konnte es gefährlich werden, und er hatte doch noch so viel Arbeit zu erledigen.

Für sie.

Immer für sie.

Er schloss die Augen und dachte an sie.

So vollkommen.

So schön.

Eine Frau, die weit mehr als alle anderen Frauen sein Blut zum Kochen brachte. Er konnte es kaum erwarten, sie wiederzusehen ... sie aus der Distanz zu beobachten, zu spüren, wie er hart wurde bei dem Gedanken an ihren warmen Körper, an ihr warmes Blut ... immer das Blut.

Voller Vorfreude fuhr er sich mit der Zunge über die Zähne. Eine Woge der Erregung raste durch seinen Körper, Verlangen peinigte seine Seele.

Er verwarf den Gedanken, die Leichen hier zu entsorgen, verließ eilig den Uferdamm und ging durch das hohe Gras in Richtung der Bäume, wo er seinen Van geparkt hatte. Am Wagen angekommen, kletterte er hinters Lenkrad, wendete und jagte dann die unbefestigte Fahrspur entlang auf eine Nebenstraße, die das Sumpfgebiet durchschnitt.

Hier draußen wurde die Stille nur von dem Zirpen der Grillen und dem Quaken der Kröten durchbrochen. Ab und zu glitt kaum hörbar ein Alligator ins Wasser.

Er parkte an der baufälligen Hütte, ging um den Wagen herum zum Kofferraum und zog Anglerstiefel an. Dann setzte er sich einen Schutzhelm mit Leuchte auf und machte das Licht an. Rasch streifte er im hellen Strahl der Lampe ein Paar Handschuhe über und zog die Leichen, die langsam auftauen begannen, eine nach der anderen aus dem Van. In Abdeckplanen gehüllt und mit Steinen beschwert, hatten sie ein ganz schönes Gewicht. Er schulterte sie einzeln wie ein Feuerwehrmann und schleppte sie über den Wildpfad zum Wasser. Am Ufer wickelte er die Erste aus und starrte eine Sekunde lang auf ihr Gesicht und auf ihren nackten, eisigen

Körper hinunter. Dionne schaute ihn aus leeren Augen an. Ihre dunkle Haut hatte einen Blaustich angenommen, die Eiskristalle in ihren Haaren begannen zu schmelzen.

Er hatte nicht vorgehabt, sie alle zusammen zu entsorgen, weil das die Sache zu einfach machte, falls jemand auf die Leichen stoßen sollte. Doch ihm fehlte Zeit. Er hatte zu lange gewartet, diesen Teil seiner Mission zu lange hinausgeschoben. Er hätte sie am liebsten für immer in seiner Nähe behalten, aber das war natürlich nicht möglich. »Ewige Ruhe«, sagte er, als er Dionnes geschmeidigen Körper ins Wasser gleiten ließ. Als sie unter der Wasseroberfläche verschwunden war, kehrte er zum Van zurück. Die Steine an ihrem Körper würden dafür sorgen, dass sie bis auf den Grund sank.

Als Nächstes nahm er sich die Plane mit Tara vor. Die Dritte. Er hatte sie von seinem Versteck aus dabei beobachtet, wie sie nackt durch ihr Apartment gegangen war, dieselbe kleine Dachgeschosswohnung, die Kristi Bentz jetzt bewohnte. *Wie passend*, dachte er, als er Taras gefrorene Leiche zu einer Stelle etwas weiter flussabwärts zerrte. Er öffnete die Plane und betrachtete die junge Frau. Ihre Haut war blass, obwohl noch Bräunungsstreifen vom Sommer zu erkennen waren. Ihre großen Brüste mit den unglaublichen Brustwarzen waren aufgerichtet, flehten danach, dass er sie küsste, ein letztes Mal leckte, doch er widerstand der Versuchung. Dann schob er auch sie in den Fluss und überließ sie den Kreaturen des Wassers.

Noch zweimal kehrte er zum Van zurück, zunächst um Monique zu holen – groß und stattlich im Leben, eine Sportlerin. Schwer und starr jetzt, unnachgiebig. Mit seinen behandschuhten Fingern entfernte er die Plane und stellte fest, dass ihre Muskeln selbst im Tod klar hervortraten. Ihr langes rotes Haar, genauso rot wie die gefrorenen Löckchen zwischen ihren unglaublich langen Beinen, fiel steif über ihre Schultern. Bei ihrem Anblick spürte er einen Knoten im Bauch. Dann rollte er den toten Körper ins Wasser.

Schließlich trug er das letzte, kleinere Bündel zum Ufer, löste die Verschnürung und ließ die Plane auseinanderfallen. Er musterte Rylee, die Cheerleader-Schönheit mit den blicklosen blauen Augen, lange und eindringlich. Selbst im gnadenlosen Licht der Helmleuchte sah sie noch gut aus. Sie hatte perfekte Kurven, ihre schmale Taille Harmonierte hervorragend mit ihren runden Brüsten mit den blassrosa Spitzen. An einem Schenkel befand sich innen ein Schmetterlingstattoo, und er erinnerte sich daran, wie er mit der Zunge über den eisigen Körperschmuck gefahren war.

Ja, er würde sie vermissen. Er ärgerte sich, dass er nicht mehr Zeit gehabt hatte, sie zu betrachten, zu berühren, ihre glatte, gefrorene Haut an seiner zu spüren.

Es wird andere geben ... Gib sie auf und mach Platz für die Nächste.

Sein Herzschlag beschleunigte sich. Er musste noch eine Woche warten und dann ... oh, dann ...

Mit neuer Energie schob er Rylees Leiche in das dunkle Wasser. Der Strahl seiner Leuchte durchschnitt die schwarze Tiefe, und er beobachtete, wie sie ihn durch die wogenden Fluten anstarrte, bis sich das Wasser über ihren blassen Zügen schloss.

Ihr Blut war rein gewesen.

Vollkommen.

Langsam entschwand sie seinem Blick.

10.

Ariel kniete in der Kirche.

Ihre Knie schmerzten, und ihre Schultern waren angespannt, als sie den Kopf beugte, um Rat und Unterstützung zu erbitten. Wieder einmal. Wie sie es in dieser Woche allmorgendlich getan hatte.

Ariel hatte immer einen starken Glauben besessen und gehofft, er würde ihr in schweren Zeiten Halt geben: beim Tod ihres älteren Bruders, bei der Scheidung ihrer Eltern. Sie hatte gehofft, er würde ihr helfen, mit ihrem neuen Stiefvater zurechtzukommen und mit der nicht enden wollenden Reihe von Ex-Freunden – Jungen, denen sie, seit sie vierzehn war, ihr Herz und noch viel mehr geschenkt hatte, bevor sie alle sie verließen.

Keiner war bei ihr geblieben.

Nicht einmal ihre Mutter. Nach ihrer Scheidung hatte sie viel Gewicht verloren und begonnen, sich die Haare zu färben und sich mit Männern zu treffen, die genau wie sie versuchten, jünger und hipper zu erscheinen, als sie es in Wirklichkeit waren.

Schließlich hatte Claudia O'Toole wieder geheiratet. Tom Browning, ein Fernfahrer, war ein netter Mann, aber er hatte Ariels Traum, dass ihre Eltern wieder zusammenkommen könnten, zerstört.

Also hatte sich Ariel von ihrer Familie ab- und stattdessen dem Glauben zugewandt ... bis zum College.

»Gott, vergib mir.«

Kniend blickte sie zu dem lebensgroßen Kruzifix auf, das zwischen zwei hohen Buntglasfenstern hing. Die Jesusfigur mit ihrer Dornenkrone und dem Blut an Kopf, Händen und Seite blickte, die Arme weit ausgestreckt, voller Güte auf sie herab.

Ich bin das Licht …

Sie konnte die Worte hören, die ER zu all jenen sprach, die an IHN glaubten.

»Lieber Herr Jesus.« Ariel blinzelte gegen die Tränen an. Warum fühlte sie sich immer so allein, wenn Christus doch so nahe war und für sie sorgte? Warum fühlte sie sich so verlassen?

»Herr, sei mit mir«, hob sie an. »Bitte, Vater.«

Noch nie zuvor war sie so verwirrt gewesen, was ihren Glauben betraf. Nie zuvor hatte sie die Dogmen der Kirche in Frage gestellt, nie zuvor war sie derart in Versuchung geraten …

Sie schlug rasch das Kreuzzeichen, wie sie es Tausende Male zuvor getan hatte.

Noch nie zuvor war sie von zu Hause weg gewesen … zumindest nicht für längere Zeit. Sicher, eine Zeitlang hatte sie jedes Wochenende ihren Vater besucht, aber dann waren diese Besuche seltener geworden. Und ja, einmal war sie mit Cal Sievers durchgebrannt, als sie festgestellt hatte, dass sie schwanger war … Auch wenn das kostbare kleine Geschöpf nicht überlebt hatte. Ariel hatte im dritten Monat eine Fehlgeburt erlitten.

Sie biss sich auf die Unterlippe und spürte, wie ihre Schultern bebten. Sie hatte das Baby gewollt, das winzige Bündel Leben, das sie lieben würde. Aber sogar das Kind, das sie für ein Mädchen gehalten und Brandy genannt hatte, verließ sie.

Ihre Knie schmerzten. Sie schluckte schwer, schmeckte das Salz ihrer Tränen und dachte über die Gruppe nach, der sie beigetreten war und deren Mitglieder sie mit offenen Armen empfangen hatten.

Niemand hatte Fragen gestellt.

Niemand hatte ein Urteil gefällt.

Und der Leiter ... Sie starrte auf das Kruzifix, fühlte, dass Christus bis in ihre Seele und auf die Schatten darauf blicken konnte.

Sie liebte Gott, ja, das tat sie.

Aber sie brauchte Freunde. Eine Familie, hier auf der Erde.

Ihre eigenen Eltern interessierten sich nicht für sie.

Die Mädchen in den Schwesternschaften waren nichts als ein Haufen oberflächlicher, zügelloser Zicken.

Ihre neuen Freundinnen dagegen ...

Sie schlug das Kreuzzeichen und erhob sich. Dann drehte sie sich um und entdeckte Vater Tony, der von der Galerie aus auf sie herunterblickte. Sein weißer Priesterkragen bildete einen starken Kontrast zu dem schwarzen Hemd und der schwarzen Hose. Er war ein großer, gutaussehender Mann. Zu gut aussehend für einen Geistlichen.

Ariel blickte zur Seite, schniefte und tupfte sich verlegen die Tränen aus den Augen. Doch als sie seine Schritte auf den Stufen hörte, wusste sie, dass sie sich nicht durch die geschnitzte Holztür der Kirche würde davonstehlen können, ohne mit ihm geredet zu haben, möglicherweise sogar im Beichtstuhl.

Sie schickte ein weiteres Stoßgebet gen Himmel und eilte durch die Bankreihen. Sie war schon in der Nähe der Eingangstür, als er auf der Treppe um die Ecke bog und die letzten Stufen in den Kirchenvorraum herunterkam. Die Kerzen flackerten, als er daran vorbeiging.

»Ariel«, flüsterte er mit italienischem Akzent. Sein dunkles Haar glänzte im Lichtschein, der Ausdruck auf seinen ebenmäßigen Gesichtszügen war ernst und besorgt. »Sie sind aufgewühlt«, sagte er sanft. Wissend. Behutsam berührte er mit seinen warmen Fingern ihre Hand.

»J-ja, Vater.« Sie nickte, unfähig, ihre Tränen zurückzuhalten. Sie strömten über ihre Wangen.

»Das sind viele. Sie sind nicht allein. Sie müssen dem Vater vertrauen.« Seine dunklen Augenbrauen zogen sich zusammen, und seine Augen, von einem blassen, ätherischen Blau, suchten ihren Blick. Sie bemerkte die Anspannung in seinen Mundwinkeln und stellte fest, dass seine Nase offensichtlich einmal gebrochen gewesen war. »Sprechen Sie mit mir, mein Kind«, schlug er mit leiser, beinahe verführerischer Stimme vor.

Ariel schluckte. Konnte sie es wagen, ihm zu vertrauen? Ihre geheimen Gedanken waren so persönlich, dass kein Sterblicher sie würde verstehen können. Dennoch war sie versucht, sie preiszugeben. Sie begegnete Vater Tonys Blick, der gewiss bis in ihr Innerstes vordrang, und fragte sich, wie viel sie von ihrer Seele entblößen und wie weit sie mit ihrer Lüge gehen konnte.

Kristi nahm ihren letzten Schluck Kaffee und stellte die Tasse ins Spülbecken. Dann vergewisserte sie sich, dass das

Fenster für Houdini einen Spaltbreit offen stand. Sonnenlicht fiel in ihr Apartment – zum ersten Mal, seit sie eingezogen war, gab es einen wolkenlosen Tag. Der klare Himmel ließ auch ihr Gemüt aufklaren, eine willkommene Veränderung, nachdem sie sich in die Welt von Sekten und Vampiren versenkt und nach vermissten Mädchen gesucht hatte. Stundenlang hatte sie recherchiert, Listen erstellt und im Internet nach neuen Artikeln und persönlichen Seiten gefahndet. Nachdem sie einen Einblick in deren gestörtes Familienleben gewonnen hatte, begann sie, die verschwundenen Studentinnen zu verstehen.

Kümmerte ihr Verschwinden irgendwen?

Kristi hatte sich an den Studentenvertreter gewandt und ein frostiges »Geht uns nichts an« geerntet, das ihr zeigte, dass das College vor allem eine schlechte Presse fürchtete.

Frustriert, überlastet und nach nur wenigen Stunden Schlaf in den vergangenen Nächten fand Kristi kaum Zeit zum Luftholen. Sie arbeitete mittlerweile aushilfsweise im Studentensekretariat, um so Zugang zu den Akten der vermissten jungen Frauen zu erhalten sowie ihre Adressen und die ihrer Familien herauszufinden und weitere Hintergrundinformationen – wie zum Beispiel über mögliche Jobs – zu sammeln. Sie selbst arbeitete zusätzlich nach wie vor in dem Diner, besuchte jede Menge Seminare und kämpfte mit den Bergen von Hausaufgaben.

Und die ganze Zeit über hatte sie die vermissten Mädchen im Kopf.

Während des Unterrichts, wenn sie den Campus überquerte oder bei der Arbeit. Sie war in das soziale Umfeld der Studentinnen vorgedrungen, hatte sich mit ihren Freunden getroffen, wenngleich es nur sehr wenige gab, und alle waren äußerst verschwiegen gewesen. Keines der Mädchen, die sie zu befragen versucht hatte, hatte angeblich etwas von einer speziellen Gruppe gehört, der Dionne, Monique, Tara oder Rylee angehört haben könnten, aber Kristi ließ das Gefühl nicht los, dass sie etwas vor ihr verbargen.

Etwas, das sie verdammt noch mal herausfinden würde, selbst wenn sie jemanden vom Lehrpersonal um Hilfe bitten musste. Sie hatte diese Idee zunächst verworfen, aber sie wurde es langsam müde, gegen Mauern anzurennen.

Heute, bei Sonnenlicht, hob sich ihre Stimmung. Der seit über einer Woche verhangene Himmel war ihr aufs Gemüt geschlagen, und die nebeligen, undurchdringlichen Nächte hatten in ihr den Wunsch geweckt, sich vor dem Kamin zusammenzurollen und die Sicherheitsschlösser zweifach und dreifach zu kontrollieren.

Sie hatte nie ernsthaft unter irgendwelchen Angstattacken gelitten, nicht nach dem Tod ihrer Mutter und noch nicht einmal nach den Übergriffen auf ihr Leben. Doch jetzt, mitten im Winter, in Tara Atwaters ehemaligem Apartment hatte sich alles verändert. Manchmal fühlte sie sich genauso paranoid wie ihr Vater, der Cop, dessen Atem sie nach wie vor in ihrem Nacken spürte, obwohl er New Orleans nicht verlassen hatte.

Aber heute nicht. Nicht wenn die Januarsonne die Wolken vertrieb.

Kristi schnappte sich ihren Rucksack mit dem Laptop und ging in Richtung Tür.

Es der Dienstag ihrer zweiten Studienwoche, und sie steckte bereits in mehreren Zwickmühlen. Zum einen war da die Sache mit Jay und ihren widerstreitenden Gefühlen für ihn. Während der zweiten Unterrichtsstunde hatte er sich absolut professionell verhalten. Sein Blick war dem ihren nicht eine Sekunde länger begegnet als dem der anderen Studenten, während er die Sicherstellung von Tatort und Beweismaterial am Beispiel des Serienkillers Vater John erläuterte.

Kühl und distanziert hatte Jay die verschiedenen Beweisstücke analysiert. Während der Pause und nach dem Seminar war er von interessierten Studenten umringt gewesen und schien nicht zu bemerken, dass sie ging.

Na und? Umso besser. Sie sollte die Sache nicht unnötig aufbauschen. *Er ist dein Professor. Basta.*

Trotzdem wurmte sie die Tatsache, dass er sie so gut wie ignoriert hatte, mehr, als sie sich eingestehen wollte. Außerdem war ihr klar, dass sie Kontakt mit Jay aufnehmen, mit ihm reden musste. Ihn anheuern, ihr zu helfen.

»Das kann ja heiter werden«, sagte sie zu sich selbst.

Die andere Zwickmühle, in der sie steckte, war etwas problematischer. Kristi schnappte sich im Hinausgehen eine Jacke und warf sie über. In den vergangenen zehn Tagen hatte sie hin und wieder flüchtig Ariel O'Toole zu Gesicht bekommen, Lucretias Freundin. Einmal in der Buchhandlung, ein anderes Mal beim Studentenwerk, ein drittes Mal in der Nähe vom Wagner House. Jedes Mal, wenn Kristi die junge Frau sah, hatte sie blass und ausgemergelt gewirkt, mit einer Haut in der Farbe von kalter Asche.

War sie krank?

Hatte sie einen Unfall gehabt?

Oder bildete sich Kristi das alles nur ein?

Niemand anderes schien etwas zu bemerken. Fand das alles nur in ihrem Kopf statt, so wie sie wieder und wieder gesehen hatte, dass die Züge ihres Vaters verblassten? Sollte sie an Ariel herantreten? Mit ihr reden? Lucretia darauf ansprechen?

Bei dem Gedanken daran zog sie die Stirn kraus. Wenn sie irgendjemandem von ihrer neu entdeckten Fähigkeit erzählte, den Tod eines Menschen vorherzusehen, würde man sie für verrückt halten. Hatte sie irgendeinen Beweis für ihre »Gabe«?

Nun ja ... Eine Frau, die im Bus vor ihren Augen grau geworden war, war eine Woche später gestorben. Doch sie war, wie Kristi der Todesanzeige entnommen hatte, vierundneunzig gewesen.

Kristi hatte versucht, ihre Befürchtungen abzuschütteln, aber sie fand einfach keine Zeit, sich zu entspannen. Heute stand Kreatives Schreiben bei Dr. Preston auf dem Stundenplan, ein weiterer attraktiver Dozent. Er sah aus wie ein kalifornischer Surfer, mit zerzaustem blondem Haar und einem festen, gut gebauten Körper, den er in seiner engen Jeans und dem abgetragenen T-Shirt ungeniert zur Schau stellte. Er hatte die Angewohnheit, während des Unterrichts im Seminarraum auf und ab zu wandern, die Studenten zu beobachten und dabei unablässig ein Stück Kreide in die Luft zu werfen und wieder aufzufangen. Er blieb niemals stehen, unterbrach weder den Unterricht, noch ließ er jemals das Stück Kreide fallen, mit dem er ab und zu irgendeine Eingebung an die Tafel kritzelte. Ezma hielt ihn für ungehobelt, aber er war definitiv ein Augenschmaus.

Wenn Dr. Preston für Sonne und Surfen stand, stand

Professor Deana Senegal für das Gegenteil davon. Da Althea Monroe eine Auszeit genommen hatte, war Professor Senegal Kristis einzige weibliche Lehrkraft. Senegal, die Journalismus unterrichtete, war eine Frau um die Vierzig, die in stakkatohaften Sätzen sprach und eine moderne rechteckige Brille trug. Deana Senegal sah gut aus, war elegant und hatte bei Zeitungen in Atlanta und Chicago gearbeitet, bevor sie vor drei Jahren ihren Master-Abschluss gemacht und eine Stelle hier am All Saints College angenommen hatte. Nach der Geburt ihrer nun achtzehn Monate alten Zwillinge hatte sie sich für längere Zeit freistellen lassen, aber jetzt war sie wieder da. Senegal hatte dünne, tiefrot geschminkte Lippen, eine Porzellanhaut und grüne Augen und wirkte äußerst professionell. Während des Unterrichts lächelte sie nur selten.

Kristi ging die Treppe hinunter und dachte an die anderen Bewohner des Apartmentgebäudes, denen sie bereits begegnet war. Neben Mai im ersten Stock wohnte ein verheiratetes Paar, die Wohnung im Erdgeschoss neben Hiram hatte ein alleinstehender Mann gemietet, vielleicht ebenfalls Student, wenngleich einer mit einem merkwürdigen Stundenplan: Sie war ihm bislang nur spätabends über den Weg gelaufen. Er war groß und trug für gewöhnlich einen dunklen Mantel. Doch Kristi hatte bisher keinen Blick auf sein Gesicht werfen können.

Als sie ein Buch aus dem Auto holen wollte, das sie dort vergessen hatte, erblickte sie Mrs Calloways PT Cruiser, der gerade auf den Parkplatz rollte. Das weiße Cabriolet war unverwechselbar und nicht eben das, was Kristi bei einer älteren Dame erwartete.

Kristi war gerade an der Fahrertür, als Irene ausstieg und finster auf ein Fleckchen mit verkümmertem Unkraut starrte, das durch die rissige Asphaltdecke wucherte. »Verfluchtes Zeug«, murmelte sie. Dann entdeckte sie Kristi. »Oh, hallo! Ich habe gehört, Sie haben sich selbst um die Schlösser gekümmert.« Sie schüttelte den Kopf und griff nach einem breitkrempigen Hut im Wageninnern, der ihr Outfit vervollständigte – bestehend aus einer braunen Cordhose, einem rosafarbenen Flanellhemd und einer beigefarbenen Strickjacke mit bis zu den Ellbogen hochgeschobenen Ärmeln. »Ich sagte doch, Hiram würde sich darum kümmern.«

»Ich konnte ihn nicht rechtzeitig erreichen.«

Irene stülpte sich den Hut auf die graumelierten Haare. »Nun dann, ich brauche die Schlüssel zu Ihrem Apartment, und wenn Sie glauben, Sie könnten die Kosten für die Schlösser von der Miete abziehen –«

»Ich werde mich darum kümmern, dass Sie die Nachschlüssel bekommen«, unterbrach Kristi sie, verärgert über ihre raffgierige Vermieterin. »Ich habe übrigens gehört, Tara Atwater hat in meiner Wohnung gewohnt.«

Die ältere Frau zuckte zusammen, und Kristi wusste, dass sie eine empfindliche Stelle getroffen hatte. »Tara? Die Kleine, die sich aus dem Staub gemacht hat, ohne die letzte Monatsmiete zu bezahlen? Das stimmt, sie hat oben gewohnt.«

»Und jetzt ist sie verschwunden.«

»Alles, was ich weiß, ist, dass sie ohne zu bezahlen abgehauen ist.«

»Manche Leute denken, sie wurde entführt.«

»Die?«, schnaubte Irene verächtlich. »Nie und nimmer. Sie war ganz wild nach Partys und eine Herumtreiberin. Ich wette, sie ist irgendwann durchgeknallt und abgehauen.«

»Und niemand hat sie seither gesehen.«

»Vielleicht war sie in irgendwelche Drogengeschichten verwickelt.« Irene blickte Kristi mit zusammengekniffenen Augen an. »Ich weiß, was für einen Wirbel die Presse veranstaltet, wenn ein Mädchen vom College verschwindet, die machen aus einer Mücke einen Elefanten. Die Polizei scheint nicht davon auszugehen, dass ein Gewaltverbrechen dahintersteckt. Und was diese ganzen Mädchen angeht: Keines von ihnen ist zum ersten Mal abgehauen. Noch nicht einmal ihre Familien machen sich Sorgen.«

Irene bückte sich und zupfte Unkraut.

»Kennen Sie die Namen der jungen Männer, mit denen sie ausgegangen ist?«

»Ich stecke meine Nase nicht in die Privatangelegenheiten meiner Mieter.«

Das war, wie Kristi wusste, eine dreiste Lüge. Irene Calloway hatte Kristi bereits genug erzählt, um als Klatschtante durchzugehen. Kristi musste ihr also nur genug Honig ums Maul schmieren oder ihr weitere Informationen zuspielen, um alles herauszubekommen, was ihre Vermieterin wusste.

»Wer hat denn ihre Sachen abgeholt? Irgendjemand muss sich doch um das Zeug gekümmert haben, wenn sie alles einfach dagelassen hat.«

»Bislang keiner. Dafür steht auch noch Miete aus! Lagerraum ist nicht billig.«

»Sie haben ihre Sachen eingelagert?«

»Ich? Nein.« Sie schüttelte den Kopf. »Das ist Aufgabe des Verwalters.«

Hiram. Der Nichtsnutz. Großartig.

Kristi ließ die alte Dame stehen, die weiter vor sich hin schimpfend Unkraut aus den Asphaltritzen zupfte.

Zerstreut überquerte Kristi die Straße und ging Richtung Adam's Hall. In dem weinüberwucherten Gebäude war das English Department untergebracht, und dort fand auch das Seminar für Kreatives Schreiben bei Dr. Preston statt.

Als sie die Stufen von Adam's Hall erreichte, klingelte ihr Handy in dem Ton, der für ihren Vater reserviert war.

Natürlich.

»Hey«, sagte sie und gab ihrer Stimme einen erfreuten Klang, obwohl sie über seinen Anruf ein wenig genervt war. Hatte es einen Tag gegeben, an dem er keinen Kontrollanruf bei ihr gemacht hatte, unter welchem Vorwand auch immer?

»Dachte, ich rufe mal an, weil du irgendetwas davon gesagt hast, dass du dein Fahrrad haben willst. Ich könnte es dir dieses Wochenende vorbeibringen.«

»Gib's auf, Dad. Du suchst doch nur nach einem Vorwand, um mich zu kontrollieren«, sagte Kristi und schaute mit zusammengekniffenen Augen über die Rasenfläche, die Adam's Hall von der steinernen Fassade von Abbot's Lodge trennte. Daran schloss sich ein Bogengang an. Zusammen mit der Kirche, deren Turmspitze sich über die Zweige der Lebenseichen erhob, war beides Teil der alten Klosteranlage, die sich auf dem Gelände befand.

Ihr Vater lachte, und Kristi musste ebenfalls lächeln. »Alte Gewohnheit, du weißt schon«, sagte er.

»Ja, das weiß ich, und ich hätte gern das Fahrrad, aber du musst es nicht extra herbringen. Ich komme selbst runter.«

»Und legst es in den Honda?«

»Ich habe einen Fahrradträger ...« Kristi bemerkte, dass zwei Gestalten aus der Kirche kamen: ein Priester, nicht Vater Tony, sondern der andere, und Ariel O'Toole. Wie viele Stunden verbrachte Ariel eigentlich in der Kirche oder mit dem Priester? Hatte sie eine Affäre mit dem Kerl? Oder wollte sie Nonne werden? Eine Unzahl von Sünden beichten?

»Ich muss los, Dad. Wir reden später weiter ... oder schick mir eine SMS, okay? Bye.«

Sie drückte das Gespräch weg und beobachtete, wie Vater Mathias, wie immer in Grübeleien versunken, zurück in die Kirche eilte und Ariel mit gesenktem Kopf in Kristis Richtung kam. Wieder einmal sah sie Ariel in verschiedenen Grautönen. Trotz des Sonnenlichts fühlte Kristi, wie ihr das Blut in den Adern gefror. Sie schluckte. Natürlich durfte sie die junge Frau nicht direkt darauf ansprechen. Ariel würde sie mit Sicherheit für durchgeknallt halten. Nein, sie musste raffinierter vorgehen. Kristi sprang die Stufen zu Adam's Hall hinauf und schlüpfte in den Vorraum, wo sie darauf wartete, dass sich die Glastüren erneut öffneten. Eine Gruppe von fünf oder sechs Studenten betrat das Gebäude. Ariel kam einen Augenblick später. Sie blickte nicht auf, als sie in den Flur zu Dr. Prestons Seminarraum einbog, so dass sie Kristi nicht bemerkte.

Kristi folgte ihr, und sobald sich die Tür des Seminarraums hinter Ariel geschlossen hatte, trat sie selbst ein. Ariel fand einen freien Platz, und Kristi belegte einen in ihrer

Nähe, ohne ihre Aufmerksamkeit zu erregen. Dr. Preston begann, die Bedeutung von Gliederung und Perspektive beim Schreiben zu erläutern.

»Lassen Sie uns über die Aufgaben von letzter Woche sprechen«, sagte Preston. Er legte sein Stück Kreide ausnahmsweise beiseite und griff stattdessen nach einem Stapel Papier. »Die Aufgabe bestand darin, zwei Seiten über Ihre verborgenen Ängste zu schreiben ... richtig? Die meisten von Ihnen haben die Aufgabe gut gelöst, aber –« Er blätterte durch die Seiten, bis er die gesuchten entdeckte. »Mr Calloway hat das Thema auf eine interessante Weise behandelt. Er schreibt: ›Das hier soll ein Seminar über Kreatives Schreiben sein, aber ich kann nicht kreativ sein, wenn ich gezwungen bin, über ein bestimmtes Thema zu schreiben. Auf diese Art und Weise wird meine Kreativität – in Anführungszeichen – erstickt.‹« Preston schaute hoch und richtete den Blick auf Hiram Calloway, der ihn herausfordernd ansah. »Nun, das ist eine interessante Art und Weise, sich vor einer Aufgabe zu drücken.« Preston ließ die Augen über die anderen Seminarteilnehmer schweifen. Sie verweilten kurz bei Kristi. »Ich wäre allerdings beeindruckter gewesen, hätte Mr Calloway etwas geäußert wie: ›Ich habe mich gefühlt, als wäre ich an den Schreibtisch gefesselt, gezwungen, eine Abhandlung zu verfassen, was ich verabscheue.‹ Dafür hätte er möglicherweise die Bestnote bekommen. Doch unter den gegebenen Umständen muss er sich mit einer Zwei begnügen, weil seine Abhandlung – vielmehr die nicht vorhandene Abhandlung – originell ist.« Er lächelte. Seine weißen Zähne hoben sich von der sonnengebräunten Haut ab, und sein blondes Haar glänzte im Neonlicht. »Jetzt möchte ich Ihnen aber etwas vorlesen, das die Note Eins verdient hat. Miss Kwan ist die Verfasserin dieser Abhandlung, und ich würde sagen, sie versteht es wirklich, aus dem Bauch und anschaulich zu schreiben.«

Kristi blickte zu Mai hinüber, die das Kinn hob, als Preston zu lesen begann.

»›Ich fürchte mich vor dem Teufel. Ja, vor Satan. Luzifer. Dem fleischgewordenen Bösen. Warum? Weil ich glaube, dass er, oder wenn Sie so wollen, *sie*, in jedem von uns lauert, zumindest, da bin ich ganz ehrlich, in mir. Tief im Innern, in den tiefsten Tiefen meiner Seele. Ich bemühe mich, ihn unter Verschluss zu halten, einzusperren, aus Angst davor, was er und ich – seine Wirtin – tun könnten. Ich wage es nicht, mir den Schmerz und das Leid auszumalen, das er anrichten könnte, sollte er je losgelassen werden.‹«

Preston grinste Mai an, beinahe als würde er sie persönlich kennen. Was sollte das Ganze? »Das war nur der erste Absatz, und dennoch spüren wir den Kampf der Autorin, ihre Angst, die Sorge um ihren gespaltenen Bewusstseinszustand. In diesem einen Absatz sehen wir, dass sie noch die Oberhand hat. Sie spricht nicht von einem Ausbrechen des Teufels, sondern davon, ihn von der Leine zu lassen. Sie hat die Kontrolle über Satan und ihre Vernunft, wenn auch eine unsichere.«

Er nickte, als würde er sich selbst beipflichten. »Gut gemacht, Miss Kwan. Sie hat als Einzige eine Eins bekommen, weil sie die Einzige war, die mir das Gefühl gegeben hat, wirklich aus dem Herzen zu schreiben.«

Mai lächelte verschämt und blickte errötend auf ihr Pult, als wäre sie verlegen, aber diese Bescheidenheit kaufte Kristi ihr nicht ab. Sie kannte ihre Nachbarin besser. Dennoch gab ihr der Gegenstand von Mais Ängsten zu denken.

Satan in ihrer Seele? Keine Spinnen oder Schlangen, düstere Orte oder Flugzeuge, kein Von-der-Brücke-Stürzen oder Die-falsche-Person-Heiraten, sondern der Teufel, der in ihrem Innern lauert? Woher kam das denn?

»Mein Gott«, flüsterte Kristi und erntete einen raschen, missbilligenden Blick von Ariel. »Ich meine bloß, das war ganz schön unheimlich.« Ariel runzelte die Stirn und zuckte die Achseln.

Wenn das so weiterlief, würde es Äonen dauern, bis Kristi Ariels Vertrauen gewonnen hatte. Warum machte sie sich überhaupt die Mühe? Weil Ariel Lucretias Freundin war? Na und? Und diese Sache mit dem Grauwerden – vielleicht war das ja alles nur eine Ausgeburt ihrer Fantasie.

Kristi lehnte sich zurück und zwang sich, sich auf den Unterricht zu konzentrieren. Nachdem Preston noch ein paarmal die Kreide in die Luft geworfen hatte, gab er ihnen endlich ihre Abhandlungen zurück und stellte die nächste Aufgabe.

Später sammelte Kristi ihre Sachen zusammen und verließ das Gebäude, nur einen Schritt hinter Ariel. Es war noch wärmer geworden, aber das Sonnenlicht wurde nun von hohen, dünnen Wolken gefiltert, die hier und da Schatten auf den Boden warfen.

Kristi vermutete, dass sie die Gelegenheit vertan hatte, sich bei Ariel einzuschmeicheln, was sie nicht weiter überraschte. Sie war noch nie in der Lage gewesen, Freundschaft vorzutäuschen oder ihre wahren Gefühle zu verbergen. Sie konnte gar nicht zählen, wie oft man ihr schon gesagt hatte, sie trüge ihr Herz auf der Zunge. Etwas anderes lag ihr einfach nicht. Also beschloss sie, Ariel geradeheraus zu fragen, was bei ihr vorging. »Hey, Ariel!«, rief sie.

Als sie Kristis Stimme hörte, blieb Ariel abrupt stehen. »Was ist?«, fragte sie und blickte demonstrativ auf die Uhr. »Geht es dir gut?«

»Was meinst du damit?« Sie setzte sich wieder in Bewegung, diesmal ein wenig schneller.

»Du wirkst zerstreut.« Kristi schloss zu ihr auf und versuchte nicht daran zu denken, dass sie in weniger als einer halben Stunde bei der Arbeit sein musste.

Ariel warf Kristi einen raschen Blick zu. »Du kennst mich doch gar nicht.«

»Ich sehe dir an, dass dich irgendetwas bedrückt.«

»Und *du* willst mir helfen?« Sie schaute Kristi verdutzt an, und in genau diesem Augenblick beschloss Kristi, sich ihr anzuvertrauen.

»Ich weiß, das klingt verrückt, aber ... ich ... ich habe oft solche Visionen ... Nenn es ASW – außersinnliche Wahrnehmung – oder wie auch immer, aber ich habe das, seit ich im Krankenhaus war und beinahe gestorben bin. Die Sache ist die: Ich ... kann irgendwie in die Zukunft blicken. Nicht immer, aber manchmal, und ich sehe, wenn sich jemand in Gefahr befindet.«

Ariel verschränkte die Arme und vergrub sie in ihrer übergroßen Kapuzenjacke. »Entweder bist du verrückt, oder das Ganze ist ein ziemlich seltsamer Scherz.«

»Ich meine es ernst.«

»Was willst du damit sagen? Dass ich mich in Schwierigkeiten befinde?«

»In Gefahr. Möglicherweise in lebensbedrohlicher«, antwortete Kristi ernst.

»Oh, mein Gott. Du bist verrückt. Lass mich in Ruhe.«

»Manchmal, wenn ich dir begegne, sehe ich, dass deine Haut farblos ist. Wie in einem Schwarz-Weiß-Film.«

Ariel erschauderte trotz ihrer forschen Worte. Sie trat einen Schritt von Kristi zurück und blickte sich hilfesuchend um. »Lass mich in Ruhe! Sprich nie wieder mit mir. Du hast doch irgendetwas genommen oder solltest dringend mal zum Psychiater gehen!« Kristi trat einen Schritt vor. Ariel sah aus, als würde sie gleich zu schreien anfangen. »Hau ab! Sofort!«

»Ich mache mir bloß Sorgen um dich.«

Ariel schnaubte und vergrößerte den Abstand zwischen ihnen. »Da wärst du aber die Erste«, murmelte sie verbittert und zögerte. Sie waren inzwischen am Tor zum Wagner House angekommen. Ariels Gesicht war sehr bleich. »Bleib mir vom Leib! Hörst du? Komm nicht mehr in meine Nähe, oder ich rufe die Polizei.«

Noch bevor Kristi etwas erwidern konnte, bogen Trudie und Grace um die Ecke der nahe gelegenen Bibliothek. Ariel erblickte sie und begann, heftig mit den Händen zu wedeln – wie eine Ertrinkende, die nach einer Rettungsleine greift. Ohne ein weiteres Wort gesellte sie sich zu ihren Freundinnen. Gemeinsam stiegen sie die Stufen zu dem alten Steinhaus hinauf. Kristi hatte gehört, dass Wagner House einst die ersten Siedler dieses Landstrichs beherbergt hatte. Jetzt war es ein Museum.

Grace öffnete eine der Doppeltüren, und die drei Mädchen verschwanden im Innern. Ariel drehte sich um und warf einen letzten Blick auf Kristi. Ihr Gesicht war fahl und verschattet. Obwohl sie nur wenige Schritte voneinander entfernt waren, hatte Kristi das Gefühl, ganze Ozeane würden sie trennen. Hinter dem Trio schloss sich die massive Holztür mit einem dumpfen Knall.

Kristi zögerte. Es war offensichtlich, dass Ariel ihre Hilfe nicht wollte. Und wer vermochte schon zu sagen, ob sie sich tatsächlich in einer todbringenden Gefahr befand? Sicher, die alte Frau im Bus war gestorben. Na und? Ihr Vater war schließlich noch am Leben.

Der Knoten in ihrem Magen sagte ihr jedoch etwas anderes, und sie wünschte sich verzweifelt, dass sie sich in Ricks Fall irren möge – dass sich keine ihrer Visionen bewahrheiten würde. Bei Ariel O'Toole allerdings kehrte die Vision immer wieder. Sie hatte Ariel warnen müssen, aber Kristi wusste bereits, dass es ein Fehler gewesen war, ihr zu vertrauen. Jetzt würde Lucretias Freundin denken, sie sei ein Fall für die Psychiatrie – oder aber, dass sie ihr einen grausamen Streich spielte. Was noch schlimmer war: Das Geheimnis, das Kristi in den vergangenen Monaten gehütet hatte, war nun offenbart. Das war nicht gut. Sie hätte die Wahrheit nicht herausposaunen dürfen.

Kristi blickte zu den Fenstern mit den Längsstreben hinauf und meinte, Ariel zu erblicken, verzogen und verzerrt durch die Facettenscheiben. Auch diesmal kam sie ihr wie ein Geist vor.

11.

Officer Esperanza von der Vermisstenstelle war gar nicht glücklich. Sie beugte sich über den Tresen, der den Bürobereich von der Rezeption trennte, und blickte Portia zornig an. Sie mochte Portia Laurent nicht, mochte niemanden, der ihre Autorität in Frage stellte, was deutlich an ihren schmalen Lippen und den bebenden Nasenflügeln zu erkennen war. Portia presste ihrerseits die Lippen zusammen und wartete auf den Ausbruch. Auf die sechzig zugehend, die Haare rot gefärbt wie Lucille Ball, war Lacey Esperanza nicht gerade für ihre Zurückhaltung bekannt. Sie galt als gerissen, als dreist, mitunter bis zur Unverschämtheit, und nahm ihren Job mehr als ernst.

»Ich werde Ihnen genau erklären, was ich jedem von der Presse sagen werde, der hier anruft, Detective: Sollen sie sich an das gottverdammte FBI wenden. Die haben die Quellen, die Arbeitskräfte und das technische Know-how, um mit der Sache fertig zu werden«, donnerte sie mit rauher Stimme. »Sie sind informiert worden und führen ihre eigenen Ermittlungen durch – oder auch nicht. So wie ich die ganze Sache sehe – und darin stimmen wir hier alle überein –, gibt es keinen Fall. Ja, die Mädchen vom All Saints College sind verschwunden. Vermisst? Pah! Ermordet? Wo zum Teufel sind dann die Leichen? Ich weiß nicht, wie es mit Ihnen steht, aber ich für meinen Teil habe einen ganzen Sack voll Fälle zu bearbeiten, bei denen Leute wirklich« – sie malte mit ihrem feuerroten Fingernagel Anführungszeichen in die Luft – »vermisst werden. Sie wissen schon, Fälle, bei denen Familienmitglieder oder Freunde angerufen haben und nach jemandem suchen.« Sie beugte sich so weit vor, dass Portia den abgestandenen Zigarettenrauch riechen konnte, der sich mit ihrem Parfüm vermischte. »Was ist am All Saints College los, dass sie den Überblick über ihre Studenten verlieren? Die Louisiana State University ist – wie viel? – fünf- oder sechsmal größer als das All Saints, und dort scheinen sie ihre Studenten im Griff zu haben.«

Genau das war der Punkt. Was war an dem kleinen College los, dass dort Studentinnen verschwanden? Portia behielt ihre Gedanken für sich, aber sie glaubte, dass ein Jäger unterwegs war, der den Campus zu seinem Revier erklärt hatte. Nur den Campus des All Saints.

Bis jetzt.

Bis dieses Monster, das, so glaubte Portia, das kleine College heimsuchte, sein Revier vergrößerte. Lieber Gott, sie hoffte, dass sie damit falschlag!

»Eins will ich Ihnen sagen«, polterte Lacey weiter, »ich bekomme pro Tag an die hundert E-Mails. Am Wochenende sind es doppelt so viele. Ich habe verdammt noch mal genug zu tun. Sollen die vom FBI den Job übernehmen. Wenn Sie dennoch einen Blick in meine Akten werfen möchten« – sie drehte die Handflächen nach oben –, »bitte schön. Ich denke, es sagt einiges über die Mordkommission aus, wenn Sie die Zeit haben, sich durch unsere Akten zu wühlen.«

Lacey drehte sich zu einer Kollegin an einem Nachbarschreibtisch um, der so ordentlich war, dass es aussah, als würde dort niemand arbeiten. Kein einziges Foto, keine verkümmerte Pflanze, noch nicht einmal ein Namensschild. Der Eingangskorb war genauso leer wie der Ausgangskorb. »Mary Alice, wenn Detective Laurent irgendetwas einsehen möchte, sorgen Sie dafür, dass sie es bekommt, verstanden? So, jetzt hab ich Pause.«

Lacey nahm die Schachtel Zigaretten von ihrem überladenen Schreibtisch, und als sie den Tresendurchgang hochklappte, der als Ein- und Ausgang diente, schenkte sie Portia ein zuckersüßes Lächeln. Sie strebte entschlossenen Schritts zur Treppe, die zum Haupteingang der Polizeistation hinunterführte.

Mary Alice, eine schmächtige junge Frau mit strähnigem mausbraunem Haar, blickte aus großen braunen Augen zu Portia auf. »Bitte entschuldigen Sie, Detective. Lacey hat im Augenblick zu Hause einigen Ärger mit ihrer Tochter. Obwohl sie schon fast vierzig ist, scheint sie es nicht auf die Reihe zu kriegen, einen Job zu behalten und sich am Riemen zu reißen. Sie hat selbst drei Kinder, und der Älteste, Laceys Enkelsohn, probiert mit Meth rum. Übler Stoff. Methamphetamin.«

Portia stimmte ihr voll und ganz zu. »Das ist ja schrecklich!«

»Gelobet sei der Herr und amen!« Die zierliche Frau stieß sich von der Schreibtischkante ab und rollte mit dem Stuhl weit genug zurück, dass sie aufstehen und ihre schlanke Figur zur Schau stellen konnte, den engen Rock, die Highheels. »So, sagen Sie mir noch einmal, was genau ich für Sie tun kann?«

Portia schob ihr die Liste mit den Namen über den

Tresen. »Ich brauche alles, was Sie über diese Mädchen wissen.«

»Die fürchterlichen Vier«, sagte Mary Alice, als sie einen Blick auf Portias handgeschriebenen Zettel warf. »Das meiste ist im Computer. Haben Sie keine eigenen Dateien?«

Mehr als genug. »Nicht offiziell«, erwiderte Portia vorsichtig. »Ich habe durchgeschaut, was im Computer ist, aber wie Sie sich denken können, würde ich gern die aktuellen Akten einsehen.«

»Das ist in Ordnung, solange wir Laceys Okay haben. Geben Sie mir eine Sekunde.« Die Highheels klapperten, als Mary Alice zu einer Reihe von Aktenschränken ging und anfing, die Ordner durchzublättern. Innerhalb weniger Minuten hatte sie einen erbärmlich dünnen Aktendeckel auf den Tresen geknallt und sich von Portia den Empfang bestätigen lassen. Portia trug die wenigen Unterlagen zurück an ihren abgetrennten Arbeitsplatz und beschloss, den gesamten Inhalt zu kopieren.

Sie betete, dass sie unrecht hatte, aber ihr Instinkt sagte ihr mit aller Macht, dass es nur eine Frage der Zeit war, bis die Leichen der jungen Frauen auftauchen würden.

Wenn das der Fall sein sollte und die Mordkommission eingeschaltet wurde, hätte sie ihre Hausaufgaben bereits gemacht.

Zwei Kursabende überstanden, und noch so viele liegen vor mir, dachte Jay, als er am Freitagabend Richtung Norden nach Baton Rouge fuhr. Auf der Ladefläche seines Pick-up lagen Sanitärteile fürs Bad und neue Kacheln. Bruno hockte neben ihm auf dem Beifahrersitz und hatte die Nase wieder gegen den Spalt in der Scheibe gedrückt. Aus der Stereoanlage dröhnte Bruce Springsteen.

Jay hatte sich in seine neue Routine gefügt. Er genoss die Herausforderung des Renovierens und empfand das Unterrichten als anregend, ausgenommen natürlich den Umgang mit Kristi. Seit sie ihm am ersten Abend nachgelaufen war, um die Lage zwischen ihnen zu klären, hatten sie nicht mehr miteinander gesprochen. Im Seminar hatte sie keine Fragen gestellt, und er hatte sie auch nicht aufgerufen. Sie hatte hinten im Seminarraum gesessen, sich Notizen gemacht und ihn mit undurchdringlichem, freundlich-gleichgültigem Gesichtsausdruck beobachtet. Eiskalt und desinteressiert.

Was ganz und gar untypisch für Kristi war.

Die Tatsache, dass sie sich so viel Mühe gab, konzentriert und ungerührt zu erscheinen, entlockte ihm ein Lächeln. Offensichtlich fiel es ihr trotz ihres Bemühens, Abstand zu ihm zu wahren, genauso schwer, mit ihm umzugehen wie andersherum.

Nun gut, dachte er und stellte kurz die Scheibenwischer an. Kristi hatte es verdient, sich nicht ganz wohl in ihrer Haut zu fühlen – so wie sie ihn abserviert hatte. Himmel, in den letzten zwei Wochen hatte er dreimal von ihr geträumt! Der erste Traum war höllisch heiß gewesen: Sie hatten sich geliebt, ihre nackten Körper waren schweißbedeckt gewesen, während ihr Bett in einem rasant dahinfließenden, dunklen Fluss trieb. Im zweiten Traum hatte er beobachtet, wie sie mit einem Mann ohne Gesicht davongezogen war. Sie hatte sich bei ihm untergehakt und gemeinsam mit ihm eine Kirche mit läutenden Glocken betreten. Und im dritten Traum war sie verschwunden. Er hatte wieder und wieder versucht, sie mit seinem Blick einzufangen, doch sie hatte sich vor seinen Augen im Nebel aufgelöst. Dieser Albtraum hatte ihn erst letzte Nacht gequält, und er war mit klopfendem Herzen und einer dumpfen Angst aufgewacht.

»Das wird ein langes Semester«, sagte er zu dem Hund, als er den Blinker setzte, um den Highway zu verlassen. Vor ihm durchschnitten die Lichter der Stadt den Nebel.

Sein Handy klingelte. Bruno gab ein leises »Wuff!« von sich, als Jay das Radio ausschaltete und dranging, ohne vorher auf das Display zu schauen.

»McKnight.«

»Hi.«

Wenn man vom Teufel spricht ... Jays Kiefer verspannte sich. Er hätte Kristis Stimme überall erkannt.

»Ich bin's, Kristi«, sagte sie, »Kristi Bentz.« Als wüsste er das nicht bereits.

»Du hast dich an die Nummer erinnert.« Die Scheibenwischer kratzten geräuschvoll über die Windschutzscheibe. Jay stellte sie ab und hielt deshalb das Lenkrad für eine Sekunde mit dem Oberschenkel fest.

»Tja, stimmt«, sagte sie unbeirrt.

Seine rechte Hand griff wieder nach dem Steuer. Er riss sich zusammen. »Was willst du?«

»Deine Hilfe.«

»Bei einer Hausaufgabe?«

Sie zögerte nur eine Sekunde – genug Zeit, um ihn zu warnen.

»Ja.«

So eine Lügnerin. »Worum geht es denn?«

Er lenkte den Pick-up auf die mittlerweile wohlbekannte Route zum Haus seiner Cousinen.

»Das kann ich dir so nicht sagen. Nicht am Telefon. Es ist zu kompliziert, außerdem muss ich zur Arbeit und bin schon spät dran. Es hat, ähm, eine ganze Zeit gedauert, bis ich den Mut hatte, dich anzurufen.«

Das war vermutlich das erste Fitzelchen Wahrheit im ganzen Gespräch. Er erwiderte nichts.

»Ich dachte, wir könnten uns ... nun, wir könnten uns vielleicht treffen«, sagte sie.

»Treffen? In meinem Büro?«

»Vielleicht irgendwo anders?«

Jay blickte auf die Straße und entdeckte einen Jugendlichen, der auf seinem Motorroller aus einer Einfahrt schoss und knapp hinter ihm auf die Straße bog. »Mein Gott!«, murmelte er.

»Wow ... das nenne ich ein klares Nein.«

»Ich habe nicht mit dir gesprochen. Ich bin im Auto und beinahe mit einem Teenie zusammengestoßen.« Er bremste an einem Stoppschild ab. »Wo?«

»Keine Ahnung. Vielleicht im Watering Hole.«

»Auf einen Drink?«

»Na klar. Ich lade dich ein.«

Er trat aufs Gas und fuhr zur nächsten Ecke, wo er in die Straße zum Bungalow seiner Cousinen einbog. »Du meinst, wie bei einem Date?«, fragte er dann und wusste, dass sie fuchsteufelswild werden würde.

»Auf ein verdammtes Bier, Jay.«

»Ein Bier und ein Gefallen«, erinnerte er sie. »Du brauchst doch meine Hilfe bei irgendetwas.«

»Nenn es, wie du willst«, sagte sie mit einem Anflug von Gereiztheit in der Stimme. »Wie wär's mit heute Abend? Gegen zehn? Es ist nicht weit von meiner Arbeit.«

Er wusste, dass es Schwierigkeiten geben würde, wenn er sie wiedersah. Große Schwierigkeiten. Die er nicht gebrauchen konnte. Allein dass sie in seinem Seminar war, bereitete ihm schon Albträume. Jeder nähere Kontakt würde zwangsläufig Ärger heraufbeschwören.

Er zögerte.

Doch wem wollte er etwas weismachen? Er konnte nicht widerstehen. Konnte nie widerstehen, wenn es um Kristi ging. »Um zehn«, sagte er. *Idiot! Volltrottel!*

»Gut. Bis dann.« Sie legte auf und er bog in die Einfahrt, das Handy immer noch in der Hand. Was zum Teufel wollte sie nur von ihm? Jay stellte den Pick-up auf Parken und blieb hinter dem Lenkrad sitzen. »Worum auch immer es sich handelt«, sagte er zu seinem Hund, »es wird nichts Gutes sein.«

Im Bard's Board Diner band Kristi ihre schmutzige Schürze ab und warf sie in den Wäschekorb in der Nähe der Hintertür. Dann nahm sie den Rucksack vom Haken und ging zur Toilette. In dem überfüllten Raum zog sie Rock und Bluse aus und streifte die flachen schwarzen Schuhe ab, die sie bei der Arbeit trug. Sie zog ihre Jeans an und ein langärmeliges T-Shirt, blickte in den Spiegel und seufzte. Statt einer Dusche musste ein Spritzer Parfüm reichen. Mit einem einzigen Handgriff zog sie das Haargummi aus ihrem Pferdeschwanz und schüttelte die Haare aus. Eine halbe Minute später schnürte sie ihre Laufschuhe zu und stopfte die dreckigen Klamotten in den Rucksack. Sie war spät dran, wie immer.

Es war bereits zehn, und sie wollte Jay nicht lange warten lassen. Es nervte sie, dass sie ihn um Hilfe gebeten hatte, aber sie benötigte unbedingt weitere Informationen zu den verschwundenen Mädchen. Jay war auf dem Campus, verbrachte einen Teil der Woche in Baton Rouge, und seit er am All Saints unterrichtete, hatte er Zugang zu sämtlichen Akten. Die sechs Stunden, die sie im Studentensekretariat arbeitete, reichten nicht aus, die verschlossenen Türen jener Aktenschränke zu öffnen, die sie durchsuchen wollte, und sie hatte auch kein Passwort erhalten, um an die persönlichen und prekären Informationen zu gelangen, die in der Datenbank des Colleges gespeichert waren.

Also war sie gezwungen, sich an eine von den Lehrkräften zu wenden.

Sie hatte zunächst an Lucretia gedacht, diesen Gedanken jedoch sogleich wieder verworfen. Ihre ehemalige Zimmergenossin war nicht gerade die vertrauenswürdigste oder hilfsbereiteste Person auf dem Planeten.

Ihr blieb also nichts anderes übrig als der Versuch, Jay davon zu überzeugen, dass er ihr helfen musste.

Vielleicht ist das genau das, was du willst.

»Halt bloß die Klappe«, sagte sie zu der hartnäckigen Stimme in ihrem Kopf. Sie wollte Jay nicht nahe sein. Nicht jetzt. Nie. Das Ganze war reine Notwendigkeit, ein Mittel zum Zweck.

»Du kannst mich mal«, murmelte sie, verließ die Damentoilette und nahm ihre Jacke vom Haken.

Sie winkte Ezma zu, und schon war sie durch die Hintertür verschwunden, wo zwei der Köche im bläulichen Schimmer der Sicherheitsbeleuchtung rauchten. Die Nacht war kalt, Nebel waberte zwischen den geparkten Autos auf dem Parkplatz umher und legte sich auf die herabhängenden Äste eines einzelnen Baumes.

Kristi trabte hinüber zum Watering Hole. Der Studententreff würde gerappelt voll sein, so dass kein Gefühl von Intimität aufkommen konnte. Es bestand die Möglichkeit, dass sie dort mit Jay gesehen wurde, aber sie glaubte nicht, dass es etwas ausmachte. Wen würde es kümmern?

Leicht verschwitzt schaffte sie es, nur acht Minuten zu spät zu kommen. Sie drückte die Tür mit der Schulter auf und schlüpfte hinein. Rasch blickte sie sich in der halbdunklen, überfüllten Bar um und entdeckte Jay, der an der Bar saß. Er nuckelte an einem Drink und starrte auf den Fernseher, in dem ein Football-Spiel lief. Er saß mit dem Rücken zu ihr, doch sie erkannte sein strubbeliges braunes Haar, seine breiten Schultern, über denen sich ein graues Sweatshirt spannte, und die Jeans, die er im Seminar getragen hatte, die alte, ausgeblichene mit dem Riss über einer der hinteren Taschen. Der Barhocker neben ihm war leer, und er hatte einen seiner Adidas-Turnschuhe auf den Querstreben gestellt, als würde er ihr den Platz freihalten.

Nicht sehr wahrscheinlich. Sie wusste, dass er nicht hatte kommen wollen. Sie hatte das Zögern in seiner Stimme gehört.

Aber Kristi konnte ihm keinen Vorwurf machen. Schließlich hatte sie selbst eine halbe Woche gebraucht, um sich dazu durchzuringen, ihn anzurufen. Und sie hatte es nur getan, weil sie verzweifelt war und Hilfe brauchte. Seine Hilfe.

Sie atmete tief ein und bahnte sich einen Weg durch die Tische und die Gruppen von Gästen, die miteinander plauderten, lachten, flirteten und tranken. Gläser klirrten, Bier schwappte, Eiswürfel klickten, und sämtlichen Bemühungen der brummenden Luftfilteranlage zum Trotz war die Luft verqualmt. Die Fernseher waren auf leise gestellt, aber aus den Lautsprechern hoch oben an den Wänden drang Musik und vermischte sich mit dem Lärmen der Menge.

Jay schob den Hocker zurück, sobald sie sich näherte, als hätte er ihre Anwesenheit gespürt.

»Netter Trick«, sagte sie, und er hob sein Glas in Richtung Bar und prostete ihr im Barspiegel zu.

Sie glitt auf den Hocker. »Eine Sekunde lang dachte ich, du wärst vielleicht Hellseher.«

Er grinste leicht. »Wenn das so wäre, würde ich wissen, was zum Teufel noch mal du von mir willst, oder?«

»Kann sein.« Sie wandte sich an den Barkeeper, der etwas Verschüttetes aufwischte, und sagte: »Ich hätte gern ein Bier ... light.«

»Coors?«, fragte der Barkeeper und schleuderte das nasse Putztuch in einen Behälter unter der Bar.

»Ja. Gern.« Sie zwang sich zu einem Lächeln und blickte Jay direkt ins Gesicht. »Ich wette, du warst überrascht, als ich angerufen habe.«

»Nichts von dem, was du tust, kann mich noch überraschen.«

Der Barkeeper stellte ein eiskaltes Glas vor sie, und sie legte ein paar Scheine auf den Tresen.

»Das ist das Trinkgeld«, sagte Jay zu ihm. »Setzen Sie das Bier auf meine Rechnung.« An Kristi gewandt, fügte er hinzu: »Komm, lass uns im Dart-Raum reden, da ist es ein bisschen ruhiger. Dann kannst du mir erklären, was das Ganze soll.«

»Und dich bei einem Spielchen schlagen.«

»Träum weiter, Schätzchen«, sagte er, und ihr albernes Herz machte einen Sprung. Sie würde seinem Charme nicht erliegen – niemals. Schließlich hatte es einen Grund dafür gegeben, dass sie ihn damals verließ, und daran hatte sich nichts geändert.

Kristi nahm ihr Bier und schlängelte sich wieder durch die überfüllten Tische zum Dart-Raum. In einer freien Nische war ein Hilfskellner damit beschäftigt, die Gläser und Teller mit Resten von Zwiebelringen, Pommes frites und Ketchup-Klecksen einzusammeln. Als er nickte, glitt Kristi auf die Bank. Jay nahm ihr gegenüber Platz.

Sobald sie allein waren, beschloss Kristi, den Smalltalk beiseitezulassen. »Ich brauche deine Hilfe, weil du zum Lehrpersonal zählst und Zugang zu Akten hast, die ich nicht einsehen kann.«

»Aha«, erwiderte er skeptisch.

»Ich stelle Nachforschungen an über den Verbleib der vier verschwundenen jungen Frauen«, sagte sie, und noch bevor er protestieren konnte, fing sie an, ihm ihre Befürchtungen, Lucretias Sorge, den offensichtlichen Mangel an Interesse seitens der Angehörigen, der Freunde und sogar der Polizei zu erläutern und ihre Furcht, alle vier könnten einem Gewaltverbrechen zum Opfer gefallen sein.

Mit vor der Brust verschränkten Armen lehnte Jay an der hölzernen Rückenlehne und starrte sie aus seinen goldfarbenen Augen an.

»Denkst du nicht, das ist ein Fall für die Polizei?«

»Du bist doch die Polizei.«

»Ich arbeite im kriminaltechnischen Labor.«

»Und du hast Zugang zu sämtlichen Akten.«

Er beugte sich vor und stützte die Ellbogen auf den Tisch. »Da wäre bloß noch die kleine, unbedeutende Frage der Zuständigkeit, Kristi, ganz zu schweigen von den Vorschriften und der Tatsache, dass niemand außer dir und vielleicht einer Handvoll oberschlauer Reporter an ein Gewaltverbrechen glauben.«

»Aber vielleicht liegen wir falsch? Was soll's. Dann haben wir es zumindest versucht. Im Augenblick sitzen wir doch nur rum und tun gar nichts, weil es niemanden auch nur im Geringsten kümmert, was mit diesen Mädchen passiert ist.«

»Es gibt kein ›wir‹. Das ist allein deine Meinung.«

Trotzdem hatte er bislang weder Nein gesagt noch auf eine andere Art und Weise zu verstehen gegeben, dass er ihr nicht helfen würde. Er nahm einen großen Schluck von seinem Bier und blickte sie an. Die Rädchen in seinem Gehirn liefen auf Hochtouren, Kristi konnte sie beinahe sehen.

Und es gab noch eine andere Sache, die sie an Jay sowohl bewundert als auch gehasst hatte: Er war ein echter Gutmensch, ein Weltverbesserer. Dazu ein regelrechter Paragraphenreiter, was das Gesetz betraf.

»Vielleicht solltest du dich an die örtliche Polizeidienststelle wenden.«

»Das habe ich versucht. Hat zu nichts geführt.«

»Das sollte dir zu denken geben.«

»Natürlich! Es zeigt mir, dass sich niemand einen Deut

darum schert!« Sie sprang halb von der Bank auf. Jay konnte einen wahrhaftig in den Wahnsinn treiben!

»Wenn die hiesige Polizei an dem Fall nicht interessiert ist, solltest du vielleicht mal mit deinem Dad reden«, schlug er vor.

»Daran habe ich schon gedacht, aber er flippt ja schon aus, weil ich hier bin. Er weiß von den vermissten Studentinnen und ist felsenfest davon überzeugt, dass ich die Nächste sein werde.«

»Da könnte er recht haben, so wie du hier rumschnüffelst.«

»Nur wenn tatsächlich ein Psycho unterwegs ist. Wenn nicht, bin ich auch nicht in Gefahr. Aber für den Fall dass, sollten wir auf jeden Fall etwas unternehmen.«

»Und dich zur Zielscheibe machen?«

»Wenn es sein muss ...«

»Um Himmels willen, Kristi, hast du deine Lektion beim letzten Mal denn nicht gelernt? Oder beim vorletzten Mal?«, fragte er mit zusammengepressten Lippen. Als sie nicht antwortete, schnaubte er und sagte: »Offensichtlich nicht.«

»Hilfst du mir jetzt, oder muss ich die Sache allein durchziehen?«

»Du wirst mir keine Schuldgefühle machen.« Er zog eine Augenbraue hoch und leerte sein Glas.

»Wie ist das da eigentlich passiert?«, fragte sie und deutete auf die kleine Narbe.

»Ich habe eine Frau auf die Palme gebracht.«

»Oh. Und sie hat dich geschlagen?«

»Einen Ring nach mir geworfen.«

Das war also aus der Verlobung geworden, von der sie gehört hatte. »Zumindest war sie leidenschaftlich.«

»Vielleicht ein bisschen *zu* leidenschaftlich.«

»Das hätte ich nicht für möglich gehalten.«

Einer seiner Mundwinkel verzog sich zu einem halben Grinsen. »Leidenschaft kann überkochen oder abkühlen, Kris«, sagte er. »Wenn jemand nicht bekommen kann, was er oder sie will, kann sich Leidenschaft in bloßen Frust oder Zorn verwandeln. Ich war der Ansicht, ich wäre besser dran ohne eine Frau, die mir in einer Sekunde sagt, dass sie mich liebt, und in der anderen versucht, mich umzubringen.« Ihre Blicke trafen sich. »Ich glaube, das ist alles, was du über mein Leben wissen musst. Und jetzt raus damit: Was soll ich für dich tun? Alle persönlichen Unterlagen der Mädchen kopieren, Zeugnisse, Darlehensanträge, Sozialversicherungsnummern?«

»Das wäre großartig.«

»Und illegal. Vergiss es.«

»Schon gut, schon gut, dann geh doch einfach alles durch und gib mir Bescheid, wenn du auf irgendetwas stößt, was dir verdächtig vorkommt. Irgendetwas, das über die Zusammenstellung ihrer Studienpläne und die Tatsache, dass sie aus zerrütteten Familien stammen, hinausgeht. Schließlich bist du ein Cop.«

»Der seinen Job verlieren könnte.«

»Ich bitte dich lediglich, ein paar kleine Nachforschungen anzustellen, und nicht darum, das Gesetz zu brechen.«

Er presste die Lippen zusammen. Eine Kellnerin kam vorbei und fragte, ob sie noch eine Runde bestellen wollten. Jay nickte, und Kristi sagte: »Sicher.« Dann leerte sie ihr Bier zur

Hälfte und wartete auf seine Antwort. Da Jay schwieg, hob sie erneut an. »Wenn du irgendetwas findest, gehen wir direkt zur Polizei. Oder wir übergeben es der Campuspolizei.«

»Das würdest du tun?«, fragte er skeptisch. »Einfach alles übergeben, was du in der Hand hast?«

»Natürlich.«

Er schnaubte ungläubig.

»Komm schon, Jay. Lass uns eine Runde Dart spielen. Wenn ich gewinne, wirfst du einen Blick in die Unterlagen.«

»Und wenn ich gewinne?«, fragte er.

»Du gewinnst nicht.«

»Bist du dir so sicher?« Er runzelte die Stirn. »Ich will wissen, was dein Einsatz ist, wenn ich gewinne.«

Die Kellnerin kam mit neuen Getränken zurück. »Okay, *Professor*, wenn du gewinnst, kannst du dir etwas aussuchen.«

»Das ist ganz schön verwegen.«

»Lediglich selbstbewusst.« Sie blickte sich um. Eine Dart-Scheibe war frei. Kristi ging hinüber und nahm ein Spielset aus dem Halter.

Jay glitt aus der Nische und sagte im Plauderton: »Ich erwarte, dass du bezahlst, wenn ich gewinne. Und glaub mir, es wird dir nicht gefallen, was ich als Einsatz fordere.«

Kristi verspürte einen Schauer der Erregung, doch sie ignorierte ihn und konzentrierte sich darauf zu gewinnen. Sie mochte Wetteinsätze ganz und gar nicht. Der Himmel wusste, was Jay von ihr verlangen würde.

Aber das spielte keine Rolle.

Sie würde dieses Spiel nicht verlieren.

12.

Er saß auf dem Fahrersitz seines Pick-up auf dem Parkplatz vor Kristis Haus. Der Motor kühlte lautstark ab, und Jay kam zu dem Schluss, dass er ein Vollidiot war.

Ein unverbesserlicher Trottel.

Kristi nahm ihren Rucksack und fasste nach dem Türgriff. Er hatte das Dart-Spiel gegen sie verloren. Nicht nur einmal. Erst hatte es zwei zu drei gestanden, dann drei zu fünf. Jay hatte den Eindruck, dass sie absichtlich danebengezielt hatte, damit er überhaupt einmal gewann. Obwohl ihr das eigentlich gar nicht ähnlich sah. Solange er sie kannte, war sie stets eine gnadenlose Gegnerin gewesen. Ein Spiel abzugeben war einfach nicht ihre Art.

Er hätte es auf das Bier schieben können, aber er hatte erst drei getrunken, verteilt auf mehrere Stunden.

Er hatte die verdammte Wette verloren, und Kristi hatte, wenn auch nur widerwillig, zugestimmt, dass er sie nach Hause brachte. Und nun standen sie auf dem Parkplatz vor ihrem Apartmentgebäude, einem alten zweistöckigen Schindelhaus, dessen Vordach mit den riesigen weißen Säulen griechische Einflüsse erkennen ließ. Trotzdem konnte Jay in dem spärlichen Lichtkegel einer Straßenlaterne erkennen, dass das Haus viel von seinem ursprünglichen Glanz eingebüßt hatte. Jetzt war es in viele kleine Wohneinheiten unterteilt.

Was für eine Schande, dachte er.

Kristi warf einen flüchtigen Blick in seine Richtung.

»Komm doch mit rauf«, schlug sie vor, öffnete die Beifahrertür und kletterte aus dem Pick-up. »Ich wohne im zweiten Stock.«

Das ist ein Fehler, dachte er. *Ein Riesenfehler.* Doch noch während sie die Beifahrertür zuschlug, war seine Hand am Türgriff. Er stieg aus, steckte seine Schlüssel in die Tasche und schalt sich innerlich dafür, dass er sich darauf einließ.

Gleich darauf versuchte er sich einzureden, es wäre eine gute Gelegenheit, sich in ihrer Wohnung umzublicken und sich zu vergewissern, dass sie sich in Sicherheit befand. Aber das war nur eine Ausrede, so viel war ihm klar. In Wahrheit wollte er noch länger mit ihr zusammen sein und, so hatte es zumindest den Anschein, sie auch mit ihm.

Er folgte ihr, vorbei an den Reihen wuchernder Kreppmyrten und ein paar Sträuchern, die nach Sassafras aussahen. Unter dem Vordach am anderen Ende des Gebäudes saß ein Kerl in einem Plastikstuhl und rauchte. Die Spitze seiner Zigarette glühte rot in der Nacht. Er beobachtete sie, sagte aber nichts.

Kristi war bereits auf den Stufen, und Jay folgte ihr.

Vertrau ihr bloß nicht. Sicher, sie wird in den vergangenen neun Jahren erwachsen geworden sein, aber wie pflegte Grandma noch zu sagen? »Ein Leopard legt seine Flecken nicht über Nacht ab.« Oder, in diesem Fall, in einem Jahrzehnt.

Kristi führte Jay zwei Treppen hinauf in den zweiten Stock, und er konnte nicht umhin zu bemerken, wie eng ihre Jeans saß.

Er konnte sich nur zu gut an ihren kleinen Hintern erinnern und hasste sich dafür.

Er riss seinen Blick los und blickte zur Decke, während

Kristi die Tür zu ihrem Apartment aufsperrte. Es hatte den Anschein, dass hier oben, unterm Dach, nur eins untergebracht war, während erster Stock und Erdgeschoss in jeweils zwei oder drei Wohneinheiten unterteilt waren. Das Dachgeschoss hatte wegen der Schrägen weniger Quadratmeter, und Jay vermutete, dass früher hier die Angestellten untergebracht gewesen waren.

Von dem Treppenabsatz vor Kristis Apartment aus konnte er den kleinen Garten überblicken und die gewaltige Steinmauer, die das All Saints College umgab. Er machte die Wipfel der Bäume aus, den Glockenturm und das schräge Dach der Kirche. Durch die Bäume hindurch waren weitere Gebäude im verschwommenen Licht der Straßenlaternen zu erkennen. Er erkannte den Säulenvorbau der Bibliothek und ein Türmchen vom Wagner House.

Das Schloss klickte, und Kristi drückte mit der Schulter gegen die Tür. »Komm rein«, sagte sie und trat über die Schwelle. »Es ist nicht groß, aber für die nächsten ein, zwei Jahre ist es zumindest ein gemütliches Zuhause – das heißt, wenn ich die Calloways so lange ertrage.«

Immer noch mit dem Gefühl, einen gewaltigen Fehler zu machen, betrat Jay ihre Wohnung und schloss die Tür hinter sich.

Kristi schleuderte ihren Rucksack auf die abgewetzte Bettcouch, zog die Jacke aus und hängte sie an einen Haken neben der Tür. »Ist das nicht cool hier?«, fragte sie mit offensichtlichem Stolz. Der Hartholzfußboden war abgetreten und zerkratzt. Ein Kamin aus abblätterndem Mauerwerk dominierte eine der Wände, in den Gauben befanden sich kleine Fenster. Die Küche war nicht mehr als ein Tresen mit Herd und Spüle. Dem Gebäude haftete der Geruch von Generationen an, den die Kerzen und der Weihrauch, die sie in den Zimmern verteilt hatte, nicht überdecken konnten. Kristis Zuhause sah aus, als brauchte es dringend jene Generalüberholung, die er am Haus seiner Cousinen vornahm, aber sie schien sich hier wohl zu fühlen.

»In der Tat, ziemlich cool.«

Ihre Augen blitzten amüsiert. »Was verstehst du schon davon?«

»Touché, Miss Bentz.« Er lächelte. Sie verstand es, ihn auf seinen Platz zu verweisen. »Vom Coolsein verstehe ich wirklich nichts.«

»Nun ...« Sie schien sich daran zu erinnern, warum sie ihn hereingebeten hatte. »Hier siehst du, was ich bisher zusammengetragen habe«, sagte sie und deutete auf einen Tisch, der mit Unterlagen, Fotos, Notizen und ihrem Laptop bedeckt war. In einer angeschlagenen Tasse steckten ihre Stifte, in einer kleinen Schüssel lagen Büroklammern, Reißzwecken und Tesafilm. An der Wand hatte sie eine Pinnwand befestigt, an der die Fotos der vier vermissten Mädchen hingen. Neben den Fotos waren persönliche Informationen notiert, darunter individuelle körperliche Merkmale, Familienmitglieder, Freunde oder Partner, Jobs, Stundenpläne, Adressen der letzten fünf, sechs Jahre und weitere Details, die aussahen, als hätte Kristi sie vom Computer ausgedruckt.

»Widmest du deinen Studien dieselbe Aufmerksamkeit?«, erkundigte sich Jay mit einem Blick auf die mit Textmarker hervorgehobenen Stellen.

Kristi schnaubte. »Willst du ein Bier? Oh, warte, ich weiß

gar nicht, ob ich eins da habe. Mist.« Sie ging zur Küchenzeile und warf einen Blick in einen kleinen, offensichtlich ziemlich leeren Kühlschrank. »Tut mir leid. Ich habe ja nicht damit gerechnet, dass ich Besuch bekommen würde. Es ist nur Limonade da. Wir könnten sie uns teilen.«

»Ist schon okay«, sagte er. Kristi nahm die Flasche heraus und knallte die Kühlschranktür mit der Hüfte zu. Sie öffnete die Limonade, schenkte sie in zwei Gläser ein und fand im Schrank eine Tüte mit Popcorn für die Mikrowelle. »Ich habe noch nichts gegessen«, erklärte sie und stellte die Tüte auf die Drehplatte.

Sie reichte ihm sein Getränk, das er nicht wirklich wollte. Als er die komplizierten Schaubilder betrachtete, die sie erstellt hatte, streifte ihn ihre Schulter knapp oberhalb des Ellbogens. Er nahm einen Hauch von Parfüm wahr. Kristi trank einen Schluck Limonade und sagte: »Ich habe jeder der vermissten Studentinnen eine andere Farbe zugeordnet – Dionne zum Beispiel, die als Erste verschwunden ist, hat die Farbe Gelb.« Sämtliche Informationen, die sie über Dionne gesammelt hatte, waren mit neongelbem Textmarker markiert. »Dann wäre da Tara, die hier gewohnt hat –«

Sein Blick schweifte von den Schaubildern zu ihr. »Hier? In diesem Apartment?«, fragte er.

Sie blickte ihn an und nickte. »Genau hier, in dieser Wohnung.«

»Machst du Witze?« Doch er sah, dass sie vollkommen ernst war. »Mein Gott.« Eines der verschwundenen Mädchen hatte in diesem Apartment gewohnt? Welch unheimliche Verknüpfung des Schicksals! Er betrachtete Taras Schaubild, als wäre es der Schlüssel zur Lösung. Dann fragte er noch einmal: »Sie hat hier gewohnt, bevor sie verschwunden ist? Hast du das beim Einzug gewusst?«

»Nein, das war ein merkwürdiger Zufall.« Kristi stellte ihr Glas auf einem Beistelltisch ab, griff nach einem Gummiband und drehte sich die Haare zu einem Knoten.

Jay setzte sein Glas an die Lippen. »Das gefällt mir gar nicht.« Er spürte, wie ein ungutes Gefühl, eine schleichende Angst, in ihm hochkroch. Die Maiskörner begannen zu platzen, und der Duft nach heißer Butter breitete sich im Zimmer aus. »Wenn die Mädchen wirklich entführt worden sind –«

»Das sind sie.« Kristi nickte nachdrücklich. »Mit Sicherheit.«

»Und du *wohnst* hier.«

»Hey, ich hab das nicht gewusst, okay?« Sie blickte ihm fest in die Augen. Das Ploppen des Popcorns wurde lauter. »Aber das spielt ohnehin keine Rolle. Ich habe das Schloss an der Tür ausgewechselt und die kaputten Fensterriegel repariert. Ich bin hier so sicher wie an jedem anderen Ort. Vielleicht sogar noch sicherer. Wenn wirklich jemand für ihr Verschwinden verantwortlich ist, dann gehe ich davon aus, dass er sich hier nicht mehr blicken lässt.« Das Geräusch des Popcorns war zu einem Sperrfeuer angeschwollen. »Der Blitz schlägt nicht zweimal an derselben Stelle ein.«

Jay schüttelte den Kopf. »Wir reden doch nicht über irgendeine Laune der Natur.«

»Ach nein?«, fragte sie mit plötzlich leiser Stimme.

Ihr Ton irritierte ihn. »Was meinst du?«

Kristi wählte ihre Worte mit Bedacht. »Ich denke, wer

auch immer hinter dem Verschwinden der Mädchen steckt, ist in eine wirklich finstere Sache verwickelt. Böse.«

»Böse?«, wiederholte er.

Sie nickte, und er sah, wie sie schauderte. »Wir haben es wohl mit etwas so Abscheulichem und Verdorbenem zu tun, dass es kaum noch menschlich ist.«

»Was sagst du da, Kris?«

»Ich habe ziemlich viel recherchiert. Über Vampire.«

Jay brach in Gelächter aus. »Okay. Du hast mich reingelegt.«

»Ich meine es todernst.«

»Ach, komm schon. Du glaubst doch nicht etwa an diese romantischen Vampirgeschichten –«

»Daran ist nichts Romantisches«, unterbrach sie ihn. »Ob ich an Vampire glaube? Natürlich nicht. Aber manche Leute tun das durchaus, und weißt du was? Wenn eine Person etwas für wahr hält, dann ist es das auch. Zumindest für sie oder ihn.«

»Das heißt also, derjenige, der hinter dem Verschwinden der Mädchen steckt, glaubt an Vampire. Willst du das damit sagen?«

»Ich kann genau hören, dass du dich innerlich amüsierst.«

»Tue ich nicht. Ehrlich.«

»Was ich sagen will, ist: Dieser Kerl glaubt an Vampire, oder vielleicht bildet er sich auch ein, dass er selbst ein Vampir ist. Ich weiß es nicht. Aber jemand, der so etwas glaubt, jemand, der sich so etwas einbildet, jemand mit einer solchen Zwangsvorstellung … ist gefährlich. Dieser Kerl ist gefährlich.«

Ein Anflug von Furcht verursachte bei Jay eine Gänsehaut. »Vielleicht ist deine Fantasie mit dir durchgegangen«, sagte er, aber er merkte selbst, wie unsicher er klang.

Kristi schüttelte den Kopf.

»Hör mir doch einfach mal zu, Lucretia«, sagte er ärgerlich am anderen Ende der Leitung. »Ich weiß, dass du besorgt bist. Zum Teufel, ich weiß sogar, dass du versucht hast, das Ganze aus der Welt zu schaffen, und mit deinem Gewissen gerungen hast, aber du kannst nicht beides haben. Entweder du vertraust mir, oder du tust es nicht.«

»Ich vertraue dir«, sagte sie, und ihr Herz machte einen furchtsamen Sprung. Sie stellte sich sein schönes Gesicht vor, erinnerte sich an ihren ersten Kuss, die sanfte, zärtliche Berührung ihrer Lippen, die so vielversprechend gewesen war. Sie hatten in der Abenddämmerung auf der Gartenveranda vom Wagner House gestanden. Regen strömte aus dem dunklen Himmel. Manche Leute behaupteten, im Haus würde es spuken – sie hielt es für verwunschen. Die einzige Lichtquelle war eine Kette mit Weihnachtslichtern, die sich um das Haus zog. Jede einzelne Glühbirne sah aus wie eine kleine Kerze, die sanft in der Dezembernacht glühte. Sie erinnerte sich an den Geruch des Regens auf ihrer Haut, an das Zittern ihrer Nervenenden, als er ihre Lippen so sanft mit seinen berührte.

Sie hatte sich danach gesehnt, sich ihm hinzugeben, und er hatte das gespürt.

Stunden später, in ihrem Zimmer, hatten sie sich geliebt, wieder und wieder, und sie hatte gespürt, wie ihre Seele zu seiner fand.

Und jetzt beendete er das Ganze?

»Ich verstehe das nicht«, sagte sie matt, aber sie wussten beide, dass das eine Lüge war.

»Wenn du mir nicht absolut vertraust –«

»Es geht um Macht, nicht wahr?«, unterbrach sie ihn und gewann ein bisschen von ihrer alten Gereiztheit zurück.

»Und Gehorsam. Blinden Gehorsam.«

»Vertrauen«, sagte er mit leiser Stimme, die sie an seinen Atem erinnerte, der über ihr Ohr gestrichen war, während seine Lippen wunderbare Dinge mit ihrem nackten Körper anstellten. Er konnte sie gleichzeitig zum Schwitzen und zum Beben bringen ...

Wie bereitwillig sie unter ihm gelegen und voller Ehrfurcht seinen kraftvollen Körper betrachtet hatte, während er sich auf die Ellbogen stützte und ihre Brustwarzen küsste! Sie hatte beobachtet, wie sich ihre Körper bewegten, sein Schwanz, der in sie hinein- und wieder herausglitt.

Manchmal hatte er für einen kurzen Moment aufgehört, war aus ihr hinausgeglitten und hatte sie umgedreht, nur um sie noch kräftiger von hinten zu nehmen. Häufig hatte er sie mit den Zähnen gezwickt, sie leicht gebissen und feine Abdrücke auf ihrem Hals, ihren Brüsten oder Pobacken hinterlassen, so dass sie die ganze Woche über an ihre ausgiebige, lustvolle Begegnung erinnert wurde.

»Ich sagte doch, dass ich dir vertraue.«

»Aber ich kann *dir* nicht vertrauen. Das ist der Punkt. Wir beide wissen, was du getan hast, Lucretia. Wie du mich hintergangen hast. Ich weiß, dass du durcheinander warst. Verängstigt. Aber du hättest damit zu mir kommen sollen, anstatt dich an jemanden außerhalb des Kreises zu wenden.«

»Bitte.«

»Es ist vorbei.« Die Worte gellten in ihren Ohren. Unnachgiebig. Endgültig.

»Nein, es tut mir leid. Ich hätte –«

»Es gibt eine Menge Dinge, die du hättest tun sollen. Hättest tun können, aber es ist zu spät. Das weißt du.«

»Nein! Ich kann nicht glauben –«

»Das stimmt, genau das kannst du nicht, und darin liegt das Problem. Ich hoffe, du weißt, dass die Erfahrung, die du gemacht hast, heilig ist, und dass du niemals darüber sprechen darfst. Kannst du Stillschweigen bewahren? Kannst du das?«

»Ja!«

»Dann besteht eine Chance, eine winzig kleine, aber immerhin eine Chance, dass dir vergeben wird.«

Ihr Herz machte erneut einen Satz, doch dann überlegte sie, ob er vielleicht wieder schwindelte, sie hinhielt, damit sie nicht zur Polizei ging oder sich an die Campuspolizei wandte.

»Wenn du doch etwas verrätst, kann ich nicht für deine Sicherheit garantieren.«

»Du drohst mir?«

»Ich warne dich.«

Lieber Gott. Tränen schossen ihr in die Augen, schnürten ihr die Kehle zu. Sie fühlte sich elend. Sie konnte ihn nicht einfach aufgeben.

»Ich liebe dich.«

Einen Augenblick sagte er nichts, ein bedeutungsschweres Schweigen. Dann sagte er: »Ich weiß.«

Die Leitung war tot. Sie starrte eine Minute lang auf den

Hörer. Die aufgestauten Tränen liefen über ihre Wangen und fielen auf ihre Brust. Das war ein Irrtum, ein schrecklicher Irrtum. Sie liebte ihn, liebte ihn so sehr! »Nein«, jammerte sie leise. Ohne seine Liebe war sie innerlich wie ausgehöhlt. Leer. Nutzlos.

Mittlerweile schluchzte sie und bekam sogar einen Schluckauf.

Es gibt andere Männer.

»Aber keinen wie ihn«, sagte sie laut, »keinen wie ihn.« Sie schlang die Arme um die Knie und wiegte sich vor und zurück. Sie versuchte, die Vorstellung zu verdrängen, dass sie ihn nie wieder küssen würde, ihn nie wieder berühren, nie wieder mit ihm schlafen würde. Aber die Gedanken nisteten sich in ihrem Hinterkopf ein. Unter Tränen schaute sie zu der Ecke hinüber, in der ihr Schreibtisch stand.

Darauf befanden sich ihr Computer und ein paar Fotos – nicht von ihm, das hatte er nicht zugelassen, aber von zweien ihrer Freundinnen. Neben den gerahmten Fotografien standen ein Weihnachtskaktus, noch in voller Blüte und ein Behälter mit Kugelschreibern, Bleistiften und einer Schere. Einer scharfen Schere.

Sie biss sich auf die Lippe. Würde sie den Mut haben, all das zu beenden?

Er ist es nicht wert.

»Doch das ist er.« Sie konnte sich opfern, um ihm zu zeigen, wie sehr sie ihn geliebt hatte, würde ihr verfluchtes Blut für ihn vergießen.

Hätte sie ihm doch nur blind vertraut, wäre sie doch nur so wie die anderen, hätte sie doch nur nicht … Hätte sie doch nur nicht Kristi Bentz da mit reingezogen. Dann würde er sie immer noch lieben. Sie immer noch mit Zärtlichkeiten überschütten. Ihr immer noch sagen, wie schön sie war.

Sie schloss die Augen und ließ sich auf den Fußboden sinken, wo sie sich wie ein Fötus zusammenrollte. Wieder wiegte sie sich auf dem dicken Teppich hin und her, aber es nutzte nichts. Als sie die Augen öffnete, fiel ihr Blick auf die Schere. Die beiden Scherenblätter würden ihre Haut leicht durchdringen und eine Vene oder Arterie öffnen.

Ihr entging nicht die Ironie.

Wäre sie bereit gewesen, ihr edelsteinbesetztes Kreuz gegen eine kleine Ampulle ihres eigenen Bluts zu tauschen, müsste sie jetzt nicht Selbstmord begehen und für ihre Liebe sterben.

Die Mikrowelle gab ein lautes »Ping« von sich. Ein paar Körner platzten noch. Jay hatte geschwiegen und das Gesagte verarbeitet, genau wie Kristi.

»Ich bin besorgt um dich«, bemerkte er schließlich. »Ich denke, ich sollte Bruno bei dir lassen.«

Kristi brachte ein halbes Lachen zustande. Sie wollte, dass er ihr zuhörte, ihr Glauben schenkte, aber sie brauchte keinen weiteren Retter. Ihr Vater reichte ihr vollkommen.

»Mrs Calloway würde dieses Untier hier sicher willkommen heißen! Haustiere sind nicht erlaubt.« Sie ging zur Mikrowelle und nahm behutsam die pralle, leicht verbrannte Tüte heraus.

Jay blickte demonstrativ auf die Wasser- und Futterschüsseln auf dem Fußboden in der Nähe des Kühlschranks.

»Sieht nicht so aus, als würdest du dich daran halten.«

Sie öffnete die Tüte. Dampf quoll hervor. »Houdini ist ein Streuner. Er wohnt hier nicht.« Kristi bemerkte Jays skeptischen Gesichtsausdruck und fügte hinzu: »Ich habe keine Katzentoilette. Also: Die Antwort ist ein klares Nein, was den Hund betrifft, aber vielen Dank.«

»Dann bleibe ich.«

Sie zog die Luft ein. »Äh ...« Ihre Blicke trafen sich. »Ich glaube nicht, dass das eine gute Idee ist. Und was noch schlimmer wäre: Wie sollten wir das meinem Vater erklären?«

»Er könnte möglicherweise helfen.«

»Noch nicht«, beharrte sie und schüttete das Popcorn in eine Schüssel. »Später.«

Jay rieb sich den Nacken und blickte aus dem Fenster über den Campus. In diesem Augenblick schlugen die Glocken der Kirche die volle Stunde. Der Klang drang durch ein leicht geöffnetes Fenster zu ihnen herein.

Mitternacht.

Geisterstunde.

»Mehr als alles andere missfällt mir die Tatsache, dass du in Tara Atwaters Apartment wohnst. Das ist mir etwas zu viel Zufall.«

Kristi trug die Schüssel zum Schreibtisch und schob die Schale mit den Büroklammern beiseite, um Platz zu machen. »Ich habe das Apartment im Internet entdeckt und es gemietet, bevor ich wusste, dass Tara hier gewohnt hat oder dass ich so in den Fall verwickelt werden würde.« Kristi nahm eine Handvoll Popcorn und stopfte es sich in den Mund. Dann hielt sie Jay die Schüssel hin. Er bediente sich zurückhaltender. »Zu dem Zeitpunkt kannte ich noch nicht einmal Tara Atwaters Namen und wusste schon gar nicht, dass sie vermisst wird. Ich hatte natürlich von der Sache gehört, mein Dad hat mir davon erzählt, und es kam auch etwas in den Nachrichten, wenngleich nicht viel. Damals dachte ich, das wären alles nur Mutmaßungen. Niemand konnte mit Sicherheit behaupten, dass sie entführt worden waren. Das ist ja immer noch so. Der einzige Grund dafür, dass ich in diesem Apartment gelandet bin, ist der, dass die meisten Leute ihre Unterkunft für das Semester schon gemietet hatten. Ich habe mich für Januar eingeschrieben und mich im Dezember umgeschaut, als nicht mehr viele Wohnungen frei waren.«

»Du klingst, als versuchtest du, dich selbst zu überzeugen.«

Kristi lächelte dünn. »Okay ... das ist ein bisschen verrückt, zugegeben. Aber wenn du die Sache logisch betrachtest, ist es wirklich reiner Zufall.«

»Hm. Du bist *rein zufällig* in Tara Atwaters Apartment gelandet und bist *rein zufällig* in Nancy Drews Fußstapfen getreten, um den *Fall der vermissten Studentinnen* zu lösen?«

»Ich hatte mich sowieso damit befasst, und dann hat mich Lucretia um Hilfe gebeten.«

»Lucretia? Lucretia ...« Jay runzelte die Stirn und versuchte, den Namen einzuordnen. »Hieß nicht deine verhasste Zimmergenossin Lucretia –«

»Ja. Genau die.« Kristi erzählte ihm, wie sie Lucretia über den Weg gelaufen war, dass diese sich Sorgen um die vermissten Mädchen gemacht und gleichzeitig Angst gehabt hatte, irgendetwas zu sagen, weil ihre Arbeitgeber die Meinung vertraten, dass alles in bester Ordnung war. »Ich habe Lucretia versprochen, mal nachzuforschen«, endete sie.

»Mir gefällt der Gedanke, dass du hier allein lebst, nach

wie vor nicht.« Jay hatte das unbestimmte Gefühl, dass irgendetwas nicht näher zu Bezeichnendes aus den Fugen geriet.

»Es ist doch bloß mein Apartment. Tut mir leid, der Hund kann nicht bleiben und du auch nicht. Und damit basta.«

Kristi deutete wieder auf die Pinnwand, genauer auf das Foto von Tara Atwater. »Zurück zu den Farben. Taras Schaubild ist rosa, Moniques grün und Rylees blau. Wie du sehen kannst, habe ich Orte, Leute und sonstige Dinge zusammengestellt, die sie möglicherweise gemeinsam hatten, und diese miteinander verbunden. Die Verbindungslinien sind zwei-, drei- oder vierfarbig.«

Jay nahm die Informationen in sich auf. Die farbigen Linien liefen außer bei vereinzelten Freunden oder Orten beim Stundenplan der Studentinnen zusammen. Jede von ihnen hatte Englisch im Hauptfach, und sie alle hatten Seminare bei einer Handvoll Professoren hier am College belegt.

»Diese Mädchen besaßen nicht viele Freunde und ein nicht gerade geordnetes Familienleben. Ich habe versucht, die Eltern zu erreichen. Sie scheinen die Einstellung ›keine Nachrichten sind gute Nachrichten‹ zu vertreten. Alle Mädchen waren in irgendwelche Probleme verstrickt – Drogen, Alkohol, Jungs –, und ihre Familien haben sie aufgegeben.«

»Was ist mit besten Freundinnen?«

»Wenn eine von ihnen eine beste Freundin hatte, hätte ich das herausgefunden. Auch Lucretia behauptete, keine von ihnen näher zu kennen.« Kristi runzelte ratlos die Stirn. Kleine Fältchen erschienen zwischen ihren Augenbrauen.

»Ich habe seitdem verschiedene Male versucht, Lucretia zu erreichen, aber sie hat nie zurückgerufen.«

»Warum nicht?«

»Das ist die Eine-Million-Dollar-Frage«, sagte Kristi, nahm einen Kugelschreiber und drehte ihn nachdenklich zwischen den Fingern. »Es hatte beinahe den Anschein, als hätte sie das Gefühl gehabt, etwas tun zu *müssen*, also hat sie mir davon erzählt, und das war's.«

»Sie hat dir den Ball zugespielt. Hatte es satt, sich schuldig zu fühlen, weil sie glaubte, irgendetwas wäre faul. Deshalb hat sie es auf dich abgeladen.«

»Vielleicht bedauert sie inzwischen auch, die Sache mir gegenüber erwähnt zu haben.«

Kristi hatte die Schüssel zurück auf den Schreibtisch gestellt, und Jay griff abwesend hinein. »Diese Mädchen waren also allesamt Eigenbrötlerinnen. Oder zumindest allein auf der Welt.«

»Ich habe mit ihren Kommilitonen gesprochen und mit einigen Mitarbeitern, und alles, was ich wieder und wieder gehört habe, war: ›Ich kannte sie nicht wirklich‹, oder: ›Sie war ziemlich verschlossen‹, oder: ›Sie blieb lieber für sich‹ und so weiter.«

Jay betrachtete erneut die Schaubilder und konzentrierte sich auf die Stellen, wo die Linien aufeinandertrafen und sich überschnitten. Er deutete auf den Stundenplan. »Jede von ihnen hat Kreatives Schreiben bei Preston belegt, Shakespeare bei Emmerson, Journalismus bei Senegal und Der Einfluss des Vampyrismus bei Grotto?« Er fühlte, wie er schauderte. »Du lieber Himmel, Kristi, das ist *dein* Stundenplan!«

»Ich weiß.« Sie zuckte die Achseln. »Das ist schließlich nichts Außergewöhnliches oder Einzigartiges. Der Lehrplan wird per Computer aufgestellt, Unterrichtsblöcke geplant, stimmt's? Abhängig von unserem Hauptfach. Wir sind also bei weitem nicht die einzigen, die diesen Stundenplan haben. Und es gibt auch ein paar Unterschiede. Tara zum Beispiel hat Forensik bei deiner Vorgängerin Dr. Monroe belegt, und Monique und Rylee haben beide einen Literaturkurs bei Dr. Croft besucht, der Leiterin des English Department, bevor sie verschwunden sind. Oh, und hier ...«

Sie tippte auf Dionnes Stundenplan. »Dionne hatte unter anderem noch Religion bei Vater Tony und Einführung ins Strafrecht bei Professor Hollister.«

»Voller Stundenplan.«

»Ich schätze, sie hatte sich einen knappen Rahmen gesteckt und wollte schnell ihren Abschluss machen. In dem Semester, in dem sie verschwunden ist, hatte sie sechs Seminare belegt und achtzehn Stunden Vorlesungen. Außerdem arbeitete sie als Teilzeitkraft beim hiesigen Pizza Parlor. Und da ist noch etwas: Sämtliche Mädchen machten bei Vater Mathias' Moralitätenaufführung mit, was wiederum mit dem English Department zusammenhing.«

»Moralität?«

»Ziemlich altmodisch, nicht wahr? Wie aus dem Mittelalter. Ich habe es noch nicht genau herausgefunden, aber ich habe gehört, wie sich ein paar Mädchen im Vampyrismus-Seminar darüber unterhalten haben, dass das erste Stück am Sonntagabend aufgeführt wird. Ich dachte, da schaue ich mal vorbei. Schätze, du hast keine Lust mitzukommen?«

»Willst du denn, dass ich mitkomme?«

Klang das jetzt so, als erwartete er ein Date? Vielleicht, denn Kristi machte einen Rückzieher. »Nein, ich werde allein gehen. Das ist besser. Die Leute könnten dich bemerken.«

»Vielleicht sollte ich dich doch begleiten.«

»Nein, Jay. Das ist meine Sache.«

»Das gefällt mir nicht«, murmelte er. Wenn sie recht hatte, lief hier ein Psychopath rum, der Frauen vom Campus verschleppte. Und wenn sie sich irrte, gab es *irgendetwas*, das sie von dort vertrieb. Vier Studentinnen in weniger als zwei Jahren, verschwunden von einem Campus dieser Größenordnung, war mehr als ungewöhnlich, mehr als verdächtig.

»Ich kann nicht glauben, dass die Universität nicht dahinterher ist.«

»Die Verwaltung bemüht sich stattdessen, alles unter den Teppich zu kehren. Die Anmeldungen sind ohnehin rückläufig, und sie wollen nicht noch mehr negative Presse. Ich habe mich an den Studentenvorstand gewandt und wurde umgehend aus dem Büro komplimentiert. Mir gehe die Fantasie durch und so weiter. Sie haben mich behandelt, als hätte ich die Pest.«

»Aber sie haben doch die Verantwortung –«

»Die sie nicht übernehmen, weil sie sich nicht eingestehen, dass etwas nicht stimmt.«

»Dass ich nicht lache!« Jay blickte auf die Schaubilder und schüttelte den Kopf. »Du musst das hier zur Polizei bringen.«

»O ja, richtig. Denk doch mal nach!« Kristi trank ihr Glas aus. »Sagen wir, ich kreuze damit bei der Polizeistation von Baton Rouge auf. An wen soll ich mich wenden?« Sie hob die Schultern. »Vielleicht an die Abteilung für vermisste Personen? Ich bringe diese Schaubilder mit, und dann sage ich ... was? Dass ich die Tochter von New Orleans' Supercop Rick Bentz bin und sie mir zuhören sollen? Selbst wenn ich ihn nicht ins Spiel bringe, werden sie zwei und zwei zusammenzählen und genervt sein.«

Eine dünne schwarze Katze schlüpfte durch den Fensterspalt über der Spüle.

»Wenn ich etwas so Aberwitziges täte, würde ich hochkant rausfliegen und mein Dad würde herbeizitiert werden. Nein danke.«

Sie hatte nicht ganz unrecht.

»Hey, Houdini«, sagte sie, als die Katze vom Tresen flitzte.

»Du wirst ja langsam zahm«, scherzte sie. Die Katze blickte misstrauisch zu ihr herüber.

Jay wollte beim Thema bleiben. »Die Behörden müssen wissen, was du herausgefunden hast. Vielleicht könntest du deinen Vater anrufen und ihm erklären –«

»Ja, natürlich. Er würde mich so schnell hier fortholen, dass ich es gar nicht mitbekäme.«

»Das kann er doch gar nicht. Du bist erwachsen.«

Sie starrte ihn an, als hätte er nicht alle Tassen im Schrank.

»Sag ihm das mal! Entweder hetzt er mir einen verdammten Bodyguard auf den Hals, oder er kommt her und überwacht das Apartment höchstpersönlich. Nein, Detective Bentz davon in Kenntnis zu setzen, steht außer Frage. Ich *bin* erwachsen, und wir werden das auf meine Art und Weise angehen.«

»Wie auch immer die aussehen mag.«

»Richtig.« Sie lächelte Jay plötzlich an, spürte seine Kapitulation, obwohl er sich felsenfest vorgenommen hatte, nicht nachzugeben.

Himmel, war sie schön. Er versuchte, diese Tatsache zu ignorieren, aber sie schaute ihn weiter aus diesen hinreißenden Augen an. Für den Bruchteil einer Sekunde spürte er, wie eine heiße Welle durch seine Adern raste – Verlangen, vermischt mit der Erinnerung daran, wie er sie in den Armen hielt, keuchend und verschwitzt. Seine Kehle wurde trocken, und er blickte zur Seite. Dann vergrub er die Hände tief in seinen Hosentaschen. Sie erzählte von Entführungen und der möglichen Ermordung von vier Mädchen, und er reagierte noch immer körperlich auf sie.

Was einfach lächerlich war. »Ich denke, ich verschwinde jetzt besser«, sagte er.

»Aber du hilfst mir?«

»Solange du mich nicht darum bittest, irgendwelche Gesetze zu brechen.«

»Okay, versprochen«, sagte sie. Dann errötete sie und sah aus, als würde sie sich auf die Zunge beißen.

Sie musste nicht erklären, warum. Er erinnerte sich, dass sie vor einem Jahrzehnt genau dieselben Worte gesagt hatte, als er ihr einen schmalen Ring über den Finger streifte.

»Gut«, sagte er rasch, als hätte er nichts bemerkt. Kein Grund, die Vergangenheit wieder aufzuwühlen. Sie waren damals noch fast Kinder gewesen. »Ich seh dich dann im Seminar.« Und damit ging er, ohne sich noch einmal umzudrehen.

Ja, dachte er, als er die Treppen hinunterstieg, er hatte recht gehabt. Was Kristi Bentz betraf, war er ein unverbesserlicher Trottel.

13.

Meistens waren Chatrooms reine Zeitverschwendung.

Nachdem Jay gegangen war, verbrachte Kristi über eine Stunde damit, Nachrichten an verschiedene Screennames zu schicken und sich in Onlinechats einzuklicken, von denen manche beunruhigend, andere dagegen einfach nur dumm waren. Es handelte sich wohl um Kids, die an ihren Computern herumspielten, obwohl sie eigentlich längst schlafen sollten. Ein Chatroom hingegen, der sich dem Thema »Blut in der Literatur« widmete und anders war als das übliche Werwolf- und Vampirzeug, zog Kristis Aufmerksamkeit auf sich. Sie hielt sich die meiste Zeit über im Hintergrund und verfolgte die Konversation zwischen den verschiedenen Teilnehmern. In manchen der Chatrooms wurde nur über die Fernsehserie *Buffy – Im Bann der Dämonen* gesprochen, in anderen über die *Blade*-Filme, doch dieser hier befasste sich mit Vampiren in der Literatur, und eine Minute lang dachte Kristi, Dr. Dominic Grotto höchstpersönlich würde die Diskussion leiten. Man diskutierte ein wenig über Graf Dracula, das Werk von Bram Stoker, und stellte Fragen über Elisabeth Bathory, die Gräfin, die im Blut ihrer Opfer gebadet hatte, und sogar über Vlad III., den Pfähler, auch bekannt als Vlad Dracula, der laut der Gesprächsteilnehmer als Vorbild für Bram Stokers Graf Dracula gedient hatte. Manche Gespräche drehten sich um Transsylvanien und Rumänien, um Tatsache versus Fiktion und um die Frage des Bluttrinkens.

Alles in allem schienen die Teilnehmer dieses speziellen Chatrooms ein Interesse zu bekunden, das über den Wunsch nach purer Gruselei hinausging. Sie meinten ihre Fragen wohl ernst, worum auch immer sie sich drehten.

Kristi machte sich Notizen zu jedem, der sich am Chat beteiligte, und darüber, was sein spezielles Anliegen war. Zumindest aber verschaffte sie sich einen Überblick über die verschiedenen Screennames der Beteiligten, die, so schien es, alle etwas mit dem Thema zu tun hatten. Da sie sich in die Gruppe hatte einbringen wollen, hatte sie sich als ABneg1984 angemeldet, obwohl sie Blutgruppe 0 positiv hatte und auch nicht 1984 geboren war. Sie verwendete eine Reihe weiterer Decknamen, um ihre wahre Identität zu verbergen, und stellte alle fünf Minuten ein oder zwei Fragen, um die anderen nicht auf den Gedanken zu bringen, dass sie sie ausspionierte.

Es war ein ganz schöner Balanceact, da sie mehrere Fenster gleichzeitig geöffnet hatte. Jedes gehörte zu einem anderen Live-Chatroom, und zunächst bereitete es ihr einige Probleme, mit allen gleichzeitig zu kommunizieren. Doch schon bald hatte sie den Dreh raus und klinkte sich aus einigen aus, die offenbar am Thema vorbeigingen. Was sie brauchte, waren Chat-Partner aus Baton Rouge oder zumindest aus Louisiana. Anhand der Screennames ließ sich das nicht feststellen, und soweit sie es beurteilen konnte, mochten sie von überall her stammen.

Es war wie die Suche nach der berühmten Nadel im Heuhaufen.

Endlich kam die Rede in dem intellektuell anmutenden Chatroom auf den All Saints Campus und auf Vampirismus.

»Bingo«, flüsterte Kristi so leise, als würde sie fürchten, die anderen Gesprächsteilnehmer könnten sie hören. Zum Glück waren ihr Laptop-Mikrofon und die Kamera abgeschaltet. Sie konnte ihr Glück kaum fassen. Irgendjemand mit Namen Dracoola lebte ganz in der Nähe. Oder stand zumindest in Verbindung mit dem College.

Sie wartete. Lauernd. Versuchte, zwischen den Zeilen zu lesen, ging sogar so weit, sich die verschiedenen Persönlichkeiten vorzustellen, von denen viele ihre eigenen Icons einspeisten. Blutstropfen, Vampirzähne und Fledermäuse schienen zu den Favoriten zu zählen. Leute klickten sich ein und wieder aus, aber manche der Chatter schienen die ganze Nacht über online zu bleiben. Einer von ihnen war JustO, der Dr. Grottos Seminar erwähnt hatte.

Kristi verspürte einen Anflug von Erregung. Sie kam der Sache näher.

Rasch notierte sie die Screennames von Dracoola, JustO, Carnivore18, Sxyvmp21, Deathmater7 und Dmin8trxxx. »Schsch«, sagte sie zu der Katze, die abrupt auf ihrem Weg zum Futternapf innehielt. »Wer *sind* diese Leute?« Houdini drückte sich an die Wand, die Muskeln angespannt.

Kristi überlegte, die Rede auf die vermissten Mädchen zu bringen, aber das Gespräch ging gar nicht in diese Richtung, und sie wollte es sich nicht mit den Wahnsinnigen verderben, die ihre Nächte am Computer verbrachten, um sich mit Fremden über Blut und Vampire und ein Leben im Jenseits auszutauschen. Sie überließ es den anderen, das Gespräch weiterzuführen. Einer der später Hinzugekommenen hatte den Screennamen DrDoNoGood. Irgendetwas an seinen Bemerkungen störte sie, irgendetwas, das ihr bekannt vorkam.

Kannte sie den Kerl?

Oder handelte es sich um eine Frau?

Einen Doktor der Medizin? Einen Möchtegern-Doktor? Einen Dr. phil.? Einen James Bond / Ian Fleming-Fanatiker, dessen Name ein Spiel mit dem Filmtitel *Dr. No* war?

Er stellte eine weitere Frage – und sie erstarrte. Genau dieselbe Frage hatte sie in ihren Unterlagen zu dem Seminar von Dr. Grotto gefunden.

Konnte DrDoNoGood ein Cybernet-Alias für Dr. Dominic Grotto sein?

Ihre Gedanken rasten. Was hatte sein Name zu bedeuten? Oder zog sie zu dieser späten Stunde lediglich falsche Schlüsse? Oder ...

Dann las sie nur die Anfangsbuchstaben des Screenname: DDNG oder DrDNG.

Begann Grottos zweiter Vorname nicht mit einem N? Hatte sie ihn nicht schon irgendwo gelesen? Auf irgendeinem Papier, das sie von dem College bekommen hatte?

Sie richtete ihre Aufmerksamkeit abwechselnd auf den Bildschirm und das Bücherregal über ihrem Schreibtisch und entdeckte den Kursleitfaden fürs College, abgegriffen und voller Eselsohren. Sie schlug ihn bei dem Abschnitt über das Lehrpersonal auf. »Komm schon, komm schon«, murmelte sie und schaffte es kaum, parallel die online stattfindende Diskussion über das Ritual des Bluttrinkens und den dazugehörigen Geschlechtsakt mitzuverfolgen.

»Igitt.« Sie schauderte. »Nein danke.« Sie blätterte die Seiten durch und stieß endlich auf Dr. Grottos Foto. Er sah verdammt gut aus. Durchdringende Augen, markantes

Kinn, hohe Stirn und dunkles Haar. Unter dem Foto stand: Dominic Nicolai Grotto, Dr. phil.

Konnte das sein?

Waren DrDoNoGood und Dr. Dominic Nicolai Grotto ein und derselbe?

Kristi verspürte einen Ruck, dasselbe Bauchgefühl wie ihr Vater, wenn er auf einen Hinweis in dem verworrenen Spiel eines gemeingefährlichen Psychopathen stieß.

»Wie der Vater, so die Tochter«, sagte sie zu sich selbst, während sie eine unverfängliche Frage zum Seminar stellte.

Sie fragte sich, ob es die Möglichkeit gab, die Identität von DDNG aufzudecken, irgendeinen Weg, ihn aufzustöbern. Vielleicht konnte sie seine Eitelkeit nutzen, sich über ihn als Dozenten beschweren und abwarten, was passierte.

Sie verfolgte weiter die Diskussion und zog ihre Seminarunterlagen heraus. Wenn sie ihn zitierte, würde sie vielleicht eine Antwort bekommen ... Und wenn sie etwas in der Art über ihn sagte, dass er mehr Schauspieler war als ein Intellektueller, sein Seminar eher theatralisch als literarisch, würde er das sicher nicht so stehenlassen. Sie öffnete ein weiteres Programm, in dem sie ihre Unterrichtsnotizen gespeichert hatte, aber noch bevor sie mit der entscheidenden Frage herausrücken konnte, loggte er sich aus.

»Was! Nein!«, schrie sie und öffnete rasch die anderen Chatroom-Fenster, in der Hoffnung, dass er dort irgendwo auftauchte. Aber er war nirgends zu finden. »Verdammter Mist!« Sie schleuderte den College-Leitfaden zur Seite und wollte soeben die Chatroom-Fenster schließen, als sie eine merkwürdige Frage in dem Raum entdeckte, den DrDoNoGood soeben verlassen hatte.

Deathmaster7 fragte: *Tragt ihr eine Blutampulle?*

Kristi fröstelte.

Drei Leute antworteten mit Ja, Carnivore18 dagegen mit einem Fragezeichen. Offensichtlich kapierte Carnie es auch nicht. Eine Person antwortete gar nicht, und zwei tippten: *Nein.* Kristi entschied sich dafür, mit dem Strom zu schwimmen, und antwortete: *Ja.*

Carnivore18 tippte eine ganze Reihe mit Fragezeichen. Offensichtlich fühlte er sich ausgeschlossen.

»Willkommen im Club«, sagte Kristi und fragte sich, wie sie das Gespräch in die richtige Richtung lenken konnte. Dann fiel ihr etwas ein: Hatte Lucretia nicht erwähnt, dass ein paar der weiblichen Sektenmitglieder in Dr. Grottos Seminar Ampullen mit ihrem eigenen Blut um den Hals trugen?

Deathmaster7 fragte: *Mit wessen Blut?*

Kristi starrte auf den Bildschirm. Ihr Puls machte einen Satz bei dem Gedanken, dass sie möglicherweise auf genau die Verbindung gestoßen war, die sie benötigte, um mehr über die Vampirsekte, die sich angeblich auf dem Campus breitmachte, in Erfahrung zu bringen. Aber sie musste vorsichtig sein und durfte nicht zu schnell antworten. Was, wenn sie mit ihrer Vermutung danebenlag? Was, wenn Lucretia ihr falsche Informationen gegeben hatte? Sie wartete, die Finger über der Tastatur erhoben.

Der Einzige, der eine Antwort gab, war JustO: *Mein Blut. Wessen sonst?*

Kristi grinste.

Keiner der anderen Chatter antwortete, aber Kristi wollte nicht lockerlassen. Also schloss sie sich JustO an und tippte: *Mein eigenes.*

Die anderen Ampullenträger waren merkwürdig still, bis sie sich schließlich JustO und Kristi anschlossen. Waren sie nur zurückhaltend, oder waren sie wie Kristi Lügner mit ganz eigenen Absichten?

Sie biss sich so fest auf die Lippe, dass sie Blut schmeckte, und dachte nach. Es stand fest, dass JustO in einem Internet-Chatroom über Blut schrieb. Stand sie oder er in Verbindung mit der Sekte? Kristi versuchte sich vorzustellen, wer JustO war. Jemand aus Dr. Grottos Seminar? Jemand, den sie jedes Mal sah, wenn sie den Seminarraum betrat? Hatte sein oder ihr Screenname speziell für diesen Chatroom etwas mit Blut zu tun, so wie der von Kristi? Hatte JustO Blutgruppe 0?

Kristi verspürte einen Adrenalinstoß und konnte kaum still sitzen. Sie war sich sicher, dass es sich um eine weibliche Person handelte, obwohl sie nicht genau sagen konnte, warum. Sie spürte es einfach.

Mochte es sein, dass JustO eine Ampulle mit ihrem eigenen ... O Gott! Es traf Kristi wie ein Schlag. Sie wusste, wer die Person war! Hatte sie nicht von einer All-Saints-Studentin gehört, die unter ihrer Initiale bekannt war? *Just »O«*? Nur »O«?

Kristis eigener Vater hatte von dem Mädchen gesprochen. Er hatte »O« befragt, als er vor einigen Jahren in einem Mordfall ermittelte. Es hatte sich um einen der Fälle gehandelt, die zu Our Lady of Virtues geführt hatten, der verlassenen Nervenklinik ein paar Kilometer außerhalb von New Orleans. Eines der Opfer des durchgeknallten Spinners hatte hier, am All Saints College, studiert.

Detective Bentz und Detective Montoya waren nach Baton Rouge gefahren, wo sie Studenten, Familienangehörige und Lehrkräfte befragten. Darunter war auch ein Mädchen gewesen, das eine Ampulle mit seinem eigenen Blut um den Hals getragen hatte.

Kristi wurde beinahe schwindelig bei dieser Erkenntnis. Sie streckte die Arme über den Kopf und hörte ihr Rückgrat knacken, doch sie hielt den Blick fest auf den Monitor gerichtet. Ihre Gedanken rasten zurück zu der Unterhaltung, die im Wohnzimmer ihres Vaters stattgefunden hatte. Damals hatte sie noch nicht bei ihm gewohnt und ihn nur besucht. Olivia war nicht zu Hause gewesen. Bentz und Montoya hatten über den Fall gesprochen, und Montoya hatte etwas über das »verrückte Gothic-Mädchen« gesagt, das sein eigenes Blut mit sich rumtrug. Sie hatte nicht mit Ophelia, ihrem richtigen Namen, angesprochen werden wollen, sondern, so hatte sie den Detectives mitgeteilt, mit »O« oder »Just O«.

In Grottos Seminar gab es eine Studentin mit Namen Ophelia, eine mürrische, stille Frau, die immer ganz hinten im Raum saß. Kristi war ihr noch nicht nahe genug gekommen, um erkennen zu können, ob sie eine Kette mit einer kleinen Ampulle um den Hals trug.

Aber das sollte sich ändern.

Allein der Gedanke daran, dass sich jemand Blut abzapfte und es in ein Fläschchen füllte, um es sich anschließend um den Hals zu hängen ... Mein Gott, das war wirklich nicht normal.

Der Bildschirm flackerte, und JustO loggte sich aus dem Chatroom aus.

Kristi verspürte einen Anflug von Enttäuschung. Sie wusste, dass sie kurz davor stand, auf etwas Bedeutendes zu stoßen.

Sie blickte auf die kleine Bildschirmuhr und seufzte. Es war fast zwei, und sie hatte früh am nächsten Morgen ein Seminar. Außerdem musste sie jetzt unbedingt darüber nachdenken, was sie soeben erfahren hatte.

Ihre Augen brannten vor Müdigkeit. Kristi schloss alle geöffneten Fenster und dachte darüber nach, wie sie an O herantreten sollte, wie sie die stille Frau dazu bringen sollte, zuzugeben, dass sie JustO war. Vielleicht über die Blutampulle – vorausgesetzt, sie trug sie so, dass sie zu sehen war. Aber Kristi würde vorgeben müssen, jemand anderes als ABneg1984 zu sein, schließlich hatte sie unter ihrem Screenname behauptet, ebenfalls ein Fläschchen mit ihrem Blut um den Hals zu tragen. Wenn die Ampullenträger Mitglieder einer Sekte waren, verwendeten sie möglicherweise eine ganz spezielle Ampulle oder eine bestimmte Halskette, irgendetwas Übereinstimmendes, das sie sofort als Außenseiterin ausweisen würde. Die Ampullen mochten eine besondere Form oder einen besonderen Schliff haben, dunkles Glas oder ... Nun, darüber musste sie jetzt nicht nachdenken.

Sie gähnte, streckte sich noch einmal und verspürte Neid auf die Katze, die sich schon in ihr Versteck zurückgezogen hatte. Dann fuhr sie den Computer herunter und beobachtete, wie der Bildschirm schwarz wurde.

Kristi ging zu dem Fenster, von dem aus sie den Campus überblickte.

Irgendwo da draußen lauerte ein Raubtier, jemand, der es auf Studentinnen mit einer bestimmten Fächerkombination abgesehen hatte. »Wo bist du, du kranker Bastard?«, flüsterte sie. »Wo zum Teufel bist du?«

Es war schon lange nach Mitternacht, und Vlad verspürte einen unstillbaren Hunger, eine Begierde, die er nicht länger im Zaum halten konnte. Das Verlangen zu töten toste in ihm. Er näherte sich New Orleans, die Reifen seines Vans sirrten über den Asphalt. Zu dieser späten Stunde gab es kaum Verkehr.

Umso besser.

Es war falsch, heute Nacht auf die Jagd zu gehen.

Gefährlich. Er musste sich an einen festgeschriebenen Ablauf halten.

Er konnte leicht einen Fehler begehen.

Er wusste das. Und trotzdem vermochte er nicht länger zu warten.

Aus diesem Grund hielt er die sogenannten Nichtigen in der Hinterhand, die Frauen, die ihm körperlich, wenngleich nicht intellektuell genügten.

Doch er hatte sich zunächst noch mit anderen Angelegenheiten zu befassen. Eine Pessimistin, die beruhigt, und eine Schuldbewusste, die zum Schweigen gebracht werden musste, wenn nicht alles verloren sein sollte.

Seine Schläfen begannen zu pochen.

Er fühlte sich leer. Hungrig. Voller Verlangen nach dem Kick des Tötens.

Sein Verstand sagte ihm, dass seine Beute heute Abend ein Opfer für *sie* darstellen würde, für die eine, der er für immer verbunden war, die eine, die ihm vom Schicksal bestimmt war.

Möglicherweise würde dieser ungeplante Mord an einer Nichtigen die Polizei aus dem Konzept bringen und sie auf eine falsche Spur in einer anderen Stadt führen.

Tu das nicht. Wenn du der Versuchung erliegst, wenn du tötest, könntest du entdeckt, könnte dir die Maske vom Gesicht gerissen werden.

Seine Hand begann zu zittern, und er zog in Erwägung, umzudrehen, dem quälenden Verlangen zu widerstehen, einem Verlangen, das ihn zum Sklaven machte.

Zu einem willigen Sklaven.

Er schluckte schwer und fühlte die Leere in sich. Seine Hände umklammerten das Lenkrad. In der Ferne tauchten verschwommen die hellen Lichter von New Orleans vor dem dunklen Nachthimmel auf.

Es gab keine Umkehr.

Er wusste, welche er wollte ... die perfekte Frau. Ihre Haut war beinahe durchscheinend, ihr Hals lang und einladend geschwungen, ihr Körper straff und üppig. Seine Haut wurde fiebrig vor Verlangen bei der Vorstellung, wie er sie nahm.

Lebendig ... oh, sie musste lebendig sein, musste wissen, dass eine anstrengende Nacht voller Leidenschaft und Begierde vor ihnen lag, in der sie all seine Bedürfnisse befriedigen würde. Und dann würde sie ihm das ultimative Geschenk ihres Lebenssaftes machen.

Ein leises Stöhnen drang aus seiner Kehle. Er hörte das Blut in seinen Adern pulsieren, spürte, wie sich sein Puls beschleunigte.

Er schloss ein paar Sekunden lang die Augen und spürte, wie er eine steinharte Erektion bekam. Was gut war. Notwendig. Er brauchte den unbarmherzigen Vorsatz, den reinen testosterongesteuerten Willen, der ihn stark, durchtrieben und skrupellos machte.

Im Rückspiegel erblickte er sein Spiegelbild und lächelte. Seine Verkleidung war tadellos. Niemand würde ihn erkennen. Ungeduldig bog er in die Ausfahrt ab, dann kurvte er durch die Stadt, fuhr langsamer als erlaubt durch die leeren Straßen. Er wusste, wo er parken konnte, wo er warten musste.

Er hatte die Sache vor langer Zeit geplant, weil ihm klar war, dass er irgendwann seinem Bedürfnis nachgeben und eine Nichtige würde wählen müssen, die ihm Befriedigung für die kommenden Tage verschaffte. Bis die Nächste dran wäre.

Die Straße, in der er parkte, war nahezu verlassen und lag in einem Teil der Stadt, in dem der Sturm heftig gewütet hatte. Ein paar Autos waren dort als stillgelegt gekennzeichnet, andere parkten entlang der ramponierten Fahrbahn. Er kurbelte das Fenster hinunter und atmete tief die kalte Winterluft ein. Sogar hier, im verwüsteten Teil der Stadt, wirkte die Nacht lebendig. Er hörte das Summen von Insekten, den Flügelschlag umherschwirrender Fledermäuse, und er konnte sie riechen: eine Ratte, die in einen Abwasserkanal huschte, einen Waschbär, der die Straße nach Müll absuchte, eine Schlange, die an einem Baum hinaufglitt.

In weiter Ferne war das dumpfe Geräusch der Motoren auf dem Freeway zu hören. Gelegentlich durchschnitten Scheinwerferlichter die Nacht, und ein Auto rollte vorbei. Seine Nasenflügel zitterten, während er das alles in sich aufnahm. Seine Augen gewöhnten sich leicht an die Dunkelheit. Die Lust war sein permanenter Begleiter. Sie war an seiner Seite, seit er elf oder zwölf war, vielleicht sogar noch länger …

Er lehnte sich in den Fahrersitz zurück und trommelte mit den Händen aufs Lenkrad. Es gab einige Nichtige, die er begehrte und deren Leben ohne die komplizierten Rituale der Auserwählten geopfert wurde, die er allein mit der Absicht ausersehen hatte, sich ihr Blut einzuverleiben. Diese hier, die Frau, die er heute Nacht opfern würde, würde tagelang nicht vermisst werden. Insofern war sie perfekt.

Er wusste, dass sie kommen würde. Er hatte sie schon vorher beobachtet, war ihr ein paarmal begegnet, hier in New Orleans. Sie war schön, ihr Körper trainiert, aber sie hatte keinerlei Interesse daran, ihren Geist zu bilden. Und genau das war ihr Fehler. Ihre Seele konnte nicht erhöht werden. Sie war nicht königlich, sie war nur eine Dienerin.

Genau wie du nur ein Diener bist, nörgelte die Stimme in seinem Kopf. *Bist du der Meister? Natürlich nicht! Du hast schon vor langer Zeit deinen freien Willen abgegeben, und nun musst du dich Regeln unterwerfen, die du für einschränkend hältst. Ob du es zugibst oder nicht: Du trägst eine Kette um den Hals, eine Kette, die sich immer enger zuzieht.*

Er verschloss den Verstand vor solchen Argumenten, weil er wusste, dass sie blasphemisch waren.

Plötzlich sah er sie. Sie war allein, die Freundin, die sie manchmal begleitete, war nicht dabei. Entschlossen schritt sie in ihren Highheels dahin, zielstrebig klackerten ihre Schritte auf dem Asphalt. Markenzeichen einer starken Frau.

Einer Tänzerin.

Die sich, ihrem Körper entsprechend, »Bodiluscious« nannte und deren richtiger Name Karen Lee Williams war. Sie trug einen Minirock, ein Bustier und eine Jeansjacke und war mutterseelenallein auf dieser gottverlassenen Straße unterwegs.

Der perfekte Ort, um zu verschwinden.

Er wartete, bis sie etwa einen Block entfernt war, und schlüpfte geräuschlos aus dem Fahrzeug. Es war nichts als ein leises Klicken der Tür zu vernehmen.

Trotz der Dunkelheit stellten sich seine Augen auf sie ein. Er ging schnell und hielt sich in den Schatten der leerstehenden Gebäude versteckt. Kaum zu glauben, dass eine Frau so dumm war, diesen Weg zu nehmen, nachdem sie sich die ganze Nacht über an einer Pole-Dancing-Stange geräkelt hatte, um Geld zu verdienen. Geld schien sie mehr zu interessieren als ihr Kind.

Sie hatte es verdient zu sterben.

Sie hatte Glück, dass er hier war, um sie von ihrer erbärmlichen Existenz zu erlösen.

Er hatte gehört, wie sie sich über ihr Leben beklagte, darüber, wie unfair sie vom Schicksal behandelt worden war, aber sie wollte im Grunde nichts verändern. Es war nur leeres Geschwätz gewesen, allein dazu da, sein Mitleid zu erwecken.

Er lächelte und nahm eine Abkürzung, um Trümmern, Ratten und plündernden Hunden auszuweichen.

Heute Abend, dachte er, während das Blut in seinen Adern pulsierte, würde er sie von ihrem Elend erlösen.

Karen war gereizt. Nervös.

Sie hatte es satt. Was für ein Durcheinander ihr Leben war! Sie ging durch einen Teil von Big Easy, in dem sie sich einst sicher gefühlt hatte, der sie jetzt jedoch leicht nervös machte. Aber ihr blieb keine andere Wahl: Dies war der kürzeste Weg. Ihr Auto hatte vor ein paar Wochen den Geist aufgegeben, und ein Taxi konnte sie sich nicht leisten.

Außerdem brauchte sie ein bisschen Zeit, um frische Luft zu schnappen und nachzudenken. Abzuschalten von der wummernden Musik, den grölenden Kunden und dem Geruch nach abgestandenem Bier und Zigaretten. Mit dem Club ging es ebenfalls bergab. Die Nacht war kühl. Je weiter sie sich von der Bourbon Street entfernte, desto ruhiger wurde es. Karen glaubte sogar, den Fluss riechen zu können, aber das war wohl nur Einbildung.

Sie hatte bis elf Uhr getanzt, bis sie von Big Als neuester »Entdeckung«, einem Mädchen, das Karen auf keinen Tag älter als sechzehn schätzte, von der Bühne vertrieben worden war. Doch dieses Mädchen, Baby Jayne – mit ihrem Kewpie-Puppen-Gesicht, den langen blonden Zöpfen, die ihr fast bis auf den festen kleinen Hintern reichten, und ihrem durchsichtigen Babydoll, durch das Brüste zu sehen waren, die Dolly Parton vor Neid hätten erblassen lassen – ließ die Männer in Scharen hereinströmen. Obwohl sie grottenschlecht an der verdammten Stange war. Karen hatte von der Tür aus Baby Jaynes pornografische Bewegungen verfolgt. An ihrem Tanz war nichts Verführerisches, keine Verlockung, nur das Offensichtliche.

Es war einfach nicht fair.

Der Gedanke, dass sie, Bodiluscious, mit dreißig zum alten Eisen degradiert wurde. Vor ein paar Jahren hatte sie noch unglaubliche Trinkgelder bekommen – in manchen Nächten hatte sie genug verdient, um ihre Miete zu bezahlen und etwas Kokain zu kaufen. Aber jetzt, nachdem

Katrina beinahe die ganze Stadt in Schutt und Asche gelegt hatte und Baby Jayne in den Club spaziert war, konnte Karen froh sein, wenn das Geld für die monatlichen Rechnungen reichte. Was vielleicht ganz gut war. Hätte sie Geld übrig gehabt, hätte sie es doch nur durch die Nase gezogen. Seit über zwei Monaten war sie jetzt clean und wollte es auch bleiben. Wollte ihr Leben in Ordnung bringen. Zur Hölle, sie konnte schließlich nicht ewig tanzen.

Sie ging auf ihr kleines Haus zu, das bei dem Sturm wie durch ein Wunder nur geringen Schaden genommen hatte. Dafür war sie sehr dankbar.

Als sie die Straße überquerte, hatte sie das Gefühl, als würde sie jemand beobachten. Schließlich war es ihr Job, Männer dazu zu bringen, sie zu begaffen, je mehr, desto besser. Sie *wusste*, wie sich das anfühlte.

Klick, klick, klick. Ihre Schritte hallten auf dem, was vom Bürgersteig übrig war. Sie hielt den Blick nach vorn gerichtet, aus Angst, einen falschen Schritt zu machen und sich den Knöchel zu verstauchen. Was dann? Dann wäre ihre Karriere definitiv beendet.

Vielleicht war es an der Zeit, die Geschichte mit ihrer Mutter und dem Kind wieder ins Lot zu bringen und nach San Antonio zurückzukehren. So konnte sie wenigstens ihre Tochter öfter als ein-, zweimal im Monat sehen. Sie lächelte bei dem Gedanken an Darcy. Das Mädchen würde es weit bringen. Mit zehn war sie bereits Klassenbeste, und das Kunstwerk, das sie Karen zum letzten Weihnachtsfest gebastelt hatte, war unglaublich. Das Kind war ein Genie, selbst wenn es einen Nichtsnutz zum Vater hatte, der seine Zeit im Gefängnis absaß, und eine Mutter, die sich sechs

Nächte in der Woche auf einer Bühne an einer Metallstange räkelte.

Ein Auto fuhr langsam die Straße entlang, doch Karen ging achtlos weiter. New Orleans war ein gefährliches Pflaster geworden, und die Kriminalitätsrate – wollte man der Presse Glauben schenken – ins Unermessliche gestiegen. Aber sie war vorsichtig. Ging nie ohne die kleine Pistole in ihrer Handtasche aus dem Haus. Wenn es irgendjemand auf sie abgesehen hatte, war sie bereit.

Das Auto fuhr weiter, ohne anzuhalten, aber sie fühlte sich immer noch seltsam. Irgendetwas stimmte nicht. Irgendetwas, das von größerer Bedeutung war als Baby Jaynes Übergriff auf Bodiluscious' Revier.

Nach wie vor hatte sie das Gefühl, beobachtet, vielleicht sogar verfolgt zu werden. Sie riskierte einen raschen Blick über die Schulter und sah ... nichts. Oder doch? Hatte sie jemanden aus dem Augenwinkel wahrgenommen?

Ihre Haut kribbelte, und eine Woge von Adrenalin durchflutete sie, trieb sie vorwärts. Sie rannte jetzt beinahe.

Ruhig. Dir geht nur die Fantasie durch.

Trotzdem öffnete sie die Handtasche, um schneller an ihre Pistole, das Handy oder an ihr Pfefferspray zu gelangen. Wieder blickte sie über die Schulter, und wieder sah sie niemanden.

Gut. Sie war nur noch drei Blocks von zu Hause entfernt und näherte sich einem Gebiet, das sicherer war als dieses hier. Dort hatte die Flut nur geringen Schaden angerichtet, und die Aufräumarbeiten waren beinahe abgeschlossen. Auch die Straßenlaternen funktionierten.

Beeil dich, beeil dich, beeil dich!

Obwohl sie so schnell ging, war sie kaum außer Atem – etwas, worauf sie stolz war: wie fit und vital sie sich mit dem Tanzen hielt. Sie erreichte den Lichtkegel der ersten Straßenlaterne und atmete tief durch. Dann warf sie erneut einen Blick über die Schulter, bis ihr klarwurde, dass sie dort, in dem Lichtkreis, ein hervorragendes Ziel abgab.

Du bist beinahe zu Hause, Mädchen. Geh einfach weiter. Schnell.

An der Ecke sah sie ihr Haus und schalt sich dafür, dass sie vergessen hatte, Licht anzulassen. Sie hasste es, ein dunkles Haus zu betreten.

Den Schlüssel in der Hand, rannte sie den neuen Gehsteig entlang und die gerade erst reparierten Stufen der Vordertreppe hinauf. Auf der Veranda riss sie die quietschende Fliegengittertür auf, dann öffnete sie das Schloss mit dem Sicherheitsriegel und drückte die schwere, neue Haustür nach innen.

Drinnen empfing sie der Geruch nach frischer Farbe. Sie legte den Riegel vor und tastete nach dem Lichtschalter. Das Haus war still. Seltsam still. Der Kühlschrank brummte nicht, auch die Lüftung sirrte nicht. Sie drückte auf den Schalter.

Nichts geschah.

Das Flurlicht blieb dunkel.

Sie hörte ein Scharren.

Das Geräusch eines Schuhs auf dem Fußboden?

O mein Gott, war jemand hier drinnen?

Ihr Herz flatterte vor Angst wie verrückt. Voller Panik

drückte sie auf mehrere Lichtschalter. Nichts. Sie durchwühlte ihre Handtasche nach der Pistole.

Eine Hand legte sich auf ihre.

Grob.

Stark.

Brutal.

Die Hand zerquetschte ihre Finger, und sie begann zu schreien, doch eine zweite Hand legte sich über ihren Mund.

O Gott, nein! Sie zappelte wild. Krümmte sich. Biss ihn. Trat nach seinen Beinen, aber sein Griff wurde nur noch unnachgiebiger.

»Reg dich ab, Karen Lee«, sagte er mit einer Stimme, die genauso verführerisch wie angsteinflößend war.

Er wusste, wer sie war? Das Ganze war kein Zufall? Sie setzte sich heftiger zur Wehr.

»Du kannst nichts dagegen tun«, versicherte er ihr. »Nirgendwohin flüchten.«

Da irrst du dich, du Wichser, dachte sie, als ihre Finger das kühle Eisen der Pistole streiften. Sie riss sie aus der Tasche, die mit einem leisen Geräusch zu Boden fiel. Karen hob die Hand, bereit, diesen Scheißkerl zur Hölle zu schicken, als ihr Blick für eine Sekunde auf sein Gesicht fiel. Beinahe hätte sie die Pistole fallen gelassen.

Rote Augen funkelten sie an, verdammt *rote Augen*, die in den Tiefen seiner schwarzen Kapuze verborgen waren.

Ein pechschwarzes Gesicht mit schaurigen Zügen und violetten Lippen war nur Zentimeter von ihrem entfernt. *Das Gesicht des Bösen*, dachte sie voller Panik.

Um ein Haar hätte sie sich in die Hose gemacht.

Sie war schweißgebadet.

Sie strampelte. Kämpfte. Obwohl sie von Kopf bis Fuß zitterte. Sie nestelte an der Entriegelung und versuchte, klar zu denken. Alles, was sie tun musste, war, die Pistole herumzureißen und abzudrücken.

Aus dem Augenwinkel sah sie, wie diese Ausgeburt der Hölle ihre grässlichen Lippen bleckte und eine ekelerregende Reihe scharfer, weißer Zähne entblößte.

Lieber Gott!

Sie hatte die Entriegelung gelöst.

Ihr Arm schoss in die Höhe.

Zähne schnappten zu.

Blut spritzte.

Schmerz durchfuhr ihren Arm.

Sie drückte den Abzug.

Wumm! Die Pistole feuerte.

Ging direkt neben ihrem Ohr los.

Der Geruch nach Schießpulver erfüllte die Luft.

Aber ihr Angreifer ließ nicht von ihr ab, verdrehte ihr den Arm, so dass sie ihm hilflos ausgeliefert und nicht mehr in der Lage war, nach ihm zu treten. Ihre ausgerenkte Schulter pochte vor Schmerz.

Sie hatte ihn verfehlt. Und diese Schmerzen … unerträglich. Hilf mir, lieber Gott, hilf mir, ihn abzuwehren!

Sie krümmte sich, noch immer kämpfend, noch immer auf eine Chance hoffend, ihm gegen das Schienbein oder in seine Geschlechtsteile treten zu können, doch er war stark und kräftig. Und entschlossen.

Sie litt Todesqualen.

Ihre Beine gaben nach.

In der Dunkelheit sah sie den Fußboden auf sich zukommen. Ihre einzige Hoffnung war, dass jemand den Schuss gehört hatte.

Mit einem dumpfen Knall schlug ihr Kopf auf dem neuen Hartholzfußboden auf.

Vor Schmerz wurde sie beinahe ohnmächtig.

Er stürzte sich auf sie und nahm seine Hand von ihrem Mund. Doch noch bevor sie anfangen konnte zu schreien, waren seine Finger an ihrem Hals und drückten fester und fester zu. Voller Angst über seine bösartig glühenden roten Augen setzte sie sich zur Wehr, schlug nach ihm, kratzte über seine Lederkleidung. Er wollte sie umbringen, aber das würde sie ihm bei Gott nicht leicht machen.

Ihre Lungen brannten, verlangten nach Luft. Die Hände an ihrem Hals drückten so fest zu, dass ihr die Augen aus dem Kopf traten.

Sie wand sich und trat wild um sich.

Ihre Lungen drohten zu platzen.

Dann wurde ihr schwarz vor Augen.

Nein, nein, nein!

Sie versuchte zu schreien, aber vergeblich. Sie konnte noch nicht mal mehr atmen.

O Gott, oh ... Gott ...

Ihre Beine hörten auf, sich zu bewegen.

Ihre Arme fühlten sich an, als wären sie aus Blei.

Das Brennen in ihren Lungen war reinste Qual.

Lass mich sterben, lieber Gott, bitte. Mach dieser Qual ein Ende.

Er beugte sich vor, und durch den Nebel vor ihren Augen sah sie seine Eckzähne. Weiß. Glänzend. Nadelspitz.

Sie wusste, was jetzt kam.

Ein rascher Einstich. Ein kurzer, scharfer Schmerz, während er seinen Griff lockerte und sie zischend Luft in ihre Luftröhre sog.

Doch es war zu spät.

Sie wusste, dass sie sterben würde.

14.

»Wenn du ihn den ganzen Tag behalten willst, musst du ihn morgen um« – der Angestellte in dem Camouflage-T-Shirt und der staubigen Jeans blickte auf die Uhr, die über der Tür der Rent-It-All-Filiale hing – »neun Uhr dreißig, na gut, sagen wir zehn Uhr zurückbringen.« Er zwinkerte Kristi zu und schenkte ihr ein Lächeln. An seinen Zähnen waren Tabakflecken. Sie versuchte, darüber hinwegzusehen.

»Das ist nett von dir«, sagte sie, um einen nicht allzu sarkastischen Ton bemüht. Schließlich war er noch ein Teenie.

»Randy«, so stand es auf seinem Namensschild, war ungefähr achtzehn, schlaksig und hatte Akne. Trotzdem versuchte er, mit ihr zu flirten. Kristi erwiderte sein Lächeln. Zumindest hatte er ihr dabei geholfen, in dieser verstaubten Halle voller Handwerkszeug und Möchtegern-Heimwerkern den richtigen Bolzenschneider zu finden. »Das macht dreißig Dollar.«

»Tatsächlich?«

»Jawoll, Madam, die Sachen sind nicht billig.«

Um nicht von Wucher zu sprechen. Sicher, das waren die teuren, aber was würden sie kosten, wenn sie sie neu kaufte?

»Großartig«, sagte sie bissig.

»Wozu brauchst du den?«, fragte Randy, rückte seine Trucker-Kappe zurecht und bemühte sich ein bisschen zu sehr darum, freundlich zu sein. »Hast du deine Schließfachkombination vergessen?«

Na klar, das wäre natürlich typisch für mich dämliches Weibchen mit dem schlechten Gedächtnis. »So was in der Art«, sagte sie und reichte ihm zwei Zwanziger. Dann wartete sie auf das Wechselgeld und lehnte seine Hilfe ab, ihr das sperrige Werkzeug zum Wagen zu tragen. »Danke, es geht schon«, sagte sie, steckte den Zehner ins Portemonnaie und hängte sich die Tasche über die Schulter.

»Sollte ein Bolzenschneider nicht richtig funktionieren, liegt das daran, dass du eine Frau bist und die Dinger für Männer gemacht sind. Du nimmst dann vielleicht besser eine Metallsäge oder eine Stichsäge.«

»Ich werde daran denken«, sagte sie, und es gelang ihr auf dem Weg nach draußen tatsächlich, ihre Zunge im Zaum zu halten. Mit achtzehn war sie auch nicht gerade ein Einstein gewesen, und es gab keinen Grund, sich mit dem Angestellten anzulegen.

Sie hatte überlegt, ob sie Jay bitten sollte, ihr bei ihrem neuesten Vorhaben zu helfen. Vermutlich besaß er selbst einen Bolzenschneider, was ihr dreißig Dollar gespart hätte, aber sie wollte ihn nicht zu weit in die Sache hineinziehen. Zunächst einmal konnte er ihr Interesse an ihm missverstehen. Er schien zu denken, sie würde es auf ein Date mit ihm anlegen, und das wollte sie ganz und gar nicht. Es war also besser, ihn auf Distanz zu halten. Er würde zu viele Fragen stellen, und das, was sie vorhatte, war am Rande zum Illegalen. Er bewegte sich ohnehin schon auf sehr dünnem Eis, wenn er ihr die Informationen verschaffte, die sie aus den Schul- und Polizeiakten haben wollte. Falls er überhaupt so viel für sie tat. Sie war sich nicht sicher, ob er sich so weit aus dem Fenster lehnen würde, deshalb hatte sie ihm nicht alles mitgeteilt, was Lucretia ihr über Vampire und Vampirsekten erzählt hatte.

Außerdem, sagte sie zu sich selbst, während sich ihre Laufschuhe in den Schotter auf dem Rent-It-All-Parkplatz gruben, musste sie manche Dinge einfach selbst in die Hand nehmen. Und in den Kellerverschlag einbrechen, in dem Tara Atwaters persönliche Dinge eingelagert waren. Kristi setzte sich hinters Lenkrad und ließ den Motor an. Auf die Windschutzscheibe hatte sich Staub gelegt. Im Wageninnern war es warm, denn hinter hohen, dünnen Wolken kam die Sonne hervor. Kristi fand eine Sonnenbrille im Handschuhfach und schob sie auf die Nase. Sie setzte zurück und versuchte vergeblich, den Schlaglöchern auszuweichen. Sie kam an einem schlammbedeckten, aufgebockten Laster vorbei, wo ein Mann eine Kettensäge auf der Ladefläche verstaute. Dann bog sie mit ihrem Honda auf die Seitenstraße ab und fuhr in Richtung Freeway, der dieses Viertel aus flachen Gewerbegebäuden im Norden von dem südöstlichen Teil trennte, in dem der All Saints Campus lag.

Kristi hatte ihren Plan bisher nur teilweise durchdacht, aber sie arbeitete daran. Dass Taras persönliche Habe im Keller ihres Apartmentgebäudes eingelagert war, schien wie ein Geschenk des Himmels. Sie würde die Beweismittel natürlich der Polizei übergeben, aber solange die kein Interesse an der Sache zeigte, gehörten die Sachen in dem Verschlag im Grunde niemandem. Kristi hatte bereits herausgefunden, was für eine Art Zahlenschloss Irene Calloway verwendet hatte, um Taras Besitz zu sichern, und dann hatte sie zwei Stunden damit verbracht, in drei verschiedenen Haushaltswarenläden nach einem gleich ausschauenden Schloss zu suchen.

Jetzt war sie bereit.

Ein riesiger Suburban, übersät mit LSU-Aufklebern, zog an ihr vorbei. Kristi stellte sich die Louisiana State University mit ihrer riesigen Anzahl an Studenten vor. Würde ein größerer Campus nicht auch ein größeres, weniger auffälliges Jagdrevier bedeuten? Warum Studentinnen vom All Saints College?

Weil er sich, wer immer er sein mag, hier sicher fühlt. Entweder ist er ein Student, ein Mitglied der Fakultät oder ein Ehemaliger. Der Campus der LSU oder irgendein anderes Hochschulgelände ist ihm zu wenig vertraut. Wer auch immer das tut, ist auf irgendeine Art und Weise mit der Uni verbunden, kennt sich auf dem Gelände aus, weiß passende Verstecke.

Ein kleiner, angstvoller Schauer lief ihr über den Rücken.

»Nicht mehr lange, du Scheißkerl«, murmelte sie. Kurze Zeit später parkte sie den Wagen auf ihrem üblichen Parkplatz in der Nähe der Treppe zu ihrem Apartment. Doch anstatt die Stufen nach oben zu nehmen, ging sie zu der Tür, die zum Wäscheraum und den Kellern im Untergeschoss führte, und sperrte sie mit einem der Schlüssel auf, die sie von Irene Calloway erhalten hatte. Die Stufen hinunter waren finster und knarrten, die Fenster unten klein und verschmiert und über und über von Spinnweben bedeckt, in denen die hohlen Überbleibsel von toten Insekten hingen.

»Wundervoll«, sagte Kristi, als sie sich um eine Ecke wagte. Drei Stufen tiefer befand sie sich im tiefsten Innern des Gebäudes. Zumindest war es hier trocken. Flecken auf den Wänden zeigten an, dass ab und an Wasser durch die alten, rissigen Mauern eingedrungen war, was man notdürftig zu kaschieren versucht hatte – mit eher geringem Erfolg.

An einer Wand liefen zwei Waschmaschinen. Einer der Trockner drehte sich, und die Wäsche in seiner Trommel gab bei jeder Umdrehung ein klackendes Geräusch von sich. Kristi hatte nicht die Absicht, jetzt sofort in den Verschlag einzubrechen. Schließlich konnte jemand sie dabei ertappen. Sie wollte nichts erklären müssen. Stattdessen hatte sie vor, in der Nacht zurückzukehren und ein paar Kisten mitzubringen – obwohl ihr der Gedanke zu schaffen machte, sich allein hier unten im Dunkeln aufzuhalten.

Sie machte sich auf den Weg zurück nach oben, stieg die Stufen zu ihrem Apartment hinauf und schnappte sich den Laptop. Es waren noch ein paar Stunden bis zu ihrer Schicht im Diner, und sie wollte in den Coffeeshop gehen, wo sie drahtlos ins Internet kam und vielleicht ein paar Gerüchte aufschnappen konnte. Sie hatte bereits herausgefunden, dass das Bayou Coffee am anderen Ende des Campus in der Nähe vom Wagner House bei den Studenten am beliebtesten war. Sie drehte ihr Haar zu einem Knoten zusammen und setzte eine Baseball-Kappe auf, dann rannte sie los.

Von ihrer Tür zum Coffeeshop waren es zwanzig Minuten, und wie es der Zufall wollte, machten zwei asiatische Studenten soeben einen kleinen Tisch am Fenster frei. Kristi stürzte darauf zu, ließ ihren Rucksack auf einen der Holzstühle fallen und stellte sich in die Schlange, um einen Vanille-Latte-Macchiato und ein Himbeer-Scone zu bestellen. Während die Espressomaschine kreischende Geräusche von sich gab und die Umstehenden mit Dampf umhüllte, ließ

Kristi den Blick über die Menge schweifen. Sie erkannte ein paar der jungen Leute, entweder aus Seminaren oder weil sie ihnen im Studentenwerk, in der Bibliothek oder sonstwo auf dem Campus über den Weg gelaufen war.

Zum Glück wurde niemand vor ihren Augen grau.

Sie gab gerade ihre Bestellung auf, als sich die Tür öffnete und ein großes, langbeiniges Mädchen eintrat, mit glattem braunem Haar, das bis zur Hälfte ihres Rückens reichte. Sie kam Kristi bekannt vor, und sie ordnete sie als eine Kommilitonin ein, die für gewöhnlich in der Nähe von Ariel O'Toole saß. Die Studentin blickte über die Tische, als suchte sie jemanden.

»Hey«, sagte Kristi, als sie an ihr vorbeiging. Wie war ihr Name noch mal? Zinnia? Zahara? Irgendwas mit Z ...

»Oh, hallo.« Das Mädchen sah aus, als hätte es ebenfalls Probleme, Kristi einzuordnen.

»Zena, stimmt's? Du bist eine Freundin von Ariel?«

»Oh ... ja.«

»Ich bin Kristi, wir haben zwei Seminare zusammen belegt. Grottos Vampyrismus und Prestons Kreatives Schreiben.«

»Hm ...«, sagte Zena gleichgültig.

»Hast du Lucretia gesehen?«

»Stevens? Nicht seit letzter Woche, glaub ich. Ich war ziemlich beschäftigt damit, mich auf das Stück vorzubereiten.«

»Du bist am Drama Department«, vermutete Kristi, und die junge Frau errötete sichtlich.

»Ja.«

»Bei Vater Mathias?«

»Hm. Ich stehe eigentlich nicht auf Moralitäten, aber nun ja, es ist ein Anfang. Er hat versprochen, wenn ich mich gut mache, wird er mich für etwas mit mehr Tiefe in Erwägung ziehen. Ich glaube, sie geben im Frühling Tennessee Williams' *Endstation Sehnsucht*, und ich würde liebend gern die Rolle der Blanche DuBois spielen.«

»Wer nicht?«, sagte Kristi, obwohl sie absolut kein Interesse daran hatte, zu schauspielern oder überhaupt auf einer Bühne zu stehen. »Was gefällt dir denn nicht an diesen Moralitäten?«

»Ich weiß auch nicht«, sagte Zena mit einem Schulterzucken und richtete den Blick auf das riesige Angebot an Getränken über dem Kopf der Baristi. »Ist halt Vater Mathias' Spezialität, schätze ich.« Sie trat an den Tresen und bestellte Chai-Tee mit Milch und einen Muffin.

Zena schien an einer weiteren Unterhaltung nicht interessiert zu sein, deshalb kehrte Kristi an ihren Tisch zurück und öffnete den Laptop. Halb auf den Bildschirm, halb auf Zena konzentriert, knabberte sie an ihrem Scone.

Noch bevor Zenas Bestellung fertig war, öffnete sich die Tür erneut, und Trudie trat ein. Ihr rundes Gesicht war gerötet, und sie wirkte außer Atem. Ihr Blick fiel auf Zena. Rasch trat sie zu ihr und gab ihre Bestellung auf. Fünf Minuten später waren die Freundinnen aus dem geschäftigen Bereich um den Tresen verschwunden und ließen sich in einer Nische in Kristis Nähe nieder, die zwei junge Mütter mit ihren Babys soeben freigemacht hatten.

Kristi strengte sich an, ihr Gespräch zu belauschen, schnappte aber nur ein paar Worte auf, darunter auch »Glanzer«. Vater Mathias Glanzer. Und »Moralität«. Vermutlich das Stück, das Zena ganz schön zu beschäftigen schien. Und dann vernahm sie noch das Wort »Schwestern«. Mehr nicht.

Kristi beschloss, dass es schäbig war, die beiden zu belauschen, und wollte soeben damit aufhören, als Lucretia in einem langen schwarzen Mantel und mit zehn Zentimeter hohen Absätzen durch den Seiteneingang gestiefelt kam. Sie war sowieso eine große Frau, doch jetzt kam sie bestimmt auf über eins achtzig. Kristi überlegte, ob sie an ihre ehemalige Zimmergenossin herantreten sollte. Seit Lucretia sie um Hilfe gebeten hatte, war sie ihr, Kristi, aus dem Weg gegangen. Kristi beschloss, abzuwarten und zu sehen, was passierte. Vielleicht traf sich Lucretia hier mit jemandem, ihrem Geliebten oder Freund oder Verlobten oder was auch immer. Vielleicht nahm sie aber auch nur einen Kaffee mit. Was auch immer der Grund dafür sein mochte: Lucretia, die nie besonders fröhlich wirkte, sah verstört und frustriert aus, beinahe verhärmt. Als sie sich in die Schlange stellte, fuhr sie sich mit der Hand durch die Locken und starrte auf die Karte, als hätte sie sie noch nie zuvor gesehen. Oder als wäre sie in Gedanken unendlich viele Kilometer entfernt.

Kristi beugte ihren Kopf über den Laptop. Sie trug immer noch die Baseball-Kappe und rechnete nicht damit, dass Lucretia sie entdeckte.

Doch genau in diesem Moment blickte Lucretia von der Karte hoch, und ihr Blick fiel auf Kristi. »Du!« Lucretia verließ ihren Platz in der Schlange und stakste über den gefliesten Boden auf Kristi zu, wobei sie beinahe einen Wagen mit Sonderangeboten von Weihnachtstassen und Kaffee zum halben Preis umgerissen hätte. Santa Claus und Frosty gerieten bedenklich ins Wanken, und Lucretia hielt sie gerade noch rechtzeitig fest. »Verfolgst du mich?«, fragte sie dann.

»Wie bitte? Nein! Ich bin schon seit einer halben Stunde hier.«

»Bist du sicher?« Lucretia blickte hinüber zu Trudie und Zena, die, ins Gespräch vertieft, noch keine Notiz von ihr genommen hatten.

»Ziemlich sicher«, erwiderte Kristi trocken und mehr als nur leicht verärgert. »Wenngleich ich dich angerufen habe. Ich habe dir zwei Nachrichten aufs Band gesprochen.«

»Ich weiß. Ich war – ich war beschäftigt. Pass auf –« Sie stützte die Hände vor Kristis Laptop auf den Tisch und beugte sich vor. »Ich habe einen Fehler gemacht.« Ihre Stimme war ein scharfes, kaum hörbares Flüstern. »Was diese Mädchen betrifft.«

»Du meinst Tara und –«

»Ja, ja!«, sagte Lucretia mit Nachdruck. Es sah aus, als würde sie schlucken. »Ich hätte dir nie davon erzählen sollen ... von dem Ganzen. Es war falsch. Okay? Ich bin mir sicher, dass jede Einzelne der verschwundenen Studentinnen irgendwann wieder auftauchen wird. Schließlich sind sie alle als Ausreißerinnen bekannt.«

»Aber du hast doch gesagt, du würdest sie kennen, sie wären deine Freundinnen –«

»Nicht meine Freundinnen«, sagte sie abwehrend. »Ich sagte, ich würde sie kennen. Und jetzt sage ich, dass ich mich geirrt habe. Also ... vergiss es. Ich habe einen Fehler gemacht. Du hast einen Cop zum Vater. Du weißt, wie das ist. Sollte irgendetwas Kriminelles dahinterstecken, wäre die Polizei längst an der Sache dran, also lass es einfach auf sich beruhen, einverstanden? Und ... ruf mich nicht mehr an.«

»Ist alles in Ordnung?«, fragte Kristi.

Lucretia blinzelte. »Natürlich. Warum?«

»Du siehst blass aus.«

Lucretia schluckte und starrte Kristi an, als hätte sie ein Gespenst gesehen. »Und jetzt? Willst du mir mitteilen, dass ich mich in Gefahr befinde? Wie Ariel? Sie hat mir davon erzählt. Sie hält dich für ziemlich durchgeknallt. Was zum Teufel soll das?«

Kristi zuckte innerlich zusammen. Sie hatte gewusst, dass sie Ariel nicht vertrauen durfte, hatte gewusst, dass sie sich damit ins eigene Fleisch schneiden würde. »Offensichtlich seid ihr enge Freundinnen, Ariel und du.«

»Sie weiß, dass wir uns ein Zimmer geteilt haben. Ich habe dich ihr vorgestellt, schon vergessen? Und dann führst du dich auf, als hättest du nicht alle Tassen im Schrank, und sagst so verrückte Dinge wie, du würdest sie in Schwarzweiß sehen.«

»Manchmal sehe ich –« Ach, was brachte das schon? Wie sollte sie erklären, dass ab und an Leute vor ihren Augen verblassten, als würde ihnen das Blut ausgesaugt?

Das Blut ausgesaugt ...

Kristis Herz begann unangenehm zu pochen, als ihr die Verbindung zur Vampirsekte auffiel. Wenngleich ... nein, die Frau im Bus war nicht in Grottos Seminar gewesen.

»Ich sehe nur etwas Seltsames.«

»Wie ein Psycho, also hör bitte damit auf. Und lass mich in Gottes Namen in Ruhe. Mach dir doch nichts vor, Kristi, du bist eben sonderbar. Vielleicht weil du so viel mitgemacht hast.«

»Du hast mich darum gebeten, Nachforschungen anzustellen«, erinnerte Kristi sie mit lauter werdender Stimme und aufkommendem Zorn. Das ältere Paar am Nachbartisch blickte zu ihnen hinüber.

»Jetzt machst du auch noch eine Szene«, zischte Lucretia. »Mein Gott, ich ärgere mich so, dass ich dich da mit hineingezogen habe.«

»Wo hinein?«

»Nirgendwo!«

Lucretia verdrehte die Augen und strich sich die Haare aus dem Gesicht. Dabei rutschte ihr Ärmel zurück und gab einen Verband an ihrem linken Handgelenk frei.

»Was ist passiert?«, fragte Kristi und deutete auf den Verband.

Lucretia wurde kreideweiß. Sie ließ die Hand sinken. »Ich hatte einen kleinen Unfall. Keine große Sache. Ich ... ach, zum Teufel, ich bin einfach absolut ungeschickt, was das Kochen angeht«, sagte sie, was offensichtlich gelogen war. »Doch sonst geht's mir gut. Wirklich. Außerdem tut das hier nichts zur Sache. Worum ich dich bitte, nein, was ich von dir verlange, ist, dass wir unser Gespräch vergessen ... du weißt schon.«

»Die Sekte –«

»Ich habe mich geirrt, verdammt noch mal!«, platzte Lucretia heraus. »Und jetzt bitte ich dich, nicht weiter nachzuHaken.«

»Das sagtest du bereits, aber –« Kristi brach ab. Sie sprach ins Leere, denn Lucretia hatte bereits auf dem Absatz kehrtgemacht und eilte auf die Nische zu, in der Trudie und Zena saßen. Trudie rückte umständlich zur Seite. Lucretia unterhielt sich ein, zwei Minuten mit ihnen, dann stellte sie sich wieder am Tresen an.

Kristi war sich nicht sicher, was sie davon halten sollte. Sie wusste, dass Lucretia ihr ausgewichen war, so viel war offensichtlich. Aber zu verlangen, das Gespräch zu vergessen? Das Gespräch über verschwundene, möglicherweise entführte Studentinnen, Vampire und Sekten? Was hatte das zu bedeuten? Und der Verband ... Kristi hätte dem im Grunde keine weitere Beachtung geschenkt, aber Lucretias Reaktion deutete nicht gerade auf eine Nebensächlichkeit hin.

Hatte jemand Lucretia in die Schranken gewiesen?

An Kristis Armen stellten sich die Härchen auf.

Irgendjemand hat herausgefunden, dass sie mit mir gesprochen hat, und jetzt wird sie bedroht. Irgendjemand verfolgt sie und jagt ihr Angst ein. Verletzt sie möglicherweise sogar. Deswegen versteckt sie den Verband.

Kristi sah zu dem Tisch hinüber, an dem Lucretia jetzt wieder mit den anderen jungen Frauen saß. Ihre ehemalige Zimmergenossin starrte sie an. Ihr Gesicht war angespannt und weiß, sie hatte die Lippen zusammengekniffen und sah aus, als machte sie sich schreckliche Sorgen. Ihre Augen begegneten sich für einen winzigen Augenblick, dann blickte Lucretia weg. Im selben Augenblick nahm Lucretias Gesicht die Farbe kalter Asche an.

Kristis Herz setzte für einen Schlag aus. Was zum Teufel hatte das zu bedeuten?

Vielleicht gar nichts, versuchte sie sich rasch einzureden. *Du hast das doch schon öfter gesehen, und noch ist niemand gestorben ... Bis jetzt.*

Sie schluckte schwer.

Lucretias Farbe kehrte zurück.

Himmel, Kristi. Vielleicht bist du wirklich verrückt!

Sie dachte über Lucretias Forderung nach. Warum wollte sie, dass Kristi alles vergaß?

Jemand setzte ihr zu.

Kristi schloss den Laptop und packte zusammen. Sie verließ den Coffeeshop, ohne noch einmal Lucretias Blick zu suchen, aber sie würde den Teufel tun und einen Rückzieher machen. Im Gegenteil, es brannte ihr umso mehr unter den Nägeln herauszufinden, was mit Dionne, Monique, Tara und Rylee passiert war.

Erst als sie die Tür zu ihrem Honda aufschloss und einstieg, fiel ihr auf, was sonst noch anders an Lucretia gewesen war. Sie hatte den Ring nicht mehr an der linken Hand getragen, den, um den sie solch einen Wirbel veranstaltet hatte. Kristi hatte ihre Hände gesehen, als sie sich auf dem Tisch abstützte, und sie waren unberingt gewesen. Sogar der Nagellack hatte gefehlt, und die Nägel waren abgekaut gewesen.

Verfolgst du mich?

Lucretias Bezichtigung hallte plötzlich in Kristis Kopf wider.

Bislang nicht, dachte Kristi, *aber vielleicht ist das gar keine schlechte Idee.*

»Ich hab dir doch schon gesagt, dass ich nicht weiß, mit welchem Professor sich Lucretia Stevens trifft«, sagte Ezma und legte ihre Schürze in den Schmutzwäschebehälter.

»Vielleicht war es auch nur ein Gerücht.«

»Wer hat es denn behauptet?« Kristi ließ sich nicht abwimmeln. Es war fast elf, und sie und Ezma machten sich fertig, um nach Hause zu gehen.

»Ich weiß es nicht ... oh, warte ... es war jemand vom College, ich glaube, ein Professor.« Sie schnippte mit den Fingern, als könne sie ihrem Gedächtnis so auf die Sprünge helfen. »Hm, wer war es bloß?« Ihr Gesicht war hochkonzentriert. »Ach, ich hab's!« Sie blickte auf. Ihre Augen strahlten. »Ich war hier, bei der Arbeit, und habe bedient. Zwei Frauen haben sich unterhalten, Dr. Croft, die Leiterin des English Department, und oh, wer war die andere?« Sie rieb sich das Kinn. »Ich glaube, die Journalismus-Professorin. Die Neue.«

»Professor Senegal?«

»Ja, genau die, aber ich konnte nicht viel verstehen. Sie haben mit gesenkten Stimmen gesprochen, vor allem wenn ich in der Nähe war. Ich war ziemlich überrascht. Ich meine, natürlich tratschen die Leute, aber Dr. Croft als Leiterin des English Department ... Immerhin ist das hier ein öffentlicher Ort.« Sie zuckte die Schultern, glättete die Scheine, die sie als Trinkgeld bekommen hatte, zählte sie und ließ einen Teil davon für die Hilfskellner liegen.

Kristi machte das Gleiche und gab dem Mädchen, das die Tische abgeräumt und sauber gemacht hatte, von ihrem Trinkgeld ab. Dann verließ sie mit Ezma zusammen das Restaurant. Die Nacht war klar und frostig. Kristi stieg in den Honda, Ezma schwang sich auf ihr Moped und setzte den Helm auf. Ein paar Sekunden später fuhr sie vom Parkplatz.

Kristi ließ den Motor an. Normalerweise ging sie zu Fuß

zur Arbeit, doch heute war sie spät dran gewesen und deshalb mit dem Auto gefahren. Bevor sie losfuhr, versuchte sie noch einmal, Dr. Grotto anzurufen, und wurde sofort zu seiner Voicemailbox weitergeleitet. Kristi hinterließ keine Nachricht, das hatte sie bereits zweimal getan. Offensichtlich nahm er keine Anrufe entgegen, oder er sah ihre Nummer und ignorierte sie mit Absicht. Obwohl das keinen Sinn machte.

Sie trommelte mit den Fingern aufs Lenkrad und beschloss, ihn in seinem Büro aufzusuchen, sollte sie bis Montag nichts von ihm gehört haben. Dort würde er mit ihr reden müssen. Außerdem waren da noch die Internet-Chatrooms. Vielleicht könnte sie DrDoNoGood auf die Probe stellen, wenn er wieder auftauchte. Mit ihm flirten, ihm Honig um den Bart streichen. Bislang hatte sie die Videokamera an ihrem Laptop ausgeschaltet, um anonym zu bleiben, aber vielleicht war das die einzige Möglichkeit, zu ihm vorzudringen. Sie konnte sich eine Perücke kaufen und Kontaktlinsen oder eine Brille. Irgendwie musste sie den unheimlichen Professor dazu bringen, ein Gespräch mit ihr zu beginnen.

Sie setzte aus der Parklücke, trat dann das Gaspedal durch und fuhr fast zwanzig Stundenkilometer schneller als erlaubt nach Hause. Sie konnte es kaum abwarten, sich endlich Zugang zu dem Kellerverschlag mit Tara Atwaters Sachen zu verschaffen.

Vielleicht fand sie so endlich etwas über das vermisste Mädchen heraus.

Eilig stellte sie den Wagen ab und rannte die Treppen zu ihrem Apartment hinauf. Drinnen wechselte sie rasch die Kleidung und warf ihre Arbeitsklamotten in den Wäschekorb, dazu zwei Päckchen Waschpulver, den Bolzenschneider und eine Taschenlampe. Nachdem sie in ein Paar Tennisschuhe geschlüpft war, machte sie sich auf den Weg.

Sie war schrecklich aufgeregt. Ihre Gedärme rumorten, als sie die beiden Treppen zum Erdgeschoss hinunterstieg und schließlich die Tür zum Keller öffnete. Sie knipste die schwachen Lichter an.

Bei Nacht sah der Keller noch furchteinflößender aus, wirkten die Ecken und Winkel noch finsterer. Keine der Waschmaschinentrommeln drehte sich, auch die Trockner standen still.

Gut.

Vorsichtig und mit der ständigen Furcht, jemand könnte die dunkle Kellertreppe herunterkommen, holte Kristi den Bolzenschneider aus dem Wäschekorb und legte ihn auf den Boden neben die Drahtverschläge, die als Kellerabteile dienten. Dann sortierte sie rasch ihre schmutzige Wäsche und stellte zwei Waschmaschinen an.

Als das Wasser in die Maschinen strömte, nahm sie den Bolzenschneider und betrachtete die Verschläge. Jeder war deutlich gekennzeichnet und sorgfältig verschlossen, einer für jede Wohnung und zwei Extraabteile. In einem davon befanden sich Gartenzubehör und Werkzeuge, die offensichtlich zum Haus gehörten, das andere war mit Kartons vollgestellt. Kristi leuchtete mit der Taschenlampe hinein und erkannte Tara Atwaters Namen darauf, außerdem das Datum: 13. November – ein Monat, nachdem die junge Frau verschwunden war.

»Gut«, sagte sie und machte sich an die Arbeit.

Unglücklicherweise schien Randy-ich-bin-der-Mann-du-bist-die-Frau recht zu behalten. Der Bolzenschneider war ziemlich schwer zu handhaben. Zwar konnte sie ihn richtig an dem zu durchtrennenden Metallstück des Schlosses positionieren, aber dann fehlte ihr die Kraft, ihn zusammenzudrücken.

Was sie zur Weißglut trieb.

»Komm schon«, zischte sie und versuchte es erneut, drückte die Griffe so fest zusammen, dass ihre Arme schmerzten und die Muskeln unter der Anspannung zitterten. »Schwächling«, murmelte sie vor sich hin. Die Waschmaschinen füllte sich noch immer mit Wasser.

Wieder drückte sie mit aller Kraft zu.

Und erneut schaffte sie es nicht, hinterließ lediglich eine Kerbe am Schloss. »Die sind bestimmt stumpf«, sagte sie zu sich selbst und drehte die Schneidblätter so, dass sie seitlich gegen die Türzarge drückten. Dann stemmte sie sich mit den Füßen auf den Betonboden und drückte den einen Griff mit ihrem ganzen Gewicht hinunter, während der andere mit der Tür verkeilt war. Sie strengte sich an ... schwitzte ... kniff die Augen zusammen ... presste die Kiefer aufeinander ...

Klick!

O Gott, war da jemand an der Tür?

Verdammt!

Wer wollte denn mitten in der Nacht Wäsche waschen?

Außer ihr.

Ihr Herz, das bereits wie wild pochte, begann zu rasen. Adrenalin durchflutete sie. Mit einem Ächzen drückte sie noch fester zu. Sie hörte, wie sich der Schlüssel im Schloss drehte, hörte über den Lärm der Waschmaschinen hinweg die Kellertür quietschen, dann Schritte. Schwer und bedrohlich kamen sie die Treppe hinunter.

Nein!

Mit aller Kraft drückte sie ein letztes Mal zu.

Schnapp!

Das Metall gab nach.

Kristi sah nicht nach, ob es durchtrennt war. Sie schmiss den Bolzenschneider in ihren Wäschekorb und beugte sich schwitzend, obwohl hier unten nicht mehr als fünfzehn Grad herrschten, über den Trockner, öffnete die Tür und tat so, als würde sie nach ihrer Wäsche sehen.

Nur dass darin schon die Wäsche von jemandem lag, und zwar noch immer ziemlich nass.

Verflixt! Sie hatte nicht daran gedacht nachzusehen, ob der Trockner schon besetzt war. »Verdammter Mist«, murmelte sie und richtete sich gerade in dem Augenblick auf, als eine riesenhafte Gestalt den Fuß der Treppe erreicht hatte. Hilfe, konnte das der Entführer sein? Hatte sich dieser Psychopath immer an seine Opfer herangemacht, wenn sie allein in einem dunklen Keller waren? War Tara Atwater hier unten gewesen, als ...

Sie wollte gerade nach dem Bolzenschneider greifen, als Hiram Calloway in den schwachen Lichtkegel einer von der Decke herabhängenden Glühbirne trat.

Kristi stieß die Luft aus und kehrte in Gedanken zu ihrem eigentlichen Problem zurück. Würde er das kaputte Schloss bemerken? »Hey, gehören die Sachen dir?«, fragte sie und deutete auf den Trockner. Dann öffnete sie die

Tür des zweiten, in dem ebenfalls nasse Kleidungsstücke lagen.

»Ja.« Hiram trug eine Pyjamahose aus Flanell, die ihm tief auf den Hüften hing, ein graues Kapuzen-Sweatshirt und riesige Pantoffeln, die trotzdem kaum groß genug für seine Füße waren. Er hatte die Hände in die Bauchtasche des Sweatshirts gesteckt.

»Hast du die Trockner nicht angestellt?«, fragte Kristi.

»Doch.«

»Wann?«

»Weiß nicht. Vor zwei Stunden vielleicht.« Er presste die Lippen hinter seinem spärlichen Bart zusammen.

»Nun, deine Klamotten sind noch klitschnass.«

»Ich hab auf niedrig gestellt, damit die Jeans nicht eingeht«, sagte er, als wäre sie diejenige, die keine Ahnung vom Waschen hatte.

»Es dauert noch dreißig Minuten, bis meine Wäsche fertig ist, dann brauche ich die beiden Trockner.«

»So ein Pech, dann musst du eben warten.« Mit großem Getue prüfte er seine nassen Klamotten, drückte erneut den Start-Knopf, stellte den Timer auf zwanzig Minuten ein und die Temperatur wieder auf niedrig.

»Das wird nicht funktionieren«, sagte sie.

Er schnaubte, drehte sich um und blickte auf die Kellerverschläge.

Was sollte sie sagen, wenn er sie beschuldigen würde? Konnte sie ihm eine Lüge auftischen? Aus dem Augenwinkel sah sie, dass der Bolzenschneider aus ihrem Wäschekorb herauslugte. Sie trat gegen die Waschmaschine. Das Scheppern hallte durch den ganzen Keller.

Hiram fuhr herum wie ein Brummkreisel.

»Verdammtes Ding«, sagte sie und schüttelte den Kopf.

»Was war das?«

»Ich weiß nicht, aber das macht sie schon die ganze Zeit.«

»Die Waschmaschine? Welche?«

Kristi deutete auf die, gegen die sie getreten hatte. »Alle paar Minuten gibt sie so ein Scheppern von sich. Da stimmt was nicht. Du bist hier doch der Verwalter oder was auch immer, vielleicht kannst du sie reparieren.«

»Bei mir hat sie das nicht gemacht.«

»Woher willst du das wissen? Warst du hier unten?«, fragte sie und konnte ihm an den Augen ablesen, dass das nicht der Fall gewesen war. Gut. Ihre Lüge war also glaubhaft.

»Vielleicht solltest du deinen Werkzeugkasten holen.«

Er nickte und wandte sich Richtung Treppe. »Ja, das mache ich, aber wenn du fertig bist mit der Maschine, solltest du, ähm, einen Zettel drankleben, damit sie keiner benutzt, bis ich sie, ähm, repariert habe.«

»Gute Idee«, sagte Kristi und stieß die Luft aus, als er den Keller verließ. Jede Stufe schien voller Protest unter seinem Gewicht zu ächzen.

Sie wartete, bis er oben die Tür öffnete und wieder schloss, dann verlor sie keine Sekunde. Sie zog das Schloss aus der Tür des Verschlags, riss sie auf und begann die Kisten zu öffnen. Klamotten, CDs, gerahmte Bilder, Bücher und verschiedene persönliche Dinge. Zu viel, um sie in den Wäschekorb zu stopfen, aber Kristi wagte es nicht, die Kisten nach oben zu tragen. So schnell wie möglich fischte sie ein paar kleinere Sachen heraus. Sie musste später noch einmal wiederkommen.

Das Schloss ersetzte sie durch das neue, dessen Kombination sie kannte. Es ging mit einem Klicken zu. Solange niemand in den Verschlag wollte, würde ihr Einbruch unbemerkt bleiben.

15.

Kristi hatte ihn drangekriegt, dachte Jay und war sauer auf sich selbst.

Vielleicht hatte Gayle die ganze Zeit über recht gehabt. Vielleicht war er nie über Kristi Bentz hinweggekommen. Er saß an seinem Schreibtisch im kriminaltechnischen Labor in New Orleans. Seit er am vorigen späten Abend ihr Apartment verlassen hatte, dachte er an sie, besorgt, dass sie in etwas Gefährliches hineinschlitterte. Er hatte etwas unternehmen müssen.

Also hatte er sich heute morgen – an einem Samstagmorgen! – bei Tagesanbruch aus dem Bett gewälzt, war mit Bruno in den Pick-up gestiegen und wie der Teufel zu seinem Haus in New Orleans gefahren. Er hatte den Hund dort gelassen und war weiter zum kriminaltechnischen Labor gerast, wo er sämtliche Dateien in seinem Computer nach Informationen über die verschwundenen Studentinnen durchkämmt hatte.

Und damit nicht genug.

Im Laufe des Tages hatte er verschiedene Freunde angerufen, die für die Polizei von Baton Rouge arbeiteten, einen Sheriff für den Bezirk Ost-Baton-Rouge und sogar einen alten College-Kumpel, der für die Louisiana State Police arbeitete. Er wollte Kristis fixer Idee auf den Grund gehen, und weder Hölle noch Hochwasser würden ihn davon abhalten können.

Weil sie die eine ist, hörte er die spöttische Stimme in seinem Innern sagen. *Du bist von dieser Frau besessen, seit du sie zum ersten Mal gesehen hast.*

Jays Kiefer verspannte sich, und er schob den Gedanken beiseite. Im Übrigen stimmte das gar nicht. Er hätte sich auch mit den Anliegen anderer Studenten befasst.

Mach dir doch nichts vor, McKnight, du stehst unter ihrem Pantoffel.

Er weigerte sich, auf seine innere Stimme zu hören, und arbeitete weiter. »Alles, was ich brauche, ist hier«, sagte er laut, obwohl das eine Lüge war. Was er brauchte, war ein Bier. Stattdessen holte er sich einen lauwarmen Eistee aus dem Getränkeautomaten und aß ein paar Erdnussbutterkekse und Lakritzschnecken.

Zumindest war es hier ruhig, die Wochenendschicht hatte in anderen Teilen des Gebäudes zu tun, weit weg von seinem kleinen Büro.

Jeder, den er angerufen hatte, hatte bereitwillig mit ihm geredet, und alle wollten ihn zurückrufen, sobald sie irgendetwas Neues über die vier verschwundenen Mädchen herausgefunden hatten. Aber niemand hatte ihm etwas mitteilen können, was er nicht schon wusste.

Die Police Officers gingen allesamt davon aus, dass es sich bei Dionne Harmon, Monique DesCartes, Tara Atwater und auch Rylee Ames um Mädchen handelte, die in Schwierigkeiten steckten und einfach abgehauen waren. Ihre Kreditkarten hatten sie nicht benutzt, weil sie eine andere Geldquelle aufgetan hatten. Vielleicht handelten sie mit Drogen oder gingen auf den Strich. Vielleicht spielten sie auch oder lebten auf Kosten irgendwelcher Freunde.

Der einzige Hoffnungsschimmer kam von Jays Freund

Raymond »Sonny« Crawley, mit dem er aufs College gegangen war und der nun bei der Mordkommission in Baton Rouge arbeitete.

»Mein Gott, McKnight«, sagte Sonny, als er an sein Handy ging. »Was ist passiert? Hast du mit Laurent gesprochen oder was? Das ist das Problem mit dieser verfluchten Frau: Sie lässt die Sache einfach nicht auf sich beruhen. Keine Leichen, kein Tatort, aber sie scheint davon auszugehen, dass die Mädchen entführt oder getötet worden sind. Glaub mir, wir haben hier schon genug Arbeit, aber sie lässt sich einfach nicht davon abbringen. Geht jedem damit auf den Geist.«

»Wer ist Laurent?«, fragte Jay und machte sich eine Notiz, während er auf dem Bildschirm auf das Foto von Rylee Ames starrte, der jungen Frau, die an seinem Seminar hätte teilnehmen sollen.

»Portia Laurent ist ein Junior Detective, die sich in die Sache mit diesen Studentinnen verbissen hat. Zur Hölle, jeder hier will die Mädchen finden, aber es gibt einfach keine Handhabe. Noch nicht. Du weißt, wie diese Neulinge sind: Die werfen sich wegen jeder noch so kleinen Sache in die Bresche. Nicht dass ich das Ganze herunterspielen will, aber wir können einfach nicht viel tun, solange es keine Leiche, eine Mordwaffe, einen konkreten Verdacht oder einen Zeugen gibt. Warum zum Teufel interessierst du dich eigentlich dafür?«

»Reine Neugier«, wiegelte Jay ab. Er hatte bereits beschlossen, Kristis Namen aus der Sache herauszuhalten, zumindest solange er nicht wusste, ob sie in Gefahr schwebte. Die Tatsache, dass sie in derselben Wohnung wohnte wie eines der vermissten Mädchen, beunruhigte ihn. »Ich arbeite hier am College, Teilzeit, gebe ein Seminar in Forensik, und es kursieren ganz schön viele Gerüchte, was den Mädchen zugestoßen sein könnte.«

»Ich weiß«, pflichtete Sonny ihm bei. »Immer wenn sonst nichts los ist, schnüffelt hier irgendein Reporter rum und versucht, Ärger zu machen und Neuigkeiten zu bringen, auch wenn es gar keine gibt. Zum Beispiel diese Belinda Del Ray von WMTA ... Sie ist wirklich eine absolute Nervensäge, auch wenn sie verdammt gut aussieht. Und das nutzt sie gnadenlos aus, sage ich dir. Sie ist wie ein verdammter Pitbull, der um einen Knochen kämpft. Sie kann kein Nein akzeptieren und schnüffelt einfach weiter rum, sogar wenn wir sie an den PIO, den Public Information Officer, verweisen. An offiziellen Statements ist sie nicht interessiert, unsere Belinda. Sie will immer mehr. Aber wie schon gesagt: keine Leichen, kein Fall. Manche Reporter wissen einfach nicht, wann Schluss ist.«

»Sie machen nur ihren Job«, sagte Jay, den Advocatus Diaboli spielend. Er war zwiegespalten, was die Presse betraf, hielt sie für ein notwendiges Übel. Oft nützlich, manchmal aber ein echtes Ärgernis. Vor allem die aggressiven Reporter, die versuchten, sich einen Namen zu machen.

»Hm«, schnaubte Sonny. »Offensichtlich hattest du noch nicht mit allzu vielen Reportern zu tun.«

Das führte zu nichts. »Erzähl mir von Detective Laurent. Warum schließt sie sich nicht der allgemeinen Überzeugung an?«

»Keine Ahnung, was Laurent denkt. Da musst du sie schon selbst fragen. Oh, es klopft gerade jemand.«

Er drückte Jay weg. Dieser starrte auf den Notizblock auf seinem Schreibtisch. Portia Laurent. Er würde in der Tat gern hören, was sie zu sagen hatte. Jay kringelte ihren Namen ein, riss das Blatt ab, stopfte es in seine Jeanstasche und machte sich wieder an die Arbeit.

Am Ende des Tages kaute er auf dem letzten Stück von seiner Lakritzschnecke und wusste kein bisschen mehr als in der Nacht zuvor. Nur eben so viel, dass er langsam anfing zu glauben, Kristi wäre tatsächlich irgendetwas auf der Spur. Er war überrascht, wie viele Leute an diesen Vampirkram glaubten. Es gab nicht nur Bücher, Kino- und Fernsehfilme und Computerspiele zu diesem Thema, sondern auch eine ganze Internet-Kultur, die, da war er sich sicher, echte Menschen miteinander verband.

Eine Sekte?

Vielleicht.

Mit dem Zentrum am All Saints College?

Hoffentlich nicht!

Er dachte an die verschwundenen Mädchen und an Dr. Grottos Seminar. Er hatte von dessen theatralischem Unterrichtsstil gehört, davon, sich Vampirzähne einzusetzen und Kontaktlinsen zu benutzen, die die Augen schwarz und leer aussehen ließen. Seelenlos. Unmenschlich. Aber keiner schien sich deswegen Sorgen zu machen. Es war ja nur Theater, schaffte eine gewisse Atmosphäre. Und die Studenten fanden es toll. Die Tatsache, dass er größer war als die meisten anderen und volles schwarzes Haar und durchdringende Augen hatte, förderte sein Image noch.

Jay rieb sich den Nacken und drehte den Kopf, um die Anspannung zu vertreiben, die er vor allem bei Rylee Ames'

Anblick verspürte. Jung. Schön. Voller Leben. Zumindest auf dem Foto. Aber offensichtlich durcheinander.

Ausgerissen? Entführt? Möglicherweise ermordet …?

War sie Mitglied einer geheimen Sekte?

War Grotto in die Sache verwickelt? Wenn ja, stellte er das mit diesem Vampirquatsch ganz ungeniert zur Schau. War es aber nicht ziemlich dumm, mit dem Finger auf sich selbst zu deuten? Oder brauchte Grotto das für sein Ego? Hielt er sich wirklich für unschlagbar? Er wäre zumindest nicht der Erste. Jay kaute verbissen auf seiner Lippe herum. Vielleicht sollte er Grotto überprüfen, und zwar sorgfältiger, als die Universität es getan hatte. Und wenn er schon dabei war, vielleicht auch die anderen Professoren und Fachbereichsleiter. Oder die Verwaltungsangestellten. Soweit er wusste, überschritten Sekten bei der Zusammensetzung ihrer Mitgliedschaft jegliche soziale Grenzen. Er saß an der Quelle, und es gab keinen Grund, das nicht zu nutzen. Er musste nur die jeweiligen Namen und Adressen eingeben. Manche der Informationen würden öffentlich zugänglich sein, andere nicht. Er würde so weit gehen, wie er konnte, ohne das Gesetz zu übertreten.

Und was dann?

Was ist, wenn du tiefer graben musst?

»Abwarten«, murmelte er. Er würde, wenn nötig, auch diese unscharfe Grenze übertreten.

Das Handy vibrierte in seiner Tasche.

Er hievte sich aus dem Stuhl, zog das Handy hervor und sah Gayles Festnetznummer auf dem Display blinken. Innerlich stöhnend, überlegte er kurz, nicht dranzugehen, aber er wusste, dass er damit das Unvermeidliche nur hinauszögerte.

Er hatte sich bemüht, rücksichtsvoll zu sein.

Es hatte nicht funktioniert.

Gayle hatte den Wink mit dem Zaunpfahl übersehen.

»Hey«, meldete er sich und ärgerte sich über seinen unaufrichtigen Tonfall.

»Wie geht es dir?« Ihre Stimme war zu heiter und ein wenig atemlos.

»Viel zu tun.«

»Wie immer.« Sie seufzte, und er stellte sich vor, dass ihr Gesicht einen gereizten Ausdruck annahm. »Ich vermute, du bist in Baton Rouge und hast keine Zeit für einen Drink oder sonst was?«

»Leider nicht, Gayle.«

»Ich könnte zu dir rauskommen.«

Er sagte ihr nicht, dass er in New Orleans war. Er hatte nicht vor, hier die Nacht zu verbringen – und ganz bestimmt nicht mit Gayle. »Ich arbeite.«

»Aha«, sagte sie, und er sah vor sich, wie sie über den hochflorigen Teppich in ihrer Wohnung wanderte oder vor dem deckenhohen Fenster stand und in die Nacht hinausstarrte.

»Aber du wirst doch nicht die ganze Nacht arbeiten, oder? Ich könnte bleiben ...«

Wenn es nicht so verdammt traurig wäre, hätte es sogar etwas Komisches: die an Luxus gewöhnte Gayle, die die Nacht ohne heißes Wasser oder sonstige Annehmlichkeiten auf Tante Colleens Baustelle verbrachte.

»Es ist nicht gerade bequem, Gayle. Ich übernachte im Schlafsack auf einem Feldbett.«

»Wie kuschelig«, sagte sie und missverstand seine Worte mit Absicht. »Ich würde ein Hotelzimmer nehmen. Dann könntest du die Nacht unter etwas weniger primitiven Umständen verbringen.«

»Danke, nein.« Jay lehnte sich wieder in seinem Schreibtischstuhl zurück, der quietschend protestierte, als er ein Bein auf den Schreibtisch verlagerte. Er dachte an Kristi, dachte daran, wie unterschiedlich die beiden Frauen doch waren und dass er für Gayle nie so empfunden hatte wie für Kristi. Gayle hatte recht gehabt, ihr weiblicher Instinkt hatte sie nicht getrogen.

»Du gehst mir aus dem Weg«, stellte sie mit einem leisen Schmollen fest.

Jay wappnete sich. Es gab keine Möglichkeit, das zu beschönigen. »Ich habe im Augenblick keine Zeit für dich.«

Er hörte, wie sie nach Luft schnappte. »Wow. Damit habe ich nicht gerechnet. Ich dachte, wir wollten Freunde sein.«

Vor der Tür zu seinem Büro hörte er Schritte und die leise Unterhaltung zweier vorbeigehender Kollegen. Irgendwo weiter weg klingelte ein Telefon.

»Wir haben wohl unterschiedliche Ansichten darüber, was ›Freunde sein‹ bedeutet.«

»Du willst nicht, dass ich komme«, sagte sie anklagend.

»Es wäre keine gute Idee.« Eine Pause entstand. Jay hatte keine Ahnung, wie er das durchziehen sollte, ohne ihr weh zu tun, deshalb entschied er, dass er grausam sein musste.

»Gayle, ich denke, wir sollten uns nicht wiedersehen. Nicht mal als Freunde.«

»Warum sagst du das?«, schrie sie aufgebracht.

»Wir waren uns beide einig, dass es vorbei ist.«

»Du. Ich nicht!«

»Du warst nicht glücklich.«

»Ich könnte glücklich sein.«

»Ach zum Teufel, Gayle. Es würde niemals funktionieren. Das wissen wir beide.«

»*Du* lässt das ja nicht zu!«

»Ich werde mit dir nicht mehr darüber streiten.«

»Du Scheißkerl«, sagte sie mit schriller Stimme. »Dahinter steckt wieder Kristi Bentz, hab ich recht? Ich weiß es. Du bist doch in erster Linie ihretwegen nach Baton Rouge gegangen. Weil sie dort aufs College geht – überrascht, dass ich das weiß?«

Nein, er war nicht überrascht. Das war das Problem. »Es ist vorbei, Gayle.«

»Bei aller Liebe, Jay, wirst du denn niemals klug aus einer Sache?« Ihre Stimme schwoll an. Wieder hörte er jemanden an seiner Tür vorbeigehen. Es klopfte im Telefon, ein weiterer Anruf ging ein.

»Ich muss auflegen. Es ruft noch jemand an.«

»Du triffst dich mit ihr! Verdammt noch mal, Jay, ich hab recht gehabt! Du könntest es zumindest zugeben. Du liebst sie immer noch!«

»Leb wohl, Gayle«, sagte er und drückte sie weg, aber ihre Worte klangen in seinem Kopf nach: *Du liebst sie immer noch.*

»Das trifft den Nagel auf den Kopf«, sagte er zu sich selbst. Also gut, er liebte sie immer noch, war äußerst fasziniert von Kristi. Mehr denn je.

Er nahm den anderen Anruf entgegen. »Hallo?«

»McKnight?« Rick Bentz' Stimme traf ihn unvorbereitet.

»Ja?«

»Sie müssen mir einen Gefallen tun.« Bentz redete nie um den heißen Brei herum.

»Was für einen Gefallen?«

»Kristi braucht ihr Fahrrad. Wenn ich es ihr nach Baton Rouge bringe, beschuldigt sie mich, mich in ihre Privatangelegenheiten einzumischen. Ich weiß, dass Sie am All Saints ein Seminar abhalten und dass Sie einen Pick-up haben. Vielleicht könnten Sie es ihr bringen.«

Manchmal hatte das Schicksal einen merkwürdigen Sinn für Humor, dachte Jay. »Sicher.« Er überlegte, ob er den Detective einweihen sollte – schließlich war Bentz Kristis Vater, und sie schien auf dem besten Wege zu sein, sich in Schwierigkeiten zu bringen. Doch er hielt den Mund. Zumindest für den Augenblick.

Sie verabredeten, dass Jay das Rad später an der Polizeistation abholen würde. Jay legte auf und fragte sich, ob seine Entscheidung richtig gewesen war. Was sollte er Bentz sagen, wenn sich Kristi in echte Schwierigkeiten brachte? In Gefahr? Wenn sie am Ende entführt wurde? Wie würde er sich dann fühlen?

Er fluchte leise. Kristi würde ihn umbringen, wenn sie herausfand, dass er ihren Vater eingeweiht hatte, und das wär's dann gewesen. Sie würden nie wieder zusammenkommen.

Darauf lief also alles hinaus. Schöner Schlamassel. Jay fuhr den Computer herunter und stand auf. Vielleicht war es Zeit, nach Baton Rouge zurückzufahren.

Nichts!

Kristi fand nicht ein einziges Stück in Taras Sachen, das ihr einen Hinweis darauf gegeben hätte, was mit der jungen Frau passiert war.

Sie schaukelte auf den Füßen vor und zurück und untersuchte erneut Taras persönliche Besitztümer. Sie lagen auf einer Plane, die Kristi auf dem Fußboden ausgebreitet hatte. Wenn sie gehofft hatte, zum Beispiel im Schmuckkästchen auf eine Kette mit einer kleinen Blutampulle zu stoßen, war sie bitter enttäuscht worden. Wenn sie gedacht hatte, auf eine Art Schatzkarte zu stoßen, die sie zu dem geheimen Versammlungsort der Vampirsekte führte, hatte sie ebenfalls danebengelegen.

»Es *muss* irgendetwas dabei sein«, sagte sie laut. »Du musst es nur finden.«

Die naheliegendsten Dinge fehlten: Computer, Handtasche, Handy und/oder Blackberry. Es gab kein geheimes Tagebuch. Keine Liebesbriefe. Kein Adressbuch und keinen Rolodex. In den Kartons mit den Kleidungsstücken hatte Kristi einen Rucksack mit einem zerrissenen Riemen gefunden und den Reißverschluss geöffnet. Sie hatte ihn von innen nach außen gestülpt, doch außer einer leeren Packung Zigaretten, zwei Streifen Kaugummi, einer halbvollen Packung Pfefferminz, ein paar Kassenzetteln vom hiesigen Supermarkt, einem zerdrückten Tampon und einem Gummiband war nichts darin gewesen.

Sie fühlte sich ein bisschen wie Geraldo Rivera in *The Mystery of Al Capone's Vault.* Rivera hatte in den Achtzigern in einer Live-Fernsehübertragung Al Capones berühmten Tresorraum im Lexington Hotel in Chicago geöffnet in der Erwartung, auf alle möglichen Schätze oder Beweismittel gegen den Gangster zu stoßen – nur um den Tresor, abgesehen von einigen wertlosen Hinterlassenschaften, leer vorzufinden. Genau das hatte Kristi jetzt vor sich liegen – wertlose Hinterlassenschaften von einem verschwundenen Mädchen.

Nach ihrem Zusammentreffen mit Hiram war sie noch dreimal mit dem Wäschekorb in den Keller gegangen und hatte Taras Sachen Stück für Stück hinauf in ihr Apartment geschafft. Sie hatte die Taschen ihrer Hosen und Jacken durchsucht und Ausschau nach einem noch so kleinen Hinweis gehalten. Nichts.

»Mein Vater wäre enttäuscht«, sagte sie zu dem Kater, der ihr von einem der oberen Regalbretter aus zusah. »Was habe ich nur übersehen?« Sie arbeitete sich noch einmal durch den Stapel aus Jeans, Khakis und Shorts, aus Sweatshirt, T-Shirts und Jacken.

Nichts.

Enttäuschung machte sich in ihr breit. »Vielleicht bin ich einfach nicht für so etwas geeignet«, murmelte sie und packte Taras Sachen unter Houdinis wachsamem Blick wieder zusammen. Entweder hatte *Tara* alles Wertvolle mitgenommen, oder aber ihr Entführer. Kristi faltete ihre eigene Wäsche zusammen, legte eine Abhandlung für Dr. Prestons Schreibseminar heraus und ging dann zu Bett.

»Morgen machen wir weiter«, vertraute sie Houdini an, der aufs Bett sprang und sich in die hinterste Ecke verzog, jederzeit bereit, in Deckung zu huschen, sollte sie ihm zu nahe kommen. Ihre Beziehung zueinander machte Fortschritte, wenngleich extrem zögerlich. Houdini ließ immerhin gelegentlich zu, dass sie ihn streichelte, auch wenn er äußerst wachsam blieb.

Fast wie zwischen Jay und mir, dachte sie. Interessiert, aber zaudernd. Warum kam sie nur immer wieder auf Jay?

Er war ihr Professor, und er hatte sich bereit erklärt, ihr bei den Recherchen über den Verbleib der vier Studentinnen zu helfen, aber das war's. Es war absolut nichts Romantisches oder Erotisches zwischen ihnen. Und das sollte auch so bleiben.

»Stimmt's, Houdini?«, fragte sie.

Die Katze starrte sie an, ohne zu blinzeln.

Vater Mathias Glanzer schritt durch die Kirche, an den brennenden Votivkerzen in den Glashaltern vorbei. Seine Schritte klangen hohl. Am Altar, vor dem riesigen von der Decke hängenden Kruzifix, beugte er das Knie, bekreuzigte sich und betete um göttlichen Rat. Jesu Antlitz starrte auf ihn herab.

Verärgert?

Mitleidig?

Vater Mathias' gefaltete Hände waren feuchtkalt, sein Körper unter dem Priestergewand schweißgebadet – vor Nervosität und Abscheu vor sich selbst. Er war seit beinahe fünfzehn Jahren als Priester tätig und betete immer noch um Führung, hatte immer noch Zweifel. Sein Glaube schwankte, obwohl er das niemals zugeben würde.

Aber Gott wusste es.

»Vergib mir«, flüsterte er, und obwohl er wusste, dass er hierbleiben und die nächsten Stunden im Gebet verbringen sollte, fand er darin keinen Trost, genauso wenig wie in der Suche nach Gottes Rat. Er richtete sich auf und verließ die Kirche. Die große Tür schlug mit einem entschiedenen Knall hinter ihm zu.

Die Nacht schien Regen mit sich zu bringen. Die Wolken waren dicht, Mond und Sterne waren nicht zu sehen. Vom Landesinneren zog ein Sturm auf. Kalt und scharf wehte der Januarwind auch durch seine Seele.

Er war nach All Saints gekommen in der Hoffnung, hier neu beginnen zu können, seine Gelübde bekräftigen, Veränderungen am College hervorrufen zu können – und in sich selbst. Wieder zu Gott zu finden.

Denn er war zu stolz geworden. Überheblich. Hatte seinen eigenen Ruhm über den von Gott gestellt.

So hoch er gestiegen war, so weit hinauf ihn sein blinder Ehrgeiz auch getragen hatte, so tief war er gefallen. Nun taumelte er in tiefster Finsternis umher und fürchtete, dass es keine Umkehr gab. Nach All Saints zu gehen war kein Segen, sondern ein Fluch gewesen.

Er wollte Dr. Grotto, Vater Anthony oder Natalie Croft dafür verantwortlich machen, wäre gern so weit gegangen, die Ungerechtigkeit der Schulverwaltung und den Laien zuzuschieben. Auch den Nachfahren von Ludwig Wagner, dem Mann, der der Erzdiözese das Land zur Verfügung gestellt hatte, um dieses College zu errichten. Doch in Wahrheit war es töricht, sich gegen das Schicksal und die, mit denen er arbeitete, aufzulehnen. Die einzige Person, die im Unrecht war, war er selbst. Er dachte an die, die ihm vorangegangen waren, reine Männer, die sich selbst gegeißelt, die sich tagelang auf den kalten Steinboden gekniet hatten, die gefastet hatten, bis sie ohnmächtig wurden ... Einer solchen Prüfung würde er sich niemals unterziehen.

Jahrelang hatte er sich eingeredet, eine solche Art der Selbstkasteiung wäre nur etwas für die Schwachen und Verwirrten, und er stünde weit über ihnen. Jetzt wusste er es besser. Sie waren für die Starken, und nur Feiglinge wie er selbst – schwache Sterbliche – liefen vor Gottes Herausforderungen davon.

Vor dir selbst kannst du nicht davonlaufen, Mathias. Und selbst wenn du es könntest, würde der Herr dein armseliges Unterfangen bemerken. Er blickt tief in deine Seele und erkennt die Dunkelheit dort drinnen.

Er weiß um deine Sünden.

Die Kirchturmglocken läuteten. Die tiefen, wohlklingenden Töne hallten in seinem Kopf wider, riefen ein Echo in seinem Herzen hervor. Sie hätten ihm Auftrieb geben sollen, aber ihr tiefes Schwingen diente nur dazu, ihm in Erinnerung zu rufen, wie viel er verloren hatte, wie viel er so bereitwillig fortgeworfen hatte.

Er schluckte schwer und schlug das Kreuz über seinem Priestergewand. Dann ging er durch das nasse Gras davon. Er würde in seiner Wohnung einen kleinen Brandy trinken und versuchen, sich einen Plan zurechtzulegen, einen Ausweg.

Feigling! Du kannst dich nicht davon befreien! Du hast dich eigenhändig dazu verdammt. Du bist Judas.

Aus dem Augenwinkel sah er eine Bewegung, ein leichtes Zittern der Sträucher, die die Vorhalle an der Westseite der Kirche einfassten.

Vater Mathias erschauderte. Er zwang sich, nicht so ängstlich zu sein, vermutlich war es nur eine Katze, die nachts nach Mäusen jagte, oder ein Opossum, das sich in den Zweigen versteckte, oder ... O Gott.

Er erstarrte.

Eine dunkle Gestalt, die bei den schmalen Maßwerkfenstern gekauert hatte, richtete sich auf. »Vater Mathias«, flüsterte sie heiser und kam auf ihn zu.

Mathias wurde von dumpfer Furcht ergriffen.

»Was ist, mein Sohn?«

Das Wesen, wenn man es denn so nennen wollte, war groß, ein Mensch in einem Kostüm – oder irgendetwas aus einer jenseitigen Welt? Männlich? Oder eine Amazone? Oder geschlechtslos? Seine Züge waren in den dunklen Falten einer Kapuze versteckt, die Augen glühten blutrot.

Vater Mathias zitterte.

Weiße Zähne blitzten in der Dunkelheit auf. Dunkle Lippen, offenbar blutbefleckt, warnten ihn: »Hintergeh uns nicht. Ich sehe es in deinen Augen, ich rieche die Angst in dir.« Die Lippen kräuselten sich vor Abscheu, und für den Bruchteil einer Sekunde meinte Vater Mathias, Reißzähne in diesem Antlitz des Bösen zu erkennen. »Beim leisesten Anzeichen von Verrat, beim kleinsten Hauch von Illoyalität wirst du schuldig gesprochen. Und das versichere ich dir, du wirst bestraft werden.«

Noch bevor Vater Mathias das Kruzifix heben und dem Dämon vors Gesicht halten konnte, packte dieser sein Handgelenk mit einem schmerzhaften Griff.

»Nein!«, schrie er.

Zu spät.

Stoff zerriss.

Lippen wurden zurückgezogen.

Reißzähne schnappten zu.

»Aaah!«

Schmerz schoss durch seinen Arm, als sich die Zähne des Unholds in sein Fleisch bohrten. »Gott im Himmel, nein!«, schrie Vater Mathias voller Grauen.

Der Dämon verdrehte sein Handgelenk, und er schrie erneut auf. »Bitte nicht!«

»Schsch!« Die Kreatur senkte ihren dunklen Kopf. Blut – das des Priesters – tropfte von ihren ekelerregenden Lippen. »Fort mit dir!«, zischte sie und bespritzte Vater Mathias mit seinem eigenen Blut. Zwischen den verschmierten Lippen zeigte sich eine gespaltene Zunge.

Heiliger Vater, was für eine Ausgeburt der Hölle war das?

Der verwundete Priester fiel auf die Knie, griff nach seinem Rosenkranz und schickte ein Gebet nach dem anderen zum Himmel. Vor Angst war er wie gelähmt und fast von Sinnen.

Von der anderen Seite der Kirche hörte er Stimmen. Lieber Gott, so durfte man ihn nicht finden ... Er hätte keine Erklärung dafür. Das Monster drehte sich um und rannte davon, glitt beinahe lautlos über die Rasenfläche und verschwand in der Dunkelheit.

Vater Mathias krümmte sich zusammen. Tränen rannen aus seinen Augen. Tränen der Furcht. Tränen der Reue. Tränen eines gebrochenen, dem Glauben abtrünnigen Mannes.

»Vater unser«, setzte er an, doch die Worte blieben ihm in der Kehle stecken. Seine Zunge war geschwollen und schwerfällig, seine Reue nicht groß genug, und sie kam ein wenig zu spät. Er war zu weit gegangen. Hatte eine gefährliche Grenze überschritten, und jetzt gab es keine Umkehr mehr. Gebete würden nichts nutzen. Selbst die Beichte, die einen von allen Sünden reinigte, brächte ihm keine Erlösung.

Die Wahrheit war, dass er, wie so viele vor ihm, seine Seele dem Teufel verkauft hatte.

Und Satan forderte sein Recht.

16.

Boomer Moss hatte sein Leben lang Alligatoren gejagt. Manchmal ganz legal, während der Saison, mit Erlaubnis des U.S. Fish and Wildlife Service, und manchmal, wie heute Nacht, illegal. Er hielt Alligatoren für hinterhältige Kreaturen, die es verdient hatten zu sterben, und wenn er an ihren Häuten, Köpfen und ihrem Fleisch ein paar Dollar verdienen konnte – umso besser. Er tat der Welt einen Riesengefallen damit, dass er diese verfluchten Viecher aus dem Sumpf holte.

Die Tatsache, dass es eine Jagdsaison gab und man Abschusslizenzen erwerben konnte, interessierte ihn nicht. Seine Familie jagte seit über zweihundert Jahren in den Sümpfen, Tümpeln, Seen und Kanälen rund um New Orleans. Die Regierung hatte ihm nichts zu sagen, und schon gar nicht, was er zu tun oder zu lassen hatte.

Außerdem gab ihm die nächtliche Jagd in den Sümpfen einen Kick wie sonst nichts. Mit ein paar Bier in einer Kühltasche fuhr Boomer über das dunkle Wasser, an den gespenstischen, skelettähnlichen Stämmen und Wurzeln der Sumpfzypressen vorbei. Er hielt seine Schlinge bereit, man konnte schließlich nie sagen; wann man einem Alligator im Wasser begegnete, Schonzeit hin oder her.

Manchmal hatte er auch einen Waschbär, ein Opossum oder eine Schlange getötet. Diese Sümpfe waren sein Eigentum, hier herrschte er, und das Kopfgeld in diesem Sumpfland kassierte er. Boomer ließ den Strahl seiner starken Taschenlampe übers Wasser gleiten und hoffte, in der Dunkelheit Augen über der tintenschwarzen Oberfläche aufleuchten zu sehen. Um diese Jahreszeit waren die Alligatoren träge, aber durchaus zu finden.

Er hatte seine Fallen errichtet und erwartete, am nächsten Morgen zumindest eines der Viecher geschnappt zu haben – wenn er Glück hatte, sogar fünf oder sechs. Jetzt würde er erst einmal den Köder überprüfen, den er ein paar Zentimeter über der Wasseroberfläche aufgeknüpft hatte.

Er bemerkte ihre Augen in der Dunkelheit, wohl wissend, dass sie ihn nicht nur sahen, sondern spürten, so wie jede Bewegung in und auf dem Wasser. Echsen mit verdammt großen Zähnen. Er hörte ein Platschen, sah eine von ihnen nicht weit entfernt ins Wasser gleiten und entdeckte einen Hügel aus Schlamm und plattgedrücktem Gras, der ihm zeigte, dass dort Eier lagen.

»Komm schon, Mama«, sagte er mit zärtlicher Stimme. »Komm zu Daddy.« Er wartete, suchend, die Zweiundzwanziger-Pistole in der Hand. Aber die Alligatorenmutter versteckte sich im Schatten außerhalb seines Taschenlampenstrahls, und Boomer glitt vorwärts, langsam, eine Hand auf der Pinne. Die Geräusche der Nacht drangen an sein Ohr: das Schwirren der Fledermausflügel, das Heulen einer Eule, das Quaken der Ochsenfrösche, das Summen einiger Insekten und das leise Dröhnen des kleinen Außenbordmotors. Ab und zu hörte er ein weiteres Platschen – einen Fisch, der aus dem Wasser sprang, oder einen Alligator, der unter die unbewegte Oberfläche glitt.

Er verbrachte lange Stunden damit, übers Wasser zu fahren, aber er kam nicht nahe genug an einen Alligator heran, um ihn zu töten und ins Boot zu zerren. Stattdessen kundschaftete er die Sümpfe aus, kippte ein Sechserpack Lone Star und verschlang zwei von Mindy Jos Po'boy-Sandwiches mit gegrillten Austern.

Als die Nacht zu Ende ging, machte er sich daran, seine Fallen erneut zu überprüfen. Die erste war leer, der Haken mit dem Köder daran sauber abgefressen.

»Mist«, sagte er und steuerte das Boot zur nächsten Falle. Dort hing, zum Teil in der Luft, ein Alligator, schätzungsweise zweieinhalb Meter lang. »Hallo, Bruder«, sagte Boomer und fuhr nahe genug heran, um die Pistole auf das kleine Gehirn des Viechs zu richten. Er drückte ab. Es gab einen scharfen Knall. Jetzt musste er sich noch vergewissern, dass das Reptil wirklich tot war, bevor er es abschnitt. Schließlich wollte er keinen zappelnden Zweihundert-Kilo-Alligator im Boot haben. Es war schon schwierig genug mit einem toten.

Er stieß das Tier mit einem der Ruder an, und als er sicher war, dass sich der Riese nicht mehr rührte, hievte er ihn vorsichtig ins Boot. Das männliche Tier war ein Musterexemplar mit nur wenigen Narben. Er würde einen verdammt guten Preis dafür erzielen. Mit dem Gefühl, dass die Nacht doch kein vollkommener Reinfall gewesen war, überprüfte Boomer seine anderen Fallen, doch die Köder hingen nach wie vor über dem Wasser. Am besten ließ er sie hängen. Vielleicht hatte er Glück.

Er wendete das Boot und fuhr zurück zur Anlegestelle, wo er seinen Truck geparkt hatte. Dort hielt er sich nicht damit auf, seine Beute auszuweiden, sondern packte sie in eine feuchte Plane, hob sie auf die Ladefläche und fuhr heim in sein kleines Holzhaus auf Betonblöcken tief in den Wäldern.

Boomer fühlte sich gut. Zu Hause würde er duschen und anschließend seine Frau wecken und sie richtig rannehmen, wie immer nach einem erfolgreichen Jagdausflug. Er konnte es kaum erwarten. Seine Hände umklammerten das Lenkrad des alten Chevy. Er rumpelte und schlingerte durch die Schlaglöcher in der Schotterstraße, die zum Haus führte.

Mindy Jo hatte sich nie darüber beschwert, dass er sie weckte, um Sex mit ihr zu haben. Sie wartete vermutlich schon auf ihn, vielleicht mit feuchter Spalte. Sie liebte es, wenn er sprühend vor Testosteron von der Jagd heimkehrte. Er hatte sie in dem großen alten Bett, das sie miteinander teilten, wieder und wieder zum Höhepunkt gebracht, war über sie hergefallen wie ein geiler Deckhengst.

Oft war sie so heiß gewesen, dass sie ihm sogar erlaubte, ihr den Hintern zu versohlen. Mannomann, wie sie das liebte! Boomer parkte in der Garage, legte etwas Eis auf die Plane und ging ins Haus. Er entschied sich, nicht zu duschen und abzuwarten, wie sie reagierte, wenn er nach Jagd roch … er hatte das schon ein-, zweimal gemacht. Also zog er seine Jagdklamotten aus, legte Tarnshirt und -hose vor die neue Waschmaschine und ging ins Schlafzimmer.

Sein Königreich.

Es war dunkel, die Vorhänge vorgezogen, und es roch nach Zigarettenqualm und den verdammten Katzen. Mindy Jo bestand darauf, dass sie hier herumstreunen durften.

»Liebling, bist du's?«, murmelte sie, das Gesicht im Kissen vergraben.

»Ja«, erwiderte er, »ich bin's, und ich bin höllisch geil. Hab einen Riesenalligator erlegt.«

»Oh.«

Er berührte ihren Oberschenkel, und sie rollte sich zur Seite und grunzte unwillig. Das kaufte er ihr nicht ab. Er kniete sich neben sie auf die Matratze, sein Schwanz war steinhart, und berührte sie noch einmal. »Hast du gehört? Er ist ein Riese.« Er fuhr mit der Hand über ihren Körper zu ihren Brüsten.

»Bitte, Boomer. Jetzt nicht. Lass mich in Ruhe.«

»Keine Chance, Baby«, sagte er, und sie seufzte, wurde langsam wach. Vielleicht hatte er Glück. Vielleicht würde sie ihm einen blasen.

»O Gott, du stinkst.« Sie wälzte sich herum und blickte ihn an. Ihr Gesicht war nur Zentimeter von seinem Schwanz entfernt. »Hast du nicht geduscht?«

»Nein.«

»Dann geh und mach dich sauber!«

Aber er beugte sich bereits vor, um sie zu küssen, und nahm eine ihrer kleinen, weichen Hände und legte sie auf seinen Penis. »Ich kann nicht mehr warten, Baby. Du bist so verdammt schön.«

»Und du bist ein verdammter Lügner. Es ist zu dunkel hier drinnen, als dass du irgendetwas erkennen könntest.«

»Ich sehe dich vor meinem inneren Auge, Baby.«

»So ein Unsinn«, sagte sie, aber ihre Finger schlossen sich bereits um sein bestes Stück, und als er sich neben sie legte, öffnete sie den Mund und küsste ihn mit einem Verlangen, das sie nur am Morgen hatte.

Er rollte sich auf sie und beschloss, nicht viel Zeit damit

zu vertun, sie zum Höhepunkt zu bringen, schließlich war er die ganze Nacht auf den Beinen gewesen. Er würde sie schnell und hart nehmen, gleich zu Anfang all ihre heißen Punkte stimulieren, und wenn er merkte, dass sie leise zu stöhnen anfing und sich ihm entgegenhob, würde er den Job zu Ende bringen.

Aber er hatte die Sache übereilt. Ihre Reaktion falsch gedeutet. Sie war ein wenig langsam heute Morgen, noch nicht ganz wach oder nicht bei der Sache wie sonst, und als er in sie hineinglitt, konnte er nicht mehr warten und kam, bevor sie so weit war. Dann plumpste er auf sie wie ein toter Alligator.

Was sie wirklich sauer machte.

»Du Riesentrampel«, sagte sie und schob ihn zur Seite. »Was soll das hier?«

»Ist schon gut, Baby, ich kümmere mich um dich.«

»Vergiss es. Ich bin nicht in Stimmung.« Er versuchte sie zu küssen, aber sie stieß ihn weg. »Hör auf, Boomer. Du bist dein verdammtes Zeug losgeworden, und jetzt lass mich in Ruhe.« Sie drehte sich zur Seite und tastete auf dem Nachttisch nach ihren Zigaretten. Eine von ihren dämlichen Katzen stolzierte über sein Kissen. Ihr Schwanz kitzelte ihn an der Nase und erinnerte ihn daran, dass sie nie ganz allein waren, dank all der verfluchten Katzenviecher im Haus.

Boomer schloss die Augen und malte sich aus, dass er jetzt stundenlang schlafen würde. Der Alligator war durch das Eis sicher aufbewahrt. Er hörte das Feuerzeug klicken und roch den brennenden Tabak. Müde wie er war, schlief er ein und öffnete erst wieder ein Auge, als er merkte, wie sie sich bewegte.

Fast sechs Stunden waren vergangen. Er wollte noch länger schlafen – er hatte es sich verdammt noch mal verdient –, aber er musste nach dem Alligator sehen und sicherstellen, dass er noch gut gekühlt war. Außerdem krähten die verfluchten Zwerghähne von Jed Stomp, seinem Vollidioten von Nachbarn, so schrill und durchdringend, dass sie Tote hätten wecken können.

Als er aus dem Bett kletterte, verspürte er einen leichten Kopfschmerz. Er versetzte Mindy Jos nacktem, rundem Hintern einen spielerischen Klaps und ging in die Küche, wo er wieder seine Jagdklamotten anzog.

Die Sonne stand hoch am Winterhimmel, der Tag schien warm zu werden für Januar. Eine Krähe saß auf dem Dachgipfel, beäugte ihn und stieß lästige heisere Schreie aus.

»Oh, halt bloß den Schnabel«, murmelte er und wünschte, er hätte seine Zweiundzwanziger bei sich.

In der Garage öffnete er die Ladefläche seines Trucks und machte sich daran, den Alligator in der Plane auf den Schotter der Auffahrt zu ziehen. Das Krächzen der Krähe wurde von einem noch lauteren Häher erwidert. Im Haus lärmte die Kaffeemühle. Mindy Jo war offenbar aufgestanden.

Boomer ignorierte die morgendliche Kakophonie, schnappte sich sein schärfstes Messer und wandte sich wieder dem Alligator zu. Es war ein hartes Stück Arbeit, aber er zählte in seinem Kopf bereits die Dollars zusammen. Gerade als er die unschöne Angelegenheit zu Ende bringen wollte, hörte er, wie sich mit einem Quietschen die Fliegengittertür öffnete und wieder zufiel.

Mindy Jo trat in einem asiatischen Seidenhausmantel und rosa Pantöffelchen auf die geschützte Veranda. Sie hielt eine Tasse mit dampfendem Kaffee in einer Hand und eine brennende Zigarette in der anderen. Drei von den Katzen strichen um ihre Beine. Der graue Kater ohne Schwanz und mit nur einem Auge besaß die Unverfrorenheit, ihn anzustarren. Mein Gott, wie er dieses dämliche Vieh hasste!

»Ein ganz schöner Brocken«, sagte sie, ohne von der Veranda herunterzukommen, und betrachtete den toten Alligator. »Hast du nur einen geschnappt?« Sie zog an ihrer Zigarette und legte den Kopf zurück, um den Rauch aus dem Mundwinkel zu pusten.

»Fürs Erste. Ich schaue später nach den anderen Fallen.« Boomer schwitzte, schuftete schwer beim Ausweiden des Tieres. »Er hat nicht allzu viele Narben. Gute Haut. Wird einen guten Preis bringen.«

»Schön«, sagte sie und zog abermals heftig an ihrer Zigarette. »Willst du Maisgrütze und Schinken?«

»Ja.«

»Eier?«

»Na klar ... hey, was zum Teufel ...« Irgendetwas stimmte nicht. Er hatte schon jede Menge Alligatoren ausgeweidet, aber noch nie einen gesehen, dessen Magen so merkwürdig geformt war. »Was zur Hölle hast du denn gefressen, großer Junge?«

»Wag es ja nicht, ihn hier auszuweiden!«, kreischte Mindy Jo.

Zu spät. Boomers Neugier hatte bereits die Oberhand gewonnen. Er schlitzte dem Alligator den Bauch auf. Es stank nach Magensäure und totem Fisch.

Boomer sprang zurück. »Ach du Scheiße!« Bei dem Anblick hätte er sich fast übergeben.

»Was ist?«, fragte Mindy Jo.

»Ich glaube, wir stecken in Schwierigkeiten«, sagte er und fragte sich, wie zur Hölle er die Sache mit dem illegal erlegten Alligator erklären sollte. Aber Boomer hatte ein Gewissen. »Ruf den Sheriff.«

»Den Sheriff?« Mindy Jos Pantoffeln klapperten die beiden Stufen herunter und über den gepflasterten Weg auf ihn zu.

»Tu, was ich sage. Dieser Kerl hier hat kein Feigengebäck gefuttert, so viel steht fest.«

Das Klackern verstummte. Mindy Jos Schatten fiel über ihn und den geöffneten Bauch des toten Reptils. »Mein Gott!«, flüsterte sie, als ihre Augen über den stinkenden Inhalt des Alligatormagens glitten. Zwischen Krebsen, Fröschen, Schildkröten und Fischen lag ein Arm, ein sehr menschlicher Arm von einer Frau, mit einer Hand daran. Die Fingernägel waren lackiert.

Durchziehen, durchziehen, durchziehen!

Kristi kraulte mit gleichmäßigen Zügen durch den Pool und spürte, wie sich ihre Muskeln anspannten. Ihr Atem ging ruhig. Sie war seit über einer halben Stunde im Wasser, wollte vierzig Minuten schwimmen.

Der Chlorgeruch war überall, und die Fenster des College-Schwimmbads waren beschlagen. Doch abgesehen von einem älteren Mann ein paar Bahnen weiter, hatte sie den Pool für sich.

Sie war seit über einem Monat nicht mehr geschwommen, und es fühlte sich wunderbar an. Belebend. Reinigend.

Durchziehen!

In Tara Atwaters persönlichen Dingen hatte sie nichts gefunden, aber sie würde ein weiteres Mal in Ruhe nachsehen. Es musste einfach irgendwo in dem Apartment einen Hinweis auf ihr Verschwinden geben!

Durchziehen!

Sowohl Ariel als auch Kristis Vater waren quietschlebendig, was bedeutete, dass ihre Schwarzweiß-Perspektive eine physische Ursache haben musste und nichts mit außersinnlicher Wahrnehmung oder Hellseherei zu tun hatte.

Durchziehen!

Es gab keine Vampire. Sie würde mit Professor Grotto reden und abwarten, was er dazu zu sagen hatte. Dann würde sie sich vielleicht an die Polizei wenden.

Durchziehen!

Vielleicht sollte sie Jay anrufen ... Nein, das kam nicht in Frage. Sie brauchte seine Hilfe, ja, aber mehr auch nicht. Sie würde nicht versuchen, wieder etwas mit ihm anzufangen.

Durchziehen!

Lügnerin! Du fühlst dich doch zu ihm hingezogen!

Verdammt!

Sie wollte nicht an Jay McKnight als Mann denken. Dieser Teil ihrer Beziehung war längst vorbei. Trotzdem ... die Art und Weise, wie er sich das Haar aus den Augen strich, wie sich seine Augen verengten, wenn er sich über etwas amüsierte oder Interesse an einer Sache bekundete, das jungenhafte Grinsen ... Lieber Himmel, sie geriet ja völlig aus dem Häuschen, wenn sie an ihn dachte!

Sie sagte sich, dass sie ihn früher nicht gewollt hatte und

ihn daher auch jetzt nicht würde haben wollen. Wie war das noch mit dem verbotenen Apfel? Völlig überbewertet. Dennoch dachte sie auf eine Art und Weise an ihn, die sie aus der Fassung brachte.

Sie erreichte den Rand des Schwimmbeckens und blickte hoch zur Uhr. Dreiundvierzig Minuten. Lange genug. Schwer atmend stemmte sie sich mit beiden Händen auf die Betonplatten hoch. Was an Jay zog sie nur so magisch an? Sie nahm ihr Handtuch von einem Haken in der Nähe der Umkleide und trocknete sich energisch ab, als wollte sie Jay wie die Wassertropfen aus ihrem Leben vertreiben.

Dann blickte sie über die türkisblaue Wasseroberfläche und stellte fest, dass der alte Mann, der seine Bahnen gezogen hatte, bereits verschwunden war. Sie war allein in dem Schwimmbad mit den beschlagenen Scheiben. Draußen schien sich bereits die Nacht herabzusenken, die Schatten des Spätnachmittags krochen durchs Fenster.

Plötzlich spürte sie, dass jemand sie durch das Glas beobachtete – obwohl sie ihn nicht sehen konnte. Sie schauderte, dann schalt sie sich wegen ihrer Furcht und tupfte sich das Gesicht ab.

Stell dich nicht so an. Die Recherche über den Verbleib der verschwundenen Studentinnen bringt dich wohl aus dem Gleichgewicht.

In der Damenumkleide streifte sie den nassen Badeanzug ab, duschte und zog Jeans und Sweatshirt über. Als sie das Schwimmbad verließ, wünschte sie sich wieder einmal, sie hätte ihr Fahrrad dabei und müsste den Campus nicht zu Fuß überqueren. Obwohl sie nicht allein unterwegs war: Eine Menge Studenten gingen zu Abendseminaren, zur Bibliothek oder zu ihren Wohnheimen. Viele von ihnen hörten Musik auf ihren iPods oder telefonierten. Nichts war anders als sonst, außer dass sie eine große blonde Frau erblickte, die sie aus einem ihrer Seminare kannte – und die vor ihren Augen die Farbe verlor.

Das war doch verrückt!

Hatte sich Kristi nicht gerade selbst davon zu überzeugen versucht, dass ihr Gehirn ihr einen Streich spielte mit dieser Grau-Seherei? Ariel war noch am Leben. Ihr Vater weilte ebenfalls noch auf dieser Erde und jagte für das New Orleans Police Department böse Buben. Dennoch ...

Kristi folgte der bleichen jungen Frau, die in Rekordgeschwindigkeit an der Kirche vorbeieilte. Sie musste beinahe in Laufschritt verfallen, um sie nicht aus den Augen zu verlieren, und fürchtete schon, sie würde den All Saints Campus verlassen und zum Parkplatz gehen.

Kristi fragte sich, was sie der Blonden sagen sollte, wenn sie sie endlich eingeholt hatte. *Geht's dir gut? Mensch, du siehst vielleicht blass aus. Brauchst du einen Lernpartner für Dr. Grottos Seminar?* Die junge Frau hatte das Tor zum Wagner House erreicht, ging hindurch und stieg rasch die Stufen hinauf.

Das Museum war geschlossen.

Kristi zögerte. Die Blonde – wie war noch ihr Name? Maren? Marie? – war ohne Schwierigkeiten eingetreten.

Nach einer Weile schlenderte Kristi durch das Eingangstor, als hätte sie ebenfalls vor, Wagner House zu besuchen, und ging die Stufen hinauf. Obwohl ein Schild an der Tür GESCHLOSSEN verkündete und die Öffnungszeiten nannte, drückte sie die Klinke. Die verglaste Tür schwang auf.

Erstaunt ging Kristi hinein. Die Tür fiel mit einem leisen Klicken hinter ihr ins Schloss. Sie war allein. In dem Haus, in dem es angeblich spukte. Die Blonde war nirgends zu sehen.

Das Foyer war leer, abgesehen von einem antiken Tisch und einer Tafel, auf der ein kurzer Abriss über die Geschichte des Hauses stand. Eine einzelne Tiffany-Lampe leuchtete elfenbeinfarben und blau und brachte ein wenig Helligkeit in die finsteren Ecken des Raums.

Vom Eingang führte eine Treppe zu den oberen Stockwerken. Zur Rechten befand sich eine Art Salon. Auch er wurde nur von einer einzelnen Lampe erhellt und lag überwiegend im Dunkeln. Rings um einen gemusterten Teppich und einen mit Marmorintarsien versehenen Kamin waren Antiquitäten und Kunstgegenstände verteilt, zwischen zwei längs unterteilten Fenstern stand ein vom Boden bis zur Decke reichender Bücherschrank voller alt aussehender, ledergebundener Bücher.

Kristi wusste, dass dieses Haus Ludwig Wagner, dem ersten Siedler in dieser Gegend, gehört hatte, einem Reis- oder Baumwollbaron, der sein Anwesen und einen Teil seines Vermögens nicht nur seinen Kindern, sondern auch der katholischen Kirche vermacht hatte, die damit das All Saints College errichtete. Verschiedene seiner Nachfahren waren immer noch im Vorstand und beteiligten sich aktiv an der Collegepolitik. Wagner House war in seinem damaligen Zustand erhalten worden und wurde zu offiziellen Anlässen genutzt – und an den Nachmittagen eben als Museum geöffnet.

Marcia oder Marcy oder wie auch immer sie hieß war nirgendwo zu sehen. Kristi ging zum Fuß der Treppe hinüber. Das Haus war still, doch in der Luft hing der leichte Duft nach Parfüm. Kristi überlegte zu rufen, doch dann ließ sie es bleiben.

Vor ein paar Tagen waren Ariel und ihre Freundinnen in dieses herrschaftliche alte Gebäude gegangen. Kristi hatte sich nichts dabei gedacht, denn das Museum war geöffnet gewesen. Aber jetzt ...

Sie betrat das Esszimmer, das ebenfalls im Erdgeschoss lag. Im Halbdunkel erkannte sie einen langen Tisch mit einem Tischläufer und einem Kandelaber. Ein Geschirrschrank aus dunklem Mahagoni nahm eine Wand ein, und ein bogenförmiger Durchgang führte zu einer Küche, die mit einer Kordel abgesperrt war. Kristi kletterte darüber hinweg, griff in ihre Handtasche und zog ihren Schlüsselbund mit der kleinen Taschenlampe daran heraus. Der Strahl war schmal, aber hell und half ihr, den Weg zu finden. Kristi blickte sich in der Küche um, in der neben einem neueren Gasherd ein alter holzbefeuerter Ofen stand. In einer Ecke entdeckte Kristi ein Butterfass. Die Hintertür führte zu einer geräumigen Veranda. Kristi blickte aus dem Fenster, traute sich aber nicht, die Tür zu öffnen, falls dann der Alarm losging.

Sie horchte angestrengt in der Hoffnung, irgendein Geräusch zu hören, aber das Haus blieb totenstill. Alles, was sie hören konnte, waren die schwachen Geräusche ihres eigenen Herzschlags und das Scharren ihrer Laufschuhe.

Wohin war die Blonde gegangen?

Traf sie sich mit jemandem?

Arbeitete sie hier?

Oder war das ihr Rückzugsort?

Draußen war die Nacht hereingebrochen, Dunkelheit senkte sich vor den Fenstern herab. Die Lichtkegel der wenigen, wohlplazierten Lampen spendeten keine Wärme. Das Haus fühlte sich kalt und leblos an, bar jeglicher Behaglichkeit.

Als hätte es keine Seele.

Also bitte, schalt sie sich innerlich. Jetzt fing sie schon an, alles für bare Münze zu nehmen, was sie für Dr. Emmersons Seminar in Shakespeares blutigen Tragödien gelesen hatte. Diese Stücke voller Schuld und Geistern waren schon schlimm genug, auch ohne die blutrünstigen Kreaturen aus Dr. Grottos Kurs. Sie dachte an Grotto, den großgewachsenen, dunklen, gutaussehenden grüblerischen Mann mit Augen, die einem direkt in die Seele zu blicken schienen.

Alles Schauspielerei, rief sie sich ins Gedächtnis. *Nur Theater.*

Sie setzte ihren Weg fort, an der Tür zur Speisekammer und an einer anderen verschlossenen Tür vorbei, die, so vermutete Kristi, zu einer Kammer oder einer Kellertreppe führte. Vorsichtig ging sie um die Rückseite des Treppenaufgangs herum, an einer Wand voller MantelHaken vorbei wieder zur Vorderseite des Hauses, immer darauf bedacht, kein Geräusch zu machen. Abermals stand sie am Fuß der finsteren, mit einer Samtkordel abgesperrten Treppe. Sie starrte in die Dunkelheit hinauf. Oben brannten keine Lichter.

Sollte sie es wagen?

Sie zögerte, dann schimpfte sie sich einen Feigling. Die Blonde – Marnie, so hieß sie – war irgendwo in diesem Haus.

Noch bevor sie ihren Entschluss überdenken konnte, kletterte Kristi über die Absperrung und stieg die breite Treppe hinauf. Der ausgeblichene Stufenteppich mit dem Blumenmuster dämpfte ihre Schritte. Der bläuliche Lichtschein ihrer kleinen Taschenlampe leuchtete ihr den Weg.

Da sah sie am Treppenabsatz die dunkle Gestalt eines Mannes in der Ecke stehen.

O Gott!

Sie schnappte nach Luft und griff nach dem Pfefferspray in ihrer Handtasche.

Gerade als sie die Flucht ergreifen wollte, stellte sie fest, dass sich der Mann nicht bewegte. Sie leuchtete ihn mit ihrer Taschenlampe an, und er entpuppte sich als eine Rüstung, die am Fenster des Treppenaufgangs Wache stand.

Kristi lockerte ihre Muskeln und zählte bis zehn.

Dann drückte sie das Rückgrat durch, stieg die verbliebenen Stufen zum ersten Stock hoch und erwartete, einen langen Flur mit einer Reihe von geschlossenen Zimmertüren vorzufinden. Stattdessen öffnete sich der Treppenabsatz zu einer Bibliothek, vollständig ausgestattet mit schmalen, hohen Bücherschränken und einer Leseecke mit Stühlen und einem Fenstersitz. Den Bücherschränken gegenüber war ein Stutzflügel aufgestellt, Notenblätter standen aufgeschlagen über den Tasten, auf dem glänzenden Holz ruhte ein Metronom.

Kristi ging an dem Flügel und den Schränken vorbei. Weiter hinten befand sich ein Flur, der zu einer Zimmerflucht führte: ein Männer- und ein Frauenschlafzimmer, durch ein verschwenderisch ausgestattetes Badezimmer getrennt, das offenbar lange nach dem ursprünglichen Bau des Hauses eingefügt worden war. Ein Bett mit einer blumengemusterten Tagesdecke und dazupassenden Kissen stand vor einem Kamin mit handbemalten Kacheln in einem der Zimmer. Das andere war mit massiveren Möbeln ausgestattet. Über dem wuchtigen steinernen Kamin hing ein Jagdgewehr.

Viele Antiquitäten.

Aber keine blonde junge Frau.

Eine Sekunde lang fragte sich Kristi, ob sie womöglich vorn ins Haus gestürmt, durch die Küche geeilt und durch die Hintertür wieder verschwunden war.

Vielleicht hatte sie einen Fehler gemacht.

Es bestand die Möglichkeit, dass sie hier in diesem großen Haus bloß ihre Zeit verschwendete.

Und trotzdem ...

Kristi kam wieder zu dem Treppenaufgang und leuchtete mit ihrer Taschenlampe hinauf in den zweiten Stock. »Wer A sagt, muss auch B sagen«, murmelte sie und begann die Stufen hinaufzusteigen, die schmaler waren als die unteren. Oben befand sich der besagte Flur mit den Türen zu beiden Seiten.

Die Härchen in ihrem Nacken sträubten sich, als sie sich daran erinnerte, wie sie die verschachtelten, seelenlosen Korridore in der ehemaligen psychiatrischen Klinik Our Lady of Virtue abgesucht hatte und darin auf den Psychopathen gestoßen war. Der Gedanke daran ließ sie innehalten. Wagner House war anders als die alte Nervenheilanstalt, aber das Herumschnüffeln in dem großen dunklen Gebäude erinnerte sie nur zu gut an die Ereignisse, die dazu geführt hatten, dass sie im Krankenhaus gelandet war und jetzt noch an den Folgen litt.

Kristi nahm all ihren Mut zusammen und legte eine Hand auf den ersten Knauf. Langsam öffnete sie die Tür, die in den alten Angeln quietschte.

Großartig. Mach dich nur jedem hier im Gebäude bemerkbar.

Der Raum war als Kinderzimmer eingerichtet. Ein kleines weißes Bett war in eine Ecke geschoben, ein Schaukelpferd mit verblassender Farbe, Mähne und Schwanz aus Hanf, stand in der Nähe des Fensters ... und schaukelte sanft.

Vor und zurück auf seinen Kufen.

Als würde ein Gespensterkind darauf reiten.

Kristi hätte beinahe die Taschenlampe fallen gelassen.

In diesem totenstillen, bewegungslosen Haus schaukelte ein Schaukelpferd.

Das Schaukeln wurde langsamer, aber Kristis Herz raste.

Die Schranktür war geschlossen. Sie leckte über ihre Lippen. Sollte sie es wagen, die Tür zu öffnen?

Was, wenn ...?

Kristi hielt die Taschenlampe auf Schulterhöhe, legte die freie Hand auf den Knauf – und riss fest daran.

Die Tür schwang auf.

Gab den Blick frei auf ein dunkles, leeres Inneres mit Haken und einer Kleiderstange, sonst nichts. Kein Killer oder Frauenentführer, bereit, sich auf sie zu stürzen, kein zähnefletschender Vampir, der ihr seine bluttriefenden Eckzähne zeigte, kein verdammtes Geisterkind, das »Hilf mir!« flüsterte.

Kristi wäre vor Erleichterung beinahe auf die Knie gesunken. Was für eine Macht die Umgebung doch ausübte!

Dann bemerkte sie die andere Tür, eine Glastür, die dieses Zimmer vom nächsten trennte. Sie ging hindurch und betrat ein Mädchenzimmer mit einem kleinen Bett und einem Tisch. Darauf stand ein viktorianisches Puppenhaus, dessen Miniaturräume detailgetreu eingerichtet waren.

Kristi ging zurück in den Flur. Die beiden anderen Räume waren ähnlich: ein weiteres Schlafzimmer mit einem größeren Bett aus Eisen und einem kleinen Rollstuhl daneben. Das Bett war über und über mit Kuscheltieren bedeckt. Das vierte Zimmer sah aus, als hätte darin ein Junge gewohnt, der sich für Boote und das Angeln interessierte. Ein Kinderspiel mit kleinen Metallsternchen und einem Gummiball lag auf einem Tisch verstreut, daneben eine alte Zwille.

Auch hier keine blonde Frau, die mit aschgrauen Zügen vom Campus geflüchtet war.

Kristi trat ans Fenster und blickte in die Nacht hinaus. Von dieser Stelle aus sah sie über den Hof und über mehrere Gebäude hinweg. Durch die kahlen Bäume erblickte sie die Steinmauer am anderen Ende des Campus. Dahinter war ein Stück Dach zu sehen, beleuchtet von einer Straßenlaterne. Unter dem Giebel konnte man ein Dachfenster ausmachen, von einer Lampe erhellt. Es war zu weit weg, um das Zimmer dahinter genauer erkennen zu können, aber …

Ihr Herz setzte einen Schlag aus.

War das *ihr* Apartment?

Sie blinzelte. Ihr wurde schwindelig bei dem Gedanken, dass jemand von hier aus direkt in ihr …

Ein Schatten huschte hinter dem Fenster vorbei.

Hinter dem Fenster *ihres* Apartments.

War jemand in ihrer Wohnung?

Zorn und Angst stiegen in ihr auf, und sie wandte sich rasch ab, um zu ihrem Apartment zurückzueilen und den ungebetenen Besucher zur Rede zu stellen, wer immer es sein mochte.

Und was ist, wenn er eine Waffe hat? Was dann? Es sind junge Frauen verschwunden, erinnerst du dich?

Der Eindringling würde möglicherweise gerade ihre Notizen durchsehen, sich von ihrem Computer aus ins Internet einloggen, ihre Sachen durchwühlen, Taras persönliche Habe finden ...

Kristi lief schon in Richtung Treppe, als sie etwas hörte. Ein gleichmäßiges Geräusch. Schritte?

Also war sie doch nicht allein.

Leise eilte sie die Stufen zum ersten Stock hinab, wo das Geräusch lauter wurde. Sie hatte recht gehabt: Es waren tatsächlich Schritte. Vom Treppenabsatz aus sah sie das Metronom den Takt zu einem unhörbaren Musikstück schlagen. Kristi gefror das Blut in den Adern.

Jemand hatte auf dem Schaukelpferd gesessen. Jemand wusste, dass sie hier war, und spielte mit ihr.

Jemand oder etwas.

Ihre Finger schlossen sich um das Pfefferspray. Mit der Taschenlampe leuchtete sie in jeden finsteren Winkel, doch nichts.

Sie hörte, wie sich die Haustür öffnete und wieder schloss, und drückte sich im Flur des ersten Stocks in den Schatten. Ihr Puls raste. Sie hörte Flüstern – weibliche Stimmen – und Schritte von mehr als einer Person. Was zum Teufel ging hier vor? Sie hatte den Schlüsselbund samt Taschenlampe unter den Arm geklemmt und stellte die Lampe behutsam aus. Vorsichtig schlich sie ans Geländer und blickte nach unten, aber sie konnte niemanden sehen, hörte nur, wie die Frauen durch die Eingangshalle gingen und vermutlich in den Flur, der zur Rückseite des Hauses führte.

Auf leisen Sohlen stieg Kristi die Stufen hinab ins Erdgeschoss, das Pfefferspray fest in der Hand, und schlich, dicht an die Wand gedrückt, in Richtung Küche.

Leer.

Die Frauen waren verschwunden.

Kristi betrat die Küche, blieb stehen und spitzte die Ohren, doch sie hörte nichts. Sie blickte durch die Fenster, konnte aber nichts erkennen. Die verschlossene Tür zum Keller musste des Rätsels Lösung sein. Sie ließ sich nicht öffnen. Also mussten die Frauen einen Schlüssel gehabt haben.

Warum?

Kristi dachte an Lucretias Worte. Eine Sekte. Ob wohl hier ihr Versammlungsort war, in einem alten Herrenhaus mit Wasserspeiern und einer Spuklegende? Ob sich die Sekte hier traf? Kalter Schweiß strömte Kristis Rücken hinunter. Sie hielt das Pfefferspray umklammert, als wäre es ihr Lebenselixir.

Dann lehnte sie sich an die Türverkleidung, schloss die Augen und horchte angestrengt. Aber das Haus war wieder still wie ein Grab. Sie drehte erneut den Türknauf. Nichts. Kristi ließ den Strahl ihrer Taschenlampe durch die Küche gleiten und suchte nach einem Schlüssel, nach irgendetwas, mit dem sie das Schloss aufbekommen mochte, aber sie fand nichts.

Hier konnte sie nicht länger warten.

Nicht, wenn sie die Person erwischen wollte, die in ihr Apartment eingebrochen war.

Das Pfefferspray in der einen, das Handy in der anderen Hand, schlüpfte sie aus Wagner House und hetzte über den Campus. Die Augen, die jede ihrer Bewegungen verfolgten, bemerkte sie nicht.

Lauf ruhig, Kristi, lauf.

Du wirst nicht davonkommen.

Vlad beobachtete, wie sie über den Campus rannte, und grinste. Er hatte gewusst, dass sie im Haus war, hatte ihre Anwesenheit gespürt und sie von seinem Versteck draußen auf dem Überbau des Portikus aus beobachtet. Sie war wirklich tapfer. Ein bisschen tollkühn, aber stark und gewitzt.

Eine, die zur Elite zählte.

Es war nur eine Frage der Zeit, bis sie sich zu den anderen gesellte. Sie würde sich opfern, wenn auch nicht ganz freiwillig, und ihr Opfer würde so viel befriedigender sein als das all jener, die nur nach einem Kick suchten und deshalb bereitwillig zu ihm kamen. Wie erbärmlich! Sie suchten nach etwas, das nur er ihnen geben konnte, nach dem Gefühl familiärer Geborgenheit und Eintracht, einer Möglichkeit, nicht länger allein zu sein.

Sie verstanden natürlich nicht alles. Konnten nicht wissen, was er am Ende von ihnen erwartete. Aber das machte nichts, solange sie es ihm schließlich gaben.

Wie Kristi es tun würde.

Er blickte ihr nach, bis sie die gegenüberliegende Seite des College-Hofs erreicht hatte, dann schlüpfte er durch das Fenster und eilte die Treppen hinunter. Heute war der

Abend der Wahl. Und später der Opferung.

Er hoffte nur, das Blutvergießen würde ihn zufriedenstellen ...

Aber natürlich würde das nicht so sein.

Niemals.

Sein Verlangen war unersättlich.

17.

Kristi drückte die Kurzwahltaste auf ihrem Handy und eilte die Straße entlang. Sie hasste es, zu den Frauen zu zählen, die sich bei einem Problem gleich an einen Mann wendeten, aber sie brauchte Unterstützung, und Jay war die einzige Person, die sie eingeweiht hatte. Sie erreichte den Hintereingang ihres Apartmenthauses und blieb neben der Kreppmyrtenhecke am Fuß der Treppe stehen. Am anderen Ende der Leitung klingelte es einmal. Zweimal. »Komm schon, komm schon«, flüsterte sie, gerade als Jay dranging.

»Hey.«

»Ich stecke in der Klemme«, flüsterte sie ohne Begrüßung.

»Ich glaube, jemand ist in meiner Wohnung.«

»Bist du im Haus?«, fragte er eindringlich.

»Ich bin draußen. Ich habe einen Schatten hinter dem Fenster gesehen.«

»Menschlich?«, fragte Jay.

»Ich glaube schon.«

»Bin schon unterwegs. Geh nicht ohne mich rein.«

Plötzlich kam sich Kristi albern vor. »Vielleicht hab ich mich auch geirrt. Ich weiß es nicht.«

»Ich bin in fünf Minuten da«, sagte er knapp. »Warte auf mich.«

Sie hörte über sich eine Tür aufgehen, unterbrach die Verbindung und stellte das Handy auf lautlos. Dann versteckte sie sich im Schatten am Fuß der Treppe und wartete.

Warum brach jemand in ihr Apartment ein?

Möglicherweise weil Tara Atwater zuvor darin gewohnt hatte.

Aber das war Monate her. Warum jetzt? Und wie? Sie hatte doch gerade die Schlösser ausgetauscht.

Mit zum Zerreißen gespannten Nerven hockte Kristi auf ihren Fußballen, bereit für einen Kampf mit dem, der die Treppe herunterkam, wer immer es auch sein mochte.

Und wenn er eine Schusswaffe bei sich hatte?

Sie hörte Schritte und zählte die Stufen ... zehn, elf, zwölf ...

Pause.

Im ersten Stock.

Mist! Er musste sie bemerkt haben. Sie drückte sich an die Wand, spitzte die Ohren und blickte mit zusammengekniffenen Augen den Treppenaufgang empor, wo auf jedem Absatz eine Glühbirne leuchtete. *Komm schon, du Scheißkerl,* dachte sie. Wieder hörte sie Schritte, doch diesmal waren sie leise und schnell, weiter weg. Kamen nicht die Treppe herunter.

Was?

O verdammt! Er war im ersten Stock auf das ausladende Vordach geklettert und hielt nun auf die andere Treppe zu, die in der Nähe des Fußgängerübergangs zum All Saints Campus. Mit einem Satz sprang Kristi auf und aus dem Schatten der Hauswand heraus. In diesem Augenblick bog ein Pick-up auf den Parkplatz und strahlte mit seinen Scheinwerfern die Hauswand an.

Jay!

Innerhalb einer Sekunde war er aus dem Wagen gesprungen. Sein Gesichtsausdruck war angespannt. »Was ist passiert?«

»Er haut ab!« Sie hörte, wie die Person am anderen Ende des Gebäudes die Treppe hinuntereilte, sich übers Geländer schwang und über die Straße rannte. »Da entlang!« Sie konnte nur noch einen kurzen Blick auf eine Gestalt in Schwarz werfen, dann verschwand diese hinter einem großen Haus. Kristi lief hinterher.

Bremsen kreischten, eine Hupe ertönte, und ein Mann, offensichtlich der Fahrer, schrie: »Du verdammter Spinner!«

»Wer ist das?«, fragte Jay, als er sie eingeholt hatte.

»Keine Ahnung.« Kristi stopfte das Handy und das Pfefferspray in ihre Sweatshirt-Tasche. Ihre Handtasche baumelte beim Laufen an ihrer Seite, ihre Füße flogen förmlich über den unebenen Asphalt. Verdammt, sie würde diesen Widerling erwischen!

Jay rannte neben ihr her und stieß einen schrillen Pfiff aus. Daraufhin sprang Bruno aus dem offenen Fenster der Fahrerkabine und landete mit einem leisen Aufprall auf dem Pflaster. Kristi und Jay umrundeten gemeinsam das Gebäude, während der wütende Fahrer mit seinem roten Nissan an der nächsten Ampel Richtung Freeway abbog.

Dann war die Straße vor dem Campus leer.

»Nein!«, schrie Kristi und schoss über die beiden Fahrspuren und den Gehsteig durch das Haupttor des College-Geländes. *Verdammt, verdammt, verdammt!* Er durfte nicht entkommen!

Sie rannte an den großen Säulen vorbei und hielt dann kurz inne. Ihr Atem ging heftig. Sie blickte über die baumgesäumten Wege und Grasflächen zwischen den Gebäuden, über denselben Weg, den sie eben erst gekommen war. Jay blieb neben ihr stehen und atmete tief durch. Auch er sah sich suchend um. Die Wege waren beleuchtet, doch die Gebäude und Sträucher warfen dunkle Schatten. Nebel stieg auf. Es gab hier genügend Verstecke. Einige Studenten gingen über den College-Hof und die Wege oder eilten die Stufen zu den Eingängen der verschiedenen Gebäude hinauf. Kristi blickte von der Bibliothek zum Studentenwerk, doch sie konnte in der Dunkelheit keine flüchtende Gestalt ausmachen.

»Achtung!«, rief plötzlich eine Frau über das Geräusch der Gangschaltung ihres Fahrrads hinweg. Sie war dicht über das Lenkrad gebeugt und fuhr in hohem Tempo an Kristi und Jay vorbei.

Bruno stieß ein leises Knurren aus.

Kristis Herz sank.

»Verdammt ... verdammt ... *verdammt*!« In weiter Ferne, am anderen Ende des College-Hofes, lag Wagner House. Das Licht hinter den Fenstern im Erdgeschoss war fast nicht auszumachen.

»Hast du ihn gesehen?«, fragte Jay gespannt. »Wie sah er aus?«

Kristi war froh, dass er neben ihr stand. »Nein ... ich habe nur einen Schatten hinter dem Fenster erkannt.« Sie zeigte auf den Hund. »Kann Bruno ihn aufspüren?« Als er seinen Namen hörte, richtete Bruno die Augen auf Jay und wartete auf eine Anweisung. »Ist er nicht zum Teil ein Bloodhound?«

»Und zum Teil blind. Aber er hat eine ausgezeichnete Nase. Durchaus möglich, falls der Kerl etwas am Tatort – in deinem Apartment – oder unterwegs hinterlassen hat … Aber Bruno ist nicht ausgebildet.« Jay fasste ein Studentengrüppchen nach dem anderen ins Auge und betrachtete jeden, der allein die Wege entlangging.

Vergeblich.

Das wusste Kristi.

Der Eindringling hatte sich aus dem Staub gemacht.

Zumindest für den Augenblick.

Sie stieß einen langgezogenen Seufzer aus und versuchte, ihren Ärger zu unterdrücken, ihre Enttäuschung. »Wir haben ihn verloren.«

»Sieht so aus.« Mit zusammengezogenen Augenbrauen blickte Jay drei Mädchen nach. »Also, was genau war los? Wie ist er reingekommen?«

Kristi zuckte mit den Schultern.

Er blickte sie lange an und sagte: »Okay. Dann lass uns mal nachsehen, was er hat mitgehen lassen.«

»O mein Gott …« Sie mochte gar nicht daran denken, dass möglicherweise ihr Computer fehlte oder irgendwelche anderen Sachen. Ihr bisschen Schmuck – zum Glück meist Modeschmuck – und die Bilder von ihrem Vater und von ihrer Mutter. Wenn er die mitgenommen hatte … »Ich will gar nicht daran denken.« Jay würde darauf bestehen, dass sie die Polizei rief, und dann würde sie erklären müssen, wie sie an Tara Atwaters Besitztümer gelangt war – vorausgesetzt, sie waren noch im Apartment.

Und dann war da noch ihr Vater. Sie stöhnte innerlich. Trotz der Tatsache, dass sie erwachsen war, konnte sie nicht darauf hoffen, dass Rick Bentz nicht von ihren Aktivitäten erfuhr. Das dicke Ende würde also noch kommen.

Sie straffte die Schultern, ging zusammen mit Jay und Bruno zurück zu ihrem Apartmenthaus und wappnete sich innerlich gegen das, was sie erwartete.

Die Tür zu ihrer Wohnung war verschlossen.

»Der Eindringling hat einen Schlüssel?«, fragte Jay, da das offensichtlich die einzige Möglichkeit war. »Das engt das Feld der Verdächtigen ein wenig ein.«

»Sehr sogar«, bestätigte Kristi und dachte an Irene und Hiram Calloway, die beiden einzigen Menschen außer ihr, die einen Schlüssel zu der Wohnung besaßen. Aber warum sollte einer von ihnen dort herumschnüffeln?

Mit gemischten Gefühlen, die von Zorn bis zu Furcht reichten, schloss Kristi die Tür auf und trat ein.

»Bleib«, befahl Jay Bruno und sagte dann zu Kristi: »Fass nichts an.«

»Ich weiß.« Falls sie die Polizei rufen mussten, sollte der Tatort unversehrt sein.

Das Apartment war dunkel. Noch. Sie drückte auf den Lichtschalter, und die Deckenbeleuchtung tauchte die Wohnung in helles Licht.

Alles war so, wie sie es hinterlassen hatte. Ihr Computer stand auf dem Schreibtisch, ihre Schaubilder hingen an der Wand, Taras Sachen lagen auf der Plane auf dem Fußboden verstreut. All ihre Fotos befanden sich an ihrem Platz. Das Lämpchen in dem alten Ofen glühte wie immer. Schließlich war es dieses kleine Licht gewesen, durch das sie den Schatten am Fenster hatte sehen können.

Es war jemand hier gewesen. Sie hatte ihn gesehen. Der Gedanke ließ ihre Haut kribbeln. Wer war dieser Jemand? Was hatte er gewollt?

»Das macht doch keinen Sinn«, sagte sie.

Sie trat ins Zimmer und betrachtete die Sachen genauer.

»Nichts ist verändert.«

»Bist du sicher?«

»Ich ... ja, ich denke schon.« Ihre Augen glitten über den Kaminsims, die Bücherregale, Tische und die Bettcouch, dann in Richtung Küchenzeile, die noch genauso aussah, wie sie sie verlassen hatte.

»Aber es war jemand hier?«, hakte Jay noch einmal nach.

»Ja! Ich glaube schon. Natürlich, ich habe ihn im Licht des Ofens gesehen. Und ich habe ihn draußen gehört, er ist die Stufen in den ersten Stock runtergegangen, wo die Veranda ums Haus führt, und zu der Treppe auf der anderen Seite des Gebäudes gerannt. Ich weiß nicht, ob er mich bemerkt hat.« Kristi ging zur Spüle, nahm eine Tasse und ließ Wasser hineinlaufen. »Er *muss* hier oben gewesen sein.« Sie nahm einen Schluck lauwarmes Wasser.

»Aber doch nicht zwingend hier drin.«

»Doch ich bin mir sicher, ich habe gesehen ...« Kristi verstummte. Sie blickte durch das Fenster hinaus in die Nacht, aber es war zu dunkel, um die Umrisse von Wagner House hinter der Mauer und den Bäumen auszumachen. Außerdem brannten in den oberen Stockwerken des Museums keine Lampen, so dass sie das Fenster im zweiten Stock, hinter dem sie gestanden hatte, nicht erkennen konnte.

Wagner House war weit entfernt.

Und es war dunkel gewesen.

Zum ersten Mal, seit sie die Gestalt hinter ihrem Fenster entdeckt hatte, stiegen Zweifel in ihr auf.

»Nun?«

»Ich ... ich weiß es nicht. Ich *glaube*, jemand war hier drin.«

Jay blickte auf die Plane auf dem Fußboden und all die Sachen, die so vorsichtig ausgebreitet waren. »Was ist das?«

»Das ist eine lange Geschichte«, sagte Kristi, unsicher, ob sie ihn einweihen sollte. Nervös griff sie nach einem Feuerzeug und zündete ein paar Kerzen an.

Jay pfiff nach dem Hund und ließ ihn auf dem Fußboden Platz nehmen. Dann schloss er die Tür und setzte sich mit gegrätschten Beinen auf den einzigen Sessel im Zimmer.

»Nun, Kris, du hast Glück. Ich habe zufällig die ganze Nacht Zeit.«

Die Techniker des kriminaltechnischen Labors waren bereits eingetroffen, und Bonita Washington, eine der aufgewecktesten Frauen, die Rick Bentz kannte, bellte Anweisungen und stellte sicher, dass niemand »ihren« Tatort durcheinanderbrachte. »Ich will, dass ihr alle Überziehschuhe tragt und nichts anfasst«, sagte sie. »Das gilt vor allem für Sie!« Sie deutete auf Bentz' Partner Reuben Montoya. Als stolze Afroamerikanerin ging Washington ganz in ihrem Job auf. »Haben Sie sich eingetragen?«, fragte sie Bentz.

Er nickte und folgte ihr in das kleine, renovierte Holzhaus. Direkt hinter der Eingangstür blieb er stehen und blickte sich um. Möbel waren umgestoßen worden, und es gab Schleifspuren auf dem Fußboden. Im Wohnzimmer war ein dunkler Fleck, aller Wahrscheinlichkeit nach Blut.

»Wir haben das überprüft«, sagte Bonita. »Es ist Blut.«

»Aber keine Leiche?«

»Nein.«

Einer der Kriminaltechniker machte Fotos, ein anderer arbeitete mit Puder für Fingerabdrücke.

Die Polizei hatte einen Anruf von Aldo »Big Al« Cordini erhalten, dem Besitzer der Strip-Lokale im French Quarter, dem Französischen Viertel von New Orleans. Eine seiner Tänzerinnen, Karen Lee William alias Bodiluscious, war seit ein paar Nächten nicht mehr zur Arbeit erschienen, und er hatte jemanden zur Kontrolle zu ihrem Haus geschickt. Niemand war an die Tür gekommen. Ihr Auto, das angeblich kaputt war, hatte in der Garage gestanden.

Die Menge Blut auf dem Fußboden war nicht ausreichend, um auf ein Gewaltverbrechen zu schließen, aber die Tatsache, dass sich Karen Lee in keinem der örtlichen Krankenhäuser hatte blicken lassen oder in einer Arztpraxis erschienen war, trug zu der Befürchtung bei, dass sie ermordet worden war. *Oder entführt*, dachte Bentz und dachte wieder einmal an die vermissten Studentinnen des All Saints College in Baton Rouge.

Nicht, dass das, was Karen Lee zugestoßen war, in irgendeinem Zusammenhang mit den verschwundenen Mädchen stand. Und dennoch flogen seine Gedanken unweigerlich zu seiner Tochter.

Sie inspizierten den Tatort und befragten die wenigen Nachbarn, die in die Häuser in dem vom Sturm verwüsteten Stadtteil zurückgekehrt waren. Keiner von ihnen hatte etwas Ungewöhnliches bemerkt. Montoya und Bentz erfuhren lediglich, dass Karen Lee eine alleinerziehende Mutter war, die ihr Kind zu ihrer eigenen Mutter irgendwo in

WestTexas gegeben hatte. Das Kind, eine Tochter, war neun oder zehn und hieß Darcy. Niemand wusste, ob Karen Lee darüber hinaus Familie oder irgendwelche Freunde hatte, vielleicht einen festen Freund oder Ex-Freund, und es wusste auch keiner, was mit dem Vater des Kindes war. Karen Lee hatte nie über ihn gesprochen.

»Da stehen wir also vor einem großen Nichts«, sagte Montoya, als sie zu Bentz' Wagen zurückgingen. »Nicht mal eine Leiche.«

»Vielleicht ist sie noch am Leben.«

Montoya schnaubte, setzte sich auf den Beifahrersitz und schüttelte den Kopf. »Darauf würde ich nicht wetten. Sie war vielleicht noch nicht tot, als der Scheißkerl sie hier herausgezerrt hat, aber ich denke, dass er sie mittlerweile umgebracht hat.«

»Wer weiß«, sagte Bentz, ließ den Motor an und reihte sich in den Verkehr ein. Sie wollten zum Club fahren und herausfinden, wer Karen zuletzt gesehen hatte, wer an jenem Abend in der Bar gewesen war. Es bestand immerhin die Möglichkeit, dass ihr Mörder sie beobachtet und auf sie gewartet hatte. Ihr vielleicht nach Hause gefolgt war.

Jay beugte sich auf seinem Sessel vor und sagte: »Du erzählst mir also, dass du gesetzeswidrig in einen Kellerverschlag eingebrochen bist und Beweismittel in einem möglichen Entführungs- oder Mordfall beiseitegeschafft hast, und anschließend bist du ins Wagner House eingedrungen, weil du eine Blondine verfolgt hast, die du für ein Mitglied dieser Vampirsekte hältst? Die Blondine hast du zwar nicht gefunden, aber dafür hast du Stimmen gehört, aus dem

Fenster geblickt und jemanden in deinem Apartment gesehen, woraufhin du schnurstracks hierhergeeilt bist, um ihn zur Rede zu stellen.« Jays Missbilligung war nicht schwer herauszuhören.

»Irgendjemand war hier«, beharrte Kristi. »Was macht es da schon, dass ich ein oder zwei Gesetze übertreten habe? Ich versuche herauszufinden, was mit diesen Mädchen passiert ist, verdammt noch mal! Komm schon, Jay. Du bist auch nicht ganz unschuldig, oder? Du hast schließlich die Datenbanken der Regierung durchgesehen, hab ich recht?« Kristi hatte keine Lust auf diesen Quatsch. Sie saß auf ihrem Schreibtischstuhl und rieb sich ihren angespannten Nacken.

»Ich habe mein Leben nicht in Gefahr gebracht.«

»Nur deine Karriere. Hör zu, Jay, lass uns auf den Punkt kommen. Jemand war in meiner Wohnung, und ich möchte wissen, wer. Und warum.« Sie blickte auf ihren Computer. Während sie Jay die Situation erklärte, hatte sie sich in verschiedene Chatrooms eingeloggt. Ein paar vertraute Namen waren aufgetaucht und wieder verschwunden. Deathmaster7 surfte durch die Chatrooms, und JustO hatte sich für eine Weile im Hintergrund gehalten, sich aber in kein Gespräch eingeschaltet.

»Wer sollte denn deiner Meinung nach bei dir einbrechen?«

Sie erzählte ihm, dass allein Hiram und Irene einen Schlüssel besaßen, zuckte die Achseln und sagte: »Wer außer den beiden könnte es also gewesen sein?«

»Fangen wir mit ihnen an. Und ich bleibe hier.« Er hatte seine langen Beine vor sich ausgestreckt. Bruno lag auf dem Teppich zwischen Bettcouch und Sessel.

»Ich glaube, das ist keine gute Idee.«

»Wirfst du mich raus?«, fragte er mit hochgezogener Augenbraue.

»Jay -«

»Für dich Professor McKnight.«

Sie warf ihm einen Blick zu, der ihn zum Schmunzeln brachte. »Kris, ich rühr mich nicht vom Fleck, also lass uns irgendeinen Lieferservice ausfindig machen, der uns thailändisches, chinesisches oder italienisches Essen ins Haus bringt, und dann ist Schluss für heute. Entweder so, oder du kommst mit ins Haus meiner Tante, das ich gerade renoviere, und wir teilen uns einen Schlafsack.«

Sie starrte ihn ungläubig an. »Machst du Witze?«

»Du bist immerhin der Ansicht, jemand wäre in dein Apartment eingebrochen. Und derjenige könnte zurückkommen«, erinnerte er sie und griff nach seinem Handy. »Also was? Pad Thai? General Tsaos Hühnchen? Pizza mit Champignons und Salami?«

»Ich hasse Pilze.«

Einer seiner Mundwinkel hob sich. »Ich weiß.«

Kristi verspürte einen verräterischen Anflug von Wärme.

»Ich denke ... Pizza ...«

»Was für eine?«

»Keine Ahnung.«

Jay stand von seinem Sessel auf. »Überleg es dir. Ich hole in der Zeit dein Fahrrad.«

»Mein – Fahrrad?«

»Dein Dad hat mich gebeten, es dir vorbeizubringen. Er wusste, dass du es brauchst, wollte aber hier nicht aufkreuzen. Es geht mich nichts an, was zwischen euch abläuft, aber ja, ich hab dir dein Fahrrad mitgebracht. Es könnte vom Pick-up gestohlen werden. Ich bringe es rein.«

»Großartig.« Kristi klang zwiegespalten.

»Was ist mit einer Pizza con tutto, ohne Champignons?« Jay fuchtelte bereits mit seinem Handy herum. Als er nach draußen ging, konnte sie hören, wie er bestellte. Ein paar Minuten später kam er mit dem Fahrrad zurück. Er schlug die Tür hinter sich zu. Houdini, der sich hinter dem Bett versteckt hatte, machte sich bemerkbar, indem er leise Bruno anfauchte. Der Hund, der sich zum Schlafen zusammengerollt hatte, hob kaum den Kopf.

Kurz darauf kehrte Jay mit dem Fahrrad zurück und lehnte es gegen die Wand neben der Badezimmertür.

Houdini war noch nicht fertig. Sein Fauchen wurde lauter, er zeigte die Zähne, machte einen Buckel und schoss urplötzlich durchs Zimmer – ein schwarzer Streifen, der sich auf die Bettcouch katapultierte. Von dort aus sprang er auf den Kaminsims und weiter auf das Bücherregal.

»Hat diese Katze immer so schlechte Laune?«, erkundigte sich Jay.

»Ja.«

Bruno gähnte und ließ das Kinn auf seine ausgestreckten Vorderläufe fallen.

Plötzlich huschte Houdini über das Regal und warf ein Bild von Kristi zu Boden. Der Rahmen zerbrach mitsamt dem Glas in zwei Teile. Zu Tode erschrocken sprang der Kater hinunter, flog über den Fußboden, setzte auf den KüchenTresen und schlüpfte durch das leicht geöffnete Fenster. Dann war er verschwunden.

»Sehr nett«, bemerkte Jay trocken.

»Er bessert sich.«

»Hm.«

»Wirklich.« Kristi hob die Einzelteile auf und versuchte, sie ganz oben aufs Regal zu legen, das hoch über ihrem Kopf endete.

»Lass mich dir helfen.«

»Ich schaffe das schon.«

»Wenn du eine Leiter hättest.« Er war bereits hinter sie getreten, nahm ihr die Teile aus der Hand und legte sie aufs Regal.

Kristi war fest entschlossen, seinen hoch gewachsenen Körper, der sich gegen ihren drückte, zu ignorieren, seinen Geruch – ein bisschen Eau de Cologne, ein bisschen Moschus. Er war ihr viel zu nahe.

Jay zögerte ein wenig zu lange, und sie hatte den Eindruck, er würde es auch spüren: die erotische Spannung, die zwischen ihnen knisterte, die sexuelle Nähe des anderen. Sie fragte sich, ob er auch daran dachte, wie sie ihn sitzengelassen hatte. Weil sie gedacht hatte, er wäre ihr zu jung, zu vertraut, zu wenig spannend. Jetzt dagegen ... Nein, sie würde sich *nicht* daran erinnern, welche Gefühle er einst in ihr geweckt hatte, wie sie sich darauf gefreut hatte, ihn zu küssen, ihn zu berühren, das Gewicht seines Körpers auf ihrem zu spüren ...

Er drückte sich noch enger an sie, und sie spürte seinen Brustkorb an ihrem Rücken, seinen ausgestreckten Arm über ihrem Kopf.

»Was ist das denn?«, fragte er und brach damit den Zauber.

»Was?«

Er tastete über das Regalbrett, das oberhalb seiner Augenhöhe war. »Ich weiß nicht ... warte ...« Er stellte sich auf die Zehenspitzen und sagte brüsk: »Geh mal zur Seite.« Als hätte er das Knistern zwischen ihnen doch nicht gespürt. Sie rückte von ihm ab, und er griff so hoch hinauf, wie er konnte.

»Was ist denn?«

»Ich glaube, hier oben ist irgendetwas, eine kleine Nische hinten im Regal. Und da ist was drin ...« Er zog die Hand zurück. An seinen Fingern baumelte eine kleine Goldkette. Eine gläserne Ampulle mit einer dunkelroten Flüssigkeit hing daran. Sie glänzte, als sie im sanften Schein der Lampe hin und her schwang.

»O Gott«, sagte Kristi. Ihr drehte sich der Magen um. Sie hatte keinen Zweifel daran, dass sie auf eine Ampulle mit Tara Atwaters Blut blickten.

Vlad schlüpfte durch den langen Gang, den Tunnel, der das nicht mehr in Betrieb befindliche Kellerlabor mit einem anderen Gebäude, einem weiteren vergessenen Raum tief im Herzen des Campus verband. Einem Raum, von dem nur wenige wussten. Dieser geheime Ort war von Ludwig Wagner vor Jahrhunderten errichtet worden – für seine ganz privaten Rendezvous. Die Wände des unterirdischen Bades waren mit Marmor ausgekleidet, warmes Wasser wurde durch Rohre von einer unterirdischen Quelle in eine große Wanne in der Mitte des Raumes geleitet, den Kerzen erhellten. Hier unten gab es keinen Strom.

Sie lag in der Wanne, Wasser plätscherte um ihren vollkommenen Körper, nur das Geräusch der tropfenden alten

Leitungen unterbrach außer dem leisen Rauschen eines alten Luftschachts die Stille.

Elizabeth.

Makellose weiße Haut war in den sanften Wellen zu erkennen, runde, rosige Brustspitzen durchbrachen ab und an die bewegte Wasseroberfläche, um sich vor Kälte aufzurichten. Zwischen ihren langen, schlanken Alabasterschenkeln war ein Fleck dunkler Locken zu sehen. Keine Bräunungsstreifen, keine Altersflecken verdunkelten das vollkommene Weiß. Ihr Haar, schwarz wie die Nacht, wurde von einer blutroten Spange auf dem Kopf zusammengehalten.

Obwohl sie die Augen geschlossen hatte, war ihm klar, dass sie sich seiner Anwesenheit bewusst war. Wie immer. Das Band, das sie aneinander hielt, war schon früh im Leben geknüpft worden und wurde mit der Zeit nur stärker.

Schon als Kind war sie sich der Faszination bewusst gewesen, die sie auf ihn ausübte. Sie hatte ihn zu dem gemacht, was er war. Es war ein langer Prozess gewesen, der über Jahre gedauert hatte, und er vermutete, dass Elizabeth von Anfang an seine Schwäche bemerkt und sein Bedürfnis verstanden hatte. Obwohl sie ein Kind von sieben Jahren gewesen war und er erst fünf, hatte sie begonnen, ein Netz um ihn zu weben, und er hatte sie so dringend gewollt – wollte sie noch immer –, dass er alles für sie getan hätte.

Bereitwillig.

Begierig.

Sein IQ grenzte an den eines Genies.

Ihrer lag darüber.

Eine Tatsache, die er niemals vergaß.

Die sie ihn niemals vergessen ließ.

Sie gestattete ihm seine Seitensprünge, ermutigte ihn, beobachtete ihn manchmal sogar, aber sie wusste, dass er ihr gehörte. Für immer verpflichtet, ihrem Geheiß Folge zu leisten. Er verbarg wenig vor ihr, aber heute Abend würde er vorsichtig sein müssen. Er würde nicht erwähnen, dass sich Vater Mathias, dieser Schwächling von Priester, querstellte. Er würde nicht erwähnen, dass Lucretia, die Schlampe, es sich anders überlegt und sich Kristi Bentz, der Cop-Tochter, anvertraut hatte. Die nun behauptete, sie könnte an einem Wechsel der Hautfarbe Gefahr vorhersehen, so wie wenn Blut aus einem Körper strömte.

Hellseherei?

Er fragte sich, ob Kristi ihr eigenes bleiches Antlitz entgegenstarrte, wenn sie in den Spiegel blickte.

Doch jetzt musste er diese Gedanken erst einmal zurückstellen.

Jetzt würde er sich auf Elizabeth konzentrieren.

Ihre Augenlider hoben sich nur für den Bruchteil einer Sekunde, gerade lange genug, dass er das Licht der Kerzen sah, das sich in ihren Pupillen widerspiegelte. Aber nicht lange genug, um irgendeinen Hinweis auf ihre Gefühle erkennen zu können. Der Raum war kalt, nur ein, zwei Möbelstücke waren in die Ecken geschoben worden, ein schmales Bett, eine Kerosinlampe auf einem Tisch, ein paar ordentlich aufgestapelte Bücher, darunter stets die neuesten Ausgaben über ihre Namensvetterin, und zahlreiche Spiegel. Er sah sein eigenes Spiegelbild darin, verzerrte Abbilder, die jede seiner Bewegungen einfingen.

»Ich dachte mir, dass du heute Abend kommen würdest«, sagte sie.

Ohne ein Wort zu sagen, trat er an die erhöhte Wanne und setzte sich auf den Marmorrand. Der Duft von Veilchen und Magnolien stieg mit dem Dampf des warmen, klaren Wassers auf. Sie ließ zu, dass er sie berührte, gestattete seinen Fingern, einen ihrer Oberschenkel hinaufzugleiten, doch als er versuchte, seine Erkundung auf ihre intimen Zonen auszudehnen, schloss sie die Beine und schob seine Hand zur Seite. »Aaah«, sagte sie mit der kehligen Stimme, die ihn stets in ihren Bann zog. »Nicht jetzt.« Aber er wusste, dass sie genauso bereit war wie er, dass das Blut heiß in ihr wallte.

»Nicht jetzt«, beharrte sie, als müsste sie sich selbst davon überzeugen, dass jetzt nicht der rechte Zeitpunkt war. »Du hast mehr mitgebracht, stimmt's? Von deiner Jagd?«

Er blickte sie an. Wieder einmal erstaunt über ihre fast übersinnlichen Fähigkeiten.

»Denkst du, ich weiß nichts von der Stripperin?« Sie seufzte und schnalzte mit der Zunge.

»Du hast die Regeln aufgestellt«, erinnerte er sie, überrascht, dass sie seine Gedanken gelesen und gewusst hatte, wen er wählen würde.

Ihr Gesicht verzog sich schmollend. »Aber eine Stripperin?« Sie rümpfte die Nase. »Das hätte ich nicht gedacht.« Sie berührte ihr spitzes Kinn mit einer nassen Hand. »Ich weiß, dass es langsam knapp wird, dass wir Nachschub brauchen, aber eine Stripperin? Denk dran, das hier ist nicht nur ein physisches Experiment, sondern vor allem ein intellektuelles.«

Das bezweifelte er. Sie konnte alles auf einer rationalen Ebene begründen, mit hochtrabenden Ausreden, sogar mit echten Argumenten daherkommen, doch die Wahrheit sah so aus: Sie beide liebten die Suche, die Jagd, das Töten. So einfach war das. Sie liebte die Folter mehr als er – er empfand ein primitives, sexuelles Vergnügen. Er musste anderen weder Schmerz noch Verletzungen zufügen. Ihr Sadismus war nicht ansteckend, er brachte ihm nichts, außer dass er seine sexuelle Erfahrung bereicherte. Er holte sich seinen Kick beim Sex und beim Töten.

Er hätte am liebsten »Blut ist Blut« entgegnet, aber er hütete seine Zunge, während sie, offenbar in Versuchung geführt, nachdachte.

»Nimm, was von den anderen übrig ist«, sagte sie schließlich.

»Dann haben wir nichts mehr. Du wirst auf die nächste Dosis warten müssen.«

»Du glaubst, das ist eine Droge, und ich bin abhängig?« Ein Lächeln kräuselte ihre perfekt geformten Lippen, und er musste sich sehr beherrschen, sie nicht zu nehmen, bevor sie ihr Ritual vollzogen hatten. Aber er würde warten.

»Ob ich dich für eine Süchtige halte?«, fragte er. »Absolut.«

Sie widersprach ihm nicht, warf lediglich den Kopf zurück und bot ihm ihren langen Hals dar. »Vielleicht, aber ich möchte meine Abhängigkeit nicht in den Schmutz gezogen wissen. Schlechtes Blut? Nein. Ich werde warten.« Sie spielte jetzt mit ihm, amüsiert darüber, dass er sie herausforderte. »Wie sagt man noch gleich? ›Geduld ist eine Tugend‹?«

»Ich denke, es heißt: ›Mit Geduld und Zeit kommt man weit‹.«

»Kommt *frau* weit«, korrigierte sie.

»Oder *frau*.«

»Obwohl wir uns im Augenblick gar nicht gedulden müssen. Der Mond ist aufgegangen, es ist also genau der richtige Zeitpunkt.«

»Einverstanden.« Er wusste, was er zu tun hatte und was nun kommen würde. Sein Herz schlug ein wenig schneller, als er auf den Hahn am Kopf der Wanne blickte. Dieser war mit einem Kühltank verbunden, den er sorgfältig gefüllt hielt. Er stellte die Pumpe an und öffnete langsam den Hahn. Das Pochen des Pulses an ihrem Hals verriet ihm ihre Erwartung. Ihre weißen Zähne gruben sich in die Unterlippe.

Langsam, wie ein dunkelrotes Kräuselband, begann das Blut zu fließen. Eiskalt und dick tropfte es in das klare Wasser, eine dünner werdende rote Fahne, die sich in kleinen Kringeln auflöste.

Als der erste Tropfen der dunklen Flüssigkeit ihre Haut liebkoste, zog sie tief die Luft ein. Ihr Bauch wölbte sich nach innen, ihre Augen schlossen sich vor Verzückung, denn wie die Frau, deren Namen sie übernommen hatte, glaubte sie daran, dass das Baden im Blut einer jüngeren, vitaleren Frau ihr Leben verlängern, ihre Haut rein und makellos erhalten und ihre Lebenskraft erneuern würde.

Ein blutiger Jungbrunnen.

War sie wahnsinnig?

Oder eine Visionärin?

Es war ihm gleichgültig. So oder so gab sie ihm einen

Grund zu jagen, zu töten, und er konnte sich weismachen, dass der Kick, den er dabei empfand, dem höchsten Zweck diente.

Ihr diente. Und was den Wahnsinn betraf: Hatte er seine eigene geistige Gesundheit nicht oft genug in Frage gestellt? Hatte er sich nicht damit schwergetan, Realität und Fantasie zu unterscheiden? Die Grenze zwischen Wahnsinn und Genie war dünn und zerbrechlich, das wusste er.

Ohne Frage war er ihr ergebenster Anhänger.

Als das Wasser kälter wurde, fuhr sie sich mit der Zunge über die Lippen.

Bald würde sie bereit sein. Sie stieß schon diese leisen, erregenden Seufzer aus, was ein eindeutiger Hinweis war. Seine Nasenflügel blähten sich, und er nahm den Duft des aromatisch riechenden Wassers, des Blutes in sich auf, spürte seine eigene anschwellende Lust in dieser dunklen Höhle.

Bald würde sie ihn auffordern, zu ihr in die Wanne zu steigen. Ihre Beine öffneten sich, und sie begann hastig einzuatmen.

Bald würde er ihr die Seele aus dem Leib vögeln.

Er griff nach seinem Gürtel, ließ seine Hose auf die Knöchel gleiten und stieg hinaus. Dann öffnete er sein Hemd, ohne die Augen von ihr zu wenden. Er hatte eine riesige Erektion, das Verlangen pulsierte heiß durch seine Adern. Das Wasser um ihren Körper war jetzt trüb und rot. Er kletterte in die Wanne und senkte seinen Körper auf sie. Sie würde ihn willkommen heißen, ihre Fingernägel tief in seine Rückenmuskeln graben.

Doch stattdessen hob sie den Kopf ein Stück, so dass ihr Mund an seinem Ohr war. »Die Nächste«, flüsterte sie mit kehliger Stimme. »Wenn du die Nächste nimmst, will ich dabei sein. Und es darf ganz bestimmt keine alternde Pole-Tänzerin sein, die sich Dollarnoten in den String stecken lässt! Es muss eine Frau mit Niveau sein, intelligenter, lebendiger. Ich hätte mich niemals mit deinen ›Nichtigen‹ einverstanden erklären sollen. Sie sind in der Tat nichtig, ich will sie nicht.«

»Ich kann doch nicht alle vom College wegholen«, protestierte er.

Ihre schönen Züge verzogen sich spöttisch. »Muss ich denn *alles* allein machen?«

»Natürlich nicht.«

Sie kam wieder auf das ursprüngliche Thema zurück. »Ich werde dich begleiten, ich will sehen, ob sie es wert ist.«

»Du hast mir bereits bei der Auswahl geholfen«, erinnerte er sie. Elizabeth hatte ebenfalls die Fotos der All-Saints-Studentinnen durchgesehen.

»Ich hätte niemals den Nichtigen zustimmen dürfen.« Sie saß jetzt aufrecht da und blickte ihn mit funkelnden Augen an. Das blutige Wasser rann in roten Bächen von ihren Schultern, über ihre Brüste in die dunkel gefärbte Wanne.

Oh, wie er sich danach sehnte, diese bittere Süße abzulecken!

Aber sie war nicht in der Stimmung dazu. »Verstehst du das nicht?«, fragte Elizabeth und hob die Hände aus den blutroten Tiefen. »Deshalb funktioniert es nicht, deshalb hat sich meine Haut nicht verbessert. Das Blut von diesen Huren ist beschmutzt, es fehlt ihm an Leben.«

»Es waren keine Huren.«

»Wo hast du sie dann aufgetrieben?«

Sein Kiefer spannte sich an, aber er verbiss sich eine scharfe Erwiderung, ließ nicht zu, dass sie ihn mit seinem Vorleben quälte, einem Leben, dass ihr wohlbekannt war. Nur sie kannte seine wahre Identität, nur sie konnte ihn vernichten.

Und nur sie konnte ihn vervollkommnen.

»Natürlich darfst du mitkommen«, sagte er.

»Ich habe nicht darum gebeten! Es ist nicht deine Entscheidung, denk daran.« Besänftigt lehnte sie sich wieder in das blutige Wasser zurück.

Das war neu. Sie hatte sich nie zum Töten herausgewagt. Andererseits entwickelte sie sich ständig, war unzufrieden, wenn die Dinge stagnierten oder zur Routine wurden.

Um die Wahrheit zu sagen: Er war ein wenig besorgt wegen der jungen Frau, die als Nächste ihr Leben geben würde. Es hatte eine Zeit gegeben, zu der sie begierig und willig dem inneren Zirkel hatte angehören wollen. Er war ihr entgegengekommen, und sie hatte sich freudig auf die Chance gestürzt, dazuzugehören, sich jemandem anzuschließen. Inzwischen spürte er jedoch, dass sie nervös war. Wankelmütig. Unsicher.

Es war durchaus möglich, dass er von seiner üblichen Vorgehensweise würde abweichen müssen, um sich ihrer Willfährigkeit zu versichern. Elizabeth würde das nicht gefallen. Es war folglich das Beste, wenn er es allein erledigte.

»Du bist ganz sicher, dass du daran teilhaben möchtest?«, fragte er, und Elizabeth schenkte ihm ein grausames Lächeln. Ihre Augen in dem Halbdunkel waren unergründlich.

»Natürlich.« Ihre roten Lippen zuckten leicht. Das warme, blutige Wasser wogte um sie herum. »Ich denke, du hast mich verstanden. Das nächste Mal möchte ich zusehen. Nicht nur beim körperlichen Akt, sondern bei der Übergabe ihrer Seele. Beim Opfer.«

18.

»Allmächtiger!« Jay starrte auf die kleine Ampulle. »Was in Gottes Namen ist das?«

»Tara Atwaters Blut«, sagte Kristi voller Überzeugung.

Sie betrachtete das an der Kette baumelnde Glasfläschchen wie einen kostbaren Schatz, wenngleich sein Inhalt sie entsetzte. Bei dem Gedanken daran, wie oder warum das Blut dort hineingelangt war, wurde ihr erneut schlecht.

»Dann müssen wir es der Polizei übergeben.« Jay legte das zierliche Kettchen vorsichtig in ihre Hände. »Und du musst gestehen, was du herausgefunden hast.«

»Es gibt nach wie vor keinen Hinweis auf einen Mord.«

»Ich weiß, aber alles Weitere ist Sache der Polizei.« Er rieb sich die Bartstoppeln an seinem Kinn. »Denkst du, der Mensch, der in deinem Apartment war, hat danach Ausschau gehalten?«

»Vielleicht. Es fehlt ja sonst nichts.«

»Dann muss die Spurensicherung nach Fingerabdrücken suchen.«

»Kannst du das nicht machen? Du arbeitest doch für das kriminaltechnische Labor.«

»Nicht, wenn du diesen Bastard festnageln willst. Wir müssen uns an die Vorschriften halten.«

Kristi seufzte. »Sie werden meine Aufzeichnungen beschlagnahmen, meinen Computer. Mich überprüfen.«

»Möglich. Ich habe einen Freund beim Police Department von Baton Rouge angerufen. Er hat mir den Namen eines Detective gegeben, der uns vermutlich helfen wird: Portia Laurent. Scheint so, als hätte sie Interesse am Schicksal der vermissten Mädchen und geht auch davon aus, dass sie ein schlimmes Ende genommen haben.«

»Endlich jemand, der nicht an diesen Unsinn glaubt, sie wären allesamt einfach abgehauen. Wenn ich ihr mehr an die Hand gebe, arbeitet die Polizei vielleicht mit mir zusammen.«

Plötzlich ging die Türklingel, und Kristi und Jay sprangen auf.

»Ich mache das«, sagte er. Durch den Türspion erblickte er einen Teenager mit langen Haaren, schlechter Haut und einem nervösen Zwinkern. Er trug eine Isolierschachtel in der Hand.

»Pizza ist da!«, rief er.

Jay blickte Kristi an, und beide lachten erleichtert auf. Jay öffnete die Tür, bezahlte und verschloss die Tür wieder. In der Zwischenzeit legte Kristi die Ampulle vorsichtig in eine Frühstücksdose aus Plastik und stellte diese auf ein Geschirrtuch. Der Gedanke, dass sie Taras Blut enthielt, machte ihr Angst, aber sie wollte nicht, dass Jay mitbekam, was sie empfand.

»Bevor wir die Cops rufen, sichere ich noch meine Dateien«, sagte Kristi. Sie würde ganz schön Ärger bekommen.

»Nicht nur meine Hausarbeiten und persönlichen Unterlagen, sondern auch alles über den Fall.«

Jay nickte und fragte sich, ob sie wohl inmitten eines Tatorts saßen. Die Pizzaschachtel stand zwischen ihnen auf der Bettcouch. Bruno verfolgte jeden ihrer Bissen in der Hoffnung, für ihn könnte etwas abfallen.

»Warum war die Ampulle wohl versteckt?«, fragte Kristi und legte ihr Pizzastück zurück in die Schachtel. »Oder hat sie sie einfach vergessen?«

»Nein. Die Kette war in eine Ritze in der Nähe der Wand geschoben.«

»Aber warum hätte sie sie verstecken sollen? Manche der jungen Frauen, die solche Ampullen besitzen – soweit ich weiß, handelt es sich ausschließlich um junge Frauen –, tragen sie ganz offen.«

»Glaubst du, Tara hat sie selbst versteckt?«

»Wer sonst?«, fragte Kristi. Sie wischte sich die Finger an der Papierserviette ab, dann hievte sie sich hoch und ging zum Laptop hinüber, wo sie damit begann, Daten auf einen USB-Stick zu übertragen. Sie kaute auf ihrer Unterlippe. »Wenn wir uns an Detective Laurent wenden, sollten wir wahrscheinlich auch Dad anrufen.« Bei dem Gedanken verzog sie das Gesicht. »Er wird vermutlich einen Anfall bekommen, aber zumindest kann er dafür sorgen, dass nichts von meinen Sachen kaputt oder verloren geht.«

»Du bist bereit, seine Vorhaltungen über dich ergehen zu lassen?«, fragte Jay und schloss die Pizzaschachtel vor dem enttäuschten Bruno.

»Ich bin schließlich daran gewöhnt.«

»Was auch immer wir morgen tun: Heute Nacht bleibe ich hier.«

»Das musst du nicht.«

»Doch.« Er wirkte entschieden.

»Aber –«

»Gib's zu, Kris, du willst, dass ich bleibe.«

»Also wirklich«, sagte sie genervt. Seine Arroganz kannte keine Grenzen, selbst wenn er zum Teil recht hatte.

Er war ganz und gar nicht eingeschüchtert. »Du willst mich immer noch.«

Sie gab einen erstickten Laut von sich. »Du weißt, dass es mir gutgeht. Es ist besser, wenn du gehst.« Sie zog den Stick aus dem Computer, stopfte ihn in ein kleines Fach in ihrer Handtasche und klappte das Gehäuse des Laptops energischer zu als nötig.

Jay zuckte die Achseln und rührte sich nicht.

»Ich kann nicht glauben, was du gerade gesagt hast«, fügte sie hinzu.

»Du denkst immer noch daran.«

»Jay, bitte –« Sie unterbrach sich und ging zu einem Wandschrank, wo sie einen Schlafsack hervorkramte, der schon bessere Tage gesehen hatte, und ein Kissen mit hervorquellender Füllung, was auf das Konto von Hairy S. ging, dem kleinen Kläffer ihrer Stiefmutter. Sie hätte Jay eigentlich rauswerfen müssen, aber leider hatte er recht: Sie wollte wirklich nicht allein sein.

Aber sie wollte nicht ihn.

»Du kannst dir den Sessel an den Couchtisch schieben.« Sie warf ihm Kissen und Schlafsack zu, dann hielt sie inne und betrachtete ihn ernst.

»Was ist?«

»Ich brauche noch eine Woche, ehe ich Dad oder Portia Laurent erzähle, was los ist. Bis dahin sollte es mir gelungen sein, mehr Informationen zusammenzuhaben. Wenn wir uns mit dem, was ich bis jetzt weiß, an sie wenden, habe ich keine Chance. Für Detective Laurent und das Baton Rouge

Police Department bin ich doch nur Rick Bentz' Tochter, die ein bisschen rumschnüffelt. In Dads Augen riskiere ich schon wieder Kopf und Kragen, und er wird ausflippen.«

»Das will ich hoffen.«

»Ich brauche etwas Zeit«, sagte sie mit Nachdruck.

»Die kann ich dir nicht geben, Kris.«

»Natürlich! Es wird der Sache mehr Gewicht verleihen.«

»Das weißt du doch nicht.«

»Doch, das weiß ich. Du bist derjenige, der Zweifel hat.«

»Wir sollten beide Zweifel haben«, erwiderte Jay scharf. »Es gibt vieles, das wir nicht wissen. Wir stellen nur Vermutungen an, Kris. Übergib die Sache der Polizei.«

»Ich bitte dich nur um eine Woche. Die ganze Zeit über hat sich niemand für die Mädchen interessiert. Eine Woche!« Sie ging durchs Zimmer auf ihn zu und blieb erst stehen, als ihre Schuhspitzen einander berührten.

Jay bemühte sich, nicht auf sie zu reagieren, trotzdem nahm er den Geruch nach Seife wahr, vermischt mit dem Schweiß ihrer Haut. Bei diesem Licht sah es aus, als wäre ihr Haar von roten Strähnchen durchzogen. Kristi hob das Kinn, um ihn anzublicken, und deutete ein Lächeln an, dieses kleine, sexy Grinsen, das schon immer seinen Widerstand gebrochen hatte.

»Bitte, Jay, es ist wichtig. Du kannst die Ampulle und sämtliche Sachen von Tara behalten, wenn es dir dann bessergeht. Aber gib mir ein paar Tage, nur eine lausige Woche.«

»Und dann hörst du auf und gibst die Sache ab?«

»Dann trete ich bescheiden in den Hintergrund und überlasse alles der Polizei.«

Gewiss doch. Als würde das zu ihr passen.

»Es könnte gefährlich sein.«

»Ich mache schon keine Dummheiten.«

Das glaubte er nicht. »Kris –«

»Komm schon«, bettelte sie.

In diesem Moment, als er in ihre weit aufgerissenen Augen blickte, ihre großen dunklen Pupillen betrachtete, die flehentlich zu ihm aufschauten, spürte er es, das leise Stechen des Verlangens. Verflucht. Sie *wusste*, was sie ihm antat. Seine Eingeweide zogen sich zusammen, und tief in seinem Innern entflammte die Begierde, sein Verlangen nach ihr, das noch wuchs, als er einen Blick auf ihren attraktiven Körper warf, auf ihre zuckenden Lippen.

»Gib dir keine Mühe, mich in Versuchung zu führen«, bemerkte er rundheraus und versuchte, Herr seiner Gefühle zu bleiben.

»Das ist eine Beleidigung.«

»Tatsächlich?«

»Ja! Wann bist du so ein Egomane geworden?«, fragte sie. Ihre grünen Augen sprühten Funken. Sie sah aus, als wollte sie ihn ohrfeigen, was sie aber nicht tat. »Wenn du dich recht erinnerst, habe ich mich von dir getrennt, nicht du dich von mir!«

»Das war der größte Fehler deines Lebens«, versicherte er ihr ruhig.

»Der größte Fehler meines Lebens war, dass ich mich wieder auf dich eingelassen habe!«, stieß sie hervor. Im selben Augenblick bedauerte sie ihre Worte und wünschte, sie könnte sie zurücknehmen. Jay sah sie an, als könnte er ihre Gedanken lesen, dieser hochnäsige Schnösel. »Ich hab's mir anders überlegt. Hau ab.«

»Nein.«

»HAU AB!«

»Du willst, dass ich bleibe, aber du bist zu dickköpfig, es zuzugeben.«

»Du machst mich wahnsinnig!«

»Gut.«

Mit ihm zu diskutieren, machte die Sache nur schlimmer. Irgendwie hatte er die Oberhand gewonnen. Sie hatte ihm die Oberhand *gelassen.* Und jetzt grinste er dieses verdammte jungenhafte Grinsen, das sie so unwiderstehlich fand. Einer seiner Mundwinkel hob sich, und in dieser Sekunde wusste sie, dass er sie küssen würde. Mein Gott, das durfte sie nicht zulassen.

Niemals.

»Denk nicht mal dran!«, warnte sie ihn.

Zu spät. Im Nu hatte er Schlafsack und Kissen fallen lassen und zog sie fest an sich. Seine Lippen senkten sich auf ihre und küssten sie, dass ihr die Luft wegblieb. Ihre Beine wurden schwach.

Wie schrecklich!

Und was war mit dem warmen Prickeln, das sie überkam? Völlig unangebracht!

Trotzdem entzog sie sich ihm nicht. Ein leises, beinahe begieriges Stöhnen drang aus ihrer Kehle. *O nein, bei aller Liebe nicht. Hör damit auf, Kristi, hör sofort damit auf!*

Seine Hände strichen über ihren Rücken, zogen sie noch näher heran, und sie verlor sich im Augenblick, in dem Verlangen, das sie durchflutete. Doch dann fand sie endlich die Kraft, ihn von sich zu schieben.

»Schlechtes Benehmen, McKnight«, sagte sie und trat zurück. Ihre Brust hob und senkte sich sehr viel schneller als gewöhnlich, und sie klang atemlos. »Du bist mein Professor.«

Er lachte laut auf. »Und du bist volljährig. Versuch's noch mal.«

»Wir haben eine gemeinsame Vergangenheit, Jay. Und zwar keine gute.«

»Aber auch keine schlechte.« Er wich keinen Zentimeter zurück und starrte sie weiter an, die bernsteinfarbenen Augen dunkel vor Verlangen, die Lippen schmal und unnachgiebig.

»Halt dich zurück ... Ich denke nach.«

»Deine Ausreden werden immer schwächer.«

»Jay –«

»Was ist?« Sein Mund näherte sich erneut dem ihren.

»Du machst dir etwas vor«, sagte sie und zog sich energisch zurück. »Selbst wenn ich an dir interessiert wäre – was ich nicht bin –, wäre ich nicht so dumm, mich noch einmal mit dir einzulassen. Schon gar nicht jetzt. Hab ich das nicht schon gesagt? Du weißt es genauso gut wie ich. Wir haben viel zu viel zu tun. Komm schon« – sie warf ihm einen empörten Blick zu –, »vielleicht ist da was zwischen uns, okay. Aber es hat nichts zu bedeuten.«

»Es hat durchaus was zu bedeuten«, widersprach er.

»Nein, nichts.« Sie hob das Bettzeug auf und warf es ihm zu. Dabei deutete sie auf den Sessel. Dann wandte sie sich an Bruno und zeigte auf den Teppichvorleger. »Und du schläfst hier.« Er legte den Kopf zurück und wedelte mit dem Schwanz, aber er bewegte sich nicht.

Jay pfiff. »Hierher, mein Junge«, sagte er, und Bruno schlenderte zu dem Vorleger. »Der Boss hat gesprochen.«

Kristi ignorierte den kleinen Seitenhieb. »So wie ich die Sache beurteile, haben wir nicht viel Zeit. Ich schätze, der Jemand, der vorhin hier war, hat nach der Ampulle gesucht, und ich glaube nicht, dass er so leicht aufgibt. Ich denke, er wird schon bald wiederkommen.«

»Vielleicht bist ja *du* sein Ziel.« Jays Ton war nun ernst.

»Auch das könnte ein Grund für seinen Besuch gewesen sein.«

Jay tätschelte abwesend Brunos Kopf, dann schob er Kristis Fahrrad vor die Eingangstür. Er vergewisserte sich, dass es mit lautem Getöse umkippen würde, sollte jemand versuchen, in die Wohnung einzudringen. Anschließend drehte er sich um und blickte an die Decke, als suchte er nach einer göttlichen Eingebung. Doch dann schüttelte er den Kopf und sagte: »Ich sollte mich untersuchen lassen, aber du hast gewonnen.« Seine bernsteinfarbenen Augen richteten sich wieder auf Kristi und drückten Entschlossenheit aus. »Okay. Gehen wir es auf deine Art und Weise an. Ich rufe nicht die Polizei. Noch nicht. Du hast eine Woche und keine Sekunde länger Zeit.«

Würde sie damit durchkommen?

Ariel blickte sich in ihrem kleinen Apartment um und fragte sich, in welche Situation sie sich da gebracht hatte. Sicher, sie hatte Freundinnen gebraucht und den Rausch, Mitglied einer exklusiven, geheimen Sekte zu sein. Sie hatte sogar den ganzen Vampirkram spannend gefunden, der damit verbunden war.

Nie hatte sie sich lebendiger gefühlt als in den Momenten, wenn sie »dem Meister« erlaubte, in ihren Hals zu beißen, ein bisschen Blut fließen zu lassen und es in einer Ampulle aufzufangen.

Das Ritual war aufregend gewesen, das Gefühl der Zugehörigkeit, das Gefühl, etwas Düsteres, Sinnliches, Verführerisches zu tun. Auserwählt worden zu sein war berauschend gewesen, und endlich, zum ersten Mal in ihrem Leben, hatte sie sich als etwas Besonderes gefühlt.

Jetzt aber meldeten sich Zweifel.

Morgen Abend fand eine weitere Versammlung statt, gleich im Anschluss an die Aufführung, und sie war nervös. Obwohl sie nicht genau wusste, wer ihrer geheimen Gruppe angehörte, hatten ein paar Mädchen Andeutungen gemacht, und sie hatte mitbekommen, dass Trudie, Grace und vermutlich auch Zena zur Elite zählten. Doch wer die anderen sein mochten, ahnte sie nicht.

Mehr als einmal verspürte sie große Furcht. Sie vermutete, dass ein paar der verschwundenen Mädchen, von denen die Presse hin und wieder berichtete, zum inneren Zirkel gehört hatten. Obwohl sie sich nicht sicher sein konnte. Das Ritual war so bizarr, so ... finster ... Aber immerhin waren die Mädchen verschwunden. Während der Zeremonie hatte er sie »Schwester« genannt und sie mit Namen angesprochen.

Waren sie alle bereitwillige Mitglieder gewesen?

Natürlich! Sei doch keine Idiotin! Sie sind verschwunden, weil sie sich in etwas hineinmanövriert haben, das du selbst so ungeduldig erwartest. Entweder sind sie tot oder –

»Nein!«, sagte sie laut zu den vier Wänden ihrer winzigen Mietswohnung, in der sie allein lebte. »Nein, nein, nein!« Er würde sie nicht derart hintergehen. Diese anderen Mädchen, Tara, Monique und Dionne, waren wahrscheinlich verschwunden, weil sie das Vampirritual abgeschreckt hatte. Das Gleiche galt für Rylee, die zuletzt als vermisst gemeldet wurde. Ariel hatte sie als ein oberflächliches, ängstliches Mädchen in Erinnerung.

Ob sie wirklich alle tot waren?

Ariels Herz wurde zu einem harten, kalten Klumpen. Sie blickte sich in dem kleinen Zimmer um, das sie über ein Jahr lang ihr Zuhause genannt hatte, sah die billigen Designerfakes, die sie gekauft hatte, um der Wohnung einen freundlichen Anstrich zu geben, die abgewohnte, heruntergekommene Einrichtung, die bereits vorhanden gewesen war, das gelbe Bücherregal, das sie selbst zusammengeschraubt hatte, mit den wenigen Fotos einer Familie darauf, der sie im Grunde gleichgültig war.

Ihre Nerven waren wie immer zum Zerreißen gespannt. Sie schaute sich das Jesusbild an, das sie neben das Fenster gehängt hatte. Einst war sie so gläubig gewesen, so überzeugt von ihrer eigenen Frömmigkeit, und jetzt ... jetzt war sie verloren.

Ariel schluckte schwer.

Dann war da noch diese Bentz, die Tochter von dem Cop. Die herumschnüffelte. Die behauptet hatte, sie würde an Ariels Hautfarbe erkennen, dass sie in Gefahr war oder irgendeinen ähnlichen Unsinn. Was hatte das zu bedeuten?

Ihre Haut kribbelte bei dem Gedanken daran, dass sie möglicherweise die Nächste sein würde, die verschwand, dass ihr irgendetwas zustoßen könnte ...

Ariel ging zu ihrem kleinen Kühlschrank hinüber und nahm eine Flasche Wodka aus dem Gefrierfach. Sie öffnete sie, hob sie an ihre Lippen und nahm einen großen Schluck. Sie musste sich beruhigen. Sie war völlig aus der Fassung geraten.

Kristi Bentz war dafür verantwortlich. So eine Verrückte! Ariel wischte sich mit der Hand über die Lippen und warf einen kurzen Blick in den Spiegel. Ihre Haut *war* blass, ihre Finger waren um den kalten Flaschenhals geklammert, ihre Augen aufgerissen vor Angst.

Vielleicht sollte sie einfach abhauen.

Wie die anderen.

Wie lange würde es dauern, eine Tasche zu packen und zu verschwinden?

Es wäre schließlich nicht das erste Mal.

Hau ab, heute Abend noch. Bevor du deine Meinung änderst. Steig in einen Bus und mach, dass du wegkommst!

Sie ging zum Schrank und zog ihren Rucksack vom oberen Regalbrett, den zum Campen, in den fast ihr ganzer armseliger Besitz hineinpasste. In dem Moment klingelte ihr Handy.

Ariels Mut sank, als sie auf das Display blickte.

Als hätte er es gewusst.

Ihr Herz pochte wie wild bei dem Gedanken, seine Stimme zu hören, bei dem Gedanken daran, dass er sich um sie kümmerte, dass er sie liebte …

Sie ging nicht dran, ließ die Voicemail anspringen, und binnen Minuten hörte sie seine Schritte auf der Treppe und das energische Klopfen seiner Fingerknöchel auf der schmutzigen Sperrholztür.

»Ariel«, sagte er mit leiser, melodischer, eindringlicher Stimme. »Mach die Tür auf.«

Bibbernd versuchte Kristi zu schwimmen. Sie befand sich in der Mitte eines Schwimmbeckens, in einem Gebäude, das stockdunkel war. Ein paar Kerzen standen an dem gekachelten Rand, die kleinen Flammen flackerten und drohten in dieser Höhle zu verlöschen.

Wo zum Teufel war sie?

Sie schnappte nach Luft und fühlte sich, als wäre sie Stunden im Wasser gewesen. Sie blickte sich um. War sie allein? Sie sah nach unten, auf den Grund des Pools, aber er war tief und dunkel, und obwohl sie niemanden in den stygischen Tiefen erkennen konnte, spürte sie seine Anwesenheit. So sicher, als fühlte sie seinen Atem auf ihrer Haut.

Schwimm, Kristi, versuch um Gottes willen hier herauszukommen!

Sie strampelte kräftig mit den Beinen, nahm einen tiefen Atemzug und begann zu kraulen. Energisch. Zum nächsten Beckenrand. Sie verstand nicht, warum, aber tief im Herzen wusste sie, dass irgendetwas, etwas Böses, im Wasser lauerte, durch die Schatten schlich. Feiner Nebel stieg zur Decke auf, die sie nicht einmal erkennen konnte.

Denk nicht darüber nach, hau nur von hier ab. Du bist schließlich eine geübte Schwimmerin.

Durchziehen! Durchziehen! Durchziehen!

Sie zwang sich, durchs Wasser zu pflügen, aber ihre Gliedmaßen fühlten sich bleiern an, und wie sehr sie sich auch abmühte, sie kam dem Beckenrand nicht näher. Entweder zog er sich vor ihr zurück, oder sie trat einfach nur Wasser.

Komm schon, streng dich mehr an.

Mit zusammengebissenen Zähnen verstärkte sie ihre Bemühungen. Als sie beim Kraulen die Arme aus dem Wasser hob, berührte sie etwas mit den Fingerspitzen, verhedderte sich in etwas Faserigem, wie Bindfaden. Sie versuchte, ihre Hand zurückzuziehen, doch vergeblich.

Dort in der Dunkelheit, Nase an Nase mit ihr, befand sich ein abgeschlagener Kopf. Tara Atwaters Augen waren geöffnet und starrten ihr blicklos aus einem bläulichen Gesicht entgegen. Von ihrem Hals strömte dickes Blut ins Wasser.

Kristi schrie und versuchte, ihre Finger zu befreien. Panik zog ihr das Herz zusammen. Die Angst ließ ihre Arme durchs Wasser fliegen, sie zog den verdammten Kopf mit sich, und dann prallte sie gegen etwas, das vom trüben Grund aufstieg.

Noch ein Kopf! Sogar in dem schwachen Lichtschein sah sie, dass er blonde Haare hatte. Rylees weit aufgerissene Augen starrten sie anklagend an.

Kristi schrie erneut, kraulte davon, Taras Kopf noch immer an ihren Fingern. Als sie an Rylees Schopf vorbeischoss, stieß sie gegen etwas Hartes. Sie fuhr herum und sah in Dionnes Gesicht. Blut strömte aus ihrem Hals, ihre Augen waren aufgerissen und tot.

Nein!

Plötzlich zwinkerte Dionne und blickte nach unten, als wollte sie sie warnen.

Schwimm! Hau ab!, schrie ihre innere Stimme.

Sie fuhr erneut herum und sah einen weiteren abgetrennten Kopf auf sich zukommen. Nicht den von Monique, womit sie gerechnet hatte. Das aschfahle Gesicht, das an die Oberfläche trieb, gehörte Ariel.

O lieber Gott, hol mich hier raus!

Voller Panik schlug sie um sich, versuchte zu schreien, zu entkommen, doch je heftiger sie darum kämpfte, die glänzenden Fliesen am Beckenrand zu erreichen, desto weiter entfernte sie sich davon.

Ihre Lungen brannten, ihr Körper war bleischwer. Sie wusste, dass sie dabei war zu ertrinken. Sie würde sterben – in diesem Schwimmbecken voller blutiger Köpfe.

Noch bevor sie Jay würde sagen können, dass sie ihn liebte, noch bevor sie ihren Vater ein letztes Mal würde sehen können.

Wieder versuchte sie zu schreien, aber ihr Hals war wie zugeschnürt. Sie wurde in die Tiefe gezogen, tiefer und tiefer, das Wasser wurde schwarz.

O Gott, hilf mir!

Sie verspürte nackte Panik.

Paddelte wild, um wieder an die Oberfläche zu gelangen. Schnappte japsend nach Luft.

Und bemerkte, dass sich das Wasser rot färbte, blutrot …

»Kristi!«, sagte eine tiefe Männerstimme, und sie spürte eine Hand auf ihrem Knöchel, die sie weiter nach unten zog. In die blutigen Tiefen.

»Kris! Hey!«

Sie schlug die Augen auf. Jay beugte sich über sie, nur mit einer Boxershorts bekleidet. Sie lag auf der Ausziehcouch in ihrem nur schwach beleuchteten Apartment. Er schüttelte sie.

»Jay«, flüsterte sie zitternd. Der Traum war so real gewesen, dass sie überzeugt war, nass zu sein. Sie schlang die Arme um ihn.

»Ist schon gut. Der Albtraum ist vorbei«, flüsterte er und zog sie eng an sich. Doch tief im Innern wusste sie, dass der Albtraum keineswegs vorbei war. Das Böse, was immer es auch sein mochte, das von ihren Gedanken Besitz ergriffen hatte, war allzu wirklich und existierte irgendwo hier, im Herzen des Campus.

Zitternd versuchte sie die Angst abzuschütteln, klammerte sich an ihn, suchte Trost in seiner Stärke.

Er küsste sie auf die Schläfe, und sie blinzelte erleichtert die Tränen weg. Wäre er nicht hier gewesen, wäre sie jetzt ganz allein mit diesem furchtbaren Albtraum. Es fühlte sich gut an, sich gegen ihn sinken zu lassen, seine Kraft in sich aufzunehmen.

»Alles in Ordnung?«

»Ja.« Das war eine Lüge, es ging ihr alles andere als gut, doch allmählich verlor der Albtraum seinen Schrecken, und sie konnte wieder klar denken.

»Willst du darüber reden?«

»Ich will noch nicht mal daran denken. Nicht jetzt.« Sie atmete tief aus. Der Raum strahlte Geborgenheit aus, es roch nach Knoblauch und Tomatensoße von der Pizza und nach Jasmin von den Duftkerzen, die schon längst nicht mehr brannten. Die Blutampulle lag verpackt auf dem Tresen. »Ich erzähle dir später davon. Vielleicht am Morgen.«

»Gut.« Er saß auf dem Bett und hielt sie immer noch in seinen Armen, und als er sich bewegte, um eine bequemere Position zu finden, war sein Mund nur noch einen Hauch entfernt.

Freudige Erwartung durchfuhr sie.

Sein Duft erfüllte sie, und ihr Körper reagierte auf seine

Nähe. Ihre Glieder wurden weich, und alles, was sie brauchte, was sie *wollte*, war, dass er sich zu ihr legte.

Ihre Blicke trafen sich und verrieten sie. »Kris«, flüsterte er.

Sie wandte ihm das Gesicht zu, und er küsste sie. Zuerst sanft, als rechnete er damit, zurückgewiesen zu werden.

Aber sie konnte nicht mehr zurück.

Hier, in der Sicherheit ihres Apartments, in das das Böse nicht mehr eindringen konnte, erwiderte sie seinen Kuss, öffnete den Mund und fühlte, wie seine Zunge zwischen ihre Zähne glitt, spürte, wie er sich vorbeugte, um eine seiner großen Hände auf ihren Rücken zu legen.

Als sie ihn schmeckte, durchströmte sie die Erinnerung an ihr Liebesspiel, das so viele Jahre zurücklag. Er schmeckte salzig. Vertraut. Sexy. So männlich! Wie hatte sie jemals denken können, er würde ihr nicht genügen, intellektuell und als Mann?

Du albernes, dummes Mädchen!

Ihr Herz pochte, diesmal nicht vor Furcht, sondern vor Verlangen. Sie umarmte ihn, zog ihn näher an sich. Ihre Haut war feucht, aber nicht von rot geflecktem Wasser, sondern heiß vor Vorfreude und Erwartung.

Jay verlagerte das Gewicht, beugte sich über sie und strich ihr mit einer Hand eine Strähne aus dem Gesicht. Kristi sah, wie er schluckte, wie sein Adamsapfel hüpfte, spürte seine harte Erektion an ihrem Venushügel. Hart, groß, hoch aufgerichtet. Nur durch eine dünne Baumwollschicht von ihr getrennt.

»Kris«, flüsterte er wieder, und in dem Halbdunkel erkannte sie das Verlangen in seinen Augen. »Ich will –«

»Natürlich willst du.«

»Ich meine –«

»Du willst mich«, sagte sie und wiederholte damit die Worte, die er früher am Abend zu ihr gesagt hatte.

Mit einem Stöhnen rollte er sich von ihr, aber sie griff nach seinen Armen, hielt ihn zurück.

»Es ist vier Uhr in der Nacht, Kristi, ich bin nicht in der Stimmung für Spielchen.«

»In welcher Stimmung bist du dann?«

»Tu das nicht«, sagte er.

»Was?«

»Das weißt du doch. Es ist gefährlich«, warnte er sie.

»Nein, Jay, das ist es nicht«, sagte sie und hob den Kopf, um ihn fest auf die Lippen zu küssen. Er reagierte nicht, aber sie fühlte die Hitze in ihm, spürte, wie schwer es ihm fiel, seine Gefühle im Zaum zu halten.

»Du hast vorhin noch gesagt, es würde nicht funktionieren, und jetzt, nach einem offenbar äußerst verstörenden Albtraum, willst du mit mir schlafen?«

»Ich werde am Morgen nicht anders darüber denken, das verspreche ich.«

Er lachte leise auf. »Ach, verdammt, wie hab ich dich vermisst.« Noch bevor sie etwas erwidern konnte, küsste er sie erneut, und dieses Mal gab es kein Zurück. Sie zog ihm die Boxershorts von den Hüften, und er riss ihr den Pyjama vom Leib.

Sie legte die Arme um seinen Hals, und mit verschlungenen Gliedmaßen wälzten sie sich auf dem schmalen Bett.

Wie sie es vor Jahren getan hatten.

Kristi küsste Jay innig, ein Gefühl der Wärme schoss durch ihren Körper, ihre Haut glühte unter seinen Berührungen. Sie atmete stoßweise. Er küsste ihren Hals, die Vertiefung zwischen ihren Brüsten. Seine Daumen umkreisten ihre Brustspitzen, was in ihr eine Flut des Verlangens auslöste, und sie dachte an nichts anderes mehr, als ihn bis zum Morgen zu lieben ...

Ihre Finger folgten seinen kräftigen Schultermuskeln, und sie fühlte seine rauhen Barthaare auf ihrer weichen Haut, seinen Atem auf ihren Brüsten.

Sie drückte den Rücken durch, und er küsste die pralle Knospe, kitzelte sie mit der Zunge, bis ihr Körper vor Verlangen schmerzte. Ein atemloses, animalisches Stöhnen entrang sich ihrer Kehle.

Er wanderte tiefer, und ihr Herzschlag beschleunigte sich, als er ihre Beine auseinanderschob und mit den Händen ihre Pobacken anhob. Ihre Finger krallten sich in das Bettzeug. Sie wölbte sich ihm entgegen.

Wie lange war es her, dass sie sich zuletzt geliebt hatten? Wie viele Jahre hatte sie vergeudet? Sie schrie auf, als er sie küsste und mit der Zunge umspielte.

»Jay«, rief sie heiser. »Jay – oh, o mein Liebster!«

»Ich bin doch hier.« Sein warmer Atem erreichte ihre tiefste Höhle.

Sie biss sich auf die Lippe, um ihn nicht anzuflehen, sie endlich zu nehmen. Er umfasste ihre Hüften und zog sie zu sich. Mit einem langsamen Stoß glitt er in sie hinein.

Kristi schnappte nach Luft, ihr Herz klopfte zum Zerspringen. Er zog sich zurück, und sie schrie auf, dann stieß er erneut in sie.

»Ja!«

Sein Körper straffte sich bei jedem festen Stoß.

Sie kam ihm bereitwillig entgegen und sah mit weit geöffneten Augen, wie er sich in ihr bewegte, sie befriedigte, während er sich selbst zurückhielt. Ihre Kehle wurde eng, ihr Körper unter seinen Stößen immer heißer, schneller und schneller, bis sie kaum noch atmen, kaum noch denken konnte.

Schneller und schneller stieß er in sie, und sie fühlte, wie seine Hand ihre intimsten Teile berührte und ihre Nerven zum Zittern brachte.

Mehr, dachte sie, *mehr!*

Schneller! Schneller!

Sie umklammerte seine Arme und drückte den Rücken durch. Die erste Welle durchflutete sie, erneut schossen ihr Bilder der Erinnerung durch den Kopf. Zuckend kam sie zum Höhepunkt, gerade als Jay aufschrie und dann auf sie sank.

Sie klammerte sich atemlos an ihn, eingehüllt in den Duft nach Sex, Moschus und Kerzen.

Sie küsste ihn auf die Schulter, schmeckte seinen salzigen Schweiß. Jay drückte seine Lippen auf ihren Hals und knabberte mit den Zähnen daran.

»Hey!«

Er lachte und zauste ihr Haar. »Sollte ein Scherz sein.«

»Ein gefährlicher Scherz«, sagte sie, noch immer nach Atem ringend. Er rollte sich auf die Seite. »Du hast ja keine Ahnung, was ich geträumt habe.«

»Oh, natürlich, tut mir leid.« Aber er lachte wieder, und sie verdrehte die Augen. »Verbannst du mich jetzt wieder in den Sessel?«

»Nein ... obwohl, du hättest es verdient, du Fiesling.«

»Für dich Professor Fiesling.«

Sie stöhnte. »Ich hatte vergessen, wie bürokratisch du sein kannst.«

»Und sexy und männlich und –«

Sie griff nach dem Kissen unter ihrem Kopf und schlug damit nach ihm.

»Stell mich nicht auf die Probe«, warnte er sie.

Kristi zog eine Braue hoch. »Warum nicht? Was würdest du denn dann mit mir machen?«

»Willst du das wirklich wissen?«

»Du redest doch bloß und lässt deinen Worten keine Taten folgen.«

Er rollte sich wieder auf sie und presste seinen Körper eng an ihren. »Dann muss ich es dir also zeigen, oder?« Er küsste sie unnachgiebig, und sie fühlte, wie ihr gerade besänftigtes Verlangen neu erwachte.

Sie lächelte. »Ich bin mir sicher, Sie haben die Situation im Griff, Professor Fiesling.«

Als Antwort küsste er sie wieder, dann drehte er sie geschickt auf den Bauch und stopfte das Kissen, mit dem sie nach ihm ausgeholt hatte, unter ihre Hüften. Anschließend beugte er sich vor, so dass sein Atem die Haare über ihrem Ohr zauste. »Gib acht«, flüsterte er rauh, und Kristi vergrub kichernd ihr Gesicht in der Matratze, bis seine langsamen, einfühlsamen Bewegungen sie zu einer Erwiderung zwangen und sie erneut nach Luft schnappte und ihn anflehte, ihr mehr zu geben ... mehr ... mehr ... mehr ...

19.

Es klopfte an der Tür.

Kristi drehte sich stöhnend um und blickte auf die Uhr. Halb zehn am Sonntagmorgen. Wer kam um diese Zeit, und warum? Sie hätte sich am liebsten ein Kissen über den Kopf gezogen, doch dann fiel ihr ein, dass sie nicht allein war. Jay lag dicht neben ihr.

Die Bilder der letzten Nacht durchfluteten sie, und sie musste lächeln.

Es klopfte schon wieder.

Wer auch immer das sein mochte – er war hartnäckig. *Hau ab*, dachte sie und kuschelte sich an Jay, bis ihr plötzlich der Gedanke kam, dass die Person da draußen ihr Vater sein könnte.

Bruno gab ein leises, verärgertes Bellen von sich.

Jay hob den Kopf. »Was ist los?« Er schaute auf die Uhr und blinzelte.

»Du siehst schrecklich aus«, sagte sie und musterte seine verquollenen Augen und die nach allen Seiten abstehenden Haare.

Das Klopfen hörte nicht auf, und noch bevor Kristi ihn daran hindern konnte, hatte sich Jay bereits von der Bettcouch erhoben und schlüpfte in seine Boxershorts.

»Geh nicht hin!«, sagte sie warnend. Sie wollte nicht, dass jemand ihren halb nackten Professor an ihrer Tür sah. Aber Jay hörte nicht auf sie. Er spähte durch den Türspion und zog das Fahrrad fort.

»Wer ist da?« Kristi kämpfte sich in ihren Pyjama. Jay öffnete die Tür, gerade als sie die Hose über ihre nackten Beine zog. Ihre Unterwäsche lag mitten auf dem Fußboden. Sie unterdrückte ein Fluchen, während sie in das ausgeleierte T-Shirt mit dem All-Saints-Emblem schlüpfte.

Ein kalter Luftzug kam ins Zimmer. Den schwanzwedelnden Bruno neben sich, stand Jay mitten in der geöffneten Tür. Hinter ihm konnte Kristi ein rotes T-Shirt und eine Khakihose ausmachen.

»Kann ich irgendetwas für Sie tun?«, fragte er.

»Oh, ähm, ich wollte eigentlich zu Kristi ... Kristi Bentz«, antwortete eine Frauenstimme. *Mai Kwan.* Kristi verzog das Gesicht. *Großartig. Ihre neugierige Nachbarin. Wieder auf der Pirsch.*

Kristi zog die Tagesdecke über das Durcheinander von Laken und Decken, dann beförderte sie ihre Unterwäsche mit einem Tritt in die Ecke. Sie strich sich die Haare aus dem Gesicht und trat hinter Jay.

»Sie sind Dr. McKnight«, stellte Mai in diesem Augenblick fest und streckte ihm die Hand entgegen. »Mai Kwan, ich bin eine Nachbarin. Ich wohne im ersten Stock.«

»Ich habe keinen Doktortitel, noch nicht.«

»Hi!« Kristi bemühte sich um einen fröhlichen Ton, obwohl sie sich alles andere als munter fühlte. Aber Mai blinzelte nur kurz in ihre Richtung. Sie war ganz auf Jay fixiert. »Sie arbeiten im kriminaltechnischen Labor, stimmt's?«

»Ja.«

»Ich wusste nicht, dass Sie beide ...« Sie machte eine unbestimmte Handbewegung, dann blickte sie wieder Kristi an. »Ich meine ... ich wusste nicht, dass ihr euch kennt.«

»Wir sind auf dieselbe Highschool gegangen«, sagte Jay.

Warum erzählt er ihr das?

»Weshalb bist du gekommen?«, fragte Kristi und überlegte, wie sie Jay davon abhalten konnte, noch mehr auszuplaudern. Zu ihrem Entsetzen legte er einen Arm um ihre Schulter. Verdammt noch mal, er genoss die Szene sogar! Sie warf ihm einen giftigen Blick zu.

»Ich wollte vorschlagen, joggen zu gehen oder eine Tasse Kaffee zu trinken«, sagte Mai. »Aber wie ich sehe, bist du beschäftigt, also ... vielleicht ein andermal.«

Bildete sich Kristi das nur ein, oder warf Mai Jay dabei tatsächlich einen verschlagenen Blick zu? »Es hätte diesmal ohnehin nicht geklappt, ich muss tonnenweise Hausaufgaben erledigen, und in ein paar Stunden beginnt meine Schicht im Diner«, sagte Kristi. Warum rechtfertigte sie sich eigentlich? Was sie tat, ging Mai gar nichts an.

Plötzlich schnippte Jay mit dem Finger. »Mai Kwan. Sie haben mich vor ein paar Tagen angerufen, stimmt's? Wegen eines Artikels für die College-Zeitung?«

Kristi blickte Mai mit neu erwachtem Interesse an. Mai nickte. »Ja, das ist richtig. Ich arbeite an einer Story über Kriminologie. Ich würde Sie gern interviewen, etwas über Ihren Hintergrund und Ihre Referenzen erfahren und mit dem verknüpfen, was Sie hier am All Saints unterrichten. Ich möchte wissen, wie das, worüber Sie im Seminar referieren, mit der tatsächlichen Polizeiarbeit in Verbindung steht. Mit der Feldarbeit, sozusagen. Ich hoffte, zunächst Sie interviewen zu können, dann vielleicht Kristis berühmten Vater, der ja schon mit einigen Fällen auf dem Campusgelände befasst war.«

Kristi stöhnte innerlich. Kein Wunder, dass sich Mai so an sie herangeschmissen hatte. So viel zum Thema wahre Freundschaft.

Jay nickte. »Da kann ich Ihnen sicher helfen.«

Mai strahlte ihn breit an und sagte: »Prima!«

Kristi fragte sich inzwischen, ob Mai rein zufällig heute Morgen vorbeigekommen war, oder ob sie Jays Pick-up gesehen und beobachtet hatte, wie er mit Kristi zusammen das Apartment betrat.

»Ich muss meinen Stundenplan prüfen, dann melde ich mich bei Ihnen«, sagte Jay. »Ihre Nummer ist noch auf meiner Voicemail.«

»Oh. Sicher.« Mai konnte ihre Enttäuschung kaum verbergen. Ihr Blick wanderte zu Bruno. »Ist das Ihr Hund?«, fragte sie Jay.

»Hm.«

»Er ist niedlich.« Sie ging auf die Knie und kraulte Brunos große Schlappohren.

»Sagen Sie das nicht. Er denkt, er sieht furchterregend aus.«

Mai lachte, und Kristi fragte sich, wann sie wohl endlich wieder verschwand.

»Na gut, dann komme ich später noch mal bei dir vorbei, Kristi.« Sie warf Jay ein mädchenhaftes Lächeln zu. »Schön, Sie kennengelernt zu haben, *Professor* McKnight.«

»Bis dann«, sagte Kristi und warf die Tür zu. Dann blickte sie Mann und Hund empört an. »Ich hatte dich doch eindringlich darum gebeten, nicht an die Tür zu gehen.«

»Hab ich dich in Verlegenheit gebracht?«

»Nein ... ja ... ach, ich weiß nicht«, gab sie zu. »Ich will einfach nicht, dass es sich wie ein Lauffeuer auf dem Campus verbreitet, dass ich mit meinem Professor ins Bett gehe.«

Jay nickte, aber sie wusste, dass er sie nicht ernst nahm.

»Dein Geheimnis ist bei mir gut aufgehoben.«

»Deinetwegen mache ich mir auch keine Sorgen«, sagte sie betont, tappte zur Küchenzeile und öffnete den Schrank, obwohl sie wusste, dass sie keinen Kaffee mehr hatte.

»Du bist heute Morgen ganz schön muffelig,« stellte Jay fest.

»Wir hatten eine kurze Nacht, erinnerst du dich?«

Er trat hinter sie und umschlang ihre Taille. »Lebhaft. Und es war eine großartige Nacht«, sagte er. Sein Atem zauste ihr Haar.

Am liebsten hätte sie ihn geküsst und sich wieder auf das ungemachte Bett fallen lassen, aber sie hatte wirklich nicht viel Zeit. »Es gibt einiges, was mich an Mai stört. Sie stellt zu viele Fragen, will alles über mein Privatleben wissen. Zumindest verstehe ich jetzt einigermaßen, warum: Es geht ihr um Dad, weil der so ein toller Detective ist.«

»Einigermaßen?«

»Wer weiß, ob sie die Wahrheit sagt. Ich traue ihr nicht.«

Jay ließ seine Hände sinken. »Du traust niemandem.«

Seine Bemerkung traf sie härter, als er ahnte. Kristi warf die Schranktür zu und fuhr zu ihm herum. »O Gott ... ich werde wie mein Vater!«

»Ist es nicht genau das, was du gerade versuchst? Detective zu spielen? All die« – er malte mit den Fingern Anführungszeichen in die Luft – »›Ermittlungen‹ wegen der verschwundenen Mädchen. Ich bin kein Psychologe, aber es kommt mir so vor, als versuchtest du, deinem guten alten Dad etwas zu beweisen.«

»Es gibt natürlich Leute, denen ich traue. Ich bin nicht wie er.«

»Nicht ganz«, sagte Jay mit einem flüchtigen Lächeln.

Sie kniff die Augen zusammen. Sie war immer noch verärgert wegen Mai und davon überzeugt, dass mehr dahintersteckte als ein Interview für die College-Zeitung.

Jay ließ das Thema wohlweislich fallen und öffnete die Kühlschranktür. Sofort war Bruno neben ihm. »Tut mir leid, Kumpel, ist nicht viel drin.«

»Ich hatte vor, einkaufen zu gehen, aber dann habe ich es nicht mehr geschafft.«

»Wir werden schon nicht verhungern«, versicherte Jay ihr und kramte die Reste der Pizza hervor: drei kalte Stücke, in zerknitterte Folie gewickelt.

»Frühstück.«

»Wie appetitlich.«

»Hast du Kaffee?«

»Nein. Ich hab noch einen Teebeutel und ein paar Flaschen Bier, das ist alles.«

»Für Bier ist es zu früh, sogar für mich. Und Tee: nein, danke. Möchtest du ein Stück?« Er öffnete die Alufolie und bot ihr die hart gewordene Pizza an.

Kristi warf einen Blick darauf, und ihr drehte sich der Magen um. »Sie gehört dir. Ich denke, ich esse etwas im Diner. Es gibt da ein Frühstückssandwich. Vielleicht probier ich das mal.« Sie warf einen Blick auf die Uhr, während Jay, noch immer nur in Boxershorts, am KüchenTresen lehnte und die kalte Pizza kaute. Bruno, wachsam wie immer, saß zu seinen Füßen und starrte auf die Beute. Jedes Mal, wenn Jay zu ihm hinunterblickte, klopfte sein Schwanz auf den Fußboden.

Kristi schauderte und wandte sich ab. Die Situation war ihr ein wenig unangenehm, genau wie die Tatsache, dass bereits jemand herausgefunden hatte, dass sie ein Liebespaar waren. Dabei wusste sie doch noch gar nicht, in welche Richtung sich diese Beziehung – wenn man sie so nennen wollte – entwickeln würde.

»Ich dusche jetzt. Hab heute eine Menge zu erledigen.«

Jay nickte. »Ich auch. Am Haus.« Er rieb sich die Hände, und Bruno schnupperte am Fußboden nach Krümeln.

»Dann muss ich noch ein paar E-Mails beantworten und Aufgaben korrigieren, darunter auch deine.«

»Sei gnädig.«

»Nach letzter Nacht werde ich dich strenger beurteilen als alle anderen, nur um zu verhindern, dass jemand behauptet, ich wäre voreingenommen.«

»Mach dich nicht verrückt. Es wird schon niemand davon erfahren«, sagte sie, obwohl sie bezweifelte, dass Mai den Mund halten würde.

»Gegen Abend hätte ich wieder Zeit. Wann kommst du von der Arbeit zurück?«

»Zwischen halb drei und drei. Hängt davon ab, wie viel los ist. Dann muss ich noch ein paar Hausaufgaben erledigen, und später wollte ich mich in die Chatrooms einloggen.«

»Dann ruf mich doch einfach an.« Jay hob seine Jeans vom Boden auf.

Waren sie jetzt wohl wieder ein Paar? Kristi fragte sich, ob es klug war, ihre Romanze wieder aufleben zu lassen, doch sie hatte kein ernsthaftes Gegenargument. »Okay.«

»Ich würd gern sehen, was in den Chatrooms abläuft. Und im Wagner House.«

»Ja, ich auch.«

Er stieg in seine Levis. Kristi wandte den Blick von seinen muskulösen nackten Beinen ab, seiner straffen Haut, den dunklen Haaren. Ihn beim Anziehen zu beobachten, löste seltsame Gefühle in ihr aus, und die Tatsache, dass er sich dessen nicht bewusst zu sein schien, machte ihn noch faszinierender. Verstohlen verfolgte sie, wie Jay sein Hemd über den Kopf zog.

Himmel, sah er gut aus.

Sie wandte sich ab, bevor er ihre Blicke bemerken konnte.

»Du hattest doch versprochen, mir von dem Albtraum zu erzählen«, sagte er und klopfte die Taschen nach seinen Schlüsseln ab. Dann griff er nach seinen Schuhen.

»Stimmt.« Als sich Kristi an das blutige Schwimmbecken mit den abgehackten Köpfen der vermissten Studentinnen erinnerte, hatte sie das Gefühl, die Temperatur im Zimmer würde um zehn Grad sinken.

»Willst du jetzt darüber reden?«

Sie schüttelte den Kopf. »Vielleicht später.«

Er hielt inne und blickte sie besorgt an. »So schlimm?«

»Ziemlich schlimm.«

Sein Gesichtsausdruck wurde noch besorgter. »Willst du, dass ich dich zum Diner begleite?«

Sie schüttelte abermals den Kopf. »Es ist schon in Ordnung. Wirklich.« Sie wollte jetzt noch gar nicht zum Diner. »Ich erzähl dir später davon, einverstanden?«

»Wie du meinst.« Er hatte seine Schuhe angezogen und sagte an Bruno gewandt: »Bereit zum Aufbruch?«

Der Hund stieß ein aufgeregtes Bellen aus und drehte sich vor der Tür im Kreis.

»Das nenne ich ein Ja.« Jay zwinkerte Kristi zu. »Wir sehen uns dann später.«

Sie nickte und erwartete, dass er sofort gehen würde. Stattdessen machte er einen großen Satz auf sie zu und riss sie so schnell an sich, dass sie japste. »Hey!«

»Hast du etwa gedacht, du würdest mich so schnell los?« Er küsste sie. Seine Lippen verschmolzen mit ihren, seine Zunge glitt zwischen ihre Zähne. Erinnerungen an die vergangene Nacht schossen ihr abermals durch den Kopf. Sie schlang ihre Arme um seinen Hals. Kurz darauf löste er sich von ihr. »Vergiss mich nicht. Und denk dran, vorsichtig zu sein.« Bevor sie antworten konnte, waren er und Bruno schon zur Tür hinaus.

Sie hörte seine Schritte, leichtfüßig und schnell hüpfte er die Treppen hinunter. Kristi sperrte ab und zog das übergroße T-Shirt aus. Dann stieg sie aus der Pyjamahose und hatte wieder einmal das Gefühl ... das alberne kleine Gefühl, beobachtet zu werden.

Sie schauderte. Es war niemand bei ihr, und die Vorhänge waren zugezogen. Niemand konnte sie sehen. Trotzdem spürte sie unsichtbare Augen, die jede ihrer Bewegungen verfolgten.

»Das bildest du dir nur ein«, sagte sie zu sich selbst, aber sie schloss die Badezimmertür hinter sich und sperrte ab.

Dann drehte sie den Hahn auf und wartete darauf, dass das Wasser warm wurde. Unter der Dusche schob sie alle Gedanken an einen Voyeur beiseite.

Tante Colleens Haus kann warten, dachte Jay, als er zum Cottage fuhr, um das Baumaterial abzuladen, das er auf der Ladefläche seines Pick-up verstaut hatte.

Es sah schon wieder nach Regen aus. Der Himmel war bewölkt, das Gebläse kämpfte gegen das Kondenswasser an, das sich über Nacht angesammelt hatte. Weil es früh am Sonntagmorgen war, befanden sich auf der Straße nur wenige Autos.

Seine beiden miteinander streitenden Cousinen Janice und Leah mussten sich eben verdammt noch mal gedulden. Vermutlich würden sie ihn wieder drängen, vor allem Leah und Kitt, ihr nichtsnutziger Ehemann. Kitt verbrachte seine Zeit damit, zu kiffen, mit seiner Garagen-Band herumzuschrammeln und zu träumen, ein Rockstar zu sein. Kitt sah in dem Häuschen seiner verstorbenen Schwiegermutter eine Goldgrube und die Möglichkeit, seinen Lebensstil zu erhalten. Jay verstand, dass seine Cousinen das Cottage verkaufen mussten, und er war nach wie vor an der Renovierung interessiert, aber im Augenblick gab es wichtigere Dinge.

Kristi Bentz' Sicherheit hatte für ihn höchste Priorität. Leahs Granitoberflächen und Armaturen aus rostfreiem Stahl landeten weit abgeschlagen auf dem zweiten Platz.

Nachdem er den Pick-up entladen und geduscht hatte, wollte er zu Kristis Apartment zurückfahren und es mit Hilfe seiner Ausrüstung sorgfältig nach Beweismaterial durchkämmen, obwohl er nicht wusste, was er sich davon erwartete. Es war schon Monate her, dass Tara Atwater in der Wohnung gelebt hatte, und es gab keinen Hinweis darauf, dass dort ein Verbrechen stattgefunden hatte. Doch wenn tatsächlich jemand eingebrochen war, bestand immerhin die Möglichkeit, dass er einen Finger- oder Schuhabdruck, ein Haar oder sonst etwas hinterlassen hatte.

»Wir werden sehen, was wir finden«, sagte er zu Bruno. Die Wolken wurden immer düsterer. Jay hielt an einer Ampel und wartete, bis eine Joggerin mit einem Kinderwagen die Straße überquert hatte. Als die Ampel auf Grün sprang, überholte er einen Minivan voller Teenager, wechselte die Spur und verspürte eine Unruhe, die er nicht abschütteln konnte.

Er wollte ein neues Türschloss einbauen, eins, zu dem weder Irene Calloway noch ihr Enkel noch sonst jemand einen Schlüssel haben würde. Außerdem überlegte er, eine Kamera zu installieren, die die vordere Veranda überwachte. Danach würde er das Lehrpersonal des All Saints College überprüfen, allen voran Dr. Dominic Grotto. Jay hatte bereits einige Informationen zusammengetragen, aber das Material war nur bruchstückhaft, und er wollte die Dozenten der verschwundenen Studentinnen genauer unter die Lupe nehmen. Außerdem plante Jay, an einer Führung durch Wagner House teilzunehmen. Irgendetwas musste vergangene Nacht dort vorgefallen sein, lange nachdem die Türen des Museums offiziell geschlossen worden waren, etwas, das Kristi zu Tode erschreckt hatte.

Er bog um die Ecke, gerade als ein Beagle-Welpe auf die Straße stürmte. Jay trat auf die Bremse, und Bruno prallte gegen das Armaturenbrett. Auf der Gegenfahrbahn kam eine Limousine zum Stehen.

Ein großer, dünner Mann Mitte zwanzig jagte mit einer Leine in der Hand dem Ausreißer hinterher.

»Alles in Ordnung, Kumpel?«, wandte sich Jay an Bruno. Sein Herz raste.

Bruno kletterte wieder auf den Beifahrersitz und bellte dem davonrennenden Welpen hinterher, während Jay wieder anfuhr. Vor dem Cottage drückte Bruno seine Nase an die Scheibe und wedelte mit dem Schwanz.

»Denkst du, das ist unser neues Zuhause?«, fragte Jay und stellte den Wagen vor dem heruntergekommenen Bungalow mit der brüchigen Veranda und dem überwucherten Grundstück ab. »Auf keinen Fall!«

Aber was war dann sein Zuhause? Seine sterile Wohnung in New Orleans?

Auch nicht besser.

Um die Wahrheit zu sagen: Seit Katrina hatte sich Jay rastlos gefühlt, als würde er nirgendwo richtig hingehören. Sein renoviertes Apartment war ihm plötzlich klein und beengt vorgekommen, und wenn er bei Gayle geblieben war, hatte er stets das Gefühl gehabt, auch dort am falschen Ort zu sein. Ihr Haus war für ihn einfach zu ordentlich gewesen. Jay war das einzige Element in Gayles Leben, das weder zu ihrem Haus noch zu ihrem Leben passte.

In Kristis Dachwohnung hingegen konnte er sich ein Bier aufmachen, am Sonntagmorgen eine kalte Pizza essen oder seine Jeans zusammengeknüllt auf dem Fußboden liegen lassen.

Er kletterte aus dem Pick-up. Die Richtung, die seine Gedanken nahmen, gefiel ihm nicht. Bruno sprang heraus, bereit, sein Bein zu heben und jeden Strauch auf dem Weg zur Haustür zu markieren. Jay räumte die Ladefläche leer, wuchtete Zementsäcke und eimerweise Grundierung und

Farbe herunter. Er brachte alles hinein, fütterte den Hund und ging dann ins Bad.

Seine Gedanken kehrten zu Kristi und zu der vergangenen Nacht zurück. Als er ihr wieder in die Falle gegangen und in ihrem Bett gelandet war. Er hatte gehofft, auf wundersame Weise von ihr geheilt zu werden.

Natürlich hatte er sich geirrt.

Und zwar auf ganzer Linie.

Mit Kristi verband ihn mehr als nur sexuelle Befriedigung. Das war immer schon so gewesen, und wenn er ehrlich war, musste er zugeben, dass er jetzt nur noch mehr von ihr fasziniert war. Jay zog seine Sachen aus und trat in dem neongrünen Badezimmer unter die Dusche. Er wünschte sich, sie wäre bei ihm, wünschte sich, er könnte sie einseifen, fühlen, wie seine Hände über ihre Haut glitten, unter dem warmen Wasserstrahl ihre Brüste küssen und sie hochheben und ihre Beine um seine Hüften legen ...

Verdammt. Er wurde schon steif, wenn er nur daran dachte. Er wusch sich schnell, stellte das Wasser auf kalt und schlang die Arme um den Körper. Seine Erektion erschlaffte. Binnen Minuten trocknete er sich ab und zog eine saubere Jeans und ein Langarm-Shirt an. Es folgten Socken und Schuhe, dann schnappte er sich das Notebook und war schon wieder zur Tür hinaus. Er rief Bruno, der neben einer Lebenseiche lag und ein Eichhörnchen bewachte.

»Gib's auf«, riet Jay dem Hund, als das Eichhörnchen mit zuckendem Schwanz laut keckerte. »Lass uns gehen.«

An kühlen Tagen nahm er den Hund überallhin mit. Bruno saß geduldig im Auto, während Jay seine Besorgungen machte. Solange die Temperatur es erlaubte, war dies sicher angenehmer für ihn, als stundenlang in dem halb entkernten Haus zu hocken.

Er fuhr aus der Auffahrt auf die Straße. Sein nächster Halt war das Eisenwarengeschäft, dann Wagner House, das bis zum Nachmittag geöffnet hatte. Vielleicht könnte er zum Mittagessen im Diner vorbeischauen.

Kristi hatte nicht viel Zeit. Sie raste auf ihrem Fahrrad kreuz und quer über den Campus, flitzte zwischen Fußgängern, Joggern und Skateboard-Fahrern Richtung Wagner House. Im Tageslicht sah das Haus weniger unheimlich aus, das spitzgiebelige Dach, die facettierten Fensterscheiben, die Wasserspeier – alles entsprach dem architektonischen Stil einer vergangenen Epoche.

Bevor sie ihr Apartment verlassen hatte, hatte sie sich die Zeit genommen, am Computer eine Liste der All-Saints-Studentinnen aufzurufen, und war auf Marnie Gage gestoßen. Marnies Foto erschien vor ihr auf dem Bildschirm, zusammen mit einer Kurzbiografie. Sie hatte ihren Abschluss an der Grant Highschool in Portland, Oregon, gemacht und Englisch als Hauptfach belegt. Als Nebenfach hatte sie Schauspiel gewählt.

Wieder Englisch, hatte Kristi gedacht. Das Mädchen hatte vermutlich denselben Stundenplan wie Kristi oder die vermissten Studentinnen. Langsam glaubte Kristi, dass die gesamte Fakultät in diesen geheimen Vampirkult, oder worum auch immer es sich handeln mochte, verwickelt war.

»Das ist doch lächerlich«, sagte sie zu sich selbst.

Ihre Haut kribbelte, und wieder spürte sie, dass jemand sie beobachtete. Jemand Verborgenes. Jemand Böses.

Sie fröstelte. Ein kalter Windstoß fuhr ihr in den Nacken. Die Wolken über ihrem Kopf deuteten auf Regen hin. Sie lehnte das Fahrrad an den schmiedeeisernen Zaun und testete, ob das Tor offen war. Es war verschlossen. Natürlich. Gleichgültig, wie fest sie dagegendrückte, es bewegte sich nicht. Die Öffnungszeiten am Tor besagten, dass das Museum nicht vor zwei Uhr nachmittags öffnete und um halb sechs wieder schloss.

Gestern am späten Abend war es offen gewesen.

Und Kristi war drinnen gewesen. Zusammen mit Marnie Gage und mindestens einer weiteren Person. Waren sie die Treppen hinter der verschlossenen Tür zum Keller hinuntergegangen? Hatte sich die Sekte, von der Lucretia anfangs gesprochen hatte, dort getroffen?

Kristi blickte durch die geschwungenen Eisenstäbe, betrachtete das alte Gemäuer, doch sie konnte nur den oberen Teil der Kellerfenster erkennen, dunkel und undurchsichtig. Vielleicht wurde der Keller als Lagerraum genutzt, und es gab überhaupt keine geheimen Vampirtreffen.

Doch das blonde Mädchen, Marnie Gage, war im Haus verschwunden, und jemand war ihr durch die Räume im Erdgeschoss gefolgt. Konnte Marnie kehrtgemacht haben und hinter ihr hergegangen sein? Wenn ja, warum? Hatte dieser Ort irgendetwas mit dem Verschwinden der jungen Frauen zu tun, mit der verfluchten Sekte, deren Existenz Lucretia jetzt leugnete?

In diesem Augenblick wurde ihr eiskalt. Hatte sie nicht auch Ariel hier gesehen? Und dann Marnie? Bei beiden Frauen waren die Gesichter grau geworden, hatten die Farbe des Todes angenommen. Blieb noch Lucretia. Kristi konnte sich nicht vorstellen, welche Verbindung sie zu dem alten Haus hatte, aber sie hätte ihr Leben darauf verwettet, dass ihre ehemalige Zimmergenossin irgendwie in die Sache verwickelt war.

Und was hatte Dad dann damit zu tun?

Kristi krümmte ihre Finger um die Eisenstäbe. Soweit sie wusste, gab es keine Verbindung zwischen Rick Bentz und dem Wagner House oder dem All Saints College. Er hatte verschiedene Kriminalfälle gelöst, die mit dem Campus in Verbindung standen, und natürlich war sie als seine Tochter hier eingeschrieben, aber das war's auch schon. Dass auch er vor ihren Augen grau wurde, konnte nicht mit dem Fall zusammenhängen.

Vielleicht waren ihre Visionen also gar keine Todesahnung und hatten wirklich nur mit einer Fehlfunktion ihres Gehirns zu tun.

»Das Museum ist bis zum frühen Nachmittag geschlossen.«

Vor Schreck fuhr Kristi zusammen.

»Wagner House öffnet um zwei«, sagte Vater Mathias und blickte zum Himmel. Wind kam auf.

»Ich weiß, aber ich muss zur Arbeit, und ich ...« Ihre Gedanken rasten. »Nun, ich glaube, ich habe meine Sonnenbrille hier verloren. Eine mit Sehstärke.«

»Ich schaue mal bei den Fundsachen nach.« Er schloss das Tor auf. Dabei rutschte der Ärmel seines Priestergewandes zurück und gab den Blick auf seinen Arm frei, an dem sich ein Verband befand.

»Was ist passiert?«, fragte Kristi automatisch. Er zog den Schlüssel ab, und der Ärmel fiel wieder über seinen Arm.

»Ein Unfall. Bei der Gartenarbeit«, erläuterte er rasch. »Mit der elektrischen Heckenschere. Beim nächsten Mal werde ich auf den Gärtner warten. Kommen Sie doch um zwei zurück, wenn die Führerin hier ist. Wenn einer von uns Ihre Brille findet, können Sie sie dann abholen.«

»Ich brauche sie aber für die Arbeit. Ich komme mit Ihnen.«

»Also wirklich, mein Kind«, sagte er, »das kann ich nicht zulassen. Bis zwei dauert es nicht mehr lange. Ich bin selbst nur auf einen Sprung hier vorbeigekommen.« Er schlüpfte durch die Tür und ging die Stufen hinauf. Das Tor schwang zu. Spontan schob Kristi einen Fuß dazwischen und wartete, bis Vater Mathias im Haus verschwunden war.

Sobald sie die Tür des alten Gebäudes hinter ihm ins Schloss fallen hörte, schlich sie auf das umzäunte Gelände und ging schnell zum Haus. Sie spähte durch die Kellerfenster, ohne zu wissen, was sie eigentlich suchte. In der Dunkelheit dahinter war nichts zu erkennen, und sie kam sich vor wie ein Dummkopf.

Sie wollte gerade die Stufen zur hinteren Veranda hinaufgehen und ausprobieren, ob die Tür verschlossen war, als sie aus dem Innern des Hauses eine Stimme vernahm. Eine weibliche Stimme. »Ich habe Ihnen doch gesagt, Sie sollen sich darum kümmern! Das ist nicht mein Problem!«, sagte sie.

Die andere Stimme war gedämpft, weiter entfernt. Männlich.

Vater Mathias' Stimme?

Oder die Stimme von jemand anderem?

Die ersten Regentropfen fielen. Kristi spitzte die Ohren, aber sie konnte nicht hören, was der Mann erwiderte, vernahm nur die scharfe, knappe Antwort der Frau. »Die ganze Sache ist nach hinten losgegangen. Aber Sie sollten in der Lage sein, damit umzugehen. Je früher, desto besser. Bevor sich die Polizei einschaltet. Wissen Sie, was dann passiert? *Wissen* Sie das?«

Wieder die Männerstimme.

Widersprechend?

Erklärend?

Entschuldigend?

Kristis Herz klopfte, ihre Nerven waren angespannt. Sie war kurz davor, das Risiko einzugehen und die Stufen hinaufzusteigen, als sie es wieder spürte: das unheimliche Gefühl, beobachtet zu werden. Langsam ließ sie den Blick an dem Gebäude hinaufgleiten, von der Küche zum ersten Stock und zu dem Fenster ganz oben, das im Schatten des Dachsimses lag. Das Blut gefror ihr in den Adern, als sie ein Gesicht entdeckte ... ein Mädchengesicht ... weiß wie der Tod, die Züge angstverzerrt.

Ariel O'Toole?

Oder jemand anderes? Das Bild war zu verschwommen.

Kristi blinzelte, und das Gesicht war verschwunden. Das Fenster war leer.

20.

»Sonntagmorgen, noch nicht mal Mittag – woher wusste ich bloß, dass Sie hier sind?«, fragte Del Vernon. Er hielt einen braunen Briefumschlag in der Hand und lehnte an Portia Laurents Schreibtisch.

»Wollen Sie damit andeuten, ich hätte kein Privatleben?«

Er zuckte mit den Schultern. »Nö. Nur dass Sie ein Workaholic sind.«

»Man muss selbst einer sein, um das zu erkennen.« Portia schob ihren Stuhl zurück und blickte zu ihm hoch. Er sah wirklich gut aus. Augen, dunkel wie die Nacht, eine lange, gerade Nase, ein rasierter, makelloser Kopf und ein Mund voller gerader weißer Zähne.

»Vermutlich.«

»Also, was bringen Sie mir da? Es *ist* schließlich Sonntagmorgen.«

»Dachte, Sie wollten das vielleicht sehen.« Del reichte ihr den Briefumschlag. »Sie wollten doch Ihre Leiche haben.«

»Meine Leiche?«

»Nun ja, zumindest einen Teil davon.«

Portia öffnete den Umschlag und zog ein Foto heraus.

»Lieber Gott«, sagte sie und starrte auf die Aufnahme, auf der ein leicht zersetzter Arm abgebildet war. Ein weiblicher Arm. Linke Hand. Lackierte Fingernägel.

»Wo haben Sie den gefunden?«

»Im Magen eines illegal erlegten Alligators. Wir haben

Glück, dass der Jäger, ein grobschlächtiger Kerl namens Boomer Moss, genug Hirn hatte, uns die Sache zu melden. Wir suchen den Teil des Sumpfes ab, in dem der Alligator geschnappt wurde, aber erwarten Sie nicht zu viel. Das Vieh könnte von hier nach da gezogen sein, die Leiche abgetrieben … Es sieht so aus, als wäre der Arm noch keine Woche im Wasser gewesen, aber der Gerichtsmediziner untersucht das noch genauer.«

Portia kam in Fahrt. Sie war ins Police Department gekommen, um in Ruhe Papierkram aufzuarbeiten, was sie nun sofort hintanstellte. »Denken Sie, es ist eine der jungen Frauen vom All Saints College? Dass unser Täter sie schnappt, eine Zeitlang noch leben lässt und sie schließlich umbringt und die Leichen entsorgt?«, sagte sie. Sie fühlte sich bestätigt, aufgeregt, und gleichzeitig war ihr schlecht. Auch sie hatte gehofft, dass die Mädchen einfach abgehauen waren, aber als sie auf das Foto mit dem Armstumpf blickte, wusste sie es besser. Sie konnte nur beten, dass in dem Szenario, das sie sich gerade ausmalte, ein paar Mädchen am Leben geblieben waren.

Vielleicht gefoltert.

Mit Sicherheit traumatisiert.

Aber am Leben.

Del runzelte die Stirn, sein Kiefer war angespannt. »Bislang gibt es noch nicht viele Antworten. Immerhin ist es ja auch möglich, dass der Arm keiner der All-Saints-Studentinnen gehört.«

Portia schnaubte. Ihr Bauch sagte ihr, dass dieser Arm Tara, Monique oder Rylee gehörte. Die einzige junge Frau, zu der er nicht passte, war Dionne, weil sie eine Schwarze war. Der Arm auf dem Foto gehörte einem weißen Mädchen. Einem Mädchen, das pflaumenfarbenen Nagellack mochte.

»Wenn er sie tötet, warum weist der Arm dann nicht mehr Anzeichen von Verwesung auf?«

»Keine Ahnung, aber es sieht nicht nach absichtlicher Verstümmelung aus. Der Arm ist abgerissen und zerbissen wie von einem Alligator.«

Portias Eingeweide zogen sich zusammen. Nichts von dem, was sie sich vor ihrem inneren Auge vorstellte, sah gut aus.

»Der Gerichtsmediziner nimmt an, dass das auf das Konto des Alligators geht, doch in seinem Verdauungssystem waren keine weiteren Leichenteile zu finden. Wir haben das überprüft.«

»Was führt Sie dann zu der Annahme, dass dieser Arm einer der All-Saints-Studentinnen gehört?«

»Laut der Abteilung für vermisste Personen ist hier in letzter Zeit kein anderes weißes Mädchen als vermisst gemeldet worden – nur ein paar in New Orleans. Ich habe bereits die Krankenhäuser vor Ort überprüft, aber da hat sich niemand mit einem fehlenden Arm blicken lassen, egal, ob nach einem Unfall mit einem hungrigen Alligator oder sonst was. Aber eins ist merkwürdig: das Erste, was dem Gerichtsmediziner auffiel, war, dass kein Blut in dem Arm war.«

»Vielleicht ist es ausgelaufen, als der Arm abgetrennt wurde.«

»Hm. Der Gerichtsmediziner sagt, der Arm sei post mortem abgetrennt worden.«

»Könnte es in den Magen des Alligators geflossen und mit der Zeit vom Wasser oder der Magensäure verdünnt und abgebaut worden sein?«

»Der Gerichtsmediziner hat das gründlich überprüft«, sagte Del, aber er klang, als hätte er Zweifel.

»Wie sieht es mit besonderen Kennzeichen aus?«, fragte Portia. »Monique hatte einen gebrochenen Finger, der linke Zeigefinger, eine alte Verletzung vom Softball. Wenn die Finger intakt sind, sollte sich das nachweisen lassen. Tara hatte meines Wissens ein Tattoo auf dem Arm.« Portia rollte ihren Stuhl näher an den Computerbildschirm. Ihre Finger flitzten über die Tastatur. Die Dateien über die vermissten Mädchen erschienen. Eine Sekunde später las sie ihm die Informationen vor, die sie über Tara Atwater zusammengetragen hatte. »Ja, hier ist es: ein gebrochenes Herz, aber Mist, das Tattoo ist auf ihrem rechten Arm.«

»Was ist mit den anderen?«

»Ich sehe mal nach.« Portia ging die Aufzeichnungen durch.

»Da muss doch irgendetwas sein«, sagte sie und suchte ungeduldig nach einem Hinweis auf die Identität des Mädchens. »Sie haben sicher Fingerabdrücke genommen?« Portia deutete mit dem Kinn auf das Foto mit dem abgetrennten Arm.

»Wir haben's versucht. Aber selbst wenn wir einen annehmbaren Abdruck bekommen, ist es durchaus möglich, dass wir keine Abdrücke von den Mädchen zum Vergleich haben.«

»Ein paar sind in den Akten festgehalten, wegen Drogengeschichten ... Ja, hier haben wir's schon ... Dionne und

Monique sind als Jugendliche mal festgenommen und vor Gericht gestellt worden. Dionne hat eine Tätowierung mit einem Kolibri und Blumen auf dem Rücken. Mit Sicherheit weist eines der Mädchen ein besonderes Kennzeichen an der linken Hand auf …«

»Ich dachte, ich hätte Sie gebeten, den Fall auf sich beruhen zu lassen«, sagte Del Vernon, als sie eine ihrer Dateien schloss.

»Es ist doch gut für uns beide, dass ich mich darüber hinweggesetzt habe.«

Er grinste tatsächlich! Dieser ewig grimmig dreinschauende, auf Contenance bedachte Mensch warf ihr ein rasches, aber deshalb nicht weniger sexy Grinsen zu. »Es ist nie gut, sich über mich hinwegzusetzen. Aber dieses Mal hatten Sie recht: Ich habe danebengelegen. Kreuzen Sie sich dieses Datum rot im Kalender an, denn ich bezweifle ernsthaft, dass das noch einmal vorkommen wird.«

Haha, dachte Portia und beobachtete, wie er davonstolzierte.

Hatte sie wirklich Ariels angstverzerrtes Gesicht gesehen? Was machte sie im Wagner House?

Kristi schob ihre Bedenken beiseite, eilte die Stufen an der Rückseite vom Wagner House hinauf und versuchte die Tür zu öffnen. Sie ging problemlos auf. Verwundert betrat sie die dunkle Küche. Ihr Herz pochte. Sie blickte auf die Kellertür und wusste, dass das ihre Chance war. Niemand war dort.

Noch nicht.

Auf Zehenspitzen schlich sie zur Kellertür und griff nach dem Knauf.

Zu spät. Die Tür schwang vor ihr auf. Sie zog die Hand zurück. Vater Mathias trat in die Küche.

»Oh!«, flüsterte er überrascht. Dann starrte er Kristi an und sagte unwirsch: »Sie schon wieder. Habe ich Ihnen nicht gesagt, dass das Museum geschlossen ist?«

»Schon, aber meine Sonnenbrille –«

»Ich habe bereits bei den Fundsachen nachgesehen. Sie ist nicht dabei.« Offensichtlich verärgert schloss er die Tür hinter sich. »Jetzt müssen Sie aber wirklich gehen.«

»Vater?« Eine Frauenstimme. Dieselbe Stimme, die sie durchs Fenster gehört hatte. Eine große, majestätische Frau in einem schwarzen Pelzmantel kam in die Küche geschlendert. Tief liegende Augen strahlten über einer gebogenen Nase. »Wer sind Sie?«, fragte sie, und noch bevor Kristi antworten konnte, fügte sie hinzu: »Was machen Sie hier überhaupt?«

»Sie behauptet, bei der letzten Führung ihre Brille verloren zu haben.«

Ungläubig zog die Frau eine Augenbraue in die Höhe. »Wann?«

Kristi hatte die Lüge bereits auf der Zunge. »Am letzten Wochenende. Ich war mit meinen Freundinnen hier.«

»Tatsächlich?« Das gezierte Lächeln der Frau drückte Skepsis aus. »Nun, das Personal wird danach schauen. Kommen Sie zurück, wenn die Führerin anwesend ist.«

»Ich brauche die Brille wirklich für die Arbeit«, sagte Kristi fest. »Und zwar gleich.«

»Ja, ja, das erwähnten Sie bereits, und ich sagte Ihnen, das Haus ist geschlossen«, beharrte Vater Mathias.

»Dann sind Sie also nicht die Führerin?«, fragte Kristi dreist.

Sie mochte diese Frau nicht, aber sie wollte gern mehr über sie herausfinden.

»Natürlich nicht«, sagte die Frau. »Das ist Marilyn Katcher!«

Kristi bohrte weiter. »Warum sind Sie dann hier? Für einen Ort, der für Besucher geschlossen ist, laufen hier ziemlich viele Leute herum.«

»Mein Name ist Georgia Clovis«, entgegnete sie giftig. »Georgia *Wagner* Clovis«, fügte sie hinzu, als erwartete sie, dass Kristi das etwas sagte.

Unterwürfig fügte Vater Mathias hinzu: »Mrs Clovis ist eine Nachfahrin von Ludwig Wagner und –«

»Eine *direkte* Nachfahrin«, korrigierte sie frostig. Die Winkel ihrer roten Lippen zogen sich nach unten.

»Eine direkte Nachfahrin des Mannes, der so großzügig war, Haus und Besitz der Erzdiözese zu übereignen, um den Bau der Universität zu ermöglichen.«

Kristi warf Georgia einen gleichgültigen Blick zu.

»Zusammen mit ihrem Bruder und ihrer Schwester sitzt Mrs Clovis im Vorstand von Wagner House und ist für All Saints von großer Bedeutung. Wenn Sie dann bitte wiederkommen, wenn Mrs Katcher hier ist ...«

»Da oben ist jemand«, sagte Kristi, nur um die Reaktion der anderen zu testen. Sie war schon so weit gegangen, da konnte sie genauso gut alles auf eine Karte setzen. Sie glaubte nicht, dass sie eine weitere Chance bekommen würde, und die beiden vor ihr wirkten nicht gerade bedrohlich. Vater Mathias machte oft einen grüblerischen Eindruck, schien jedoch ein schwacher Mann zu sein. Georgia Clovis, groß, schlank, das dunkle Haar zu einem Knoten geschlungen, gab ihr Bestes, um autoritär zu wirken, aber Kristi hatte nicht vor, sich einschüchtern zu lassen.

»Es ist niemand sonst im Haus«, sagte Georgia mit zusammengebissenen Zähnen. »Und im Übrigen würde Sie das gar nichts angehen.«

»Ich habe jemanden am Fenster gesehen. Deshalb bin ich ja reingekommen. Ein Mädchen, äh, eine Frau, und sie sah zu Tode erschrocken aus.«

»Unmöglich.« Gloria schüttelte den Kopf, aber ihre perfekte Fassade bekam Risse. »Das haben Sie sich eingebildet.«

»Bestimmt nicht.«

»Eine Lichttäuschung«, warf Vater Mathias ein und sah rasch zu Georgia.

»Es gibt nur eine Möglichkeit, das herauszufinden.« Ohne auf Zustimmung zu warten, lief Kristi durchs Esszimmer und die Treppe hinauf.

»Warten Sie! Sie können dort nicht hinauf!«, rief Georgia hinter ihr her. Ihre hohen Absätze klackerten über den Hartholzfußboden. »Warten Sie!« An den Priester gewandt, fügte sie mit schriller Stimme hinzu: »Was bildet sie sich nur ein?«

Kristi verschwendete keine Zeit. Sie rannte die Stufen zum zweiten Stock hinauf und gelangte zu der Tür des Zimmers, das zum Garten ging. Dort hatte sie Ariel oder eine andere Frau hinter der trüben Glasscheibe stehen sehen.

Mit schweren Schritten kam Vater Mathias die Treppen hoch. »Miss ... bitte ... Sie sind nicht befugt ...«

Kristi drehte den Knauf, und die Tür öffnete sich – zu einem leeren Zimmer. Dem mit dem viktorianischen Puppenhaus. Niemand war darin, doch das Puppenhaus stand jetzt offen, die detailgetreu eingerichteten Räume zur Schau stellend.

»Hallo?«, rief Kristi. Ihre Stimme wirbelte Staubpartikelchen auf, sonst geschah nichts. Sie sah im Schrank nach, nur um sicherzugehen.

Leer.

Doch in der Nähe des Fensters zum Garten hing ein schwarzer Mantel mit einer weißen Tasche ... wie gestern Abend, als sie das Haus durchsucht hatte.

Hatte sie sich geirrt?

Sich eingebildet, ein Gesicht zu sehen, obwohl es sich nur um diesen Mantel mit der Tasche handelte?

»Zufrieden?«, fragte Georgia, die in Begleitung von Vater Mathias hereingestöckelt kam. Ihre weiße Haut war von dem raschen Treppensteigen gerötet. »Versteckt sich niemand in der Ecke? Keine ›zu Tode erschrockene Frau‹?« Sie schüttelte den Kopf. »Ich kenne die Geschichten, die sich um das Haus ranken, und ja, in den frühen Dreißigerjahren wurde hier jemand umgebracht. Der Mörder ist nie gefasst worden. Ich weiß auch von der Gruppe ›Gothic Kids‹, die sich hier herumtreibt, fasziniert von der Architektur und der Geschichte des Hauses. Aber es ist wirklich nicht mehr als ein Museum voller äußerst persönlicher, wertvoller Artefakte. Das ist auch der Grund dafür, warum wir nicht gestatten können, dass irgendjemand, auch *Sie* nicht, hier kopflos durch die Gegend läuft. Wenn Sie tatsächlich Ihre Brille in diesem Haus verloren haben, was vermutlich reine Erfindung ist, kommen Sie bitte zurück, wenn Mrs Katcher anwesend ist. Sie wird Ihnen behilflich sein.«

»Gestern am späten Abend ist eine junge Frau hier ins Haus gegangen«, beharrte Kristi. »Ich habe sie beobachtet. Bin ihr gefolgt. Sie ist hineingegangen ... und verschwunden. Vielleicht ... im Keller?«

»*Noch* eine junge Frau? Oder etwa die zu Tode Erschrockene?«

»Eine andere.«

Georgia schnaubte verächtlich. »Im Keller? Wieso?«

»Ich dachte, das könnten Sie mir sagen.«

»Der Keller wird ausschließlich als Lagerraum genutzt.«

Vater Mathias war im Türrahmen stehen geblieben, als hätte er Angst einzutreten. »Ich war soeben im Keller«, sagte er zu Georgia. »Ich habe dort Hinweise auf Ratten gefunden. Wir sollten einen Kammerjäger rufen, aber sonst ist dort unten nichts zu sehen, außer alten Möbeln, Kisten und Schachteln.« Er griff in eine tiefe Tasche in seinem Gewand, zog ein Taschentuch heraus und tupfte sich die Stirn.

»Rufen Sie jemanden, der sich darum kümmert«, sagte Georgia desinteressiert. »Und was Sie betrifft ...« Sie starrte Kristi an. »Wer sind Sie eigentlich?«

Kristi erwog zu lügen, aber das würde zu leicht auffliegen. »Kristi Bentz. Ich studiere hier.«

»Nun, Kristi, wenn Sie wirklich vergangene Nacht ins Haus eingedrungen sind, haben Sie das Gesetz übertreten.« Georgia schürzte die Lippen. »Sollten wir feststellen, dass irgendetwas fehlt, werden wir die Polizei informieren, und ich verspreche Ihnen, dass dann auch Ihr Name fällt.«

»Haben Sie denn keine Überwachungskameras?«, fragte Kristi. »Bei den ganzen wertvollen Sachen sollte es doch irgendein Sicherheitssystem geben. Schauen Sie sich die Bänder mal an.«

»Bislang war das nicht nötig«, sagte Vater Mathias kühl.

Georgia rümpfte die Nase. »Offensichtlich sollten wir das auf der nächsten Vorstandssitzung zur Sprache bringen. Und jetzt, Miss Bentz, gehen Sie bitte.«

»Ich begleite Sie hinaus«, bot der Priester an. »Ich bin ohnehin spät dran. Ich muss mich dringend auf die Messe vorbereiten.«

Es gab keinen Grund zu widersprechen, und Kristi wandte sich zur Tür.

Georgia Clovis folgte ihnen nach draußen. Als sie zu einem schnittigen schwarzen Mercedes ging, wogte ihr schwarzer Pelzmantel.

Kristi hatte überlegt, Marnie Gages Namen zu erwähnen, doch dann hatte sie sich dagegen entschieden. Vielleicht konnte sie mit Marnie reden. Nicht sie ausquetschen, sondern sich bei ihr einschmeicheln. Schließlich hatte ihr Plan, in den inneren Kreis der »Vampirsekte« vorzudringen, bislang nicht funktioniert. Nicht nur Ariel, sondern nun auch Lucretia mieden sie wie die Pest.

Die Kirchturmglocken läuteten und unterbrachen ihre Gedanken. Der Priester eilte die Stufen hinunter, um das Tor für sie aufzuhalten. »Seien Sie vorsichtig«, flüsterte er leise. »Gott sei mit Ihnen.«

Sie drehte sich um, aber er lief bereits in Richtung Kirche, und ihr blieb keine Zeit, ihm nachzurennen. Sie setzte den Helm auf, schwang sich aufs Rad und trat fest in die Pedale. Der kalte Regen wurde heftiger, trommelte aufs Pflaster und lief ihr in den Kragen. Auf dem Weg zum

Diner hallte Vater Mathias' Warnung in ihrem Kopf wider.

Was hatte der Geistliche ihr sagen wollen? Offensichtlich versuchte er, sie zurückzuhalten. Aber es steckte noch mehr dahinter, das wusste sie, Geheimnisse, die er nicht preisgeben würde.

Ihr Herz raste wie verrückt, als sie sich vom Fahrrad schwang und es an einem Pfosten absperrte. Sie nahm den Helm ab und wischte sich den Regen vom Gesicht. Dann lief sie hinein – und mitten ins Chaos. Das Bard's Board war überfüllt. Leute warteten auf einen freien Tisch, die Köche schufteten wie verrückt, die Bedienungen nahmen Bestellungen auf oder eilten mit Tellern zwischen den Tischen hindurch, die Hilfskellner räumten die frei gewordenen Tische ab.

Ein Herd hatte am vergangenen Abend den Geist aufgegeben, und einer der Bratenköche, der sich für einen geborenen Handwerker hielt, versuchte ihn zu reparieren. Mit dem Kopf im Ofen kniete er davor und versperrte mit seinen riesigen Füßen den schmalen Durchgang, so dass jeder über ihn hinwegklettern musste.

Kristi band sich die Schürze um, wusch sich die Hände und schnappte sich ihren Block. Sie hatte jetzt keine Zeit mehr, darüber nachzudenken, was im Wagner House vor sich ging.

»Zum Glück bist du hier!« Ezma fegte mit einem Tablett voller Wassergläser vorbei. »Die Neuen kommen einfach nicht hinterher.«

»Ich dachte, ich bin eine der Neuen.«

»Ich rede von Frick und Frack«, sagte Ezma atemlos. »Sie

sind völlig nutzlos.« Sie warf den beiden Bedienungen einen Blick zu. Einer der beiden, Frick, war ein großer dürrer Junge, der nicht älter aussah als sechzehn und in Wirklichkeit Finn hieß. Frack war ein Mädchen um die zwanzig mit rosigen Wangen, kleinen braunen Löckchen und mit Kurven, die sie gern zur Schau stellte. Ihr richtiger Name war Francesca, aber er passte nicht zu ihr. Sogar während der hektischen Stoßzeit nahm sich Frick-Finn die Zeit, mit ihr zu flirten, und Frack-Francesca machte begeistert mit, ohne auf ihre Tische zu achten.

Kristi las die Speisekarte mit den Tagesspezialitäten. »Ist das alles?«, fragte sie und stellte fest, dass ein paar der beliebteren Gerichte wie Crêpes mit Shrimps, Krabbenpuffer und Langusten-Étouffée von der Tafel gewischt waren. Die Kreidestriche ihrer shakespearischen Namen waren noch sichtbar.

»Wegen des kaputten Ofens müssen wir uns auf die Sachen beschränken, die einfacher zubereitet werden oder gedünstet werden können. Biete die Jambalaya und die Seewolfpuffer an.«

»Okay.«

»Kann ich einen sauberen Tisch bekommen?«, fragte die Empfangsdame, die für die Plazierung der Gäste zuständig war, gehetzt. Sie stand ein paar Schritte von ihrem Empfangspult an der Eingangstür entfernt, vor der sich die wartende Kundschaft drängte. »Was ist mit der Dreizehn? Oder der Elf? Manche Gäste warten schon seit einer halben Stunde!«

»Bin schon dabei.« Miguel, einer der Hilfskellner, sammelte die schmutzigen Teller, Gläser und das Besteck ein, noch bevor Kristi ihre Schürze zugebunden hatte.

Francesca entdeckte Kristi und setzte sofort eine vorwurfsvolle Miene auf. »Es wird wirklich Zeit, dass du auftauchst«, meckerte sie. »Dieser Morgen war ein Albtraum, das sage ich dir«, sagte sie. Mit geröteten Wangen knotete sie ihre Schürze auf. Der Ausschnitt ihrer Bluse gab den Blick auf ihren Spitzen-BH und den Spalt zwischen ihren Brüsten frei. »Leute mit Kindern – und wenn ich Kinder sage, meine ich *Babys* –, und das Trinkgeld war miserabel. Grauenhaft. Ich hätte zu Hause bleiben und mich krankmelden sollen.« Sie stopfte die schmutzige Schürze in den Wäschebehälter und griff nach ihrer Jacke.

Blablabla, dachte Kristi und fragte sich, ob das lausige Trinkgeld womöglich etwas mit Francescas offensichtlichem Desinteresse an ihrem Job zu tun hatte.

Unglücklicherweise traf Francescas Einschätzung der Lage ins Schwarze. Und was noch schlimmer war: In ihrem Bereich entdeckte Kristi bekannte Gesichter: Dr. Croft, die Leiterin des English Department, hatte soeben zusammen mit Dr. Emmerson, ihrem Shakespeare-Professor mit dem Biker-Gehabe, Platz genommen. Obwohl er sich heute rasiert und sein übliches T-Shirt gegen einen grauen Pullover getauscht hatte, war seine Frisur nach wie vor unordentlich. Die dritte Person am Tisch war Dr. Hollister, Jays Boss, Chefin des frischgebackenen Criminal Justice Department.

Ein *Toxic Trio*, dachte Kristi, als sie die drei begrüßte, die Speisekarten verteilte und lächelnd die verbliebenen Tagesspezialitäten aufzählte. »... und wenn Sie sich für Jambalaya interessieren, die soll heute besonders gut sein.«

»Ist sie scharf?«, fragte Dr. Emmerson mit hochgezogenen Augenbrauen und in beinahe flirtendem Ton. »Feurig?«

»Nicht mehr als sonst, aber ja, ich denke schon.«

»Genau wie ich sie mag.«

»Ist ja gut«, sagte Natalie Croft. Ihre Lippen zuckten leicht.

Donnerwetter!, dachte Kristi. Scheinbar gab es einige Zusammenhänge, die sie noch nicht durchschaut hatte.

»Darf ich Ihnen etwas zu trinken bringen?«

»Mmm. Ich hätte gern einen Eistee«, sagte Dr. Croft. Sie war eine große Frau mit einer Porzellanhaut, dunklem Haar und einem leichten Anflug von Krähenfüßen in den Augenwinkeln. Sie hatte eine Patriziernase und benahm sich ein wenig reserviert.

»Für mich Kaffee«, sagte Dr. Hollister und setzte eine randlose Lesebrille auf, bevor sie in die Karte blickte. Sie schob sich eine widerspenstige Strähne ihrer schwarzen Haare hinters Ohr.

»Für mich auch Kaffee. Schwarz.« Dr. Emmerson blickte zu Kristi auf und schien sie wiederzuerkennen. »Sie sind eine meiner Studentinnen, nicht wahr?«

Kristi nickte. Das war das Blöde an diesem Job, dass das Diner so nahe am Campus lag.

Er schnippte mit den Fingern. »Shakespeare, stimmt's?«

»Stimmt.«

Kristi wollte sich hier im Restaurant, mitten in der Stoßzeit, nicht in ein Gespräch verwickeln lassen, aber ihre Sorge war unbegründet. Dr. Hollister kam ihr unerwartet zu Hilfe. »Ich hätte gern Sahne zu meinem Kaffee. Oder nein, fettarme Milch, ist das möglich?« Sie blickte Kristi über ihre randlose Brille hinweg fragend an.

»Kein Problem. Ich bin gleich damit zurück.«

»Miss!«, rief eine gereizte Männerstimme von einem Tisch im angrenzenden Service-Bereich. »Wir warten hier schon seit zehn Minuten und würden gern bestellen. Können Sie uns helfen?«

Kristi nickte. »Ich schicke Ihnen eine Bedienung.«

»Können Sie nicht einfach selbst die Bestellung aufnehmen?«, fragte er mit einem Blick auf die Uhr. Er saß neben einer mürrisch dreinblickenden, unförmigen Frau und zwei Kindern zwischen neun und zwölf, die gerade anfingen miteinander zu kabbeln.

»Hört auf!«, sagte die Frau in scharfem Ton.

Der ältere Junge ignorierte sie und streckte seiner Schwester die Zunge raus. Sie schrie auf, als hätte er sie geschlagen.

»Bring die beiden um Himmels willen unter Kontrolle, Marge!«, sagte der Mann, während Kristi bereits ihren Notizblock zückte.

»Ich kann gern Ihre Bestellung aufnehmen«, sagte Kristi, um dem Höllenspektakel vorzubeugen, das in dieser kleinen Familie auszubrechen drohte.

»Erdbeerwaffeln!«, schrie das Mädchen. »Mit Schlagsahne.«

»Es heißt anders«, korrigierte die Mutter. »Es heißt –«

»Ist schon okay, ich hab's notiert.« Kristi brachte ein Lächeln zustande und nahm rasch den Rest auf. In der Küche nuckelte Finn an einer Cola und sah aus, als wäre er soeben einen Marathon gelaufen. »Keine Zeit für eine Pause«, sagte sie zu ihm und riss die Seite mit der Bestellung für seinen Tisch von ihrem Block. »Tisch sieben. Und trödel nicht, die Herrschaften werden langsam ungeduldig.«

Sie drückte ihm den Zettel in die Hand, versuchte seine Unschuldsmiene zu ignorieren und schnappte sich das Tablett mit den Getränken für ihren Tisch. Sie dachte sogar an das Kännchen mit der fettarmen Milch. Nachdem sie die Getränke an Dr. Crofts Tisch gebracht hatte, nahm sie die Bestellung für die Speisen entgegen, dann machte sie bei verschiedenen anderen Gästen halt, auch bei der Geburtstagsrunde einer älteren Dame mit Gehhilfe, die Probleme hatte, den Shakespeare-Jargon zu verstehen, den ihr gleichaltriger, aber agilerer Mann sehr amüsant fand.

Irgendwie hatte der verkappte Elektriker den Ofen wieder in Gang gebracht, so dass die Bestellungen jetzt schneller an die Tische gebracht werden konnten. Sogar Frick-Finn riss sich nach einem Anpfiff zusammen.

Die ganze Zeit über hatte Kristi das Gefühl, von ihren Professoren beobachtet zu werden. Sie kam ein paarmal an ihrem Tisch vorbei und schnappte Gesprächsfetzen auf.

»... müssen ein paar Veränderungen vorgenommen werden ...«, sagte Natalie Croft, biss in ihr Beignet und wischte sich Honig aus dem Mundwinkel.

Ein paar Minuten später sprach sie noch immer. »... nun, aber das war Vater Tonys Idee. Ein Versuch, das College interessanter zu machen, und Grotto ist ein Naturtalent. Ich weiß nicht, warum Anthony so darauf beharrt, dass wir die Seminare fortsetzen, aber schließlich sind sie sehr beliebt ...« Sie senkte die Stimme, als sich Kristi näherte, um die Kaffeetassen nachzufüllen.

Wann immer Kristi Tabletts mit Speisen, nachgefüllten Gläsern oder Rechnungen herausbrachte, bemerkte sie, dass die drei Professoren ins Gespräch vertieft waren, ernst und ohne zu lächeln. Sie lehnten ein Dessert ab, gaben ihr ein anständiges Trinkgeld und gingen erst, als sich die Menge langsam zu lichten begann.

Sie wollte gerade ihren Bereich schließen, als Jay ins Restaurant spazierte. Er sprach mit der Empfangsdame und landete an einem der kleinen Tische für zwei Personen in ihrem Bereich.

Kristi stemmte eine Faust in die Hüfte. »Du machst Witze, oder?«

»Bei dir hab ich ja nicht gerade viel zu essen bekommen«, sagte er augenzwinkernd.

»Ich auch nicht.« Sie war so beschäftigt gewesen, dass sie gar nicht bemerkt hatte, wie hungrig sie war. Aber jetzt, da sich die Situation beruhigte, knurrte ihr Magen.

»Was schlägst du vor?«

»Dass du draußen auf mich wartest und mich irgendwo anders zum Essen ausführst.«

»Lass uns lieber was zum Mitnehmen bestellen und zu dir fahren. Ich muss dir was zeigen.«

»Gib mir fünfzehn Minuten«, sagte sie. Er schob seinen Stuhl zurück, fing sich einen bösen Blick der Empfangsdame ein, die ihn gerade erst genau seinem Wunsch entsprechend plaziert hatte.

Kristi war innerhalb kürzester Zeit fertig. Sie winkte Ezma zum Abschied, die eine Doppelschicht machte. Ein paar Minuten später lenkte sie ihr Fahrrad zu Jacks Pick-up, hievte es auf die Ladefläche, kletterte auf den Beifahrersitz und schob Bruno zur Seite. Die Fahrerkabine war bereits von dem würzigen Duft nach Tomaten, Knoblauch und

Meeresfrüchten erfüllt. »Sag nicht, die Empfangsdame hat Jambalaya empfohlen.«

»Klang gut.« Jay setzte aus der Parklücke zurück. Bruno legte sich auf ihren Schoß, und sie fuhren zum Apartment.

Wie ein Ehepaar, dachte Kristi träge. *Der Ehemann holt seine Frau von der Arbeit ab.*

»Ich bin heute zu spät zu meiner Schicht gekommen«, sagte sie. Im Radio lief ein Countrysong. »Ich habe noch kurz am Wagner House vorbeigeschaut.« Sie erstattete Jay einen kurzen Bericht über das, was vorgefallen war, und er hörte schweigend zu. Als sie geendet und Vater Mathias' Warnung zur Sprache gebracht hatte, wurde sein Gesicht ernst. »Vielleicht ist es an der Zeit, zur Polizei zu gehen.«

»Womit? Mit dieser Aufforderung an mich, nicht zu weit zu gehen? Ich halte weder Georgia Clovis – oh, pardon, Georgia *Wagner* Clovis – noch Vater Mathias für eine ernstzunehmende Bedrohung.«

»Ich bin Georgia mal begegnet«, sagte er. »Ich würde sie nicht unterschätzen.«

»Du bist ihr begegnet?«

»Bei einem Empfang der Fakultätsdirektion. Sie war dort zusammen mit ihrem Bruder und ihrer Schwester.« Jay blickte Kristi an. »Soweit ich das beurteilen kann, herrscht unter den Wagner-Erben nicht gerade Friede und Freude. Sie sind sich den ganzen Abend aus dem Weg gegangen. Georgia scheint der Alphahund der Truppe zu sein.«

»Ist das deine Art und Weise, sie als Miststück zu bezeichnen?«

Sein Mundwinkel zuckte. »Ihr Bruder Calvin schien sich höllisch unwohl zu fühlen, als würde er gezwungenermaßen an dem Treffen teilnehmen, und die jüngere Schwester, Napoli, blieb ganz für sich. Aber ich hatte das deutliche Gefühl, dass ihr das nicht viel ausmachte. Ein merkwürdiges Grüppchen. Alle machten ein Riesengetue darum, ›Wagners‹ zu sein, als hätte der Name denselben Einfluss wie Rockefeller oder Kennedy.«

»Du magst sie, stimmt's?«, neckte Kristi ihn.

»Sie waren ein verrückter Haufen.«

Sie grinste und kraulte Bruno hinter den Ohren. »Wie sehen deine Pläne für den Rest des Tages aus?«

»Ich muss noch arbeiten. Klausuren benoten.«

Sie stöhnte, weil sie wusste, dass ihre darunter war. »Gib mir eine Eins plus, okay? Ich könnte eine gebrauchen.«

»Ich habe dir doch schon gesagt, dass ich bei dir besonders streng sein werde.«

»Hmmm. Was kann ich nur tun, um dich umzustimmen?«

Seine Lippen verzogen sich, und er tat so, als würde er angestrengt nachdenken. »Sex mit mir haben.«

»Sex für eine Eins plus?«

»Nein. Nur Sex.«

Kristi gab einen erstickten Laut von sich. »So einfach bin ich nicht zu haben, Professor McKnight. Sie könnten Mai Kwan anrufen. Sie war ganz hin und weg von Ihnen. Ich glaube, sie steht auf Sie.«

»Stehen?«, wiederholte er gedankenverloren. »Wie steht es denn mit Ihnen ... Studentin Bentz?«

»Ach, eher nicht ...«

»Sie sind eine schlechte Lügnerin. Sie stehen doch am meisten auf mich.«

»Alles Einbildung.«

Er grinste über beide Wangen, und sie musste zur Seite blicken, weil ihr Herz vor Freude Sprünge machte. Sie wusste, dass sie dabei war, sich in Jay zu verlieben, obwohl sie sich geschworen hatte, dass das nie wieder passieren würde.

Und verflixt noch mal: Er wusste es auch. Sie sah es an dem selbstzufriedenen Lächeln, das sich bis über sein dringend rasurbedürftiges Kinn ausbreitete.

Er stellte den Scheibenwischer schneller und sagte: »Ich dachte, ich arbeite bei dir zu Hause.«

Kristi lächelte leise. Der Gedanke, den Rest des Tages mit ihm zu verbringen, während der Regen aufs Dach trommelte, und vielleicht ein Feuer im Kamin zu machen, war himmlisch. Sie brauchte eine Pause, musste mal aufhören, über die vermissten Mädchen, Vampire und Blutampullen nachzudenken. »Klingt gut.«

»Ja, ich werde sehr gelehrt, ganz wie ein Professor vor der Kamera erscheinen.«

»Vor der Kamera?«

»Ja, ein Film.« Er sprach in Rätseln und genoss offenbar ihre Verwirrung. Er bog um die Ecke, und das Apartmenthaus kam in Sicht.

»Was soll ich machen? Einen Film von dir drehen? Ich habe keine Videokamera, und selbst wenn ich eine hätte –«

»Nicht du.«

»Wovon redest du?«

Der Pick-up holperte auf den Parkplatz, und Jay setzte in eine freie Lücke. Dann machte er den Motor aus. »Du wirst schon sehen«, sagte er, und plötzlich war das Lachen aus seinen Augen verschwunden. »Komm mit rauf.«

»Ich kriege langsam ein komisches Gefühl bei der Sache.«

»Wie dem auch sei, tu einfach so, als wäre alles normal, wenn wir drinnen sind, und stell keine Fragen.« Er reichte ihr die Tüte mit der Jambalaya. »Ich nehme das Fahrrad.«

»Was geht hier vor?«

»Nichts Gutes.«

Jay folgte ihr die Treppen hinauf, und Kristi öffnete die Tür zu ihrem Apartment. Drinnen sah alles so aus, wie sie es zurückgelassen hatte. Er stellte das Fahrrad neben der Tür ab, und sie ließ die Tüte und ihren Rucksack auf den Couchtisch fallen. »Verrätst du mir jetzt, warum du dich so eigenartig benimmst?«

»Ich konnte es einfach nicht erwarten, mit dir nach Hause zu kommen«, sagte er und zog sie an sich. Dann flüsterte er dicht an ihrem Ohr: »Spiel mit.« Mit normaler Stimme fuhr er fort: »Hab ich dir nicht ein Fachbuch geliehen, du weißt schon, das über die DNA-Analyse?«

»Was für ein Buch?«, fragte sie, aber sie blickte bereits zum Bücherregal in der Nähe des Kamins hinüber.

»Das, was du zurückbringen wolltest ... oh, ich glaube, ich sehe es.« Er lächelte und gab ihr einen spielerischen Klaps auf den Po, dann ging er zur anderen Seite des Zimmers.

Kristi tat, worum er sie gebeten hatte, obwohl sie sich erneut fragte, was er damit beabsichtigte. Sie öffnete die Tüte und nahm die Schachteln mit der Jambalaya heraus. Aus dem Augenwinkel beobachtete sie Jay, der auf die untere Hälfte des Bücherregals kletterte und so tat, als würde er das Buch suchen. Er schob ein paar ihrer Bücher zur Seite, und Kristi entdeckte eine kleine schwarze

Schachtel. Sie wollte eben etwas sagen, sah aber, dass er abwehrend den Kopf schüttelte. Was zum Teufel hatte er da gefunden?

Taras Handy?

Warum dann die Geheimnistuerei?

Einen Piepser?

Einen Taschenrekorder?

Das Blut gefror ihr in den Adern. Hatte jemand ihre Gespräche aufgezeichnet? Sie dachte an all die Unterhaltungen, die sie geführt hatte, am Telefon oder ... oh, nein, letzte Nacht mit Jay!

»Ich glaube, das Buch ist doch nicht bei dir«, sagte er, schob einige Bücher vor die Schachtel und sprang auf den Fußboden. »Lass uns jetzt essen. Hey, wie wär's mit etwas Musik? Hast du ein Radio?«

»Meinen iPod.«

»Gut.«

Er schloss den iPod ans Abspielgerät an und drehte die Lautstärke hoch. Kristi saß auf dem Rand der Bettcouch, ihr Magen war ein einziger Knoten. Der Schock wich langsam dem Zorn. Jay zog den großen Sessel auf die andere Seite des Couchtischs, mit der Lehne zum Kamin.

»Deine Wohnung ist verwanzt«, sagte er, über die würzige Jambalaya gebeugt. Seine Stimme war bei der Musik kaum zu vernehmen. »Die kleine schwarze Schachtel ist eine Kamera.«

Kristi hätte beinahe die Gabel fallen gelassen. Also hatte sie tatsächlich jemand beobachtet und versuchte womöglich auch in diesem Moment, sie zu sehen. Hatte sie beobachtet, während sie lernte, fernsah oder schlief oder ... Himmel! Sie blickte zu Jay und wäre am liebsten im Erdboden versunken.

»Der neueste Stand der Technik«, sagte er.

Sie starb tausend Tode bei dem Gedanken, letzte Nacht mit Jay beobachtet worden zu sein. Dass jede Berührung, jeder Kuss gefilmt worden war.

Ihr wurde schlecht.

Jay nickte, als könnte er ihre Gedanken lesen. »Da haben wir wohl ungeahnt unser erstes Sexvideo gedreht. Ist das nicht unanständig?«

21.

Kristi traute ihren Ohren kaum. Jemand benutzte tatsächlich eine versteckte Videokamera, um sie zu filmen! »Das ist verrückt!«, stieß sie hervor, mit gesenkter Stimme für den Fall, dass Jay sie nicht auf den Arm nahm.

»Lach, als hätte ich etwas Komisches gesagt«, wies er sie an und aß eine Gabel voll Jambalaya.

Ihr Zuhause war verwanzt, und sie sollte so tun, als würde sie sich amüsieren? Aber Jay meinte es ernst, das konnte sie sehen. Sie brachte ein albernes Kichern zustande.

Mit ihren siebenundzwanzig Jahren hatte Kristi schon viel erlebt. Ihr Vater war bei der Mordkommission, und sie hatte ihr Leben lang seine Fälle mitverfolgt, manche intensiver, manche weniger. Außerdem hatte sie mehr als einmal in Lebensgefahr geschwebt und wäre vor kurzem beinahe gestorben. Doch noch nie hatte sie sich so kaltblütig missbraucht, so böswillig *benutzt* gefühlt wie in diesem Augenblick.

»Jemand hat mich beobachtet?«, flüsterte sie. Zorn loderte in ihr auf.

»Genau, und meiner Meinung nach auch Tara Atwater.«

Sie wollte den Scheißkerl hinter der Kamera umbringen! »Wer?«, fragte sie.

»Das will ich herausfinden«, sagte Jay, und sie musste sich anstrengen, um ihn über die Musik hinweg zu verstehen. »Es handelt sich um eine Remote-Kamera, das heißt, sie ist ferngesteuert. Ich habe keine Ahnung, welche Reichweite sie hat, aber der Receiver könnte überall sein. Ich habe Bücher vor die Linse gestellt, um zu erreichen, dass unser Unbekannter zurückkommt und die Dinge wieder so arrangiert, dass die Sicht frei ist. Ich denke, es gibt nur eine Kamera.«

»Wie bitte?« Sie verging innerlich. »Du glaubst, es könnten sogar mehrere sein?«

»Natürlich, aber solche Kameras sind nicht billig. Irgendwer muss ein ziemliches Interesse daran haben zu spionieren. Ich dachte, vielleicht wäre noch eine im Badezimmer, aber das scheint sauber zu sein.«

»Das ist ungeheuerlich.« Sie wollte weg von hier. Ihre Sachen zusammenpacken und machen, dass sie fort kam.

»Ich konnte die Batterien nicht herausnehmen, ohne die Kamera zu bewegen, und dann hätte derjenige, der uns beobachtet, gewusst, dass wir ihm auf die Schliche gekommen sind.«

»Und was machen wir jetzt?«

»Warten«, sagte er, was sie nur noch zorniger machte. Sie wollte handeln. Sofort! Es dem spionierenden Scheißkerl heimzahlen. »Zu diesem Spiel gehören zwei.« Jay schaufelte seine Jambalaya mit einer solchen Ruhe in sich hinein, dass sie fast geschrien hätte. Sein Teller war beinahe leer.

»Ich bin nicht gerade gut im Warten oder Schauspielern.«

»Ich weiß. Aber alles, was du tun musst, ist, dich ganz normal zu verhalten.«

»Oh, natürlich.« Als würde ihr das gelingen!

»Wir könnten auch zur Polizei gehen.« Er sprach nach wie vor mit gedämpfter Stimme und hörte gerade lange genug auf zu essen, um sie anblicken und ihre Reaktion einschätzen zu können. »Es wäre keine schlechte Idee, an diesem Punkt die Profis einzuschalten, und behaupte jetzt ja nicht, dass ich ein Profi bin. Wir wissen beide, dass ich im Augenblick die Vorschriften umgehe. Das Klügste wäre, die Cops zu rufen, damit sie nach Fingerabdrücken suchen und wir ihnen die Ampulle mit dem Blut übergeben können. Natürlich könnten sie deine Wohnung versiegeln und deine Sachen beschlagnahmen, aber du hast die Daten doch gesichert.«

»Du hattest etwas von Warten gesagt und davon, dass zwei zu diesem Spiel gehören. Was meinst du damit?«

Er grinste, und Kristi fühlte sich ein bisschen besser. Das Glitzern in seinen Augen verriet ihr, dass er ihre Möglichkeiten abwägte. »Lass uns nach draußen gehen.« Laut sagte er: »Okay, Bruno, ich hab's kapiert, du musst dein Geschäft machen. Na komm.« Er stieß einen scharfen Pfiff aus und ging mit dem Hund und Kristi auf den Fersen zur Tür. Als sie auf den breiten Treppenabsatz traten, blickte Jay zu den überhängenden Dachsparren hinauf. Sie folgte seinem Blick, blinzelte und sah, was er meinte. Zwischen Spinnweben und einem alten Wespennest, über der Tür direkt neben dem Treppenlicht, war ein kleiner schwarzer Kasten befestigt, genau so einer wie der in Kristis Bücherregal.

»Wenn er noch einmal kommt, haben wir seinen Einbruch auf Video.«

»Ist das deine Kamera? Von wo aus überwachst du?«

»Von Tante Colleens Bungalow aus, wo ich momentan wohne. Wir fahren jetzt hin und warten die Nacht ab. Vielleicht möchtest du deinen Laptop und den Schlafsack mitnehmen? Luxuriöse Verhältnisse, nicht wahr?«

»Solange wir den Bastard festnageln können …«

»Und nur für den Fall, dass wir kein klares Bild bekommen, habe ich eine weitere Kamera über dem Küchenfenster montiert und direkt auf den Kamin gerichtet. Wenn er sich umdreht, um zu gehen, haben wir ihn.«

»Du hast ja allerhand geschafft«, sagte sie bewundernd.

»Danke.«

»Es muss jemand sein, der Zugang zu dem Apartment hat … vielleicht Hiram?« Doch er hatte sicher nicht genug in der Birne, um eine Aktion wie diese anzuzetteln. Und Irene? Ob sie tatsächlich ihre Mieter ausspionierte?

»Er steht ganz oben auf meiner Liste, aber ich muss noch etwas überprüfen. Ich habe die Bezeichnung und die Modellnummer der Kamera. Wie ich schon sagte: neuester Stand der Technik, und deshalb werde ich herausfinden, wer in den letzten achtzehn Monaten eine solche Kamera gekauft hat.«

»Wobei du deine Verbindungen zur Polizei nutzt?«

»Du bist ein cleveres Mädchen«, zog er sie auf. Offensichtlich machte er sich keine Gedanken darüber, dass ihre kleine Liebes-Session auf YouTube, MySpace oder Gott weiß wo im Internet auftauchen könnte. Wenn jemand sie erkannte, würde er die Aufnahme womöglich sogar per E-Mail an ihren Vater schicken.

Bei dem Gedanken zuckte sie zusammen.

»Entspann dich«, sagte Jay, als hätte er abermals ihre Gedanken gelesen. »Das Licht war aus. Ich glaube nicht, dass es sich um eine Infrarotkamera handelt.«

»O Gott.« Daran hatte sie noch gar nicht gedacht.

Jay griff nach dem Türknauf. »So, und jetzt lass uns reingehen und deutlich darüber reden, dass du heute Abend nicht da sein wirst. Was ihm eine gute Gelegenheit bietet.«

Sie gingen wieder hinein, und Kristi blickte auf die Stelle, wo hinter den Büchern immer noch die Kamera stand. Sie machten ein großes Getue um den Hund, dann stellte Jay die Musik ab, und sie sprachen über dies und jenes. Sie überlegten, »zu ihm« zu fahren, ohne nähere Angaben zu machen. Kristi packte ein paar Sachen zusammen, darunter auch ihren Computer, den Schlafsack und das Kettchen mit der Blutampulle, das Fahrrad sowie Klamotten zum Wechseln.

Weil sie vorhatte, zu der Aufführung von Vater Mathias' Theatertruppe zu gehen, und Jay mit der Leiterin seiner Abteilung zum Abendessen verabredet war, nahm jeder sein eigenes Auto. Durch den Regen fuhr Kristi zu der Adresse, die Jay auf eine Visitenkarte geschrieben und ihr zugesteckt hatte, damit der, der sie vermutlich abhörte, nicht mitbekam, wohin sie fuhren. Hoffentlich nahm er die Gelegenheit wahr und brach in ihr Apartment ein, um die Kamera neu auszurichten.

Der Gedanke, dass er durch ihre Wohnung schlich und womöglich in ihren Schubladen und in ihrer Unterwäsche herumwühlte, ließ sie erschaudern. Wer war der Kerl?

Hatte der Perversling auch Tara beobachtet? Ihre tägliche Routine herausgefunden und ihre Entführung geplant, und das alles mit Hilfe seiner kleinen Kamera? Gab es auch Aufnahmen von den anderen verschwundenen Studentinnen? Behielt er sie zu seinem persönlichen Gebrauch, seinem perversen Vergnügen, oder – schlimmer noch – veröffentlichte er sie, zum Beispiel im Internet?

Wenn er einen solchen kranken Gefallen an den Aufnahmen fand, besaß er dann etwa auch Filme von den Entführungen der Mädchen? Davon, wie er sie missbraucht und womöglich umgebracht hatte?

Himmel, hoffentlich nicht. Kristis Finger krampften sich ums Lenkrad, und sie bemühte sich, ihre Fantasie im Zaum zu halten. »Jetzt übertreib mal nicht«, ermahnte sie sich.

Schließlich gab es keinen Grund zu dieser Annahme. Wenn so etwas im Internet aufgetaucht wäre, hätte nicht mittlerweile irgendjemand vom College es gesehen? Die Mädchen erkannt?

Vor ihr leuchteten Rücklichter auf.

Jays Pick-up hielt an einer Ampel.

Kristi, ganz in Gedanken versunken, musste hart auf die Bremse treten. Ihr Honda geriet ins Schleudern, das Antiblockiersystem schaltete sich ein. Sie schlang die Arme um sich und wartete auf den Aufprall.

Weniger als einen Zentimeter von der Stoßstange des Toyota entfernt, kam ihr Honda zum Stehen.

»Puh!« Sie atmete aus, dann schnappte sie bei dem Quietschen von Reifen hinter ihr erneut nach Luft. Voller Angst blickte sie in den Rückspiegel und beobachtete hilflos, wie ein großer Van auf sie zugeschildert kam und nur um Haaresbreite einem Zusammenprall entging.

Ihr Herz raste. Sie erkannte, dass sich Jay zu ihr umdrehte. Sie hob die Hände und drehte die Handflächen nach oben, um auszudrücken, dass sie einen dummen Fehler gemacht hatte. Sie hoffte, dass der Typ in dem Van ihre Entschuldigung ebenfalls bemerkte.

»Konzentrier dich«, sagte sie beschwörend zu sich selbst.

Der Regen trommelte auf die Windschutzscheibe, die Scheibenwischer konnten kaum mithalten. Sie musste besser aufpassen. Die Straßen waren rutschig, die Wolken düster und dicht, der Tag trüb und winterlich.

Die Ampel sprang auf Grün. Jay fuhr auf die Kreuzung, und Kristi folgte ihm vorsichtig. Kurz darauf fuhren sie in eine Seitenstraße. Das Auto hinter ihr bog ebenfalls ab.

Es war derselbe dunkle Van, der um Haaresbreite mit ihr kollidiert wäre.

Rechts?

Eine weitere Kurve.

Der Van fiel zurück.

Doch schließlich sah sie seine Scheinwerfer hinter ihr um die Kurve kommen.

Als würde er ihr folgen.

Was lächerlich war. Ihre Fantasie spielte verrückt.

Trotzdem wurde ihr bang ums Herz. Jeder einzelne Nerv in ihrem Körper spannte sich an. Sie untersagte sich, weiter in den Rückspiegel zu schauen, aber sie konnte den Blick einfach nicht abwenden.

War der Typ in dem Van – wenn es tatsächlich noch der Van war, sie war sich nicht ganz sicher – dieselbe Person, die die Überwachungskamera in ihrem Apartment installiert hatte?

Jay bog in eine Sackgasse. Auf dem Straßenschild stand der Name, den er ihr auf die Rückseite seiner Visitenkarte geschrieben hatte.

Sie fuhr vorbei, ohne auf die Bremse zu treten.

Der Wagen hinter ihr blieb an ihr dran, machte keine Anstalten, Jay zu folgen. *Wer zum Teufel bist du?*, fragte sich

Kristi und vergewisserte sich, dass sämtliche Autotüren verriegelt waren. Sie fuhr durch die Seitenstraßen der Umgebung, bis sie an eine größere kam. Sie bog nach links ab und blickte in den Rückspiegel.

Tatsächlich folgte ihr der Wagen, vorsichtiger jetzt, und reihte sich in den zunehmenden Verkehr ein. Ihr Handy klingelte, doch sie ignorierte es. Sie musste sich konzentrieren. Nach einem knappen Kilometer – der dunkle Van war zwischen einem Taurus und einem Jeep eingekeilt – sah Kristi eine Ampel vor sich auf Gelb springen.

Perfekt.

Mit klopfendem Herzen umklammerte sie das Lenkrad, trat das Gaspedal durch und erreichte die Kreuzung in dem Moment, als die Ampel rot wurde. Sie raste gerade noch drüber.

Die anderen Autos hielten.

»Das musst du mir erst mal nachmachen, du Scheißkerl!«, jubelte sie. Ihr Handy klingelte erneut.

Sie rauschte an der ersten Seitenstraße vorbei und bog erst bei der zweiten ab, gerade als die Ampel wieder auf Grün sprang.

Verdammt!

Er konnte ihr den Weg abschneiden. Sie bog erneut rechts ab, entdeckte den Parkplatz einer Kirche und fuhr hinauf. Sie stellte die Scheinwerfer aus und fuhr so weit in die Lücke hinter einer wuchernden Lorbeerhecke, dass sie von der Straße aus nicht gesehen werden konnte.

Tatsächlich raste der Van vorbei. Der Fahrer war nur als dunkler Schatten zu erkennen.

Kristi stellte die Scheinwerfer an und bog wieder auf die Straße. Sie sah den Van um ebenjene Ecke biegen, die sie vor drei Minuten genommen hatte. Wenn sie nur nahe genug herankommen könnte, um das Nummernschild zu erkennen! Dann könnte ihr Vater oder Jay es überprüfen und den Dreckskerl festnageln.

Zum ersten Mal, seit sie ihre Recherchen aufgenommen hatte, hatte sie das Gefühl, dass sich etwas bewegte. Sie erreichte die Ecke und drehte schroff am Lenkrad. Wasser spritzte auf, weil die Reifen durch eine tiefe Pfütze rollten. Der Van war zwei Blöcke vor ihr und fuhr langsam, ab und zu leuchteten seine Bremslichter rot auf. Offensichtlich war er auf der Suche.

Kristi trat aufs Gas. Ihr Herzschlag beschleunigte sich. Was, wenn er anhielt? Er würde ihren Wagen erkennen. Sie drückte auf dem Handy die Kurzwahl für Jay und verringerte den Abstand.

»Was machst du?«, fragte er.

»Jemand ist uns gefolgt ... oder vielmehr mir.«

»Mein Gott, Kris, wo zum Teufel bist du? Geht es dir gut?« Sie hörte einen Anflug von Panik in seiner Stimme. »Ich komme –«

»Nein, ich bin ihm entwischt und jetzt folge ich *ihm*.«

»Ich rufe die Polizei.«

»Jetzt warte doch erst mal ab.«

»Ich bin schon unterwegs. Wo zum Teufel steckst du?«

»Keine Ahnung ... irgendwo in der Nähe der Zehn ... nicht weit vom University Lake.«

»So weit südlich? Verdammte Scheiße!« Sie hörte Schlüssel klimpern und seinen schnellen Atem. Dann schlug eine Tür zu. »Nenn mir die nächste Querstraße.«

»Wart mal. Oh, nein ... Er fährt Richtung Freeway!«

»Lass ihn fahren.«

»Das geht nicht.« Kristi schleuderte das Handy auf den Sitz und trat aufs Gaspedal, gerade als ein Sportwagen laut dröhnend um eine Ecke bog und knapp vor ihr einscherte. »Idiot!«, schrie sie, trat auf die Bremse und fühlte, wie der Wagen ins Schleudern geriet.

Der Fahrer, der sich seines Fehlers offenbar nicht bewusst war, schnitt ein weiteres Auto, und Kristi riss ihren Honda auf die Auffahrt zum Freeway. Doch sie wusste bereits, dass die Jagd vorbei war.

Der Kerl war entkommen.

Sie ergriff das Handy. »Bist du noch dran?«, fragte sie und hielt Ausschau nach der nächsten Abfahrt.

»Was zum Teufel ist passiert?«

»Nichts, ich habe ihn verloren. Ich bin auf dem Rückweg.«

»Um Himmels willen, Kris! Mach auf keinen Fall –«

»Ich sagte doch: Ich bin auf dem Rückweg. In zwanzig Minuten bin ich am Bungalow deiner Tante.«

»Du hast mir einen höllischen Schreck eingejagt«, gab Jay zu, und sie hörte an seiner Stimme, wie besorgt er war. Ihr wurde warm ums Herz. Vielleicht hatte ein kleiner Teil von ihr nie aufgehört, ihn zu lieben, aber sie war sich nicht sicher gewesen, ob dieses Gefühl auf Gegenseitigkeit beruhte. Bis jetzt. »Das Ganze wird langsam gefährlich. Wir sollten wirklich in Erwägung ziehen, die Polizei einzuschalten.«

Sie stellte sich die Reaktion ihres Vaters vor und den Streit, der darauf folgen würde. Sie wechselte auf die Spur für die Ausfahrt. »Wie wär's, wenn wir warten, bis wir unseren Möchtegern-Steven-Spielberg zu Gesicht bekommen haben?«, schlug sie vor. »Dann haben wir etwas Konkretes in der Hand. Bitte, Jay«, bettelte sie, während sie auf der River Road Richtung Norden fuhr, vorbei am alten Kapitol, einer im gotischen Stil erbauten Trutzburg am Ufer des langsam dahinfließenden Mississippi. »Du hast mir eine Woche versprochen.«

»Mein Fehler.«

»Der erste von vielen«, neckte sie ihn und fühlte sich schon besser. »Bis gleich.« Sie legte auf, bevor er widersprechen konnte oder bevor ihr herausrutschen konnte, dass sie dem Typen ihre eigene kleine Falle stellen wollte. Heute Abend.

Bei der Aufführung von Vater Mathias' Mysterienspiel.

Sie hoffte nur, ihr Plan würde funktionieren.

»Bislang haben wir einen riesigen Kübel mit nichts!« Ray Crawley schnaubte verärgert und warf Portia Laurent einen Hab-ich's-dir-nicht-gesagt?-Blick zu.

Detective Crawley vom Baton Rouge Police Department war ein großer, bulliger Kerl von einem Meter fünfundneunzig, der gegen den Ansatz eines Bierbauchs kämpfte. Er hatte riesige Hände und konnte sehr unangenehm werden, wenn er sauer war. Und jetzt, hier im strömenden Regen, war er mehr als sauer und kurz davor, einen Wutanfall zu erleiden. Mit hochgezogenen Schultern rauchte er eine Zigarette und starrte auf den Sumpf, wo Boote mit Suchscheinwerfern und Tauchern im Einsatz waren.

Es wurde dunkel. Die Düsternis des Tages übertrug sich auf Portia. Sie stand mit Del Vernon und Crawley, der sich selbst »Sonny« nannte, und einem Jäger names Boomer Moss zusammen.

Portia trug Regenmantel und Gummistiefel und kauerte sich zusätzlich unter einen Regenschirm. Ihre Stiefel versanken im Schlamm, und sie hätte alles für eine Zigarette gegeben, aber sie wollte Crawley nicht um eine bitten, denn er sah aus, als suchte er lediglich nach einem Grund, jemanden zur Schnecke machen zu können.

»Sind Sie sicher, dass Sie den Alligator hier geschnappt haben?«, fragte Sonny mit offensichtlicher Skepsis. Der Regen tropfte von dem Schirm seiner Polizeimütze. Die Gegend war mit dem Boot, zu Fuß und, so weit möglich, von Tauchern abgesucht worden – ohne Erfolg.

Aber Moss, der Wilderer, bestand darauf, genau hier den männlichen Alligator erlegt zu haben. Das fantastische Exemplar, das die Cops konfisziert und ins kriminaltechnische Labor gekarrt hatten.

»Gleich dahinten bei den Bäumen«, beharrte Boomer Moss und deutete auf eine Gruppe gespenstisch weißer Sumpfzypressen, deren Wurzeln verdreht aus dem schwarzen, sumpfigen Boden standen.

»Wir haben dort nachgesehen.« Crawley zog energisch an seiner Zigarette.

»Ich sage Ihnen, dort hab ich ihn erledigt.« Vor Aufregung ging Moss' Stimme, der von Kopf bis Fuß Tarnkleidung trug, eine Oktave höher. Selbst in der eintretenden Dunkelheit sah Portia, dass Boomer schwitzte – trotz der kalten Winterluft, die sich schwer auf die Sümpfe senkte. Offenbar hatte er nicht gerade gern mit der Polizei zu tun.

Portia beobachtete ein Boot, das geräuschlos übers Wasser glitt. Ein Taucher kam an die Oberfläche und schüttelte den Kopf. So ging es schon seit Stunden.

»Ich hoffe nur, dass Sie mir keinen Unsinn erzählen«, sagte Crawley und schnippte seine Zigarette weg, die zischend im feuchten Gras landete.

»Welchen Grund sollte ich haben, mich selbst in diesen Mist zu verwickeln?«, fragte Moss.

»Sie wussten, dass Sie Schwierigkeiten bekommen würden. Vielleicht versuchen Sie nur, sich wichtig zu machen. Bilden sich was drauf ein, den Arm gefunden zu haben ... vielleicht haben Sie ja selbst etwas damit zu tun.«

»Nun, wenn das der Fall wäre, müsste ich ganz schön blöd sein. Ich bin zu euch gekommen, weil ich dachte, das wäre korrekt. Meine Pflicht als Bürger, oder wie immer ihr es nennen wollt. Der Arm war in dem Magen von dem Alligator, und ich dachte, ihr würdet ihn haben wollen. Keine Ahnung, wo er war, bevor er darin gelandet ist.«

Wütend spuckte er Kautabaksaft auf die Erde. »Kann ich jetzt gehen?«

»Im Augenblick noch nicht«, sagte Crawley, der das Unbehagen des Wilderers offensichtlich genoss.

Das ist das Problem mit Sonny Crawley, dachte Portia, er hatte eine fiese Ader. Es sah so aus, als wäre die Suche ergebnislos, zumindest für heute.

Was für Geheimnisse auch immer in diesem Sumpf verborgen sein mochten, sie würden verborgen bleiben. Verdeckt von dem schlammigen Wasser, für mindestens eine weitere Nacht.

22.

Stunden später fuhr Kristi zurück zum Campus.

Sie log nicht gern.

Als Teenager waren ihr Lügen glatt über die Lippen gegangen, aber jetzt, zehn Jahre später, hatte sie mehr Probleme damit, die Wahrheit zu verbergen.

Doch sie hatte Jay anlügen müssen.

Sie war zu seinem Haus gefahren und hatte ihm ausführlich von dem Van erzählt, und er hatte seine Arme um sie geschlungen und sie festgehalten, als wollte er sie nie mehr loslassen. »Du dummes Mädchen«, hatte er in ihr Haar gemurmelt.

»Das verstehe ich nicht gerade als Kompliment«, erwiderte sie.

»Es war auch nicht so gemeint. Wer weiß, wer der Kerl ist? Zu was er fähig ist?« Er hatte sie heftig geküsst, mit hungrigen Lippen, das Haar nass vom Regen. Sie legte ihre Arme um seinen Hals.

»Schsch.« Kristi wollte seine Befürchtungen nicht hören. Wollte sich nur von seiner Kraft tragen lassen.

Er enttäuschte sie nicht. Die Hände fest auf ihrem Rücken, seine Beine gegen ihre gepresst, begann er vorwärtszugehen und küsste sie dabei unaufhörlich. Seine Hüften drängten gegen ihre. Kurz darauf rissen sie einander keuchend die Kleidung vom Leib, während Jay Kristi durch eine geöffnete Tür in ein Schlafzimmer führte, das in einem abscheulichen Blauton gestrichen war. Ihre Waden stießen gegen etwas Hartes, und Jay zog sie herab. Zusammen sanken sie auf ein schmales Feldbett mit einem Schlafsack und einem einzelnen Kissen.

Es machte ihr nichts aus.

Sie wollte sich in ihm verlieren.

Sie hatten sich schnell und leidenschaftlich geliebt, mit gierigen Lippen und fiebriger Haut, das Verlangen befeuert von der Furcht.

Die Erleichterung war schnell eingetreten.

Sie waren zusammen zum Höhepunkt gekommen, verausgabt, schwitzend, mit klopfenden Herzen auf dem engen Feldbett.

»Das ist doch verrückt«, sagte sie, strich sich das Haar aus dem Gesicht und blickte in seine schläfrigen Bernsteinaugen.

Jay lachte. »Und ich wollte gerade sagen, es war zauberhaft ... wundervoll ... unglaublich ... und –«.

»Genau wie du, McKnight.« Sie küsste ihn und rollte sich vom Bett, um ihre Sachen anzuziehen.

Wieder hatte er sich ziemlich hartnäckig dafür eingesetzt, die Polizei einzuschalten, und sie hatte ihre ganze Überredungskunst aufwenden müssen, damit er noch wartete. Sie hatte nicht ganz die Wahrheit gesagt, zumindest was ihre Pläne betraf.

Sie hatte gewartet, bis er in die Benotung der Seminararbeiten vertieft war, und vorgegeben, ebenfalls voll und ganz beschäftigt zu sein. Sie ging sorgfältig die einschlägigen Chatrooms durch, obwohl es viel zu früh für ihre neu gewonnenen Internet-»Freunde« war. Jay befand sich in seinem Arbeitszimmer, als sie die Kette mit der vermutlich von Tara Atwater stammenden Blutampulle an sich nahm. Sie wollte sie bei der Aufführung tragen. Mal sehen, was sie für Reaktionen ernten würde.

Jay hatte bereits versucht, einen verborgenen Fingerabdruck auf dem kleinen Fläschchen aufzuspüren, aber das Glas war sauber gewesen, so dass Kristi keinerlei Beweismaterial zerstörte – solange die Ampulle mit der dunkelroten Flüssigkeit intakt blieb.

Es war ein bisschen gruselig, na und?

Die Kamera in ihrem Apartment war genauso gruselig.

Und von einem Mann in einem dunklen Van verfolgt zu werden, ebenfalls.

Wenn sie in den inneren Zirkel dieser Sekte vordringen wollte, musste sie sich beeilen.

Die Blutampulle war ein Geschenk Gottes gewesen.

Oder des Teufels.

Und so hatte sie sich aus dem Staub gemacht, ohne dass Jay das Fehlen der Ampulle bemerkte, und nun fuhr sie Richtung Campus und suchte im Rückspiegel nach auf sie lauernden dunklen Vans. War er dunkelblau gewesen? Schwarz? Anthrazitgrau? Sie wusste es nicht. Sie hatte das Nummernschild nicht richtig erkennen können, doch sie meinte, es wäre nicht aus einem anderen Bundesstaat gewesen, sondern aus Louisiana. Die Scheiben waren getönt gewesen, aber sie hatte die Marke des Wagens nicht erkannt. Vielleicht ein Ford. Oder ein Chevy. Irgendetwas Amerikanisches.

So viel zu ihren Observierungsfähigkeiten.

Das Gebläse in ihrem Honda war ausgefallen, was sie nervte. Sie musste das Seitenfenster öffnen, damit die Windschutzscheibe nicht beschlug und sie die glänzenden, nassen Straßen erkennen konnte. Es war bereits dunkel und es regnete.

Zum Glück war der Samstagabendverkehr spärlich. Die frostige Luft erinnerte Kristi daran, dass Winter war.

»Ich möchte nicht, dass du allein zu dem Stück gehst«, hatte Jay ernst gesagt, als sie sich zum Aufbruch bereitmachte. »Ich kann Hollister absagen. Sie will ohnehin nur darüber reden, wie das Seminar läuft, und es mit dem von Dr. Monroe vergleichen. Es ist keine große Sache, ich kann es verschieben.«

»Ich glaube nicht, dass es gut ist, wenn man uns zusammen sieht.«

»Man hat uns doch bereits gesehen«, erinnerte er sie. »Und sogar auf Video aufgenommen.«

»Erinner mich nicht daran.« Sie schnitt eine Grimasse. »Außerdem ist Hollister die Leiterin deiner Abteilung.«

»Ich muss sie heute nicht treffen. Ich habe ein paarmal mit Dr. Monroe gesprochen, seit ich das Seminar übernommen habe, und ich besitze ihre Vorlagen. Ich halte mich ziemlich genau an ihren Lehrplan. Wenn sie nächstes Semester zurückkommt, kann sie darauf aufbauen.«

»Kommt sie denn zurück?«, fragte Kristi.

»Keine Ahnung. Hängt von der Unterbringung ihrer Mutter ab. Sie hat Probleme, den richtigen Platz für sie zu finden.«

»Du weißt also nicht, ob du nächstes Semester überhaupt noch unterrichten wirst?«

»Bislang nicht. Obwohl du mich überreden könntest, den Job anzunehmen, wenn er mir angeboten wird.«

Er hatte lasziv die Augenbrauen hochgezogen, und sie war lachend zur Tür hinausgegangen.

Kristis Scheibenwischer strahlten die Regentropfen an, die in silbernen Streifen auf den Asphalt fielen. Sie war auf halber Strecke zum All Saints, als ihr Handy klingelte. Sie erwartete, Jay zu hören, der sie noch einmal ermahnte, vorsichtig zu sein.

»Hallo?«, sagte sie und bog auf den Parkplatz ihres Apartmenthauses.

»Kristi Bentz?«, fragte eine tiefe Stimme, als sie gerade verärgert in eine Lücke etwas abseits ihres üblichen Stellplatzes einparkte, weil irgendein Trottel seinen zerbeulten Pick-up mit übergroßen Reifen darauf abgestellt hatte. Bevor sie etwas erwidern konnte, fuhr die Stimme fort: »Hier spricht Dr. Grotto. Zunächst einmal möchte ich mich dafür entschuldigen, Sie nicht früher zurückgerufen zu haben. Ich habe Ihre Nachricht erhalten.« Seine Stimme war aalglatt und hatte denselben Ton, mit dem er auch unterrichtete. Kristi sah ihn vor ihrem inneren Auge: groß, schwarzhaarig, dunkle Augen, einen Bartschatten auf dem markanten Kinn. Sie schluckte ihren Ärger hinunter. »Sie sagten, Sie würden gern in meine Sprechstunde kommen, und jetzt hat sich mein Terminplan etwas gelockert. Wie wär's morgen Nachmittag? Sagen wir … um vier?«

Kristi überlegte rasch. Sie war für die Abendschicht eingetragen, aber vermutlich würde sie jemanden finden, der eine Stunde länger für sie dablieb. »Sicher«, sagte sie leichthin, als hätte sie lediglich vor, ihm wegen des Seminars eine Frage zu stellen. Sie dachte an den dunklen Van und fragte sich, ob Grotto der Fahrer gewesen war. »Ich bin um vier in Ihrem Büro.«

»Bis dann.«

Er legte auf, und Kristi stellte den Motor ab. Sie konnte es kaum erwarten, von Angesicht zu Angesicht mit Grotto zu sprechen, schließlich war er der Letzte, der Dionne Harmon lebend gesehen hatte.

Sie blickte sich sorgfältig um, bevor sie ausstieg, um sicherzugehen, dass niemand zwischen den geparkten Autos oder hinter der Kreppmyrtenhecke lauerte, dann ging sie nervös zu ihrem Apartment. Soweit sie es beurteilen konnte, war alles genau so, wie sie es hinterlassen hatte. Sie glaubte nicht, dass jemand dort gewesen war.

Sie verspürte das dringende Bedürfnis, Jays Kamera die Zunge rauszustrecken oder einen kleinen Striptease hinzulegen, ließ es aber bleiben. Vielleicht hatten sie doch eine Kamera übersehen.

Houdini kam aus seinem Versteck unter der Bettcouch hervor. »Ich hab mich schon gefragt, wann du dich mal wieder blicken lassen würdest«, sagte sie. »Hat dir der große Hund Angst eingejagt? Glaub mir, Bruno würde keiner Fliege was zuleide tun.« Sie fuhr dem Kater mit der Hand über den Rücken. Er zitterte und versuchte eilig, sich ihrer Berührung zu entwinden. Sie füllte seine Schüssel mit Katzenfutter und beobachtete amüsiert, wie er verächtlich daran schnupperte. »Hey, vergiss nicht, wo du herkommst«, sagte sie. »Streuner sollten nicht wählerisch sein.«

Houdini starrte sie an, als wäre sie schwachsinnig, dann sprang er auf den Tresen und schlüpfte durch das geöffnete Fenster. »Keine gute Tat bleibt ohne Folgen!«, rief sie hinter ihm nach. Dann ging sie ins Bad und zog eine schwarze Hose und einen Rollkragenpulli an. Sie warf sich eine Jacke über, griff nach ihrer Handtasche mit Handy und Pfefferspray und war auch schon wieder zur Tür hinaus.

Das Wetter hatte sich ein wenig gebessert, obwohl das defekte Gebläse die Sicht nach wie vor erschwerte. Kristi musste mit der Hand die Scheibe freiwischen, aber sie entdeckte keinen dunklen Van, der mit bösen Absichten in irgendeiner Einfahrt auf sie lauerte.

Sie parkte hinter Wagner House. Das Museum schloss in Kürze, aber sie wollte noch einmal hinein.

Die Eingangstür öffnete sich, ohne zu quietschen. Kristi trat ein. Drinnen brannte ein munteres Gasfeuer. Die bunten Tiffany-Lampen glitzerten wie Juwelen. Viktorianische Sofas und Klubsessel waren um Mahagonitische gruppiert, der Esstisch mit Kristall und Silber gedeckt, als würde später am Abend eine Dinnerparty stattfinden.

Drei Frauen um die fünfzig bestaunten die Einrichtung und Ziergegenstände. Ein jüngeres Paar mit einem Baby, das der Vater in einem Babytuch vor sich trug, spazierte durch die Räume im Erdgeschoss.

»Hallo.« Eine schlanke Frau mit einem unbefangenen Lächeln und glatten Haaren, die ihr Kinn umspielten, begrüßte Kristi. Sie trug einen langen Rock, Stiefel und einen Pullover mit weitem Rollkragen. Auf ihrem Namensschild stand Marilyn Katcher. »Ich bin Marilyn, die Museumsführerin, und ich mache gerade noch eine kleine Führung durchs Haus. Möchten Sie sich den anderen anschließen?«

Kristi blickte in die erwartungsvollen Gesichter. »Das wäre großartig.«

Sie folgte den anderen Besuchern und hörte der Führerin zu, die mit einer Begeisterung, die Kristi erstaunlich fand, die kleine Gruppe durch die Räume im Erdgeschoss geleitete und die Geschichte der Familie erläuterte. Sie machte ein großes Getue um den alten Ludwig Wagner und seine Nachfahren, führte aus, wie er diesen Teil seines gewaltigen Besitzes in der Gegend von Baton Rouge der Kirche zur Gründung des Colleges vermacht hatte. Dann führte sie alle hinauf in die Schlafzimmer und erzählte von den Kindern, die darin gewohnt hatten, darunter auch die an den Rollstuhl gefesselte Tochter des einstigen Hausherrn, und dass die gegenwärtigen Nachfahren einen Großteil ihres eigenen Vermögens darauf verwendeten, das Haus in den Zustand zurückzuversetzen, in dem es zur Zeit Ludwig Wagners und seiner Kinder gewesen war. Einige der Stücke waren authentisch, andere waren hinzugefügt worden, um ein Gefühl für die damalige Lebensweise herzustellen.

Als sie wieder unten waren, blickte Mrs Katcher auf die Uhr und machte Anstalten, die Besucher hinauszubegleiten. Aber Kristi zögerte und erkundigte sich nach dem Kellergeschoss.

»Es wurde ursprünglich als Lagerraum genutzt, und es hat, soweit ich weiß, einen Verbindungstunnel oder unterirdischen Gang zur Remise. Sie liegt gleich nebenan und beherbergt heute das Drama Department. Es gab außerdem einen Ausgang zu den Ställen und Scheunen, aber all diese Gänge wurden schon vor Jahren von der Kirche für baufällig erklärt, so dass man sie geschlossen hat. Heute wird der Keller ausschließlich als Lagerraum genutzt.« Mrs Katcher hielt die Eingangstür auf. »Um ehrlich zu sein: Ich habe nie einen Fuß dort hinunter gesetzt. Ich glaube, keiner geht da runter.«

Vater Mathias schon, dachte Kristi. Der Geistliche und Georgia Clovis wussten, dass Kristi ihn durch die Kellertür hatte auftauchen sehen, und die Tatsache, dass es dort unten Tunnel gab, baufällig oder nicht, weckte ihre Neugier. Was, wenn sie immer noch existierten? Was, wenn Marnie Gage die Treppe hinunter und in einen solchen Tunnel gegangen war? Aber warum?

Marilyn Katcher hielt sich genau an die Öffnungszeiten. Es gelang ihr, alle hinauszuscheuchen und die Eingangstür um Punkt halb fünf hinter ihnen zu schließen.

Der Wind hatte aufgefrischt, als sie in die Dunkelheit hinaustraten, und eine feuchte Böe wehte gegen Kristi. Die Gaslaternen warfen einen unheimlichen bläulichen Schimmer, als sie Richtung Studentenwerk ging. In der Cafeteria hielt sie nach bekannten Gesichtern aus ihren Englischkursen Ausschau, aber sie sah weder Trudie noch Grace, noch Zena oder Ariel. Ihr fiel ein, dass Zena gesagt hatte, sie wirkte bei Vater Mathias' Aufführung mit.

Vielleicht würde sie sie auf der Bühne sehen.

Kristi trank einen koffeinfreien Cappuccino und versuchte erneut, Lucretia zu erreichen. Schließlich war es ihre ehemalige Zimmergenossin gewesen, die zuerst von einem »Kult« oder einer »Sekte« gesprochen hatte. Doch ihr Anruf wurde direkt an die Mailbox weitergeleitet – wie überall, wo sie dieser Tage anzurufen versuchte.

Kristi hinterließ keine Nachricht. Es war ganz offensichtlich, dass Lucretia ihr nach ihrem Meinungsumschwung aus dem Weg ging.

Sie schaltete ihr Handy ab und ging zum Auditorium. Wenn sie ein bisschen früher da war, konnte sie vielleicht noch ein wenig herumschnüffeln. Alle vier verschwundenen jungen Frauen waren in Vater Mathias' Schauspieltruppe gewesen, also musste zwangsläufig irgendeine Verbindung zwischen ihnen und der Vampirsekte bestehen.

Tief in ihrem unterirdischen Bad stand Elizabeth nackt vor einem großen Spiegel und betrachtete sich ausgiebig.

Sie war gereizt.

Kribbelig.

Offensichtlich verlangte es sie nach mehr.

Mehr – wovon?, höhnte ihre innere Stimme, weil sie nicht zugeben mochte, dass sie mehr Blut brauchte, das Blut anderer Frauen.

Es gab ihr ein Gefühl der Schwäche, ein Gefühl der Abhängigkeit, wenngleich das ganz und gar nicht der Fall war. Sie war stark. Mächtig. Lebendig. Aber, um die Wahrheit zu sagen, sie sehnte sich nach mehr ...

Sie wollte wieder den Rausch der Verjüngung verspüren, aber es sollte nicht sein, und der Spiegel führte ihr jeden Makel vor Augen, selbst den kleinsten. Mit einem Dimmer konnte sie das Licht regulieren, und sie drehte es voll auf, um die Unvollkommenheiten ihres Körpers zu begutachten.

Auf der rein verstandesmäßigen Ebene glaubte sie nicht daran, dass das Blut jüngerer Frauen tatsächlich zu einer Verlangsamung des Alterungsprozesses oder einer Revitalisierung ihrer Haut führte. Und dennoch: Hatte sie nicht die Veränderungen an ihrem Körper bemerkt?

Mit kritischem Auge begutachtete sie sich im Spiegel und suchte nach den verräterischen Zeichen des Alters: Fältchen um die Lippen, Krähenfüße, ein faltiges Dekolleté, ein schlaffer Bauch trotz strenger gymnastischer Übungen wie Klappmesser und Sit-ups, trotz Hanteltraining und Cardioworkout. Es gab nur eine dünne Grenze zwischen fit sein und schlank oder einfach dürr. Bei ihr stach kein Knochen hervor, ihre Muskulatur war ausgezeichnet, ihre Haut nach wie vor straff und weiß wie Sahne, ihre Brustwarzen fest und dunkel. In ihrem glänzenden schwarzen Haar fanden sich keine grauen Strähnen.

Noch nicht.

Aber das Alter, das wusste sie, war ein gnadenloser Feind. Doch obwohl sie zusätzlich jede Menge Cremes benutzte, war sie noch nicht so weit gegangen, ernsthaft eine Schälkur oder ein Laserpeeling in Erwägung zu ziehen.

Das war auch nicht nötig, denn schließlich hatte sie ihr ganz persönliches Anti-Aging-Mittel. Jetzt, da sie ihre makellose Haut genauestens betrachtet hatte, kam sie ihr beinahe perfekt vor. Jugendlich. Ein selbstgefälliges Lächeln trat auf ihr Gesicht. Sie war nicht als Schönheit auf die Welt gekommen, im Gegenteil: Sie erinnerte sich daran, dass ihre Mutter sie ein »hässliches« Baby genannt hatte. Ihr Kopf war verformt, ihre Augen zu groß, ihr Haar ungleichmäßig und ihr Körper schwächlich. Doch aus einem unansehnlichen Kleinkind und einem unbeholfenen Mädchen war ein Teenager geworden, der den Jungen und Männern den Kopf verdreht hatte. Es war genau dieses Gefühl – die Macht, die ihr ihre Schönheit verlieh –, das sie nicht missen wollte. Aus diesem Grund hatte sie sich schlaugemacht, und es war ihr klargeworden, dass das Alter sie zerstören würde, ihren Genen und sämtlichen äußerlichen Hilfsmitteln zum Trotz. Ihre Augen würden ihren Glanz verlieren, und es würden sich Tränensäcke bilden, ihre Haut würde die Elastizität einbüßen, ihre Brüste schlaff und wabbelig werden.

Es sei denn, sie fand einen Weg, sich dem entgegenzustellen.

Sie hatte von ihrer Ahnin Elisabeth Bathory gewusst, solange sie denken konnte, und war fasziniert von der Gräfin gewesen.

Die Geschichte war, kurz gesagt, die, dass sich Elisabeth, die offenbar reif fürs Irrenhaus gewesen war, große Sorgen um die Vergänglichkeit ihrer legendären Schönheit gemacht hatte. Außerdem hatte die Gräfin Gefallen daran gefunden, andere zu foltern und zu quälen, und eines Tages schlug sie ein Dienstmädchen so fest, dass Blut aus dessen Arm quoll.

Elisabeth war noch mehr außer sich geraten, bis sie bemerkte, dass die Haut, über die das Blut geflossen war, jünger und schöner aussah als die umliegende. Von dem Tag an fand Elisabeth immer grausamere Möglichkeiten, für ihren persönlichen Gebrauch an das Blut anderer Menschen zu gelangen.

Offensichtlich war die Frau geistesgestört gewesen. Eine durchgedrehte Sadistin.

Ein typischer Fall aristokratischer Inzucht.

Kein Wunder.

Natürlich waren viele der Geschichten und Legenden um die »Blutgräfin« nicht belegt, darunter auch das Baden in Blut. Dass sie Greueltaten an Dutzenden junger Mädchen begangen hatte, stand außer Frage, und schließlich war sie des Mordes überführt und lebenslänglich in ihrer Burg eingemauert worden. Diejenigen, die ihr geholfen hatten, waren nicht so glimpflich davongekommen.

Doch es war genau diese Legende, das Baden im Blut der Bauernmädchen und letztlich auch Elisabeth Bathorys adelige Abstammung, die diese neue Elizabeth faszinierten.

Selbst wenn die Geschichten in den vergangenen Jahrhunderten immer mehr ausgeschmückt und der Gräfin immer bizarrere Grausamkeiten unterstellt worden waren – die Theorie, was das Blut jüngerer Frauen betraf, war nicht nur faszinierend, sie schien auch begründet zu sein.

Hatte sie das nicht selbst unter Beweis gestellt?

Elizabeth beugte vor dem Spiegel den Nacken und drehte sich langsam im hellen Licht.

Waren nicht die Anzeichen von Cellulite an den Oberschenkeln nach den ersten mit Blut angereicherten Bädern verschwunden? Genau wie die Besenreiser in der Beuge ihres rechten Knies?

Natürlich. Ihre rechte Kniebeuge war seidenglatt, nicht die kleinste Ader war zu sehen.

Elizabeth war so überzeugt von der verjüngenden Wirkung, der stärkenden Kraft des Blutes, dass sie um ein Haar bereitwillig in eine Wanne mit dem Blut von Vlads Nichtigen getaucht wäre.

Aber nein!

Bei dem Gedanken sah sie ihr Spiegelbild zurückzucken. Es war eine Sache, ihren Körper in dem Blut gebildeter junger Mädchen zu baden. Elizabeth nahm nicht an, dass sie Jungfrauen oder rein waren, aber zumindest, so redete sie sich ein, hatten sie nicht für geile Kerle an einer Stange getanzt. Doch was wusste sie schon über die Mädchen, die sie gemeinsam mit Vlad ausgewählt hatte?

Nur dass sie intelligent waren und nach höherer Bildung strebten. Etwas, das Vlad abhandengekommen war.

Sie verzog das Gesicht.

Vlad.

Er bestand darauf, dass sie ihn so nannte, obwohl sie seine wahre Identität kannte.

Er hatte sich selbst den Namen »Vlad der Pfähler« gegeben, und sie machte eben mit.

Vlad war immer nur ein Mitläufer gewesen.

Aber sie brauchte ihn, genau wie die ursprüngliche Gräfin Elisabeth der Hilfe ebenso sadistischer Menschen bedurft hatte.

Sie drehte ihr Haar auf dem Kopf zu einem Knoten, bewunderte ihr Profil und ließ ein paar Locken lose in ihren Nacken herabfallen, um *seine* Fantasie zu befeuern.

Das war der Unterschied zwischen ihnen. Sie war eine praktisch veranlagte Frau, die lediglich versuchte, ihr Leben und ihre Schönheit zu verlängern, um den Männern weiterhin die Köpfe zu verdrehen und sich lebendig zu fühlen. Und ja, Sadismus spielte eine Rolle, aber er diente als Mittel zum Zweck.

Für Vlad dagegen spielten das Gefühl des Tötens, des Blutvergießens und Sex die Hauptrolle.

Was gut war.

Anders als er ließ sie sich auf ganz gewöhnliche Art und Weise erregen. Sie runzelte die Stirn, als sich eine Haarsträhne nicht so verführerisch ringeln wollte, wie sie es wünschte.

Elizabeth blickte ihr Spiegelbild an und zwang sich, die Gesichtsmuskeln zu entspannen. Sie wollte nicht ihre eigene Theorie an neuen Falten erproben müssen, die ihre perfekt geschwungenen Augenbrauen ruinierten. Bislang hatte das Blut den gewünschten Erfolg gebracht, aber Vlad hatte angedeutet, dass der Blutvorrat langsam zur Neige ging.

Wie hatte der Schwachkopf das zulassen können?

Er hatte Angst, das war es. Anstatt die Zahl der Guten zu erhöhen, sprach er immer nur von seinen »Nichtigen«. Bei aller Liebe, er kapierte es einfach nicht, konnte es vielleicht nicht kapieren. Manchmal fragte sich Elizabeth, ob er tatsächlich so intelligent war, wie er behauptete. Aber er war immerhin ihr treu ergebener Partner, den sie mit Leichtigkeit um den Finger wickeln konnte. Das Einzige, worum er sie bat, war, Sex mit den Frauen vor und nach deren Tod haben zu dürfen. Das war ein bisschen seltsam, aber solange er ihnen das Blut aus dem Körper holte, war es ihr egal. Er betete sie an. Wenn schon nicht mit dem Schwanz, so war er ihr im Herzen und im Geiste treu.

Das Einzige, was sie jetzt sicherstellen musste, war, dass genug Nachschub vorhanden war. Deswegen hatte sie ihm vorgeschlagen, ihn bei seinem nächsten Mord zu begleiten.

Weil er nervös wurde. Sprunghaft. Sich Sorgen machte, dass ihm die Polizei auf die Schliche kommen könnte. Natürlich stellte das ein Problem dar, aber die Antwort lag auf der Hand: Nimm mehr als eine. Töte mehrere auf einmal, und dann geh woanders auf die Jagd. Irgendwo, wo es weniger offensichtlich ist.

Aber nimm immer hübsche, gefügige, intelligente Frauen, die noch jung und voller Lebenskraft sind, und niemals eine Mutter wie die letzte der Nichtigen, die er ihr unterzujubeln versucht hatte. So was! Wusste er denn nicht, dass die Geburt eine Frau ihrer Vitalität beraubte? Dass eine Mutter, die ihren Lebenssaft einem anderen Menschen, dem Baby in ihrem Bauch, geschenkt und nach der Geburt tagelang, wochenlang geblutet hatte, nie wieder dieselbe war?

Elizabeth gelang es, die widerspenstige Haarsträhne an Ort und Stelle zu zwingen. Entzückt betrachtete sie ihr Spiegelbild und beschloss, dass es Zeit war, es ihm mitzuteilen. Sie griff nach dem Handy, um ihm die Nachricht zu überbringen. Heute Abend wollte sie ihm nicht nur beim Töten zusehen. Heute Abend wollte sie ihm helfen und sicherstellen, dass es mehr als ein Opfer gab.

Verschiedene Mädchen kamen ihr in den Sinn.

Allen voran Kristi Bentz.

23.

Jay ging gerade zu seiner Verabredung mit Dr. Hollister zur Tür hinaus und überlegte, wie er das Treffen möglichst kurz halten konnte, als sein Handy klingelte.

Auf dem kleinen Display erschien Sonny Crawleys Name.

»Was gibt's?«, fragte Jay und trat mit Aktenkoffer und Laptop ins Freie, wo der Regen auf das Vordach der Veranda trommelte und über den Rand der durchhängenden Dachrinne lief.

»Ich dachte, du wolltest informiert werden, wenn es etwas Neues über die verschwundenen Mädchen gibt?«

Jeder Nerv in Jays Körper straffte sich. »Habt ihr etwas gefunden?«

»Vielleicht, vielleicht auch nicht, aber es interessiert dich sicher.«

Bruno schlüpfte zur Tür hinaus, und Jay zog sie hinter ihm zu. Zusammen tappten sie über das nasse Grundstück.

»Spuck's aus.«

»Nun, alles fing damit an, dass ein Wilderer einen Frauenarm im Bauch eines Alligators gefunden hat und wir dachten, er würde zu einer der vermissten Studentinnen gehören. Aber wir konnten den Rest der Leiche nicht finden.«

Während Jay seine Sachen und Bruno in der Fahrerkabine verstaute, erzählte Sonny die ganze Geschichte. Jay setzte sich hinters Lenkrad, ohne den Motor anzulassen, und starrte durch die Windschutzscheibe.

»Das Merkwürdigste an der Sache ist, dass kein Blut in

dem Arm war, kein einziger Tropfen«, teilte ihm Sonny mit.

»Man schneidet einen Finger ab, und es blutet. Man schneidet einem Kerl den Schwanz ab, und es blutet. Ich bin kein Arzt, aber ich gehe davon aus, dass durchaus Blut in den Venen und Arterien sein müsste.«

Stimmt, dachte Jay und drehte den Zündschlüssel. Seine Gedanken schweiften zu all dem Gerede über Vampire.

»Der Arm ist also im Leichenschauhaus, und das andere Beweismaterial – Rückstände unter den Fingernägeln, Nagellacksplitter – ist das im Labor?«

»Ja. Vielleicht willst du Laurent anrufen. Sie weiß mehr darüber als ich.«

»Das mache ich, aber bis dahin muss ich dich um einen Gefallen bitten.«

»Noch einen?«

»Ich geb dir ein Bier aus.«

»Also, weißt du ...«

»Ich kauf dir ein Sechserpack«, verbesserte sich Jay, der hörte, dass Sonny gekränkt war.

»Schieß los.«

»Kannst du herausfinden, ob jemand, der am All Saints College arbeitet, einen dunklen Van fährt? Ich schick dir eine E-Mail mit einer Namensliste.«

»Und das kannst du nicht selbst recherchieren?«

»Ich brauche das Ganze so schnell wie möglich. Ich hatte gehofft, du könntest mir helfen. Außerdem muss ich wissen, ob irgendjemand von den Angestellten vorbestraft ist.«

»Könnte eine Weile dauern.«

»Wenn du dich beeilst, reden wir über ein Zwölferpack.«

Crawley lachte rauh, das Lachen eines Rauchers, das in einem Husten endete. »Für so viel Bier mach ich das natürlich. Ich lass dich wissen, was ich herausfinde. Morgen erledige ich das mit der Kraftfahrzeugbehörde, und das andere sobald wie möglich.«

»Danke.«

»Und ich will richtiges Bier, hörst du? Nicht diesen Light-Scheiß.«

»Richtiges Bier«, versprach Jay.

»Muss auflegen, krieg grad einen anderen Anruf. Außerdem ist Sonntagabend, und ich hab auch noch ein Privatleben.« Crawley drückte das Gespräch weg, und Jay machte sich daran, die neuen Informationen zu sortieren.

Er schauderte. Ein abgetrennter Arm ohne Blut. Kein einziger Tropfen. War der Alligator dafür verantwortlich, oder war etwas anderes damit passiert, etwas Unvorstellbares? Als Wissenschaftler glaubte er nicht eine Sekunde lang daran, dass Vampire auf dieser Erde herumspazierten, aber wenn Kristi recht hatte, gab es irgendwo in der Nähe eine Sekte mit überzeugten Anhängern, und wer wusste schon, wozu die fähig waren?

Natürlich konnte der abgetrennte Arm auch jemand anderem gehören als einer der vermissten Studentinnen vom All Saints College.

Aber er bezweifelte das.

Jay legte den Gang ein und wählte Kristis Nummer, um ihr die Neuigkeiten zu überbringen, aber sein Anruf wurde direkt an die Voicemail weitergeleitet. »Hey, ich bin's. Ruf mich an«, sagte er und legte auf. Unruhe überkam ihn. Er hätte sie nicht aus den Augen lassen sollen. Die Ereignisse erfolgten für seinen Geschmack zu schnell. Er musste Crawley, Laurent oder sonst wem mitteilen, was am All Saints vorging.

Kristi würde stinksauer sein, aber er hatte keine Wahl.

Er verzog das Gesicht. Er hätte das Treffen mit Hollister absagen und mit Kristi zu der verdammten Aufführung gehen sollen, aber jetzt war es zu spät.

Jay starrte auf sein Handy, als wollte er es so zum Klingeln bringen. »Komm schon, Kris, ruf an«, sagte er, aber das Telefon blieb stumm. Seine Unruhe und Sorge wuchs, als er Richtung College fuhr.

Auf der Damentoilette des Studentenwerks legte sich Kristi die Goldkette um den Hals und fragte sich, ob sie soeben den größten Fehler ihres Lebens machte. Die kleine Ampulle glitzerte im grellen Neonlicht, die dunkle Flüssigkeit in ihrem Innern sah beinahe schwarz aus.

Es fühlte sich seltsam an.

Ziemlich überspannt.

Beinahe böse.

Verdrossen steckte sie die Kette unter ihren Pulli. Das Fläschchen drückte sich gegen ihre Haut.

Kristi legte ein bisschen Lipgloss auf und ging dann zielstrebig auf die andere Seite des Campus, wo sie sich einer Gruppe von Studenten und Fakultätsmitgliedern anschloss, die zu dem Backsteingebäude des English Department in der Nähe vom Wagner House gingen. Dort gab es auch ein kleines Auditorium. Am südlichen Eingang strahlten Lichter, und ein weißes Schild verkündete mit schwarzer Schrift: »Heute *Abend: Jedermann.*«

Der Inbegriff der Moralitäten, dachte Kristi und erspähte Ophelia, die sich selbst »O« nannte und ebenfalls eine Ampulle mit ihrem eigenen Blut um den Hals trug.

Perfekt.

O versuchte, bei einem Mädchen hinter einem langen Tisch, der den Eingang zum Vorraum abgrenzte, eine Eintrittskarte zu kaufen. Das schwarze, straff zurückgekämmte Haar mit dem hellbraunen Ansatz stand in starkem Kontrast zu dem dicken weißen Make-up des Mädchens, mit dem sein Gesicht zugekleistert war.

»Das Stück ist schon ausverkauft?«, fragte O und starrte ihr Gegenüber aufgebracht an.

»Ja ... ich meine, ich weiß nicht ... eine Sekunde.«

»Ich muss da rein, das gehört zu meinem Seminar!« O ließ sich nicht abwimmeln.

»Ich weiß, das sagen alle.« Sie entdeckte Vater Mathias, der sich in der Nähe des abgehängten Theatereingangs herumdrückte. Er zupfte am Ärmel seiner schwarzen Soutane, die seit dem vierzehnten Jahrhundert beim Klerus der letzte Schrei zu sein schien und seinen Verband bedeckte.

»Vater Mathias?«, fragte sie nervös. »Könnten Sie mir für einen Augenblick behilflich sein?«

»Worum geht's denn, Angel?«, erkundigte er sich, und Kristi fragte sich, ob das Mädchen wirklich Angel hieß oder ob der Name etwas mit dem Stück zu tun hatte. Oder – schlimmer noch – war »Engel« der Kosename, mit dem Vater Mathias das nervöse Mädchen bedacht hatte?

»Wissen Sie, wie viele Plätze noch frei sind?«

»Nur noch ein paar«, erwiderte er sanft, dem offensichtlichen Unbehagen des Mädchens zum Trotz. »Wir stellen ein paar zusätzliche Klappstühle auf.« Er betrachtete die versammelte Menge. »Das hatte ich befürchtet«, sagte er leise. Dann, mit lauterer Stimme: »Ich danke Ihnen, dass Sie so zahlreich erschienen sind. Leider ist der Andrang größer, als wir gedacht hatten.«

Hinter Kristi entstand ein Gedränge, und jemand sagte: »Wollen Sie mich auf den Arm nehmen?«

»Das Auditorium hat eine begrenzte Anzahl von Sitzplätzen, die wir laut Brandschutzbestimmungen nicht überschreiten dürfen.«

»Wie bitte?« Eine Studentin hinter Kristi war fassungslos.

»Ich muss eine Arbeit über das Stück schreiben!«

»Hey, was soll das?«, rief jemand anderes.

Vater Mathias hob die Hände und ließ sie wieder sinken. Dann sagte er: »Bitte nehmen Sie meine Entschuldigung an. Es gibt heute Abend nur noch zehn freie Plätze, aber wir haben vor, die Aufführung morgen zu wiederholen, vielleicht auch am Freitag, wenn das Auditorium frei ist und die Schauspieler Zeit haben. Sie haben also alle noch Gelegenheit, das Stück zu sehen.«

»Morgen? Was zum Teufel –«

»Ich muss Montagabends arbeiten«, erklang weiterer Protest.

»So ein Mist«, rief ein Student verärgert.

»Bitte, bitte!« Vater Mathias blieb unnachgiebig. »Ich bin mir sicher, wir finden eine Lösung. Wir nehmen das Stück auf, und wenn Sie es nicht auf der Bühne mitverfolgen können, wird es Ihnen am Institut zur Verfügung stehen. Wann die nächste Aufführung stattfindet, werden wir so bald wie möglich auf der Campus-Website bekanntgeben. Ich danke Ihnen!«

Dann machte er sich davon und überließ es der unglücklichen Angel, mit der aufgebrachten Menge fertig zu werden. Es gelang O, eine Eintrittskarte zu ergattern, und auch Kristi zählte zu den glücklichen Besuchern, die für fünf Dollar ein dünnes glänzendes Programmheftchen und eine Eintrittskarte in die Hand gedrückt bekamen. Sie ging in den kleinen Vorraum, in dem eine Aufsicht ihre Handtasche durchsuchte, als würde sie ein Rockkonzert besuchen und irgendetwas Verbotenes einschmuggeln wollen. »Wir bitten Sie, Ihr Handy bei uns zu deponieren«, sagte die Aufsicht.

»Warum?«

»Sie glauben gar nicht, welche Probleme wir damit haben.«

Sie reichte Kristi einen farbigen Abholschein und einen Stift.

»Ich habe es doch schon ausgestellt.«

»So lautet die Vorschrift. Sie müssen es hierlassen. Schreiben Sie Ihren Namen auf und eine Telefonnummer oder E-Mail-Adresse, unter der Sie erreichbar sind, nur für den Fall, dass es zu einer Verwechslung kommt.«

Kristi gab ihr Handy nur ungern ab, aber wenn sie das Stück sehen wollte, blieb ihr keine andere Wahl. Sie füllte den Zettel aus, behielt eine Hälfte des Abholscheins und schnappte sich ihre Handtasche, überrascht, dass ihr Pfefferspray nicht konfisziert worden war. Dann eilte sie ins Auditorium, wo die Temperatur um gefühlte zwanzig Grad höher zu sein schien. Die Leute saßen dicht an dicht in den

Sitzreihen, aber es gelang ihr, in einem Seitengang einen Klappstuhl zu ergattern. O, die bereits ihre Handtasche vor ihre Füße stellte, saß ganz in der Nähe und hatte die Augen auf die Bühne gerichtet. Verblasste Samtvorhänge, einst von einem tiefen Weinrot, waren vor die Bühne gezogen worden, die Deckenbeleuchtung war spärlich. Das Auditorium fasste etwa fünfzig Personen, aber heute Abend saßen hier etwa fünfundsechzig. Die Heizung bullerte, und über allem dudelte mittelalterliche Flötenmusik und übertönte das Flüstern und Rascheln der Menge.

Ein Mann auf dem Stuhl vor Kristi hatte zu viel Aftershave aufgetragen, vermutlich um den Marihuanageruch zu überdecken, der an ihm haftete. Der Old-Spice-Trick funktionierte nicht, er unterstrich nur den süßlichen Duft.

Sekundenlang ertönte das kreischende Geräusch einer Rückkopplung, dann war es plötzlich still. Kristi blickte sich um und entdeckte vertraute Gesichter, Leute aus ihren Englischseminaren. An der Rückseite des Raums las Hiram Calloway eifrig sein Programm. Sie fragte sich, ob er sie hintergangen und ihren Schlüssel an jemanden weitergereicht hatte oder ob er es war, der ihr Apartment videoüberwachte. Bei dem Gedanken errötete sie und warf ihm vernichtende Blicke zu. Als hätte er gespürt, dass sie ihn ansah, hob er den Kopf und entdeckte sie. Schnell vergrub er die Nase wieder in seinem Programmheft.

Nein! Hiram schien nicht in Frage zu kommen. Er wirkte ein wenig schwammig, wie ein ehemaliger Football-Spieler, der aus dem Leim gegangen war, und sie selbst war sportlich und ziemlich schnell. Sie hätte Hiram also bestimmt erwischt, wenn er es gewesen wäre, den sie durch die Nacht gejagt hatte.

Sie starrte Hiram an, der gar nicht daran dachte, noch mal in ihre Richtung zu blicken. *Loser*, dachte Kristi und ließ ihre Augen durch das Auditorium schweifen. Sie entdeckte Grace weiter vorn, aber weder Lucretia noch Ariel waren zu sehen. Kristi warf einen Blick in ihr Programmheft. Vielleicht spielte Ariel in dem Stück mit. Doch sie war nicht aufgeführt, weder als Schauspielerin noch als jemand, der hinter den Kulissen arbeitete. Dr. Croft als Leiterin des English Department wurde erwähnt und natürlich Vater Mathias, zusammen mit Dr. Grotto als »Berater«, was immer das bedeuten sollte. Zena Regent hatte die Rolle der Werke übernommen, wenngleich Werke bei Jedermann rar waren, während Robert Manning – ein afroamerikanischer Student, der in mehreren von Kristis Seminaren war – Gott den Herrn spielte. Gertrude Sykes spielte den Tod. Unten auf der Seite wurde Mai Kwan erwähnt, die das Programmheft entworfen und bei Werbung und Presse mitgewirkt hatte.

Mai hatte nie erwähnt, dass sie etwas mit dem Drama Department zu tun hatte, aber Kristi hatte sich auch nicht weiter nach ihren Kursen oder Interessen erkundigt. Sie wusste ohnehin nur wenig über ihre Nachbarin, außer dass sie eine neugierige Journalistikstudentin war, die Tara Atwater gekannt hatte und sich vor dem Wäschekeller fürchtete.

Die Lichter flackerten, und binnen weniger Minuten war es dunkel. Alles wurde still, ein Scheinwerfer leuchtete auf, und Vater Mathias begann mit der Einleitung.

Kristi hatte das Stück noch nie gesehen, aber auf der

Highschool gelesen. Die Hauptperson war dieser Jedermann als Stellvertreter sämtlicher Männer und Frauen auf der Erde, die sich dem weltlichen Besitz verschrieben haben. Als der Tod nach Jedermann ruft, erkennt dieser, dass er in Wahrheit gar nichts hat. Verzweifelt sucht er nach jemandem, der ihn auf seiner Reise ins Jenseits begleitet, und wendet sich an Werke, Glaube und andere, die ihm diesen Gefallen erweisen könnten.

Doch Kristi war weniger an dem Stück interessiert als vielmehr an den Schauspielern, die die Rollen verkörperten. Sie erkannte Lucretias Freundin Trudie – im Programmheft »Gertrude« – als Tod, doch Gute-Werke-Zena strahlte die größte Bühnenpräsenz aus. Auch ein paar andere Spieler kamen Kristi bekannt vor, sie konnte sich aber nicht genau an ihre Namen erinnern. Der Engel wurde tatsächlich von dem Mädchen gespielt, das die Eintrittskarten verkauft hatte. Das Publikum bestand ebenfalls zum Großteil aus Kommilitonen aus Kristis Englischseminaren, doch für den Bruchteil einer Sekunde glaubte sie, Georgia Clovis in einer Nische bei einem Seiteneingang entdeckt zu haben.

Was hatte sie hier zu suchen?

Kristi blickte mit zusammengekniffenen Augen die anderen Besucher an. Eine Reihe von Lehrkräften war erschienen, vornehmlich aus dem English Department. Dr. Natalie Croft saß zwischen einem Mann, den Kristi nicht kannte, und Dr. Preston, der immer noch so aussah, als würde er sich gleich in die nächste Riesenwelle stürzen wollen. An seiner anderen Seite saß Professor Senegal, Kristis Journalistikdozentin.

Hatten diese Leute kein Privatleben?

Oder war das hier eine Art Sondervorstellung für die hohen Tiere des English Department?

In der Dunkelheit des Auditoriums zog sie das Kettchen aus ihrem Ausschnitt, so dass die Ampulle jetzt auf ihrem Pullover lag. Sie war zwar zum Teil von ihrer Jacke verdeckt, aber wenn die Lichter angingen, wollte sich Kristi mit ein paar Leuten unterhalten und sehen, ob jemand die Kette bemerkte oder gar einen Kommentar abgab. Das Stück ging ohne Patzer über die Bühne. Der Kerl vor ihr, der nach Moschus und Gras stank, begann zu schnarchen. Sein Kopf fiel nach vorn, und die Frau neben ihm stieß ihn in die Seite.

Kristi saß auf der Kante ihres Stuhls und wartete nervös. Als das Stück vorbei war und die Schauspieler in Gruppen auf die Bühne kamen, um sich zu verbeugen, erhob sie sich. Sobald der Applaus verebbt und das Licht angegangen war, gesellte sie sich zu O.

»Du bist O, hab ich recht?«, sagte Kristi, als hätte sie sie gerade erst bemerkt. »Ich glaube, wir haben ein Seminar zusammen.«

O blickte sie gelangweilt an. »Welches denn?«

»Vielleicht Shakespeare ... oder ... Grottos Vampirseminar.«

»Ja. Kann schon sein.«

»Ich suche nach einer Lernpartnerin.«

»Ich nicht.«

»Fällt dir jemand ein?«

O blickte Kristi direkt an. Sie hatten die Tür zum Vorraum erreicht. »Hab ich irgendwo ›Auskunft‹ stehen?«, fragte sie. Dann fiel ihr Blick auf die Ampulle an Kristis Halskette.

»Was zum Teufel machst du da? Versteck das Ding.«

»Warum?«

»Warum?«, wiederholte O. Sie kniff die Augen zusammen.

»Du bist Teil des –« In diesem Augenblick lief ihnen Vater Mathias über den Weg, und O riss die Augen auf, um ihrer Aufforderung Nachdruck zu verleihen.

Schnell steckte Kristi die Ampulle wieder unter den Pullover.

»Hat Ihnen die Aufführung gefallen?«, erkundigte sich der Priester.

»Sehr«, sagte O.

»Mir auch!«

»Vater Mathias, gratuliere!« Natalie Croft bahnte sich einen Weg durch die Menge. Sie strahlte den Priester an. »Gut gemacht«, sagte sie, obwohl Kristi anderer Meinung war. Von den Schauspielern, die heute Abend auf der Bühne gestanden hatten, würde keiner einen Oscar gewinnen, das konnte Croft noch so schönreden.

»*Jedermann* ist mein Lieblingsstück unter den Moralitäten, obwohl ich mich schon darauf freue, andere, genauso rätselhafte und wundervolle Stücke kennenzulernen. Ich hoffe, Sie kommen wieder. Oh, und für diejenigen unter Ihnen, die das Stück noch einmal sehen möchten: Es findet morgen Abend eine weitere Aufführung statt. Vielen Dank.«

Vater Mathias verließ das Auditorium über den rückwärtigen Ausgang. O verschwand durch die Tür, und Kristi versuchte ihr zu folgen, verlor aber Zeit, als sie ihr Handy abholte. Sie reichte einer anderen Aufsicht, einem Mädchen, das im Stück den Glauben dargestellt hatte, ihren Abholschein und bekam das Handy ohne einen weiteren Blick ausgehändigt. Kristi bahnte sich einen Weg aus der Tür. Sie hoffte, O wiederzufinden, aber vergeblich.

Großartig, dachte Kristi und hängte sich den Riemen ihrer Handtasche über die Schulter. Sie hatte so sehr gehofft, eine Verbindung zwischen den vermissten jungen Frauen und Vater Mathias' Drama Department herstellen zu können! Jetzt wusste sie nicht mehr weiter. Sie stand in der Dunkelheit, vom kalten Wind gebeutelt, und schaute zu, wie die anderen Besucher das Theater verließen. Manche gingen in Richtung Parkplatz, andere Richtung Campusmitte. Die Professoren, die sich die Aufführung angesehen hatten, waren alle schon fort. Es schien, als hätten sie nicht schnell genug wegkommen können.

Die wenigen Nachzügler, die noch geblieben waren, um ein wenig zu plaudern oder eine Zigarette zu rauchen, kannte Kristi nicht.

Sei doch mal ehrlich, dachte sie entmutigt. *Du solltest die Nachforschungen wirklich deinem Vater überlassen.*

Auf dem Weg zu ihrem Auto kam sie am Wagner House vorbei. Dunkel und kastig ragte es in der Dunkelheit vor ihr auf und wirkte bei Nacht sogar noch abweisender. Aus den Fenstern drang nur ein schwacher Lichtschimmer. Sie rüttelte am Tor, aber natürlich war es verschlossen. Plötzlich bemerkte sie ein Flackern, einen winzigen Lichtstrahl, der aus einem der Kellerfenster zu kommen schien.

Bildete sie sich das nur ein?

Als sie noch einmal hinblickte, war der Lichtschein verschwunden.

Eine Lichtspiegelung? Ein Hirngespinst?

Da sah sie ein weiteres bläuliches Licht hinter dem schmutzigen Glas, das ebenfalls schnell wieder erlosch.

Lagerraum, von wegen!, dachte sie. Wer würde schon mitten in der Nacht etwas lagern? Und warum war Vater Mathias gestern dort unten gewesen? Er hatte keine echte Erklärung dafür abgegeben, hatte lediglich darauf hingewiesen, auf Spuren von Ratten gestoßen zu sein. Vielleicht war das bloß eine Ausrede gewesen, um sie von dem Keller fernzuhalten. Nun, da musste er sich schon etwas anderes einfallen lassen.

Sie umrundete das Gebäude, versuchte es am rückwärtigen Tor und stellte fest, dass es ebenfalls verschlossen war. *Egal.* Sie würde da reinkommen. Über einen schmiedeeisernen Zaun zu klettern war keine große Sache, und Kristi wusste, dass es keine Überwachungskameras gab. Hatte Georgia Clovis das nicht selbst gesagt?

Zwar war der Zaun mit schwarzen Eisenspitzen versehen, das Tor dagegen nur mit Schnörkeln verziert. Kristi zog sich daran hoch, schwang sich hinüber und landete in der Hocke auf dem gepflasterten Pfad. Sie blickte sich um, weil sie sicherstellen wollte, dass niemand sie bemerkt hatte, eilte die Stufen zur Veranda hinauf und drehte den Knauf der Hintertür.

Verschlossen.

Verdammt. Der Trick mit der Kreditkarte, der in Filmen stets so wirksam war, hatte noch nie funktioniert, und Kristi hatte nichts bei sich, womit man ein Schloss aufbekommen konnte.

Also, was nun?

Ein Fenster?

Sie drückte gegen alle Fenster auf der Veranda, aber sie gaben nicht nach. An die anderen kam sie vom Boden aus nicht heran. Vielleicht konnte sie sich durch ein Kellerfenster quetschen? Sie umrundete das riesige gotische Haus, aber keins der Kellerfenster rührte sich, auch die Eingangstür nicht. Solange sie nicht mit einem Brecheisen zurückkehrte, war sie definitiv ausgesperrt.

Und die flackernden Lichter, die sie gesehen hatte?

Taschenlampen?

Kerzen?

Stableuchten?

Das Licht war verschwunden. Das Kellergeschoss war jetzt dunkel wie ein Grab.

Enttäuscht kletterte Kristi wieder über das Tor und ging zu ihrem Auto. Wieder spürte sie jene unsichtbaren Augen auf sich, die jede ihrer Bewegungen verfolgten. Wind wirbelte die nassen Blätter durch die Luft und rüttelte an den morschen Zweigen der Lebenseichen.

Als sie an ihrem Auto ankam, meinte sie, eine Stimme zu vernehmen ... eine leise Stimme, kaum mehr als ein Flüstern.

Sie stutzte.

»Hilf mir!«, rief die Stimme.

Kristi fuhr herum und blickte in die Dunkelheit. »Ist da jemand?«, fragte sie und blickte über den Parkplatz in Richtung Haus. Sie spitzte die Ohren, aber sie hörte nichts außer dem Rauschen des Windes.

Das bildest du dir nur ein, sagte sie zu sich selbst, aber sie hielt weiterhin inne, horchte. Ihre Haut kribbelte.

»Ist da jemand?«, fragte sie noch einmal und drehte sich

langsam um ihre eigene Achse. Ihr Herz hämmerte vor Angst, ihre Finger öffneten die Handtasche und schlossen sich um das Pfefferspray. »Hallo?«

Nichts.

Nur das Tröpfeln des Regens von den Dachrinnen. Die Kirchturmglocken schlugen die volle Stunde. Kristi bekam Gänsehaut und blickte am Wagner House hinauf. Stand jemand am oberen Fenster und starrte zu ihr herunter? Sie erwartete beinahe, dass sich irgendwelche grausigen Kreaturen mit blutigen Reißzähnen auf sie stürzten. Die Ampulle an ihrem Hals fühlte sich an, als würde sie hundert Pfund wiegen.

»Reiß dich zusammen«, befahl sie sich, als sie im Auto saß. Sie stellte ihr Handy an und hörte die beiden neu eingegangenen Nachrichten ab. Eine war von Jay, der sie dringend bat, ihn zurückzurufen, die andere von ihrem Vater, der sein Bestes gab, so zu klingen, als würde er sich lediglich nach ihrem Wohlbefinden erkundigen. Dennoch lag ein ernster Unterton in seiner Stimme, der ihr nicht entging. »... ruf mich an, sobald du kannst«, sagte er, bevor er auflegte.

»Mach ich, Dad«, sagte sie, legte den Gang ein und blickte einmal mehr in Richtung Wagner House.

Vlad beobachtete sie vom Glockenturm aus. Kristi Bentz wurde zu einem echten Problem.

Elizabeth hatte recht.

Es war Zeit, abzuhauen, bevor sie geschnappt wurden. Es gab andere Jagdreviere. Aber sie würden einige Zeit brauchen, um Fuß zu fassen, es war also nötig, mehr als ein Opfer zu töten, heute Nacht und morgen noch einmal. Sie würden eine Zeitlang mit dem Blut auskommen müssen.

Die Rücklichter des Honda verblassten mit zunehmender Entfernung. Bei dem Gedanken an Kristi Bentz und ihren langen, biegsamen Hals leckte er sich die Lippen. Er stellte sich vor, wie er die Zähne darin versenkte und was er sonst noch mit ihr anstellen würde.

Elizabeth wollte zusehen.

Welch besseres Opfer konnte es geben als das Mädchen, das sich so sehr bemühte, sie zu entlarven? Läge nicht eine herrliche Ironie darin, wenn Elizabeth das Ganze beobachtete? Ja, entschied er, darin lag eine gewisse Poesie, eine Symmetrie.

Als wäre er dazu prädestiniert, Kristi Bentz das Leben zu nehmen.

Aber zunächst einmal musste er sich um die anderen kümmern. Schöne Mädchen, die bereits ihre Seelen verpfändet hatten.

Heute Nacht würde ein Mädchen gejagt werden.

Morgen, wenn alles wie geplant lief, wären es zwei.

Er sah sie vor sich und verspürte eine heiße Welle der Lust. Er stellte sich vor, wie sie sich ihm hingaben.

Eine von ihnen wartete heute Nacht auf ihn ...

Ariel war erschöpft, konnte kaum den Kopf heben, und ihr war kalt, so verdammt kalt ... Der Raum war dunkel, aber irgendwie vertraut, als hätte sie schon einmal davon geträumt. Sie lag unbekleidet auf einer Liege oder Couch, der Stoff drückte weich gegen ihre nackte Haut.

Du weißt, was jetzt passiert.

Du hast das erwartet, nicht wahr?

Warum hast du dich auch so verzweifelt nach Freundinnen gesehnt?

Benommen spürte sie eine Veränderung um sich herum und wusste, dass sie nicht mehr allein war. Die Couch stand auf einer Art Bühne, einem Podest, und sie hatte das Gefühl, von Dutzenden von Augen beobachtet zu werden, obwohl sie niemanden sah.

Sie versuchte etwas zu sagen, aber sie brachte kein einziges Wort zustande. Ihre Stimmbänder schienen gelähmt zu sein, genau wie ihr Körper. Sie bekam entsetzliche Angst und bemühte sich verzweifelt, sich zu bewegen, sich von der Couch zu rollen, irgendetwas zu tun.

Sie hatte doch nur Freundinnen haben, auf ein paar Drinks ausgehen wollen und hatte den »Blutmartini« bestellt, was gut geklungen hatte ... zunächst. Sie hatte ihnen das Ganze in Wahrheit nicht abgekauft, aber sie war fasziniert gewesen, und ihre neuen Freunde hatte ihr versichert, das Trinken von Blut gehöre zum Ritual, zum Spaß, sei Teil der ganzen angesagten Vampirmarotte.

Jetzt war sie krank vor Angst, und der aufsteigende Nebel, der langsam durch den Fußboden quoll, gab ihr den Rest.

Was ging hier vor?

Wo war sie?

Wie war sie hierhergekommen, in diesen dunklen, höhlenartigen Raum?

Wer, bei Gott, waren die Leute, deren Augen sie auf sich gerichtet fühlte?

Männer?

Frauen?

Männer *und* Frauen?

O Herr, was würden sie ihr antun?

Sie hörte einen Schritt und versuchte den Kopf zu drehen. Vergeblich.

Ein weiterer Schritt.

Das Blut gefror ihr in den Adern.

Hilf mir, betete sie leise. *Bitte, lieber Gott, hilf mir.*

»Schwester Ariel«, sagte eine männliche Stimme.

Schwester? Warum nannte er sie so? Sie erinnerte sich undeutlich, dass jemand etwas von einem Initiationsritus erwähnt hatte ... Das war es wohl. Aber warum musste sie nackt sein, und warum um Himmels willen konnte sie sich nicht bewegen?

Sie meinte, seine Stimme zu erkennen.

»Schwester Ariel ist bereitwillig zu uns gekommen.«

Was meinte er mit uns? Und nein, sie war nicht bereitwillig gekommen!

Weitere langsame Schritte, und obwohl er sich hinter ihr befand, obwohl sie ihn nicht sehen konnte, spürte sie seine Anwesenheit. Er berührte sie hinter dem Ohr, und sie wollte sich ihm entziehen, aber es ging nicht. In seiner Berührung lag etwas Gefährliches, Furchteinflößendes, aber gleichzeitig auch Verführerisches.

Sein Finger fuhr über ihren Nacken, und sie erschauderte gegen ihren Willen. Ihr Herzschlag hallte laut in ihrem Kopf wider, und etwas Rotglühendes hüllte die Bühne – wenn es denn eine Bühne war – in blutroten Nebel.

Kurz glaubte sie, zu träumen oder auf irgendeiner Droge zu sein, doch tief im Innern wusste sie, dass alles real war. Er berührte sie an intimeren Stellen, beugte sich vor, atmete über ihre Haut und strich mit einer Hand über ihre Brustwarze.

Ihr Körper reagierte auf ihn, obwohl sie das gar nicht wollte. Sie konnte ihn immer noch nicht sehen, vermochte sich nicht umzudrehen, um ihm ins Gesicht zu blicken. »Schwester Ariel ist bereit, sich uns heute Nacht anzuschließen. Sie wird das letzte, höchste Opfer bringen.«

Nein … das kann nicht sein.

»Unsere Schwester. Eine Jungfrau.«

Bei aller Liebe, was sollte das? Sie war doch keine Jungfrau … Das war verrückt, einfach völlig irre.

Sie kämpfte wie wild, doch kein Muskel rührte sich. Sie spürte, wie er sie zu streicheln begann. »Es ist Zeit, Schwester Ariel«, sagte er und kam ihr noch näher, so nah, dass sein heißer Atem über die nackte Haut ihres Nackens streifte und sie erbeben ließ. Vor Erwartung? Vor Furcht?

Nein! Nein, nein, nein!

Seine Lippen strichen über ihre Haut.

»Du weißt, wer ich bin«, flüsterte er, und sie wusste es tatsächlich. Oh, sie wusste, wer er war und dass sie so manches Mal von ihm geträumt hatte. Aber doch nicht so … doch nicht … mit einem Publikum im Hintergrund! Nicht in dieser Mischung aus Angst und Verführung, nicht wenn sie unfähig war, sich zu bewegen, zu sprechen.

In seiner Stimme lag der Anflug eines Lächelns, als er sagte: »Hab keine Angst.«

Sie hatte aber Angst. Lieber Gott, und was für eine Angst sie hatte!

Er neigte sich ihr zu, und sie verspürte in ihrem Hals

einen weiß glühenden Schmerz wie von Nadelstichen. Ihr Herz flatterte. Sie versuchte zu schreien, aber es kam nur ein Stöhnen über ihre Lippen.

Sein Mund saugte sich an ihr fest.

Ihr Blut begann zu fließen, warm und stetig.

Sie war gelähmt, und das nicht nur vor Angst.

Lieber Gott, hilf mir …

24.

Kristi beschloss, bei sich zu Hause vorbeizufahren und ihre Sachen zu wechseln.

Wieder sah es so aus, als wäre nichts in dem Apartment verändert worden. Vielleicht hatten sie den Voyeur verschreckt.

»Den sind wir los«, sagte sie laut. Houdini, der oben auf dem Bücherregal gehockt hatte, sprang herunter und näherte sich zögernd, als wollte er ihr um die Knöchel streichen.

»Ich bin morgen zurück«, versprach Kristi ihm, eilte zur Tür hinaus und fuhr zu dem heruntergekommenen Bungalow von Jays Tante.

Jay stieg gerade aus seinem Pick-up, als sie in die Auffahrt bog. Bruno markierte bereits jeden Millimeter Gestrüpp auf dem Weg zur Haustür. Jay umarmte Kristi und küsste sie, bis sich ihr der Kopf drehte.

»Hast du mich vermisst?«, fragte sie, als er sie schließlich losließ und sie wieder Luft holen konnte.

»Ein bisschen.«

»Ein bisschen viel«, neckte sie ihn.

»Ich bin nur froh, dass du hier bist«, sagte er ernst, legte einen Arm um ihre Schulter und führte sie um eine tropfende Dachrinne herum ins Haus.

Drinnen schauten sie das Videoband an, doch es war nichts anderes darauf zu sehen als die Katze, die kam und wieder ging.

»Glaubst du, dass er jemals wieder auftaucht?«

»Irgendwann schon«, sagte Jay grimmig.

Kristi zog im Bad ihren Pyjama an und nahm vorsichtig die Ampulle vom Hals. Sie verspürte ein leises Schuldgefühl, weil sie Jay nicht gesagt hatte, dass sie sie getragen hatte. Als sie ins Wohnzimmer zurückkam, machte Jay gerade ein Feuer aus den Holzresten. Die Flammen leckten begierig am Holz und knackten, der Geruch nach Rauch füllte die Räume, und Jay öffnete eine Flasche Rotwein. Sie tranken aus Pappbechern und lehnten sich mit dem Rücken an die abgestoßenen Möbel.

»Trautes Heim, Glück allein.« In Jays Augen lag ein ironisches Glitzern.

»Ich habe heute Abend bei der Aufführung Hiram gesehen«, sagte sie und blickte in ihren Pappbecher. »Ich konnte mich gerade noch bremsen, zu ihm zu gehen und ihn als Perversen zu beschimpfen.«

»Er hätte bestimmt alles abgestritten.«

»Ich weiß, aber selbst wenn er es nicht war, muss er jemand anderem meinen Schlüssel gegeben haben.«

»Ja ja, der Postbote, der Telefondienst oder der Klempner. Wir haben keinen blassen Schimmer, wer der Kerl ist.«

»Es ist noch gar nicht lange her, dass ich die Schlösser ausgewechselt habe.«

»Wir kriegen ihn«, versprach Jay. »Du musst nur Geduld haben.«

»Du meinst, *noch* mehr Geduld.«

Er lächelte, erwiderte jedoch nichts. Was auch gut war. Kristi wusste sehr wohl, dass Geduld nicht zu ihren Stärken zählte. Es kam ihr so vor, als würde sie schon endlos warten, auf den richtigen Zeitpunkt, auf den entscheidenden Durchbruch.

»Du weißt, dass ich nicht hier bleiben kann, wenn du in New Orleans bist«, sagte Kristi. »Ich muss zurück in meine Wohnung.«

Jay schüttelte nachdrücklich den Kopf. »Wie würdest du dich dort mit der Kamera fühlen? Wenn du damit rechnen musst, dass er jederzeit zur Tür hineinspaziert kommt? Es ist dort nicht sicher. Keine Sorge, ich komme direkt nach der Arbeit zurück. Ich kann doch pendeln.«

»Nach einem Zehn-Stunden-Tag?«

»Wir sprechen von vier Nächten in der Woche.«

»Ich kann auf mich selbst aufpassen«, versicherte sie ihm mit einem Anflug von Gereiztheit. Es war eine Sache, wenn er sich um ihre Sicherheit sorgte, und eine andere, wenn er versuchte, sich in ihr Leben einzumischen. Sie zu sehr behütete. Das kannte sie nur zu gut.

»Ich komme wieder, und damit ist die Sache erledigt, aber ich muss ins kriminaltechnische Labor«, räumte er ein. Und dann, noch bevor sie weiteren Protest erheben konnte, setzte er sie von all dem in Kenntnis, das er von Sonny Crawley erfahren hatte.

Kristi hörte verblüfft zu. Sie unterbrach ihn nicht, als er erzählte, wie die Polizei versuchte, die Person zu identifizieren, der der Arm gehört hatte, und dass er seinen Freund beim Police Department gebeten hatte, sich bei der Kraftfahrzeugbehörde und in den Vorstrafenregistern schlauzumachen.

»– sie suchen nach weiteren Beweisstücken, weiteren Leichen«, schloss Jay und nahm einen Schluck aus seinem

Pappbecher. »Wie es scheint, hat eine der Detectives, Portia Laurent, die ganze Zeit über vermutet, dass die verschwundenen All-Saints-Studentinnen entführt wurden. Sie hatte nur keinen Beweis dafür.«

»Jetzt vielleicht doch«, sagte Kristi.

Sie war noch dabei, das Gehörte zu verarbeiten, als er das Thema wechselte und sie nach der Aufführung fragte. Sie erzählte ihm von den Erlebnissen des Abends, wobei sie sorgfältig vermied, die Blutampulle zu erwähnen, weil sie wusste, dass er sie zurückverlangen würde. Aber sie wollte sie unbedingt bei ihrem morgigen Treffen mit Dr. Grotto tragen.

Kristi endete mit ihrer wenig erfolgreichen Schnüffelei am Wagner House und erzählte ihm auch von dem vermeintlichen Hilferuf.

»Ich finde es nicht gerade toll, dass du dich mit Dr. Vampir triffst«, sagte Jay und schenkte ihnen Wein nach. »Und geh nicht wieder in dein Apartment.«

Kristi überhörte das. »Was soll Grotto mir denn tun? Ich treffe ihn in seinem Büro im English Department.«

Jays Augen trübten sich. Er blickte ins Feuer. »Er hat etwas mit dem Verschwinden der Mädchen zu tun, das spüre ich. Du triffst dich mit ihm, und ich fühle mich einfach nicht wohl dabei.« Er rieb sich das Kinn und schüttelte den Kopf. »Und was ist mit dem, der vor Wagner House um Hilfe gerufen hat, wer auch immer das gewesen sein mag?«

»Ich *dachte*, ich hätte einen Hilferuf gehört, aber es kann genauso gut eine Katze gewesen sein oder ... keine Ahnung, irgendetwas anderes. Es war windig und hat geregnet, vielleicht hab ich mir das eingebildet.«

»Du gehörst nicht zu denen, die sich Dinge einbilden«, sagte er mit Nachdruck, und sie beschloss, dass es Zeit war, ehrlich zu sein.

»Was wäre, wenn ich behaupten würde, ich könnte den Tod vorhersagen, allein dadurch, dass ich jemanden anschaue?«

»Besitzt du irgendwelche übersinnlichen Kräfte, von denen ich keine Ahnung habe?«

»So könnte man sagen.«

Jay lächelte. Er streckte sich vor dem Feuer aus, den Kopf in eine Hand gestützt, den Pappbecher mit Wein in der anderen, und richtete den Blick auf sie. »Schieß los.«

Sie erzählte ihm von ihren Träumen, in denen ihr Vater starb, und wie sie die Leute grau werden sah, wenn sie – wie sie vermutete – kurz vor ihrem Tod standen. Als sie geendet hatte, nahm sie einen weiteren Schluck Rotwein und stellte fest, dass Jays Lächeln verschwunden war.

»Ich warte auf die Pointe.«

»Es gibt keine«, versicherte ihm Kristi.

»Aber dein Vater, Lucretia und Ariel sind noch am Leben.«

»Das weiß ich, aber denk an die Frau im Bus.«

»Eine sehr betagte Frau.«

»Ich sage dir nur, was los ist. Wann immer mir das passiert, fühle ich mich eiskalt im Innern. Als würde mir der Tod in die Seele schneiden.« Sie senkte ihre Stimme und kam sich immer dämlicher vor. »Es ist mir klar, dass das durchgeknallt klingt. Aber es ist, als würde das Unheil persönlich durch meine Augen blicken.«

»Kris –«

»Ich klinge sicher wie ein Psycho, der eine jahrelange Therapie vor sich hat, aber diese Visionen sind erst nach der Sache damals eingetreten.«

»Hast du mit deinem Vater darüber gesprochen?«

»Wo er ohnehin schon so paranoid ist, was mich betrifft? Nein danke. Ich habe daran gedacht, Olivia, seine Frau, ins Vertrauen zu ziehen, weil sie hellsehen kann, äh, konnte.

Aber dann würde sie sich verpflichtet fühlen, Dad einzuweihen, und deshalb habe ich nur Ariel davon erzählt.« Kristi seufzte. »Wer weiß, mit wie vielen Leuten sie darüber getratscht hat.«

»Das glaubt doch ohnehin keiner. Die werden bloß denken, du bist durchgedreht.«

»Super«, sagte sie. »Glaubst du auch, dass ich durchgedreht bin?«

Jay zögerte so lange, dass Kristi wütend wurde, aber dann hob er die Hand und sagte: »Ich denke, dass irgendetwas Bestimmtes in dir vorgeht. Dieses – Phänomen – dieses Grausehen – könnte etwas Physisches sein.«

»Eine Störung der Augen? Des Gehirns?«

Er zuckte die Achseln. »Alles, was ich weiß, ist, dass du dich nicht mit Grotto treffen solltest. Oder dass du zumindest so lange warten solltest, bis ich mitkommen kann.«

Kristi lehnte seinen Vorschlag ab. »Das würde alles vermasseln.«

»Ich kann draußen warten. In der Nähe seines Büros. Du schaltest dein Handy ein, stellst es auf lautlos, und ich höre mit. Wenn irgendetwas schiefgeht, komme ich durch die Tür geschossen wie Rambo.«

»Okay«, gab Kristi nach. »Warte in der Bibliothek, bis du

mich mit ihm reden hörst, damit du weißt, dass wir in seinem Büro sind. Dann kommst du zum English Department. Danach können wir zum Studentenwerk gehen und reden, und anschließend zu deinem Seminar.«

»Klingt gut.«

»Brauchen wir ein Code-Wort für den Fall, dass Grotto Schwierigkeiten macht?«

»Wie wär's mit: ›Hilfe!‹ oder: ›Komm schon, Jay, zum Teufel noch mal!‹«

»Das wird klappen«, sagte sie und musste lachen. »Ich bin nämlich nur ein klein bisschen verrückt«, sagte sie.

»Ich weiß.«

Sie blickte in sein schönes Gesicht und fragte sich, was sie so lange davon abgehalten hatte, sich auf dieser Ebene mit ihm einzulassen. Ihm zu vertrauen. Ihn zu lieben.

Sie hätte ihm beinahe von der Blutampulle erzählt, doch sie beschloss, dieses Detail für sich zu behalten, wenigstens bis morgen Abend. Bis sie Grottos Reaktion gesehen hatte.

Portia Laurent zog ihren Mantel an und wollte gerade Feierabend machen, als Detective Crawley in einer Wolke von Zigarettengestank an ihrer Arbeitsnische auftauchte. Er brauchte dringend eine Rasur. Sie hatte den Mann nie besonders gemocht, wenngleich es an seinen beruflichen Fähigkeiten nichts zu bemängeln gab. Er war einfach ein bisschen ungehobelt, was ihm im Job mitunter ganz dienlich zu sein schien.

»Haben Sie einen Anruf von Jay McKnight bekommen?«, erkundigte er sich. Es war nach fünf. Crawley trug bereits seine Regenjacke und eine abgewetzte Aktentasche in der einen und einen Stapel Papiere in der anderen Hand.

»Nein.«

»Er arbeitet im kriminaltechnischen Labor und hält außerdem ein Abendseminar am All Saints College. Ein früherer Freund von mir. Ich hab ihm Ihren Namen gegeben.«

»Aus welchem Grund?«

»Er interessiert sich für die verschwundenen Studentinnen. Er scheint davon auszugehen, dass mehr dahintersteckt, genau wie Sie. Dachte, Sie könnten vielleicht mal mit ihm reden. Ihre Unterlagen vergleichen. Er hat mich außerdem gebeten, ihm ein paar Informationen über einige der Dozenten zusammenzustellen, die am College beschäftigt sind.«

»Was für Informationen?«

»Welche Fahrzeuge sie besitzen, vor allem, ob ein dunkler Van darunter ist. Nummernschilder von Louisiana. Vermutlich amerikanische Automarke und groß, kein Minivan. Behauptet, jemand wäre Kristi Bentz gefolgt. Sie ist die Tochter von Rick Bentz vom New Orleans Police Department, und sie studiert hier.«

»Was hat sie mit der Sache zu tun?«

»Sie spielt Amateurermittlerin.«

»Genau das, was wir brauchen«, murmelte Portia. »Und was ist mit McKnight?«

»Er ist ihr Professor. Ein Freund.«

»Sonst nichts?«

»Vermutlich doch.«

»Großartig«, sagte sie und hoffte, dass ihnen diese Bentz nicht in die Quere kommen würde.

»McKnight will außerdem, dass wir ein paar der Professoren und College-Angestellten überprüfen.«

Sie hob die Augenbrauen. »Er glaubt, dass einer seiner neuen Kollegen etwas damit zu tun hat?«

»Ich hab schon die Informationen von der Kfz-Behörde, aber ich dachte, Sie könnten das mit den Angestellten übernehmen. Ich hab jetzt ein paar Tage frei. Meine Ex ist im Krankenhaus – Knieoperation –, und die Jungs sind bei mir. Freitag bin ich wieder da.« Er reichte ihr ein Blatt Papier mit einer Liste von Namen und ein weiteres mit fünf Fahrzeugen, die in Frage kamen. Dann schilderte er ihr kurz, was Jay und Kristi Bentz passiert war.

Portia konnte einen Anflug von Erregung nicht unterdrücken. Seit über einem Jahr hatte sie das Gefühl, dass mehr hinter dieser Ausreißerinnengeschichte steckte. Nun schien ihr zumindest einer zuzustimmen.

»Ich häng mich später wieder mit rein«, sagte Crawley und deutete mit einem Finger auf ihre Nase. »Und versauen Sie's nicht, okay? Ich krieg ein Zwölferpack dafür.«

»Bekomme ich was davon ab?«

Er grinste. »Machen Sie sich ein Bild von der Sache, und ich spendiere Ihnen einen echten Drink. Was trinken Sie? Cosmopolitan? Daiquiri?«

»Martini ohne Eis. Drei Oliven.«

»Eine Frau nach meinem Geschmack.«

»Genau das will ich hören«, sagte sie, zog ihren Mantel aus und richtete sich auf eine lange, vielversprechende Nacht ein.

Elizabeth besuchte ihn nur selten.

Es war ein ungeschriebenes Gesetz: Er kam zu ihr. Immer. Das letzte Mal, dass sie in seinen privaten Räumen aufgetaucht war, lag über ein Jahr zurück. Doch jetzt schritt sie am Rande des Pools entlang. Die Unterwasserbeleuchtung ließ das Wasser aquamarinblau strahlen. Es warf bläuliche Schatten auf ihre blasse, makellose Haut. Sie trug einen langen schwarzen Mantel und Stiefel und durchmaß den Raum von einem Ende zum anderen.

Vlad beendete seine Bahnen, dann stemmte er sich aus dem Wasser. Selbst für sie unterbrach er seine Routine nicht.

»Du bist gekommen – es stimmt also etwas nicht«, stellte er fest. Nackt und tropfend stand er da und ließ die kühle Luft über seine Haut streichen. Er hatte gehofft, nach seinem Training ein wenig Zeit bei Ariel und Karen Lee alias Bodiluscious im Kühlraum verbringen zu können, aber offenbar musste er seine Pläne ändern.

»Wir sollten schneller vorgehen«, sagte Elizabeth und blickte ihn an, als sei das, was da nicht stimmte, seine Schuld.

»Wir waren übereingekommen, dass es mehr sein müssen, und zwar schnell.«

»Was ist passiert?«

»Du meinst, abgesehen davon, dass sie den Arm gefunden haben?«, fragte sie höhnisch. »Ich habe Quellen bei der Polizei. Das war nachlässig, Vlad. Wenn du die ... Leichen entsorgst, musst du sie *weit* wegbringen. Über die Grenzen von Baton Rouge oder, besser noch, über die des Bundesstaates hinaus.« Sie wirbelte zu ihm herum. Ihre Augen waren zusammengekniffen, ihre Nasenflügel bebten und zeigten deutlich, wie zornig sie war. »Um Gottes willen, warum hast du sie nicht in den verdammten Golf von Mexiko geschmissen? Die Haie hätten sich gefreut. Denk an die Menschen, die von Booten stürzen und die man *nie* mehr wiederfindet.«

Als wäre es so einfach, eine Leiche loszuwerden.

»Das mit dem Alligator war reines Pech.«

»Und dumm! Wie hoch sind die Chancen, dass der Rest der Leiche auftaucht? Oder die anderen?« Sie zitterte, und alles, was er tun konnte, war, seine Hände auf sie zu legen und zu versuchen, sie zu beruhigen. Aber er wusste aus Erfahrung, dass seine Berührung sie nur noch mehr aufbringen würde, solange sie noch bekleidet war und nicht in ihrem blutigen Bad lag.

»Sie können keine Verbindung zwischen uns und dem Fund herstellen.«

Sie starrte ihn an, als wäre er schwachsinnig. »Siehst du eigentlich fern? Was ›sie‹« – Elizabeth malte Anführungszeichen in die Luft – »tun können, ist sehr differenziert. Wenn sie genug Zeit haben, werden sie uns irgendwann mit dem verdammten Arm in Verbindung bringen, egal, von welchem der Mädchen er stammt!« Sie kratzte sich nachdenklich den langen Hals und wanderte weiter rastlos im Raum auf und ab. Plötzlich fiel ihr Blick auf ihr Bild in einem der Spiegel, die er im Zimmer plaziert hatte, und sie blieb stehen. Ihre Finger machten automatisch weiter, bis sie bemerkte, was sie da tat, dass sie ihre Haut mit der Kratzerei möglicherweise verunstalten könnte. Einen Augenblick lang war sie von ihrem Spiegelbild abgelenkt, dann atmete sie ein paarmal tief durch, und ihr Gesicht nahm wieder die Maske der Gelassenheit an. Die Falten zwischen ihren Brauen und in den Augenwinkeln, hervorgerufen durch

Bestürzung und Verdrossenheit, glätteten sich, und der Ausdruck aufbrodelnden Zorns verschwand.

»Wir müssen die Sache vorantreiben. Sofort«, sagte sie. »Du weißt, was du zu tun hast. Wir haben es für heute geplant, obwohl ich wünschte, es müsste nicht so bald sein.« Sie schüttelte seufzend den Kopf. »An diesem Freitag«, fuhr sie mit einem Anflug von Wehmut fort, »wird unser letzter Auftritt hier stattfinden.«

»Und dann?«

Sie zog eine ihrer perfekten Augenbrauen hoch. »Dann fangen wir natürlich von vorn an. Wir brauchen bloß genug Blut, um damit über die Runden zu kommen, bis wir uns woanders niedergelassen haben.« Der Gedanke an eine neue Zukunft, einen neuen Ort, neue junge, geschmeidige Körper schien ihren Zorn zu besänftigen. »Aber jetzt müssen wir uns konzentrieren.«

Sie durchquerte den höhlenartigen Raum, ging zu der Nische, in der sein Schreibtisch stand, und stellte fest, dass er bereits Fotos von Studentinnen auf der Arbeitsfläche ausgebreitet hatte, Fotos von denen, die er für angemessen hielt. Elizabeth lehnte sich gegen den Schreibtisch und sortierte mit einer raschen Handbewegung die aus, die ihr nicht hübsch oder jung genug waren. Bei einigen der Mädchen zögerte sie und schnalzte mit der Zunge.

Am Ende blieben drei Fotos übrig. »Das sind sie«, sagte sie, und er blickte auf die schönen jungen Frauen vor ihr. Jede von ihnen war eine jüngere, lebendigere Ausgabe von Elizabeth.

Das Foto in der Mitte war das von Kristi Bentz.

»Drei wird schwierig werden.«

»Dann musst du einfach besser sein als sonst, nicht wahr?« Sie lächelte ihn an, ein angriffslustiges Lächeln, bei dem sich ein paar Fältchen zeigten. »Wenn du sie nicht alle kriegen kannst, schnapp dir zumindest die Bentz.«

Allzu gern, dachte er.

»Und denk dran: Diese« – sie ließ einen Finger über den Fotos kreisen – »brauchen wir nur wegen des Bluts. Es müssen schließlich noch andere beseitigt werden.«

Er wusste, wovon sie sprach: die Aufräumarbeiten. Diejenigen loszuwerden, die ihr Verderben sein könnten – ein mehr als unerfreulicher Gedanke. Er konnte es gar nicht erwarten, sich ihrer zu entledigen.

Sie hatten es verdient zu sterben.

Hatten geradezu darum gebeten.

Vlad war überaus froh, Elizabeths Bitte nachkommen zu können.

Dr. Grottos Büro lag im Untergeschoss des Nordflügels jenes klotzigen Gebäudes, in dem das English Department untergebracht war. Es war über eine Treppe und einen Gang zu erreichen. In diesem Teil des Gebäudes gab es kaum Unterrichtsräume, und es war ruhig. Keine Studenten oder Lehrkräfte, die die Flure entlanggingen. Die meisten der Bürotüren mit ihren Milchglasfenstern waren geschlossen, die Büros unbesetzt, kein Licht drang heraus.

Kristi nahm ihren Mut zusammen und ging den Gang hinunter. Jetzt würde sie Dr. Grotto also von Angesicht zu Angesicht gegenübertreten. Sie war sich nicht ganz sicher, wie sie sich geben sollte, und sie malte sich verschiedene Szenarien aus.

Sollte sie ganz unschuldig tun, sich lediglich nach ihrer Hausarbeit erkundigen und dabei einen Hinweis auf irgendeine Art Kult einstreuen?

Sollte sie geradeheraus sein wie ein polizeilicher Ermittler? Schüchtern? Kokett? In der Hoffnung, ihm Informationen zu entlocken, wenn sie seinem Ego schmeichelte?

Der Gedanke verursachte ihr Bauchschmerzen.

Improvisiere einfach, sagte sie zu sich selbst, obwohl ihre Nerven gespannt waren wie Klaviersaiten. Ihre Aufregung wuchs mit jedem Schritt. Sie blickte in ihre Tasche: Per Handy, das auf lautlos gestellt war, war sie mit Jay verbunden, der hoffentlich in der Lage wäre, ihr Gespräch mitzuverfolgen, auch wenn es ihm vermutlich nicht gefiel. Sie hasste es, auf ihn angewiesen zu sein, aber schließlich wollte sie nichts riskieren. Grotto könnte sich als gefährlich erweisen. Sie hatte keine Ahnung, wie ihr Professor reagieren würde, wenn er glaubte, aufgeflogen zu sein.

Sie kam an eine Biegung des Ganges und hörte Stimmen, die zum Teil gedämpft, aber doch laut genug waren, so dass Kristi sie verstehen konnte. Ein Streit.

»Ich sage dir, das ist gefährlich«, sagte eine Frau, die Stimme vor Erregung erhoben. Kristi blieb abrupt stehen.

Lucretia?

»Du musst damit aufhören.« Ja, es war Lucretia, und sie klang verzweifelt. Kristi spähte um die Ecke und sah einen leeren Flur vor sich.

»Ich weiß, was ich tue.« Grottos Stimme, die tief und ärgerlich durch einen Türspalt drang.

Mit klopfendem Herzen schlich sich Kristi näher, dicht an die Wand gedrückt.

»Siehst du nicht, dass sie dich benutzen? Um Himmels willen, Dominic, steig aus, bevor es zu spät ist!«

»Keine Ahnung, wovon du sprichst.«

»Ich weiß, dass irgendetwas Schreckliches im Gange ist. Etwas Böses. Und ... ich finde es furchtbar, was es mit dir macht. Bitte, Dominic, steig jetzt aus. Wir können fortgehen. Niemand wird je davon erfahren.«

Lucretia hatte Angst.

War panisch.

Kristi zuckte innerlich zusammen und fragte sich, wie viel seelische Demütigung ihre ehemalige Zimmergenossin wohl noch einstecken mochte und vor allem: wofür? Für diesen Fiesling mit seinem Vampirfimmel?

»Niemand wird je davon erfahren? Das kann auch nur von dir kommen«, spöttelte er mit anklagender Stimme.

»Schließlich bist du diejenige, die geplappert hat!«

»Ich habe einen Fehler gemacht.«

»Einen, den ich ausbaden muss.«

Kristi konnte kaum etwas verstehen, so laut klopfte ihr Herz.

Sie sprachen von ihr! Von Lucretias ursprünglichem Anliegen, Kristi solle Nachforschungen über irgendeinen Vampirkult anstellen.

»Ich hatte Angst! Um sie! Um dich!« Lucretia war fast hysterisch. »Um ... um uns!«

»Darüber hättest du nachdenken sollen, bevor du dich entschlossen hast, dich an deine Freundin zu wenden.«

»Sie ist nicht meine Freundin«, widersprach Lucretia rasch.

»Die Tochter eines Cops, Himmel! Und nicht nur irgendeines Cops, sondern von einem Schlaumeier bei der

Mordkommission. Mordkommission, Lucretia, kapierst du? Was zum Teufel hast du dir dabei gedacht?« Grotto war jetzt wirklich außer sich, seine Stimme wurde schrill. »Das Letzte, was wir brauchen können, ist noch mehr Aufmerksamkeit von der Polizei.«

»Ich – ich habe doch bloß gedacht, sie könnte uns helfen.«

»Wie denn? Indem sie alles aufdeckt? Mensch, Lucretia, ich hatte gedacht, du seist eine intelligente Frau. Und dann wendest du dich an jemanden, der direkt mit der Polizei in Verbindung steht, lenkst die Aufmerksamkeit auf mich und bittest um Hilfe, obwohl du noch nicht mal kapierst, was los ist?«

»Dominic, bitte –« Lucretias Stimme brach, und Kristi empfand beinahe Mitleid mit ihr.

»Ich habe dir gesagt, dass es aus ist«, sagte er leiser. Seine Worte klangen kalt und herzlos.

»Du … du meinst das doch nicht ernst«, sagte sie schniefend.

»Ich – ich habe ihr gesagt, dass du … unschuldig bist. Das alles reine Schikane ist.«

»Aber das hat sie dir nicht abgekauft, oder?«

Erdrückendes Schweigen.

»Jetzt muss ich mich mit ihr rumschlagen. Ich habe versucht, ihr aus dem Weg zu gehen, seit mir klargeworden ist, um wen es sich handelt, aber sie ist hartnäckig, und –« er holte tief Luft – »sie kommt in ein paar Minuten unter dem Vorwand, mit mir über irgendeine Arbeit zu sprechen.«

»Triff dich nicht mit ihr«, bat Lucretia leise.

»Das muss ich tun. Geh bitte. Sie wird jede Minute hier

sein. Und ruf mich in zwanzig Minuten an, dann hab ich eine Ausrede, das Gespräch kurz zu halten.«

»O nein, bitte, Dominic!«

»Geh, Lucretia. Hau verdammt noch mal ab. Bevor du noch alles in den Sand setzt.«

Sie protestierte leise, und Kristi zog sich rasch zurück, den Gang hinunter. Kalter Schweiß lief ihr das Rückgrat hinunter. Es gab keine Möglichkeit, sich zu verstecken, kein Kämmerchen, in das sie hätte schlüpfen können, keine Treppe. Sie musste so tun, als würde sie gerade erst ankommen und hätte den Streit nicht bemerkt.

Aus der Entfernung hörte sie eine Tür zuschlagen und vermutete, dass ihre ehemalige Zimmergenossin den Ausgang in der Nähe von Greek Row nahm, der zur Rückseite des Campus führte, weg vom College-Hof. Ein paar Studenten kamen die Treppe herunter. Kristi trat ein Stück zurück, zog ihr Handy aus der Tasche und ging dann nach draußen.

»Bist du dran?«, flüsterte sie.

Jay antwortete nicht.

Sie stellte fest, dass die Verbindung unterbrochen war.

»Großartig.«

Es kam nicht oft vor, aber wenn, dann stets im ungünstigsten Augenblick. Genau wie in den Werbespots. Schnell rief sie Jay zurück.

»Was zum Teufel ist passiert?«, fragte er. Er klang panisch.

»Hast du's nicht gehört?«

»Was?«

»Macht nichts, ich erzähl's dir später.«

»Ich bin schon unterwegs.«

Sie sah sich nach ihm um, blickte in Richtung Bibliothek, konnte ihn aber inmitten der Grüppchen, die von einem Gebäude zum nächsten eilten, nicht entdecken.

»Warte. Ich war noch nicht bei ihm. Grotto hatte Besuch. Wo bist du?«

»Komme gerade aus der Bibliothek.« Kristi blinzelte und sah ihn im Licht der Laternen die breiten Stufen herunterhasten. Zielstrebig marschierte er auf das English Department zu. Als das Licht auf sein Gesicht fiel, bemerkte sie seinen entschlossenen, angestrengten Ausdruck.

»Gut, dann kannst du im Haus warten.«

»Oder lieber vor der Tür zu Grottos Büro?«

»Nur wenn du mich ›Ich stecke in Schwierigkeiten‹ sagen hörst. Dann darfst du nach Herzenslust Rambo spielen.«

Sie wusste, dass er jetzt nahe genug war, um sie sehen zu können. Sie winkte ihm flüchtig zu, dann eilte sie zurück in das Backsteingebäude und die Stufen hinunter. Noch bevor Jay protestieren konnte, stellte sie das Handy auf lautlos und steckte es wieder in ihre Tasche. Ein Blick auf die Uhr im Gang zeigte ihr, dass sie fast zehn Minuten zu spät kam. Sie legte einen Schritt zu, als wollte sie die verlorene Zeit aufholen.

Als sie um die Ecke bog, entdeckte sie Dr. Grotto, ganz in Schwarz gekleidet, an der Tür zu seinem Büro. Er hielt seine Aktentasche in der Hand und sah aus, als wäre er zum Aufbruch bereit.

»Oh! Dr. Grotto! Es tut mir leid, dass ich zu spät bin«, stieß Kristi außer Atem hervor und hoffte, dass ihre Wangen gerötet waren. »Ich bin durch einen Anruf von meinem Vater aufgehalten worden. Er ist ein wenig überfürsorglich.« Sie brachte ein atemloses, entschuldigendes Lächeln zustande.

»Ich musste ihm erzählen, dass ich ein wichtiges Treffen mit Ihnen habe, um ihn abzuwimmeln.«

»Leider habe ich jetzt eine andere Besprechung«, sagte Grotto. Vermutlich eine Lüge.

»Es dauert nur ein, zwei Minuten. Ehrlich.«

Er musterte sie für einen kurzen Augenblick, dann schloss er die Tür wieder. Mit großem Getue blickte er auf seine Uhr, offenbar suchte er bereits nach Ausreden, um das Gespräch so kurz wie möglich zu halten.

Gut. Sie würde es kurz machen.

»Nehmen Sie Platz.« Er deutete auf einen kleinen Schreibtischstuhl mit Rollen und setzte sich selbst in einen abgewetzten Ledersessel auf der anderen Seite des schwarzen Schreibtisches. Dann knipste er die Schreibtischlampe an. Der Raum war nur ein Kämmerlein mit einem Fenster und einem Computertisch in einer Ecke. Ein Bücherregal bedeckte eine Wand, das brechend voll war mit Material über Vampire, Geister, Werwölfe und allem, was das Paranormale betraf.

»Was kann ich für Sie tun?« Dr. Grotto faltete die Hände auf dem Schreibtisch und blickte Kristi mit einer Intensität an, die, so vermutete sie, verunsichernd wirken sollte. Was auch funktionierte. Seine Augen waren tiefliegend und hypnotisierend, sein Gesicht kantig, der Mund so schmal, dass er wie ein Spalt in Grottos starkem, markantem Kinn wirkte. Ein gutaussehender Mann, der mit Hilfe seines Aussehens und seiner Größe die Kontrolle zu übernehmen gewohnt war.

Sie beschloss, mit vollem Einsatz zu spielen. »Ich wollte mit Ihnen über ein paar Ihrer Studenten sprechen.«

Er legte den Kopf zurück. Sein schwarzes Haar glänzte im Licht der Schreibtischlampe. »Es verstößt gegen die Bestimmungen, irgendwelche Informationen über andere herauszugeben. Ich denke, das wissen Sie.«

»Ich spreche von den vermissten Studentinnen«, sagte sie.

»Erinnern Sie sich? Dionne Harmon, Tara Atwater, Monique DesCartes und Rylee Ames. Sie alle haben hier studiert und waren in Ihrem Vampyrismusseminar eingeschrieben.«

»Ich sagte schon, darüber werde ich nicht reden.«

»Ich spreche nur von ihrem Studienplan«, stocherte Kristi weiter. »Sie hatten alle Englisch im Hauptfach. Sie besuchten teilweise dieselben Seminare, darunter auch Ihres. Es ist ein sehr beliebtes Wahlfach.«

»Das beliebteste im Fachbereich Englisch«, stimmte er mit einem bemühten Lächeln zu. Seine weißen Zähne bildeten einen starken Kontrast zu der dunklen Haut. Er schien sich ein wenig zu entspannen, abgesehen von dem verräterischen nervösen Zucken an einem seiner Augen. »Vielleicht sogar am ganzen College.«

»Noch beliebter als ›Die Geschichte des Rock'n'Roll‹.«

»Das weiß ich nicht. Worauf wollen Sie hinaus, Miss Bentz?«

»Sie waren einer der Letzten, die Dionne Harmon lebend gesehen haben.«

Er erstarrte. »Wollen Sie damit sagen, sie ist tot? Hat man ihre Leiche gefunden?« Seine coole Fassade bekam Risse, und ein Anflug von Panik machte sich in seinem Gesicht bemerkbar. »Lieber Gott, das habe ich nicht gewusst.«

»Ich meinte, dass Sie einer der Letzten waren, die sie vor ihrem *Verschwinden* gesehen haben.«

»Sagen Sie das doch gleich«, brummte er ungeduldig. »Das ist ein großer Unterschied. Und ja, ich bin in der Tat einer derjenigen, die Dionne vor ihrem Verschwinden gesehen haben. Aber das geht Sie wirklich nichts an, nicht wahr, Miss Bentz? Wenn Sie Fragen bezüglich Ihrer Hausarbeiten oder das Seminar betreffend haben, bitte« – er wedelte ungeduldig mit den Händen – »fragen Sie, aber das ist alles, worüber ich spreche.« Er täuschte nun kein Lächeln mehr vor. »Ich bin ziemlich beschäftigt.«

»Was wissen Sie über eine Sekte, die Vampire verehrt? Hier auf dem Campus.«

»Ich weiß nicht, wovon Sie reden.«

»Sie haben etwas wie das hier noch nie zuvor gesehen?«

Kristi fasste unter ihren Rollkragen und zog die Blutampulle hervor.

Er starrte auf das Fläschchen, als wäre es der leibhaftig gewordene Teufel. »Was ist das?«, fragte er mit einer Stimme, die kaum mehr war als ein Flüstern.

»Eine Ampulle mit Blut. Mit menschlichem Blut.«

»O Gott.« Er schloss für eine Sekunde die Augen und atmete tief ein. Kristi dachte schon, er würde keine Antwort geben, aber dann überraschte er sie mit einem Eingeständnis. »Ich habe das schon einmal gesehen, oder zumindest etwas Ähnliches.«

»Wo?«

»Bei einer Studentin, die sich O nennt.« Er suchte Kristis

Blick, als frage er sich, ob er ihr trauen konnte. Dann schüttelte er den Kopf. »Ich kann nicht über sie oder über irgendjemand anderes sprechen. Aber ich weiß, dass sie äußerst freimütig ist und die Ampulle beinahe aggressiv zur Schau stellt.«

Das stimmte. Kristis eigener Vater hatte sie zu einem früheren Fall vernommen, und sie hatte ihr außergewöhnliches Schmuckstück stolz präsentiert.

»Woher haben Sie das?«, erkundigte sich Grotto.

»Ich habe es in meinem Apartment gefunden.«

»In Ihrem *Apartment*?«

»Tara Atwater hat dort gewohnt.«

»Und Sie denken, das Fläschchen gehört ihr?« Seine Mundwinkel wurden starr, und die Temperatur im Raum schien um zehn Grad zu sinken.

»In der Tat. Das wird ein DNA-Test zeigen.«

»Sie haben einen DNA-Test machen lassen?«

Sie nickte.

Sein Blick war kalt. »Wenn die Polizei irgendwelche Tests machen würde, hätte sie auch das Kettchen beschlagnahmt. Sie bluffen, Miss Bentz.«

»Ich habe lediglich ein paar Tropfen abgegeben und behauptet, sie gehörten mir. Ich habe einen Freund, der im kriminaltechnischen Labor arbeitet.«

»Und was hat das mit mir zu tun?«

»Interessiert es Sie nicht, was Ihren Studentinnen zugestoßen ist, Dr. Grotto?«

»Sie sind abgehauen.« Er sagte das so, als glaubte er daran. Oder als wollte er daran glauben.

»Sie nehmen also an, alle vier haben die Stadt verlassen. Alle vier Studentinnen, die Ihr Seminar besucht haben. Alle vier mit Englisch im Hauptfach. Alle vier auf Nimmerwiedersehen verschwunden? Das ist ein merkwürdiger Zufall, finden Sie nicht?«

»Das ist längst nicht so außergewöhnlich, wie Sie denken. Sie sind jung, und soweit ich weiß, steckten sie in Schwierigkeiten.«

»Und jetzt sind sie verschwunden.«

»Natürlich könnte ihnen etwas zugestoßen sein, aber es ist doch weitaus wahrscheinlicher, dass sie sich einfach aus dem Staub gemacht haben.« Grotto schien hin und her gerissen zu sein zwischen dem Wunsch, Kristi rauszuschmeißen, und dem Bedürfnis, über die vermissten Mädchen zu sprechen.

»Spurlos?«, fragte Kristi skeptisch.

»Miss Bentz, selbst heutzutage ist es möglich zu verschwinden, wenn man es möchte. Vielleicht nicht für immer, aber für eine Weile. Ich denke, die Mädchen werden wieder auftauchen. Wenn sie es möchten.«

»So ein Unsinn«, sagte sie.

»Sie haben eine liebevolle Familie, hab ich recht? Vater und Mutter, die ganz vernarrt in Sie sind?«

Kristi antwortete nicht, wollte nicht, dass sich das Gespräch ihr zuwandte. Je weniger Grotto über sie wusste, desto besser.

In diesem Augenblick klingelte sein Telefon.

»Entschuldigen Sie«, sagte er und in den Hörer: »Hallo? Oh, ja ... Ich bin schon unterwegs ... Es tut mir leid, ich werde mich ein bisschen verspäten. Ich bin in –« er blickte auf seine Uhr – »fünfzehn Minuten da ... ja ... auf Wiederhören.« Er legte auf und erhob sich von seinem Sessel. Das

Gespräch war vorbei. »Ich muss jetzt wirklich los.« Er nahm wieder seine Aktentasche, ging zur Tür und hielt sie auf.

Kristi war so weit gegangen, wie es ihr möglich gewesen war.

Und es hatte nichts gebracht.

»Grüßen Sie Lucretia von mir«, sagte sie, als sie hinausgingen, »und sagen Sie ihr, ich würde mich freuen, wenn sie meine Anrufe erwidern würde.«

Dr. Grotto blickte sie finster an, und in dem Moment bemerkte sie, dass er blass wurde. Hatte sie einen wunden Punkt getroffen? Doch die Blässe hielt an, länger als bei einem normalen Schreck. Die Farbe wich gänzlich aus seinem Gesicht, und es traf Kristi wie ein Schlag, dass er, wie so viele andere, denen sie auf dem Campus begegnet war, schon bald tot sein könnte.

»Was ist?«, fragte er, als er merkte, wie sie ihn anstarrte.

»Seien Sie vorsichtig«, sagte sie und sah die Fragezeichen in seinen Augen. »Ich weiß nicht, in was Sie verwickelt sind, Dr. Grotto, oder wie tief Sie mit drinstecken, aber es ist gefährlich.«

Er brachte ein Lachen zustande. »Sie haben sich da Ihr eigenes Märchen zusammengesponnen, nicht wahr?«

Hatte sie das tatsächlich?

Was hatte sie erwartet? Dass er es sich anders überlegen und ihr sein Herz ausschütten, ihr von einem düsteren, dämonischen Kult erzählen würde? Zugeben würde, die Mädchen erst getötet und anschließend – ja was? – ihr Blut getrunken zu haben oder umgekehrt?

Grotto schloss die Tür. Wenn sie geglaubt hatte, er würde vor ihr einen Seelen-Striptease machen und entscheidend zur Lösung des Falls beitragen, ihr wenigstens Material für ihr verdammtes Buch liefern, hatte sie sich getäuscht.

Sie stieg die Stufen zum Erdgeschoss hoch und sah Jay auf einer Bank in der Nähe der Treppe sitzen. Weniger als fünfzehn Meter von Grottos Tür entfernt.

»Gut gemacht, Sherlock«, sagte er, und sie schoss ihm einen Leg-dich-bloß-nicht-mit-mir-an-Blick zu.

»Du hast mitgehört«, stellte sie fest, als sie durch die vordere Eingangstür in die kalte Winterluft traten.

»Ich habe gehört, dass du die Ampulle mitgenommen, sie ihm unter die Nase gerieben und Missbrauch mit einem Beweisstück getrieben hast!«

»Ich dachte, das könnte was bringen.«

»Verdammt noch mal, Kris, das war so nicht abgemacht.«

»Ich hätte es dir sagen sollen«, gab sie zu, während sie über den gepflasterten Weg gingen. Andere Studenten eilten geschäftig über den Campus, Fahrräder und Skateboards sausten vorbei, und ein Jogger mit zwei Hunden an der Leine lief in die entgegengesetzte Richtung.

»Du wusstest, dass ich das nicht zugelassen hätte. Was hast du dir dabei gedacht?«

Sie versuchte erst gar nicht, irgendwelche Ausflüchte zu erfinden. Er nahm ihren Arm und zog sie näher an sich. Ein Radfahrer raste über den College-Hof. »Von jetzt an gilt: keine Geheimnisse mehr. Wenn wir das hier zusammen durchziehen wollen, müssen wir ehrlich zueinander sein.«

Sie nickte. »Okay.«

Er sah aus, als glaubte er ihr nicht, aber er ließ ihren Arm nicht los, als sie zielstrebig in Richtung Studentenwerk marschierten. Jay öffnete die Tür, und sie traten ein. Ein Schwall warmer Luft traf sie, zusammen mit dem Lärm von Gelächter, Musik und Unterhaltungen, der den großen Raum füllte. Er war voller Studenten, manche lernten, manche hatten die Stöpsel ihrer iPods in den Ohren, andere unterhielten sich. Sie wirkten so unschuldig, ahnten nichts von dem Unheil, das, so glaubte Kristi, in den verborgenen Ecken und Winkeln des Campus lauerte.

Wer würde der Nächste sein?, fragte sie sich. Grottos bleiches Gesicht kam ihr in den Sinn.

»Glaubst du ihm?« Jays Stimme holte sie in die Gegenwart zurück.

»Grotto?« Sie schüttelt den Kopf. »Er verbirgt irgendetwas.« Trotz der Wärme in dem gut beleuchteten Gebäude verspürte sie tief im Innern einen Anflug von Kälte. Sie blickte zu Jay auf und sah seinen besorgten Blick. »Er hat nach Strich und Faden gelogen, oder soll ich sagen: nach Biss und Faden?«

25.

Jay saß in seinem Büro und betrachtete durch ein Vergrößerungsglas ein Foto des abgetrennten Arms. Er hatte sich natürlich auch den echten Arm angesehen, aber er wurde tiefgekühlt in der Hoffnung, dass auch der Rest der Leiche auftauchte. Außerdem gab es Computerbilder, die man vergrößern konnte, aber manchmal bewährte sich die altmodische Art und Weise am besten.

Er hatte am Dienstag fast zehn Stunden im Labor verbracht. Es war jetzt kurz vor Feierabend, und er war gereizt. Nervös. Hatte ein schlechtes Gefühl gehabt, nach New Orleans zurückzukehren, obwohl Kristi am Vorabend darauf gedrängt hatte. Sie hörte nicht auf seine Argumente und weigerte sich, im Bungalow seiner Tante zu wohnen. Sie hatte noch nicht mal Bruno mitnehmen wollen. Entgegen all seinen Protesten war sie in ihr Apartment zurückgekehrt. Er stand in ständigem Kontakt mit ihr, entweder telefonisch, per SMS oder E-Mail, und es ging ihr gut.

Noch.

Und wie würdest du dich fühlen, wenn ihr etwas zustößt?

Er versuchte, nicht gleich vom Schlimmsten auszugehen, aber es war immer da, lauerte in seinem Hinterkopf. Er musste aufhören, sich Sorgen um Kristi zu machen. Schließlich war sie erwachsen. Konnte auf sich selbst aufpassen. Sie schwor, dass ihr die Vorstellung, der Voyeur könnte versuchen, in ihre Wohnung einzudringen, kein Kopfzerbrechen bereitete.

»So ein Quatsch«, murmelte er und konzentrierte sich wieder auf die Verfärbung zwischen Ellbogen und Handgelenk.

»Sprechen Sie mit mir?«, fragte Bonita Washington, die in den Laborbereich geschlendert kam, einen Blick auf die Mikroskope warf und sorgfältig darauf achtete, die Geräte nicht zu berühren.

»Hab wohl mit mir selbst gesprochen«, sagte er und rollte seinen Stuhl zurück.

»Irgendwas Ungewöhnliches an dem Arm bemerkt?« Sie deutete auf das Foto, das auf seiner Arbeitsfläche lag.

»Ihm fehlt ein Körper.«

»Cleveres Kerlchen. Sonst was?«

»Der Nagellack passt nicht zum Lippenstift.«

Washington, die für gewöhnlich entweder stoisch oder missmutig war, brachte ein Lächeln zustande. »Ich rede davon«, sagte sie und tippte mit dem Finger auf einen Fleck auf dem Unterarm. »Wonach sieht das Ihrer Meinung nach aus?«

»Ich bin mir nicht sicher.«

»Wie wär's mit Gefrierbrand?«

Jay schaute noch einmal hin.

»So wie bei einem Hähnchen, das man mit kaputter Verpackung ins Gefrierfach legt.«

Jay rollte wieder an den Schreibtisch und betrachtete die Stelle unter dem Mikroskop. »Sie denken, der Arm ... nein, die Leiche war tiefgekühlt, bevor sie in den Sumpf geworfen wurde.«

»Hm.«

Warum sollte der Mörder die Leichen zunächst tiefgefrieren? Warum entsorgte er sie nicht einfach, gleich nachdem er sie getötet hatte? Wollte er nicht, dass sie zu verwesen und zu riechen begannen? Konnte er sie nicht schnell genug fortbringen? Und warum war kein Blut in dem abgetrennten Arm?

Jay klopfte mit dem Radiergummiende seines Bleistifts auf den Schreibtisch.

Welcher Irre steckte hinter alldem?

Wieder dachte er an Kristi, und dieses Mal konnte er seine Furcht nicht verdrängen.

Gegen Mitte der Woche war Kristi der Wahrheit keinen Schritt näher als zuvor. Niemand war erneut in ihr Apartment eingedrungen. Ihr Treffen mit Dr. Grotto hatte ihn nur wenig erschüttert: Er hatte sogar den Nerv, sie im Seminar dranzunehmen und wohlwollend zu lächeln. Die Chatrooms, in die sie sich jede Nacht einloggte, in der Hoffnung, auf DrDoNoGood oder JustO zu stoßen, waren eine Pleite. Es war ziemlich still geworden, vielleicht wegen der Prüfungen, die in den nächsten Wochen anstanden.

Die Ruhe vor dem Sturm, sagte sie zu sich selbst, als sie mit dem Fahrrad über den College-Hof zum Kreativen Schreiben radelte. Sie schloss ihr Rad ab und ging rasch ins Gebäude, ein paar Schritte hinter Zena und Trudie.

Perfekt.

Sie hatten es nicht eilig, so dass Kristi leicht die Lücke schließen konnte und ihnen auf den Fersen in den Seminarraum folgte. Zena fand einen freien Platz, Trudie nahm den daneben, und Kristi setzte sich hinter sie. Sie blickte sich im Raum um. War nicht Ophelia – JustO – auch in diesem Kurs? Wenn ja, war sie nirgendwo zu sehen. Nach ihrer letzten Begegnung bei der Theateraufführung wollte sich Kristi noch mehr Mühe geben, sich bei ihr einzuschmeicheln. O konnte sicher einige Geheimnisse preisgeben.

Auch Ariel war nirgends zu entdecken. Bei genauerem Nachdenken fiel Kristi auf, dass sie sich in der letzten Woche in keinem ihrer Seminare hatte blicken lassen.

Sie war vor Kristis Augen grau geworden, was nicht unbedingt etwas bedeuten musste.

Obwohl ...

Sie nahm sich vor, mal nach Ariel zu sehen.

Als Preston mit dem Unterricht begann, blickte Kristi zu Zena hinüber, aber es gelang ihr nicht, deren Aufmerksamkeit auf sich zu ziehen. Sie würde warten müssen. Sie tat so, als verfolgte sie Dr. Prestons Ausführungen zu der Bedeutung von Stringenz und Perspektive, und hoffte nicht einzuschlafen.

Heute schien er sich lieber an den Schreibtisch lehnen als im Raum auf und ab wandern zu wollen. Zwar warf er noch immer dauernd die Kreide in die Luft und bemühte sich um einen leutseligen Ausdruck, aber unter seiner Bräune und dem California-Beach-Boy-Look meinte sie eine gewisse Härte zu bemerken.

Aber hatte sie das Gleiche nicht auch bei Dr. Grotto und Emmerson gedacht? Sogar Professor Senegal schien eine dunkle Seite zu haben, die sie hinter ihrer schnittigen Brille und ihren burgunderroten Lippen verbarg.

Kristi erkannte ein paar von den anderen Studenten. Vorn saß Marnie, die Blonde, der sie ins Wagner House gefolgt war. Es sah so aus, als wäre Marnie ebenfalls Teil der Clique von Trudie und Grace. Dann war da noch Bethany, die fast alle Seminare mit Kristi besuchte. Sie schrieb eifrig mit, ihre Finger flogen über die Tastatur ihres Laptops, als würde Dr. Preston Weltbewegendes von sich geben.

Eine von *denen*, dachte Kristi, als Bethany eine Frage zur Symbolik stellte. Was für eine Schleimerin!

Hiram hockte finster dreinblickend auf seinem Platz, während sich auch Mai, gefesselt von Dr. Prestons Ausführungen, viele Notizen machte.

Dieser Kurs war für Kristis Geschmack zu sehr mit den Grundlagen des Schreibens befasst. Sie hatte bereits ein paar True-Crime-Stories verkauft und lediglich für ihr Buch dazulernen wollen, doch sie war sich nicht sicher, ob ihr das in Dr. Prestons Seminar gelingen würde.

Er musste ihre Gedanken gelesen haben. »Miss Bentz?«, sagte er mit autoritärer Stimme.

Sie erstarrte.

»Langweile ich Sie?«, fragte er. Am liebsten wäre sie im Fußboden versunken. »Oder Sie?«, fragte er weiter und richtete seinen Blick auf Hiram Calloway.

»Ja«, sagte Hiram dreist. »Etwas.«

»Etwas?« Preston schloss die Faust um die Kreide.

»Na gut, Sie langweilen mich. Ich will einfach nur schreiben. Ich denke nicht, dass wir dazu etwas über Symbolik oder Metaphorik lernen müssen. Das haben wir alles schon auf der Highschool durchgekaut. Ist das hier nicht ein College-Seminar? So'n Mist!« Und damit schloss er seinen Laptop, stopfte seine Bücher in den Rucksack, schob den Stuhl zurück und verließ den Seminarraum.

Kristi dachte, die Hölle würde losbrechen, aber der Zorn verschwand schnell aus Prestons Gesicht. »Wenn irgendjemand derselben Ansicht ist wie Mr Calloway, sollte er sich ihm jetzt anschließen.«

Es wurde totenstill im Raum. Niemand wagte auch nur zu husten.

Prestons Blick schweifte über jeden einzelnen seiner Studenten, und nachdem er festgestellt hatte, dass niemand anderes die Absicht hatte, das Seminar zu verlassen, räusperte er sich. »Gut. Lassen Sie uns weitermachen ...«

Kristi gab ihr Bestes, um sich zu konzentrieren, aber es fiel ihr schwer. Hiram hatte recht: Der Kurs war wirklich langweilig.

Sie blickte auf die Uhr und verbrachte die nächsten fünfundvierzig Minuten damit, Trudie und Zena zu beobachten, die so taten, als verfolgten sie interessiert das Seminar, während sie sich heimlich SMS-Nachrichten schickten. Seltsam, sie waren doch auf dem College, nicht auf der Junior High! Kristi versuchte, die Mitteilungen so gut sie konnte zu lesen, was meist unmöglich war. Die Displays waren zu klein. Trotzdem konnte sie die eine oder andere Zeile erkennen, die sie rasch notierte. WH tauchte regelmäßig auf ... *Wagner House?* Oder legte sie sich das nur zurecht? Außerdem sah sie *Grto*, was, so vermutete sie, für Dr. Grotto stand, dann eine Reihe von Zahlen, die sich auf den Freitag bezogen, an dem nicht nur das Wochenende begann, sondern auch die letzte *Jedermann*-Aufführung stattfand. Der Rest der Mitteilungen ergab keinen Sinn, trotzdem notierte sie sich, was sie erkennen konnte.

Als das Seminar vorbei war, ging sie wieder hinter den beiden Mädchen her, doch sie sah keinen Grund, sich in ihr Gespräch einzumischen, und sie bekam auch nichts Nennenswertes mit.

Es war Freitagnachmittag nach vier, und Portia war ein wenig zappelig von den acht – oder waren es neun? – Tassen Kaffee, die sie über den Tag verteilt getrunken hatte. Sie musste ihren Kaffeekonsum unbedingt reduzieren. Heute hatte sie bei der sechsten Tasse aufgehört zu zählen und war am frühen Nachmittag zu entkoffeiniertem Kaffee übergegangen. Sie spürte noch immer die Wirkung, als sie ihr Auto auf dem Parkplatz der Polizeistation abstellte, doch vielleicht war das auch der Schlafmangel und nicht das Koffein. Sie schob Zwölf-Stunden-Schichten, acht reguläre Stunden, vier zusätzliche. Wenn sie nach Hause kam, ging sie für eine Dreiviertelstunde aufs Laufband, dann aß sie ein fettfreies, kohlenhydratarmes, vitaminversetztes Mikrowellengericht, das nach gar nichts schmeckte, dann machte sie weiter und gönnte sich lediglich eine Pause, in der sie ein Glas Wein trank und die Nachrichten schaute. Und das alles nur, um die zehn Kilo loszuwerden, die sie angesetzt hatte, seit sie dreißig geworden war und das Rauchen aufgegeben hatte.

Manchmal fragte sie sich, ob das richtig gewesen war.

Den Rest des Abends pflegte sie damit zu verbringen, sich in ihre Arbeit zu vertiefen. Sie wollte nicht mal daran denken, was für ein Stundenlohn dabei herauskam – es wäre zu deprimierend. »Denk an die Sozialleistungen«, rief sie sich immer wieder ins Gedächtnis. Und dann war da noch die simple Tatsache, dass sie ihre Arbeit liebte. Es gab nichts Besseres, auch wenn das bedeutete, dass sie die meisten Nächte allein in ihrem großen Doppelbett verbringen musste.

Jetzt marschierte sie durch die Türen der Polizeistation und ging zu ihrem Schreibtisch. Sie hatte die letzten vier Stunden damit verbracht, Zeugen zu einem Fall von häuslicher Gewalt zu befragen, und sie war gereizt wegen der widersprüchlichen Aussagen: Die eine Hälfte der Partygäste hatte darauf bestanden, dass die Ehefrau die Schuld an dem angeblichen Zwischenfall trug – sie hatte ihren Mann gereizt, indem sie mit dessen Bruder flirtete. Außerdem hatte sie ihm in den Magen geboxt, was die Situation zusätzlich anheizte. Die anderen Gäste gaben an, der Ehemann, ein besitzergreifender, eifersüchtiger Typ, der gern Steroide zu sich nahm, habe überreagiert: Er hatte sich seine Knarre geschnappt und seine Frau erschossen.

Überreagiert … Wie konnten die Leute nur so bescheuert sein?

Vor Portia lagen noch zwei Stunden Papierkram, dann würde sie Feierabend machen. Der Schichtwechsel stand an, und im Büro war viel los: Telefone klingelten, Computer summten, Verdächtige in Handschellen und Fußfesseln saßen vor Schreibtischen, beteuerten ihre Unschuld und beklagten sich über die schlechte Behandlung durch die Cops.

Sie ging an den Schreibtischen der jungen Sekretärinnen vorbei. Dann zog sie ihren Regenmantel aus und hängte ihn an einen Haken in der Nähe ihres Schreibtischs. Gelächter ertönte irgendwo beim Faxgerät. Portias Blick fiel auf den Berg von zu bearbeitenden Akten.

So viel zur »papierlosen Gesellschaft«.

Sie ackerte ein paar Akten durch, dann machte sie sich an den Papierkram und die endlosen E-Mails.

Das Telefon klingelte schrill. Sie nahm den Hörer ab, die Augen noch auf den Computermonitor gerichtet. »Mordkommission, Detective Laurent.«

»Hier spricht Jay McKnight aus dem kriminaltechnischen Labor. Sonny Crawley hat mir Ihren Namen genannt. Er hat etwas für mich nachgeschaut.«

»Ja, richtig.« Portias Interesse war augenblicklich von den Mails abgelenkt, und sie begann, Befehle auf ihrer Tastatur einzugeben. »Ich hätte Sie etwas später angerufen, weil ich erst noch ein paar lose Ende zusammenfügen wollte ...« Sie fand die richtige Datei und rief sie auf. »Es hat ein bisschen gedauert, ehe ich eine Liste der in Frage kommenden Vans zusammenhatte, amerikanische Marken und dunkel, Nummernschilder aus Louisiana, Fahrzeughalter am College beschäftigt. Ich schicke sie Ihnen, wenn Sie mir Ihre E-Mail-Adresse geben.«

»Großartig.« Jay nannte ihr die Adresse. Portia würde sie überprüfen, bevor sie die Mail abschickte, selbst wenn es die E-Mail-Adresse von der Staatspolizei war.

»Ich fahre heute Abend nach Baton Rouge«, erklärte Jay. »Ich könnte bei der Polizeistation vorbeischauen, damit wir kurz reden können.«

»Gute Idee. Bis dahin habe ich vielleicht die Informationen zu den Leumundsprüfungen zusammengetragen, um die Sie gebeten hatten. Ich arbeite noch daran.« Sie holte sich Jay McKnights Akte auf den Computer. Obwohl sie ihm nie offiziell vorgestellt worden war, kannte sie doch seinen Namen und hatte ihn einmal an einem Tatort gesehen.

»Es wird spät werden. Ich arbeite bis sieben. Wenn ich bei Ihnen ankomme, geht es sicher auf neun zu. Solange alles ruhig bleibt und ich keine Überstunden schieben muss.«

»Macht nichts, ich bin hier«, versicherte Portia ihm, dankbar, dass außer ihr überhaupt jemand vom Department daran glaubte, dass sie am All Saints College ein Problem hatten. Ein großes Problem.

»Bis dann.«

Portia legte auf, schickte McKnight die Fahrzeugliste und druckte eine für sich selbst aus. Sie war überrascht, wie viele der Angestellten einen dunklen Van besaßen. Neben dem Gärtner und einem Sicherheitsmann besaß der Geistliche einen schwarzen Chevrolet, Baujahr 98. Eine Hochschulassistentin namens Lucretia Stevens fuhr einen alten Ford Econoline, ein Mann, der ebenfalls Stevens hieß, Natalie Crofts Ehemann, besaß einen dunkelgrünen Van für sein Baugeschäft, und auch der Bruder von Dr. Dominic Grotto hatte einen schwarzen Van. Portia hatte ihre Ermittlungen bei Grotto ein wenig ausgedehnt, weil ihr der Kerl verdächtig vorkam. Sie hatte ihn zweimal vernommen. Er war ihr einfach zu glatt. Einer von denen, die sich für schlauer als die anderen hielten. Im Gespräch mit ihr hatte er sich arrogant gegeben, obwohl er so getan hatte, als wäre er besorgt, als wollte er helfen.

Aber Grotto war nicht die einzige Person auf dem Campus, die Portias Meinung nach etwas verbarg. Das gesamte English Department war voller Geheimniskrämer. Sogar die Leiterin, Natalie Croft, war eine hochmütige, wichtigtuerische Akademikerin, der Portia nicht über den Weg traute. Der Studienplan war darauf ausgerichtet, möglichst hip und innovativ zu sein, um mit seinen Seminaren zum Vampirismus oder der Geschichte des Rock'n'Roll Studenten ans College zu locken. Dann waren da noch die Wagner-Nachfahren, mit denen sie einen ganzen Ordner hätte füllen können. Georgia Clovis war eine unerträgliche Nervensäge, die sich aufführte, als sei sie königlichen Geblüts. Und ihr Bruder Calvin Wagner, ein reicher Nichtsnutz, der, soweit Portia wusste, keiner Arbeit nachging, war ein merkwürdiger Kauz. Das dritte Kind, die arme, zerbrechliche Napoli, stand immer an der Schwelle zu einem Nervenzusammenbruch.

Außer den Wagners gab es noch die Geistlichkeit. Vater Anthony »Tony« Mediera war ein energischer Priester mit seiner eigenen Vorstellung vom College, und Vater Mathias Glanzer, der arg unter Druck stehende Leiter des Drama Department, schien voller Geheimnisse zu stecken.

Portia hätte liebend gern gehört, was jeder von ihnen zu beichten hatte.

Natürlich gab es noch andere, neue Gesichter am College. Sie überprüfte sie alle, aber sie fand nicht den kleinsten Hinweis auf illegale Aktivitäten.

Aber wer sagte denn, dass sich der Verdacht auf die Lehrkräfte beschränkte? Was war mit den Studenten? Oder mit Personen, die nicht eingeschrieben waren, aber den Campus als ihr persönliches Jagdrevier nutzten?

Langsam, langsam, es gibt immer noch keine Leiche ... nur einen einzelnen Arm mit lackierten Fingernägeln – einem Nagellack, der laut Labor so beliebt war wie Maisgrütze zum Frühstück.

Portia blickte wieder auf die Liste mit dunklen Vans und fragte sich, ob eins der Fahrzeuge mit den vermissten jungen Frauen in Verbindung stand.

Sie wollte gerade zum Aufenthaltsraum gehen, um sich eine Diätlimo zu holen, als ihr Telefon klingelte. Sie klemmte sich den Hörer zwischen Kinn und Schulter. »Mordkommission, Detective Laurent.«

»Hier ist Lacey von der Vermisstenstelle.« Die mit dem feuerroten Haar und den engen Klamotten. Die Aufbrausende. »Ich hatte gehofft, Sie zu erwischen.«

»Was gibt's?«, fragte Portia, aber sie verspürte bereits dieses gewisse Prickeln, das ihr verriet, dass schlechte Nachrichten bevorstanden.

»Es gibt eine weitere vermisste Person drüben am College. All Saints. Eine Studentin. Ariel O'Toole. Ihre Mutter hat uns die Meldung aus Houston zugefaxt, wo die Familie wohnt oder vielmehr sie und Ariels Stiefvater. Sie sind hierher unterwegs. Die Frau hat seit über einer Woche nichts von ihrer Tochter gehört, und keine ihrer Freundinnen – zumindest die, die sie kennt – hat sie gesehen. Die Tochter ruft sie nicht zurück, was angeblich nicht die Regel ist«, sagte Lacey leicht sarkastisch.

»Schicken Sie jemanden rüber?«

»Ein Wagen ist schon unterwegs. Dachte, Sie wollten vielleicht auch vorbeischauen.«

»Da haben Sie recht. Ich hole mir unterwegs eine Kopie von der Meldung ab.« Sie legte auf. *Verdammt noch mal, noch eine.*

Portia streifte ihr Schulterholster über und steckte die Waffe hinein, dann riss sie den Mantel vom Haken und schnappte sich ihre Tasche. Sie ging gerade den Flur entlang in Richtung der Abteilung für Vermisste, als sie Del Vernon begegnete. Sie gab ihm eine kurze Zusammenfassung von dem, was passiert war, und er schloss sich ihr an. Seine dunklen Augen blickten kalt. »Ich hasse es, es auszusprechen, Laurent, aber diese Kids sind wirklich nicht aus freiem Willen verschwunden.«

»Ich bin froh, dass Sie es endlich einsehen, Vernon«, sagte sie, als sie zusammen zur Tür der Polizeistation hinauseilten.

»Wir haben eine Wasserleiche.« Mit der Kaffeetasse in der Hand marschierte Montoya um kurz nach vier durch die Tür von Rick Bentz' Büro. Er trug seine übliche schwarze Lederjacke und einen Diamantstecker in einem Ohr. »Ein Stück den Fluss hinauf. Innerhalb der Stadtgrenze. Weiblich. Afroamerikanerin. Lag schon eine Weile im Wasser. Sie haben sie gerade rausgefischt.«

Bentz blickte von seinem Stapel Papierkram auf und sah, dass sein Partner mit etwas hinterm Berg hielt. Er ließ den Stift sinken. »Und?«

»Und sie hatte eine Tätowierung auf dem Rücken, knapp über den Pobacken. Das Wort ›Love‹ zusammen mit Kolibris und Blumen.«

Bentz richtete sich auf. »Dionne Harmon«, sagte er laut, und das ungute Gefühl, das ihn begleitete, seit er von den verschwundenen Mädchen vom All Saints College erfahren hatte, verstärkte sich.

»Sieht so aus.« Montoya lehnte sich mit der Schulter gegen Bentz' Aktenschrank, der Katrina überstanden hatte. Frisch angestrichen und seither rostfrei, diente er als unablässiges Mahnmal dafür, wie übel es kommen konnte. »Sie schicken Taucher, um nachzusehen, ob noch mehr zu finden ist.«

»Scheiße«, murmelte Bentz und kam um den Schreibtisch herum. Er schnappte sich seine Jacke von der Flurgarderobe. »Lass uns gehen. Ich fahre.«

»Nein, ich … ach egal, fahr du. Es gibt noch mehr.«

»Wie bitte?«

»Dann hast du also nichts von dem Arm gehört, den man im Bauch eines Alligators gefunden hat?«

»Wovon zum Teufel redest du?« Bentz drehte sich der Magen um. Er wusste, was kommen würde. Der Tag nahm eine üble Wende.

»Ich erklär's dir unterwegs.« Montoya trank seinen Kaffee aus und warf den Pappbecher in den Abfalleimer. Zusammen gingen sie an Arbeitsnischen und Schreibtischen entlang, und Bentz warf einen Blick auf einen Fernseher, in dem – wie hätte es anders sein können – die Lokalnachrichten Aufnahmen von einem Such- und Rettungsboot auf dem Mississippi zeigten. Es wurde langsam dunkel, aber die Crew hatte Lampen und Kameras aufgebaut.

»Verdammter Mistkerl«, murmelte Bentz. Er suchte in seiner Tasche nach einem Päckchen Juicy Fruit und wickelte einen Streifen aus. Sie gingen die Treppen hinunter und auf den Parkplatz, wo sich die Strahlen einer rasch verschwindenden Wintersonne durch die Wolken zu kämpfen versuchten. Ein paar spiegelten sich in den Myriaden von Pfützen auf dem Asphalt wider.

Bentz setzte sich ans Steuer des Ford Crown Victoria. Während Montoya ihm über das Knistern des Radios und das Dröhnen des Motors hinweg von dem Arm erzählte, der in dem Sumpfgebiet nördlich von New Orleans gefunden worden war, fuhr Bentz zu der Stelle, wo das Team den Hochwasserdamm mit Polizeiband abgesperrt hatte.

Kameraleute hatten bereits Wind von dem Fund bekommen und ihre Ausrüstung aufgebaut. Über ihnen schwebten mit laut knatternden Rotorblättern zwei Nachrichtenhubschrauber, durchschnitten mit ihren Scheinwerfern die Dämmerung und wetteiferten um den besten Blick. Uniformierte Beamte hielten eine immer größer werdende Menge im Zaum.

Bentz wünschte sich, das Wetter wäre schlechter, dann wären ihm die Schaulustigen erspart geblieben. Das träge fließende Wasser war schlammig, der modrige Geruch des Mississippi füllte seine Nasenflügel. Eine kühle Brise kam auf.

»Detective Bentz!« Er drehte sich um und erblickte eine hübsche Reporterin, die mit ihrem Mikrofon schnurstracks auf ihn zukam.

»Können Sie bestätigen, dass eine Frau im Fluss gefunden wurde?«

»Ich bin gerade erst angekommen.«

»Anscheinend hat man eine Leiche aus dem Mississippi gezogen, und es geht das Gerücht, es könnte sich dabei um eine der verschwundenen College-Studentinnen aus Baton Rouge handeln.«

»Das ist ja eine gewaltige Entfernung«, sagte er und bemühte sich, die junge Frau nicht anzublaffen.

»Stimmt es denn nicht, dass ein Leichenteil in den Sümpfen in der Nähe von Baton Rouge entdeckt wurde?«

Verdammt, dachte er, doch er drehte sich um und sagte: »Darüber darf ich Ihnen keine Auskunft erteilen, aber ich bin mir sicher, der für die Öffentlichkeitsarbeit zuständige Beamte wird eine Pressemitteilung herausgeben.« Er schenkte der Frau ein professionelles Lächeln und duckte sich unter dem Absperrband hindurch.

»Detective Montoya!«, rief die Frau.

»Kein Kommentar.« Auch Montoya schlüpfte unter dem Absperrband hindurch. Zusammen traten sie ans Ufer, wo sich bereits die Techniker und der Leichenbeschauer versammelt hatten. Bonita Washington nickte ihnen mit ernstem Gesicht zu.

»Dionne Harmon?«, fragte Bentz.

»Dasselbe Tattoo. Afroamerikanerin. Alter, Größe und Figur stimmen auch.« Washington ging zum Leichensack hinüber, öffnete den Reißverschluss und beugte sich so vor, dass der Inhalt von den Hubschraubern aus nicht zu erkennen war.

Bentz starrte auf das teilweise zersetzte Gesicht der ehemals hübschen schwarzen Frau. Tochter, Schwester, Freundin, wenngleich sich niemand um sie zu sorgen schien, schon gar nicht ihr dämlicher Bruder. Auch ihr Freund war, soviel er gehört hatte, ein Taugenichts. Nackt, die Hände in Tüten der Kriminaltechniker, die hofften, dass sie sich gegen ihren Peiniger gewehrt hatte und dass sie Spuren von DNA unter ihren Fingernägeln finden würden, lag Dionne leblos in dem schweren Sack. Die Augen waren geöffnet.

Über ihnen schwebten die Hubschrauber und wühlten das schlammige Wasser auf.

Bentz hegte nur wenig Hoffnung, dass sie auf brauchbares Genmaterial stoßen würden.

Sein Magen rebellierte. Er blickte zur Seite.

»Scheißkerl«, murmelte Montoya.

»Dionne Harmon verschwand vor etwa einem Jahr«, sagte Bentz und verglich im Geiste diesen Zeitraum mit dem Zustand der Verwesung.

»Ich weiß.« Daran hatte Washington auch schon gedacht.

»Es sieht so aus, als hätte diese Leiche erst ein paar Tage im Wasser gelegen, und davor …« Sie zuckte die Achseln.

»War sie am Leben«, sagte Bentz. Seine Gedanken überschlugen sich. »Dann hat er sie also ein Jahr lang weggesperrt und sich dann entschieden, sie umzubringen?«

»Vielleicht.« Washington war offensichtlich genauso verwirrt wie er.

»Kennen Sie die Todesursache?«

»Noch nicht, aber ich habe Einstichverletzungen an der Leiche bemerkt.«

»Wovon?«

»Das weiß ich noch nicht, aber sie scheint eine Art Bisswunde am Hals zu haben.« Washington deutete auf zwei Löcher unter dem Ohr der toten Frau. »Ein weiteres, größeres Loch befindet sich hier, über der Jugularvene. Außerdem eins an der Halsschlagader.« Sie blickte zu ihm auf, dann schloss sie den Leichensack wieder.

Bentz streckte sich. »Was hat das zu bedeuten?«

»Nichts Gutes«, sagte sie mit sorgenvoller Miene.

»Hey!«, rief jemand vom Boot aus.

Bentz schlang die Arme um den Körper. Die Helikopter brachten sich in eine bessere Position. Er wusste, was kommen würde. Über das *Wusch-Wusch-Wusch* der Rotorblätter hinweg schrie der Officer an Deck: »Sieht so aus, als hätten wir eine weitere Leiche!«

26.

Kristi pflügte mit kräftigen, gleichmäßigen Zügen durchs Wasser und überlegte, wie sie einen Weg finden konnte, in den inneren Zirkel von Studenten vorzudringen, der ihrer Meinung nach mit dem Vampirkult zu tun hatte. Sie war sogar online gegangen und hatte eine Suchanzeige aufgegeben: *Suche verlorene Seelen.* ABneg1984 wollte Kontakt aufnehmen zu anderen Usern, die an Vampirismus glaubten. Sie hatte keine Ahnung, ob sie damit auf Resonanz stoßen würde, wusste nicht mal, ob ihr Gesuch überhaupt einen Sinn ergab, aber einen Versuch war es wert.

Vermutlich biss niemand an außer irgendwelchen durchgeknallten Losern unter dreizehn.

Zum Glück hatte sie bislang noch kein Video von ihrem Apartment im Internet entdeckt. Sie hatte MySpace, YouTube und ein paar andere Internetseiten gecheckt und keine unscharfen Filmchen von Jay und ihr beim Sex gefunden. Was hoffentlich so bleiben würde. Wer hatte bloß die Kamera dort installiert? Kristi hatte hunderte Male darüber nachgedacht und war immer wieder auf Hiram Calloway zurückgekommen. Wer sonst konnte dahinterstecken? Jemand, der sich als Handwerker ausgegeben hatte? Sie wusste es nicht, aber es machte sie höllisch nervös, eine Tatsache, die sie vor Jay verbarg, weil sie nicht wollte, dass er erneut darauf bestand, sie solle ausziehen.

Am anderen Ende des Schwimmbeckens machte sie eine Wende und nahm ihre letzte Bahn in Angriff. Die ganze

Zeit über dachte sie über ihren nächsten Schritt nach und darüber, wie satt sie es hatte, noch länger abzuwarten. Sie hatte vor, sich von Angesicht zu Angesicht mit Vater Mathias zu unterhalten. Er schien irgendwie der Rahmen um das Ganze zu sein. Sie hatte ihn im Wagner House dabei überrascht, wie er aus dem Keller kam. Und er war gut bekannt mit Ariel O'Toole, die seit einer Woche verschwunden war.

Als Kristi gestern Nachmittag Ariels Freundinnen Trudie und Grace im Studentenwerk entdeckt hatte, hatte sie an ihrem Tisch haltgemacht und sich nach Ariel erkundigt. Sie hatten auf ihren Hähnchenbruststreifen mit Ranch-Dressing gekaut und behauptet, dass Ariels Verschwinden ganz und gar nicht merkwürdig war. Ariel brauche mitunter einen Freiraum, vor allem wenn sie sich auf eine wichtige Prüfung vorbereitete. Dann verkroch sie sich und tauchte nur auf, wenn sie Lust auf einen Starbucks-Kaffee hatte. Es war Grace gewesen, die Spindeldürre mit der Zahnspange und den roten Elektroschockhaaren, die diese Weisheit von sich gegeben hatte.

Trudie hatte zustimmend genickt. »Jeder braucht mal eine Auszeit«, hatte sie gesagt und ein Stück Grillhähnchen in die kleine Plastikschüssel mit Dressing gestippt. »Und Ariel braucht eben ein bisschen mehr.«

Kristi hatte versucht, das Gespräch am Laufen zu halten, ohne den Mädchen auf die Nerven zu gehen, aber sie schienen mehr an ihrem Essen als an Ariels Wohlergehen interessiert zu sein. Doch sie waren ein bisschen freundlicher als gewöhnlich gewesen und hatten Platz gemacht, damit Kristi sich einen Plastikstuhl heranziehen konnte, was diese für einen Fortschritt hielt. Als sie sich gesetzt hatte, plapperten die beiden weiter darüber, dass sie es kaum erwarten konnten, dass Vater Mathias sein Stück ein zweites Mal aufführte, und bekundeten sehnsüchtig seufzend, was für eine Schande es war, dass der Priester den Zölibatsschwur geleistet hatte. Vor der Aufführung wollten sie sich auf ein paar Drinks treffen, wie immer im Watering Hole gleich beim Campus.

»Du solltest mal mitkommen«, sagte Grace, die sich offensichtlich darum bemühte, höflich zu sein. Trudie warf ihr einen Blick zu, und Kristi zuckte die Achseln, als wäre ihr das Ganze nicht wichtig.

»Irgendwann vielleicht«, stimmte sie zu und ignorierte die zunehmende Skepsis in Trudies Gesicht.

»Gut.« Grace war erfreut, oder zumindest hatte es den Anschein.

Anders ihre Freundin. Trudie fuhr sich, offenbar erregt, mit beiden Händen durch ihren Pferdeschwanz und schob das Gummiband höher, so dass die Haare jetzt über ihre Schultern strichen. Die ganze Zeit über warf sie Grace böse Blicke zu.

Kristi hatte so getan, als kümmerte sie das Ganze nicht. Ariels Freundinnen wussten etwas, da war sie sich sicher. Sie musste ihr Vertrauen gewinnen und so tun, als fände sie sie nett, wenngleich ihr klar war: Je mehr sie über die Mädchen wusste, desto weniger würde sie sie mögen.

Sie stemmte sich aus dem Becken, duschte rasch, trocknete sich ab und zog sich an. Ihre Muskeln, die die letzten zwei Tage sehr verspannt gewesen waren, waren jetzt lockerer. Das Training hatte ihre Stimmung gehoben und sie darauf gebracht, was sie tun musste, um die Wahrheit über die vier verschwundenen Mädchen und den verflixten abgetrennten Arm herauszufinden. Und dass Jay heute Abend zurück sein würde, war auch nicht schlecht.

Sie hatte ihn tatsächlich vermisst.

Wer hätte das gedacht?

Sie legte ein wenig Make-up auf, drehte sich das feuchte Haar zu einem Knoten auf dem Kopf und hängte sich die Ampulle um, obwohl sie Jay geschworen hatte, die Finger davon zu lassen. So verließ sie die Umkleide und trat hinaus in den Abend. Während sie trainiert hatte, war es bedrohlich finster geworden. Über den Straßenlaternen waren keine Sterne zu erkennen, und der Wind, der den ganzen Tag über nur mäßig geweht hatte, blies jetzt kräftig, fegte durch die Bäume, wirbelte ein paar trockene Blätter über den Campusrasen und fuhr Kristi in den Nacken.

Sie schauderte und ging zielstrebig die schmale Straße in der Nähe von Greek Row entlang, überquerte eine der belebteren Straßen beim Campus und stieß kurz danach die Glastüren zum Watering Hole auf. Sie entdeckte Trudie, Grace und Marnie, die blonde junge Frau, der sie durchs Wagner House gefolgt war. Sie saßen an einem großen Kaffeehaustisch in einer Ecke des abgedunkelten Raums. Alle drei waren über langstielige Gläser mit einem funkelnden roten Gebräu gebeugt.

Mit einem gezwungenen Lächeln ging Kristi zwischen den Tischen hindurch in ihre Richtung.

Es war Showtime.

Ariel O'Tooles Apartment sah aus, als sei seit Tagen niemand mehr dort gewesen. Teller stapelten sich in der Spüle, das Bett war ungemacht, eine Tüte Chips steckte zwischen dem Bettzeug, der Käse-Dip in dem Plastikbehälter war alt und verkrustet.

»Irgendwas stimmt hier nicht«, sagte Portia, während sie, der Streifenbeamte, der Hausmeister und Del Vernon langsam durch die kleine Wohnung mit der dekorativen Backsteinmauer streiften. Ein Vorhang trennte den Schlaf- vom Wohnbereich.

»Keine Kampfspuren«, stellte Del fest.

Das stimmte.

»Was für eine Schlampe«, sagte Del. »Hat seit Tagen nicht aufgeräumt.«

Portia öffnete den einzigen Kleiderschrank. Alles war sorgfältig verstaut, die Kleidung nach Farben geordnet, die Schuhe geputzt und paarweise aufgestellt. Auch die Wäscheschubladen waren tadellos, die Bücher im Regal ordentlich aufgereiht und alphabetisch geordnet. »Das glaube ich nicht. Das Mädchen ist eine Ordnungsfanatikerin und einfach nicht dazu gekommen, die Reste des Abendessens wegzuräumen.« Sie öffnete die Tür eines kleinen Kühlschranks und stellte fest, dass er sorgfältig bestückt war. Sie trat zur Seite, damit Del einen Blick hineinwerfen konnte.

»Tatsächlich, doch keine Schlampe«, stimmte er zu.

Portia drehte sich zu dem Hausmeister um. »Wann haben Sie sie zum letzten Mal gesehen?«, fragte sie.

Der glatzköpfige Mann, der nur noch einen Kranz roter Haare hatte, die zu seinen Dreitage-Bartstoppeln passten, war offensichtlich nervös, weil er die Polizei im Haus hatte. »Keine Ahnung ... ähm, ich habe sie mit Sicherheit am letzten Wochenende gesehen, als sie ihren Müll rausgebracht hat, und dann ... ach, verflixt ...« Er rieb sich den Kopf. Seine schmächtigen Schultern zuckten. »Ich glaube, sie trug die Wäsche hoch ... Warten Sie mal, ich habe alte Blätter zusammengerecht. Das war am Sonntagnachmittag.«

»Und seitdem?«

Er schüttelte den Kopf. »Ich habe hier vierzig Wohneinheiten zu verwalten, da behalte ich einfach nicht den Überblick. Sehe ich aus wie eine Hausmutter?«

»Haben Sie einen Schlüssel zu ihrem Briefkasten?«

»Nun, ja ...«

»Dann lassen Sie uns einen Blick hineinwerfen.« Sie blickte sich um. »Kein Telefon?«

»Die meisten jungen Leute benutzen Handys«, sagte der Hausmeister.

»Dann kann ich ihre Verbindungen nicht überprüfen.«

Es roch in dem Apartment – ein abgestandener, beinahe fauliger Geruch. In der Mikrowelle stand eine vergessene Tasse Kaffee.

Sie gingen nach draußen zum Briefkasten, in dem sich Rechnungen und Werbepost stapelten. Laut Vermisstenmeldung hatte Ariel nicht gearbeitet. Portia hatte mit der Mutter gesprochen, die mit einem Anfall von Hysterie kämpfte und sich früh am nächsten Morgen ins Flugzeug setzen wollte, um ihre Tochter aufzuspüren. Portia hatte ihr erklärt, dass die Polizei eingeschaltet war. Sie hatten all ihre Freundinnen und Nachbarn befragt und sich an die örtlichen Krankenhäuser gewandt. Ariel besaß kein Auto, aber ein Handy und ein Fahrrad. Die Campuspolizei suchte danach. Portia hatte sich mit der Bank in Verbindung gesetzt und sorgfältig überprüft, ob es irgendwelche Kreditkartenaktivitäten gab, aber bislang waren keine Abbuchungen vorgenommen worden.

Ariels Mutter war der Ansicht, dass das nicht genug sei. Sie hatte Portia den Namen der Telefongesellschaft gegeben, bei der ihre Tochter Kundin war.

»Meine Tochter ist nicht wie diese anderen Mädchen«, behauptete sie. »Ich habe von ihnen gelesen, diese ... diese Mädchen, um die sich keiner kümmert. Auch wenn Joe und ich geschieden sind: Wir lieben unsere Tochter, und wir werden alles, *alles* tun, um sie zu finden!«

»Ich rufe Sie an, sobald wir Näheres wissen«, versicherte Portia der Mutter.

Sie hoffte nur, dass die junge Frau noch am Leben war.

Ihr Handy klingelte, als sie gerade das Apartment verschlossen. Auf dem Display erschien eine Nummer des New Orleans Police Department.

»Laurent, Mordkommission«, sagte sie, während sie einen Schritt vor Del Vernon nach draußen trat.

»Detective Bentz, Mordkommission New Orleans«, sagte eine tiefe, ernste Stimme. »Ich habe gehört, Sie bearbeiten den Fall der vermissten All-Saints-Studentinnen, die möglicherweise einem Mord zum Opfer gefallen sind«, kam er ohne Einleitung zur Sache.

Portia holte tief Luft und blieb unter einer überhängenden Dachtraufe vor dem betagten Stuckgebäude stehen. Del sagte etwas zu ihr, aber sie bedeutete ihm mit einer Geste, still zu sein.

»Das ist richtig«, bestätigte sie.

»Es sieht so aus, als hätten Sie recht behalten«, sagte Bentz. »Wir haben in der vergangenen Stunde vier weibliche Leichen aus dem Mississippi gezogen, eine Afroamerikanerin und drei Frauen kaukasischer Abstammung, alle im selben Verwesungszustand, alle in den Zwanzigern. Einem der weißen Mädchen fehlt ein Arm.«

Portia atmete mit einem resignierten Seufzer aus. Ihre Hoffnung starb.

»Körperliche Merkmale, Haar- und Augenfarbe, Tätowierungen und Narben sprechen dafür, dass es sich um die Mädchen vom All Saints handelt.«

»Okay«, flüsterte sie. »Sie sagten, alle im selben Zustand der Verwesung? Aber zwischen ihrem Verschwinden liegen Monate!«

»Wir wissen mehr, sobald der Gerichtsmediziner seine Untersuchungen durchgeführt hat«, sagte Bentz mit fester Stimme.

»Todesursache?«

»Ist noch nicht geklärt. Vorläufig sieht es so aus, als hätten sie nicht länger als ein paar Tage im Wasser gelegen, vielleicht eine Woche. Schwer zu sagen.«

»Sonst noch was?«

»An den Leichen sind merkwürdige Punktionsverletzungen. Sie wissen, dass in dem Arm, den ihr im Sumpf gefunden habt, nicht ein Tropfen Blut war?«

»Ja.« Portia war plötzlich eiskalt. Sie wappnete sich gegen das, was jetzt kommen würde.

»Sieht so aus, als wäre auch in diesen Leichen kein Blut.«

»Durchtrennte Arterien?«

»Das nicht gerade«, sagte er, und sie spürte seine Wut durch das schnurlose Telefon hindurch. »Aber es könnte sein, dass man die Leichen hat ausbluten lassen.«

»Ihnen das Blut abgezapft hat«, konkretisierte sie und dachte an die Einstichverletzungen.

»Vielleicht möchten Sie sich selbst ein Bild davon im Labor machen.«

»Das werde ich tun, aber wir haben hier eine weitere vermisste junge Frau.«

Er schnappte nach Luft. »Wer ist es?«

»Ariel O'Toole, Studentin am All Saints College. Die Eltern können sie nicht ausfindig machen, und ihr Apartment sieht aus, als wäre sie schon seit ein paar Tagen nicht mehr dort gewesen.«

»Sagen Sie nicht, sie studiert Englisch im Hauptfach.«

»Doch, das ist richtig.«

»Und sie hat das Vampyrismus-Seminar belegt?«

»Ja.«

Bentz stieß einen deftigen Fluch aus. »Bin schon unterwegs. Das Labor kann den Bericht telefonisch durchgeben. Meine Tochter studiert am All Saints. Englisch im Hauptfach.«

»Ich hab mich schon gefragt, ob du auftauchen würdest«, sagte Grace und nippte an ihrem Drink. Die Musik spielte laut, und eine Band baute in einer Ecke ihre Ausrüstung auf. »Setz dich zu uns.«

Trudies Gesicht verzog sich. Sie warf Kristi einen flüchtigen Blick zu, ganz offensichtlich war sie nicht so begeistert über ihr Erscheinen wie Grace.

Marnie warf ihr Haar über die Schulter und sagte: »Ja, setz dich.«

Kristi ignorierte Trudie und machte es sich auf einem

freien Stuhl bequem. Dann beäugte sie die Drinks der jungen Frauen. »Was trinkt ihr?«

»Blutroten Martini.« Grace hob das Glas und drehte den langen Stiel zwischen den Fingern, so dass die scharlachrote Mixtur über den Rand zu schwappen drohte.

»Was ist denn drin?«

»Blut natürlich.« Sie leckte sich die Lippen und nahm einen großen Schluck. »Mmm!«

Kristi nickte. »Ja klar, Granatapfelblut, Preiselbeerenblut ...«

»Menschliches Blut.« Grace lachte, aber Trudies Stimmung schien noch mehr zu sinken. Sie warf ihrer Freundin einen Halt-zum-Teufel-noch-mal-die-Klappe-Blick zu, den diese ignorierte, wie Kristi an dem Funkeln in Grace' Augen erkennen konnte. Grace genoss die Vorstellung.

Genau wie Marnie. »Das stimmt. Wir haben mit dieser Vampirsache zu tun, weißt du.«

Kristi beschloss mitzuspielen. »Ich bin auch in Grottos Seminar. Ist er der beste Dozent?« Noch bevor die anderen antworten konnten, fügte sie hinzu: »Schätze, ich sollte mir einen Drink bestellen.«

Sie blickte sich um. Die Kellnerin stellte gerade einen Krug Bier und vier eisgekühlte Gläser auf einen der Nachbartische, dann drehte sie sich um. Die schlanke Brünette mit der fuchsiafarbenen Strähne im Haar kam Kristi bekannt vor. »Bist du in einem von meinen Seminaren?«, fragte sie. »Jawoll. Ich bin Bethany«, stellte sie sich vor. »Was soll ich dir bringen?«

Kristi deutete auf Trudies Drink. »So einen.«

»Gute Wahl.« Sie nickte beipflichtend. »Mein persönlicher Lieblingsdrink.«

»Wirklich?«

»Blutroter Martini.«

»Gemixt aus ...«

»Gin, Wermut, Preiselbeersaft und einem winzigen Schuss Traubensaft.«

»Kein echtes Blut?«, hakte Kristi nach.

»Tut mir leid«, sagte Bethany und hob die Schultern. »Das sieht die Gesundheitsbehörde nicht so gern.«

»Kann ich mir vorstellen.«

Sie blickte Trudie und Grace an. »Wollt ihr noch einen?«

Trudie schüttelte den Kopf. »Ich muss zum Theater, bevor Vater Mathias einen Herzinfarkt bekommt.«

»Du spielst mit, oder?«, erkundigte sich Kristi.

»Trudie ist der Tod«, erklärte Grace, und Marnie hätte sich beinahe an ihrem Drink verschluckt.

»Das passt doch, stimmt's?«, scherzte sie.

»Ach, lass mich in Ruhe.« Trudie leerte ihr Glas und griff nach der Handtasche.

Bethany wartete immer noch, und Grace sagte: »Warum nicht? Ich nehme einen Doppelten.«

»Bist du verrückt?«, sagte Trudie entsetzt. »Du willst doch zur Aufführung!«

»Ich weiß, aber ich habe sie doch schon mal gesehen.« Grace und Marnie, die offenbar schon ein paar Drinks intus hatten, schienen sich über Trudies Sorge zu amüsieren. »Ich kenne die trübsinnige Handlung.«

»Bin gleich zurück«, sagte Bethany und ging zur Bar.

»Warum geht ihr dann noch mal hin?«, fragte Kristi.

»Vorschrift.« Marnie nahm sich ein paar Erdnüsse von

dem Teller in der Mitte des Tisches und warf sie sich in den Mund.

»Es ist Vorschrift, sich das Stück zweimal anzusehen?«

Trudie funkelte Grace an, um sie zum Schweigen zu bringen. »Nicht, wenn man betrunken ist.«

»Oh, jetzt komm mal wieder runter, ›Tod‹«, sagte Grace, und sie und Marnie brüllten vor Lachen.

Trudie errötete und murmelte: »Ihr könnt mich mal.« Dann fegte sie wütend zwischen den Tischen hindurch und rannte beinahe einen Hilfskellner mit einem Stapel schmutziger Teller um.

»Ist die sauer«, sagte Marnie, und wieder prusteten sie los.

»Wisst ihr«, sagte Kristi, während die Musik von Hiphop zu Country wechselte und eine Keith-Urban-Ballade ertönte, »ich hätte euch fast geglaubt. Das mit den Drinks.«

Marnie tauschte einen Blick mit ihrer Freundin aus, dann flüsterte sie kaum hörbar: »Grace hat nicht geschwindelt. Wir versetzen unsere Martinis.« Zum Beweis zog sie eine kleine dunkle Flasche aus ihrer Handtasche, die sie verstohlen aufschraubte. Sie gab ein paar Tropfen einer dunklen Flüssigkeit in ihr Glas. »Es schmeckt etwas salzig.«

»Wie eine Margarita«, bestätigte Grace.

»Ja, das stimmt.«

Grace machte ein Gesicht, als wäre es ihr egal, was Kristi dachte, und nahm einen Schluck. Entweder waren die beiden nicht ganz zurechnungsfähig, oder sie machten sich einen Spaß auf Kristis Kosten. Kristi erwiderte nichts und wartete auf ihren Drink. Die Musik wechselte wieder. Am Billardtisch wurde es laut, weil einer der Spieler einen Stoß vertan hatte.

Ein paar Sekunden später kam Bethany mit den Getränken zurück und räumte die leeren Gläser ab.

Marnie griff wieder in ihre Tasche und schaute Kristi fragend an. Obwohl sie so tun wollte, als wäre sie gern Teil ihrer Clique, hatte Kristi nicht vor, ein Gebräu unbekannter Herkunft zu trinken. Sie schüttelte den Kopf. So wie sich Marnie und Grace aufführten, konnte es sich genauso gut um irgendeine Droge oder ein verschreibungspflichtiges Medikament handeln, das die Wirkung des Alkohols verstärkte.

»Komm schon, Kristi. Du bist doch interessiert«, sagte Grace. »Willst du nicht, dass Marnie dir ein bisschen echtes Blut abgibt?«

»Ach, nein. Ich muss heute Abend noch viel erledigen.«

»Du weißt ja nicht, was du verpasst.« Marnie gab ein paar Tropfen in ihren Martini, dann in den von Grace, hob ihr Glas und sagte: »Auf die Vampire!« Ihre Augen funkelten vor Übermut.

»Auf die Vampire«, wiederholte Grace und stieß mit ihr an. Auch Kristi hob ihr Glas. »Auf die Vampire!« Und dann nahmen alle einen Schluck.

Der Drink war stark, schmeckte nach Preiselbeeren und Gin und floss wärmend durch Kristis Kehle. Marnie und Grace kicherten noch mehr und leckten sich die Lippen. Sie führten sich auf, als glaubten sie wirklich an diesen Vampirkram. Kristi beobachtete, wie sie ihre Drinks schlürften, und sagte wie nebenbei zu Marnie: »Ich dachte, ich hätte dich neulich ins Wagner House gehen sehen.«

Die Worte »gehen sehen« schienen ein wenig nachzuhallen, und Kristi blickte fragend zur Band, ob der Widerhall von dort kam.

»Tatsächlich?« Marnies Lächeln wurde dünn. Es sah aus, als würde ihr eine Schlange über die Lippen kriechen. Eine blutrote Schlange. Nein, das war nur ihr Lippenstift, der an den Rändern auslief, oder …?

»Wir gehen alle dorthin«, sagte Grace über die laute Musik hinweg. Sie schien nur mit Mühe auf ihrem Stuhl sitzen bleiben zu können.

»Ja, wir treffen uns dort.«

»Wir treffen uns auch heute Abend im Wagner House«, sagte Grace. »Möchtest du mitkommen?«

Grace' Worte klangen seltsam, als kämen sie von unter Wasser. Sie wirkte auch irgendwie verschwommen. Kristi leckte sich die Lippen. Ihr war unangenehm warm und schwummerig. Sie versuchte zu antworten, aber die Worte blieben ihr in der Kehle stecken.

»O Gott, der Drink scheint dich echt umgehauen zu haben.« Marnie machte einen besorgten Eindruck. »Lass uns gehen.«

»Ich bezahle«, sagte Grace und winkte nach der Kellnerin … wie war noch gleich ihr Name? Bethany … das Mädchen aus Grottos Seminar … Eilig kam sie herüber, und sie unterhielten sich miteinander. Sie fassten Kristi unter den Armen und halfen ihr in Richtung Tür. Mein Gott, war sie betrunken, ihre Beine gehorchten ihr kaum. Sie hörte Sätze wie: »Kann keinen Alkohol vertragen … wir bringen sie nach Hause …«

Aber das stimmte nicht.

Sie war unter Drogen gesetzt worden. Das wusste sie.

Sie hatten ihr etwas in den Drink gekippt, schließlich war sie dumm genug gewesen, der Kellnerin zu vertrauen. Verdammt …

Niemand in der Bar schien Notiz davon zu nehmen, dass man sie aus einer Seitentür hinaus in den dunklen, kalten Abend zog. Sie versuchte zu schreien, aber kein Laut drang über ihre Lippen, und als es ihr gelang, einen Arm freizubekommen, wobei sie beinahe Grace' Kinn traf, lachte diese nur.

Sie sah aus wie eine x-beliebige, sturzbetrunkene Studentin. *Und jetzt?*, dachte sie, aber sobald ihr die Worte in den Kopf geschossen waren, flogen sie auch schon wieder weg. Ihre Wahrnehmung war außer Kraft gesetzt. Ihr wurde schwarz vor Augen, und einen Augenblick lang dachte sie, sie würde ohnmächtig werden.

Nein! Bleib wach! Du musst bei Sinnen bleiben!

»Hier entlang«, sagte Bethany. Kristis Beine wurden schwerer und schwerer. Draußen war es frisch, ein starker Kontrast zu der warmen Luft in der lärmigen Bar. »Von hier an übernehmen wir«, sagte Marnie.

»Ich muss wieder rein.« Bethany klang genervt.

»Wenn jemand fragt ...«, ertönte Grace' Stimme wie aus weiter Ferne.

»Ich weiß, was ich zu sagen habe. Jetzt haut schon ab, bevor noch jemand kommt.«

Bethany war also diejenige gewesen, die etwas in Kristis Drink getan hatte!

Dummkopf! Du hast doch gewusst, dass sie in Grottos Seminar ist!

Wieder versuchte Kristi zu schreien, um Hilfe zu rufen, aber es kam nur ein Winseln über ihre Lippen.

Die Tür fiel hinter ihnen ins Schloss, und Kristi stellte fest, dass sie zwischen Marnie und Grace eingekeilt war und sich nicht bewegen konnte – ihre Muskeln taten einfach nicht, was ihr Gehirn ihnen befahl.

Von Marnie und Grace schien alle Jovialität, alle Albernheit, die sie den Abend über zur Schau getragen hatten, abgefallen zu sein.

»Dämliches Miststück«, sagte Marnie und zwang Kristi eine dunkle Seitenstraße entlang. »Blöde Schnüfflerin.«

»Du willst was über Vampire wissen?«, fragte Grace. Kristis Grauen wuchs. »Glaub mir, heute Abend wirst du alles darüber erfahren.« Ihr Grinsen war so kalt und bösartig, dass Kristis Herz für einen Schlag aussetzte. Hinter ihrer Zahnspange war kaum sichtbar ein Paar strahlend weißer Vampirzähne verborgen.

Kristi blinzelte und versuchte zu schreien, unternahm einen letzten Versuch, die beiden Mädchen abzuschütteln, die sie die Seitenstraße entlangschleiften, aber sie war hilflos wie ein kleines Kätzchen.

Sie hatte das Gefühl, sie würden sie in ein Auto zerren ...

Dann lag sie auf einem Rücksitz, Marnie und Grace saßen vorn. Saß Trudie in ihrem Kostüm als Tod mit ihr hinten, oder war es Bethany?

Ihre Gedanken überschlugen sich, und sosehr sie sich auch bemühte, sie konnte nicht sagen, was der Wahrheit entsprach. Jay ... o Gott ... Wo war er? Hatte sie ihm gesagt, dass sie ihn liebte? Und ihr Vater ... war er am Leben? Hatte sie ihn nicht grau werden sehen?

Wo zum Teufel war sie?

Kristi blinzelte und stellte fest, dass die Autofahrt, wenn es denn eine gewesen war, vorbei war. Wieder wurde sie mehr oder weniger mitgeschleift.

Wohin brachten sie sie?
Was hatten sie vor?
Die Kirchturmglocken läuteten laut ... und so nah, dass sie wusste, dass sie auf dem Campus waren. Eine Sekunde lang – oder war es länger? – wurde sie ohnmächtig, dann stellte sie fest, dass sie allein war.
Und sie war nackt.
Lag auf einer Art Couch.
Um sie herum stieg Nebel auf.
Wie zum Teufel war das passiert? Ihre Gedanken klärten sich ein bisschen, aber sie konnte sich immer noch nicht bewegen, konnte den Mund nicht öffnen, um zu sprechen. Da war ein Licht, das alles in einen unheimlichen, rötlichen Schimmer tauchte. Sie suchte den Bereich in ihrem Blickfeld ab, aber außer dem aufsteigenden Nebel vermochte sie nichts über oder jenseits dieser offenbar samtenen Ottomane, auf der sie lag, zu erkennen.
Wie hatte sie ihre Kleidung verloren?
War das ein Traum?
Sie erinnerte sich vage daran, in einer Bar gewesen zu sein, einen blutroten Drink getrunken und mit Kommilitoninnen geredet und gelacht zu haben ... Wie hießen sie noch gleich? Grace, ja Grace mit dem Igelschnitt und ... oh, richtig, Marnie, die Blonde. Sie hatte sich für so clever gehalten, hatte versucht, ihr Vertrauen zu gewinnen, und jetzt ... o Himmel, jetzt ... wie sollte sie hier bloß wieder rauskommen?
Denk nach, Kristi, denk nach! Gib nicht auf!
Sie schloss die Augen und spannte die Muskeln an, aber nichts passierte. Keine Reaktion. Sie war gefangen.

Sie hörte das Scharren eines Schuhs, einen kurzen Atemzug.

Sie war nicht allein?

Wo? Wo waren sie? Sie gab sich alle Mühe, etwas zu erkennen, aber hinter dem Nebelschleier war nichts ... absolut nichts.

Panik durchfuhr sie. Sie konnte wieder klarer denken. Offensichtlich hatte man sie unter Drogen gesetzt, aber die Wirkung musste doch irgendwann nachlassen. Diese Lähmung konnte doch nicht ewig dauern!

Oder doch?

Erneut wurde sie von Grauen gepackt.

Mit allergrößter Anstrengung versuchte sie, den Arm zu heben, doch obwohl sie alle Muskeln anspannte, blieb er still und reglos.

Ein leises Hüsteln, das sie daran erinnerte, beobachtet zu werden.

Ausgelacht zu werden.

Verdammt noch mal, Kristi, beweg deinen verdammten Arm.

Sie versuchte es erneut, spannte sich innerlich so fest an, dass sie dachte, sie würde zerreißen.

Nichts passierte.

O Gott, hilf mir. Hilf mir!

Ihr Herz raste, angetrieben vom Adrenalin. Das war also den vermissten Mädchen zugestoßen, dessen war sie sich sicher. Genauso wie sie sich sicher war, dass sie tot waren.

Und das würde auch sie bald sein.

Außer ...

Mit aller Kraft spannte sie die Muskeln an, um sich zu

bewegen, aber wieder passierte nichts. Die Schritte waren jetzt lauter und hallten in ihrem Kopf wider.

Langsam.

Gleichmäßig.

Näher und näher.

Das rote Licht pulsierte im selben Rhythmus wie ihr Herzschlag. Sie versuchte den Kopf zu drehen.

Was *war* das?

Noch einmal bemühte sie sich, über ihre Schulter zu blicken, ihren unbeweglichen Kopf zu einer Drehung zu zwingen. Sie verspürte eine winzige Reaktion, als hätten sich ihre Schultern minimal gehoben. Oder war das nur Einbildung? Ein klitzekleiner Hoffnungsschimmer. Sie versuchte es noch einmal.

Nichts passierte.

Aber sie würde nicht aufgeben. Verdammt noch mal, sie würde so lange kämpfen, wie noch ein Fünkchen Leben in ihr war.

»Das ist Schwester Kristi«, psalmodierte eine tiefe Männerstimme.

Sie kannte ihn! Die Stimme war ihr vertraut. Sie musste nur nachdenken, sie richtig einordnen. Warum stellte er sie vor? Und wem? Sie zwang sich, den Blick auf die Schwärze hinter dem Nebelschleier zu richten, doch sie sah nichts. Sie spürte, dass mehr als eine Person in der Dunkelheit verborgen war. Zuschauer, ein Publikum.

Ihr gefror das Blut in den Adern.

Ein Publikum! Mein Gott, das war's!

Das Ganze war Teil irgendeiner makaberen Show!

Sie musste hier raus, und zwar sofort. Er war so nahe. So

vertraut, obwohl ihr sein Name nicht einfallen wollte. Sie fühlte, dass er hinter ihr stand. Er strich mit einer Hand über ihre nackte Schulter.

Ein Beben durchfuhr sie.

Himmel, wie krank!

Starke Finger zogen eine Spur auf ihrer Haut.

Was sollte das sein? Eine Verführung? Auf einer Bühne mit wer weiß wie vielen Leuten, die dabei zusahen? Vielleicht war er aber auch nur der Erste von vielen ... Kristis Magen rebellierte bei dem Gedanken, und sie versuchte, sich von ihm zurückzuziehen.

»Schwester Kristi ist bereit, sich uns heute Nacht anzuschließen«, sagte er mit Überzeugung.

Wie bitte?

Konnte denn niemand sehen, dass seine Worte eine Lüge waren, dass sie eine Gefangene in ihrem eigenen paralysierten Körper war?

Natürlich nicht, Kristi. Denk daran: Sie wollen glauben.

»Sie ist bereit, das letzte, höchste Opfer zu bringen.«

Ihr schossen alle möglichen Arten der Folter, Vergewaltigung, des Todes durch den Kopf. Das höchste? Endgültige? Mein Gott, würde er sie gleich hier opfern? Ihr die Kehle aufschlitzen wie einem Opferlamm? Sie wehrte sich mit aller Kraft.

Ohne Erfolg.

Seine Finger bewegten sich voller Sinnlichkeit über ihre Haut, und sie spürte, wie ihr Körper darauf reagierte. Wie krank das war! Er war so unverfroren, ihre Brüste zu berühren, zu beobachten, wie ihre Brustwarzen hart wurden. In diesem Augenblick wusste sie, dass sie ihn – sollte sie die

Chance dazu bekommen – töten würde. Trotz des Verlangens, das in ihrem Körper zu pulsieren begann. Sie würde diesen kranken Bastard töten.

Er beugte sich jetzt zu ihr herab, sein Atem fuhr ihr durchs Haar, seine Hand glitt tiefer, der Griff wurde fester.

Wenn sie doch nur treten könnte! Beißen! Ihm ins Gesicht spucken! Wer war er? *Wer?*

Sie spürte, wie sich ihr Kopf aus eigenem Antrieb leicht drehte, und in diesem Augenblick begegnete ihr Blick dem seinen. Sie starrte in die dunklen Augen von Dr. Dominic Grotto.

Grotto ...

Kristi gab sich alle Mühe zu schreien und wild um sich zu schlagen, aber sie war nach wie vor unfähig, sich zu bewegen.

»Es tut mir leid«, flüsterte er.

Es tut dir leid? Was? Lass mich gehen, du elender Scheißkerl!

Er beugte sich noch weiter vor, sein Atem heiß wie das Feuer der Hölle. Seine Lippen verzogen sich und entblößten Vampirzähne, die in dem diffusen roten Licht strahlten und glänzten.

Kristi schrie, aber kein Laut kam über ihre Lippen, als er zubiss. Ihre Haut wurde von seinen scheußlichen Eckzähnen durchlöchert, und dann ... o Gott ... dann begann ihr Blut zu sprudeln.

Und er begann zu trinken.

27.

Vlad war für diese Aufgabe wie geschaffen.

Daran bestand kein Zweifel.

Und Elizabeth, die ihm über die Schulter dabei zusah, war ungeheuer erregt. Sie schien zu fürchten, dass sie jede Sekunde ertappt wurde. Nicht dass sie Grund zur Sorge gehabt hätte, dachte er, als er sich in die Schatten auf dem Campus drückte, schließlich hatte er alles im Griff. War das nicht immer so? Es irritierte ihn höllisch, dass sie, die Frau, die er vergötterte, ihm nicht vertrauen konnte oder wollte. Jedes Detail war genauestens überlegt, es war also Zeit, dass sie endlich Vertrauen fasste.

Die Stille des Abends wurde abgelöst von einem aufkommenden Wind. Kleine Wolken schoben sich vor den Mond, wurden dicker und bewegten sich immer schneller. Ein Sturm lag in der Luft und ließ das Blut in seinen Adern pulsieren.

Er schlich sich an Adam's Hall heran, huschte ins Gebüsch und bahnte sich dann einen Weg zur Kirche. Während er lautlos durch die feuchte Nachtluft streifte, dachte er an Kristi Bentz ... schöne, verängstigte, gefügige Kristi ... Sie hatte ihm einen kleinen Vorgeschmack auf das gegeben, was kommen sollte. Er leckte sich die Lippen bei dem Gedanken an ihr Blut, wie süß sie schmecken würde, und malte sich aus, was er mit ihr anstellen würde. Die Bilder in seinem Kopf riefen eine unmittelbare Reaktion zwischen seinen Beinen hervor, und er musste gegen die Lust ankämpfen, die in seinen Adern zu kochen begann.

Zunächst hatte er seine Aufgabe zu Ende zu bringen.

Er durfte sich nicht ablenken lassen.

Danach würde er sich dem Genuss widmen, sie genießen ... lebendig und tot.

Der Sturm nahm an Stärke zu, Böen jagten über den Campus und drückten das Gras nieder, es drohte zu regnen. Die Glocken begannen zu läuten, als Vlad in die Kirche schlüpfte. Drinnen wurde er von den Reihen von Kerzen begrüßt, deren kleine Flammen durch den Windstoß ins Flackern gerieten. Er roch das flüssige Wachs.

Ja, dachte er und stieg leise die Treppe im Vorraum hinauf, er würde sich um alles kümmern. So wie er es seit seiner Kindheit getan hatte. Elizabeth konnte sich beruhigen und ihm vertrauen. Hatte er sie nicht immer unterstützt und behütet? Obwohl er sich oft im Hintergrund gehalten hatte, hatte sie sich stets auf ihn verlassen können.

Er erreichte die Galerie. Er wusste, dass vier Leichen entdeckt worden waren, und der Gedanke, dass die Polizei die Körper derjenigen berührte und aufschnitt, die er so sorgfältig auserwählt hatte, schmerzte ihn. Es war ihm klar, dass die Behörden mit den geschulten Detectives, den Hunden und den ausgefeilten Ermittlungsmethoden bald den Weg hierher finden würden. Sie konnten nicht länger bleiben.

Sie mussten fortgehen.

Aber nicht, bevor er ein paar Dinge erledigt hatte. Es würde nicht lange dauern, aber diejenigen, die die Wahrheit wussten oder zumindest vermuteten, mussten vernichtet werden.

Sie mussten sich selbst opfern, so nichtig sie auch sein mochten.

Er schlüpfte durch die Falten des schweren Samtvorhangs und wartete. Die letzte Aufführung des Mysterienspiels war vorbei, und der Priester kam sicher bald zurück, um am Altar zu beten, bevor er sich in seine Privaträume zurückzog, wo er um Vergebung, Absolution und Gnade bitten würde.

Vlad lächelte in der Dunkelheit.

Gnade.

Er hielt seinen Blick fest auf die Tür gerichtet. Sobald Vlad sicher sein konnte, dass Vater Mathias seine Routine nicht durchbrach, würde er ihm folgen und dafür sorgen, dass seine gepeinigte Seele erlöst wurde.

Vater Mathias würde nicht länger leiden.

Jay pfiff nach dem Hund, öffnete die Tür seines Pick-up und setzte sich hinters Steuer, sobald Bruno hineingesprungen war. Er hätte sich ohrfeigen können, dass er so ein Dummkopf gewesen war, und versuchte, nicht in Panik zu verfallen.

Er warf einen Blick ins Handschuhfach, fand seine Glock und schob sie in die Jackentasche. Die ganze Zeit über dachte er an Kristi – die schöne, durchtrainierte, freche, störrische Kristi. Wie hatte sie ihn nur dazu überreden können, sie allein in Baton Rouge zurückzulassen?

Er startete den Motor, legte knirschend den Rückwärtsgang des alten Toyota ein und setzte auf die Straße zurück. Dann stellte er die Automatik auf D, trat aufs Gaspedal und raste aus der Sackgasse auf die Hauptstraße Richtung Freeway.

Er war wegen der Leichenfunde länger als geplant im Labor gewesen. Das Beweismaterial, das mit den Leichen sichergestellt worden war, hatte bearbeitet werden müssen, was eine Weile dauerte. Während der Arbeit hatte er immer wieder versucht, Kristi zu erreichen – vergeblich.

Wo zum Teufel war sie?

Abermals drückte er auf Schnellwahl.

Wieder wurde er mit ihrer Voicemail verbunden.

»Zur Hölle!« Er schleuderte das Handy quer über den Sitz und setzte an, einen Traktor mit Anhänger zu überholen. Warum ging sie nicht an das verdammte Telefon? Hatte sie es irgendwo liegen gelassen? Waren die Akkus leer? Oder war *ihr* etwas zugestoßen?

Die blutlosen Leichen der jungen Frauen erschienen vor seinem inneren Auge, und er schickte ein Stoßgebet zum Himmel, dass Kristi nicht dem Psychopathen zum Opfer gefallen war, der hinter diesen Morden steckte. Warum hatte er nicht darauf bestanden, dass sie zur Polizei ging, als sie diese verfluchte Blutampulle fanden? Was für ein Volltrottel war er doch, dass er ihr erlaubte, in Baton Rouge zu bleiben, allein, obwohl sie beide vermuteten, dass ein Serienkiller umging, der es auf Studentinnen abgesehen hatte. Obwohl jemand heimlich ihr Apartment filmte!

Als hättest du sie aufhalten können! Niemals. Nicht diese sturköpfige Frau.

Aber das Schuldgefühl ließ sich nicht abschütteln. Er hätte bei ihr bleiben sollen. Jay fuhr wie ein Wahnsinniger, überschritt das Tempolimit, trat aufs Gas, wann immer die Ampel auf Gelb schaltete. Bruno blickte ungerührt aus dem Fenster in die Dunkelheit.

Jay hatte auch Rick Bentz drei Nachrichten hinterlassen, auf die dieser nicht reagiert hatte, aber schließlich steckte auch er bis über beide Ohren in dem Fall, hatte die Presse und das damit zusammenhängende Chaos am Hals. Soweit Jay mitbekommen hatte, hatten sowohl das Police Department von New Orleans als auch das von Baton Rouge Presseerklärungen abgegeben, in denen von einem Serienmörder die Rede war. Die Universität war kontaktiert und die Studentinnen waren hoffentlich schon gewarnt worden, dass sie zu Hause bleiben oder sich nur in Gruppen aufhalten sollten. Sogar ein Ausgehverbot wurde verhängt.

Jay hatte noch einmal mit Portia Laurent telefoniert, die ihm sämtliche Informationen durchgegeben hatte. Der letzte Stand der Dinge war der, dass Dominic Grotto gelegentlich den dunkelblauen Van seines Schwagers geliehen bekam. Jay war überzeugt davon, dass der Professor mit dem Vampirfimmel der Täter war. Portia Laurent hielt sich mit ihrem Urteil dagegen zurück. Sie arbeitete noch an den Leumundsprüfungen, und soweit sie hatte herausfinden können, war Grotto sauber. Sie verfolgte noch ein paar weitere lose Fäden, darunter auch etwas, das ihr Sorge bereitete, aber noch bevor sie sich Jay gegenüber dazu äußern konnte, war sie von einem Anruf unterbrochen worden und hatte gesagt, sie würde ihn später zurückrufen.

Bislang hatte sie das nicht getan.

Jay näherte sich Baton Rouge, als sein Handy klingelte. Noch vor dem zweiten Klingeln ging er dran und umklammerte es, als wäre es eine Rettungsleine.

»McKnight«, meldete er sich.

»Bentz. Sie haben mich angerufen.« Rick Bentz' Stimme. Angespannt. Hart. Zornig – mit einer Spur unterdrückter Sorge.

»Ja. Ich bin auf dem Weg nach Baton Rouge, aber es gelingt mir nicht, Kristi zu erreichen. Ich hoffte, Sie hätten mit ihr gesprochen.«

»Nein.« Das Wort hallte durch Jays Kopf. »Ich dachte, sie wäre vielleicht bei Ihnen«, fuhr Bentz fort. »Sie geht nicht an ihr Handy, deshalb bin ich unterwegs zu ihr.«

»Ich auch. Ich bin bald da.«

»Gut. Ich weiß, dass das Baton Rouge Police Department an der Grenze der Belastbarkeit ist und das FBI zur Hilfe gerufen hat. Die Öffentlichkeit ist informiert worden, die Polizei arbeitet mit der Presse zusammen. Ich bin überrascht, dass Sie aus dem Labor fortkonnten.«

»Ich hab mir was einfallen lassen. Offiziell bin ich im Einsatz.« Jay hatte diese Woche über vierzig Stunden im kriminaltechnischen Labor verbracht, und Inez Santiago hatte ihn abgelöst. Inez hatte bei ihrem Eintreffen darauf bestanden, dass er verschwand, und ihm versichert, dass sie, Bonita Washington und die anderen diensthabenden Kriminologen mit allem fertig würden, was noch hereinkommen würde.

Jay hatte keine weitere Aufforderung gebraucht. Nicht, nachdem sie die blutlosen Leichen gefunden hatten, an deren Hälsen Bisswunden gefunden worden waren. Die Abstände der Einstiche ließen auf den Kiefer eines erwachsenen Mannes schließen, die Verletzungen selbst stammten einheitlich von rasiermesserscharfen Eckzähnen. Die Hämatome an den Hälsen aller vier Opfer waren identisch, wodurch Hoffnung bestand, dass die Polizei die Verletzungen mit den Zähnen des Killers abgleichen konnte.

Das Werk von jemandem, der sich darum bemühte, sie

glauben zu lassen, blutsaugende Kreaturen der Nacht würden über die jungen Frauen vom All Saints College herfallen.

Jay umklammerte das Lenkrad. Er bremste, um einem Motorrad auszuweichen, das auf seine Spur gewechselt war.

»Sie wissen, dass Kristi ein Seminar über Vampire in der Gesellschaft oder so einen Unsinn besucht?«, sagte er zu Bentz. Er blickte in den Seitenspiegel und trat aufs Gaspedal, um eine Limousine mit einem alten Mann mit Hut zu überholen.

»Ja?«

»Ich denke, dass jemand diesen Vampirkram auf eine andere Ebene gehoben hat.« Rasch setzte er Bentz über Lucretias Hinweis auf eine Sekte oder einen Kult auf dem Campus ins Bild, und wie er und Kristi in Kristis Apartment – Tara Atwaters ehemaligem Zuhause – eine Blutampulle gefunden hatten. Bentz hörte schweigend zu, als Jay erläuterte, wie sie die Videokamera entdeckt und dem Voyeur eine Falle gestellt hatten. Jay fügte hinzu, dass Kristi überzeugt war, Vater Mathias, der die Moralitäten auf die Bühne brachte, habe etwas mit dem Verschwinden der Studentinnen zu tun. »Kristi hält Wagner House für das Zentrum der Sekte«, endete er.

»Das hättet ihr mir sagen müssen«, bemerkte Bentz mit grimmiger Stimme.

Jay antwortete nicht.

»Und Sie haben sie dort allein gelassen?«, sagte Bentz.

»Mein Fehler«, erwiderte Jay.

»Und ob.«

Gerade als die ersten Regentropfen auf seine Windschutzscheibe trafen, tauchte das Schild für die Ausfahrt nach Baton Rouge vor Jay auf. Er bog ab. »Wo sind Sie?«, fragte er Bentz.

»Eine halbe Stunde von Baton Rouge entfernt. Montoya ist bei mir.«

»Gut. Ich bin schon am Ortseingang. Ich fahre jetzt direkt zu Kristis Apartment und rufe Sie an, wenn ich da bin.«

Jay raste durch die Stadt. Die ganze Zeit über gingen ihm die Bilder der blutlosen Leichen durch den Kopf, die sie aus dem Mississippi gezogen hatten.

Der Zustand der Verwesung legte nahe, dass der Mörder sie noch einige Zeit am Leben gelassen und sie erst dann umgebracht hatte.

Es sei denn, er hatte sie tiefgefroren.

Er dachte an Bonita Washingtons Bemerkung über den Gefrierbrand an dem abgetrennten Arm, der, wie sich herausgestellt hatte, Rylee Ames, dem letzten Opfer, gehört hatte.

Falls das letzte Opfer nicht Ariel O'Toole war.

Falls nicht Kristi ...

Jay nahm eine Abkürzung zum Campus. Es regnete nun in Strömen. Vans der Nachrichtendienste und Polizeiwagen waren rund um die Mauer des All Saints College geparkt, sämtliche Officers der Campuspolizei auf den Beinen. Studenten ließen sich nur vereinzelt sehen, dafür waren von den Nachrichtenteams starke Scheinwerfer aufgestellt worden, und Reporter in Regenkleidung standen mit ihren Mikrofonen bereit.

Der Campus wurde nicht offiziell als Tatort betrachtet, zumindest noch nicht, aber die Anwesenheit von Polizei und Medien setzte alle Welt davon in Kenntnis, dass hier ein Serienmörder frei herumlief, ein Serienmörder, der das All Saints College als sein persönliches Jagdrevier betrachtete.

»Nicht mehr lange, du Scheißkerl«, murmelte Jay und fuhr zu dem alten Haus, in dem Kristi wohnte. Eine Sekunde lang war er erleichtert, ihren Honda auf seinem üblichen Parkplatz zu sehen. Vielleicht war sie zu Hause. Vielleicht hatte sie ihr Handy verloren. Vielleicht ... Bitte, lieber Gott, bitte. Er stieß die Fahrertür auf, noch bevor der Pick-up zum Stehen gekommen war. »Bleib«, befahl er Bruno, dann rannte er zwei Stufen auf einmal nehmend die Treppen hinauf. Binnen Sekunden war er oben und trat die Tür auf.

»Kris!«, rief er und ging hinein.

Es war dunkel und still, der Geruch nach Kerzen hing in der Luft, das Fenster über der Spüle war weit geöffnet, eine steife Brise bauschte die Vorhänge.

Sein Magen verkrampfte sich, und er griff nach seiner Waffe.

»Waffe fallen lassen! Auf den Fußboden!«, befahl eine weibliche Stimme. Mai Kwan trat aus der Dunkelheit und stellte sich ihm in den Weg. Die Pistole in ihren Händen zielte direkt auf sein Herz.

»Vampire?« Montoya starrte Bentz vom Beifahrersitz aus an, als hätte sein älterer Partner den Verstand verloren. Lichter zuckten, Sirenen heulten, und ihr Ford Crown Victoria raste über den Freeway nach Baton Rouge. »Meinst du das ernst? Vampire? Diese blutsaugenden Kreaturen, die sich in Fledermäuse verwandeln, in Särgen schlafen und nur von Silberkugeln erledigt werden können oder gepfählt werden müssen?«

»Das hat er gesagt.« Bentz blickte blinzelnd in die Nacht und fuhr, als wäre der Teufel persönlich hinter ihm her. Es regnete heftig, die Scheibenwischer liefen auf Hochtouren, der Polizeifunk knisterte und knackte. In der Ferne zuckten Blitze über den Himmel.

»Und du glaubst das?«

Bentz fühlte, wie Montoyas Blick ihn durchbohrte. »Was ich glaube, ist, dass meine Tochter verschwunden ist und dass irgendein durchgeknallter Hurensohn sie in seiner Gewalt hat.«

»Aber Vampire?«

»Die Leichen, die man aus dem Fluss gezogen hat, hatten fast kein Blut mehr. Und die Einstiche. Und niemand hat einen blutverschmierten Tatort ohne Leiche gemeldet.«

»Doch. Bei dieser Stripperin, Karen Lee Williams alias Bodiluscious, war Blut. Und sie war nicht da.« Montoya kratzte seinen Kinnbart. »Glaubst du, es besteht ein Zusammenhang?«

Bentz machte ein finsteres Gesicht. »Keine Ahnung. Es war Blut am Tatort, ja, aber keine fünf bis sechs Liter. Nicht das ganze Blut eines erwachsenen Menschen.«

»Dann hat dieser verdammte Vampir-Fan vermutlich den Rest getrunken. Und sich dann in eine Fledermaus verwandelt, um mit seinen Schwingen in irgendein Gewölbe zu flattern und in einem Sarg seine Mahlzeit zu verdauen.«

Montoya griff in eine Innentasche seiner Lederjacke und stieß auf eine Schachtel Zigaretten, die er sich, wie Bentz wusste, für Nächte wie diese aufhob. Sein Sarkasmus konnte nicht über die Verunsicherung hinwegtäuschen, die er verspürte. Keiner von ihnen wusste, worauf sie sich gefasst machen mussten.

Bentz entdeckte die Ausfahrt nach Baton Rouge und bog ab. »Ich weiß nur, dass meine Tochter verschwunden ist und hier jede Menge Mist passiert.« Er dachte an Kristi. Ihr Lächeln. Ihre grünen Augen, die denen ihrer Mutter so ähnlich waren. Wie sie es liebte, ihn zu necken, wie sie ihn umschmeichelte und »Daddy« nannte, wenn sie ihn zu etwas überreden wollte. Er fühlte sich leer. Wie oft musste er so etwas noch durchstehen? Sie war das Licht seines Lebens, und plötzlich verspürte er einen Anflug von Schuld wegen des Glücks, das er mit Olivia gefunden hatte. Hatte er Kristi vernachlässigt, sein einziges Kind? Verdammt, er hatte sogar Jay McKnight beschuldigt, sie im Stich gelassen zu haben, obwohl er das eigentlich sich selbst vorwarf!

»Jetzt mach dich nicht fertig«, sagte Montoya und zündete sich eine Zigarette an. Der Geruch nach Rauch zog durch den Wagen. »Und behaupte ja nicht, dass du das nicht tust. Ich sehe es dir an. Ich hab so was schon mal mit dir durchgemacht. Wir werden sie finden.«

Tot oder lebendig.

Dieser Satz schoss Rick Bentz durch den Kopf, aber er sprach ihn nicht laut aus. Er mochte sich nicht vorstellen, dass er seine Tochter nicht mehr lebend wiedersehen würde.

»Was zum Teufel machen Sie hier?«, fragte Mai, die Waffe noch immer auf Jay gerichtet, der sich sofort auf den Fußboden geworfen hatte.

»Ich bin Kristis Freund, erinnern Sie sich nicht? Ich denke, diese Frage sollte ich Ihnen stellen! Ich arbeite für das kriminaltechnische Labor, Herrgott noch mal!«

»FBI.«

»Was?«

»Sie haben schon richtig verstanden. Ich bin Field Agent beim FBI und operiere undercover. Seit die zweite Studentin verschwunden ist.«

Er blickte zu ihr hoch und sah die Härte in ihrem zarten Gesicht. Todernst zog sie ihre Marke raus. »Stehen Sie auf.« Sie durchquerte den Raum und schloss die Eingangstür.

Jay rappelte sich hoch und prüfte die Marke. Er hatte in seinem Leben schon genug davon gesehen, um ihre Echtheit bestätigen zu können. »Was geht hier vor?«

»Ich bin nicht befugt, Ihnen Auskunft –«

»Kristi ist verschwunden«, blaffte er ungeduldig. »Ich hab verdammt noch mal keine Ahnung, wo sie steckt, also ersparen Sie mir diesen FBI-Quatsch. Was zum Teufel wissen Sie?«

»Das kann ich Ihnen nicht sagen.«

Er zog sein Handy aus der Tasche. »Dann erklären Sie es Rick Bentz.«

»Sie können mich nicht einschüchtern!«

»Wir haben keine Zeit zu verlieren.«

Das schien sie einzusehen. Mai strich sich eine schwarze Strähne aus den Augen, blickte ihn finster an und murmelte etwas von »Verstoß gegen die Vorschriften.« Doch dann setzte sie sich auf die Kante der Bettcouch und sagte: »Gleiches Recht für alle, McKnight. Sie verraten mir alles, was Sie wissen, und wir arbeiten zusammen.« Sie hob den Zeigefinger. »Das gilt nur vorläufig. Normalerweise brauche ich dazu eine Genehmigung.«

»Abgemacht.«

»Ich habe seit Monaten an dem Fall gearbeitet, undercover, und dann kommt Ihre Freundin daher und gefährdet alles, was ich in einem halben Jahr erreicht habe!«

»*Sie* haben die Kamera hier installiert?«

»Sie war bereits da. Hiram, der sogenannte Verwalter, hat sie zu seinem Vergnügen angebracht. Seine ganz private Girlie-Show.« Mai konnte den Hohn in ihrer Stimme nicht unterdrücken. »Hätte ihn einbuchten sollen, aber wieder einmal habe ich die Sache zurechtgebogen. Wir haben die Kamera nach dem Verschwinden von Tara Atwater entdeckt und sie dort gelassen, für den Fall, dass der Killer wieder auftaucht.«

»Sie haben Kristi als Lockvogel verwendet?«

»Wir haben sie keiner Gefahr ausgesetzt«, beharrte Mai.

»Aber Sie haben sie auch nicht gewarnt.« Jay war zornig und hätte die zierliche Frau am liebsten geschüttelt.

»Wir konnten unsere Tarnung nicht auffliegen lassen. Sie haben sie offenbar gefunden, deshalb bin ich zurückgekommen, um die Bücher zur Seite zu schieben, die Sie vor die Linse gestellt hatten.«

»Sie sind durchs Fenster gekommen«, stellte Jay fest, und sie nickte. Ein kühles Lächeln kräuselte ihre Lippen. »Also, wo ist Kristi?«

»Ich weiß es nicht. Ich dachte, sie ist bei Ihnen.«

»Sie haben niemanden auf sie angesetzt?«

Mai erwiderte seinen Blick. »Sie wissen also nicht, wohin sie gegangen ist?«

Er schüttelte den Kopf. »Sie sagte, sie wollte sich *Jedermann* ansehen, Vater Mathias' Theaterproduktion –«

»Ich bin auch daran beteiligt«, fiel sie ihm ins Wort. »Wir wissen, dass mit Vater Mathias etwas nicht stimmt, aber wir haben keine Beweise, und nein, Kristi war heute Abend nicht bei der Aufführung. Wir haben sie aufgezeichnet.«

»Sie haben sie aufgezeichnet?«

»Mit der Erlaubnis der Verwaltung.« Mai blieb ernst.

»Wir wissen nichts über diesen Kerl, aber wir sind uns ziemlich sicher, dass er ein Durchgeknallter erster Güte ist.«

»Aber Sie haben keine Ahnung, um wen es sich handelt?«

»Wir arbeiten daran.«

»Und Sie haben Dominic Grotto nicht verhaftet?«

»Er ist nicht unser Mann.«

»Er ist derjenige, der hinter diesem ganzen Vampirunsinn steckt!« Die Katze sprang durchs offene Fenster, blickte die beiden Fremden kurz an und schoss unter die Couch. Jay schloss das Fenster. Regentropfen glitten an den Scheiben hinunter.

»Ich sage Ihnen, wir haben nichts gegen ihn in der Hand.«

»Das ist so nicht richtig«, gab Jay zu bedenken. »Zumindest hat es sich geändert. Inzwischen gibt es Leichen. Blutleere Leichen, die Anzeichen eines Gewaltverbrechens aufweisen. Bissspuren am Hals der Opfer. Ich wette meinen rechten Arm darauf, dass diese Verletzungen mit Dr. Grottos Bissabdrücken übereinstimmen.«

Mai stierte ihn an. Sie schien ihre Möglichkeiten abzuwägen. Schließlich blickte sie auf die Uhr und sagte: »Okay, lassen Sie uns Folgendes machen: Wir gehen zu Grotto und reden mit ihm, dann sehen wir ja, was der König der Vampire zu sagen hat. Und unterwegs erzählen Sie mir alles, was Sie wissen – und lassen Sie ja kein Wort aus!«

»Vergib mir, Vater, denn ich habe gesündigt«, flüsterte Vater Mathias, der neben seinem Bett kniete. Wie hatte er nur so in Versuchung geraten, so vom rechten Weg abkommen können? Er hatte gedacht, es diente alles einem höheren Zweck.

Zumindest hatte er versucht, sich das einzureden.

Aber Gott wusste es. Der allmächtige Vater durchschaute mühelos die Dunkelheit in Mathias' Seele und erkannte den Trug, das Böse, das tief in seinem Inneren verborgen war.

Wie oft hatte er Anlauf genommen, all seine Sünden Vater Anthony zu beichten? Wie oft hatte er sich danach gesehnt, den Rat eines weiseren, demütigeren Mannes zu suchen? Trotzdem hatte er es nie getan.

Feigling, schalt er sich. Seine Schwäche war ihm nur zu deutlich bewusst.

Er schloss die Augen und beugte den Kopf. Seine Hände waren in aufrichtigem Flehen gefaltet. »Bitte, Vater, erhör mein Gebet«, flüsterte er. Er vernahm das Geräusch aufkommenden Windes, der einen starken Sturm verhieß. Der Regen peitschte bereits gegen die Fensterscheiben und strömte laut gurgelnd durch die Dachrinnen.

Irgendwo oben pochte ein Zweig gegen eines der Dachbodenfenster.

Eine Bekundung des göttlichen Unmuts.

SEINES übermächtigen Zorns.

Eine Erinnerung daran, wie klein und unbedeutend Vater Mathias war.

Er verlor sich ganz in seinem Gebet und hörte daher nicht die leisen Schritte, die den Gang entlang in seine Richtung schlichen. Völlig damit beschäftigt, seine Sünden zu beichten, entging ihm die Anwesenheit des Eindringlings. Und dann war es zu spät.

Plötzlich ließ ihn ein Knarren der Bodendielen erstarren.

Seine Nackenhaare sträubten sich. Er fuhr herum und blickte in das Gesicht des Bösen. Dunkle, gefühllose Augen starrten auf ihn herab. Braunrote Lippen waren zu einer grässlichen Fratze zurückgezogen. Weiße Reißzähne, von denen Blut zu tropfen schien, blitzten im gedämpften Lampenlicht.

Vater Mathias schnappte nach Luft, aber es war zu spät.

Der fleischgewordene Luzifer hatte ihn heimgesucht. Der Teufel, dem er so bereitwillig seine Seele verschrieben hatte, war zurückgekommen, um seinen Tribut zu fordern.

Vater Mathias machte Anzeichen, sich zu erheben, aber die Kreatur stürzte sich mit gebleckten Lefzen auf ihn.

Vater Mathias schrie sich die Seele aus dem Leib und hob abwehrend die Arme, um das Böse aufzuhalten. Aber er war dem Teufel nicht gewachsen, diesem Grauen mit seinem Durst nach Blut.

Vlad biss zu. Seine Zähne gruben sich in das weiche Fleisch von Vater Mathias' Hals und machten so den Schreien ein Ende. Blut spritzte.

Brennender Schmerz durchfuhr den Geistlichen. Er kratzte und schlug um sich, aber Vlad, der von dem sündigen Blut des Priesters gekostet hatte, zog sein Messer und hob es zu einem tödlichen Streich.

Die Klinge glitzerte im Licht der Lampe.

Vater Mathias wand sich vor Entsetzen. Er schwitzte und hätte sich beinahe in die Hose gemacht. Das hier durfte doch nicht geschehen! Nein ... er wollte, dass Gott ihm vergab, wünschte sich ein langes Leben, in dem er seine Sünden bereute, und –

Die Klinge sauste in einem silbernen Bogen nach unten.

Vater Mathias war auf der Stelle tot.

Das FBI, dachte Jay, natürlich.

Das FBI war die ganze Zeit über am Werk gewesen.

Und hatte Grotto immer noch nicht festgenommen.

Mit Mai Kwan auf dem Beifahrersitz fuhr Jay zu Grotto. Mai kannte seine Adresse, und während Jay ihr noch alles berichtete, was Kristi und er herausgefunden hatten, zeigte sie ihm schon, wo er parken konnte, einen Block von dem weinberankten viktorianischen Gebäude entfernt, in dem Grotto wohnte. Das Haus mit seinen Ecken und Winkeln und dem spitzen Dach mit Wasserspeiern an den Dachrinnen passte zu ihm.

»Ich denke nicht, dass derjenige, der hinter alldem steckt, mit einem dicken roten Pfeil auf sich selbst weisen und ein Seminar über Vampyrismus abhalten würde«, sagte Mai.

»Unser Killer scheint zu klug dafür zu sein.«

»Und arrogant«, sagte Jay und zog seine Pistole. »Er hat Allmachtsfantasien. Er hält sich für brillant, für schlauer als alle anderen. Und das will er uns jetzt unter die Nase reiben.«

»Oder jemand schiebt ihm alles in die Schuhe.«

»Wie dem auch sei, er weiß etwas.«

Mai schob einen Ladestreifen in ihre Waffe. »Da sind wir uns einig. Los geht's.«

Sie warteten nicht auf Rückendeckung. Mai hatte bereits einen Vorgesetzten wegen eines Haftbefehls angerufen, und man hatte ihr gesagt, sie solle sich zurückhalten, bis Verstärkung eingetroffen war. Das würde sie selbstverständlich tun, hatte sie erwidert, aber es war eine faustdicke Lüge gewesen – was der Mann am anderen Ende der Leitung vermutlich ahnte.

»Sieht so aus, als wäre er nicht allein«, flüsterte Mai mit gerunzelter Stirn, als sie ein Auto in der Auffahrt entdeckte. »Wir müssen warten.«

»Auf gar keinen Fall. Kristi ist womöglich da drin!«

»Wir können das Risiko nicht eingehen.«

»Sie meinen, *Sie* können das Risiko nicht eingehen. Ich gehe da jetzt rein.«

Langsam erwachte Kristi.

Ihr ganzer Körper schmerzte.

Angeschlagen und völlig orientierungslos öffnete sie die Augen. Es war dunkel ringsum.

Schmerz schoss ihr in den Kopf, und sie fragte sich, wo sie wohl war.

Schaudernd stellte sie fest, dass sie nackt auf einem eiskalten Steinfußboden lag, die Hände und Fußknöchel gefesselt. Modriger Geruch nach Erde stieg ihr in die Nase.

Ihr war schwindelig, und sie musste sich sehr anstrengen, um einen klaren Gedanken fassen zu können. Sie hörte aus einiger Entfernung Wasser tropfen und zornige, gedämpfte Stimmen. Eine Auseinandersetzung?

Sie wollte schon schreien, doch sie hielt sich zurück. Bilder – scharf wie Scherben eines Kaleidoskops – schossen ihr so schmerzhaft durchs Gehirn, dass sie wimmerte. Sie erinnerte sich, dass sie einem Vampir auf der Spur gewesen war. Augenblick mal! Einem Vampir? Nein, das stimmte nicht. Oder doch? Sie bekam Gänsehaut bei dem Gedanken.

Denk nach, Kristi, reiß dich zusammen.

Sie erinnerte sich an einen leuchtend roten Drink, ein Gebräu, das jemand einen blutroten Martini genannt hatte ... und ... und ... es war noch jemand bei ihr gewesen. Ihre Erinnerung kehrte zurück, schneller und schneller. Sie war von zwei Mädchen übertölpelt worden, Grace und Marnie ... nein, von drei Mädchen, die verdammte Kellnerin – Bethany – steckte mit ihnen unter einer Decke. Und dann war da noch das surreale Bild von Dr. Grotto, der sich auf der Bühne an sie heranpirschte, sich im Nebel über sie beugte und einem unsichtbaren Publikum vorführte, was er mit ihr anstellen konnte, bevor er seine Zähne in ihren Hals schlug.

Bei der Erinnerung daran zuckte sie zusammen.

Sie versuchte, einen Laut hervorzubringen, aber ihre Stimmbänder funktionierten immer noch nicht. Vielleicht war das Ganze nur ein Horrortrip? Was immer Bethany in den Drink gemischt hatte, hatte Halluzinationen hervorgerufen ... natürlich, das war's!

Aber warum lag sie dann nackt auf einem Steinfußboden?

Sie schlug mühsam die Augenlider auf und strengte sich an, etwas zu sehen, irgendetwas in dieser Dunkelheit zu erkennen … Wo zum Teufel war sie? Warum war sie Teil eines so grauenhaften Rituals geworden?

Warum bist du noch am Leben?

Voller Panik versuchte sie aufzustehen, aber ihr fehlte die Kraft dazu.

Sie konnte ihre verfluchten Gliedmaßen nicht dazu bringen, das zu tun, was sie wollte.

Wieder kam ihr Grottos Bild in den Sinn.

Er hatte sie vor dem unsichtbaren Publikum beim Namen genannt. Wie viele waren es gewesen? Einer? Fünf? Hundert? Hatte ihnen gesagt, sie wäre bereit, das höchste Opfer zu bringen.

Und dann hatte er sich bei ihr entschuldigt. Ihr zugeflüstert, es täte ihm leid. Was? Dass er seine verfluchten Zähne in sie hineingrub? Dass er sie verschleppt hatte? Lieber Gott, in welchen Schlamassel hatte sie sich da nur hineingebracht!

Obwohl ihr so schwindlig war, dass sie meinte, sich übergeben zu müssen, zwang sie sich auf Hände und Knie. Wenn sie schon nicht gehen konnte, würde sie verdammt noch mal kriechen. Mit pochendem Schädel, ein Auge wegen des unglaublichen Schmerzes geschlossen, begann sie sich zu bewegen. Vielleicht war das nur ein Traum. Ein ganz übler Traum. Auf wackligen Knien hielt sie einen Augenblick inne und griff mit den gefesselten Händen nach ihrem Hals.

Als ihre Finger die Wunden berührten, unterdrückte sie mühsam einen Schrei: zwei Löcher, unverbunden und frisch verkrustet.

Ihr Magen rebellierte, und sie musste die Galle hinunterschlucken, die ihr in der Kehle brannte.

Es war also kein Horrortrip und auch kein Albtraum gewesen. Grotto hatte ihr tatsächlich in den Hals gebissen und ihr Blut getrunken. Krank, absolut krank!

Kristi versuchte den wahnsinnigen Kopfschmerz zu ignorieren. Ihr war klar, dass sie einen Weg aus diesem finsteren, steinernen Loch finden musste.

Ein Grab, Kristi, du bist in einem Grab.

Bei dem Gedanken kribbelte ihre Haut, und sie dachte unwillkürlich an das letzte Mal, als man sie eingesperrt hatte. Damals war sie sicher gewesen, sterben zu müssen.

Gib nicht auf.

Sie war aber nicht gestorben, und sie würde auch jetzt nicht sterben! Zumindest nicht, ohne vorher gekämpft zu haben.

Langsam kroch sie über die kalten Steine und tastete sich mit ihren gefesselten Händen vorwärts. Sie lauschte auf jedes Geräusch, das außer dem Tropfen von Wasser zu vernehmen war, aber es war jetzt nur noch ein leichtes Rascheln zu hören, als würden Ratten oder Mäuse zur Seite huschen. Zentimeter um Zentimeter kam sie voran und stieß schließlich auf eine Wand. Auch sie fühlte sich an, als wäre sie aus Stein. Es musste doch einen Weg nach draußen geben! Ihr Kopf wurde langsam klarer. Schließlich war sie irgendwie hier reingekommen, und wenn es sich nicht um ein riesiges Sammelbecken oder einen Behälter mit Zugang durch die Decke handelte, musste es eine Tür geben. Sie musste sie nur finden.

Gib nicht auf. Noch bist du nicht tot.

Sie war gerade dabei, sich zu orientieren, als sie Schritte hörte, die näher kamen.

Schnell rutschte sie zurück und legte sich wieder hin. Sie war noch nicht stark genug, um zu kämpfen, noch nicht. Sie würde so tun müssen, als sei sie noch ohnmächtig.

Ihre Chance.

Ein Schlüssel klimperte an der Tür.

Kristi schloss die Augen.

28.

Es hatte ja so kommen müssen, dachte Dominic Grotto. Mit dem Handy in der Hand saß er da, und die Eiswürfel in seinem unberührten Drink schmolzen. Sogar die Klänge von Vivaldi, die aus den verborgenen Lautsprechern oben auf dem Bücherregal schallten, konnten ihn nicht beschwichtigen. Was als einzigartige Methode, die jungen Leute für die Vielfalt der Literatur zu begeistern, begonnen hatte, hatte mit dem Tod geendet.

Vier Studentinnen waren bereits tot aufgefunden worden.

Und zweifelsohne waren auch Ariel O'Toole und Kristi Bentz gestorben und würden ebenfalls aus dem Fluss gefischt werden.

Jetzt wusste er es. Das Auge, das er so bereitwillig zugedrückt hatte, konnte jetzt mehr als deutlich sehen. Er vermochte sich nicht länger der Illusion hinzugeben, dass er das Richtige tat und Mädchen half, deren Leben ein Trümmerhaufen gewesen war.

Nachdem er von seiner kleinen Vorstellung zurückgekehrt war, dieser letzten Vorstellung vor seinem privaten Publikum, hatte er den Fernseher angestellt und durch die Nachrichten von den Leichen erfahren, die man aus dem Mississippi gezogen hatte. Obwohl nur wenige Einzelheiten und noch keine Namen bekanntgegeben wurden, wusste er Bescheid. Tief im Innern war ihm klar, was mit den jungen Frauen passiert war.

Und das war seine Schuld.

Er schmeckte selbst jetzt noch Kristi Bentz' Blut auf seinen Lippen. Alles Teil der Show. Alles Teil des Plans. Alles zu einem höheren Zweck.

Zur Hölle.

Alles Teil deines Größenwahns.

Er hatte die Mädchen persönlich kennengelernt und sich eingeredet, sie würden freiwillig mitmachen. Er hatte sich vorgemacht, die Angst, die er in ihren Augen sah, sei gespielt, ebenso wie die Unfähigkeit sich zu bewegen.

Er hatte sich eingeredet, dass nichts Illegales vorfiel, dass es keine Opfer gab, dass niemand verletzt worden war.

Und doch hatte er es gewusst.

Vielleicht war es ihm noch möglich, Ariel O'Toole und Kristi Bentz zu retten. Er konnte es schaffen, diesen Horror für immer zu stoppen, auch wenn er sich selbst dabei in Gefahr brachte.

Er hätte mit der Wahrheit herausrücken sollen, als Kristi Bentz ihn in seinem Büro aufgesucht und nach Antworten verlangt hatte. Oh, zum Teufel, er hätte schon vor einem Jahr reinen Tisch machen sollen, als er erfuhr, dass Dionne verschwunden war.

Über die Musik und den tosenden Sturm hinweg hörte er, wie sich mit einem Knarzen die Haustür öffnete. Ihm blieb das Herz stehen. Er hatte doch abgeschlossen, oder nicht? Hatte er es etwa vergessen?

Sie kommen, um dich zu holen.

Sie wissen es.

Es lief ihm kalt den Rücken hinunter, als er auf die Füße sprang, um nachzusehen. »Hallo?«, sagte er. Er war ein starker Mann. Er hatte in seinem Leben nie wirklich Angst empfunden.

Schritte kamen zielstrebig den Flur entlang.

»Wer ist da?« Er stand schon an der Tür seines Arbeitszimmers, als diese aufflog und er sich der Frau gegenübersah, der er beteuert hatte, dass er sie liebe. Sie zitterte vor Wut.

»Jetzt ist Schluss, Dominic«, sagte Lucretia mit heiserer Stimme. Ihre Augen waren eingefallen, ihre Haut wirkte leichenblass. Wimperntusche lief ihr über die Wangen, Regentropfen glitten an ihrem schwarzen Regenmantel hinab. Sie hatte sich nicht die Mühe gemacht, die Eingangstür zu schließen, die jetzt gegen die Wand schlug und einen Schwall kalter Winterluft in den Flur hineinließ. »Keine weiteren Lügen. Nicht noch mehr verschwundene Studentinnen. Nie wieder sollst du mich glauben machen, ich wäre verrückt.«

»Lucretia, ich werde zur Polizei gehen –«

»Jetzt? Jetzt, wo sie die Leichen gefunden haben? *Jetzt?*«

Sie schüttelte heftig den Kopf. »Ich habe dich geliebt«, flüsterte sie. Tränen schossen ihr in die Augen.

»Ich weiß. Ich habe dich auch geliebt –«

»Lügner!« Sie spie das Wort aus. Ihre Nasenflügel bebten. Dann zog sie die Hand aus der Tasche ihres Regenmantels. Ihre Finger waren um eine kleine, schwarze Handfeuerwaffe gekrümmt.

Er erstarrte. »Um Himmels willen, Lucretia, was machst du da?«, rief er, obwohl er die Antwort schon kannte. »Tu's nicht!« Ihm rutschte das Herz in die Hose. Es war die Pistole, die er ihr vor Monaten gegeben hatte.

»Du hast sie umgebracht«, sagte sie mit zitternder Stimme. Ihre Hand bebte.

»Ich habe versucht, sie zu retten! Ich habe für die anderen bloß eine Show abgezogen, es war alles Schauspielerei, das schwöre ich!«

»Nein ...« Die Pistole zitterte in ihren Händen.

Vielleicht konnte er sie beruhigen. Ihr die Waffe abnehmen.

»Hör mir zu! Wir kommen womöglich noch rechtzeitig. Kristi und Ariel sind vielleicht noch am Leben.«

»Kristi? Kristi Bentz? Du hast sie da mit reingezogen? Und Ariel auch?« Lucretias Blick wurde hart. Sie zielte mit der Pistole auf seinen Kopf. »Sie wird vermisst. Seit letzter Woche ... und es ist deine Schuld. O Gott, sie ist tot! Ich weiß, dass sie tot ist. Ich hätte sie warnen sollen, hätte es ihnen sagen sollen.«

Grotto machte einen Schritt auf Lucretia zu, aber ihre Finger zuckten zum Abzug. Er blieb stehen. Hob beide Hände, um sie zu beschwichtigen. »Wir müssen Preston finden. Er ist ... er ist derjenige, der weiß, wo die Mädchen sind. Er kennt einen Ort, der durch die alten Tunnel, die Ludwig Wagner benutzt hat, mit Wagner House verbunden ist.«

»Sie sind doch schon vor hundert Jahren dichtgemacht worden«, widersprach Lucretia. »Noch eine Lüge!«

»Nein, nein, ich schwöre es. Preston hat behauptet, er würde ihnen helfen, ein neues Leben anzufangen, zu verschwinden.«

»Ihnen beim Sterben zu helfen!«

»Lucretia, ich habe das nicht gewusst! Ich schwöre, ich habe es nicht gewusst«, sagte er, um das Gespräch am Laufen zu halten. Er dachte fieberhaft darüber nach, wie er sie überwältigen und seine Chance nutzen konnte.

»Aber du hast dich verdächtig gemacht. Auch vor mir.« Sie blickte ihn fest an und zielte mit der Pistole diesmal auf seine Brust.

Sein Herz überschlug sich, und für einen winzigen Augenblick meinte er, über das Heulen des Windes hinweg ein Geräusch vernommen zu haben. Schritte?

»Du bist schuldig, Dominic. Wir sind beide schuldig.«

»Nein, Lucretia! Warte. Sei doch vernünftig! Ich werde die Polizei anrufen und ihr von Preston erzählen, von den Mädchen, von der Rolle, die ich bei dem Ganzen spiele. Ich werde ein Geständnis ablegen. Bitte, Liebste, gib mir noch eine Chance«, sagte er, seine Taktik ändernd. Er trat lächelnd auf sie zu. »Es tut mir so wahnsinnig leid«, sagte er mit einer Stimme, bei der sie früher geschmolzen war. »Ich habe dich immer geliebt. Du weißt das. Ich werde der Polizei von Preston, den Aufführungen und den unterirdischen Gängen erzählen. Vielleicht ist ja die Polizei in der Lage, Kristi und Ariel aufzuspüren. Sie könnten noch am Leben sein. Komm schon, Süße, vertrau mir.«

Sie wich zurück, blickte ihm direkt in die Augen.

»Lucretia, Baby –«

»Ich seh dich in der Hölle wieder. Und wenn es so weit ist, werde ich dran denken, auf dich zu spucken.«

Sie drückte ab.

Jay wartete nicht.

Er und Mai hatten die offen stehende Tür gesehen und das als Einladung aufgefasst. Sie rannten mit gezogenen

Waffen durch den Regen die Stufen zum überdachten Eingangsbereich hinauf. Drinnen war Licht zu sehen. Dazu laute Stimmen, die in eine Auseinandersetzung verwickelt zu sein schienen.

Mai bedeutete Jay, sich im Hintergrund zu halten, aber er blieb an ihrer Seite, bekam jedes Wort der Auseinandersetzung mit, hörte Kristis Namen und dass die Tunnel erwähnt wurden, die vom Wagner House abführten. Grottos Behauptung, sie könnte noch am Leben sein, trieb ihn voran. Mit erhobener Glock stieß er die Zimmertür weiter auf.

Ein Schuss krachte durch das Haus, gefolgt von einem Aufprall.

»FBI!«, schrie Mai und stürzte hinter ihm ins Zimmer.

»Waffen fallen lassen!«

Ein erneuter Schuss.

Hilflos sah Jay zu, wie Lucretia zu Boden ging. Die Waffe glitt aus ihren Fingern. Blut schoss aus der Wunde an ihrem Kopf, die sie sich selbst zugefügt hatte.

Grotto lag ebenfalls am Boden und blutete. Ein roter Fleck breitete sich auf dem Teppich aus. Seine Augen standen offen, mit leerem Blick starrte er an die Decke.

Jay tippte 911 in sein Handy und kniete sich neben den College-Professor. Er fand den Puls in dem Augenblick, in dem sich die Rettungszentrale meldete. »Er lebt noch!«, rief er.

»Sie ist tot.« Mai nahm ihre Finger von Lucretias Hals und kam zu Grotto.

Jay sprach mit der Rettungszentrale, nannte die Adresse und erklärte, was vorgefallen war.

»Halten Sie durch, Dr. Grotto«, sagte Mai.

Sirenen heulten und übertönten das Klagen des Windes. Durchs Fenster beobachtete Jay, der immer noch mit der Zentrale verbunden war, wie Polizeifahrzeuge mit blinkenden Lichtern vor dem Haus hielten. Auch ein Krankenwagen und die Feuerwehr trafen gleichzeitig ein.

»Sie sind da«, sagte Jay ins Telefon. Seine Gedanken rasten.

»Vielen Dank!« Er ließ sich auf ein Knie sinken. Schritte donnerten durch den Flur.

»Hier hinten!«, schrie Mai.

»Wo ist sie?«, fragte Jay, über Grotto gebeugt, das Gesicht nur Zentimeter von dem des verwundeten Mannes entfernt.

»Wo ist Kristi?«

»Bei ... Preston ...«

»Wo?«,

»Tunnel ...«, keuchte Grotto mit schwacher Stimme.

»Aus dem Weg. Treten Sie zurück.« Ein Sanitäter eilte herbei.

Frustriert trat Jay von dem verletzten Grotto zurück. Seine Angst um Kristi war größer denn je. Er trat in den Flur – direkt vor Rick Bentz.

»Wo zum Teufel ist Kristi?«, herrschte dieser.

»Bei Preston.«

»Wer ist das?«

»Dr. Charles Preston. Professor hier am College, English Department«, erklärte Jay. »Grotto sagt, dass Preston sie in seiner Gewalt hat, möglicherweise irgendwo im Wagner House. Ich vermute, im Keller, der immer abgeschlossen ist. Von dort gehen alte Tunnel ab, das behauptet zumindest

Grotto. Kristi war überzeugt, dass dort irgendwelche verrückten Vampirrituale stattfinden.«

Mai Kwan trat zu ihnen. »Diese Tunnel wurden vor einem Jahrhundert dichtgemacht. Das weiß ich. Ich habe es überprüft. Wir haben im Wagner House nachgeschaut.«

»Wer zum Teufel sind Sie?«, fragte Bentz kampflustig.

»Mai Kwan, FBI. Und Sie?«

Jay war an Förmlichkeiten nicht interessiert. Während Bentz, Montoya und Kwan Zuständigkeit, Dienstgrade und die verfluchten Vorschriften erörterten, ging er in die Nacht hinaus.

Wenn er direkt über den Campus lief, konnte er Wagner House in weniger als fünf Minuten erreichen.

Portia Laurent hatte den ganzen Tag damit verbracht, die Daten der College-Angestellten zu überprüfen. Sie war auf mehrere gestoßen, die dunkle Vans besaßen, und natürlich hatte sie gleich Dr. Grotto, den Vampirprofessor höchstpersönlich, als Hauptverdächtigen ins Auge gefasst. Aber das machte einfach keinen Sinn. Warum sollte er damit derart hausieren gehen? Er war ihr nicht wie ein Dummkopf vorgekommen. Wie ein Egomane, ja, das auf jeden Fall, aber nicht dumm.

Also hatte sie tiefer gegraben und auf eine weitere Spur gehofft – vergeblich. Sie hatte telefoniert und E-Mails geschrieben, das Internet und Vorstrafenregister durchforstet, Bankauskünfte eingeholt, bei der Kraftfahrzeugbehörde nachgefragt.

»Nutzt alles nichts«, sagte sie und rief Jay McKnight an. Er ging nicht dran. Das passt ja, dachte sie. Als sie aufblickte, entdeckte sie eine E-Mail, die schon früher am Tag eingegangen, aber vermutlich den Spam-Filtern zum Opfer gefallen war.

Sie las die Nachricht dreimal, bevor sie wirklich begriff, was da stand. Die E-Mail kam von einem Privat-College in Kalifornien und teilte ihr mit:

> Sie müssen einen Fehler gemacht haben; die Person, nach der Sie sich erkundigt haben, ist nicht mehr am Leben. Es tut uns leid, Ihnen mitteilen zu müssen, dass Dr. Charles Preston am 15. Dezember 1995 verstorben ist.

Portia sah sofort im Internet nach und fand eine Bestätigung der Geschichte. Preston war bei einem Surf-Unfall ums Leben gekommen. Das Foto war scharf und zeigte eindeutig einen anderen Mann als den, der am All Saints College unterrichtete.

Auf dem Weg zum Auto rief sie Del Vernon an und hinterließ ihm eine Nachricht. Sie wollte auf keinen Fall auf ihn warten. Sie und Charles Preston – oder wer immer er war – würden ein persönliches Gespräch miteinander führen.

Leise öffnete sich die Tür zu Kristis Gefängnis. Kristi rührte sich nicht. Ihr Herz hämmerte gegen die Rippen, und sie musste sich zwingen, ihre Muskeln zu lockern. Sie hielt die Augen geschlossen bis auf einen winzigen Schlitz, der ihr ermöglichte, einen Blick auf ihre nächste Umgebung zu werfen.

Eine Taschenlampe wurde auf ihr Gesicht gerichtet.

»Hey!« Eine Männerstimme hallte durch den Raum. »Wach auf!«

Dr. Preston?

Der Professor für Kreatives Schreiben, der aussah wie ein kalifornischer Surfer?

Nicht Grotto?

Ihr Kopf pochte immer noch, aber ihr Verstand wurde klarer und klarer. Sie wusste, dass ihre Arme und Beine wieder funktionierten, wenn auch nicht gänzlich. Sie würde nie in der Lage sein, ihren Kidnapper zu überwältigen. »Kristi! Wach auf!«, rief er, als er bei ihr angekommen war. Er bückte sich, griff nach ihren Armen und schüttelte sie leicht.

»Wach auf. Nun mach schon.«

Sie ließ ihren Kopf nach vorn fallen und wieder zurück. Obwohl sie ihm am liebsten die Zähne eingeschlagen hätte, wusste sie, dass sie den richtigen Augenblick abwarten musste. Bis sie wieder im Vollbesitz ihrer körperlichen und geistigen Fähigkeiten war.

Aber was ist, wenn er dich vorher umbringt? Wirst du dich kampflos ergeben?

Nein, wenn sie entkommen wollte, musste sie abwarten.

»Blödes Miststück«, murmelte er, ließ sie auf dem Fußboden liegen und ging wieder hinaus. Er schloss die Tür und drehte den Schlüssel um.

Du hast deine einzige Chance verpasst! Du hättest kämpfen sollen, versuchen sollen abzuhauen!

Nein ... sie wusste, dass das nicht funktioniert hätte. Sie bebte innerlich und atmete tief ein, um sich zu beruhigen. Sie musste diesen Kerl überlisten.

Sie erinnerte sich nur an wenig von den vergangenen Stunden, sah verschwommene Bilder von sich auf einer

Bühne, nackt, und Dr. Grotto, der ihr in den Hals biss, aber danach war sie vor lauter Angst oder von den Drogen, die man ihr verabreicht hatte, oder wovon auch immer bewusstlos geworden.

Sie versuchte wieder ihre gefesselten Beine zu bewegen. Sie zitterten. Sie konnte ihre Hände bewegen, und wenn es ihr irgendwie gelang, die Seile zu entknoten ... nein, keine Seile oder Ketten, sondern Klebeband, festes Klebeband hielt ihre Knöchel zusammen.

Sie setzte sich auf und wünschte sich zum ersten Mal in ihrem Leben, sie hätte scharfe Fingernägel. Aber ihre Finger waren so gut wie nutzlos, und es gelang ihr nicht, das Klebeband zu zerreißen.

Sie dachte an Jay. Warum hatte sie ihm nicht gesagt, dass sie ihn liebte? Nun war es ziemlich wahrscheinlich, dass sie ihn nie wiedersehen und er nie erfahren würde, was sie für ihn empfand.

Es gibt wichtigere Dinge, über die du nachdenken solltest.

Wieder versuchte sie das Klebeband zu zerreißen, abermals vergeblich. Doch mittlerweile reagierte ihr Körper auf ihre Befehle, ihre Muskeln bewegten sich so, wie sie es wollte.

Sie hob die Beine und zog die Knöchel so nahe wie möglich an den Körper. Dann beugte sie sich nach vorn. Von dem jahrelangen Taekwondo- und Schwimmtraining war sie ziemlich gelenkig. Sie streckte ihr Rückgrat und brachte den Mund an das Klebeband zwischen den Knöcheln. Dann biss sie kräftig zu und zog den Kopf nach hinten. Ihre Zähne glitten über das Band. Das brachte nichts.

Verdammt!

Sie versuchte es erneut.

Wieder nichts.

Noch einmal. Sie konzentrierte sich. Spannte sich an. Schwitzte.

Los, Kristi, du schaffst es!

Sie biss die Zähne zusammen. Riss den Kopf mit Schwung zurück. Dieses Mal drangen ihre Zähne durch den Kunststoff und hinterließen einen kleinen Riss. Sie ergriff die Enden mit den Fingern, doch das Klebeband entglitt ihr. Verdammt! Sie war schweißnass, ihr Herz hämmerte.

Wieder griff sie nach den Enden des Bands und zog.

Ratsch!

Sie hatte es geschafft!

Sie rappelte sich genau in dem Augenblick hoch auf die nackten Füße, in dem sie das Geräusch von Schritten vernahm.

Komm schon, du verfluchter Mistkerl, dachte sie, immer noch ein wenig unsicher auf den Beinen. Sie verschränkte die Finger ineinander in der Absicht, ihre Hände wie eine Keule zu benutzen, sobald sie ihm die Füße weggetreten hatte. *Komm schon, komm schon.* Sie war bis aufs Äußerste angespannt.

Schlüssel klapperten auf der anderen Seite der Tür.

Sobald die Tür aufschwang, wirbelte Kristi auf den Mann zu und trat ihm mit nackten Füßen gegen die Schienbeine. Er heulte überrascht auf, ging aber nicht zu Boden. Kristi hielt sich nicht damit auf, ihn weiter zu attackieren, sondern stürzte durch die offene Tür und zog sie hinter sich zu.

Die Schlösser schnappten ein.

Sie atmete keuchend wie im Rausch. Sie hatte den Spieß umgedreht! Doch für wie lange? Ohne sich noch einmal umzudrehen, eilte sie durch den dunklen Gang. Ihr blieben nur ein paar Sekunden.

Schließlich hatte er den Schlüssel.

Jay raste die Hintertreppe vom Wagner House hinauf und rüttelte an der Tür.

Verschlossen.

Kein Problem. Er trat ein Fenster in der Nähe ein und schwang sich gerade hindurch, als er Schritte die Veranda heraufkommen hörte: Bentz, Montoya und Kwan. Jay fand die Kellertür und rüttelte auch daran.

Ebenfalls verschlossen.

Diesmal trat er gegen die Türfüllung, aber die Tür gab nicht nach. Er fluchte, schaute sich in der Küche um und stieß auf einen Metallschemel. Er wollte gerade den Knauf abschlagen, als Mai Kwan durch das zerstörte Fenster kletterte.

Sie zog ihre Waffe und schrie: »Gehen Sie zurück!« Dann schoss sie den Knauf ab und sprengte das Schloss. Holz splitterte. Jetzt schob sich auch Bentz durchs Fenster, gefolgt von Montoya.

Jay wartete nicht auf sie. Mit seiner Stablampe eilte er die Stufen hinab. Mai war einen Schritt hinter ihm.

Bentz drückte den Lichtschalter. Plötzlich nahm alles scharfe Konturen an.

Der große, offene Raum war voller Kisten, alter Möbel und Kartons mit Nippes und Fotos. Ein Ungetüm von Heizofen mit dicken Rohren stand in einer Ecke, ein leerer Kohlebehälter in einer anderen. Ein Sicherungskasten mit längst gekappten Kabeln und Drähten befand sich neben einem neueren Elektrokasten.

»Suchen Sie die Wände ab«, befahl Mai. »Suchen Sie nach einem anderen Ausgang.«

Es gab mehrere Türen, die alle verschlossen waren. Mai schüttelte frustriert den Kopf. »Ich habe Ihnen doch gesagt, dass wir uns hier unten schon umgeschaut haben.«

»Es muss einen Weg geben.« Die abgestandene Luft des Kellers stieg Jay in die Nase. Er fuhr sich mit der Hand durchs Haar. Dann versuchte er noch einmal die Türen zu öffnen, diesmal langsamer und behutsamer, aber keine von ihnen gab nach. Bentz verrückte Kisten und Kartons, Montoya schritt den Raum systematisch ab.

Hatte sich Kristi geirrt?

Jay blickte auf seine Armbanduhr. Die Zeit lief ihnen davon. Er hatte seine ganze Hoffnung daran geheftet, sie hier zu finden, aber was jetzt?

»Wir müssen mit Vater Mathias reden. Kristi scheint davon auszugehen, dass er etwas weiß.«

Mai nickte. »Er wohnt gleich hinter der Kirche. Ich gehe zu ihm.« Sie rannte bereits die Treppe hinauf.

Montoya folgte ihr. »Ich gebe ihr Rückendeckung!«

Jay und Rick Bentz blickten einander an. »Wenn Kristi behauptet hat, dass hier unten etwas vor sich geht, dann stimmt das auch«, sagte Bentz. Er kniff die Augen zusammen und fasste die Flügelfenster ins Auge, die sich hoch oben in der Wand befanden, in der Nähe der Deckensparren, wo Spinnweben und alte Nägel zu erkennen waren.

Auch Jay nahm jeden Zentimeter in Augenschein, auf der Suche nach etwas, das sie übersehen hatten, etwas, das direkt vor ihrer Nase war. Er untersuchte die Möbel. Die Minuten verstrichen. Er begann zu schwitzen. Nichts schien verrückt worden zu sein. Bentz schob einen Stapel Kisten aus dem Weg, um den Fußboden unter die Lupe zu nehmen, während Jay zum Elektrokasten ging. Alle Sicherungen standen auf »an«. Er drückte ein paar von ihnen hinunter. Nichts passierte, außer dass der Keller für eine Sekunde in Dunkelheit getaucht war.

»Hey!«, schrie Bentz.

Jay drückte die Schalter wieder nach oben.

Der alte Sicherungskasten war nicht angeschlossen, die gekappten Drähte waren deutlich zu erkennen. Nichtsdestotrotz öffnete Jay die Metalltür und starrte auf die alten Sicherungen, Zeugnisse eines vergangenen Zeitalters, alle noch an Ort und Stelle. Er zog die erste Sicherung heraus. Nichts passierte. Zeitverschwendung. Doch dann bemerkte er einen winzigen Draht, einen neueren Draht, der aus der Rückseite des Schaltkastens führte.

Er verspürte einen Anflug von Hoffnung. Über ihm waren Schritte zu vernehmen. Zweifelsohne noch mehr Polizei, herbeigerufen von den Schüssen.

»Hey!«, rief eine kräftige Stimme. Füße trampelten durch Wagner House. »Was zum Teufel geht hier vor?«

Er zog eine weitere Sicherung heraus. Nichts. Noch eine. Plötzlich knirschte ein Getriebe. Jay trat zurück, als ein Teil der Wand, in der sich keine Türen befanden, zur Seite zu gleiten begann.

Bentz schoss wie ein Blitz herbei und fluchte.

Ohne ein weiteres Wort zu verlieren, traten Jay und er in einen kleinen Raum, von dem eine enge Treppe abging. Die Tür schloss sich hinter ihnen. Es wurde dunkel ringsum.

Kristi hatte keine Ahnung, wohin sie lief. Der Gang war lang, eng und von spärlichen, flackernden Lichtern an einer Kette über ihrem Kopf erleuchtet. Sie hatte es bis zu einer Biegung geschafft, als sich die Tür hinter ihr öffnete und sie einen Schrei hörte.

Dr. Preston!

Adrenalin durchflutete sie.

Das macht nichts. Lauf einfach. Du musst ihm entkommen.

Er jagte ihr nach, seine Schritte dröhnten auf dem kalten Steinboden und hallten durch den engen Gang.

»Bleib stehen, du Miststück!«

Sie blickte nicht über die Schulter, wusste nur, dass er aufholte.

Schneller, Kristi, schneller!

Ihr Herz hämmerte wie verrückt, ihre Füße klatschten auf den unebenen Fußboden, scharrten über die Steine. Sie war eine Läuferin ... sie konnte es schaffen!

Vor sich sah sie eine Öffnung. Lichter. Vielleicht ein Weg nach draußen!

Mit einem letzten Sprint rannte sie durch die Türöffnung und fand sich in einem gewaltigen Raum wieder, der an ein unterirdisches Heilbad erinnerte. Die dunkle Höhle war voller Spiegel und Kerzen, und es gab eine steinerne Wanne, über deren Ränder Wasser schwappte.

Eine Frau, eine schöne Frau mit dunklem Haar und markanten Zügen, lehnte sich darin zurück. Sie badete, um Himmels willen, sie badete!

»Sie müssen mir helfen!«, sagte Kristi gehetzt, und wieder fragte sie sich, ob das alles ein irrsinniger Traum war oder ob sie noch immer halluzinierte wegen der Drogen, die man ihr vor Stunden verabreicht hatte.

»Natürlich werde ich dir helfen«, sagte die Frau. Ihre Augen glitzerten so bösartig, dass sich Kristis Eingeweide zusammenzogen.

Diese nackte Frau in der Wanne war eindeutig nicht ihre Freundin.

Kristi wollte umkehren, aber zu spät: In der Türöffnung stand Dr. Preston.

»Aha, Vlad, du willst also etwas Neues ausprobieren?«, fragte die Frau.

Vlad? Sie nannte Dr. Preston Vlad?

Kristi war sich jetzt absolut sicher, wie zuvor Alice in ein albtraumhaftes Wunderland gefallen zu sein. »Was hat das zu bedeuten?«, fragte sie und fürchtete sich vor der Antwort. Panisch blickte sie sich im Raum um und suchte nach einem Ausweg. Doch es gab nur die eine Öffnung, und die war versperrt von Dr. Preston oder Vlad oder wie auch immer er hieß.

»Etwas Neues?«

»Lass sie direkt in der Wanne ausbluten«, schlug die Frau vor. »Schnapp sie dir, lass sie zu mir ins Wasser gleiten und schneide ihr die Pulsadern auf. Es ist viel einfacher als das andere Verfahren.«

Kristis Mund wurde trocken. Sie wich zurück. Mit Sicherheit hatte sie sich verhört. Sie würden ihr doch nicht das Blut abzapfen wollen!

Dr. »Vlad« Preston wandte sich an Kristi. »Elizabeth möchte in deinem Blut baden.«

Kristi starrte ihn an, ihr Gehirn verweigerte ihr jeden vernünftigen Gedanken. »Elizabeth?«, wiederholte sie.

»Diesen Namen habe ich angenommen. Von einer Vorfahrin. Du müsstest schon von ihr gehört haben: Gräfin Elisabeth Bathory.«

Sofort schoss Kristi durch den Kopf, was sie in Dr. Grottos Seminar über die sadistische Ungarin gelernt hatte, die junge Mädchen, unschuldige Dienstbotinnen, umgebracht und in ihrem Blut gebadet hatte, um sich ihre Jugend zu erhalten.

Elizabeth lehnte den Kopf gegen die Fliesen und seufzte ekstatisch. »Sie hatte recht, musst du wissen. Ich merke den Unterschied, seit ich ihre Methode übernommen habe.«

»Blutbäder«, sagte Kristi, die Stimme brüchig vor Angst. Aus dem Augenwinkel sah sie, wie Vlad näher kam. »Das ist also mit den anderen passiert? Mit Monique? Und Dionne?«

»Ja, und mit Tara, Rylee und Ariel, mit denen, die gut genug waren.« Sie richtete sich auf. »Die Nichtigen habe ich nicht genommen. Kein verdorbenes Blut.«

»Karen Lee war nicht verdorben«, widersprach Vlad.

»Trotzdem, nicht gut genug für mich.« Elizabeth legte sich wieder zurück und sagte: »Nun mach schon, bevor ich schrumpelig werde wie eine Pflaume.«

Als Vlad auf Kristi zukam, wirbelte sie herum und trat ihm erneut mit aller Kraft vors Schienbein. Sie versuchte an ihm vorbeizuspurten, aber er hatte damit gerechnet. Er warf sich auf sie, und sie gingen miteinander ringend zu Boden. Er war bärenstark und weitaus schwerer als sie.

»Ungezogenes Miststück!«, knurrte er, packte ihre gefesselten Handgelenke und zwang sie über ihren Kopf. Schwitzend und keuchend lag sie neben ihm.

Elizabeth stand auf. »Füg ihr keinen Schaden zu! Verletz nicht ihre Gefäße, ich will …«

»Ich weiß, was du willst!«, stieß Vlad hervor, aber sein Blick war auf Kristi gerichtet. Zu ihrem Entsetzen spürte sie seine Erektion, steif und hart, durch seine schwarze Hose. Sie bekämpfte den aufsteigenden Brechreiz und bemerkte das Lächeln auf seinen Lippen. Er drückte seine Leisten ein wenig fester gegen sie.

Sie würde vergewaltigt und ausgeblutet werden.

Sie musste kämpfen! Das durfte nicht geschehen!

Kristi versuchte sich unter ihm hervorzuwinden, was aber zu nichts führte. Innerhalb von Sekunden hatte er ihre Fußknöchel erneut mit Klebeband umwickelt und sie gezwungen, eine Tablette zu schlucken.

Schon bald zeigte die Droge, worum auch immer es sich handeln mochte, ihre Wirkung, und Kristi war wieder schwach wie ein Kätzchen, ihr Gehirn vernebelt, als wäre sie betrunken.

Als er das Klebeband von ihren Handgelenken schnitt, versuchte sie um sich zu schlagen, aber ihre Schläge trafen in die Luft. Sie protestierte schwach, als er sie in das tröstlich warme Wasser gleiten ließ.

»Das wurde auch verdammt noch mal Zeit«, erklärte Elizabeth gereizt. Sie glitt zur Seite, ihre nasse Haut berührte Kristis. »Sieh dir ihre Haut an. Makellos. Perfekt …« Sie blickte zu Vlad auf. »Sie ist es. Ihr Blut wird es schaffen.«

Was schaffen? Sie vor dem Älterwerden zu bewahren?

»Auf keinen Fall. Sie sind erledigt«, stieß Kristi mühsam hervor, aber die beiden beachteten sie nicht. Und obwohl sie versuchte, sich Vlad zu entwinden, sah sie ungläubig und wie aus weiter Ferne, wie er mit größter Sorgfalt ihre rechte Pulsader aufschlitzte.

In einem größer werdenden Strudel begann ihr Blut das Wasser zu verfärben.

Vater Mathias war tot. Ermordet. Offensichtlich während er neben dem Bett gebetet hatte.

Eine Abrechnung?, fragte sich Mai Kwan, ehe sie ihren Vorgesetzten anrief, um ihm Bericht zu erstatten. Anschließend durchsuchte sie die bescheidenen Räumlichkeiten nach irgendeinem Hinweis, warum der Mann umgebracht worden war. Warum nahm Kristi Bentz an, dass er etwas mit Wagner House und irgendeinem bizarren Vampirkult zu tun hatte?

An diesem Tatort war jedenfalls kein Vampir gewesen.

Dafür gab es viel zu viel Blut.

Montoya war den ganzen Weg durch Regen und Donner an ihrer Seite geblieben und hatte ihr Deckung gegeben, als sie Vater Mathias' Räumlichkeiten betraten. Er hatte nicht viel gesagt, sondern die grauenvolle Szene auf sich wirken lassen.

»Was denken Sie?«, fragte er nun, während er sich über die Leiche beugte.

»Er hat sich mit dem Falschen angelegt. Sehen Sie sich das mal an«, sagte sie und deutete auf den Hals des Priesters. »Seine Kehle ist durchgeschnitten, Jugularvene, Halsschlagader, beinahe bis zum Rückgrat.«

»Der hat ihn fast enthauptet.«

»Wer immer das getan hat, hat in blindem Zorn gehandelt.«

»Bei einem Geistlichen?«

»Bei *diesem* Geistlichen. Dahinter steckt was Persönliches.«

Was nichts Gutes für Kristi Bentz und Ariel O'Toole bedeutete.

Mai trat über die Leiche, ging zum Schreibtisch des Priesters und fing an, seine Papiere durchzusehen.

Sie verabscheute den Gedanken, aber sie hatte das Gefühl, dass Kristi Bentz tot war – dem Zustand von Vater Mathias' Leiche nach zu urteilen, womöglich auch auf brutalste Weise ermordet.

Kristi versuchte mit aller Gewalt, die Augen offen zu halten, die Kraft zum Kämpfen aufzubringen, aber sie konnte sich kaum bei Bewusstsein halten. Ihre Muskeln versagten ihr den Dienst. Das Wasser färbte sich langsam tiefrot.

»Ich spüre es«, flüsterte Elizabeth ihr ins Ohr. »Ich spüre, wie es mich verjüngt.«

Bei aller Liebe, nein! Wieder versuchte Kristi, die Frau von sich zu stoßen, obwohl sie glaubte, ohne Elizabeths Arm als Stütze in der Wanne zu versinken, unter die trübe Wasseroberfläche zu gleiten und in ihrem eigenen Blut zu ertrinken. Die Spiegel im Raum ermöglichten ihr, voller Entsetzen zu beobachten, wie langsam die Farbe aus ihrem Gesicht wich. Vlad der Schreckliche stand am Rand der Wanne, bereit, zu ihnen hineinzusteigen.

Der Gedanke verursachte ihr Gänsehaut, und sie wollte schreien, fluchen, um Hilfe rufen. Aber es war zu spät. Ihrer Kehle würde sich nur ein leises Wimmern entringen, und Vlad wusste das. Das Lächeln auf seinen teuflischen Lippen und seine Augen, die vor Vorfreude glitzerten, verrieten ihr, dass er ihre Qual genoss, ihr endgültiges Verhängnis.

Er war ein Ungeheuer. Ein ganz gewöhnlicher Sterblicher, der sich zu Höherem berufen fühlte. Wer war dieser Psycho, der Blut trank, vorgab, ein Vampir zu sein, und Seminare am College erteilte, während er unter seinen Studentinnen nach Opfern suchte? Es bestand kein Zweifel daran, dass er Elizabeth vergötterte.

»Sie sind nicht mehr als ein Kettenhund«, sagte Kristi mühsam zu ihm. »Sie benutzt Sie.«

»So wie ich sie benutze«, erwiderte er verärgert. Er griff nach ihrem Hals, und Kristi erwartete, dass er sie würgen würde. Stattdessen hakte er einen Finger hinter das Goldkettchen und riss es ab. »Das gehört mir«, sagte er und umschloss die Blutampulle mit der Hand. Er warf Elizabeth einen Blick zu. »Wir müssen ein paar Tropfen für eine Ampulle aufheben.« Seine Lippen verzogen sich zu einem bösartigen Lächeln und entblößten seine nadelspitzen Zähne.

»Sie sind ein Hochstapler«, sagte Kristi. Sie war kaum noch in der Lage, sich zu konzentrieren. Als Vlad sich erneut vorbeugte, spuckte sie ihm ins Gesicht. Ihr Speichel tropfte in die Wanne.

»Nein!« Elizabeth flippte beinahe aus. »Das Wasser darf nicht verschmutzt werden!«

Vlad fischte die auf der Oberfläche treibende Spucke heraus und knurrte: »Alles in Ordnung.«

»Aber –«

»Schsch. Ich habe gesagt, alles in Ordnung«, sagte er eindringlich, und Elizabeth schwieg, obwohl sie sichtlich verärgert war.

Benommen spuckte Kristi erneut. Dieses Mal traf sie Elizabeths Bein.

Die Frau schrie. »Ich schlitze dir deine verdammten Kehle auf«, warnte Vlad Kristi mit glühenden Augen.

Gut! Bringen wir's hinter uns!, dachte sie, doch sie brachte die Worte nicht mehr zustande. Vlad sah, dass Kristi immer schwächer wurde, und weidete sich an ihrem Zustand. »Sie gehört uns«, sagte er so laut, dass seine Stimme in dem unterirdischen Raum widerhallte.

Kristi öffnete den Mund, um zu protestieren, zu schreien, aber es kam nur ein schwacher Laut über ihre Lippen.

Es war zu spät.

Sie sah, wie sie immer bleicher wurde, zitterte trotz des warmen Wassers und spürte, wie sie das Bewusstsein verlor. Dunkelheit umfing sie, und es war eine geradezu willkommene Erlösung von dieser Qual.

Sie konnte nicht mehr kämpfen.

Ihr Blut strömte und färbte das Wasser dunkel.

Sie wusste, dass das Leben aus ihr wich.

Sie würde Jay nie wiedersehen.

Sich nie mehr mit ihrem Vater streiten.

Alles war verloren.

Als der schwarze Vorhang vor ihre Augen fiel, fragte sie sich, ob es einen Himmel gab. Würde ihre Seele gen Himmel fahren, und würde sie ihre Mutter wiedersehen? Jennifer Bentz, die zu einer fernen Erinnerung geworden war, verblasst wie die Fotos in dem alten Album, das sie auf dem Dachboden gefunden hatte? Würde sie sie wirklich wiedersehen?

Bei dem Gedanken an ihre Mutter, an die sie sich kaum noch erinnerte, schnürte sich ihr die Kehle zusammen.

Lieber Gott ... vielleicht sollte sie einfach loslassen.

Noch nie hatte sie sich so allein gefühlt.

Jay, dachte sie schwach und hätte bei dem Gedanken, wie sehr sie ihn liebte, beinahe geweint.

Ihr war kalt, und die Schwärze, die sie quälte, zog sie nach unten. Ihr ganzes Leben lang war Kristi eine Kämpferin gewesen, aber vielleicht war es jetzt an der Zeit, sich zu ergeben.

Stimmen.

Jay vernahm das Geräusch von Stimmen.

Er hob die Hand, und Bentz nickte.

Mit zum Zerreißen gespannten Nerven, geduckt und auf einen Angriff in der Dunkelheit vorbereitet, gingen sie nebeneinander durch den langen Tunnel, der sich zu einem großen dunklen Raum hin öffnete. Der Raum war leer, abgesehen von einem halben Dutzend Stühlen. Sie waren im Halbkreis um ein erhöhtes Podest gestellt, das an eine Bühne erinnerte. Auf dem Podest stand eine abgewetzte SamtOttomane. Nebel stieg vom Fußboden auf, und eine rote, pulsierende Lampe sorgte für Licht.

Die Stimmen drangen aus einer Türöffnung, die zu einem weiteren Tunnel führte.

Wortlos eilten sie hinein. Es gab Abzweigungen, Türen, die verschlossen zu sein schienen, doch am Ende des dunklen Gangs war ein in flackerndes Licht getauchter Raum zu erkennen, als würden dort Hunderte von Kerzen brennen.

Auf leisen Sohlen schlichen sie dem Licht entgegen. Jetzt konnte Jay verstehen, was die Stimmen sagten.

»Ihr Blut fließt doch, Elizabeth ... es fließt doch über dich ... wir sind beinahe fertig.«

Jay blieb fast das Herz stehen.

Mit zusammengepressten Zähnen tauschte er einen Blick mit Bentz, und dann stürmten sie beide in den Raum, in dem Kristi lag, weiß wie ein Laken, in einer Badewanne, aus der rotes Wasser schwappte. In der Wanne lag eine weitere Frau, die zu einem nackten Mann aufblickte, der gerade hineinsteigen wollte.

»Hände über den Kopf!«, brüllte Bentz.

Dr. Prestons Kopf fuhr in die Höhe.

Die Frau drehte sich um, und Jay geriet beinahe ins Straucheln.

Althea Monroe? Die Frau, für die er eingesprungen war?

Die Professorin, die sich angeblich um ihre gebrechliche Mutter kümmern musste, bis diese eine neue Pflegestelle gefunden hatte? Sie lag mit Kristi in einer blutgefüllten Badewanne?

»Auf den Fußboden!«, befahl Bentz. »Sofort, du Scheißkerl!«

»Vlad!«, schrie Althea. »Töte sie!«

Als hätte sie absolute Kontrolle über ihn, wirbelte Preston herum und hielt plötzlich ein Messer in der Hand. Mit unglaublicher Präzision warf er es nach Jay und stürzte sich dann mit einer fließenden Bewegung quer durch den Raum auf Bentz.

Jay duckte sich. Das Messer streifte ihn an der Schulter, Schmerz schoss durch seinen Arm.

Bentz feuerte auf den nackten Mann, der auf ihn stürzte. Im selben Moment war Jay auch schon bei der Wanne und zog Kristi heraus. Sie war bewusstlos, ihr Körper steif und blass, die Schnitte an ihren Pulsadern blutverschmiert. Jay riss sein Hemd in Streifen, um sie zu verbinden. Er durfte sie nicht verlieren! Er musste sie retten! Panisch wickelte er den Stoff um ihren rechten Arm.

»Nein!«, tobte Althea. »Ich brauche sie!« Sie kletterte aus der Wanne und fiel über ihn her. Ihre Augen flackerten vor Irrsinn.

Schüsse fielen. Althea zuckte, als die Kugeln ihren Körper durchlöcherten.

Sie schnappte nach Luft, presste die Hände auf die Wunden und ging schreiend zu Boden. »Nein, nein ... o nein ... Narben ... ich darf keine ... Narben ...« Blut quoll aus ihrem Mund, dann verstummte sie.

Montoya stand in der Türöffnung, die Waffe immer noch auf sie gerichtet.

»Ruft einen Krankenwagen!«, schrie er, während Jay hektisch die Baumwollstreifen um Kristis Handgelenke band.

»Sie sind schon unterwegs.« Mai war neben Bentz aufgetaucht. »Alles in Ordnung?«

»Ja.« Er kam auf die Füße und durchquerte den Raum. Kniete sich neben Jay, der Kristi in seinen Armen wiegte. An ihrem Hals war ein schwacher Puls zu erkennen, aber Jay wusste, dass sie viel Blut verloren hatte.

»Halt durch, Kristi, halt durch! Du darfst mich nicht verlassen.« Seine Kehle war zugeschnürt, und obwohl er wusste, dass auch Bentz seine Tochter berühren, sie in den Armen halten wollte, gab er sie nicht her. Sie atmete, aber nur flach, doch er war fest entschlossen, sie am Leben zu erhalten.

Durch einen Schleier hindurch hörte Kristi das Krachen von Schüssen, roch den beißenden Geruch nach Schießpulver und vernahm Stimmen ... hektische Stimmen. Leute riefen. Leute rannten. Leute brüllten. Sie fühlte, dass sie aus dem Wasser gezogen wurde, und nahm wahr, dass eine Stimme lauter war als die anderen.

Jay.

Sie versuchte, die Augen zu öffnen, aber sie schaffte es nicht, obwohl sie seine Arme spürte, seine gedämpfte Stimme hörte, die sie bat, durchzuhalten.

»Du darfst mich nicht verlassen ...«

Eine andere Stimme. Die ihres Vaters?

Wenn sie doch nur die Kraft finden würde, die Augen zu öffnen, den Vorhang zur Seite zu ziehen ...

»Kristi! Bleib bei mir, Liebes. Kristi!«

Jays Stimme klang ruhig, bestimmt, als wollte er sie zu sich zurückzwingen, aber es war zu spät. Sie wollte ihm sagen, dass sie ihn liebte, dass er sich keine Sorgen um sie machen solle, aber ihre Lippen bewegten sich nicht, die Wörter kamen nicht, und sie fühlte, wie sie tiefer und tiefer glitt und schließlich davontrieb ...

Es schien eine Ewigkeit zu dauern, bis die Rettungssanitäter eintrafen, aber als sie endlich da waren, atmete Kristi noch. Die Sanitäter übernahmen, drückten ihr eine Sauerstoffmaske aufs Gesicht und legten sie auf eine Trage.

»Ich komme mit«, beharrte Jay.

»Ich auch.« Bentz war voller Blut, Charles Prestons Blut, doch er selbst war unverletzt. Jay hatte nur eine oberflächliche Wunde, und er versicherte den Rettungsleuten, er könne problemlos bis zum Krankenhaus durchhalten. Er bat Mai, nach Bruno zu sehen, der draußen im Pick-up wartete, dann eilte er mit den Sanitätern davon.

Draußen heulte der Sturm, Blitze zuckten. Bentz sah, wie Jay in den Rettungswagen zu Kristi kletterte, und ging zur Vorderseite vom Wagner House, wo er den Ford Crown Vic geparkt hatte. Es regnete in Strömen.

»Ich fahre«, sagte Montoya, als Bentz innehielt, um einen letzten Blick auf Wagner House zu werfen.

In diesem Augenblick zerriss ein Blitz den Himmel und schlug in eine große Lebenseiche in der Nähe des überdachten Eingangsbereichs ein – wie der Zorn Gottes.

»Pass auf!«, schrie Montoya.

Bentz machte einen Hechtsprung. Das Holz knackte und glühte, als der Baum in zwei Hälften brach. Bentz und Montoya suchten schleunigst das Weite. Ein riesiger Ast krachte zu Boden.

Erneut sprang Bentz zur Seite, doch der Ast traf ihn am Rücken und bohrte sich durch die Kleider in sein Fleisch.

Schmerz zog sein Rückgrat hinauf, und für einen kurzen Moment bekam er keine Luft mehr.

Dann war nichts mehr da als Schwärze.

Kristi öffnete ein Auge.

Jay blickte sie an.

»Willkommen im Leben«, sagte er und brachte ein Lächeln zustande.

Ihre Lippen waren trocken und gesprungen, ihre Zunge geschwollen. »Du siehst fürchterlich aus«, krächzte sie und stellte fest, dass sie in einem Krankenhausbett lag.

»Du siehst schön aus.«

Sie fing an zu lachen, hustete und stieß hervor: »Was ist passiert?«

»Du erinnerst dich nicht?«

»Nicht an alles, nicht an das, was vorher passiert ist, aber letzte Nacht ...« Sie blickte ihn an, doch er schüttelte den Kopf.

»Vor drei Nächten. Du warst eine Zeitlang nicht bei Bewusstsein.«

»Erzähl es mir. Alles«, beharrte sie und spürte, wie seine Hände ihre Finger berührten.

Und er fing an zu erzählen. Erzählte ihr, dass Althea Monroe, die noch vor Ort ihren Verletzungen erlegen war, einen Bund mit Dr. Preston geschlossen hatte, der junge Frauen umbringen sollte, damit deren Blut Althea jung und schön erhielt.

»Elisabeth Bathory«, sagte Kristi.

»Genau.« Jay berichte, dass Dr. Preston ein Betrüger war. Er war bei seiner Ankunft im Krankenhaus bereits tot gewesen, doch seine Fingerabdrücke hatten ihn als Scott Turnblad identifiziert, einen Mann, gegen den in Kalifornien mehrere Haftbefehle vorlagen, dort, wo der echte Dr. Preston vor seinem Tod gelebt hatte.

Dr. Grotto war Teil ihres Plans gewesen. Er steckte bis zu seinen spitzen Eckzähnen mit drin, obwohl er darauf beharrte, dass das, was er getan hatte, einem höheren Zweck diente. Preston habe ihn davon überzeugt, dass er den in Schwierigkeiten geratenen Studentinnen helfen würde, zu verschwinden und ein neues Leben zu beginnen. Im Gegenzug durfte Grotto seine bizarre Show aufführen und seine kranken Vampirfantasien ausleben. Sein Publikum – die Mädchen, für die er die Vorführung gab – stand ganz in seinem Bann und war genauso verrückt danach wie er, »frisches Blut« zu finden. Es kümmerte sie nicht, dass die ganz und gar nicht bereitwillig Mitwirkenden anschließend verschwanden.

»Du meinst Trudie, Grace und Marnie?«, fragte Kristi.

»Und noch ein paar andere, darunter auch die Kellnerin, die dir etwas in den Drink gemixt hat. Sie sind alle ein bisschen in Dr. Grotto verliebt, und seine Fantasien geben ihnen den entscheidenden Kick.«

»Noch mehr Elisabeth-Kandidatinnen«, sagte sie, und er drückte ihre Finger.

»Noch mehr Gefängniskandidatinnen. Sie müssen sich ebenfalls vor Gericht verantworten.«

»Was ist mit Vater Mathias? Mit Georgia Clovis?«

»Die Wagner-Erben scheinen unschuldig zu sein, aber Vater Mathias ist tot. Vermutlich hat Vlad ihn umgebracht, weil er zu viel wusste. Wir sind uns nicht sicher, aber es sieht so aus, als hätte der Priester die jungen Frauen mit Problemen in den Tod getrieben. Möglicherweise unabsichtlich. Die Vermutung liegt nahe, dass er von ihren Schwierigkeiten während der Beichte oder einem Vertrauensgespräch hörte. Er versuchte zu helfen, gab ihnen Rollen in seinen Stücken und gestattete Dr. Grotto, sich der Mädchen ›anzunehmen‹. Obwohl Grotto wahrscheinlich nicht gewusst hat, was ihnen letztlich widerfuhr, war er kein Heiliger. Wahrscheinlich hat er sie dazu gebracht, sich mit ihm einzulassen.«

Kristi schauderte und dachte an die unschuldigen Opfer.

»Aber der wirkliche Psychopath bei der ganzen Sache war

Vlad alias Dr. Preston alias Scott Turnblad. Wir vermuten, dass zu viele Leute zu viel wussten. Lucretia hatte Grotto erledigt, aber es blieb noch Vater Mathias. Vlad konnte ihn nicht davonkommen lassen.«

»Er war mehr als krank. Und erst Elizabeth.«

»Althea, ja. Sie hat uns alle an der Nase herumgeführt. Es hat sich herausgestellt, dass ihre Mutter nie in New Orleans gelebt hat. Sie wollte lediglich mehr Zeit damit verbringen, Elizabeth zu sein.«

»Was wohl dahintersteckte?«

»Sie war eine entfernte Verwandte der Gräfin.«

»Und wahnsinnig.«

»Unzurechnungsfähig. Sie war völlig davon besessen, nicht zu altern. Wir haben ihre Tagebücher gefunden. Abgesehen davon, dass sie mit der Blutgräfin verwandt war, war Althea davon überzeugt, die Zeit zurückdrehen zu können und ihre verlorene Jugend wiederzugewinnen, indem sie im Blut jüngerer Frauen badete.«

»Verrückt.«

»Ja, und was dem Ganzen die Krone aufsetzt: Sie war verheiratet, und ihr Mann hat sie wegen einer Jüngeren sitzenlassen. Genau wie ihr Vater ihre Mutter gleich zweimal wegen einer neuen Frau abserviert hat.«

»Na und? Das passiert doch vielen Frauen, und die verwandeln sich auch nicht gleich in mordende Geisteskranke.«

»Wie du schon gesagt hast: Sie war verrückt. Althea alias Elizabeth fand in Vlad einen Seelenverwandten. Ihre Beziehung begann schon früh. Wir haben in Turnblads schmutziger Vergangenheit gewühlt. Er hat sehr früh mit dem

Morden begonnen und seine eigenen Eltern umgebracht. Und er ist damit durchgekommen.«

»Also hat er schon als Junge begriffen, dass das möglich ist.«

Jays Lippen verzogen sich bei dem Gedanken. »Es hat sich herausgestellt, dass er zusammen mit Althea –«

»Eine neue Elisabeth Bathory schaffen würde?«

»Du passt aber gut auf«, sagte er mit einem Augenzwinkern. »Wir haben herausgefunden, dass die beiden einander schon von Kindheit an kannten.«

»Ich möchte mir nicht vorstellen, was für Spiele sie miteinander gespielt haben.«

Jay schnitt eine Grimasse. »Jedenfalls hat Detective Portia Laurent zwei und zwei zusammengezählt und Vlads, äh, Prestons Versteck unter einem alten Hotel gefunden. Ariels Leichnam war dort, tiefgekühlt, genau wie eine weitere Frau, eine Stripperin aus New Orleans mit Namen Karen Lee Williams alias Bodiluscious.«

»Hat denn hier jeder eine falsche Identität?«

»Zumindest noch eine weitere Person«, sagte Jay lächelnd und erzählte Kristi von Mai Kwan, dem FBI und der Kamera in ihrem Apartment. Es war Mai gewesen, die sie in jener Nacht verfolgt hatten. Sie hatte ihre Deckung nicht gefährden wollen.

Kristi blickte ungläubig drein. »Ich wusste, dass Hiram ein Widerling erster Güte war, aber Mai ... und das FBI ...« Sie schüttelte den Kopf und fing an zu lächeln, doch dann bemerkte sie Jays angespannte Züge. »Was verschweigst du mir?«, fragte sie, und das Lächeln verschwand. Als er nicht sofort antwortete, sagte sie drängend: »Jay?«

»Dein Vater …«

Ihr blieb beinahe das Herz stehen.

»Er ist in einem Krankenhaus in New Orleans. Hat eine Rückenverletzung.«

»Eine Rückenverletzung?«, wiederholte sie langsam und erinnerte sich an die vielen Male, die sie sein Gesicht hatte grau werden sehen.

»Er wird wieder gesund werden.«

»Bist du sicher?« Lieber Gott, nein … sie konnte sich ein Leben ohne ihren Vater nicht vorstellen. Sie hielt Jays Hand fest umklammert.

»Ich denke schon.« Aber er machte Ausflüchte, das sah sie seinen bernsteinfarbenen Augen an.

»Verdammt noch mal, Jay, raus mit der Sprache!«

Er seufzte. »Okay«, sagte er schließlich. »Die Wirbelsäule deines Vaters ist verletzt –«

»Wie bitte?« Ihr Vater würde nie wieder stehen oder laufen können!

»Hey, nun mal langsam. Ich sagte ›verletzt‹, nicht gebrochen, also wird er möglicherweise wieder gesund werden.«

»Möglicherweise?«, hakte sie nach.

»Die Lähmung ist vorübergehend.«

»O Gott.«

Er hielt ihre Hand ein wenig fester. »Die Ärzte sind zuversichtlich, dass er wieder gehen kann, aber es wird einige Zeit dauern.«

Kristi traute ihren Ohren nicht. War ihr Vater dem Tod entronnen, nur um gelähmt zu sein?

»Ich möchte ihn sehen. Jetzt.« Sie richtete sich auf. »Ich möchte entlassen werden.«

»Kris, du musst warten, bis es dir wieder bessergeht.«

»Wir sprechen von meinem Vater! Er war da, stimmt's? Er ist gekommen, um mich zu retten! Und ... und dann wird er niedergeschossen und ...« Ihre Stimme brach. »O Himmel ... es hat einen Sturm gegeben.« Sie sah das Bild so deutlich vor sich, als wäre sie selbst dabei gewesen. »Ein Baum ist von einem Blitz gespalten worden, das ist passiert, stimmt's?«

Jay starrte sie an.

»Stimmt's?«

»Ja, aber –«

»Ein Ast hat ihn getroffen, hab ich recht?«

»Ich hab dir doch gesagt, dass er wieder gesund wird.«

»Ich weiß, was du gesagt hast«, erwiderte sie. »Jetzt tu, was du kannst, um mich zu diesem Krankenhaus zu bringen.

Ich muss meinen Vater unbedingt sehen!«

»Schon gut, schon gut ... immer mit der Ruhe. Ich werde dich begleiten.«

»Du musst mich nicht –«

»Ich weiß«, gab er barsch zurück. »Ich muss gar nichts, aber ich würde gern, okay? Ich werde für dich da sein.«

Sie war schon mühsam aus dem Bett aufgestanden und griff nach ihren Kleidungsstücken, als sie kurz innehielt.

»Jay –«

»Ich liebe dich, Kris.«

Sie drehte sich um und sah, dass er lächelte. »Tatsächlich?«

»Hm. So wie du mich liebst«, sagte er überzeugt.

»Ich liebe dich?«

»Das hast du zumindest immer wieder gesagt, als du hier lagst.«

»Lügner!«, sagte sie anklagend, aber gleichzeitig nickte sie.

»Nun ja, okay, ich liebe dich«, stieß sie schließlich hervor.

»Und was fängst du jetzt damit an, McKnight?«

»Keine Ahnung.«

»Nun ... du könntest mich zum Beispiel fragen, ob ich dich heiraten möchte.«

»Hm. Vielleicht.«

Sie lachte. »Du bist ein schlimmer Kerl, McKnight«, sagte sie und griff nach ihrer Jeans.

»Dann bin ich ja genau der Richtige für dich, oder?«

»Hm.«

»Komm schon, lass uns zu deinem Vater fahren, und unterwegs kannst du versuchen, mich davon zu überzeugen, dass ich dich heiraten muss.«

»Na, wie du meinst.«

Epilog

»Er hat seinen eigenen ...«

Rick Bentz vernahm die Worte, aber er konnte die Augen nicht öffnen, konnte keinen Muskel bewegen, um denjenigen, die um ihn herumstanden, zu zeigen, dass er aufwachte. Er hörte sie, natürlich, die Ärzte und Krankenschwestern mit ihren gedämpften Stimmen und seine Tochter Kristi, die sich offenbar erholt hatte, Gott sei Dank, denn sie war oft bei ihm ... sprach mit ihm, bestand darauf, dass es ihm bald bessergehen würde, dass er mit ihr durchs Mittelschiff schreiten würde, wenn sie Jay McKnight heiratete, dass sie ein Buch schreiben wollte ...

Lieber Gott, wie lange hatte er hier gelegen? Einen Tag? Zwei Tage? Eine Woche?

Er versuchte abermals, ein Auge zu öffnen. Montoya und Abby waren vorbeigekommen und natürlich Olivia, die immer sehr fürsorglich war. Er hatte ihre Stimme gehört und gewusst, dass sie ihm vorlas, hatte dann und wann bemerkt, dass sie stockte, dass ihre liebevolle, wohlklingende Stimme ein wenig zitterte.

Jay McKnight war ebenfalls da gewesen, und er hatte – genau wie Kristi – von Hochzeit gesprochen und um Bentz' Segen gebeten. Oder hatte er das geträumt?

Es wurde langsam Zeit, dass seine Tochter zur Ruhe kam und nicht länger Scherereien machte ...

Der Arzt verließ auf quietschenden Sohlen das Zimmer, und er war wieder allein. Er hörte ein gleichmäßiges Geräusch, ein leises Piepsen, als wäre er an ein Herzüberwachungsgerät angeschlossen. Er wollte sich endlich wieder bewegen, verflixt, er wollte die Muskeln strecken!

Er hatte einen widerlichen Geschmack im Mund. Von draußen auf dem Gang nahm er unbestimmt Schritte wahr, einen Rollwagen, der vorbeiratterte, Leute, die sich unterhielten ... und dann glitt er wieder hinab ... eine Minute ... eine Stunde? Einen Tag? Wer konnte das schon sagen? Zeit spielte für ihn keine Rolle mehr.

Kristi war wieder da, sprach leise mit ihm über die Hochzeit ... Er wollte lächeln und ihr sagen, dass er sich mit ihr freute, aber es ging nicht.

Ihre Worte wurden schleppender, ihre Stimme leiser, dann war sie ganz weg. War sie gegangen? Wenn er doch nur die Augen öffnen könnte!

Jemand anderes war im Zimmer, eine andere Person als Kristi.

Seine Haut kribbelte. Die Temperatur im Raum sank drastisch, als käme ein Windstoß durch ein offenes Fenster herein. Die Kälte brachte einen Duft mit sich ... ein vertrauter, unbestimmter Geruch kitzelte seine Nase, das Parfüm einer Frau, das nach Gardenien duftete.

Was war das?

Er fühlte, dass jemand seine Hand nahm und seine weichen, schlanken Finger mit seinen verschränkte. »Rick«, flüsterte eine Frau leise. Eine vertraute Stimme. Eine weit entfernte Stimme. »Liebling, kannst du mich hören?«

Ihm blieb beinahe das Herz stehen. Im Raum war es plötzlich totenstill, sämtliche Geräusche des Krankenhauses verstummten.

Die Finger zogen sich zurück. Wieder drang ein Windstoß ins Zimmer, strich über seine Wange, als hätte jemand einen eiskalten Kuss auf seiner Haut hinterlassen.

Das Parfüm umwehte ihn ... derselbe betörende Duft, den Jennifer getragen hatte, wenn sie sich geliebt hatten ...

Jennifer!

Seine Augen flogen auf.

Sein Atem kondensierte in der Kälte. Er blinzelte ein paar Mal verblüfft. Er konnte den Kopf nicht bewegen, aber aus dem Augenwinkel sah er die Zimmertür und daneben einen Stuhl. Auf dem Stuhl saß Kristi, schlafend, den Kopf vornübergekippt.

In der Tür, vom Flurlicht erleuchtet, stand eine Frau in einem schwarzen Kleid.

Groß.

Schlank.

Mahagonifarbenes Haar, das ihr über den Rücken fiel.

O Gott! Das konnte doch nicht sein ...

Sie blickte über die Schulter und lächelte.

Jenes ihm so vertraute, herausfordernde Lächeln, das er so sexy fand.

Rick hatte das Gefühl, jemand hätte die Zeit zurückgedreht.

»Jennifer«, flüsterte er und sprach den Namen seiner verstorbenen Ex-Frau zum ersten Mal nach vielen Jahren aus. »Jennifer.«

Er blinzelte.

Sie war fort.

»Dad?«

Er richtete den Blick auf den einzigen Stuhl im Zimmer.

Kristi starrte ihn beunruhigt an, ihre Augenbrauen waren vor Sorge in die Höhe gezogen. Meine Güte, sie sah genauso aus wie ihre Mutter.

»Du bist wach!« Im selben Augenblick war Kristi auch schon aus dem Stuhl geschossen, Tränen verfingen sich in ihren Wimpern. »Du bist wieder da!«, rief sie, beugte sich über die Bettkante, nahm seine Hand und drückte sie. »Du hast mich fast zu Tode erschreckt!«

»Deine Mutter«, sagte er beklommen und fragte sich, ob er gerade den Verstand verlor. »Sie war hier.«

»Mom?« Kristi schüttelte den Kopf. »Wow, auf welcher Droge bist du denn?«

»Aber sie war tatsächlich hier.«

»Ich sage dir, das ist das Morphium.« Kristi musste unter Tränen lachen.

»Du hast sie nicht gesehen?«

Sie schüttelte wieder den Kopf. »Nein, hier war niemand außer mir. Ich bin zwar eingedöst, aber ... brr, ist das kalt hier.« Sie schauderte. »Ich bin froh, dass du wieder bei Bewusstsein bist«, sagte sie. »Ich hatte solche Angst ... Ich meine, ich dachte, du würdest es vielleicht nicht schaffen ... Aber du bist zäher als die meisten anderen.«

Bentz ließ sich nicht ablenken. »Sie war hier ... deine Mutter ... ich habe sie gesehen ... sie ist hier aus dieser Tür gegangen ...«

»Nein, Dad, das war ich. Du bist verwirrt.« Sie beäugte ihn ein wenig kritischer, dann blickte sie zur Tür. Wo niemand stand. Sie wandte sich wieder ihm zu. »Du hast fast zwei Wochen im Koma gelegen. Ich weiß, wie das ist. Ziemlich seltsam. Und wenn man dann aufwacht, ist man völlig durcheinander.«

»Du hast sie nicht gesehen?« Vergeblich versuchte er, sich in eine sitzende Position zu bringen. Seine Arme waren schwach, und seine Beine ... Zum Teufel, sie funktionierten immer noch nicht. Er konnte sie noch nicht einmal fühlen, genauso wenig wie seine Arme und Schultern.

»Sie war nicht hier«, stieß Kristi besorgt hervor. Als wüsste auch sie, dass irgendetwas Merkwürdiges passiert war. »Ich muss jetzt die Schwester und den Arzt rufen. Und Olivia informieren. Sie ist schon auf dem Weg hierher, aber sie würde mich umbringen, wenn ich sie nicht anriefe. Und die Kollegen. Jeder soll wissen, dass du wach bist.« Sie war bereits auf dem Weg zur Tür, derselben Tür, in der Jennifer nur Sekunden zuvor gestanden hatte.

»Sie war hier, Kristi«, sagte Bentz abermals, überzeugt, dass er recht hatte. Das war keine Halluzination gewesen. Keine üble Täuschung. Keine Nebenwirkung von den Medikamenten. Gleichgültig, ob man ihm glaubte oder nicht: Er kannte die Wahrheit.

Jennifer Bentz war zurückgekehrt.

Anmerkung der Autorin

Aus Gründen der Handlungsentwicklung habe ich mir einige Regeln der polizeilichen Vorgehensweise ein wenig zurechtgebogen, außerdem habe ich mein eigenes, fiktives Police Department in der City von New Orleans ins Leben gerufen.

Dank

Ich danke allen, die an diesem Buch mitgewirkt haben. Wie immer hat mir mein einfühlsamer Lektor John Scognamiglio bei der Arbeit geholfen und aus einer Idee ein Buch entstehen lassen. Mit seiner Hilfe ist es mir gelungen, ein unbestimmtes Konzept in eine durchgehende Handlung zu verwandeln, und ich kann mir lebhaft vorstellen, wie viele Stunden er an meinem Manuskript gesessen hat. Bevor das fertige Buch nach New York gelangte, half mir meine Schwester, die Autorin Nancy Bush, das Manuskript zu redigieren und zu kompilieren – eine kniffelige Angelegenheit. Hinter den Kulissen stand eine ganze Legion von Leuten bereit, die mir ihre Unterstützung angeboten und für mich recherchiert haben. Ich kann ihnen nicht genug danken: Ken Bush, Alex Craft, Matthew Crose, Michael Crose, Kelly Foster, Ken Melum, Roz Noonan, Joan Schulhafer, Mike Seidel, Larry Sparks und Niki Wilkins. Falls ich jemanden vergessen habe, bitte ich um Entschuldigung. Darf ich das Alter dafür verantwortlich machen?